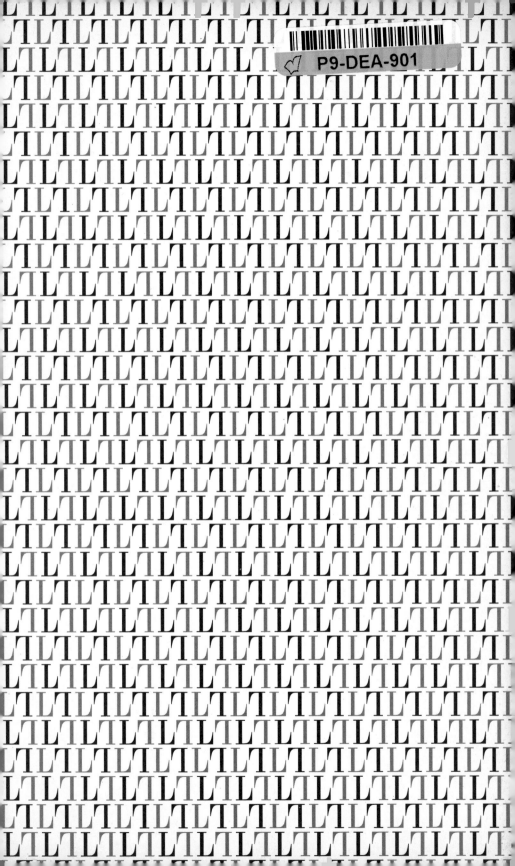

Un dios en ruinas

Un dios en ruinas

Kate Atkinson

Traducción de
Patricia Antón

Lumen

narrativa

Título original: *A God in Ruins*

Primera edición: junio de 2016

© 2015, Kate Costello, Ltd.
© 2016, de la presente edición en castellano para todo el mundo:
Penguin Random House Grupo Editorial, S. A. U.
Travessera de Gràcia, 47-49. 08021 Barcelona
© 2016, Patricia Antón de Vez Ayala-Duarte, por la traducción

Printed in Spain – Impreso en España

ISBN: 978-84-264-0302-5
Depósito legal: B-7.285-2016

Compuesto en La Nueva Edimac
Impreso en Egedsa
Sabadell (Barcelona)

H 4 0 3 0 2 5

Penguin
Random House
Grupo Editorial

Para Reuben

Un hombre es un dios en ruinas. Cuando los hombres son inocentes, la vida es larga y da paso a la inmortalidad con la misma suavidad con que despertamos de un sueño.

Ralph Waldo Emerson, *Naturaleza*

El propósito del arte es transmitir la verdad de las cosas, no constituir la verdad en sí.

Sylvie Beresford Todd

En cierta ocasión [san Jorge] fue a una ciudad llamada Salem, cerca de la cual había un dragón que tenía que ser alimentado diariamente con un ciudadano escogido al azar.

El día que san Jorge llegó allí, la suerte había recaído en la hija del rey, Cleolinda. San Jorge resolvió que aquella doncella no debía morir y fue en busca del dragón, que vivía en un pantano vecino, y lo mató.

Cuando se le presentaba una dificultad o un peligro, por grande que pareciera —incluso en la forma de un dragón—, ni lo esquivaba, ni lo temía, sino que le hacía frente con todas sus fuerzas y las de su caballo. Pese a que no iba armado adecuadamente, pues solo contaba con una lanza, se arrojó sobre el dragón e hizo lo que pudo, y por fin venció la dificultad que nadie se había atrevido a arrostrar.

He aquí exactamente cómo deben enfrentarse los scouts a las dificultades y a los peligros, sin tener en consideración cuán grandes y terroríficos puedan parecer, o lo mal equipados que se encuentren para hacerles frente.

Robert Baden-Powell, *Escultismo para muchachos*

30 de marzo de 1944

El último vuelo

Naseby

Fue caminando hasta el seto que señalaba el final del aeródromo.

Un rito ancestral como el de recorrer los límites de la parroquia para rogar la protección de sus fieles. Los hombres lo llamaban su «paseo cotidiano» y se inquietaban cuando no lo daba. Eran supersticiosos. Todo el mundo lo era.

Más allá del seto había campos desnudos arados el otoño anterior. No esperaba ver la alquimia de la primavera, contemplar cómo la tierra apagada y marrón se volvía de un verde reluciente y luego de un dorado pálido. Un hombre podía llevar la cuenta de su vida según las cosechas que había recogido. Él ya había visto bastantes.

Estaban rodeados por tierras llanas de cultivo. La casa de labranza en sí se alzaba a la izquierda, cuadrada e inamovible. Por las noches, una luz roja brillaba en su tejado para impedir que se estamparan contra ella. Si volaban por encima cuando se disponían a aterrizar, sabían que se habían pasado de largo y tenían problemas.

Desde allí veía a la hija del granjero en el corral dando de comer a los gansos. ¿No había una canción infantil que hablaba de eso? No, pensaba más bien en otra, en la de la esposa del granjero que cortaba la cola a los ratones con un cuchillo de trinchar. Una imagen horrorosa. Pobres ratoncitos, pensaba de niño. Ahora que era un hombre aún lo pensaba. Las canciones infantiles hablaban de temas brutales.

Aunque no había tratado a la hija del granjero ni sabía su nombre, le tenía un cariño desproporcionado. Siempre les hacía un gesto de despedida con la mano. A veces la acompañaba su padre, y en un par de ocasiones su madre, pero la presencia de la muchacha en el corral era una constante en cada ataque aéreo.

La chica lo vio y agitó una mano. En lugar de contestar, él le hizo el saludo militar. Imaginó que eso le gustaría. Por supuesto, a esa distancia, no era más que un uniforme. Teddy solo era uno más entre muchos.

Silbó para llamar al perro.

1925

«Alouette»

—¡Mira! —exclamó él—. Allí…, una alondra. —Levantó la vista y
advirtió que ella no estaba mirando donde debía, así que señaló e insistió—: No, allí. —Era un desastre de mujer.

—Oh —dijo ella por fin—. Sí, allí, ¡ya la veo! Qué raro…, ¿qué hace?

—Planea, y probablemente luego volverá a ascender.

La alondra se elevó en el aire y entonó su canto trascendental. Su
vuelo vibrante y la belleza de su música despertaron en él una emoción
profunda e inesperada.

—¿La oyes?

Su tía se llevó una mano a la oreja con un gesto teatral. Se la veía tan
fuera de lugar como un pavo real, tocada con aquel curioso sombrero, rojo
como un buzón y con dos grandes plumas de cola de faisán que se mecían
con el más leve movimiento de cabeza. No sería sorprendente que alguien
le pegara un tiro. «Ojalá», pensó. Teddy tenía permitidos —o se permitía— esos pensamientos brutales siempre y cuando no los pronunciara en
voz alta. (Según su madre, los buenos modales constituían «la armadura
que hay que volver a ponerse cada mañana».)

—¿Que si oigo qué? —preguntó por fin su tía.

—El canto —contestó él con tono de impaciencia—. El canto de la alondra. Ahora ha parado —añadió al ver que ella aún hacía como que escuchaba.

—Podría volver a empezar.

—No, no puede ser. Ya no está, se ha alejado volando. —Hizo aspavientos con los brazos para ilustrar sus palabras.

Pese a las plumas que llevaba en el sombrero, era obvio que su tía no tenía ni idea de pájaros. O, ya puestos, de ningún animal. Ni siquiera poseía un gato. Mostraba indiferencia ante Trixie, su perra cazadora, que en ese momento recorría la zanja reseca junto a la carretera olfateando con entusiasmo. Trixie era la compañera más incondicional de Teddy y estaba con él desde que era un cachorro, cuando su pequeño tamaño le permitía pasar por la puerta de la casa de muñecas de sus hermanas.

¿Se suponía que él debía instruir a su tía? ¿Por eso estaban allí los dos?

—La alondra es famosa por su canto —comentó—. Es precioso.

Por supuesto, era imposible dar lecciones a nadie sobre la belleza. Simplemente estaba ahí. O te despertaba emociones, o no. En el caso de sus hermanas, Pamela y Ursula, sí lo hacía. Pero no en el de su hermano mayor, Maurice. Su hermano Jimmy era demasiado pequeño para la belleza, su padre demasiado viejo, quizá. Hugh, su padre, tenía un disco de gramófono de *El vuelo de la alondra*, que escuchaban a veces las tardes de los domingos, cuando llovía. Aunque era precioso, no superaba al canto de la alondra en plena naturaleza. «El propósito del arte —decía e incluso inculcaba su madre, Sylvie— es transmitir la verdad de las cosas, no constituir la verdad en sí.» El padre de la propia Sylvie, el abuelo de Teddy, fallecido tiempo atrás, había sido un artista famoso, y el parentesco convertía a su madre en una autoridad en el tema del arte. Y Teddy suponía que en el de la belleza también. De hecho, el Arte, la Verdad y la Belleza llevaban mayúscula cada vez que su madre hablaba de ellas.

—Cuando la alondra vuela alto —continuó comentándole a Izzie sin muchas esperanzas—, significa que hace buen tiempo.

—Vaya, pues no hace falta un pájaro para saber si hace buen tiempo o no, solo hay que mirar alrededor —respondió Izzie—. Y esta tarde es espléndida. —Cerró los ojos, levantó el rostro maquillado hacia el cielo y añadió—: Adoro el sol.

«¿Y quién no?», se dijo Teddy. Quizá su abuela no, pues llevaba una lúgubre vida de salón en Hampstead, con los gruesos visillos de algodón corridos para impedir que la luz entrara en la casa. O tal vez para impedir que huyera la oscuridad.

«El código del caballero», que había aprendido de memoria de *Escultismo para muchachos*, un libro al que recurría a menudo en momentos de incertidumbre, incluso ahora que ya no estaba en los scouts, estipulaba que «la caballerosidad requiere que se instruya a los jóvenes en el desempeño de los oficios más laboriosos y humildes con alegría y buen talante». Supuso que entretener a Izzie constituía una de esas ocasiones. Laborioso era, desde luego.

Teddy se protegió los ojos del sol con una mano y escudriñó el cielo en busca de la alondra. El ave no volvió a aparecer, y tuvo que conformarse con las maniobras aéreas de las golondrinas. Pensó en Ícaro y se preguntó qué aspecto habría tenido visto desde abajo. Supuso que bastante grande. Pero Ícaro era un mito, ¿no? Teddy ingresaría en un internado tras las vacaciones de verano, y debía empezar a poner sus conocimientos en orden.

—Tendrás que ser estoico, muchachito —le aconsejó su padre—. Será una prueba para ti; supongo que en eso consiste el asunto en realidad —Y añadió—: Más vale que mantengas la cabeza bajo el parapeto. Ni te hundas ni flotes, limítate a chapotear más o menos en medio.

«Todos los varones de la familia fueron a esa escuela», declaró su abuela de Hampstead (su única abuela, pues la madre de Sylvie había muerto tiempo atrás), como si fuera una ley establecida desde tiempos inmemoriales.

Teddy supuso que su propio hijo también iría allí, aunque ese niño existía en un futuro que ni siquiera imaginaba. No era necesario, por supuesto, pues en ese futuro no tendría hijos varones, solo una hija, Viola, algo que le produciría tristeza a pesar de que nunca hablara de ello, y menos aún con Viola, pues se habría sentido ofendida y habría dado rienda suelta a su locuacidad.

Teddy se quedó desconcertado cuando Izzie empezó a cantar de repente y, más sorprendente incluso, a dar unos pasitos de baile.

—*Alouette, gentille alouette.*

Teddy aún no sabía francés, y le pareció que decía «chantillí», una palabra que le gustaba bastante.

—¿Conoces esa canción? —le preguntó ella.

—No.

—Es de la guerra. La cantaban los soldados franceses. —Aunque cierta sombra fugaz, pena tal vez, apareció en su rostro, al cabo de un instante añadió alegremente—: La letra es horrible. Habla de desplumar a la pobre golondrina. De arrancarle las plumas de los ojos, de las patas, etcétera.

En la guerra inconcebible pero inevitable que un día estallaría —la guerra de Teddy—, Alouette sería el nombre del escuadrón 425, el de los francocanadienses. En febrero de 1944, no mucho antes de su último vuelo, Teddy llevaría a cabo un aterrizaje de emergencia en su base en Tholthorpe, con dos motores ardiendo tras ser alcanzado cuando su avión cruzaba el Canal. Los quebequenses ofrecieron a su tripulación un brandy bastante peleón, que de todas formas agradecieron. Sus distintivos de escuadrón lucían una golondrina sobre el lema «Je te plumerai», que le recordaba aquel día con Izzie. Era un recuerdo que parecía pertenecer a otra persona.

Izzie hizo una pirueta.

— ¡Vaya alondras cazaremos! —soltó, riendo.

¿Se referiría a eso su padre cuando decía que Izzie era «ridículamente inestable»?

—¿Cómo?

—Vaya alondras cazaremos —repitió Izzie—. Es de *Grandes esperanzas*. ¿No lo has leído? —Durante un instante, Izzie le recordó a su madre—. Pero lo digo en broma, claro. Porque ya no está. La alondra, quiero decir. Ha volado, se ha esfumado —dijo con un absurdo acento cockney, y luego, como quien no quiere la cosa, añadió—: Yo he comido alondra. En Italia. Allí la consideran un manjar. Claro que una alondra no da para gran cosa, solo para un bocado.

Teddy se estremeció. La sola idea de que se arrancara del cielo a aquel pajarito sublime, de que su exquisito canto se interrumpiera en pleno vuelo le parecía horrible. Muchos, muchísimos años después, a principios de los años setenta, Viola descubriría a Emily Dickinson en un curso de historia y cultura americanas que formaba parte de su carrera universitaria. Con su letra garabatosa e indómita, copiaría el primer verso de un poema que pensaría que le gustaría a su padre (era demasiado perezosa para transcribir la breve composición entera). «Divide a la alondra y encontrarás la música / bulbo tras bulbo, envuelta en plata.» A él le sorprendería que Viola hubiese pensado en él. Rara vez lo hacía. Supondría que la literatura era una de las pocas cosas que tenían en común, aunque casi nunca hablaban del tema, si es que lo hacían alguna vez. Teddy consideraría enviarle algo a cambio, un poema o una selección de versos, como medio para comunicarse con ella. «¡Sé bienvenido, jubiloso espíritu! / No fuiste nunca un pájaro» o «Escucha a las alegres aves entonar sus baladas y ensalzar el amor con su canto» o «¡Juglar etérea! ¡Peregrina del cielo! ¿Desprecias acaso la tierra y sus abundantes tribulaciones?» (¿Existía algún poeta que no hubiese escrito sobre las alondras?) Supondría que su hija pensaría que se las daba de entendido con ella. Viola le tendría aversión a aprender cualquier cosa que viniera de él, y posiblemente de cualquiera, de modo que al final se limitaría a contestarle por escrito: «Gracias, es un detalle por tu parte».

Antes de poder evitarlo (se le cayó la armadura de buenos modales), dijo:

—Comerse una alondra es asqueroso, tía Izzie.

—¿Por qué es asqueroso? Comes pollo y alimentos por el estilo, ¿no? Al fin y al cabo, ¿qué diferencia hay? —Izzie había conducido una ambulancia en la Gran Guerra. Las aves de corral muertas no le despertaban muchas emociones que digamos.

Teddy se dijo que había una diferencia inmensa, aunque se preguntó qué sabor tendría una alondra. Por suerte, los exagerados ladridos de Trixie ante algo lo distrajeron de semejante idea. Se agachó para investigar.

—Oh, mira, un lución —exclamó para sí, admirado, olvidándose por un momento de la alondra. Lo cogió con suavidad con las manos para enseñárselo a Izzie.

—¿Una serpiente? —le preguntó su tía con una mueca, pues por lo visto aquellos animales no tenían ningún encanto para ella.

—No, un lución —insistió Teddy—. No es una serpiente, y tampoco un gusano. En realidad es un lagarto. —Sus escamas de un dorado broncíneo brillaban bajo el sol. También era bello. ¿Había algo en la naturaleza que no lo fuera? Incluso una babosa merecía cierta muestra de respeto, aunque su madre no pensara lo mismo.

—Menudo niñito raro eres —comentó Izzie.

Teddy no se consideraba un «niñito». Suponía que su tía, la hermana menor de su padre, aún sabía menos sobre niños que sobre animales. No se explicaba por qué lo había secuestrado. Era sábado, después de comer, y él deambulaba por el jardín, haciendo planes como era debido con Jimmy; entonces Izzie se abatió sobre él para engatusarlo y convencerlo de dar un paseo con ella «por el campo», al parecer refiriéndose al camino que llevaba de la Guarida del Zorro hasta la estación, que difícilmente era un paraje natural con rocas y un río.

—Tendremos una pequeña aventura y charlaremos. ¿A que será divertido?

Y ahora Teddy se había convertido en rehén de sus caprichos mientras Izzie paseaba a su lado haciéndole preguntas extrañas: «¿Te has comido alguna vez un gusano? ¿Juegas a indios y vaqueros? ¿Qué quieres ser de mayor?» (No. Sí. Maquinista de tren.)

Con cuidado, volvió a dejar el lución sobre la hierba, y para compensarla por el fracaso con la alondra le brindó a Izzie las campanillas azules.

—Tenemos que cruzar el campo para llegar al bosque —dijo mientras miraba con recelo los zapatos de su tía. Parecían de piel de cocodrilo y estaban teñidos de un verde bastante chillón que ningún cocodrilo que se preciara habría consentido. Se veían nuevos y flamantes, y sin duda no eran adecuados para dar caminatas por el campo. Ya era media tarde y, por suerte, el ganado lechero que pastaba en aquellas tierras estaba ausente. Las vacas, esos animales enormes y anchos de ojos dulces e inquisitivos, no sabrían qué pensar de Izzie.

Su tía se desgarró una manga al subir los escalones para pasar por encima de la cerca y luego se las apañó para hundir un pie forrado de cocodrilo en una boñiga de vaca cuya presencia habría resultado obvia para cualquiera. En opinión de Teddy, la salvó un poco que se tomara ambos percances con una despreocupación y alegría admirables. («Supongo —diría después su madre— que se limitará a tirar ambos artículos a la basura.»)

Sin embargo, para su decepción, las campanillas azules no la impresionaron. En la Guarida del Zorro, la exposición anual de aquellas flores se acogía con la misma reverencia que otras dedicadas a los grandes maestros. Los visitantes eran conducidos con orgullo al bosque para que admiraran el que parecía un interminable despliegue de azul. «Wordsworth tenía sus narcisos —decía Sylvie—; nosotros tenemos nuestras campanillas azules.» Las campanillas no eran suyas, ni mucho menos, pero su madre era proclive a sentirse propietaria de las cosas.

Cuando emprendieron el camino de vuelta, Teddy sintió un repentino estremecimiento en el pecho, una especie de júbilo en el corazón. El recuerdo del canto de la alondra y el intenso olor a verde del ramillete de campanillas que había cogido para su madre se combinaron para crear un instante de puro arrobamiento, una euforia que parecía indicar que todos los misterios estaban a punto de resolverse. («Hay un mundo de luz —decía su hermana Ursula—, pero las tinieblas nos impiden verlo.» «Ya salió nuestra pequeña maniquea», comentaba Hugh con cariño.)

Por supuesto, la escuela no era una desconocida para Teddy. Su hermano Maurice estudiaba ahora en Oxford, pero cuando estaba interno, Teddy acompañaba a menudo a su madre («mi pequeña carabina») a las entregas de premios y los aniversarios de la fundación de la escuela, y a veces a algo llamado «jornada de visita», durante la cual, un día cada trimestre, se permitía a los padres visitar a sus hijos, aunque no se les animara en concreto a hacerlo. «Se parece más a una institución penitenciaria que a una escuela», se burlaba Sylvie; no se mostraba tan entusiasta como habría cabido esperar ante los beneficios de la educación.

Teniendo en cuenta su lealtad a la escuela donde había estudiado, el padre de Teddy se mostraba reacio a cualquier clase de «visita» a su antiguo lugar predilecto. Siempre había una excusa que explicaba las ausencias de

Hugh: que estaba liado con asuntos del banco, reuniones importantes, accionistas quejosos…

—Etcétera, etcétera —murmuró Sylvie, y cuando el órgano de la capilla atacó la introducción de «Oh, Padre de la humanidad», añadió—: Retroceder suele ser más doloroso que seguir adelante.

Eso había sucedido dos años antes, en la entrega de premios del último curso de Maurice. Era subdelegado de su clase, y ese «sub» en el título lo ponía furioso.

—El número dos —comentó echando chispas con ocasión del nombramiento, al inicio de su último curso—. Me veo como un comandante, no como un segundón.

Maurice creía tener madera de héroe, creía ser un hombre que debía liderar a otros en la batalla, aunque se pasaría la guerra siguiente literalmente sentado a un importante escritorio en Whitehall, donde los muertos no eran para él más que inconvenientes listas de cifras. Aquel caluroso día de julio de 1923, nadie en la capilla de la escuela habría imaginado que otra guerra casi le pisaría los talones a la anterior. El dorado aún relucía en los nombres de antiguos alumnos («los honorables muertos») que se exhibían en placas de roble por toda la capilla.

—Pues menudo bien va a hacerles tanto «honor», si están muertos —susurró una indignada Sylvie al oído de Teddy. La Gran Guerra la había convertido en una pacifista, si bien algo belicosa.

El calor en la capilla era cada vez más sofocante y, a medida que la voz del director seguía con su interminable cantinela, el sopor se posaba en los bancos cual película de polvo. El sol que se filtraba a través de los vitrales en las ventanas se transformaba en rombos de colores como gemas, un artificio que no podía sustituir a la realidad que había fuera. Y ahora a Teddy le tocaría la misma suerte. Aguantar aquello era una perspectiva aburrida.

Llegado el momento, la vida en la escuela no sería tan mala como había temido. Tenía amigos y era atlético, lo que siempre confería cierto grado de popularidad. Y era un buen chico que no daba cuartel a los matones, y eso también lo volvía popular; sin embargo, cuando saliera de allí para ir a Oxford, concluiría que la escuela era un sitio brutal y poco civilizado y que no seguiría la cruel tradición con sus propios hijos varones. Esperaba tener muchos —alegres, leales y fuertes— y lo que obtuvo fue el destilado de la esperanza (o quizá la reducción) que era Viola.

—Cuéntame más sobre ti —dijo Izzie, que arrancó una ramita de perifollo del seto y estropeó el momento.

—¿Qué quieres saber de mí? —contestó él, intrigado; la euforia se había evaporado y los misterios volvieron a ocultarse tras un velo.

Más adelante, en el internado, aprendería de memoria el poema «La voz», de Brooke («El hechizo se rompió, la clave me eludió»), una descripción adecuada de ese momento, pero a esas alturas lo habría olvidado, pues tales sensaciones eran de naturaleza efímera.

—Lo que sea —respondió Izzie.

—Bueno, pues tengo once años.

—Eso ya lo sé, tonto. —(En realidad, él dudaba que lo supiera)—. ¿Qué te hace ser como eres? ¿Qué te gusta hacer? ¿Quiénes son tus amigos? ¿Tienes un chisme de esos…? Ya sabes… —Izzie rebuscó en un vocabulario que le era ajeno—, lo de David y Goliat, ese trasto como un gran tirachinas…

—¿Una catapulta?

—¡Sí! Para ir por ahí dándole a la gente y matando cosas y todo eso.

—¿Matando cosas? ¡No! Yo jamás haría eso. —(Su hermano Maurice, sí)—. Ni siquiera sé dónde está. Solía usarla para hacer caer castañas del árbol.

Izzie pareció decepcionada ante su pacifismo, pero eso no impidió que siguiera con su interrogatorio.

—¿Y aprietos? Tienes que haberte metido en alguno, todos los niños lo hacen, ¿no? Se meten en líos y hacen travesuras.

—¿Aprietos? —Teddy recordó con cierto espanto el incidente con la pintura verde.

—¿Eres boy scout? —le preguntó ella, y en broma se puso firmes e hizo un enérgico saludo militar—. Apuesto a que estás con los scouts. «La amistad y la unión, nuestro afán», y todo eso.

—Lo fui —murmuró Teddy—. Antes era un lobato.

Aquel no era un tema que deseara explorar con su tía, pero lo cierto es que le resultaba imposible mentir, como si le hubieran echado un maleficio al nacer. Sus dos hermanas, e incluso Nancy, eran capaces de mentir tranquilamente si era necesario, y Maurice y la verdad (o la Verdad) no se llevaban muy bien; en cambio, Teddy era sincero hasta límites deplorables.

—¿Te echaron de los scouts? —le preguntó Izzie con entusiasmo—. ¿Te destituyeron? ¿Hubo algún escándalo terrible?

—Claro que no.

—Cuéntame, ¿qué pasó?

«Lo que pasó fue la organización de los Kibbo Kift», se dijo Teddy. Si mencionaba siquiera esas palabras, quizá tendría que darle explicaciones durante horas.

—¿Kibbo Kift? —le preguntó Izzie—. Parece el nombre de un payaso.

—¿Qué me dices de las golosinas? ¿Te gustan mucho, por ejemplo? Y si es así, ¿de qué clase? —Apareció una libretita, lo que alarmó a Teddy—. Ay, no te preocupes por esto. Hoy en día todo el mundo toma notas. Bueno…, ¿golosinas?

—¿Golosinas?

—Sí, golosinas —afirmó Izzie; luego soltó un suspiro y añadió—: ¿Sabes qué, mi querido Teddy? Es que no conozco a ningún niñito, aparte de ti. Me he preguntado muchas veces qué interviene en la creación de un niño, de qué está hecho, aparte de buena pasta, claro. Y un niño —continuó— es un hombre en ciernes. El niño en el interior del hombre, el hombre en el interior del niño y todo eso. —Al decir esto último pareció distraída por la contemplación del perifollo—. Por ejemplo, me pregunto si de mayor serás como tu padre.

—Eso espero.

—Ay, no debes conformarte con lo corriente, yo nunca lo haré, desde luego. ¡Deberías convertirte en un corsario! —Empezó a hacer trizas el perifollo—. Los hombres dicen que las mujeres son criaturas misteriosas, pero a mí solo me parece una artimaña para que no veamos hasta qué punto ellos son absolutamente incomprensibles. —Pronunció esas dos últimas palabras en voz muy alta y con gran irritación, como si pensara en una persona en concreto. («Anda siempre liada con algún hombre», había oído decir Teddy a su madre)—. ¿Y qué me dices de las niñas?

—¿Qué pasa con ellas? —preguntó él, desconcertado.

—Bueno, ya sabes…, ¿tienes alguna «amiga especial», una niña que te guste? —Puso cara de tontorrona y esbozó una sonrisita, con las que él supuso que intentaba (sin conseguirlo) expresar un idilio o alguna chorrada por el estilo.

Teddy se ruborizó.

—Me ha dicho un pajarito —continuó Izzie sin darle tregua— que te hace tilín una de las niñas vecinas.

«¿Qué pajarito?», se preguntó Teddy. Nancy y sus hermanas —Winnie, Gertie, Millie y Bea— vivían junto a la Guarida del Zorro, en una casa llamada Las Grajillas. Muchas de esas aves pasaban la noche en el bosque y tenían preferencia por el jardín de los Shawcross, al que la señora de la casa arrojaba tostadas frías todas las mañanas.

Teddy no estaba dispuesto bajo ninguna circunstancia a entregarle Nancy a Izzie, ni siquiera bajo tortura, y aquello lo era. No pronunciaría su nombre para que Izzie lo mancillara con sus labios y se burlara de ella. Nancy era su amiga, su compañera del alma, no la novia bobalicona y cursi que insinuaba Izzie. Sí, por supuesto que algún día se casaría con Nancy y la querría, pero el suyo sería el amor puramente cortés de un caballero. Lo cierto es que no acababa de comprender ninguna otra clase de amor. Había visto al toro con las vacas y, según Maurice, la gente también hacía eso, incluidos sus padres, añadió con una risita burlona. Teddy estaba casi seguro de que mentía. Hugh y Sylvie eran demasiado dignos para semejantes acrobacias.

—Madre mía, ¿te has sonrojado? —cacareó Izzie—. ¡Ay, me parece que he descubierto tu secreto!

—Gominolas con forma de pera —soltó Teddy con la intención de poner fin a aquel interrogatorio.

—¿Qué pasa con ellas? —quiso saber Izzie. (Se distraía con facilidad.) Arrojó al suelo el perifollo destrozado. La naturaleza no le importaba lo más mínimo. Tan poco interés le despertaba que habría pisoteado el prado, destrozado a patadas nidos de avefrías, aterrorizado a los ratones de campo. Su sitio estaba en la ciudad, en un mundo de máquinas.

—Son mis golosinas favoritas —contestó él.

Al volver una curva, se encontraron con las vacas lecheras, que se abrían paso a hocicazos y empujones por el sendero a su regreso tras ser ordeñadas. «Debe de ser tarde», se dijo Teddy. Confiaba en no haberse perdido el té.

—Oh, campanillas azules, qué preciosidad —exclamó su madre cuando cruzaron la puerta de entrada.

Llevaba un vestido de noche y también se la veía preciosa. Según Maurice, su madre tenía muchos admiradores en el internado en el que Teddy estaba a punto de ingresar. Teddy se sentía orgulloso de que la consideraran una belleza.

—¿Qué demonios habéis estado haciendo todo este rato? —quiso saber Sylvie.

Le planteó la pregunta a Teddy, pero iba dirigida a Izzie.

Envuelta en pieles, Sylvie contempló su reflejo en el espejo del dormitorio. Se levantó el cuello de la capa de noche corta para enmarcar el rostro. Un examen crítico. Antaño, el espejo era su amigo, pero ahora tenía la sensación de que la contemplaba con indiferencia.

Se llevó una mano al cabello, «corona de su belleza», un nido de peinetas y horquillas. Era un pelo ya pasado de moda, la impronta de una matrona a quien los tiempos habían dejado atrás. ¿Debería cortárselo? Hugh se sentiría desconsolado. De pronto recordó algo: un retrato al carbón esbozado por su padre poco antes de morir. *Sylvie posando como un ángel*, lo llamaba él. Ella tenía dieciséis años, se veía recatada con el largo vestido blanco —un camisón, de hecho, bastante fino— y su rostro se había vuelto para exhibir ante su padre la preciosa cascada de su cabello.

«Pon cara de profunda tristeza —le indicó su padre—. Piensa en la caída de Adán.»

A Sylvie, que tenía toda una vida deliciosamente desconocida por delante, le costó lo suyo que semejante tema la preocupara, pero aun así esbozó un gracioso mohín y contempló distraída la pared del fondo del enorme estudio de su padre.

La pose era muy incómoda, y recordaba cómo le habían dolido las costillas, cómo la hacía sufrir el arte de su padre. El gran Llewellyn Beresford, retratista de los ricos y famosos, un hombre que a su muerte no dejó más que deudas. Sylvie aún sentía la pérdida, no de su padre sino de la vida que él había erigido sobre lo que había resultado una estructura sin base.

—Lo que siembres cosecharás —se lamentó su madre en voz baja—. Pero es él quien ha sembrado y nosotras quienes no hemos cosechado nada.

Tras su muerte se llevó a cabo una humillante subasta por quiebra y la madre de Sylvie insistió en que acudieran, como si necesitaran ver pasar ante ellas cada objeto que habían perdido. Se sentaron en el anonimato (eso esperaban) en la última fila y observaron el desfile de sus bienes terrenales ante los ojos de todos. En algún momento hacia el final de dicha mortificación salió a la venta el esbozo de Sylvie. Se anunció como «Lote 182. Retrato al carbón de la hija del artista»; por lo visto, Sylvie ya no tenía naturaleza angélica alguna. Su padre debería haberle puesto un halo y unas alas, y así su propósito habría quedado claro. Ahora ya solo parecía una muchacha guapa y huraña en camisón.

Un tipo gordo y con cierta pinta de sinvergüenza levantó el puro en cada ronda de pujas, y por fin le vendieron a Sylvie por tres libras, diez chelines y seis peniques.

—Qué barato —murmuró su madre.

«Y ahora lo sería más incluso», se dijo Sylvie. Los cuadros de su padre habían dejado de estar de moda después de la guerra. Se preguntó dónde se encontraría ahora su retrato. Le gustaría recuperarlo. Semejante pensamiento la irritó, un ceño fruncido en el espejo. Cuando la renqueante subasta concluyó por fin («Un lote que consta de un par de morillos de latón, un hornillo de mesa de plata, deslustrado, y una jarra de cobre grande»), salieron en tropel de la sala con la multitud y oyeron casualmente al tipo con pinta de sinvergüenza decirle a pleno pulmón a su acompañante:

—Voy a disfrutar contemplando a esta jovencita tan carnosa.

La madre de Sylvie soltó un chillido, uno discreto, pues no era de las que armaban revuelo, y tironeó de su ángel inocente para que no oyera tales palabras.

«Degradado, todo está degradado», pensó Sylvie. Desde el principio mismo, desde la caída del hombre. Se ajustó el cuello de la capa. Hacía demasiado calor para llevarla, pero pensaba que las pieles le daban el mejor aspecto posible. La capa era de zorro polar, lo que la entristecía un poco porque los zorros que visitaban el jardín suscitaban su cariño; la casa se llamaba así por ellos. ¿Cuántos zorros serían necesarios para hacer una capa? Al menos no tantos como para un abrigo. En su armario colgaba un visón, un regalo de Hugh por su décimo aniversario de boda. Tenía que mandarlo al peletero, hacía falta remodelarlo para que fuera más moderno.

—Como me pasa a mí —le dijo al espejo.

Izzie tenía un abrigo nuevo con forma de capullo. De marta cibelina. ¿Cómo había conseguido Izzie sus pieles, si no tenía dinero?

—Fue un regalo —dijo.

De un hombre, por supuesto, y ningún hombre te regalaba un abrigo de pieles sin esperar algo a cambio. Excepto si era tu marido, claro, que no esperaba más que una modesta gratitud.

Sylvie llevaba tal cantidad de perfume que podría haberse desvanecido; lo había derramado una mano temblorosa, pese a que no solía dejarse llevar por los nervios. Pasaría la velada en Londres. En el tren habría un ambiente caluroso y muy cargado, y en la ciudad sería aún peor; tendría que sacrificar su capa de piel. Al igual que los zorros se habían sacrificado por ella. Ahí, oculta en algún sitio, había alguna clase de ironía, de las que le gustaban a Teddy, no a la propia Sylvie. Ella no tenía sentido del humor. Era un defecto de carácter.

La fotografía sobre el tocador, un retrato de estudio tomado tras el nacimiento de Jimmy, llamó su atención sin pretenderlo. Aparecía sentada. Su nuevo bebé, con el faldellín de bautizo, una prenda enorme que llevaban todos los Todd, parecía desbordarse en sus brazos mientras el resto de su prole se había dispuesto con ingenio en torno a ella para dar la impresión de que la adoraban. Sylvie recorrió con un dedo el marco de plata, en un gesto que pretendía ser cariñoso pero que solo encontró polvo. Tenía que hablar seriamente con Bridget. La muchacha se había vuelto dejada. («Todos los criados acaban por volverse contra sus señores», la había advertido su suegra poco después de que Sylvie y Hugh se casaran.)

Un alboroto en el piso de abajo solo podía indicar el regreso de Izzie. Sylvie se quitó las pieles a regañadientes y se puso el ligero abrigo de noche para el que solo se habían sacrificado afanados gusanos de seda. Se caló el sombrero en la cabeza. Su peinado pasado de moda no estaba en consonancia con los gorros y las boinas que imperaban entonces, de modo que aún llevaba un *chapeau*. Sin querer, se pinchó con el largo alfiler de sombrero de plata. (¿Podrías matar a alguien con un alfiler de sombrero? ¿O solo herirlo?) Musitó una imprecación a los dioses que provocaban que los rostros de sus hijos la mirasen con tanto reproche desde la fotografía. Y ya podían hacerlo, se dijo. No tardaría en cumplir cuarenta años, y semejante perspectiva hacía que se sintiera insatisfecha consigo misma. («Más insatisfecha», fue el comentario de Hugh.) Captaba impaciencia a sus espaldas y temeridad ante sí.

Se contempló una última vez. Bastante bien, supuso; no era ni mucho menos la opinión con la que le habría gustado conformarse. Hacía dos años que no veía a aquel hombre. ¿Seguiría considerándola una belleza?

Le había dicho que lo era. ¿Existía alguna mujer sobre la faz de la tierra que pudiera resistirse a que la tildaran de belleza? Pero Sylvie sí se había resistido y permanecido casta.

—Soy una mujer casada —había repetido remilgadamente.

—Entonces no deberías prestarte a este juego, querida —contestó él—. Las consecuencias podrían ser espantosas para ti…, para nosotros.

Se rió ante semejante idea, como si fuera atractiva. Tenía razón: ella lo había incitado, para encontrarse después con que era un callejón sin salida.

Él se había marchado al extranjero, a las colonias, con el fin de llevar a cabo un trabajo importante para el Imperio, pero ahora había vuelto, y a Sylvie la vida se le escurría como agua entre las manos y ya no sentía inclinación a mostrarse remilgada.

La recibió un enorme ramo de campanillas azules.

—Oh, campanillas azules, qué preciosidad —le dijo a Teddy.

Su niño. Tenía dos varones más, pero a veces ni siquiera parecían contar. Sus hijas no eran necesariamente objetos de su afecto, sino más bien problemas que resolver. Solo uno de sus vástagos tenía el corazón de Sylvie en su mugriento puño.

—Ve a lavarte antes del té, cariño —le indicó al niño, y añadió—: ¿Qué demonios habéis estado haciendo todo este rato?

—Conocernos mejor —contestó Izzie—. Es un niño adorable. Vaya, qué glamurosa se te ve, Sylvie. Y sería capaz de olerte desde cien yardas de distancia. Toda una *femme séduisante*. ¿Tienes planes? Cuenta, cuenta.

Sylvie la miró furibunda, pero no respondió porque la distrajo la visión de los zapatos de cocodrilo verde llenos de barro sobre la alfombra de Voysey.

—Fuera —exclamó mientras ahuyentaba a Izzie hacia la puerta principal—. Fuera.

—Mancha maldita —murmuró Hugh, que entró en el vestíbulo procedente de su estudio cuando Izzie enfilaba indignada el sendero. Volviéndose hacia Sylvie, añadió—: Estás preciosa, cariño.

Oyeron cómo Izzie arrancaba el motor del Sunbeam y el perturbador sonido mientras se alejaba pisando a fondo el acelerador. Conducía como el señor Sapo, con muchos bocinazos y usando poco el freno.

—Tarde o temprano matará a alguien —comentó Hugh, un conductor impecable—. Y pensaba que no tenía un céntimo. ¿Qué habrá hecho para costearse otro coche?

—Nada decente, tenlo por seguro —terció Sylvie.

Teddy se libró por fin de los horribles desvaríos de Izzie, pero aún tuvo que sufrir el interrogatorio habitual de su madre hasta que se convenció de que el contacto con Izzie no había corrompido en algún sentido a uno de sus hijos.

—Nunca le faltan motivos —fue su misterioso comentario.

Al final, Teddy quedó libre para ir en busca de la cena, algo apañada a base de tostadas y sardinas puesto que era la tarde libre de la señora Glover.

—Ha comido alondra —comentó a sus hermanas en la mesa—. En Italia, aunque da igual dónde lo haya hecho.

—Una alondra herida en el ala —dijo Ursula, y cuando Teddy la miró sin comprender, aclaró—: Es de Blake. «Una alondra herida en el ala / un querubín cesa de cantar».

—Confiemos en que algo se la coma a ella —añadió alegremente Pamela, más práctica.

Pamela iba a estudiar ciencias en la Universidad de Leeds. Estaba deseando marcharse al «tonificante norte», donde vivía gente «real».

—¿Es que nosotros no somos lo bastante reales? —gruñó Teddy dirigiéndose a Ursula.

Esta se rió y dijo:

—¿Qué es real y qué no?

A él, que no tenía ocasión de poner en duda el mundo fenoménico, le pareció una pregunta absurda. Real era lo que podías ver, saborear y tocar.

—Pues te dejas al menos dos sentidos —señaló Ursula.

El bosque y las campanillas azules, el búho y el zorro eran reales, y el tren eléctrico Hornby que traqueteaba en el suelo de la habitación de Teddy y el olor de un pastel haciéndose en el horno. Y la alondra que ascendía por la hebra de su canto.

Descripción de la velada en la Guarida del Zorro:

Tras llevar a Sylvie a la estación, Hugh se retiró de nuevo a su estudio con un vaso pequeño de whisky y un puro a medio fumar. Era un hombre que hacía gala de moderación en sus costumbres, más por instinto que por una elección consciente. Que Sylvie fuera a la ciudad era insólito.

—Voy al teatro y a cenar con unos amigos —dijo—. Pasaré la noche allí.

Era un espíritu inquieto, una característica desafortunada en una esposa, pero Hugh debía confiar en ella en todos los aspectos o el edificio entero del matrimonio se vendría abajo.

Pamela estaba en el saloncito, con la nariz metida en un libro de texto de química. Había suspendido el examen de ingreso en Girton y en realidad no quería aventurarse en el «tonificante norte» pero, como acostumbraba a decir Sylvie (de un modo irritante), «no quedaba otro remedio». Pamela esperaba (para sus adentros) tener por delante premios fastuosos y una carrera brillante, y ahora temía no ser la mujer audaz que quería.

Ursula, espatarrada en la alfombra a los pies de Pamela, conjugaba verbos irregulares en latín.

—Ay, menudo placer —le dijo a Pamela—. Después de esto, la vida solo puede volverse mejor.

Pamela se rió.

—No estés tan segura.

Jimmy, sentado a la mesa de la cocina en pijama, tomaba leche con galletas antes de irse a la cama. La señora Glover, la cocinera, no toleraba que se contaran mitos ni fábulas, de modo que Bridget aprovechaba la falta de supervisión para entretener a Jimmy con un relato bastante embrollado y aun así escalofriante sobre «los puca» mientras fregaba las cacerolas. La señora Glover estaba en su casa, donde dormitaba con los pies apoyados sobre el guardafuegos de la chimenea y un vasito de cerveza negra a mano.

Entretanto, Izzie, en el camino, canturreaba para sí «Alouette». Tenía la melodía firmemente alojada en el cerebro.

—*Je te plumerai* —bramaba de manera poco melodiosa—. *Je te plumerai.*

«Te desplumaré.» La guerra fue espantosa, desearía no haberla recordado. Había formado parte del CEPA —una sigla bastante absurda, en su opinión—, el Cuerpo de Enfermería de Primeros Auxilios. Conducía ambulancias, pese a que nunca había conducido ni un coche, pero al final acabó haciendo toda clase de tareas espantosas. Recordaba la limpieza de las ambulancias al final de la jornada: sangre, fluidos y desechos por doquier. Recordaba también las mutilaciones, los esqueletos calcinados, los pueblos en ruinas, los miembros sobresaliendo entre el barro y la tierra. Y los cubos de gasas mugrientas y vendas empapadas de pus y las terribles heridas supurantes de los pobres muchachos. No era de extrañar que la gente deseara olvidar todo aquello; que quisieran divertirse un poco, por el amor de Dios. Le concedieron una Croix de Guerre. En casa nunca se lo contó a nadie. A su llegada, la metió en un cajón. Bien mirado, lo suyo no significaba nada en comparación con lo que habían sufrido aquellos pobres chicos.

Durante la guerra se había comprometido dos veces, y ambos hombres murieron tan solo unos días después de proponerle matrimonio y mucho antes de que ella escribiera una carta a casa comunicando la feliz noticia. Acompañó al segundo de ellos cuando murió. Lo encontró por casualidad en un hospital de campaña al que su ambulancia llevaba a los heridos. Al principio no lo reconoció, ya que estaba destrozado por el fuego de artillería. La jefa de sala, que andaba corta de enfermeras y camilleros, la animó a quedarse con él.

—Tranquilo, tranquilo —lo calmó Izzie.

Montaba guardia ante su lecho de muerte a la luz amarillenta y aceitosa de un candil. Al final, él llamó a su madre, todos lo hacían. Izzie no se imaginaba llamando a Adelaide en su lecho de muerte.

Alisó las sábanas de su prometido, le besó la mano, puesto que no quedaba mucha cara que besar y le comunicó a un camillero que había muerto. Nada de eufemismos. Luego volvió a su ambulancia y fue en busca de más heridos.

Se escabulló de un tercero, un muchacho más bien tímido, un capitán llamado Tristan, que se ofreció a atarle un pedazo de cordel en el dedo. («Lo siento, es cuanto tengo. Cuando todo esto haya acabado habrá un magnífico brillante para ti. ¿No? ¿Estás segura? Le harías un enorme favor a un tipo como yo.») En un gesto insólito por lo desinteresado, Izzie pensó que tenía mala suerte y libraría de ella a aquel chico, lo cual fue ridículo por su parte teniendo en cuenta que todos aquellos oficiales jóvenes y encantadores estaban prácticamente sentenciados con o sin su ayuda.

Tras rechazarlo, Izzie no volvió a ver a Tristan; de hecho, lo dio por muerto (los daba a todos por muertos), pero un año después de que acabara la guerra estaba hojeando las páginas de sociedad cuando se encontró con una foto suya saliendo de Saint Mary Undercroft. A esas alturas era miembro del Parlamento, y resultó que estaba podrido de dinero de la fortuna familiar. Sonreía de oreja a oreja a la novia absurdamente joven que llevaba del brazo y, si se miraba con lupa, lucía en el dedo un brillante que en efecto se veía magnífico. Izzie supuso que lo había salvado, pero lo triste era que no se había salvado a sí misma. Tenía veinticuatro años cuando la Gran Guerra llegó a su fin, y comprendió que había agotado todas sus posibilidades.

Su primer prometido se llamaba Richard. Aparte de eso, lo había conocido muy poco. Creía recordar que participaba en las cacerías del duque de Beaufort. Le dio el «sí» por puro capricho, pero sí estuvo locamente enamorada de su segundo novio, el muchacho cuya muerte presenció en el hospital de campaña. Lo quería y, mejor incluso, él la quería a ella. Pasaron sus breves momentos juntos imaginando un futuro encantador: paseos en barca, montar a caballo, bailar. Comida, risas, sol. Champán para brindar por su buena suerte. Sin barro, sin la interminable y espantosa carnicería. Se llamaba Augustus, aunque sus amigos lo llamaban Gussie. Unos años después, Izzie descubrió que la ficción podía ser un medio de resurrección tanto como de preservación.

—Cuando todo lo demás ha desaparecido, queda el arte —le diría a Sylvie durante la guerra siguiente.

—¿Las aventuras de Augustus es arte? —le preguntaría Sylvie arqueando una elitista ceja.

Para Augustus no había mayúscula. La definición de arte de Izzie era más amplia que la de Sylvie, por supuesto.

—El arte es cualquier cosa creada por una persona para el disfrute de otra.

—¿Incluido Augustus? —le preguntaría Sylvie, y soltaría una carcajada.

—Incluido Augustus —contestaría Izzie.

Aquellos pobres muchachos de la Gran Guerra no eran mucho mayores que Teddy. Ese día hubo un momento con su sobrino en que la ternura que sentía hacia él casi la había abrumado. Ojalá pudiera protegerlo de todo mal, del dolor que el mundo (inevitablemente) le causaría. Ella tenía un hijo propio, por supuesto, que había dado a luz con dieciséis años y entregado a toda prisa en adopción, una escisión tan limpia y rápida que nunca pensaba en el niño. Así que quizá fue mejor que en cuanto sintió el impulso de tender la mano y acariciarle el pelo a Teddy, él se inclinara de pronto y dijera:

—Oh, mira, un lución. —Y ella se quedara palpando aire.

—Menudo niñito raro eres —dijo, y durante un instante vio la cara destrozada de Gussie cuando yacía moribundo en su catre de campaña. Y luego los rostros de aquellos pobres muchachos muertos, una fila tras otra de ellos extendiéndose interminablemente. Los muertos.

Aceleró para huir de ese recuerdo lo más rápido posible, dio un volantazo justo a tiempo para esquivar a un ciclista, haciendo que se bamboleara hasta el arcén, desde donde soltó insultos a gritos al parachoques trasero del irresponsable Sunbeam que se alejaba. *Arduis invictus*, ese era el lema del CEPA. «Invencibles ante las privaciones.» Terriblemente aburrido. Izzie ya había pasado por suficientes privaciones, gracias.

El coche recorría las carreteras como un bólido. El germen de Augustus había brotado ya en la mente de Izzie.

Maurice, ausente de aquella lista, estaba embutiéndose en un frac para asistir a una cena del club Bullingdon en Oxford. Antes de que la velada concluyera, y tal como exigía la tradición del club Bullingdon, el restaurante quedaría destrozado. A la gente le habría sorprendido saber que en el interior de aquel caparazón almidonado se retorcía una criatura blanda y llena de dudas y pesar. Maurice estaba resuelto a que esa criatura nunca viera la luz del día y a que en un futuro no muy lejano acabara fundiéndose con el caparazón en sí, un caracol que jamás podría escapar de su concha.

Una «cita». La palabra en sí ya sonaba pecaminosa. Él había reservado dos habitaciones en el Savoy. Se habían encontrado allí antes de que él se marchara, pero de forma inocente (relativamente), en espacios públicos.

—Habitaciones contiguas —puntualizó él.

Sin duda el personal del hotel estaría al corriente del propósito del término «contiguas», ¿no? Qué vergüenza. El corazón de Sylvie latía desbocado en su pecho cuando cogió un taxi desde la estación al hotel. Era una mujer a punto de sucumbir.

La tentación de Hugh.

—«El sol con sus rayos ardientes de gloria imperecedera.»

Hugh cantaba para sí en el jardín. Había salido del estudio para dar un paseíto después de la cena (si se le podía llamar cena). Del otro lado del seto de acebo que separaba la Guarida del Zorro de Las Grajillas le llegó una cadencia en respuesta:

—«Y observa su llama esa plácida dama: su alteza celestial la luna».

Y al parecer así fue como, tras haberse deslizado por el hueco en el seto que habían creado los niños mediante años de uso, se encontró en el invernadero de los Shawcross rodeando con los brazos a Roberta Shawcross. (Tanto él como la señora Shawcross habían participado en una reciente puesta de escena amateur de *El Mikado* en la zona. Se habían sorprendido tanto a sí mismos como mutuamente con la energía de sus improbables interpretaciones de Ko-Ko y Katisha.)

«El sol y la luna —se dijo él—, los elementos masculino y femenino.» ¿Qué habría pensado de haber sabido que esos serían un día los nombres de sus bisnietos?

—Señora Shawcross —dijo al aparecer al otro lado del seto, con bastantes arañazos del acebo. Comprendió que los críos que utilizaban aquel atajo eran bastante más menudos que él.

—Ay, por favor, Hugh, llámame Roberta.

Qué desconcertante, por lo íntimo, le sonaba a él ese nombre en los labios de ella, unos labios húmedos y carnosos acostumbrados a prodigar alabanzas y ánimos a todo el mundo.

La notó caliente. Y no llevaba corsé. Vestía de una forma más bien bohemia; también era vegetariana y pacifista, y luego, cómo no, estaba toda esa cuestión del sufragio. Aquella mujer era una idealista tremenda. No podía sino admirarla. (Hasta cierto punto, en cualquier caso.) Tenía creencias y pasiones más allá de ella. Las pasiones de Sylvie eran tormentas que se desataban en su interior.

Hugh estrechó con más fuerza a la señora Shawcross y la sintió responder.

—Madre mía —soltó ella.

—Sí, lo sé —contestó él.

Si algo tenía la señora Shawcross —Roberta— era su capacidad de comprender la guerra. Tampoco es que Hugh deseara hablar sobre ella —no, por Dios—, pero la compañía de alguien que la entendiera lo reconfortaba. Al menos un poquito. El comandante Shawcross tuvo algunos problemas a su regreso del frente y su mujer se mostró muy comprensiva. En la guerra eras testigo de escenas horribles, ninguna de ellas temas adecuados para la conversación en casa, y, por supuesto, Sylvie no tenía intención de hablar sobre la guerra. Había supuesto un desgarrón en el tejido de sus vidas y ella lo había zurcido con pulcritud.

—Ay, qué manera más adecuada de expresarlo, Hugh —comentó la señora Shawcross (Roberta)—. Pero diría que, a menos que seas capaz de dar puntadas invisibles de tan perfectas, siempre quedará una cicatriz, ¿no?

Él lamentó haber introducido metáforas de la costura. El invernadero demasiado caldeado estaba lleno de fragantes geranios, cuyo olor resultaba un poco agobiante en su opinión. La señora Shawcross le apoyó la palma de la mano contra la mejilla, con suavidad, como si fuera quebradizo. Él acercó más los labios a los de ella. «En buen lío me he metido», se dijo. Estaba en territorio desconocido.

—Verás, es que Neville… —empezó a decir ella con timidez. (¿Quién era Neville?, se preguntó Hugh)—. Neville ya… ya no puede. Desde la guerra, ¿sabes?

—¿El comandante Shawcross?

—Sí, Neville. Y no es que yo quiera ser… —Se estaba ruborizando.

—Oh, ya veo.

Los geranios lo estaban mareando un poco. Necesitaba aire fresco. Empezaba a sentir pánico. Se tomaba muy en serio los votos conyugales, no como algunos hombres que conocía. Creía en el compromiso del matrimonio, reconocía sus restricciones. Y la señora Shawcross —Roberta— vivía en la casa de al lado, por el amor de Dios. Entre los dos tenían diez hijos, difícilmente una buena base para la pasión adúltera. No, debía liberarse de aquella situación, se dijo, en tanto que sus labios se acercaban aún más.

—¡Ay, Dios! —exclamó ella dando un repentino paso atrás—. ¿Ya es tan tarde?

Hugh miró alrededor en busca de un reloj, pero no vio ninguno.

—Es la noche de los Kibbo Kift —añadió ella.

—¿Los Kibbo Kift? —repitió él, confuso.

—Sí, tengo que irme, los niños estarán esperando.

—Sí, claro, los niños. —Hugh empezó a batirse en retirada—. Bueno, si necesitas hablar en algún momento, ya sabes dónde estoy. —Y, sin que hiciera mucha falta, añadió—: En la casa de al lado.

—Sí, por supuesto.

Hugh huyó, tomando la ruta más larga del sendero y la verja en lugar del atroz agujero en el seto.

Pensó que habría estado mal retirarse a la casta seguridad del estudio, pero aun así no pudo evitar vanagloriarse un poco. Empezó a silbar «Three Little Maids From School». Se sentía bastante contento.

¿En qué andaba entretanto Teddy?

Teddy formaba parte de un círculo en un campo cercano, amablemente cedido por lady Daunt en su finca. Los miembros del círculo, niños en su mayor parte, se movían en el sentido de las agujas del reloj mientras daban peculiares brincos basándose en la idea que tenía la señora Shawcross de una danza sajona. («¿Los sajones bailaban? —preguntó Pamela—. Nunca te los imaginas bailando.») Empuñaban bastones de madera —ramas que habían encontrado en el bosque— y de vez en cuando se detenían para golpear el suelo con ellos. Teddy llevaba puesto el «uniforme» (jubón, pantalón corto y capucha) para parecer una mezcla de elfo y uno de los (no muy) alegres compañeros de Robin Hood. La capucha era bastante desastrosa porque había tenido que cosérsela él mismo. La destreza manual era uno de los aspectos en los que se insistía en los Kibbo Kifts. La señora Shawcross, la madre de Nancy, siempre les hacía bordar insignias, brazaletes y estandartes. Era humillante.

—Los marineros cosen —dijo Pamela, tratando de animarlo.

—Y los pescadores tejen —añadió Ursula.

—Gracias —contestó él sin entusiasmo.

La señora Shawcross estaba en el centro del círculo, dirigiendo a sus pequeños bailarines. («Ahora saltad a la pata coja con la izquierda y hacedle una pequeña reverencia a quien tengáis a vuestra derecha.») Había sido idea de la señora Shawcross que Teddy se uniera a los Kibbo Kift. Justo en el momento en que él consideró pasar de los lobatos a los boy scouts, ella lo sedujo con el señuelo de Nancy. («¿Niños y niñas juntos?», preguntó una desconfiada Sylvie.)

La señora Shawcross era una gran entusiasta de la hermandad. Según decía, el movimiento de los Kibbo Kift constituía una alternativa igualitaria y pacifista a los militaristas scouts, de los que su líder se había separado. («¿Renegados?», diría Sylvie.) Emmeline Pethick-Lawrence, una de las heroínas de la señora Shawcross, integraba el movimiento. La propia señora había sido sufragista. («Muy valiente», decía con cariño el comandante Shawcross.) Se aprendía silvicultura, comentaba ella, y se iba de acampada y de excursión, actividades que se apoyaban con el énfasis en «la regeneración espiritual de la juventud de Inglaterra». Eso le gustó a Sylvie, aunque no a Teddy. Pese a que en general se mostraba hostil ante cualquier idea que viniera de la señora Shawcross, Sylvie decidió que sería «bueno» para Teddy.

—Cualquier cosa que no promueva la guerra —añadió.

Teddy no creía que precisamente los boy scouts promovieran la guerra, pero de nada sirvieron sus protestas.

La señora Shawcross no solo no había mencionado la costura, sino tampoco los bailes, los cantos folclóricos, las cabriolas por el bosque y las interminables charlas. Formaban clanes, tribus y logias, pues había su buena mezcla de (supuestas) tradiciones de los pieles rojas con (supuestos) ritos sajones que conformaban un batiburrillo de lo más improbable.

—A lo mejor la señora Shawcross ha encontrado una de las tribus perdidas de Israel —bromeó Pamela.

Todos elegían nombres indios. Teddy era Pequeño Zorro («Por supuesto», comentó Ursula). Nancy era Lobezna (en cheyenne, según la señora Shawcross, «Honiahaka». Tenía un libro al que remitirse). Y la señora Shawcross era Gran Águila Blanca («Oh, por el amor de Dios —dijo Sylvie—, menudo orgullo desmedido»).

Había algunas cosas buenas; estar con Nancy, por citar una. Y aprendían tiro al arco con arcos y flechas de verdad, no con apaños a base de ramas o cosas por el estilo. A Teddy le gustaba el tiro al arco y pensaba que algún día le resultaría útil; si se convertía en un forajido, por ejemplo. ¿Tendría el valor suficiente para dispararle a un ciervo? Conejos, tejones, zorros y hasta ardillas ocupaban un tierno rincón en su corazón. Suponía que lo haría por una cuestión de supervivencia, si solo le quedara la opción de morir de hambre. Pero fijaría el límite en algún punto. Perros, alondras.

—A mí me parece todo un poco pagano —comentó Hugh con cierto recelo a la señora Shawcross («Roberta, por favor»). Fue en una conversación anterior, previa al «incidente» en el invernadero, antes de que pensara en ella como mujer.

—Bueno, yo diría que «utópico» lo describiría mejor —opinó ella.

—Ah, la utopía —respondió él con tono cansino—. De qué poco sirve semejante idea.

—¿No fue Wilde —prosiguió la señora Shawcross— quien escribió que «el progreso es la consecución de las utopías»?

—Jamás se me ocurriría basar mis principios morales en ese hombre —espetó Hugh, un poco desilusionado con la señora Shawcross, un elemento disuasorio al que recurriría más adelante cuando sus pensamientos volvieran al aroma de los geranios y la ausencia de corsé.

El concepto de la utopía de Teddy no habría incluido a los Kibbo Kift.

¿Qué habría incluido? Un perro, sin duda. Preferiblemente, más de uno. Nancy y sus hermanas estarían ahí —y suponía que su madre también— y vivirían todos en una casa preciosa en la verde campiña de los condados de los alrededores de Londres y comerían pastel todos los días. Esa era su vida real, de hecho.

Los Kibbo Kift darían a su vez su propio movimiento escindido, el menos excéntrico y centrado en la silvicultura de los Woodcraft Folk, y a esas alturas Teddy ya se las habría apañado para desvincularse de todos ellos. En la escuela, se uniría al Cuerpo de Entrenamiento de Oficiales y disfrutaría de la carencia coordinada de pacifismo. Al fin y al cabo, era un chico. Le habría sorprendido saber que con sesenta y tantos años, cuando sus nietos acudieran a vivir con él en York, pasaría varios meses de idas y venidas de una gélida sala de la parroquia para que Bertie y Sunny pudieran asistir a la reunión semanal del grupo de los Woodcraft Folk del que eran miembros. Teddy pensaría que aquella continuidad tal vez sería buena para ellos, visto lo poco que Viola, su madre, parecía haberles proporcionado. Observaría los rostros inocentes de sus nietos cuando corearan las esperanzadas palabras de la doctrina al inicio de la reunión: «Entonaremos nuestro canto para crear un mundo nuevo».

Incluso iría de acampada con ellos y la líder del grupo, que pese a ser robusta, joven y negra le recordaba un poco a la señora Shawcross, lo felicitaría por sus «aptitudes para la silvicultura».

—Aprendí en los boy scouts —contestaría, pues incluso al cabo de tantos años sería reacio a admitir que hubiera asimilado nada de los Kibbo Kift.

Sylvie le pagó al taxista y el portero del hotel abrió la puerta del vehículo y musitó:

—Señora.

Ella titubeó en la acera. Otro portero sostenía abierta la puerta del hotel.

—Señora.

Otra vez.

Avanzó pulgada a pulgada, acercándose muy poco a poco al adulterio.

—¿Señora? —repitió el portero, que aún sostenía la puerta, perplejo ante semejante lentitud.

El hotel ejercía su atracción sobre ella. Sylvie veía las fastuosas tonalidades del vestíbulo, la promesa de lujo. Imaginó champán burbujeante en copas de cristal de Bohemia tallado, fuagrás, faisán. La iluminación amortiguada de la habitación, la cama con sus sábanas de hotel almidonadas. Se le encendieron las mejillas. Él la estaría esperando dentro, al otro lado de la puerta. Quizá la había visto ya y se estaba poniendo en pie para recibirla. Volvió a titubear, sopesando lo que estaban a punto de darle y lo que ella estaba a punto de entregar. O simplemente todo seguiría igual, un resultado incluso peor. Y entonces pensó en sus hijos, pensó en Teddy, su preferido y paladín. ¿Arriesgaría su vida como madre de Teddy? ¿Por una aventura? Un escalofrío de horror sofocó las llamas del pecado. Pues eso era, pecado, no cabía duda. No hacía falta un dios (Sylvie era una atea inconfesa) para creer en el pecado.

Recobró la compostura (complicado) y le dijo al portero con cierta altivez:

—Ay, lo siento. Acabo de acordarme de que tenía una cita en otro sitio.

Se batió en retirada a buen paso y con la cabeza bien alta, una mujer decidida con un destino decente y civilizado aguardándola: un comité benéfico, incluso una reunión política; cualquier cosa menos una cita con un amante.

¡Un concierto! La entrada iluminada del Wigmore Hall apareció ante su vista: una cálida almenara, un puerto seguro. La música empezó a sonar casi de inmediato, uno de los cuartetos de Mozart dedicados a Haydn, *La caza*. Qué apropiado, se dijo. Ella había sido la cierva; él, el cazador. Pero ahora la cierva había salido dando brincos, libre. Bueno, quizá no brincaba exactamente, pues estaba en un asiento bastante malo al fondo de la sala de conciertos, embutida entre un joven un poco desaliñado y una dama anciana. Pero la libertad siempre se cobraba su precio, ¿no?

Aunque con frecuencia había asistido a conciertos con su padre y conocía bien los cuartetos dedicados a Haydn, se sentía demasiado turbada por su huida por los pelos para escuchar a Mozart. Ella tocaba el piano, pero en los últimos tiempos evitaba asistir a recitales, pues suponían un recuerdo demasiado doloroso de la vida que habría podido tener. De jovencita, su profesor le había dicho que, si se tomaba en serio los estudios, llegaría a tocar «al nivel de una concertista»; sin embargo, entonces, cómo no, se produjo la bancarrota, aquella gran caída en desgracia, y se llevaron sin ceremonias el Bechstein para venderlo a un comprador particular. Lo primero que hizo Sylvie al mudarse a la Guarida del Zorro fue adquirir un Bösendorfer, regalo de bodas de Hugh para ella. Un gran solaz del matrimonio.

Tras el intermedio tocaron el *Cuarteto de las disonancias*. Cuando sonaban los primeros compases, casi inaudibles, se encontró llorando quedamente. La anciana dama le pasó un pañuelo (limpio y planchado, gracias a Dios) para que se enjugara las lágrimas. Sylvie movió los labios para darle las gracias. El silencioso intercambio le levantó un poco el ánimo. Al final del concierto, la mujer insistió en que se quedara el pañuelo. El joven desaliñado se ofreció a escoltarla hasta un taxi. Qué amables eran los extraños, se dijo. Declinó con educación el gesto de su aspirante a escolta, algo que lamentaría después porque, en su trastornado estado, giró en la dirección equivocada en Wigmore Street, y luego otra vez, y se encontró en una zona que no era ni mucho menos recomendable, armada tan solo con un alfiler de sombrero para defenderse.

Antaño, en Londres se sentía como en casa, pero ahora la ciudad le era ajena. Le parecía un lugar sucio, escabroso y de pesadilla, un círculo infernal al que sin embargo había descendido voluntariamente. Debía de haber perdido el juicio. Solo deseaba volver a casa, pero ahí estaba, vagando por las calles como una loca. Cuando por fin dio con el camino de regreso a la brillante y ajetreada Oxford Street soltó una exclamación de alivio. Luego hizo un trayecto en taxi, y se encontró sentada con recato en un banco en el andén de la estación como si volviera de una jornada de compras y de almorzar con las amigas.

—Madre mía —soltó Hugh—. Pensaba que eras un ladrón. Antes has dicho que pasarías la noche en la ciudad.

—Oh, es que era todo mortalmente aburrido —contestó Sylvie—. He decidido volver a casa. El señor Wilson, el jefe de estación, me ha traído hasta aquí en su calesín.

Hugh observó el cutis arrebolado de su mujer, la expresión algo desquiciada de un caballo desfondado que había en sus ojos. Por contraste, la señora Shawcross no era tanto un purasangre como un caballo de labranza bonachón. Lo cual, en su opinión, a veces era preferible. Le dio un ligero beso a Sylvie en la mejilla y dijo:

—Siento que tus planes para la velada no hayan salido bien, pero estoy muy contento de tenerte en casa.

Sentada ante el espejo, mientras se quitaba las horquillas del ovillo de su pelo, Sylvie sintió una nueva oleada de desesperanza. Había sido una cobarde, y ahora estaba encadenada para siempre a esa vida. Hugh apareció tras ella y le apoyó las manos en los hombros.

—Preciosa —musitó acariciándole el cabello.

Sylvie tuvo que contener el deseo de apartarse de un tirón.

—¿A la cama? —preguntó Hugh, con cara de hacerse ilusiones.

—A la cama —contestó ella alegremente.

«Pero no fue solo ese pájaro, ¿no?» Tendido en la cama a la espera de que lo atrapara el sueño, Teddy mantenía a raya la inconsciencia nocturna a base de dejar vagar los pensamientos. No fue una única alondra la que silenció Izzie. («Un bocado.») Fueron generaciones de aves, que habrían venido tras ella y ahora jamás nacerían. Todos esos preciosos cantos que ya nunca se entonarían. Años después, Teddy aprendería la palabra «exponencial», y más tarde incluso la palabra «fractal», pero por el momento solo se trataba de una bandada de aves que se volvía cada vez más grande a medida que se desvanecía en un futuro que nunca llegaría.

Ursula, que pasó a verlo de camino a la cama, lo encontró despierto y leyendo *Escultismo para muchachos*.

—¿No puedes dormir? —le preguntó con la brusca solidaridad de una compañera en el insomnio.

Los sentimientos de Teddy hacia su hermana eran casi tan francos y sencillos como los que abrigaba hacia Trixie, que estaba tendida a los pies de la cama y gemía con suavidad.

—Sueña con conejos, supongo —dijo Ursula.

Soltó un suspiro. Tenía quince años y cierta tendencia al pesimismo. También era un rasgo del carácter de su madre, aunque ella lo habría negado con energía. La hermana de Teddy se instaló en su cama y le leyó en voz alta:

—«Debes estar siempre a punto y con la armadura puesta, excepto cuando descanses por las noches». —(Quizá se trataba de la armadura de buenos modales de su madre, pensó Teddy.)—. Supongo que es una metáfora. Difícilmente se puede esperar que los caballeros anden traqueteando el día entero de aquí para allá con la armadura puesta. Cuando pienso en caballeros, siempre me acuerdo del hombre de hojalata de *El mago de Oz*.

Se trataba de un libro que todos adoraban, pero Teddy deseó que Ursula no le hubiese metido aquella imagen en la cabeza, pues *Los idilios del rey* y *La muerte de Arturo* se evaporaron al instante.

Se oyó el ulular de un búho, un sonido intenso, casi agresivo.

—Por cómo suena, está en el tejado —dijo Teddy.

Escucharon juntos durante un ratito.

—Bueno, hasta mañana —dijo al final Ursula. Le dio un beso a Teddy en la frente.

—Hasta mañana —contestó él mientras metía *Escultismo para muchachos* bajo la almohada. A pesar del búho, que seguía entonando su infame canción de cuna, se sumió casi de inmediato en el sueño profundo e inocente de los optimistas.

Las aventuras de Augustus

«Las espantosas consecuencias»

Todo empezó de una manera bastante inocente, al menos en opinión de Augustus.

—Las cosas siempre empiezan de manera inocente —comentó el señor Swift con un suspiro, aunque dudaba que la definición de inocencia de Augustus fuera como la de los demás.

—¡Pero no ha sido culpa mía! —protestó él, furioso.

—Eso acabará escrito en tu lápida, querido —intervino la señora Swift alzando la vista del calcetín que estaba zurciendo. Huelga decir que era de Augustus. («¿Qué demonios les hará?», se preguntaba ella a menudo.)

—Además, ¿cómo iba a saber qué pasaría? —insistió Augustus.

—No hay ningún acto que no tenga una consecuencia —declaró el padre de Augustus—. Solo los cortos de miras no tienen en cuenta las consecuencias.

El señor Swift era letrado del Tribunal Supremo y se pasaba el día allí procesando a los culpables y disfrutando del tira y afloja de las batallas en la sala. Sin duda, una parte de esa tarea la trasladaba a su ámbito familiar, lo cual, en opinión de su hijo, le daba una ventaja injusta.

—Soy inocente hasta que se demuestre lo contrario —murmuró Augustus.

—Te han pillado con las manos en la masa —comentó con suavidad el señor Swift—. ¿No prueba eso tu culpabilidad?

—No tenía las manos en la masa —terció un indignado Augustus—. Además, no era masa, sino pintura. —Y añadió con solemnidad—: Pintura verde, milord.

—Ay, por favor —intervino la señora Swift—. Me estás dando dolor de cabeza.

—¿Cómo voy a darte dolor de cabeza? —preguntó el niño, ofendido por aquella nueva acusación—. Para darte dolor de cabeza primero tendría que tenerlo yo. No puedes darle a alguien algo que no tienes. Y yo no tengo dolor de cabeza. *Ergo* —añadió con grandilocuencia, arrancando el término de algún recóndito rincón de su sabiduría— no puedo dártelo a ti.

Semejante aluvión de razonamiento no contribuyó a mejorar el dolor de cabeza de la señora Swift, que hizo un gesto con la mano a su hijo, como quien trata de librarse de una mosca especialmente molesta, y volvió a su zurcido.

—A veces me pregunto —murmuró— qué hice para ofender a los dioses.

Por su parte, Augustus se sentía bastante satisfecho de sí mismo. Estaba llevando a cabo su propia defensa con considerable energía. Era un hombre inocente en el banquillo luchando por sus derechos. Su hermana, Phyllis, una «marisabidilla» según su madre, siempre andaba pontificando sobre «los derechos del hombre común y corriente». «Y aquí estoy —se dijo él—, pues no hay nadie más común y corriente que yo.»

—Tengo mis derechos, ¿sabéis? —afirmó, y añadió con tono presuntuoso—: Me han utilizado de mala manera. —Había oído a su hermano

Lionel («un mojigato», según Phyllis) decir eso en cierta ocasión en que se había enamoriscado como un idiota de una chica.

—Venga ya, por el amor de Dios —soltó su padre—. Que no eres Edmond Dantès.

—¿Quién?

—Da la impresión de que ni siquiera piensas —continuó su padre—. Cualquiera con dos dedos de frente habría visto lo que pasaría.

—Lo que estaba pensando es que quería ver qué había al otro lado —terció Augustus.

—Ay, me pregunto cuántas veces se habrá pronunciado esa frase como preludio del desastre —dijo el señor Swift sin dirigirse a nadie en particular.

—¿Y qué había al otro lado? —quiso saber la señora Swift, incapaz de contener la curiosidad.

—Bueno... —vaciló Augustus, y se pasó el caramelo de un carrillo al otro, concediéndose tiempo para considerar la respuesta.

—¿No sería por casualidad la peluca de la señora Brewster? —le preguntó el señor Swift con su tono de letrado, ese que daba a entender que ya conocía la respuesta.

—¿Cómo iba a saber yo que ella llevaba peluca? ¡Podría haber sido cualquier peluca vieja! ¿Cómo iba a saber yo que la señora Brewster era calva? Tú llevas peluca y no eres calvo.

—En el tribunal. Llevo peluca en el tribunal —puntualizó un exasperado señor Swift.

—Supongo que no tendrás ni idea de adónde se ha llevado la peluca el perro, ¿no? —le preguntó la señora Swift a su hijo.

Jock, soltando ladridos de emoción y lleno de manchitas de la pintura verde en cuestión, eligió ese momento para entrar en la habitación, y la señora Swift...

—Madre mía —gimió Teddy, dejando caer el libro al suelo.

Izzie había robado su vida. ¿Cómo podía haberlo hecho? (El incidente de la pintura no había sido culpa suya, eso era verdad.) Había cogido su vida y la había retorcido para convertirlo en un niño distinto, un niño estúpido que corría aventuras estúpidas. Y con un perro estúpido, muy estúpido: un westie de cara tosca y ojillos negros y redondos. El libro estaba ilustrado por una especie de viñetas que lo volvían todo mucho peor. Augustus era un colegial lleno de arañazos que se portaba fatal, con una gorra pegada permanentemente en la coronilla, un remolino de pelo cayéndole en los ojos y una catapulta colgándole del bolsillo. El volumen tenía cubiertas de tapa dura de color verde con letras doradas, y en la portada se leía: «*Las aventuras de Augustus*, por Delphie Fox», que por lo visto era el «seudónimo» de Izzie. Dentro llevaba una dedicatoria: «Para mi sobrino, Teddy. Mi propio y querido Augustus». Menuda chorrada.

Lo que más lo irritaba de todo aquello era el westie. No solo era el perro menos indicado, sino que además le recordaba su terrible pérdida, la de Trixie, que había muerto antes de Navidad. Nunca se le había pasado por la cabeza que pudiera morirse antes que él, de modo que la incredulidad lo hizo sufrir tanto como la pena. Cuando volvió a casa tras su primer trimestre en el internado, se encontró con que habían enterrado a la perra junto a Bosun bajo los manzanos.

—Tratamos de que siguiera ahí hasta tu regreso, muchacho —le dijo Hugh—, pero no pudo aguantar.

Teddy pensó que nunca superaría aquel pesar, y es posible que nunca lo hiciera, pero al cabo de unas semanas de la publicación de *Las aventuras de Augustus*, Izzie apareció con otro regalo: un diminuto cachorro de westie, con el nombre «Jock» grabado en el caro collar. Teddy trató con todas sus fuerzas de no cogerle cariño, pues habría supuesto no solo traicionar el amor que sentía por Trixie sino también aceptar la espantosa forma novelesca que habían dado a su vida. Era una tarea imposible, por supuesto, y el perrito no tardó en abrirse camino a base de escarbar hasta los más profundos recovecos de su corazón.

Sin embargo, Augustus lo acosaría de una forma u otra durante el resto de su vida.

Ursula entró en la habitación, recogió el libro del suelo y empezó a leer:

«—¿No es ese Augustus? —susurró la señorita Slee al oído del señor Swift. Fue un susurro bastante alto, de esos que hacen volverse a la gente en los asientos de alrededor para mirarte con interés».

¿Qué había intervenido en la creación de Teddy? No solo pasta o buena pasta, desde luego, sino una generación tras otra de Beresford y Todd, que habían coincidido en un punto singular en una fría cama, una noche gélida de otoño, cuando su padre había asido la cuerda dorada del cabello de su madre y se había negado a soltarla hasta haberlos arrastrado a ambos hasta la orilla opuesta (tenían muchos eufemismos para el acto sexual). Mientras yacían entre el naufragio del lecho conyugal, ambos sentían cierta confusión ante el ardor inesperado del otro. Hugh se aclaró la garganta y murmuró:

—Un viaje a las profundidades, ¿eh?

Sylvie no dijo nada, pues tuvo la sensación de que la metáfora marinera ya se había llevado demasiado lejos.

Pero el grano había penetrado en la cáscara (el punto de vista metafórico de la propia Sylvie) y la perla que sería Edward Beresford Todd comenzó a crecer, hasta quedar al descubierto bajo el sol que lucía antes de la Gran Guerra y pasar interminables horas felices en su cochecito sin otra compañía que una liebre de plata colgando de la capota.

Su madre recorría suavemente la casa, cual gran leona que los protegiera a todos. Su padre, más enigmático, se esfumaba cada día a otro mundo («el banco») y después, sin previo aviso, lo haría a un mundo mayor y más lejano incluso («la guerra»). Sus hermanas lo adoraban: lo mecían, le hacían carantoñas y lo cubrían de besos. Su hermano, ya en el internado, ya formado en el necesario estoicismo, se burlaba de él cuando volvía a casa en vacaciones. Su madre lo ceñía apretando la mejilla contra la suya y susurraba:

—De todos ellos, tú eres mi favorito.

Y él sabía que era verdad y se sentía mal por los demás. (Para Sylvie supuso un alivio saber por fin en qué consistía el amor.)

Todos eran felices, de eso, al menos, sí estaba seguro. Más adelante comprendería que la cosa nunca fue tan sencilla. La felicidad, como la vida misma, era tan frágil como los latidos del corazón de un pájaro, tan fugaz como las campanillas en el bosque, pero mientras duró, la Guarida del Zorro fue un sueño arcádico.

1980

Los hijos de Adán

—Mamá, tengo hambre.

Viola estaba demasiado ocupada observando el mar para que una declaración como esa calara en ella. La tarde y su calor ardiente tocaban ya a su agotado fin.

—¡Un día de playa! —había anunciado con entusiasmo Dominic aquella mañana. Con demasiado entusiasmo, como si ir a la playa tuviera el potencial de transformar sus vidas de manera trascendental.

Apenas pasaba un día sin que él tuviera alguna clase de gran idea, la mayoría de las cuales parecían entrañar servilismo por parte de Viola. («¡Te juro que Dominic piensa en seis cosas imposibles antes del desayuno!» Dorothy soltó una carcajada de admiración, como si eso fuera algo bueno.) Viola creía que al mundo le iría mejor sin tantas ideas. Ella tenía veintiocho años, pero ya estaba harta. Veintiocho parecía una edad especialmente poco satisfactoria. Ya no era joven, y sin embargo nadie parecía tomarla en serio y considerarla adulta. La gente todavía le decía a menudo qué debía hacer, era exasperante. Al parecer solo tenía algún poder con sus propios hijos, e incluso en ese caso quedaba limitado por un sinfín de negociaciones.

Habían tomado prestada la furgoneta de Dorothy para el trayecto de cinco millas, y se estropeó (no fue ninguna sorpresa) a una milla de la playa.

Un conductor que pasaba, un hombre mayor y de aspecto algo frágil al volante de un antiguo Morris Minor familiar, se detuvo y tocó algo bajo el capó, y ¡hale hop!, la furgoneta quedó arreglada. Su salvador era un granjero de la zona, uno de sus vecinos, y tanto él como el Morris Minor eran más sólidos de lo que parecía. Solo los niños lo reconocieron, pero no dieron muestras de ello, pues estaban aturdidos por el calor y la desesperación general que les producía quedarse tirados con la furgoneta de Dorothy por tercera vez aquel mes.

—De todas formas habrá que llevarla a un taller —dijo el granjero—. Lo que he hecho es solo temporal.

Siempre tan servicial, Dominic ofreció su sabiduría gurú:

—Todo es temporal, amigo.

Por la cabeza del granjero pasaron montañas inamovibles y las estrellas que poblaban el cielo, por no mencionar el rostro de Dios, pero no era un hombre inclinado a la disputa. Aquella gente lo tenía desconcertado: los críos desaliñados (con un toque de pobretones victorianos) sentados con aire taciturno en el arcén con su madre, quien parecía a su vez una joven y desmelenada madona con aquella ropa que parecía salida de un baúl de disfraces.

Viola se había puesto aquel atuendo agitanado —pañuelo de cabeza de campesina, botas Dr. Martens, falda larga de terciopelo, chaqueta india bordada con pequeños apliques de espejo— a toda prisa y sin pensar en que iban a la playa, que ya hacía calor y la temperatura aumentaría a lo largo del día. Le había costado tanto esfuerzo reunir todo lo necesario para aquella hégira —comida, bebida, toallas, trajes de baño, más comida, más toallas, una muda de ropa, cubos, palas, más comida, más ropa, redes de pesca, una pelota pequeña, más bebida, una pelota grande, crema solar, gorras, toallitas mojadas y escurridas dentro de una bolsa de plástico, una manta sobre la que sentarse— que se limitó a echar mano de las primeras prendas que encontró.

—Bonito día —dijo el viejo levantándose la gorra de tweed ante Viola.

—¿Lo es? —preguntó ella.

Entretanto, el mecánicamente inepto cabeza de familia se hacía pasar por Simeón el Loco, o quizá simplemente por loco, y realizaba cabriolas en la carretera como un bufón. Llevaba una camiseta con estampado *tie-dye* y unos tejanos cubiertos de parches, pese a que no los necesitaban, algo que a Viola le molestaba bastante puesto que era ella quien había aplicado esos parches. En cuanto al estilo, la familia entera estaba sin duda pasada de moda, hasta el granjero era capaz de advertirlo. Le había visto la cara al repugnante futuro: los jóvenes de la zona desfilando en el centro comercial con sus desgarrones y tachuelas y sujetos con imperdibles, y los menores hedonistas que habían seguido sus huellas, vestidos de piratas, bandoleros y monárquicos de la guerra civil. Cuando él tenía su edad se vestía como su padre y nunca tuvo que pensárselo dos veces.

—Éramos hijos de los años sesenta —le gustaría decir a Viola años después, como si el hecho en sí la volviera interesante—. ¡Los niños de las flores!

Aunque cuando los años sesenta ya habían pasado Viola todavía iba pulcramente enfundada en el uniforme gris de su escuela cuáquera y las únicas flores en su pelo procedían de una ocasional diadema infantil de margaritas que arrancaban del borde del campo de lacrosse del colegio.

Encendió un fino pitillo liado a mano y consideró con expresión sombría el mal karma que parecía haberle tocado en suerte. Dio una intensa calada al cigarrillo y luego, en una emotiva exhibición de responsabilidad materna, levantó la barbilla para que el humo pasara sobre las cabezas de sus hijos. Cuando se quedó embarazada por primera vez, de Sunny, Viola no tenía ni idea de lo que eso implicaría más adelante. No estaba segura de haber visto nunca un bebé, y mucho menos de haber tenido uno en brazos, e imaginaba que sería como coger un gato o, en el peor de los casos, un perrito. (Resultó que no se parecía en nada ni a lo uno ni a lo otro.) La inercia fue su única excusa un año después al encontrarse embarazada de nuevo, esta vez de Bertie.

—¡Nuestro salvador! —exclamó alegremente Dominic en cuanto el motor tosió y resucitó. Se dejó caer de rodillas ante el granjero, juntando las manos a modo de oración sobre la cabeza, y tocó el asfalto con la frente.

Viola se preguntó si habría dejado el ácido; no siempre era fácil saberlo, pues su existencia parecía consistir en un viaje interminable, ya fuera de subida o de bajada.

Solo cuando había pasado ya esa fase de su vida Viola comprendió que era un maníaco depresivo. El término «bipolar» llegó un poco tarde para Dominic, pues a esas alturas ya estaba muerto. «Plantarte delante de un tren puede causarte eso», comentaría Viola con frivolidad a las mujeres de su círculo de tambores de soul en Leeds, donde hacía un máster a tiempo parcial de estudios femeninos sobre el tema de «posfeminismo contracultural». («¿Eh?», soltó Teddy.) En la década de 1980, el norte era un semillero de rebeldía.

—Menudo tontaina —le comentó el granjero a su esposa al llegar a casa—. Y un pijo, además. Pensaba que los ricos tendrían más luces.

—Pues no —fue la sabia respuesta de la mujer.

—Me han dado ganas de traérmelos a todos aquí y darles un buen plato de huevos con jamón y un baño caliente.

—Han salido todos de la comuna —dijo su esposa—. Pobres críos.

Los críos en cuestión habían aparecido en la puerta de la casa unas semanas atrás, y en un primer momento la mujer del granjero pensó que eran gitanos enviados a mendigar y estuvo a punto de espantarlos, pero entonces reparó en que eran los niños que vivían en la granja vecina. Los invitó a pasar, les sirvió leche y pastel y dejó que dieran de comer a los gansos y visitaran el establo donde ordeñaban a las vacas Devon rojas.

—He oído decir que toman drogas y bailan desnudos a la luz de la luna —dijo el granjero. (Cierto, aunque la cosa no fuera tan interesante como sonaba.)

El granjero no reparó en Bertie antes de marcharse. Estaba aún sentada en el arcén, haciendo un saludo cortés a la parte posterior del Morris Minor que se alejaba.

Bertie deseó que la hubiese llevado a su casa. Había espiado a través de la verja de cinco trancas del granjero y admirado sus pulidos campos, las cepilladas y relucientes vacas y las ovejas blancas y mullidas como si acabaran de bañarlas. Había visto al granjero con su viejo sombrero flexible y al volante de su tractor rojo que parecía sacado de un cuento recorriendo de aquí para allá campos impecables.

Sin nadie que los vigilara, Sunny y ella habían entrado una vez en la granja vecina y la esposa del granjero les dio leche y pastel y los llamó «pobrecitos míos». Los llevó a ver cómo ordeñaban las grandes vacas rojas (¡una maravilla!). Y luego se tomaron la leche todavía caliente allí mismo, de pie en la lechería, y después la mujer del granjero les dejó dar de comer a los grandes gansos blancos, que graznaron de puro entusiasmo e hicieron que Bertie y Sunny soltaran risitas histéricas al arremolinarse en torno a ellos. Fue maravilloso hasta que apareció Viola como una nube oscura para llevárselos a casa y comenzó a hiperventilar al ver a los gansos. Por alguna misteriosa razón detestaba a los gansos.

Bertie logró rescatar una pluma y se la llevó a casa consigo como talismán. Aquella visita tuvo resonancias de cuento de hadas para ella y quería encontrar la forma de regresar a la granja mágica. O que la llevaran hasta allí en un viejo Morris Minor.

—Tengo mucha hambre, va en serio, mamá.

—Tú siempre tienes hambre —contestó Viola alegremente, tratando de mostrar mediante el ejemplo que no siempre era necesario lloriquear—. Trata de decir: «¡Mamá! Tengo hambre, ¿hay algo de comer, por favor?». ¿Qué va a pensar el señor Modales?

El señor Modales, quienquiera que fuese, era una angustiosa constante en la vida de Sunny, sobre todo cuando se trataba de comida.

Según Viola, todo cuanto Sunny decía tenía tono de queja; su nombre, que aludía a un sol radiante y luminoso, era desde luego de lo más irónico. Viola siempre intentaba que el niño adoptara un tono más alegre. «¡Ponte contento!», exclamaba abriendo las palmas y poniendo cara de felicidad exagerada. Cuando iba a la escuela, la Mount, en York, tenía un profesor de teatro que solía hacer eso. A las niñas les parecía una idea ridícula, pero ahora Viola advertía el valor de aparentar alegría incluso cuando no la sentías. Para empezar, tenías más probabilidades de conseguir lo que quisieras. Y además, así tu madre no tendría ganas de estrangularte cada cinco minutos. Sin embargo, ella no seguía su propio consejo. Hacía mucho tiempo que nada ponía contenta a Viola. Si es que se había sentido así alguna vez.

—Tengo hambre —repitió Sunny con mayor vehemencia.

Tenía la horrible costumbre de enseñar los dientes cuando estaba enfadado. Y a veces, si se descontrolaba del todo, le daba por morder. Viola todavía se encogía de espanto ante el recuerdo de la visita que habían hecho a su padre el año anterior, emprendiendo el maratón hasta el norte para el cumpleaños de Sunny. Sin Dominic, por supuesto, pues él no hacía esas cosas de familia.

—¿De familia? —preguntó un desconcertado Teddy—.¿Que él no hace «esas cosas» de familia? Pero resulta que tiene una familia. Tú. Sus hijos. Por no hablar de su propia familia. —Dominic se había «distanciado» de sus padres, algo que a Teddy le costaba mucho entender.

—No, me refiero a cosas tradicionales —aclaró Viola. (Sí, «cosas» era una palabra excesivamente usada en el vocabulario de Viola.) De no haber sido el padre de sus hijos, Viola habría sentido admiración por la extrema facilidad con que Dominic se absolvía de toda obligación con el simple método de reafirmar su derecho a la realización personal.

Sunny ya se las había apañado para estar al borde de la rabieta cuando su abuelo lo ayudó a soplar las velas. Viola había hecho el pastel aquella mañana en la cocina de su padre y luego plantó encima un «Feliz cumpleaños, Sunny» a base de Smarties, pero con tan poca maña que su padre pensó que Bertie lo había decorado.

—¿Cuándo nos comeremos el pastel? —gimoteó Sunny.

Tuvo que tragarse (todos tuvieron que hacerlo) los pesados macarrones integrales con queso que había preparado Viola, y que no constituían el clásico menú de cumpleaños para el gusto de Sunny. Además, se suponía que era su pastel.

—Al señor Modales no le gustaría oír ese tono —le regañó Viola.

Teddy se preguntó quién sería ese señor Modales. Parecía haber usurpado la patria potestad.

Viola cortó el pastel y le puso una porción delante a Sunny, quien entonces, sin que Viola supiera el motivo, arremetió como una víbora y le mordió en el antebrazo. Sin pensárselo dos veces, ella le soltó una bofetada. La impresión lo sumió bruscamente en el silencio, durante un segundo que se extendió hasta el infinito, mientras la habitación contenía la respiración a la espera de que comenzaran los alaridos de furia. Como en efecto ocurrió.

—Bueno, él me ha hecho daño —dijo Viola a la defensiva cuando vio la expresión en la cara de su padre.

—Por el amor de Dios, Viola, tiene cinco años.

—Tiene que aprender a controlarse.

—Y tú también —terció su padre, y cogió en brazos a Bertie como si ella también necesitara protección ante nuevos actos de violencia materna.

—Bueno, ¿qué esperabas? —le espetó Viola a Sunny, ocultando así la vergüenza y el remordimiento que sentía por su propio y deplorable comportamiento.

A esas alturas los alaridos se habían convertido en aullidos, y gruesas lágrimas de angustia surcaban la cara ya manchada de chocolate de Sunny. Ella trató de cogerlo en brazos, pero en cuanto lo rodeó y trató de levantarlo, el cuerpo del niño se puso rígido como un tablón y le fue imposible asirlo. Al volver a dejarlo en el suelo, él empezó a darle patadas.

—No se puede ir por ahí dando patadas y mordiscos a la gente sin esperar que haya consecuencias —dijo Viola, tan remilgada como una niñera anticuada, sin mostrar un solo signo de las emociones que le encogían las entrañas. Sentía un demonio retorciéndose en su interior. Un demonio que hablaba a menudo por los labios arrugados de la Niñera Remilgada. El señor Modales se sentaba ahora tímidamente detrás de la niñera.

—¡Sí que puedo! —bramó Sunny.

—No, no puedes —dijo la Niñera Remilgada sin alterarse— porque un policía grandote vendrá a la casa y te llevará a la cárcel y te encerrará allí durante años y años.

—Viola —intervino su padre—. Por el amor de Dios, contrólate. Solo es un crío pequeño. —Le tendió una mano a Sunny y añadió—: Vamos, a ver si te encontramos un caramelo.

Él siempre era la voz de la razón, ¿no? O, para Viola, la Voz de la Razón, pues concedía a su padre las letras mayúsculas del Antiguo Testamento. Siempre incordiando a sus espaldas. Viola se negaba a reconocer que se trataba del murmullo inquieto de su propia conciencia.

Viola, ahora sola en la mesa, se echó a llorar. ¿Por qué todo acababa siempre de esa manera? ¿Y por qué era siempre culpa suya? A nadie le preocupaba cómo se sentía ella, ¿verdad? Nadie le hacía pasteles de cumpleaños, por ejemplo. Ya no, en cualquier caso. Su padre solía hacérselos, pero a ella no le gustaban sus ofrendas caseras y había suspirado por la clase de pasteles de cumpleaños que veía en los escaparates de Terry's o Bettys, las pastelerías que se hallaban una frente a la otra en ambos extremos de Saint Helen's Square, como una pareja en plena trifulca.

Cuando cumpliera cincuenta años, Viola encargaría su propio pastel en Bettys, ya que hacía mucho que Terry's había abandonado el campo de batalla. «Felices cincuenta, Viola», trazarían con delicadeza en lila sobre blanco, pues, pese a las numerosas indirectas, Bertie no conseguiría entender hasta qué punto era significativo llegar al medio siglo. Viola sobreviviría a su madre más de tres años, aunque no era una competición de la que deseara salir vencedora. A esas alturas, su madre formaba parte de un pasado efímero del que ya no la podían recuperar. Cuanto más olvidaba Viola a su madre, más la echaba de menos.

No le contaría a nadie lo del pastel de sus cincuenta años y se lo comería entero ella sola. Duraría semanas, aunque al final estaría muy duro. ¡Pobre Viola!

Quitó todos los Smarties de color naranja del pastel de Sunny. Los habían hecho en una fábrica —todos ellos, no solo los naranjas— en el otro extremo de la ciudad. Viola había visitado la fábrica de Rowntree con el colegio y vio cómo arrojaban los colores en lo que parecían hormigoneras de cobre brillante. Al final de la visita, les dieron a todos una caja gratis de grageas de chocolate. Viola nunca llegó a comérselas porque cuando llegó a casa se las tiró a su padre. Ya no recordaba por qué. Quizá porque él no era su madre.

Se llevó los platos sucios de pastel a la cocina y los dejó en el fregadero. A través de la ventana veía a Sunny y Bertie en el jardín con su abuelo, que les enseñaba los narcisos. («¡Millones de ellos!», exclamaría Sunny emocionado cuando llegara corriendo.) Viola observó a sus hijos, de rodillas entre las flores, con la luz dorada reflejándose en sus rostros. Estaban riendo y charlando con su padre. Aquella imagen hizo que se sintiera muy triste. Tuvo la sensación de haber sido ajena a la felicidad durante toda su vida.

—¡Tengo hambre! —bramó Sunny.

Viola, cuyos ojos seguían contemplando el mar, tan fijos como los de un farero en busca de un naufragio, tendió una mano hacia atrás y hurgó a ciegas en las profundidades de su mochila hasta sacar la bolsa de papel que contenía los bocadillos que habían sobrado de antes, hechos sin muchos miramientos a base de una densa masa de centeno casera y con relleno de paté Tartex y pepino mustio. Sunny enfureció ante la reaparición de aquel festín tan poco atractivo.

—¡No quiero esto! —gritó, arrojándole el bocadillo a ella. Tenía una puntería terrible y un labrador que acertó a pasar por allí lo cogió al vuelo y lo devoró, gratamente sorprendido.

—¿Perdona? —exclamó Viola con un tono de voz que ni de lejos parecía entrañar una disculpa.

—Quiero algo bueno —dijo Sunny—. Nunca nos das nada bueno de verdad.

—Querer algo nunca te hace conseguirlo —terció Viola. (No era verdad en el caso del labrador, pensó Sunny.)

Al parecer, la Niñera Remilgada había ido con ellos a la playa. Le ofreció un bocadillo a Bertie, que estaba cavando una serie de agujeros.

—Gracias, mamá —dijo la niña, porque le gustaba la forma en que su obediencia volvía a su madre simpática con ella.

—De nada —contestó Viola.

Sunny soltó un gruñido ante tan flagrante pantomima de los buenos modales, interpretada, como él bien sabía, solo para que se sintiera mal. Era como cuando jugaban a las familias felices (demasiado pequeños para semejante ironía) y no decías «por favor» y «gracias» cada vez que perdías la carta del padre Ratón o la madre Petirrojo, aunque solo se te hubiera olvidado.

—Te odio —murmuró dirigiéndose a Viola. ¿Por qué nunca era simpática con él? «Simpática» era la palabra ideal para Sunny. Algún día, su vocabulario utópico sería más amplio, pero por el momento se conformaría con «simpática»—. Te odio —repitió, más para sí mismo que para su madre.

—La-la-la —soltó Viola—. Me temo que no te oigo.

Él inspiró profundamente y gritó a pleno pulmón:

—¡Te odio!

La gente se volvió para mirarlos.

—Creo que hay algunas personas en el mar que no te han oído —ironizó Viola con esa actitud suya fingidamente imperturbable que a Sunny le enervaba hasta querer destruirla. La fría arma del sarcasmo era un truco malévolo que su madre perpetraba y contra el que él no tenía defensa. Se estaba fraguando una tormenta en el borrascoso corazón del niño. Podía explotar. Su madre lo tendría bien empleado.

«Ríndete de una vez y ya está, Sunny —pensó Bertie—. Tú nunca ganas. Nunca.» La niña continuó cavando con serenidad, con una mano dirigiendo la pequeña pala de mango corto, y la otra sujetando el sánd-

wich, que no tenía intención de comerse. Tras cavar con serenidad durante un rato, se trasladó un poco de lado moviendo el trasero y comenzó otro
agujero como si tuviera un plan en la cabeza, aunque su plan no iba más
allá de cavar tantos agujeros como le fuera posible antes de que acabase la
jornada.

A Bertie la habían bautizado con el nombre de Moon; en realidad no
había sido un bautismo sino una «ceremonia de imposición de un nombre», un ritual ideado por Dorothy y que se celebró una noche en el bosque detrás de la casa con toda la comuna presente. Viola entregó a su niñita recién nacida, que dormía con placidez, y Dorothy la alzó hacia la
luna como si Bertie fuera una ofrenda; durante un sorprendente instante,
Viola se preguntó si su hija sería sacrificada. Bertie ostentaba «el privilegio» de ser el primer bebé nacido en la comuna, dijo Dorothy.

—Te brindamos el futuro —declaró dirigiéndose a la luna, que no se
definió respecto a aquel obsequio.

Empezó a llover, Bertie se despertó y se echó a llorar.

—¡Ahora tenemos que darnos un festín! —declaró Dorothy mientras
se dirigían al interior. No con el bebé, sino con su placenta, que Jeanette
procedió a freír con cebolla y perejil. Viola declinó su ración; aquello le
pareció canibalismo, por no decir absolutamente repugnante.

Y, sí, los verdaderos nombres de sus hijos eran Sun y Moon, Sol y
Luna.

Por suerte, a Bertie le habían puesto también el nombre de su abuela.

—¿Moon Roberta? —repitió Teddy, tratando de que su voz sonara
inexpresiva a través del teléfono cuando se lo comunicaron—. Qué poco
corriente.

—Bueno, no querrías que se llamara como todas las demás, ¿verdad?
—contestó Viola—. Ya hay suficientes Sophies y Sarahs en el mundo. Más
vale un nombre que te haga destacar, ser diferente.

Teddy tendía a pensar lo contrario, pero se reservó su opinión. No por mucho tiempo. Sun no tardó en convertirse en Sunny (Soleado) y Bertie evitó ser Moony (Lunática) negándose a responder a cualquier versión lunar de su nombre hasta que la mayoría de la gente olvidó que figuraba en su certificado de nacimiento, un nacimiento que había registrado muy a su pesar Dominic, quien pensó que lo exigía una «burocracia totalitaria», que era la misma razón por la que él y Viola no estaban casados.

La única persona a la que Bertie permitía recordar la lunática ocurrencia de sus padres era su abuelo, que a veces la llamaba Bertie Moon, lo que a ella le parecía extrañamente reconfortante.

Terminó otro agujero, si puede decirse que un agujero tiene fin, y dejó caer el bocadillo en él.

Viola le dio la mochila a Sunny y le dijo:

—Ahí dentro en algún sitio hay una mandarina satsuma.

Su hijo gruñó ante la idea de una mandarina.

—Ay, para ya de refunfuñar, ¿quieres? —murmuró Viola, demasiado concentrada en el mar para sentirse irritada de verdad.

(—¿Por qué tuviste hijos? —le preguntaría Bertie años después—. ¿Fue solo por el imperativo biológico de reproducirse?

—Todo el mundo tiene hijos por eso —respondería Viola—, pero lo disfrazan de algo más sentimental.)

Viola deseó tener unos prismáticos. El sol arrancaba destellos al mar y volvía difícil distinguir nada con claridad. Había mucha gente en el agua y desde aquella distancia era casi imposible distinguirlos, solo eran formas que se mecían en el azul como focas perezosas. A pesar de que era muy miope, su vanidad le impedía ponerse las gafas.

Sunny se batió en retirada temporalmente de la batalla y volvió a recoger guijarros. Le encantaban los guijarros. Rocas, piedras, grava, pero los guijarros alisados por el mar eran los mejores. No podía creer que aquella playa fuera una fuente tan rica de ellos. Era probable que ni siquiera fuera capaz de recogerlos todos.

—¿Dónde está papá? —preguntó Bertie alzando de pronto la vista de su excavación.

—Nadando.

—¿Dónde?

—En el mar, por supuesto.

Cerca de donde estaba sentada, Viola vio un palo arrastrado por la marea, blanco y quebradizo como un hueso, sobresaliendo de la arena cual esquelético poste indicador. Lo cogió y empezó a trazar distraídamente símbolos en la arena seca: pentagramas, lunas cornudas y la vilipendiada esvástica. Hacía poco se había iniciado en el estudio de la magia. O «Magia».

—¿A qué te refieres, a cortar una mujer en dos con una sierra y cosas por el estilo? —quiso saber un desconcertado Teddy.

—Me refiero a la magia ritual. Brujería, ocultismo, paganismo. El tarot. No se trata de trucos, son temas con raíces profundas.

—¿Hechizos?

—A veces. —Dijo eso encogiéndose de hombros en un gesto de modestia.

La noche anterior había echado el tarot con Jeanette. Salieron el sol, la luna, el loco, uno tras otro: su familia. La sacerdotisa, que era Dorothy, obviamente. La torre: ¿un desastre, un nuevo comienzo? La estrella: ¿otro bebé? Dios no lo quisiera, aunque Estrella era un nombre bonito. ¿Cuánto rato hacía que no estaba Dominic? Era buen nadador, pero tampoco tanto para pasarse en el agua mucho tiempo.

Lucía un sol radiante. Para la magia era necesaria la noche, y velas chisporroteando en la oscuridad, no aquella sobreexposición. Viola arrojó el palo lejos de sí y soltó un suspiro ante el calor. A esas alturas se había quitado las botas, la chaqueta, la falda y el pañuelo de cabeza, y aun así seguía con más ropa que cualquiera en la playa. Ahora solo llevaba las anticuadas enaguas y un corpiño de manga larga que no combinaban, prendas plagadas de cintas y adornadas con *broderie anglaise* que había encontrado en una tienda de segunda mano. Viola no lo sabía, pero la enagua había pertenecido originalmente a una joven dependienta que había muerto de tisis y que se habría sorprendido y no estaría muy contenta al ver su ropa interior exhibida en una playa en Devon.

Viola renunció a su vigilancia de la playa y lió otro cigarrillo. Detestaba la orilla del mar. De niña, cuando todavía eran una familia como Dios manda, iban a playas frías y húmedas durante las vacaciones de verano, como si fuera obligatorio. Para Viola era más bien el purgatorio. Debía de ser idea de su padre. Quizá su madre había preferido ir a un lugar cálido y soleado donde lo pasaran bien, pero su padre tenía la clase de vena puritana que consideraba una playa en el mar del Norte algo bueno para una niña. Le dio una furibunda calada al pitillo. La sensatez de Teddy había jodido su infancia. Se tendió en la arena y miró fijamente el cielo sin nubes mientras consideraba el insoportable tedio de su vida. Eso en sí no tardó en aburrirla, y se incorporó de nuevo y sacó un libro de la mochila sin fondo.

No recordaba que le hubiera faltado nunca un libro. Un hijo único nunca falta. La literatura había alimentado sus fantasías infantiles y la había convencido de que algún día ella sería la protagonista de su propia narración. A lo largo de su adolescencia había habitado en el siglo XIX, vagando por los páramos con las Brontë, sintiéndose molesta por las restricciones en los salones de Austen. Dickens era su amigo, un amigo algo sentimental, y George Eliot una más rigurosa. En aquel momento, Viola estaba releyendo un antiguo ejemplar de *Cranford*. La señora Gaskell no se sentía como en casa en la Finca de Adán, donde el fondo de lectura iba de Hunter S. Thompson a los Sutras de Patanjali sin gran cosa en medio. Viola se sentó en la arena caliente, enroscándose un mechón de pelo en el dedo, un hábito de mucho tiempo atrás que irritaba a todo el mundo excepto a ella, y se preguntó por qué no se habría esforzado más en la universidad en lugar de dejar que Dominic la llevara por el mal camino y hacer el vago fumando droga. A esas alturas, podría ser profesora de universidad, o incluso catedrática. El sol arrancaba destellos a las páginas blancas de la señora Gaskell, y Viola sospechó que estaba al borde de un dolor de cabeza. Su madre había muerto básicamente a causa de un dolor de cabeza.

Sunny quebró la breve entente al arrepentirse de su decisión con respecto a la mandarina, pero en lugar de comérsela se la arrojó a Bertie, un acto que condujo a una violenta pelea a gritos entre ambos, que solo pudo detener la táctica disuasoria de darles dinero para ir a comprar helados. Había un furgón en el paseo marítimo, y Viola los observó caminar hacia él hasta que los perdió de vista. Cerró los ojos. Cinco minutos de paz, ¿era mucho pedir?

Viola estaba en su primer curso en una facultad de arquitectura brutalista de hormigón y cristal cuando conoció a Dominic Villiers, que había dejado bellas artes pero todavía rondaba por el perímetro de la vida académica. Era el vástago (Viola tuvo que buscar la palabra en el diccionario) de una familia semiaristocrática. Su legendario consumo de drogas, su pasado en la escuela privada y unos padres ricos a los que había rechazado con el fin de vivir en la miseria pictórica le concedían cierto prestigio. Viola, desesperada por rebelarse y deshacerse de sus cadenas de clase media provinciana, por poderes si no quedaba otra opción, se sintió atraída por su infamia.

Dominic era además muy guapo y Viola se sintió halagada cuando, tras revolotear en torno a ella durante varias semanas, por fin se lanzó (aunque con letargo, si es que alguien puede lanzarse con letargo) y le dijo:

—¿Te vienes a mi casa?

En su miserable piso no había grabados, pero sí un montón de grandes lienzos en los que simplemente parecía haber arrojado colores primarios.

—¿Lo has notado? —preguntó él, impresionado ante el hecho de que ella entendiera su técnica.

Por ignorante que fuera, Viola no pudo evitar pensar: «Pero yo también sería capaz de hacer eso».

—¿Se venden?—preguntó de manera inocente, y le cayó una paciente conferencia sobre «subvertir la relación de intercambio entre el productor y el consumidor».

—¿Te refieres a regalar cosas? —añadió, desconcertada. Al ser hija única, nunca regalaba nada.

—Vaya —comentó él con laconismo cuando dejó de admirar su propio arte, se volvió y la vio desnuda sobre las sábanas sucias.

Dominic vivía de rentas, lo cual según él era genial porque significaba que el «estado estalinista» pagaba para que él produjera arte.

—¿El contribuyente, quieres decir? —le preguntaría Teddy.

Viola había retrasado mucho tiempo el momento de llevar a su «galán» (el término era de Teddy, que había buscado algo inocuo) a casa, temiendo que las opiniones discretamente conservadoras de su padre y la ordenada contención de su hogar en York ofrecieran una mala imagen de ella. Le desagradaba el jardín de su padre, con sus ordenadas hileras de salvia, aliso y lobelia en rojo, blanco y azul.

—¿Por qué no te limitas a plantar una bandera del Reino Unido?

—No es patriotismo —protestó Teddy—. Creo que esos colores quedan muy bien juntos.

—Jardines —dijo Dominic.

Teddy esperó el resto de la frase, pero nunca llegó.

—¿Te gustan? —quiso saber.

—Sí, son geniales. Mi gente tiene un laberinto.

—¿Un laberinto?

—Sí. —Hay que decir en su honor que Dominic se enorgullecía de su igualitarismo—. Duques o basureros, para mí son todos iguales —decía, aunque Viola sospechaba que sabía más de duques que de basureros. «Su gente», como llamaba él a su familia, vivía en lo más recóndito de Norfolk y formaban un clan de caza, tiro y pesca, cuyos miembros estaban vagamente emparentados con la realeza «por la vía ilegítima». Viola nunca los había conocido, el distanciamiento seguía anclado en su sitio incluso tras el nacimiento de Sunny y Bertie.

—¿No quieren conocer a sus nietos? —preguntó Teddy—. Qué triste.

Viola sintió alivio. Sospechaba que nunca estaría a la altura a los ojos de su «gente». ¿Por qué exactamente se había distanciado de ellos?, quiso saber Teddy.

—Oh, ya sabes, lo de siempre: las drogas, el arte, la política. Ellos piensan que yo soy un vago, y yo creo que ellos son fascistas.

—Bueno, en todo caso es un tipo bien parecido —comentó Teddy, tratando de decir algo elogioso, mientras él y Viola lavaban juntos los cacharros tras una ensalada de jamón y un pastel de manzana que había hecho él por la mañana.

Teddy era «mañoso» en la cocina («Aunque soy yo quien lo dice»). Dominic estaba echando «una cabezadita» en la sala de estar.

—Está cansado, ¿no? —comentó Teddy. Viola nunca había visto a su padre dormido, ni siquiera echarse una siesta o un sueñecito en la tumbona.

Cuando Dominic se despertó, Teddy, incapaz de pensar en otra cosa (de algún modo, no conseguía imaginar a Dominic participando en juegos de mesa), sacó los álbumes de fotos, en los que la torpeza de su hija quedaba representada a diversas edades y en diferentes grados. A Viola nunca se le había dado bien posar para la cámara.

—Es mucho más guapa en la vida real —comentó Teddy.

—Sí, es muy sexy —añadió Dominic, y hasta esbozó una sonrisita lasciva.

Viola sintió una punzada de orgullo. Advirtió que su padre torcía un poco el gesto ante el comentario de Dominic y lo que implicaba. «Pues ve acostumbrándote —pensó—. Ya soy una mujer adulta.» («Follo, luego existo», había escrito en la portadilla de su ejemplar de Penguin Classics de *El discurso del método* de Descartes, satisfecha con su iconoclastia.)

Viola era la siguiente en una larga fila de novias, y nunca supo muy bien por qué Dominic se detuvo al llegar a ella. No se detuvo…, resultó que solo era una pausa. «Pero tú eres la persona a la que siempre regreso», dijo. «Como un perro», pensó ella, no sin cierta satisfacción.

Ambos eran, en esencia, muy perezosos, y costaba menos seguir juntos que hacer el esfuerzo de separarse.

Viola se las arregló para abrirse camino en los exámenes finales y acabó con un triplete mediocre: una licenciatura variopinta en filosofía, estudios americanos y literatura inglesa.

—En cualquier caso, es irrelevante —diría—. La vida consiste en vivir, no en títulos de papel.

No le contó a nadie hasta qué punto se sentía decepcionada y desdichada por sus resultados y decidió no asistir a la ceremonia de su graduación, pues supondría «un gesto vacío y sin sentido hacia la jerarquía establecida».

—Quizá en el futuro te arrepientas —dijo Teddy.

—Solo quieres una fotografía mía con toga y birrete para colgarla en la pared y presumir —contestó ella con irritación.

«Bueno, ¿y por qué sería tan malo algo así?», se preguntó Teddy.

—Entonces, ¿no os vais a casar? —tanteó Teddy cuando Viola le contó que estaba embarazada de Sunny.

—Ya no se casa nadie —terció ella despectivamente—. Es una convención burguesa anticuada. ¿Por qué querría atarme a alguien durante el resto de mi vida solo porque una sociedad autoritaria lo exige?

—Oh, tampoco es tan malo —dijo Teddy—. Llegas a acostumbrarte a esas «ataduras», como tú dices.

Cuando nació Sunny, vivían de okupas en Londres con otras diez personas. Compartían la cocina y el baño y disponían de una habitación que podían considerar propia, abarrotada de pinturas de Dominic, así como todo lo necesario para el bebé que Teddy había financiado al darse cuenta de que nadie más lo compraría. Lo alarmó que Viola no pareciera tener la más mínima idea de lo que entrañaba tener un bebé.

—Necesitarás una cuna, y una bañera para bebé.

—Puede dormir en un cajón —respondió Viola—, y puedo bañarlo en el fregadero. («Sí —coincidió Dominic—, la gente pobre lo ha hecho siempre así.»)

¿Meter al bebé en un cajón? Teddy hurgó en sus ahorros y les envió una cuna, un cochecito y una bañera.

Dominic casi nunca terminaba una pintura. De vez en cuando, pese a su rechazo declarado de la economía capitalista, trataba de vender una, pero ni siquiera era capaz de regalar su arte. Viola se preguntaba si un día lo encontrarían enterrado bajo un montículo de sus lienzos. El resultado era que no tenían dinero. Dominic se negaba a pedirle nada a su familia.

—Es muy noble por su parte siendo fiel a sus principios de ese modo —le comentó Viola a su padre.

—Sí, mucho —contestó Teddy.

Vivir de okupas era lo más lógico, comentaba ella.

—No hay que considerar la tierra una mercancía que se puede poseer, cuando es algo que todos tenemos en común…

Aquel argumento —de otra persona, no suyo— acabó por agotarse. Viola llevaba semanas sin dormir bien. Sunny daba alaridos toda la madrugada, como si sufriera paroxismos de dolor por su mullida gloria perdida. (En realidad, nunca se recuperaría de semejante carencia.) Su padre apareció un día en el umbral del piso de okupas.

—No esperaba una invitación. Pero tampoco sabía cuándo pensabais presentarme a nuestro pequeño muchachito —dijo, lo cual era una clara crítica al hecho de que Viola no hubiese transportado al bebé y todos sus bártulos hasta un tren cuando apenas podía poner un pie delante del otro.

Teddy llevó un ramo de flores, una caja de bombones y un paquete de peleles de Babygro.

—Es una tienda de puericultura. Es nueva, ¿has ido? Ojalá hubiéramos tenido ropa así cuando eras un bebé. Entonces todo eran chaquetitas y peúcos complicadísimos. La canastilla, así solíamos llamarlo. ¿No piensas dejarme entrar?

»De modo que así es una casa okupa, ¿eh? —comentó mientras se abrían paso entre bicicletas, en su mayoría rotas, y cajas de cartón en el recibidor.

(«Oh, yo era una radical, una anarquista, incluso —declararía Viola años después—. Vivía en una casa okupada en Londres, qué tiempos tan emocionantes», cuando en realidad pasaba frío y se sentía desdichada y sola gran parte del tiempo, por no mencionar que la maternidad la había dejado paralizada.)

Teddy cogió el tren de regreso al norte el mismo día y pasó toda la noche en vela preocupado por su única hija y el único hijo de ella. Viola había sido un bebé precioso, sencillamente perfecto. Pero se suponía que todos los bebés eran perfectos. Incluso Hitler.

—¿Una comuna rural? —le preguntó Teddy cuando Viola le contó sus siguientes planes.

—Sí. Una vida en comunidad. Eso significa evitar los efectos destructivos del sistema capitalista y tratar de encontrar una nueva forma de ser —respondió ella repitiendo como un loro lo que decía Dominic—. Y luchar contra los valores de la clase dirigente —agregó por si acaso. Había oído esos últimos términos circulando por la universidad, aunque no acababa de saber qué significaban con exactitud. («¿La Iglesia?», se preguntó Teddy, desconcertado)—. La sociedad convencional está en bancarrota moral y financiera. —Y añadió con orgullo—: Nosotros vivimos de la tierra.

—«La verdadera libertad reside donde un hombre obtiene alimento y refugio, y ambos se los proporciona el uso de la tierra» —declaró Teddy.

—¿Cómo?

(«Perdona, pero eso te lo enseñé yo cuando eras niña», pensó Teddy.)

—Gerrard Winstanley. Las grandes corrientes radicales, los *levellers* y los *diggers*, los niveladores y los cavadores, ¿no?

Se preguntó qué más no habría aprendido Viola. A él le intrigaban mucho aquellos movimientos idealistas radicales que habían surgido en torno a la Guerra Civil, y se preguntaba si habría formado parte de uno de ellos si hubiera vivido en aquella época. «El mundo al revés veréis», decía una de sus baladas. («Es un lamento, no un canto de alegría», le había reprendido Ursula mucho tiempo atrás.) Tal vez todos ellos soltaran las mismas tonterías que Viola. Suponía que los Kibbo Kift eran sus herederos naturales.

—El reino pacífico y todo eso —le insistió a su hija—. La voluntad de reinstaurar el paraíso en la tierra. El milenarismo.

—Ah, eso sí —dijo Viola, oyendo por fin algo que reconocía. Había visto *En pos del milenio* en la estantería de alguien. Le molestaba que su padre supiera tantísimas cosas—. Tenemos interés en el desarrollo evolutivo cósmico —añadió alegremente. No tenía ni idea de qué significaba.

—Pero a ti nunca te ha gustado el campo —dijo Teddy, perplejo.

—Y sigue sin gustarme —terció Viola. La verdad es que no estaba emocionada ante aquellos nuevos planes de vida; sin embargo, cualquier cosa sería mejor que el caos de la casa okupa.

La comuna ocupaba una casa de campo vieja y llena de recovecos en Devon. La mayor parte de la tierra se había vendido, pero quedaba suficiente para que cultivaran sus propios alimentos y tuvieran cabras y gallinas. En cualquier caso, esa era la teoría. Desde la Edad Media se llamaba Long Grove Farm, pero cuando Dorothy la compró en una subasta «por una bicoca», sobre todo porque las tierras que quedaban eran pantanosas, pues las buenas las había adquirido un granjero vecino (sí, el del Morris Minor y el patio lleno de gansos), Dorothy le cambió el nombre por el de Finca de Adán. Un letrero con ese nombre, pintado a mano con los colores del arcoíris, se clavó en el portón de entrada de la granja. No obstante, ni una sola persona en la localidad la llamaría por su nuevo nombre.

La comuna llevaba ya cinco años en marcha cuando ellos llegaron, para unirse a otras tres parejas, todos entre los veinte y los treinta años: Hilary y Matthew, Thelma y Dave (escoceses) y Theresa y Wilhelm (holandeses). A Viola le costaba recordar sus nombres. Además de Dorothy, había otras tres personas solteras: una treintañera norteamericana llamada Jeanette y Brian, un adolescente que por lo visto se había escapado de casa. («Qué guay», comentó Dominic.)

Y finalmente estaba Bill, un tipo mayor, de cincuenta y tantos años que había sido mecánico en la RAF.

—Mi padre estuvo en la RAF durante la guerra —dijo Viola.

—¿Ah, sí? ¿En qué escuadrón?

—Ni idea —contestó ella encogiéndose de hombros. Nunca había hablado con su padre sobre la guerra; además, hacía años de eso. Su indiferencia pareció decepcionar a Bill—. Yo soy pacifista.

—Todos lo somos, querida —respondió él.

Ella lo era de verdad, pensó con indignación. Había asistido a una escuela cuáquera, por el amor de Dios, y había participado en una manifestación contra la guerra de Vietnam en el curso de la cual puso mucho empeño en que la arrestaran. Sus años de gloria aún estaban por llegar —Greenham, Upper Heyford—, pero llevaba mucho tiempo recorriendo el camino de la indignación justificada. Su padre había pilotado aviones, había dejado caer bombas sobre la gente. Con toda probabilidad fue responsable del bombardeo de Dresde; *Matadero cinco* formaba parte del programa de estudios de Viola en la universidad.

(—Solo los Lancaster bombardearon Dresde —dijo Teddy.

—¿Y qué? —contestó su hija—. ¿Crees que eso te absuelve?

—Yo no estoy pidiendo la absolución —respondió Teddy.)

La guerra era el mal, pensó Viola, pero se sintió bastante intimidada por la falta de interés de Bill en su opinión. Por lo visto, él tampoco quería la absolución.

Dominic estaba encantado porque contaba con un estudio, un viejo establo de paredes blanqueadas en el patio de atrás, y Viola sintió alivio por no tener que seguir coexistiendo con sus pinturas.

Su número aumentaba a causa del flujo continuo de visitantes, procedentes en su mayoría de Londres para pasar el fin de semana. Siempre había completos desconocidos durmiendo en el suelo y en los sofás o sentados por ahí fumando porros y hablando. Y hablando. Y hablando. Y hablando sin parar. Se suponía que «contribuirían» echando una mano en el jardín o en el mantenimiento general de la granja, pero, por lo visto, eso rara vez sucedía.

Dorothy era la abeja reina, por supuesto. Aunque se suponía que todo era compartido, ella seguía conservando las escrituras de la casa y era propietaria de la furgoneta, su único medio de transporte; además, aquella iniciativa había sido idea suya. Tenía sesenta y tantos años, llevaba caftanes y se cubría el pelo con largos pañuelos de seda, y andaba por ahí con una sonrisa beatífica en la cara que podía resultar muy irritante si tú mismo no te sentías muy beatífico. Para Viola era una vieja bruja, casi tan vieja como su padre. En otros tiempos fue una actriz fracasada, pero luego había «seguido a un hombre» a la India y regresó sin él, llevando de regreso consigo la «iluminación». («¿En qué sentido es una iluminada? —murmuró Viola dirigiéndose a Dominic—. No veo ningún indicio. Es como todos los demás, pero peor.»)

A Dominic lo había sometido a examen con el fin de determinar su idoneidad para la comuna, pero Viola no conoció a Dorothy hasta que se mudó a vivir allí. Advirtió que a aquella mujer le gustaba el sonido de su propia voz, y eso hacía que Viola se sintiera de nuevo en la universidad.

—La Finca de Adán —comentó Dorothy con grandilocuencia— es un lugar donde todo lo posible se hace posible. Donde podemos explorar nuestra naturaleza artística y ayudar a otros a encontrar la suya. Nos movemos continuamente hacia la luz. ¿Un té? —añadió con aires de duquesa, sobresaltando a Viola, que había empezado a dar cabezadas, como hacía siempre cuando le daban sermones.

Dorothy le pasó a Viola una sólida taza con alguna clase de brebaje amargo y con mucho poso.

—Supongo que no es el té al que estás acostumbrada —dijo.

Viola se preguntó si trataría de drogarla o envenenarla. («Qué paranoica eres», diría Dominic.) Negó con la cabeza cuando Dorothy preguntó:

—¿Un *scone*? —Y le tendió un plato con lo que parecía un montón de adoquines. Hubo una pausa mientras Dorothy se llenaba la boca de ellos y los masticaba con esfuerzo, y por fin continuó—: Comprobarás que somos una *gestalt* flexible de individuos muy potentes que se mueven por casualidad en la misma dirección. Hacia un entendimiento trascendental.

—Vale —contestó Viola con cautela, pues no tenía ni idea de qué significaban las palabras que brotaban de los labios cubiertos de migas de Dorothy. Existía la meditación trascendental, obviamente, ella había hecho eso, y había estudiado el movimiento trascendentalista en la literatura norteamericana, se había abierto camino a través de *Walden* y el *Ensayo sobre la naturaleza* de Emerson, pero no parecían tener mucho que ver con las quemas de salvia y los cánticos impíos de Dorothy (como los de un gorila deprimido).

—Para que esto funcione, todos debemos contribuir —dijo Dorothy.

«¿Debemos hacerlo?», pensó Viola con cansancio. Estaba embarazadísima de Bertie y todavía tenía que llevar a Sunny en brazos de aquí para allá.

Como carecía de aptitudes especiales, le asignaron tareas generales: cocinar, limpiar, hornear pan, trabajar en el jardín, ordeñar la cabra, etcétera.

—Las tareas domésticas, básicamente —puntualizó. Había participado en una marcha en protesta por los salarios del trabajo doméstico en su época de universitaria, pese a que nunca lo había llevado a cabo, y tampoco ahora la hacían muy feliz esas tareas; ni realizar trabajos para otras personas en lugar de para sí misma, que por lo visto era lo que significaba vivir en una comuna. También había «pequeñas obligaciones de jardinería», que suponían cavar en el duro terreno rojo lleno de cardos en el perímetro del césped en la parte trasera. Se libró del «trabajo agrícola», como Dorothy llamaba al cultivo de tubérculos enclenques y coles con gusanos. Como los *diggers*, pensaba con abatimiento cuando estaba bajo la lluvia y trataba de abrirse paso en el lodo con una pala poco firme. Se había convertido en una *digger*, en una cavadora, si no en la única, pues no parecía haber nadie más involucrado en aquella tarea particular, y que no era moco de pavo puesto que el perímetro era enorme.

Y estaban en medio de la nada. Nunca le había gustado el campo, que era un lugar lodoso, frío y lleno de interminables incomodidades. Cuando era niña habían vivido también en una antigua granja, solo rodeados del paisaje, y recordaba a su padre insistiéndole a menudo en que saliera a «tomar aire fresco», en que lo acompañara en sus paseos en busca de pájaros, árboles, nidos, «formaciones rocosas». ¿Para qué desearía alguien buscar una formación rocosa? Recordaba lo contenta que se puso al mudarse a York, a una casa semiadosada con calefacción central y moqueta. Un placer efímero, por supuesto, pues ¿qué era una casa sin una madre?

La comuna tenía un puesto en un mercado mensual en la ciudad donde vendían productos elaborados en casa, como panes densos y pesados que parecían misiles listos para ser arrojados con una catapulta. Luego estaban las velas multicolores que olían fatal y se fundían en charcos desagradables. Y, por supuesto, la cerámica. Wilhelm tenía un horno, que era la fuente de las tazas y los platos gruesos que utilizaban. También llevaban cestas de mimbre, en cuyo trenzado participaban todos. «Como los ciegos», pensó Viola cuando le pidieron que aprendiera. Parecía la vida de un siervo no remunerado del siglo XVIII, con el añadido de la cestería. Y ella tenía que cuidar de los niños, ya que, pese a la cháchara sobre las tareas compartidas, nadie allí tenía interés en Sunny, algo de lo que difícilmente podía culparlos. Se hacía un bote común con el dinero, y ella no podía coger un centavo sin justificar el gasto. Viola pensaba que un día huiría de allí llevándose el bote consigo y lo gastaría en Coca-Cola, bombones, pañales desechables y todos los demás productos que la comuna condenaba.

La propia Dorothy parecía pasar mucho tiempo «alineando sus chakras» (a algunos ya les iba bien, en opinión de Viola) y haciendo que Jeanette le leyera el tarot. Cestos hacía bien pocos, y Viola nunca la había visto ordeñar la cabra, una toggenburg cascarrabias que sentía tanto desprecio por Viola como ella por la cabra.

El único momento en que encontraba alguna paz en la Finca de Adán era cuando salía fingiendo ir en busca de huevos. Las gallinas los ponían donde les venía en gana, era ridículo. Su padre tenía gallinas, pero eran aves disciplinadas que ponían en sus ponederos. Ni siquiera en una búsqueda de huevos infructuosa estaba a salvo de que Dorothy se abatiera sobre ella (salía de la nada, era como un murciélago).

—Tú eres Viola Todd, ¿no? —le dijo un día con tono levemente acusador, apareciendo en el camino delante de ella como el fantasma de la señorita Jessel.

Bertie estaba dormida en su cochecito Maclaren, un artículo demasiado endeble para esa clase de terreno lleno de baches (las ruedas siempre se estaban saliendo). Había dejado a Sunny con su padre, un acto equiparable al abandono infantil.

Bertie se revolvió en sueños y levantó una mano como si pretendiera protegerse de la aparición no deseada de Dorothy. Viola, que había vagado ante los setos sumida en una potente fantasía que incluía montones de tostadas con mantequilla caliente y al capitán Wentworth de *Persuasión*, se dio un susto tremendo.

—Sí, soy Viola Todd —contestó con cautela. ¿Llevaba más de un año viviendo bajo el mismo techo que Dorothy y ella no sabía su nombre?—. Soy culpable de esa acusación.

—¿Tu madre se llama Nancy? ¿Nancy Shawcross?

—Es posible —respondió Viola con mayor cautela incluso. No le gustó oír el nombre de su madre en boca de Dorothy. Su madre era sagrada.

—Bueno, ¿lo es o no? —insistió Dorothy.

—Lo es —dijo Viola, reacia a obsequiarla con la posibilidad de hablar de su madre en pasado.

—¿Es una de las hermanas Shawcross?

—Pues sí. —Además, era agradable hablar de su madre como si siguiera viva.

—¡Lo sabía! —exclamó Dorothy con dramatismo—. Yo conocía a su hermana Millie. Ambas pisábamos las tablas cuando éramos unos pimpollos. Hace años que no estamos en contacto. ¿Cómo está tu querida tía?

—Muerta —tuvo la amabilidad de responder Viola, encantada de entregar a Millie al pasado verbal.

El rostro de Dorothy se contrajo en una especie de paroxismo de angustia. Se llevó la mano a la frente en un supuesto gesto de desesperación.

—¡Se nos ha ido!

—Apenas la conocía —dijo Viola como quien no quiere la cosa—. Siempre parecía estar en el extranjero.

—Humm —murmuró Dorothy, como si esa noticia supusiera un insulto. Frunció el entrecejo—. Por cierto, ¿adónde ibas?

—A buscar huevos —mintió Viola sin esfuerzo. Siempre tenían que verte haciendo algo útil. Qué agotador.

¿No debería ese niño (para ella eran siempre «ese niño» o «los niños») llevar un capillo para el sol?

—¿Un capillo? —repitió Viola, desconcertada ante aquel término tan pasado de moda. El capitán Wentworth le hacía señas—. Debo seguir, hay huevos que recoger.

Cuando Viola estaba embarazada de Bertie, Dorothy había recomendado un «parto natural» para el nuevo bebé en la Finca de Adán. A Viola no se le ocurría nada peor. Sunny había nacido en un ajetreado hospital universitario de Londres, con Viola más colgada que una percha por el efecto de la petidina. Por las noches, se llevaban a los bebés a la sala para neonatos y a todas las madres les daban pastillas para dormir. Era un gustazo. Pasaban una semana ingresadas con pensión completa, tentempiés y bebidas con leche, y no se esperaba de ellas que hiciesen gran cosa aparte de alimentar a sus bebés y cambiarles los pañales, a menudo sin levantarse siquiera de la cama. Viola no estaba dispuesta a renunciar a todo eso a cambio de algún tortuoso rito iniciático orquestado por Dorothy (que no tenía hijos). No podía evitar pensar en *La semilla del diablo*.

Era casi una prisionera. No había teléfono en la granja ¿y cómo llegaría al hospital si nadie la llevaba en la furgoneta? Ahora lamentaba no haber perseverado en las clases de conducir con su padre mientras todavía vivía en casa. No quiso verse atrapada en un coche con Teddy enseñándole cosas que él sabía y ella no (o sea, casi todas). Era un maestro irritante de tan paciente. De repente se acordó de cómo su padre se había pasado todas las mañanas de los sábados durante un año entero estudiando con ella para que pudiera sacarse el título de bachillerato en matemáticas. Usó el mismo lápiz durante todo el año, uno grueso y de mina blanda. Viola era incapaz de tener en las manos el mismo lápiz o bolígrafo durante más de un día sin perderlo. Se sentía enferma al pensar en el álgebra y las ecuaciones en las que se habían abierto camino, con su padre perseverando hasta que ella logró (brevemente) entenderlas. Ahora lo había olvidado todo, por supuesto, ¿qué sentido tuvo entonces? Y solo significó que aprobara por muy poco con una nota baja, que obtuviera resultados regulares en todas las asignaturas a excepción de lengua y literatura inglesas, que entrara por los pelos en una universidad mediocre y acabara con una licenciatura de mierda. Y mira adónde la había conducido todo eso. Allí. He ahí adónde. Sin dinero, sin trabajo, con dos hijos y un novio inútil. Le habría ido mejor si hubiese dejado la escuela a los quince años para hacer un curso de peluquería.

Al final, por supuesto, tuvo a Bertie en el hospital y el diablo no apareció para reclamar a su hija. No le hacía falta, ya tenía a Sunny.

Debía de haberse dormido. Se despertó sobresaltada y sintió una incómoda quemazón donde el sol le había dado en la cara. Tardó unos segundos en acordarse de sus hijos. ¿Cuánto hacía que habían ido en busca de helados? Se puso en pie y paseó la mirada por la playa. Ni rastro. ¿Los habrían secuestrado, se habrían ahogado o despeñado en el acantilado? Sintió que la atenazaban montones de posibilidades dramáticas, y que todas ellas la acusaban de ser una madre terrible.

Por fin aparecieron, esperando pacientemente aunque con cierto desánimo en el puesto de niños perdidos. Viola no tenía ni idea de que tal cosa existiera.

—¿Lo has hecho a propósito? —le preguntó a Sunny mientras competían contra la marea recogiendo sus pertenencias mojadas y llenas de arena para meterlas de nuevo en las bolsas. («Por esto no venimos a la playa», pensó.)

Sunny se quedó sin habla de pura indignación. Se había sentido absolutamente aterrado cuando cayó en la cuenta de que no conseguía encontrar el camino de regreso desde el furgón de helados. La playa era enorme y casi todas las personas en ella eran más altas que él. Imaginó que el mar se los llevaría o que tendrían que pasar la noche allí en la arena, solos en la oscuridad. La carga añadida de saber que en ausencia de su madre él tenía el deber de cuidar de Bertie lo sumió en el desconsuelo, y cuando una señora amable y maternal se acercó y le dijo: «Vamos a ver, ¿qué hacéis vosotros dos dando vueltas por aquí? ¿Habéis perdido a vuestra mamá?», el alivio lo abrumó y se echó a llorar. Quería a esa mujer con todo su corazón.

—No vuelvas a hacer esto nunca más —le dijo Viola.

—Yo no he hecho nada —contestó el niño en voz baja. Ya no le quedaban ánimos para pelear. Había comenzado el día como un reloj al que le hubiesen dado demasiada cuerda. Ahora era consciente de que apenas hacía tictac.

—¿Dónde está papá? —preguntó Bertie.

—Nadando —soltó Viola de malos modos.

—Lleva horas nadando.

—Pues sí —contestó Viola.

No tenía reloj. Teddy le había regalado un Timex muy mono cuando había aprobado el bachillerato, pero hacía mucho que lo había perdido. «Por favor, que Dominic haya muerto», pensó.

Si se hubiera ahogado en el mar, ella podría empezar una nueva vida. Sería una forma muy sencilla de romper con él, mucho más fácil que hacer las maletas y marcharse. Además, ¿adónde se marcharía? Y luego estaba el dinero. Dominic tenía un fondo fiduciario. Ella no sabía en qué consistía eso exactamente, pero «le había llegado» unas semanas atrás. Había alguna compleja razón legal (según él) por la que no podía renunciar a ese dinero del mismo modo en que había renunciado a «su gente». Pero ¿les había dado algo de ese dinero a ella o a sus hijos? ¡No, iba a dárselo a la comuna, a cedérselo a Dorothy! Y, peor incluso —no, peor no, un poco menos malo—, Viola había descubierto una carta de la madre de Dominic, que había utilizado un detective privado para encontrarlo, en la que le rogaba que olvidara «las desavenencias» entre ellos y le permitiera ver a sus nietos «y a su madre, que sin duda es maravillosa».

Si Dominic estaba muerto, el fondo fiduciario iría a parar a Viola (era así, ¿no?) en lugar de a Dorothy y ella podría irse a vivir a una casa como Dios manda y llevar una vida normal. Ojalá se hubiera casado con Dominic y asegurado así su derecho a la herencia; ahora sería una viuda joven y trágica y la gente tendría que ser amable con ella. Incluso podría irse a vivir con aquellos suegros desconocidos y aficionados a la caza, al tiro y la pesca. Al fin y al cabo, pensaban que ella era maravillosa. Por supuesto, una vez que la conocieran tal vez cambiaran de opinión, pero, quién sabía, quizá con el tiempo la aceptarían en su clan y se convertiría ella misma en una más de «su gente». Podría adoptar su apellido. Viola Villiers, un poco trabalenguas, como un ejercicio de dicción, pero aun así tenía cierta resonancia, como aquellas actrices del siglo XVIII que se volvían amantes de la aristocracia y a menudo acababan convertidas en duquesas.

Probablemente, Sunny era el heredero de una finca o algo así, y durante unos instantes Viola se permitió imaginar cisnes en lagos y pavos reales en el césped. No le importaba si eran fascistas, de veras que no, siempre y cuando tuvieran calefacción central y secadoras, y pan blanco en lugar de masa fermentada de centeno y colchones blandos en vez de futones en el suelo.

¿Debería alertar a alguien? Los tres estaban exhaustos, demasiado cansados para todo el jaleo que seguiría tras informar de la desaparición de una persona. Pero ¿cómo llegarían a casa? Ella no sabía conducir. Exhaló un profundo suspiro.

—¿Mamá? —dijo Bertie. La niña estaba bien sintonizada con los estados de ánimo de Viola.

Recorrieron con pesadez el camino de regreso al puesto de niños perdidos. La mujer maternal seguía allí. Sunny se abalanzó sobre ella, le rodeó la cintura con los brazos y se quedó allí aferrado como si le fuera la vida en ello.

—¿Habéis perdido a alguien más? —preguntó alegremente la mujer, dirigiéndose a Viola.

Sunny, Bertie y Viola estaban hacinados en un coche patrulla junto con dos policías fornidos que los conducían a la Finca de Adán. («Eso es Long Grove Farm, ¿no?», preguntó uno de los policías.) Los niños, en el asiento de atrás con Viola, se quedaron dormidos de inmediato. Estaban resbaladizos de crema bronceadora aplicada horas antes, excepto por las piernas, que llevaban rebozadas de arena granulosa. Todavía iban descalzos, pues Viola no había tenido la energía suficiente para obligarlos a ponerse de nuevo las sandalias. Empezaban a oler un poco a tigre.

Tal vez sus hijos estuvieran mejor sin ella. Debería haberlos dejado con la esposa de aquel granjero, pensó, transformando con habilidad el egoísmo en altruismo. Tuvo un repentino recuerdo de los gansos en el patio, y se estremeció. De pequeñita la había perseguido un ganso, que la dejó medio muerta a picotazos, y desde entonces le daban pánico. Sus padres —en aquel entonces aún los tenía a los dos— se habían reído de ella. Los gansos siempre captaban su miedo y corrían hacia ella para rodearla como una turba, soltando picotazos y graznidos. «No seas gansa, Viola», solía decirle Teddy. Siempre andaba diciéndole cómo debía ser, cómo no debía ser. (La Voz de la Razón.) *La doncella de los gansos*, así se llamaba un cuento que solía leerle su madre. Creía recordar que aparecía un caballo decapitado que era capaz de hablar.

Tal vez podría pedir a los policías que pasaran de largo, que siguieran conduciendo hasta York y la dejaran en casa de su padre. Le sorprendió caer en la cuenta de que sentía nostalgia. No solo de las calles estrechas y las iglesias medievales, de las murallas y la gran catedral, sino también de la casa semiadosada en las afueras en la que había pasado la mitad de su ridícula vida.

—¿Señora Todd?

Les había dicho a los policías que era «señorita», pero decidieron ignorar una idea tan moderna como aquella. Y era la madre de los niños, de modo que no estaban dispuestos a llamarla «señorita».

—Ya hemos llegado, señora Todd. Ya está en casa.

«No exactamente», se dijo ella.

Viola le había contado sus tribulaciones a la mujer del puesto de niños perdidos, quien enseguida se hizo cargo de la situación: alertó a la guardia costera, al bote salvavidas de la zona y a la policía, así como a varias personas más no identificadas, que en su mayor parte se dedicaron a apiñarse en el paseo marítimo, emocionadas ante aquel drama pero decepcionadas por el hecho de que no hubiese nada que ver. Parecía mucha cosa por un nadador solitario perdido en el mar.

Viola relató los hechos. No eran muchos. Dominic había dicho: «Me voy a nadar», corrió hacia el mar, se zambulló, empezó a mover los brazos y las piernas, y no volvió. No se pudo sacar nada más de aquella declaración, de modo que los dos policías fornidos los llevaron de regreso a la Finca de Adán. Al díscolo Sunny tuvieron que arrancarlo del cuerpo de la mujer del puesto de niños perdidos como a una lapa de una roca.

—Pobre pequeñín —dijo la mujer, y Viola contestó:

—Puede quedárselo si quiere.

La mujer de los Niños Perdidos pensó que hablaba en broma.

La puerta de la granja se abrió de par en par cuando el coche patrulla se detuvo ante ella y apareció Dorothy, que miró furibunda a Viola y soltó:

—¿Has traído a los cerdos hasta mi puerta?

Quedó claro que a los dos policías no les hacía gracia que les faltara el respeto de aquella manera una mujer que, había que reconocerlo por mucho caftán que llevara, era una pensionista entrada en años y que debería dar más muestras de sensatez.

—No pueden entrar sin una orden judicial —añadió Dorothy con tono imperioso.

—No teníamos previsto entrar —contestó uno de los policías, olfateando el aire con gesto ostensible, aunque solo apestaba al pachuli de Dorothy, y no a drogas pese a que las había en abundancia en la casa.

A esas alturas, Dorothy se había dirigido al corral y estaba allí plantada con los brazos en jarras protegiendo su territorio.

—No pasarán —declaró, como quien defiende una barricada.

—Ay, por el amor de Dios —soltó Viola. Estaba demasiado agotada para esa clase de estupideces.

—¿Dónde demonios estabas, Viola? Nos preguntábamos qué te habría pasado. Dominic está en su estudio, hace horas que ha vuelto.

—¿Que ha vuelto? ¿Está aquí? —exclamó Viola.

—Bueno, ¿y dónde iba a estar si no?

—¿Estamos hablando del señor Villiers? —intervino un policía—. ¿Del señor Dominic Villiers?

—¿Del caballero por el que se está llevando a cabo una búsqueda aeronaval exhaustiva? —añadió el otro—. ¿Por el que hemos hecho despegar un helicóptero de salvamento de la RAF?

—¿Así que volvió de su chapuzón en el mar y no consiguió encontrarlos? ¿Y se limitó a subir al coche y volver a casa? —preguntó el granjero, perplejo.

—¿Y en bañador? —añadió la mujer del granjero, y negó con la cabeza como si no pudiera creerlo.

Viola comprendió que había llevado al límite la imaginación de ambos. Ellos jamás se habrían comportado como Dominic porque eran gente normal.

Tras llenar una maleta, cogió todo el dinero del bote cuando nadie miraba y recorrió la corta distancia hasta la granja vecina. Nadie se percató siquiera de que se había ido. Estaba dispuesta incluso a pasar entre todos los gansos, pero por lo visto ya se habían ido a dormir.

—Ah, es usted —dijo el granjero. Aquella mañana parecía muy lejos para todos.

La esposa del granjero bañó a los niños, que salieron del lavabo envueltos en toallas y con aspecto limpio y pulido, como nuevos, y luego les puso los pijamas que guardaba para sus nietos cuando iban de visita. Calentó un estofado con patatas, y Viola y sus hijos llegaron al tácito acuerdo de no mencionar el hecho de que eran vegetarianos. Ella ya tenía demasiada carne en el asador (¡ja!) sin aquella complicación ética añadida (estaban en una granja, se puso por excusa). Después la mujer del granjero sacó una cuajada que había hecho ella misma con nata de las vacas rojas y relucientes, y Viola no dijo: «¡No comáis eso! Se ha hecho con cuajo salido de una enzima en el estómago de una vaca!», que era lo que solía decir del queso, y en cambio la dejó deslizarse tranquilamente por su garganta. Estaba deliciosa.

Durmieron allí, entre sábanas viejas y limpias, los niños en una cama de matrimonio. Desde muy pequeñita, casi antes de que pudiera formar palabras, Bertie hablaba en sueños y se pasaba la noche entera musitando, pero aquella noche, para alivio de Sunny, durmió sin soltar un murmullo. Él metió un guijarro bajo la almohada para que le sirviera de consuelo. Cuando se despertó a la mañana siguiente, lo primero que hizo fue recuperarlo.

—Ay, por el amor de Dios —soltó Viola al ver que lo dejaba junto al plato en el desayuno.

Tomaron huevos revueltos amarillos como el sol y luego la esposa del granjero volvió a vestirlos con más ropa de su alijo. Sunny lucía flamantes pantalones cortos y una camisita Aertex, mientras que Bertie llevaba un vestido estampado con canesú fruncido y cuello Peter Pan blanco. Parecían los hijos de otra persona.

El granjero los llevó a la estación, donde cogieron un tren a Londres, y una vez en King's Cross, otro hasta York.

—Hola —dijo Teddy cuando abrió la puerta y vio al grupito de refugiados de pie en el umbral—. Qué agradable sorpresa.

1947

Este invierno implacable

Febrero

> *El día de la Candelaria, pura y blanca en su belleza,*
> *la campanilla de invierno asomará la cabeza.*

Casi pasé por alto el pequeño macizo junto a un seto de la acequia. El agua en la acequia se ve quieta «como una piedra», como lo está la de cada lago y canal rural en esta isla, de modo que no esperaba que «el venturoso heraldo de la primavera» apareciera puntual este año. Tradicionalmente, las campanillas de invierno florecen el día de la Candelaria (el 2 de febrero), y de hecho en algunos sitios llevan el nombre de «campanillas de la Candelaria», pero en medio de este invierno tan crudo y larguísimo, sin duda las perdonaríamos si retrasaran un poco su llegada.

Nancy ahogó un bostezo, que Teddy advirtió pero dejó pasar sin hacer comentarios. Ella escudriñaba su tejido bajo la luz insuficiente de la lámpara a su lado. Aquel tiempo tan espantoso había supuesto cortes de electricidad por todo el país, pero no para ellos puesto que la cabaña ni siquiera la tenía. Lámparas de aceite y parafina en la planta baja, velas en el piso de arriba. Estaban acurrucados ante el fuego, que era su única fuente de calor aparte del que se daban mutuamente. Teddy se inclinó para darle un animoso meneo al tronco con el atizador, alzó la mirada hacia Nancy y se dijo: «Se va a destrozar la vista con esa luz». Ella tejía un complejo chaleco cerrado para él. Nancy decía que aquel diseño era matemático. Todo tenía un diseño. Las matemáticas eran, según ella, «lo único verdadero».

—¿Y el amor no? —le preguntó Teddy.

—Ah, el amor, por supuesto —contestó Nancy a la ligera—. El amor es crucial, pero es abstracto, y los números son absolutos. Los números no pueden manipularse.

«Una repuesta poco satisfactoria», sin duda, pensó Teddy. Le parecía que el amor debería ser lo absoluto, lo que superase a todo lo demás. ¿Lo era? ¿Para él?

Se habían casado en otoño de 1945, en el registro civil de Chelsea, sin otros invitados que una hermana por cabeza —Ursula y Bea— para actuar de testigos. Teddy se había puso el uniforme, pero no las medallas, y Ursula le pidió a Izzie uno de sus vestidos de París de antes de la guerra, sin decirle para qué, y Bea la ayudó a arreglarlo para que quedara menos glamuroso y más austero. Bea fue a Covent Garden aquella mañana, donde compró crisantemos grandes y tupidos de color herrumbre que ató con destreza para formar un ramo. Las flores casaban de maravilla con la seda de tono perla del vestido. Bea había estudiado en Saint Martin's antes de la guerra, y de todas las hermanas Shawcross era la más artística por naturaleza, aunque Millie habría protestado indignada ante semejante afirmación. Teddy seguía considerándolas chicas jovencitas, pese a que Winnie, la mayor, ya tenía cuarenta años.

Ni Teddy ni Nancy fueron capaces de plantearse una boda por todo lo alto cuando había pasado tan poco tiempo desde la guerra.

—Además, ¿quién me llevaría al altar? —quiso saber Nancy—. Sería muy triste no poder ir del brazo de mi padre. —El comandante Shawcross había muerto unas semanas antes, aunque no de forma inesperada.

Teddy creía conocer bien a Nancy —antes de la guerra sí la conocía—, pero ahora era una sorpresa continua para él. Había imaginado que con el matrimonio serían fieles y se convertirían en uno —en algún sentido vagamente bíblico del término—, pero lo cierto era que cada vez cobraba mayor conciencia de lo distintos que eran, y Nancy lo desequilibraba a menudo cuando siempre había previsto —y confiado en que así fuera— que lo hiciera echar raíces.

Eran novios desde la infancia, o eso les decían todos.

—Cómo me desagrada esa expresión —dijo Nancy la víspera de su modesta boda.

Estaban tomando una copa en un pub bastante cutre y casi desierto en una travesía de Piccadilly, elegido porque quedaba cerca de la universidad donde ambos cursaban estudios acelerados para sacarse el título de maestros.

La docencia había formado parte de la visión de ambos de una vida honrada después de la guerra. En realidad era la visión de Nancy, Teddy se limitó a dejarse llevar, incapaz de que se le ocurriera nada más. No tenía intención de volver a la banca —su insufrible ocupación antes de la guerra— y ya no podía ser piloto. La RAF no tenía puestos para las docenas de hombres —centenares, quizá— que querían seguir en activo después de la guerra y continuar volando. El país no quería saber nada de ellos. Lo habían dado todo, y de pronto los dejaban a la deriva. La gratitud ya no estaba a la orden del día. Con aquel ambiente, la docencia le parecía una opción tan buena como cualquier otra. Poesía, teatro, las novelas clásicas: aquel era un ámbito que antaño había adorado. Sin duda podría reavivar ese amor, y comunicarlo supondría una buena acción, ¿no?

—Diría que sí —convino Nancy con entusiasmo—. Y el mundo necesita ahora el arte más que nunca. Puede instruirnos donde el hombre claramente no puede hacerlo.

Entonces, ¿las mates no?

—No, las matemáticas no pueden enseñarnos nada. Son como son y punto.

Teddy no creía que el arte («el Arte», se dijo, dándole la razón a su madre) debiera ser didáctico: debería ser una fuente de alegría y consuelo, de sublimación y entendimiento (de hecho, debía «ser como era y punto»). Antaño, para él había sido todas esas cosas. Sin embargo, Nancy tendía a la pedagogía.

El maestro de escuela que imparte su conocimiento, diría Nancy, divertida y contenta ante la idea. Serían ni más ni menos la gente que, a su modesta manera, crearía un futuro mejor para el mundo. Se había afiliado al Partido Laborista y asistía de forma incondicional a sus fervientes y aburridas reuniones. Los Kibbo Kift la habían preparado bien.

Estaban en el pub porque Nancy quería asegurarse de que Teddy no sufriera «el tembleque previo a la boda» y de que estuviera «completamente seguro» de que quería seguir adelante con el enlace. Él se preguntó si la cosa no sería al revés y ella confiara en que la dejara libre en el último momento. Tomaban un coñac inesperadamente bueno que el dueño había sacado de debajo de la barra para «los tortolitos» al enterarse de que se casarían al día siguiente. No parecía probable que tuviera una procedencia legal. A veces, Teddy se preguntaba si todo el mundo habría sacado provecho de la guerra excepto quienes habían luchado en ella.

—*Courage, mon ami* —brindó Nancy en honor de la patria del coñac. ¿Acaso tenía la impresión de que él necesitaba coraje?

—Por el futuro —contestó él entrechocando su copa con la de ella.

Durante la guerra había pasado mucho tiempo sin creer en el futuro —le parecía un argumento absurdo—, y ahora que vivía en ese «después», como pensaba en él durante el conflicto, tenía la sensación de que, en cierto sentido, era incluso más absurdo.

—Y por la felicidad —se le ocurrió añadir entonces, porque era la clase de cosa que debías decir, aunque fuera para que te diera suerte.

—O más bien «se casó con la vecina de al lado» —continuó refunfuñando Nancy—. Como si no tuviéramos elección en este asunto, como si fuera nuestro destino.

—Pero resulta que tú eras la vecina de al lado —terció él— y que voy a casarme contigo.

—Sí —respondió ella con tono paciente—, pero estamos eligiendo que sea así. Eso es importante. No estamos metiéndonos simplemente en algo como sonámbulos.

Teddy se dijo que quizá él sí lo estaba haciendo.

Se conocían desde niños, y si no habían sido novios entonces, desde luego sí que eran amigos íntimos. Cuando él dejó la Guarida del Zorro y se fue al internado, Nancy era la única persona fuera de la familia que estaba presente todas las noches en sus oraciones. «Por favor, protege a mi padre y a mi madre (se enteró de que en el internado nadie llamaba a sus padres "mamá" y "papá", ni siquiera en sus plegarias silenciosas), y a Ursula, Jimmy y Nancy, y a Trixie.» Tras la muerte de Trixie y la llegada de Jock, cambió lo último por «y a Jock, y haz que Trixie esté a salvo en el cielo». Y, sí, los perros eran de la familia. Maurice solía pronunciar esa lista como si fuera una ocurrencia de última hora y se sintiera culpable, si es que lo hacía.

—No tienes que seguir adelante —le dijo Teddy a Nancy—. Yo nunca te obligaría a nada. Al fin y al cabo, durante la guerra todo el mundo se comprometía con alguien.

—Ay, pero qué ganso eres. Pues claro que quiero casarme contigo. ¿Estás seguro de que tú quieres casarte conmigo? La cuestión es esa. Y solo me sirven un «sí» o un «no» por respuesta. Nada de marear la perdiz.

—Sí —contestó Teddy al instante y en voz bien alta, de modo que los únicos clientes del local aparte de ellos, un anciano y su perro con pinta de ser más anciano incluso, se vieron arrancados de su letargo con sendos respingos.

La guerra había supuesto un gran abismo y no había regreso posible al otro lado, a las vidas que tenían antes, a las personas que eran antes. Eso era tan cierto en su caso como en el de la pobre y arruinada Europa.

—Te pones a pensar —diría su hermana Ursula— en los grandes chapiteles y torres que se han derribado, en los *Altstadts* con sus callejuelas adoquinadas, los edificios medievales, *Rathäuser* y catedrales, las grandes sedes del saber, todos reducidos a escombros.

—Y fui yo quien lo hizo —añadió Teddy.

—No, fue Hitler. —Ursula siempre hacía hincapié en echarle la culpa a Adolf, y no a los alemanes en general. Había conocido el país antes de la guerra, tenía amigos allí y aún trataba de seguirles la pista a algunos de ellos—. Los alemanes también fueron víctimas de los nazis, pero eso no se puede decir muy alto, claro.

Acabada la guerra, Ursula había hecho «una gira rápida» en avión y había presenciado de primera mano la desolación, las ruinas todavía humeantes de Alemania.

—Pero entonces te pones a pensar en los crematorios —continuó—. Y en la pobre Hannie. La polémica parece acabar siempre en los campos de concentración, ¿no crees? En Auschwitz, en Treblinka. En ese mal tan terrible. Tuvimos que luchar contra él. Y sin embargo, debemos seguir adelante. Además, ya nunca podrá haber una vuelta atrás, con guerra o sin ella. —(Era la filósofa de la familia)—. Ya solo podemos encaminarnos hacia el futuro, dando lo mejor de nosotros y todo eso.

Eso fue cuando la gente todavía creía que el tiempo era infalible, que se podía confiar en el pasado, el presente y el futuro sobre los que se sustentaba la civilización occidental. Durante los años siguientes, Teddy intentó, como simple profano, seguirle el hilo a la física teórica a través de artículos en el *Telegraph* y de una lucha heroica con Stephen Hawking en 1996, pero admitió la derrota al toparse con la teoría de cuerdas. Desde entonces aceptaba los días tal como se presentaban, hora tras hora.

A esas alturas, Ursula llevaba muerta varias décadas. Pero en 1947 el tiempo seguía siendo una cuarta dimensión con la que contabas para que determinara tu vida cotidiana, y eso para Ursula significaba trabajar en la administración pública, como haría durante los veinte años siguientes, llevando la vida decente y tranquila de una mujer profesional soltera en el Londres de después de la guerra. Teatro, conciertos, exposiciones. Teddy siempre pensó que su hermana tendría alguna clase de gran pasión: una vocación clara, un hombre, sin duda un bebé. Le habría gustado ser el tío del niño de Ursula casi tanto como su propia paternidad potencial (que, para ser sincero, aguardaba con cierto temor), pero su hermana tenía casi cuarenta años, de modo que suponía que nunca sería madre.

Teddy consideraba a su mujer y a su hermana las dos caras de la misma moneda reluciente. Nancy era una idealista; Ursula, una realista; Nancy era una optimista de corazón alegre, mientras que en el ánimo de Ursula pesaba todo el dolor de la historia. Ursula era la eterna desterrada del Edén que trataba de adaptarse como podía a la situación, mientras que Nancy, contenta y sin desanimarse, estaba segura de que su búsqueda de la puerta de regreso al jardín tendría éxito.

Lo que Teddy buscaba tenía que ver con las imágenes, como «un sabueso en busca de un zorro», por citar a Bill Morrison.

Nancy alzó la vista de su chaleco de punto y dijo:

—Vamos, sigue con tus campanillas de invierno.

—¿Estás segura? —preguntó él, detectando cierta falta de entusiasmo.

—Sí. —Dicho con determinación, posiblemente forzada.

> Mis amigos en el sur de Inglaterra aún no han visto ni una, pero aquí, con suma terquedad en este duro clima septentrional, las «primogénitas de la dicha del año» de Keble han empezado a asomar las frágiles cabezas a través del manto de nieve. (*Perce-neige*, las llaman acertadamente los franceses.) Pero mi nombre favorito para estas florecillas de primavera es posible que sea «bellas doncellas de febrero».

Teddy era Agrestis, su *nom de plume*, y esas eran sus «Notas sobre la Naturaleza», una breve columna que escribía todos los meses para el *North Yorkshire Monthly Recorder*. Conocida por todos como el *Recorder*, se trataba de una revista pequeña, tanto de formato como en sus aspiraciones, con una tirada estrictamente restringida a la región excepto por los pocos ejemplares que se enviaban cada mes al extranjero, todos con destino a países de la Commonwealth y uno de ellos (o eso pretendían que creyera) a una «novia de guerra» que vivía en Milwaukee. Teddy suponía que eran todos emigrantes, gente que se encontraba exiliada de aquella parte del mundo con sus subastas ovinas y sus informes sobre reuniones del Instituto de la Mujer. Se preguntaba cuánto tiempo tardaría la novia de guerra de Milwaukee en tener la sensación de que su país natal le era tan ajeno como la Luna.

Una mujer de Northallerton —nadie en la revista la conocía— mandaba recetas por correo, así como trucos prácticos y algún que otro diseño para labores de punto. Había un crucigrama (que no era críptico en absoluto), cartas de los lectores y artículos sobre lugares hermosos y de interés histórico en la zona, y páginas de aburridos anuncios de los negocios locales. Era la clase de publicación que rondaba por las salas de espera de médicos y dentistas hasta llevar meses, y a veces años, desfasada. Si no se incluía a la mujer de Northallerton, el personal del *Recorder* consistía exactamente en cuatro personas: un fotógrafo a media jornada, una mujer que se ocupaba de todas las tareas administrativas, incluidas las secciones de «Noticias» y «Anuncios» y las suscripciones, el redactor jefe y director, Bill Morrison, y ahora Teddy, que hacía todo lo demás, incluidas las «Notas sobre la Naturaleza».

Se habían mudado a Yorkshire porque Nancy pensó que sería un lugar donde podrían llevar una vida agradable y sencilla, una vida en el campo, rodeados por la naturaleza, que era como se suponía que debía vivir el hombre —y la mujer—. Una vez más, los Kibbo Kift habían hecho su trabajo. Ninguno de los dos podía soportar el rostro sombrío y lleno de cicatrices de la capital, y, según Nancy, Yorkshire parecía muy lejos de todo aquello, menos afectado por la mecanización y la guerra.

—Bueno... —dijo Teddy, pensando en los bombardeos de Hull y Sheffield, en las fábricas monolíticas y ennegrecidas de hollín del West Riding, y sobre todo en los campos de aviación azotados por vientos brutales en los que había estado destinado durante la guerra y donde había pasado buena parte de su vida —quizá la mejor— embutido en la carlinga ruidosa y gélida de un bombardero Halifax.

—Te gustó Yorkshire, ¿no? —comentó Nancy con la misma naturalidad con que preguntarías: «¿Y si vamos a los lagos este año? Te gustaron, ¿no?».

«Te gustó» no era precisamente el término que habría utilizado Teddy para describir una etapa de su vida en la que cada día era precario y podría ser el último que pasara sobre la Tierra, y en la que el único tiempo verbal era el presente porque el futuro había dejado de existir pese a su lucha desesperada por él. Se habían lanzado de manera sistemática sobre el enemigo, y cada día era una versión distinta de las Termópilas. («Sacrificio —decía Sylvie— es una palabra que hace que la gente se sienta noble ante una carnicería.»)

Pero, sí, era verdad, Yorkshire le había gustado.

Durante un tiempo se planteó emigrar. A Australia o Canadá. Teddy había realizado la instrucción inicial como piloto en Canadá y le agradaron aquellas personas amables y de trato fácil. Todavía recordaba una excursión que hicieron para coger melocotones, y que ahora, en medio de aquel invierno, parecía un sueño. Antes de la guerra había viajado también por toda Francia, más evanescente incluso que cualquier sueño, pero Francia había sido la fantasía de un hombre joven, no un lugar para un inglés casado en 1947. Concluyeron que, al fin y al cabo, habían librado la guerra por Inglaterra («Gran Bretaña», le corrigió Nancy), y estaba mal abandonar al país en aquella nueva etapa de necesidad. Quizá fue un error, pensaría Teddy años después. Deberían haber pagado las cinco libras del pasaje y haberse marchado, para unirse a todos los demás ex militares descontentos que comprendieron que, en los años posteriores a la guerra, Gran Bretaña parecía una nación vencida más que una nación victoriosa.

Nancy encontró una vieja granja en alquiler en un valle emplazado sobre los páramos. Se llamaba la Cabaña del Ratón («Qué clarividente», comentó Sylvie), aunque nunca llegaron a entender por qué, pues no vieron un solo ratón durante el tiempo que pasaron allí. Quizá se llamaba así por lo pequeñita que era, sugirió Nancy.

Había una cocina económica de hierro forjado con hogar y horno incorporados y una caldera detrás para proporcionar agua caliente. («Gracias a Dios», decían ambos a menudo y con fervor, con aquel frío.) Muchas veces cenaban a base de sencillas tostadas untadas con la mantequilla racionada y pinchadas en un tenedor de latón para sostenerlas ante el fuego; así evitaban las gélidas ráfagas que azotaban la pequeña despensa que se había adosado a la parte trasera de la cabaña en algún momento del pasado. A su vez, a la despensa se le había añadido un cobertizo, más que una habitación, en el que había un lavabo y media bañera, con los grifos de latón ennegrecidos y el esmalte gastado y veteado de herrumbre. No disponían de radio ni teléfono y solo contaban con un retrete exterior que, con aquel tiempo, suponía una dependencia comprensible del desagradable orinal. Era el primer hogar que compartían, y Teddy ya se creía capaz de comprender con cuánto cariño pensarían en él en el futuro, aunque no lo hicieran forzosamente en ese momento.

Habían alquilado la cabaña amueblada por completo, y menos mal, pues no tenían muebles propios aparte de un piano vertical que habían conseguido embutir en la habitación de abajo. Nancy tocaba bien el piano, aunque ni mucho menos tan bien como Sylvie. Por lo visto, el propietario anterior había muerto *in situ*, de modo que ahora se aprovechaban de los platillos, las tazas, los cojines y las lámparas de algún pobre viejales, por no mencionar el tenedor de latón para las tostadas. Suponían que era una mujer porque, pese a que las cortinas y las holgadas fundas de las sillas eran de una tela gastada con estampado jacobeo que podrían haber gustado a ambos sexos, las colchas de ganchillo, los tapetes de encaje y los cuadritos de punto de cruz enmarcados de jardines y damas con miriñaque que salpicaban la cabaña parecían indicar una mujer anciana. La consideraban su benefactora invisible. Al menos la ropa de cama no había servido de mortaja de un cadáver, pues la señora Shawcross asaltó su propio armario de la ropa blanca para proporcionarles «repuestos».

Habían firmado el alquiler en mayo, el mes en que todo florecía, fructífero, bajo cielos fulgurantes.

—Son muchas «efes», muchacho —diría Bill Morrison—. Apuesto a que hay una palabra para eso.

—Aliteración —contestó Teddy, y Bill Morrison concluyó:

—Bueno, pues intenta no hacerlo.

—Qué primitivo todo esto, ¿no? —comentó Sylvie cuando acudió a visitarlos.

Prepararon sándwiches de carne en conserva y Sylvie había llevado huevos de sus gallinas y pepinillos en vinagre; hicieron huevos duros y tomaron un buen picnic sentados en una vieja alfombra, aplastando la hierba demasiado crecida del jardín.

—Vais hacia atrás —comentó Sylvie—. Dentro de poco viviréis en una cueva y os bañaréis en el río.

—¿Tan malo sería? —le preguntó Nancy mientras pelaba un huevo—. Podríamos vivir como gitanos. Yo podría escarbar en los setos en busca de bayas y vender pinzas y amuletos de puerta en puerta, y Teddy podría pescar y disparar a conejos y liebres.

—Teddy no le dispararía a nada —dijo Sylvie con firmeza—. Él no mata.

—Lo haría si tuviese que hacerlo —terció Nancy—. ¿Me pasas la sal, por favor?

«Pues ha matado», se dijo Teddy. A mucha gente. A gente inocente. Había contribuido personalmente a la ruina de la pobre Europa.

—Estoy aquí, ¿sabéis? Sentado a vuestro lado.

—Y el pelo nos olería a humo de leña —continuó Nancy entusiasmándose con la idea— y nuestros críos correrían por ahí desnudos.

Lo dijo para molestar a Sylvie, por supuesto. Y Sylvie, debidamente molesta, contestó:

—Antes eras toda una marisabidilla, Nancy. La vida de casada ha hecho cambiar algo en ti.

—No, lo que hizo cambiar algo en mí fue la guerra —terció Nancy.

Se hizo un breve silencio mientras los tres contemplaban en qué consistiría ese «algo».

Durante la guerra, Teddy había perdido a Nancy por culpa de la Ley de Secretos Oficiales. Ella no había podido contarle qué estaba haciendo, y él fue incapaz de contarle en qué andaba metido (porque no quería hacerlo) y su relación se había basado en la ignorancia. Nancy juró que se lo revelaría cuando la guerra terminara («Después te lo contaré todo, te lo prometo»), pero a esas alturas Teddy ya no tenía demasiado interés en saberlo.

—Criptografía, códigos y esa clase de cosas —confesó ella, aunque él hacía tiempo que lo sospechaba, claro, pues ¿en qué habría estado metida si no?

Nadie que hubiera trabajado en Bletchey durante la guerra hablaba sobre lo que había hecho allí, y sin embargo, Nancy estaba dispuesta a romper su juramento para que nada se interpusiera «entre nosotros». Según ella, los secretos tenían la capacidad de destrozar un matrimonio. Qué tontería, diría Sylvie: precisamente los secretos podían salvar un matrimonio.

Nancy estaba dispuesta a abrirle por completo su corazón, pero en el de Teddy había puertas que jamás abría. No era sincero del todo con respecto a su propia guerra: el horror y la violencia, por no mencionar el miedo, le parecían asuntos demasiado privados. Y luego estaba su propia infidelidad. Nancy admitió haber mantenido «relaciones sexuales» (una expresión ordinaria a oídos de Teddy) con otros hombres cuando lo creyó muerto, sin saber que estaba en un campamento de prisioneros, mientras que él había sido infiel sin la excusa de darla por muerta.

Ella nunca preguntaba, Teddy suponía que eso era lo mejor de Nancy. Y él no conseguía ver de qué serviría una confesión. Había considerado hacerla en aquel pub tan cutre la víspera de su boda. Podría haber revelado sus pecados y defectos, pero en definitiva no tenían importancia y la propia Nancy opinaría que no la tenían, lo cual quizá habría sido lo peor.

Sylvie también había llevado un pastel, una masa bastante compacta de semillas de carvis que se les quedaban entre los dientes. Lo había hecho ella misma. Como había empezado a cocinar en una etapa tardía de la vida, la ciencia que entrañaba todavía la tenía desconcertada. Nancy cortó el pastel y lo sirvió en los platos desparejados de la anciana.

—Si os hubierais casado como es debido —comentó Sylvie—, tendríais regalos de boda…, un juego de té de porcelana, por ejemplo, y no os veríais obligados a servir a vuestros invitados en este extraño batiburrillo de loza. Por no mencionar todas las demás necesidades de la vida conyugal.

—Bueno, la verdad es que nos va estupendamente sin todas esas necesidades —contestó Nancy.

—Cada vez te pareces más a tu madre —soltó Sylvie.

—Gracias, me lo tomaré como un cumplido —fue la respuesta de Nancy, lo que irritó todavía más a su suegra.

Por supuesto, Sylvie nunca había logrado superar que Teddy y Nancy la hubieran dejado sin boda. En sus propias palabras, «se habían escabullido».

—No son exactamente la clase de fotografías que puedes poner en un marco de plata, ¿no? —dijo con un suspiro mientras examinaba las diminutas instantáneas que había tomado Bea aquel día con su vieja Brownie.

—El pastel está delicioso —comentó Nancy en un intento de aplacar a Sylvie, pero la distrajo una abeja enorme que cayó en la alfombra de puro agotamiento y se enredó en las fibras de lana. La animó a que se subiera en la palma de su mano y la llevó hasta el seto, donde buscó un sitio umbrío para ella.

—Se morirá —le dijo Sylvie a Teddy—. Nunca se recuperan. Están agotadas de tanto trabajar, son las metodistas del mundo de los insectos.

—Sin embargo, el instinto dicta salvar vidas —contestó Teddy sintiendo una oleada de cariño hacia Nancy mientras cuidaba de la abeja, insignificante en el orden de las cosas.

—Quizá en ocasiones no deberíamos hacerlo —concluyó Sylvie y, abanicándose con la servilleta, añadió—: Qué calor hace. Me voy dentro. Y el pastel no está delicioso en absoluto. A Nancy siempre se le ha dado bien mentir.

Cuando se mudaron a la Cabaña del Ratón no había el más mínimo atisbo del invierno. Todavía hablaban de conseguir unas gallinas leghorn y aprender apicultura, de remover la tierra del huerto abandonado y plantar patatas «el primer año» para volverla productiva.

—El Edén resucitado —dijo Nancy entre risas.

Incluso habían considerado tener una cabra. Sin embargo, ninguno de esos proyectos se había llevado a cabo al cernirse sobre ellos las noches largas y oscuras. Demasiado absortos el uno en el otro, como saltamontes que disfrutaran del verano más que hormigas que se prepararan para el invierno, ambos sintieron un alivio inmenso por no haber llegado tan lejos como para conseguir la cabra.

Ahora les costaba recordar aquellas primeras veladas de verano, con el calor acumulado del día bajo los aleros, las gastadas cortinas de algodón ondeando distraídamente entre los marcos de las puertas abiertas de par en par. Hacían el amor cuando todavía había luz, se sumían en un éxtasis de sueño y despertaban al alba para hacer el amor de nuevo. Nunca veían la oscuridad. Tenían una vieja manta gris para caballos sujeta con chinchetas sobre la ventana y vivían aterrados ante las corrientes. Había escarcha en los cristales, tanto por dentro como por fuera.

«Aquí no se está mejor», les escribió Ursula desde Londres. Recogían el correo de un buzón improvisado al final del sendero. Cuando lo entregaban ya se habían marchado a trabajar y, como nunca habían presenciado la heroicidad del cartero, no podían sino imaginarla. Sus propios esfuerzos ya les parecían bastante épicos. Habían comprado un viejo Land Rover del ejército en una subasta con parte del dinero del regalo de boda (muy generoso) que les había hecho Izzie. El regalo habitual en las bodas de la familia era un juego de cubiertos de pescado, pero ella le tendió a Teddy un abultado cheque una tarde en que tomaban el té en Brown's.

—Augustus está en deuda contigo —dijo.

Augustus, que nunca había crecido como había hecho Teddy, que continuaba siendo irresponsable y constantemente culpable. A veces Teddy se preguntaba qué andaría haciendo si hubiera crecido. Imaginaba que su doble de ficción, Gus, rondaría ahora por el Soho en plena cruda posguerra, frecuentando locales de mala reputación. Una historia más interesante sin duda que *Augustus se esfuma como por arte de magia*, la última entrega de la *oeuvre* de Augustus que se había abierto paso a través de la nieve dos días atrás y esperaba sin leer sobre el piano de Nancy. «En la que Augustus se incorpora a un círculo de magos de la zona y hace sus diabluras habituales», se leía en la contraportada.

—Incluso este invierno eterno tiene que acabar —dijo Nancy—. Y la prueba de ello son las campanillas de invierno. Las has visto, ¿verdad? No te las habrás inventado para tu columna, ¿no?

A Teddy le sorprendió que se le ocurriera algo semejante.

—Por supuesto que no.

Empezaba a desear no haber visto las dichosas campanillas, y ojalá no las hubiese escogido como tema. Qué ganas tenía de que llegase marzo, con su abundancia de pájaros y brotes. En primavera no habría escasez de temas para Agrestis. Cogió un tronco de la cesta y lo añadió al fuego. Escupió una brillante lluvia de chispas sobre la alfombra de la chimenea. Ambos observaron con interés para comprobar si alguna prendía, pero chisporrotearon sin causar daños y se extinguieron.

—¿Por qué no sigues? —dijo Nancy.

—¿Seguro?

—Sí. —Sus ojos seguían firmemente clavados en la labor de punto. («A Nancy siempre se le ha dado bien mentir.»)

Según algunos, los romanos introdujeron la campanilla de invierno en estas tierras; según otros, fueron monjes (o monjas) quienes las cultivaron por primera vez, y de hecho en muchos «coros desiertos y en ruinas» de Shakespeare se las ve alfombrando en abundancia el terreno en primavera. Sin embargo, da la impresión de que sea una flor autóctona, de que lleve aquí desde los albores del tiempo, la esencia misma del carácter inglés.

Según una leyenda sobre los orígenes de la campanilla de invierno, cuando Adán y Eva fueron expulsados del Jardín del Edén, les pareció que los habían enviado al castigo de un invierno eterno; un ángel se apiadó de ellos y convirtió un copo de nieve en una campanilla como señal de que la primavera regresaría al mundo.

Nancy volvió a bostezar y quizá no lo disimuló tan bien en esta ocasión.

—Solo pretendo corregir errores —dijo Teddy—. No hace falta que te guste.

Ella alzó la mirada de su labor.

—¡Sí que me gusta! No seas tan susceptible. Estoy cansada, nada más.

Quienes soportamos ahora este invierno implacable quizá estamos más que dispuestos a comprender a nuestros bíblicos antepasados. En el calendario católico, el día de la Candelaria es la festividad de la Purificación de María…

—Es un poco farragoso, ¿no? ¿No te lo parece?

—¿Farragoso? —repitió Teddy.

Antes de la guerra se consideraba una especie de poeta y hasta había publicado un par de poemas en revistas literarias poco conocidas; sin embargo, durante una visita a la Guarida del Zorro en plena guerra, revisó esas ofrendas prebélicas, que guardaba en una caja de zapatos bajo la cama de su infancia, y las vio tal como eran: los garabatos aficionados de una mente inmadura. En cuanto al estilo, echaban mano de metáforas vagas y tortuosas, casi siempre en un intento de describir su respuesta ante la naturaleza. Sentía atracción por la majestuosidad de las colinas, los valles y las aguas de Wordsworth. «Tienes un alma pagana», le dijo Nancy en cierta ocasión, pero él no estaba de acuerdo. Tenía el alma de un clérigo del campo que había perdido la fe. Pero ya no importaba, porque el gran dios Pan había muerto y la guerra había matado tiempo atrás el deseo de Teddy de escribir poesía.

Tras graduarse en Oxford, con el deseo de quedarse allí, se había inscrito en un máster de filosofía, postergando el momento de hacer carrera en algún sitio. Aunque en el fondo de su corazón aún quería ser maquinista, suponía que eso quedaba fuera de la cuestión. Le habría sorprendido (y emocionado) muchísimo que alguien le hubiese contado que al cabo de cinco años estaría entrenándose para ser piloto.

Se había decidido por la poesía de Blake para su investigación, por lo que él consideraba «su opaca simplicidad» («¿Qué diantre significa eso?», quiso saber Sylvie), pero, llegado el momento, se sintió demasiado impaciente y abandonó a Blake al cabo de un trimestre para regresar a la Guarida del Zorro. Estaba cansado del análisis y la disección de la literatura; «es como una autopsia», le dijo a Hugh, que lo había invitado a su estudio a tomar un vaso de malta y a tener «una pequeña charla» sobre su futuro.

—Me gustaría —dijo Teddy, pensativo— viajar un poco, ver el país. Y quizá algo de Europa también.

Con «el país» se refería a Inglaterra más que a Gran Bretaña entera, y con «Europa» se refería a Francia, pero evitó decirlo puesto que Hugh tenía desconcertantes prejuicios respecto a los franceses. Trató de explicarle a su padre que quería responder directamente ante el mundo.

—Llevar «una vida de los sentidos», podría decirse. Trabajar la tierra y escribir poesía. Son dos cosas que no se contradicen.

—No, en absoluto —dijo Hugh—. Virgilio y las *Geórgicas*, etcétera. Un «poeta granjero». O un «granjero poeta».

Hugh había sido banquero toda su vida, lo que desde luego no suponía una «vida de los sentidos».

Desde los doce años, Teddy había trabajado en la finca de Ettringham Hall durante las vacaciones, no por el dinero —muchas veces ni siquiera le pagaban—, sino por el placer del trabajo duro al aire fresco. («No se me ocurre nada peor», diría Izzie. Lo había encontrado ayudando a ordeñar en una visita a la Guarida del Zorro y casi consiguió que la aplastara una vaca.)

—No soy un intelectual de corazón —le dijo a su padre, sabiendo que aquella postura le gustaría a Hugh, quien en efecto mostró su apoyo asintiendo con la cabeza—. ¿Y no es acaso estar conectado con la tierra la relación más profunda de todas?

Y de todo eso, añadió, saldría una escritura que no sería el mero producto árido del intelecto (Hugh asintió otra vez) sino del sentimiento, de las pulsiones. Quizá incluso una novela. (¡Qué ingenuo e inexperto había sido!)

—¿Una novela? —le preguntó Hugh sin poder impedir que se le arquearan las cejas—. ¿Ficción?

Quien leía novelas era Sylvie, no Hugh. Él era un hombre de su tiempo. Le gustaban los hechos. No obstante, Teddy era uno de sus hijos favoritos. Tanto Hugh como Sylvie tenían listas secretas para sus hijos, no tan secreta en el caso de Sylvie. Eran similares: Pamela quedaba en medio, Maurice al final, pero era a Ursula, bastante abajo en la lista de Sylvie, a quien Hugh llevaba más cerca del corazón. El favorito de Sylvie, por supuesto, era Teddy, su paladín. Él se preguntaba a cuál habría preferido antes de su nacimiento. Sospechaba que a ninguno.

—Bueno, lo que no conviene es que te quedes atascado —dijo Hugh.

¿Se sentía atascado su padre? ¿Por eso le había ofrecido veinte libras y le había dicho que se fuera «a vivir un poco»? Teddy rechazó el dinero —era importante que se abriera su propio camino, fuera el que fuese—, pero se sintió enormemente agradecido ante aquella demostración de apoyo por parte de su padre.

No le sorprendió que su madre no le diera su bendición.

—¿Que quieres hacer qué? —le preguntó—. Tienes un título por Oxford ¿y quieres vagabundear por ahí como un trovador?

—Un juglar —dijo Hugh—. «Hecho de jirones y parches.» —Era un gran admirador de Gilbert y Sullivan.

—Precisamente —terció Sylvie—. Los vagabundos van de granja en granja a ver si los contratan para trabajar. Los Beresford, no.

—Es un Todd, de hecho —repuso Hugh (lo que no ayudó mucho)—. Te has vuelto una esnob tremenda, Sylvie —añadió, lo que ayudó todavía menos.

—No estoy pensando en hacerlo para siempre —aclaró Teddy—. Solo un año, quizá, y luego me decidiré por algo estable. —Aún le daba vueltas a la palabra de Sylvie, «trovador»; qué atractiva le resultaba semejante idea (tan poco estable).

Así pues, se marchó. Sembró semillas de repollo en Lincolnshire, pasó la temporada de nacimiento de corderos en Northumberland, ayudó en la cosecha del trigo en Lancashire, recogió fresas en Kent. Las mujeres de los granjeros le daban de comer en las mesas de sus cocinas y dormía en graneros, cobertizos y cabañas ruinosas a medida que avanzaban los meses y, durante las cálidas noches de verano, en su vieja tienda de campaña, algo mohosa, que tan bien le había servido con los lobeznos y el Kibbo Kift. Su aventura más memorable aún estaba por llegar, cuando la tienda los acompañara a él y a Nancy en unas vacaciones de acampada por el parque nacional de Peak District, durante las cuales dejaron (por fin) de ser amigos para convertirse en amantes.

—¿Las dos cosas no? —preguntó un perplejo Teddy.

—Bueno, pues claro —respondió Nancy, y Teddy comprendió que la conocía desde hacía mucho tiempo y le resultaba demasiado familiar para «enamorarse» de pronto de ella. La amaba, por supuesto, pero no estaba enamorado, y nunca lo había estado. ¿Lo estaría alguna vez?, se preguntó.

Pero eso pertenecía al futuro. Ahora estaba en un establo de ovejas montando guardia, esperando el nacimiento de los corderos mientras leía a Housman y Clare a la luz de una lámpara de queroseno. Había intentado escribir poemas, casi siempre sobre el paisaje y el clima (los poemas de la caja de zapatos), que incluso él encontraba aburridos. Las ovejas no entrañaban poesía alguna, ni los corderos, ya puestos. («Las criaturitas temblorosas y boquiabiertas»; siempre le habían dado repelús «Los corderos de Grasmere» de Rossetti.) Las vacas no ofrecían otra cosa que leche. Los «cielos de dos colores como una vaca pinta» de Hopkins no eran para Teddy. «Venero a Hopkins —le escribió a Nancy desde algún lugar al sur del Muro de Adriano—. ¡Ojalá pudiera escribir como él!» En las cartas siempre se mostraba alegre, le parecía cuestión de buenos modales, cuando en realidad sentía desesperanza ante sus versos tediosos y estúpidos.

Izzie fue a hacerle una breve visita; se alojó en un hotel junto al lago Windermere, donde lo invitó a una cena cara, lo atiborró de alcohol y lo acribilló a preguntas para «darle un poco de verosimilitud» a *Augustus se convierte en granjero.*

El año pasó deprisa. La cosecha temprana de la manzana en Kent dio lugar a una oda al otoño que habría avergonzado a Keats («Manzanas, manzanas rosáceas y hermosas / que aún no han tocado los dedos de escarcha…»). Todavía no estaba dispuesto a renunciar a la poesía ni a la agricultura y subió a bordo de un transbordador en Dover, con un grueso cuaderno nuevo e impoluto en la maleta. Tras desembarcar en el suelo extranjero de Francia, se encaminó hacia el sur, hacia los viñedos y la cosecha de la uva, pensando en la copa de Keats llena de «la ruborosa Hipocrene», aunque la fuente de Hipocrene estaba en Grecia, no en Francia, ¿no? No se había planteado ir a Grecia. Se regañó por aquella (enorme) omisión en su itinerario de la cuna de la civilización. Más adelante volvería a regañarse por haberse perdido las maravillas de Venecia, Florencia y Roma, pero en aquel momento había eludido tan tranquilo el resto de Europa. En 1936 era una tierra atribulada, y Teddy no sintió la necesidad de experimentar su agitación política. Años después se preguntaría si se había equivocado, si no debería haberse enfrentado al mal que se estaba fraguando. A veces solo hace falta un hombre bueno, le dijo Ursula durante la guerra. A ninguno de los dos se le ocurriría un solo ejemplo en la historia, «excepto Buda, quizá», según Ursula. «No estoy convencida de que Jesucristo sea real.» Había montones de ejemplos en los que solo había hecho falta un hombre malo, añadiría Teddy con pesimismo.

Tal vez habría tiempo para Grecia. Al fin y al cabo, la fecha límite («un año, quizá») se la había puesto él mismo.

Tras finalizar una cosecha tardía de uva de Sauternes, Teddy estaba «tostado y fuerte como un campesino», según informaba en una carta a Nancy. También su francés había adquirido la tosca fluidez de un campesino. Tras una jornada cosechando tenía un hambre canina y se atiborraba en las copiosas cenas que la finca proporcionaba a sus jornaleros. Por las noches levantaba la vieja tienda de campaña en un campo. Por primera vez desde su infancia en la Guarida del Zorro, dormía el sueño profundo y tranquilo de los muertos o los inocentes, con la ayuda de las abundantes cantidades de vino que acompañaban las comidas. A veces había una mujer. Nunca escribió una sola palabra.

Durante el resto de su vida sería capaz de cerrar los ojos y evocar la imagen y el olor de los alimentos que había comido en Francia: se había chupado los dedos con el aceitoso sabor a ajo de los estofados, las hojas de alcachofa mojadas en mantequilla, los *oeufs en cocotte,* o huevos al horno en el interior de enormes tomates. Lomo de cordero asado y relleno de dientes de ajo y ramitas de romero, una obra de arte. Se trataba de sabores totalmente ajenos, en todos los sentidos, al paladar inglés. Queso agrio y fuerte; postres como *flaugnarde* con melocotones, *clafouti* con cerezas, *tarte aux noix* y *tarte aux pommes,* y un *far breton,* una especie de tarta de crema, que pasaría el resto de su vida soñando con volver a comer, y nunca lo haría.

—¿De ciruelas pasas y crema? —preguntó una poco convencida señora Glover a su regreso.

La señora Glover abandonaría la Guarida del Zorro poco después de la vuelta de Teddy, ahuyentada quizá por sus peticiones de que preparara comida regional francesa.

—No seas tonto —le recriminó Sylvie—. Se ha jubilado y se va a vivir con su hermana.

Luego estaba el desayuno, por supuesto, que tomaban sentados a la gran mesa de la cocina de la finca. No se trataba de los copos de avena con pinta de gachas que les plantaban delante en el internado, ni de los huevos con panceta nada sorprendentes de la Guarida del Zorro. Allí abría en dos media baguette recién salida del horno, untaba el interior con camembert y la mojaba en un tazón de café intenso e hirviendo. Cuando volvió a casa olvidó por completo aquella manera de empezar la jornada, pero entonces, décadas más tarde, cuando se alojaba en una vivienda protegida en Fanning Court, volvería de pronto a su memoria, e inspirado por la riqueza de aquel recuerdo, compraría una baguette en Tesco («horneada en nuestro propio local», sí, pero ¿hecha con qué?) y un pequeño queso camembert redondo que no estaba en su punto y se serviría el café en un cuenco de cereales en lugar de en el tazón habitual. No sería lo mismo. En absoluto.

Al acercarse el invierno continuaría hacia el sur —«Soy como la golondrina», le escribió a Ursula— hasta que lo detuvo el mar, y alquiló una habitación sobre un café en un pueblecito de pescadores que aún estaba a salvo de los turistas. Todos los días se sentaba a una mesa de aquel solitario café, con una chaqueta y una bufanda como única defensa necesaria contra el invierno de la Costa Azul; fumaba Gitanes y tomaba café exprés en gruesas tacitas blancas, con el cuaderno en la mesa ante sí. A la hora del almuerzo se pasaba al vino, junto con pan y pescado recién sacado del mar y asado a la leña, y cuando imperaba la tarde soñolienta ya se sentía listo para un vermut. Llevaba una vida de los sentidos, se decía, pero en el fondo sospechaba que estaba eludiendo su vida y se sentía culpable. (Al fin y al cabo, era inglés.)

En el pueblo lo llamaban cariñosamente «L'Écrivain anglais», porque era el primer poeta que los visitaba, aunque en aquella parte del mundo abundaban los artistas. Estaban impresionados con su francés coloquial y con la dedicación que prestaba a su cuaderno. Se alegraba de que no pudieran leer sus mediocres creaciones. Es posible que hubieran perdido parte de su admiración hacia él.

Decidió ser más metódico en su aproximación al Arte (con la mayúscula de Sylvie). Los poemas eran constructos, no simples palabras que fluyeran como si tal cosa del cerebro. «Observaciones», había escrito como encabezamiento al principio del cuaderno, y las páginas estaban llenas de imágenes pedestres: «El mar está hoy especialmente azul... ¿Zafiro? ¿Celeste? ¿Ultramarino?» Y «El sol arranca destellos al mar como un millar de diamantes» o «La costa parece compuesta por bloques sólidos de color y calientes haces de sol». (Con esa estaba bastante satisfecho.) Y *Madame la propiétaire* lleva hoy su curiosa chaquetilla verde». Se preguntaba si se podría escribir un poema sobre *Madame la propiétaire*. Pensó en los campos de lavanda y girasoles que había visto durante su estancia, todos cosechados ya, y buscó imágenes, como «lanzas imperiales» y «dorados discos de Helios que se vuelven para adorar a su dios». Ojalá fuera un artista, pues la pintura parecía menos exigente que las palabras. Estaba seguro de que a Van Gogh los girasoles no le habían dado tantos problemas.

«Gaviotas que describen círculos y chillan en lo alto, excitadas por las barcas de pesca que vuelven a casa», escribió con cautela antes de encender otro Gitanes. El sol estaba bajo el penol (casi), como habría dicho su padre de haber estado allí (¿cómo podía no gustarle Francia?), y ya era hora de tomar un *pastis*. Empezaba a pensar en sí mismo como en un holgazán, un comedor de loto. Tenía suficiente dinero ahorrado para pasar el invierno en la Costa Azul y después quizá dirigirse al norte para ver París. «No puedes morirte sin ver París», decía Izzie. Aunque él sí lo haría.

Poco después de Navidad llegó un telegrama. Su madre estaba en el hospital. «Neumonía, bastante pachucha, mejor vuelve a casa», había escrito con brevedad su padre.

—Tiene los pulmones de su madre —dijo Hugh tras el regreso de Teddy.

Teddy no había conocido a su abuela ni los legendarios pulmones que, según Sylvie, la habían matado. Sylvie se recobró sorprendentemente rápido y volvió a casa antes de que acabara el año. No había estado tan enferma; Teddy no estaba seguro de que la cosa hubiera merecido un telegrama, y durante un tiempo sospechó alguna clase de conspiración familiar, pero, según dijo Hugh con cierto dejo de disculpa, «no paraba de preguntar por ti».

—El hijo pródigo —dijo su padre con tono cariñoso cuando lo recogió en la estación.

A decir verdad, Teddy sintió alivio al abandonar la farsa de la poesía, y tras la familiaridad de la Navidad en la Guarida del Zorro le pareció un poco absurdo regresar a Francia. (¿Y para qué? ¿Para ser un holgazán?) Así que, cuando su padre le encontró un puesto en su banco, lo aceptó. El primer día, al entrar en las silenciosas salas de lustrosos paneles de caoba, se sintió como un preso embarcándose en una condena a cadena perpetua. Un pájaro con las alas cortadas, en tierra para siempre. ¿Ya estaba? ¿Ahí acababa su vida?

—Ya ves, Ted —dijo Hugh—. Sabía que te decidirías por algo y sentarías la cabeza.

La llegada de la guerra supuso un enorme alivio para Teddy.

—Un penique por tus pensamientos —dijo Nancy, que cogió una cinta métrica de la cesta de la calceta y se la puso contra el hombro.

—No lo valen —contestó él. Volvió a la condenada campanilla de invierno.

La flor delicada y colgante de la campanilla de invierno hace que la imagines sujeta a la oreja de alguna belleza isabelina, temblando.

—En el sentido estricto de la palabra, ¿puede temblar si está sujeta a la oreja? —preguntó Nancy dejando las agujas en el regazo para observar el tejido con el ceño fruncido—. Solo podría temblar si pendiera de ella.

Era forense. Como juez del Tribunal Supremo sería buenísima. Era capaz de expresar una opinión que no acarreaba emoción alguna con el tono más agradable posible.

—Qué cruel eres conmigo —dijo ella riéndose.

Ya le había insinuado antes que consideraba bastante «sosos» aquellos artículos. Era periodismo, pensaba Teddy a la defensiva, una forma inerte de escritura. Nancy siempre quería que todo el mundo le viera el lado mejor a todo.

Cuando se mudaron a Yorkshire, Teddy se encontró en una escuela secundaria para niños mediocres en una pequeña ciudad textil impregnada de hollín, miserable y silenciosamente moribunda, y desde la primera clase —*Romeo y Julieta*, «... a las mujeres, que son vasos quebradizos, se las arrincona siempre contra la pared»—, en un aula de niños burlones de trece años, supo que había sido un error. Veía la maraña del futuro desenredándose ante sí, un día sombrío tras otro. Se veía ganándose el pan para mantener a Nancy y a un hijo aún por llegar que ya le suponía una carga de responsabilidad. Y el día en que por fin se jubilara, también se veía como un hombre decepcionado. Era como estar en el banco otra vez. Él era un hombre estoico, se lo habían enseñado a la fuerza en la escuela, y asimismo tan fiel como un perro, y sabía que aguantaría por grande que fuera el sacrificio que tuviera que hacer.

—Libraste la guerra por esos chicos —dijo Ursula cuando acudió a visitarlo—, por su libertad. ¿Lo merecen?

—No, en absoluto —contestó Teddy, y ambos se rieron porque se trataba de un cliché que estaban hartos de oír y porque sabían que la libertad, al igual que el amor, era un concepto absoluto y no podía parcelarse por antojo o favoritismo.

En cambio, a Nancy le encantaba su profesión. Era profesora de matemáticas en una escuela secundaria de chicas listas y obedientes en una agradable población con balneario. Disfrutaba volviéndolas más listas incluso, más obedientes incluso, y ellas a su vez la adoraban. Había mentido en la solicitud para el puesto; dijo que no estaba casada (ni siquiera que era viuda), borrando así con eficacia a Teddy de su historial. Volvía a ser la señorita Shawcross.

—No les gustan las maestras casadas —le comentó a Teddy—. Se marchan para tener hijos o acaban trastornadas por la vida doméstica, por sus maridos.

¿Trastornadas? Por supuesto, el plan era abandonar la docencia cuando tuvieran hijos, pero eso estaba en manos de los dioses, y los dioses no parecían tener mucha prisa.

Nancy sabía cuánto le amargaba a Teddy dar clases. Una de las muchas cosas buenas de ella era que no creía que la gente debiera sufrir de forma innecesaria. (A él siempre le sorprendía que tanta gente sí lo creyera.) Lo animaba a volver a escribir. «Una novela esta vez», decía. Había leído sus poemas de la caja de zapatos, y Teddy suponía que opinaba más o menos lo mismo que él.

—Una novela —dijo Nancy—. Una novela para el nuevo mundo, algo fresco y diferente que nos diga quiénes somos y qué debemos hacer.

A Teddy el mundo no le parecía muy nuevo, sino más bien viejo y harto (como sospechaba sentirse él mismo), y no estaba seguro de tener nada que decir sobre lo que valiera la pena escribir, pero Nancy parecía convencida de que tenía talento.

—Al menos pruébalo. No sabrás si puedes hacerlo hasta que lo intentes.

Así pues, permitió que Nancy lo convenciera de sentarse por las noches y durante los fines de semana ante la pequeña Remington que había conseguido en una tienda de objetos de segunda mano. Se acabaron las

«Observaciones», se dijo él. Se acabaron los gruesos cuadernos. Manos a la obra y punto.

En primer lugar encontró un título: llamó a su debut en la escena literaria *Un plácido cobijo*, tomado de «Endimión», de Keats:

> *Una cosa bella es un goce eterno:*
> *su hermosura va en aumento*
> *y jamás caerá en la nada;*
> *antes conservará para nosotros*
> *un plácido cobijo, y un reposo*
> *lleno de dulces sueños,*
> *y bienestar, y un suave aliento.*

«Oh, cómo debe de haber anhelado "bienestar y un suave aliento" —dijo Ursula—. Y tal vez, imaginándolos, esperaba que se hiciesen realidad.» Su hermana siempre hablaba de Keats con tristeza, como si acabara de morir. No obstante, era un título un poco forzado, y no especialmente pegadizo.

—Servirá —opinó Nancy—, al menos de momento.

Teddy sabía qué pensaba Nancy. Creía que él necesitaba curarse, y que la escritura podía ser la medicina que lo consiguiera. «El arte como terapia», la había oído decirle a la señora Shawcross. Su propia madre se habría burlado de semejante idea. El primer verso del «Endimión», «Una cosa bella es un goce eterno», se parecía mucho más al credo de Sylvie. Quizá ese habría sido un título mejor. *Una cosa bella.*

Por desgracia, Teddy descubrió que cualquier personaje que introducía o trama con la que lidiaba tenía como resultado algo soso o trillado. Los grandes autores del pasado habían establecido unos niveles que hacían que sus pinitos con el artificio parecieran lamentables. No conseguía conectar con las vidas unidimensionales que había creado. Si el escritor era un dios, él era uno muy de segunda fila, uno que andaba garabateando en las estribaciones del Olimpo. Suponía que hacía falta interés, y no había nada sobre lo que le interesara escribir.

—Pero ¿y la guerra? —le preguntó Nancy.

¿La guerra?, se dijo él, secretamente asombrado de que ella pudiera pensar que una realidad tan demoledora pudiera traducirse tan deprisa en ficción.

—Pues sobre la vida, entonces. Sobre tu vida. Un *Bildungsroman*.

—Creo que prefiero vivirla que convertirla en artificio.

¿Y de qué demonios escribiría además? Si se excluía la guerra (una exclusión enorme, lo admitía), no le había pasado nada. Una infancia en la Guarida del Zorro, la breve existencia, bastante solitaria y sin mucho sentido, de un poeta-jornalero itinerante, y ahora la cotidianidad de la vida conyugal: el tronco en el fuego, la elección entre leche con malta o leche con cacao, y la personalidad pulcra y reservada de Nancy arrebujada en jerséis para protegerse del frío. De esto último no se quejaba, sabía que debía sentirse afortunado por tenerlo cuando tantos a quienes había conocido no lo tenían.

—«Y dime, ¿qué he de hacer para olvidarla?» —leyó con monotonía un chico cuyo nombre nunca recordaba, y sonó el timbre, provocando que la clase entera se levantara cual bandada de gorriones y saliera a empujones del aula antes de que él se lo indicara. («La disciplina no parece ser su fuerte —le había dicho con tono decepcionado el director—. Pensaba que, siendo como era un oficial de la RAF...»)

Teddy se sentó a su escritorio en el aula desierta, a la espera de que aparecieran los alumnos del segundo curso de lengua y literatura inglesas. Paseó la mirada por la sombría habitación, con sus olores a caucho y cuellos sin lavar. La suave luz de la mañana entraba a través de las ventanas y un rayo de sol capturaba el polvo de la tiza y de los chicos. Había un mundo al otro lado de esas paredes.

Se levantó de repente, cruzó el aula a grandes zancadas y se abrió paso entre el grupo de chicos de once años que entraba con desgana por la puerta.

—¿Señor? —preguntó uno de ellos, alarmado ante aquella negligencia en el cumplimiento del deber.

Se había ausentado sin permiso y conducía hacia casa por la elevada carretera comarcal, pensando en detenerse en algún sitio y dar un largo paseo que le concediera tiempo para pensar. Corría el riesgo de convertirse en un hombre errático, incapaz de tener constancia en nada. Sus hermanos varones estaban saliendo adelante por sí mismos. Jimmy se encontraba en Estados Unidos, donde llevaba una vida trepidante y suntuosa y «ganaba mucha pasta», mientras que Maurice era un jerarca de Whitehall, un pilar de la respetabilidad. Y ahí estaba él, ni siquiera capaz de ser un humilde maestro. Durante la guerra se había prometido que, si sobrevivía, llevaría una vida estable y resignada. La promesa parecía condenada a no verse cumplida. Se preguntaba si habría algo en él que no andaba bien.

Su salvación fue un automovilista que había sufrido una avería y se había parado en el margen de la carretera. Teddy detuvo el Land Rover y fue a ver si podía ayudarlo. El viejo Humber Pullman tenía levantado el capó y el hombre contemplaba el motor con la impotencia de quien desconoce por completo la mecánica, como si fuera capaz de hacerlo funcionar de nuevo con el mero poder de su mente.

—Ah, un caballero de la carretera —saludó quitándose el sombrero cuando Teddy se acercó desde el Land Rover—. Este maldito trasto está acabado, como yo. —Tendió una mano regordeta y añadió—: Bill Morrison.

Mientras Teddy toqueteaba el alternador, charlaron sobre los espinos, magníficos en su plena floración, que flanqueaban aquel tramo de carretera.

—El mayo —llamó Morrison a esa clase de árbol.

Según él, verlos le levantaba el ánimo. Después, Teddy no sería capaz de recordar con claridad la conversación, pero había ido «de la Ceca a La Meca», como lo expresó Bill, desde el lugar que ocupaba el espino en el folclore inglés —el espino sagrado de Glastonbury, etcétera— hasta la Reina del Mayo y los festejos correspondientes, y Teddy le contó que para los celtas el árbol señalaba la entrada al otro mundo, y que los griegos lo llevaban en las procesiones nupciales.

—Ha estado usted en la universidad, me imagino —dijo Bill Morrison. Su tono fue más de admiración que sarcástico, aunque quizá sí hubo una pizca de lo segundo—. ¿Ha intentado escribir alguna vez?

—Bueno… —vaciló Teddy.

—¿Qué me dice de un almuerzo, muchacho? Invito yo —dijo Bill Morrison cuando el viejo Humber tosió y volvió a la vida.

Así pues, Teddy se encontró en un convoy de dos de camino a un hotel en Skipton para comer lo que resultaría un rosbif regado con su buena dosis de alcohol, durante el cual Bill Morrison examinó su vida desde todos los ángulos posibles.

Era un hombre franco, fuerte y con un color rubicundo nada sano, que tiempo atrás se había «fogueado» en el *Yorkshire Post*, y que ahora era un rotundo conservador de la vieja escuela. «Un poco paternal pero muy perspicaz», le diría Teddy a Nancy después. Su dios era un robusto anglicano, un oriundo de Yorkshire que tal vez jugaba al críquet por el condado cuando no estaba impartiendo órdenes desde la montaña. Con el tiempo, Teddy llegaría a entrever mejor el corazón generoso y la brusca amabilidad de Bill. Le gustaba el hecho de que Teddy estuviera casado («el estado natural de un hombre») y le sonsacaba experiencias sobre la guerra. El propio Bill había «sobrevivido al Somme».

Era el director del *Recorder*. De manera sorprendente, fue mucho después cuando Teddy averiguó que además era el propietario.

—¿Conoces la revista, Ted? —le preguntó, ya tuteándolo.

—Sí —tuvo la educación de responder. ¿La conocía? Tenía el vago recuerdo de haberse distraído con ella de la inminente extracción de una muela cariada en la sala de espera del dentista; la salud dental no era una prioridad en el campo de prisioneros de guerra.

—Porque estoy buscando a alguien que escriba las «Notas sobre la Naturaleza» —continuó Morrison—. Solo son unas cuantas líneas cada semana…, no hará que te ganes el pan, y mucho menos la panceta, si consiguieras echar mano de alguna. Antes teníamos a un tipo que hacía las «Notas sobre la Naturaleza»; su seudónimo era Agrestis. Es un nombre en latín. ¿Sabes qué significa?

—Un labriego, un hombre del campo.

—Bueno, pues ahí lo tienes.

—¿Qué le pasó al de antes? —quiso saber Teddy mientras digería aquella oferta inesperada.

—La vejez se lo llevó consigo. Era un campesino de la vieja escuela, y un cabrón bastante difícil —añadió Bill con afecto.

Con cierta timidez, Teddy mencionó su propio currículum vitae agrícola: las ovejas de Northumberland, las manzanas de Kent, su amor por «las colinas, los valles y las aguas». El placer que podían producir la nuez y el cascabillo de una bellota, la hoja enrollada de un helecho, el dibujo en la pluma de un halcón. La trascendental belleza del coro del alba en un bosquecillo inglés de jacintos silvestres. Omitió Francia, los bloques sólidos de color, los calientes haces de sol. No serían del agrado de un hombre que había luchado en el Somme.

Pese a ser del sur, Teddy fue considerado un tipo sensato.

—Había dos hombres —dijo Bill Morrison mientras le hincaban el diente al queso stilton. Teddy tardó un instante en comprender que se trataba de la introducción algo patosa a alguna clase de agudeza—. Uno de ellos era de Yorkshire, la tierra del mismísimo Dios. Y el otro no era de Yorkshire. El que no era de Yorkshire le dijo al otro —(en ese punto, Teddy empezó a perderse)—: «El otro día conocí a un tipo de Yorkshire», y el que sí era de Yorkshire preguntó: «¿Y cómo supiste que era de Yorkshire?». Y el que no era de Yorkshire —(a esas alturas Teddy empezó a perder las ganas de vivir)— contestó: «Por su acento», y el de Yorkshire dijo: «Qué va, muchacho. Si hubiera sido de Yorkshire, habría sido lo primero que te hubiera dicho».

—Prueba a meter eso en una galletita de la suerte —dijo Nancy cuando Teddy trató de contárselo esa noche tras haber conducido hasta casa, bastante perplejo. («Madre mía, apestas a cerveza. Vaya, pues me gusta»)—. ¿Y tienes un nuevo empleo, en un periódico?

—No, no es un periódico —respondió Teddy—. Y en realidad tampoco es un empleo —añadió—. Solo son unos chelines por semana.

—¿Y la escuela? ¿Seguirás dando clases?

La escuela, pensó Teddy. Aquella mañana le parecía ya el pasado. («Y dime, ¿qué he de hacer para olvidarla?») Dijo que se había fugado.

—Ay, pobrecito mío —soltó Nancy, riéndose—. Y esto va a ir a más, ya lo verás, lo noto en los huesos.

Y así fue. Octubre con sus colores otoñales, sus setas y castañas y un veranillo de San Martín tardío. Noviembre trajo consigo «A la Madre Naturaleza arropando a sus pequeños» para la lucha que se avecinaba, y diciembre consistió, forzosamente, en acebo y petirrojos.

—Busca algo reconfortante —le pidió Bill, de modo que Teddy escribió sobre cómo el petirrojo llegó a tener el pecho rojo.

Eran artículos prosaicos, pero a Bill Morrison ya le iba bien, pues no andaba «a la busca de erudición».

Otro almuerzo regado con alcohol justo antes de Navidad y le ofreció el trabajo de reportero «enviado especial». El titular anterior del cargo había muerto durante la guerra.

—Estaba en los convoyes del Ártico —comentó Bill con tono enérgico, sin querer explayarse más, y añadió que él acabaría muerto también, y pronto, si no dejaba de correr de aquí para allá haciendo el trabajo de dos hombres.

—¿Estás contento ahora? —quiso saber Nancy mientras colgaban el acebo y el muérdago que habían cogido en el bosque.

—Sí —contestó Teddy, tras concederle quizá más consideración a la respuesta de la que exigía la pregunta.

Las malditas campanillas de invierno.

Hay quienes creen que da mala suerte coger estas pequeñas y valientes mensajeras de la primavera y no permiten que entren en la casa. Quizá se deba a que abundan en los cementerios.

Sylvie siempre cogía las primeras campanillas de invierno en la Guarida del Zorro. Era una pena, porque se marchitaban y morían muy deprisa.

La blancura de la campanilla de invierno y su relación con la pureza le han proporcionado siempre a esta humilde flor un aura de inocencia (¿quién se acuerda ahora de las jóvenes doncellas del «Grupo de Campanillas» del siglo pasado?).

Hay una leyenda alemana…

—Ay, madre —musitó por lo bajo Nancy.

—¿Qué?

—Me he comido un punto. Continúa.

… según la cual, cuando Dios creó todas las cosas, le dijo a la nieve que fuera a pedirles a las flores un poco de color. Todas se negaron a dárselo excepto la amable campanilla de invierno, y como recompensa la nieve le permitió ser la primera flor de la primavera.

Las grandes obras musicales tienen el poder de curar. Alemania ya no es nuestra enemiga, y es beneficioso para nosotros que recordemos su gran bagaje de mitos, leyendas y cuentos de hadas, por no mencionar su herencia cultural, la música de Mozart…

—Mozart era austríaco.

—Sí, por supuesto —dijo Teddy—. No sé cómo he podido olvidarlo. Entonces Beethoven. Brahms, Bach, Schubert. Schubert era alemán, ¿no?

—No, otro austríaco.

—¿Haydn? —aventuró Teddy.

—Austríaco.

—Hay muchos austríacos, ¿no? Bueno, pues… «la herencia cultural de Bach, Brahms, Beethoven…».

Nancy asintió en silencio, como una maestra que aprobara las correcciones de un alumno. Claro que podía haber estado simplemente contando puntos.

—«De ellos, Beethoven es…»

—Nos hemos olvidado de la campanilla de invierno. ¿A qué viene tanto hablar de los alemanes?

—A que me estaba refiriendo a una leyenda alemana —contestó Teddy.

—Pues parece que se trate de perdonar a los alemanes. ¿Lo has hecho tú? ¿Los has perdonado?

¿Lo había hecho? En teoría, quizá, pero no de corazón, y esa era la pura verdad. Pensó en todos los hombres que conocía a los que habían matado. Los muertos, como los demonios y los ángeles, eran legión.

Hacía tres años que su propia guerra había terminado. Se había pasado el último año *hors de combat* en un campo de prisioneros de guerra cerca de la frontera polaca. Tras saltar en paracaídas de un avión ardiendo sobre Alemania, no pudo evitar ser capturado a causa de un tobillo roto. Su avión había sufrido una emboscada y acabó derribado por el fuego antiaéreo en el espantoso ataque aéreo de Nuremberg. En aquel entonces no lo sabía, pero fue la peor noche de la guerra para el Mando de Bombardeo: noventa y seis aviones perdidos, quinientos cuarenta y cinco hombres muertos, más que en toda la batalla de Inglaterra. Cuando consiguió llegar a casa la noticia ya era antigua y Nuremberg casi se había olvidado.

—Fuiste muy valiente —dijo Nancy con la misma indiferencia alentadora (a oídos de Teddy al menos) que le habría prestado si hubiese hecho bien un examen de matemáticas.

La guerra para Teddy era ahora una mezcla de imágenes desordenadas que le obsesionaban en el subconsciente: los Alpes a la luz de la luna, la pala de una hélice cruzando el aire, una cara pálida en el agua. «Bueno, pues buena suerte.» Unas veces le llegaba el olor abrumador de las lilas; otras, la melodía de una danza, dulce y contenida. Y siempre, cuando la pesadilla llegaba a su fin, aparecía el inexorable final en sí, el fuego y la mareante caída en espiral hacia la tierra. En las pesadillas, despertamos antes del espantoso final, antes de la caída, pero a Teddy tenía que despertarlo Nancy con susurros tranquilizadores, con una mano que lo mecía y lo calmaba, y él se quedaba mirando fijamente la oscuridad durante mucho rato, preguntándose qué le ocurriría si una noche ella no conseguía despertarlo.

Se había reconciliado con la muerte durante la guerra, y de repente la guerra terminó y hubo un día siguiente, y otro, y otro más. Sin embargo, una parte de él nunca llegó a adaptarse a tener un futuro.

«Beethoven», empezó de nuevo con terquedad. No se podía hacer responsable de la guerra a Beethoven. Lo asaltó un repentino recuerdo, de Ursula y él en el Royal Albert Hall —¿cuándo fue eso, en 1943?—, escuchando la *Novena sinfonía* de Beethoven, la Coral, y Ursula casi vibraba con la fuerza emotiva de la música. Él también la había captado, esa fuerza de algo que residía más allá, fuera de los límites del insignificante ritmo cotidiano. Se sacudió como un perro mojado.

—¿Te encuentras bien, cariño?

Una respuesta afirmativa. Solo estaba apartando de sí la guerra, el horror que supuso, la sobrecogedora tristeza. No podía expresarlo con palabras.

—Y te diré qué —continuó Nancy, un espíritu risueño—. No me parece que la gente quiera que le recuerden la guerra cuando leen las «Notas sobre la Naturaleza» de Agrestis. Me imagino que todo lo contrario, de hecho.

—¿Preparo leche con cacao? —preguntó él para cambiar de tema—. ¿O la prefieres con malta?

—Con malta, por favor.

—Vas a destrozarte la vista —dijo Teddy mientras vertía la leche semicongelada en un cazo y lo ponía en un trébede sobre el fuego.

—Ya lo dejo —respondió ella, y empezó a enrollar con eficacia los ovillos de lana de diferentes colores.

La leche hirvió de pronto a borbotones en el cazo y Teddy lo retiró del fuego de un tirón antes de que se derramara. El calor de las llamas en la cara hizo que cobrara conciencia de su quemadura. Apenas asomaba sobre el cuello de la camisa; piel brillante, arrugada y rosácea, promesa de otras cicatrices en sitios menos visibles.

—Bueno, teniente coronel Todd de la fuerza aérea —dijo Nancy—, creo que ya es hora de irse a la cama.

Ella nunca utilizaba su rango en la guerra sin cierta ironía, como si Teddy hubiera tenido pretensiones. No sabía por qué Nancy hacía eso, pero conseguía que se le encogieran un poco las entrañas.

Se retiraron a su Última Tule, como llamaban a la cubitera que era su dormitorio en la buhardilla. Teddy tembló de frío mientras se quitaba las capas de ropa y se zambulló en la cama como si lo hiciera en las gélidas aguas del mar del Norte.

Tras la impresión inicial de sábanas polares y aire glacial, no tardaron en darse calor mutuamente. Con aquel clima, hacer el amor era un acto más vigoroso que romántico. («Con un marido, nunca tienes frío —escribió Millie, la hermana de Nancy, desde el árido calor de Arizona—. ¡En especial con uno tan guapo como el tuyo!»)

Se había desatado una ventisca, que sonaba como si alguien arrojara bolas de nieve contra las ventanas. Eran dos nuevos Adán y Eva, exiliados en su invierno eterno.

Nancy lo besó en la mejilla.

—Buenas noches, mi amor —dijo, pero él ya estaba dormido.

Nancy apagó la vela que había junto a la cama y esperó a que empezaran las pesadillas de Teddy.

Debían tener un bebé, se dijo. Debían tener un hijo para curar a Teddy, para curar al mundo.

1939

La guerra de Teddy

Inocencia

No oyó a Chamberlain hacer su deprimente declaración por radio porque prefirió sacar al anciano perro de los Shawcross, Harry, a pasear por el sendero. En aquel momento el golden retriever solo era capaz de dar un corto paseo, lento y artrítico. Tenía los ojos nublados por las cataratas y su cuerpo, antaño enorme, se veía ahora enclenque, con la carne pegada a los huesos. También estaba sordo, como el propio comandante Shawcross. Hombre y perro habían dormitado en mutua compañía durante las largas tardes del verano de 1939, encerrados en su mundo de silencio, el comandante Shawcross en su vieja silla de mimbre y Harry fundido con el césped a sus pies.

—Me rompe el corazón verlo así —decía Nancy. Se refería a Harry, aunque el sentimiento era extensivo a su padre.

Teddy comprendía hasta qué punto era conmovedor ver un perro al que conocías desde cachorro acercándose al final de su vida.

—Una oda a la mortalidad, como no escribió Wordsworth —comentó Ursula—. Ay, ojalá los perros tuvieran vidas más largas. A cuántos hemos llorado ya.

Las chicas Shawcross le tenían un cariño enorme a su «viejo papá», un afecto al que el comandante correspondía con creces. Hugh estaba muy unido a Pamela y Ursula, por supuesto, pero a Teddy no dejaba de sorprenderlo la forma en que el comandante Shawcross expresaba libremente sus sentimientos, besando y haciendo arrumacos a «mis chicas» y a menudo derramando lágrimas con solo verlas. («Fue la Gran Guerra —comentaba la señora Shawcross—. Lo cambió.») Hugh tendía a la reticencia, una actitud que la guerra no había hecho sino reafirmar. ¿Había deseado el comandante Shawcross un hijo varón? Sin duda, pues ¿no lo hacían todos los hombres? ¿Lo deseaba Teddy?

Tenía intención de proponerle matrimonio a Nancy. Ese mismo día, quizá. Un día de gran dramatismo histórico, porque así, en el futuro, Nancy les diría a sus hijos (pues sin duda los tendrían): «¿Sabéis qué?, vuestro padre me pidió que me casara con él el día que estalló la guerra». Teddy se sentía como si llevara esperando mucho tiempo, quizá demasiado. Primero a que Nancy pudiera completar su licenciatura en matemáticas en Newnham, y ahora a que estudiara para conseguir el doctorado. Su tesis tenía algo que ver con «números naturales». A Teddy no le parecían naturales en absoluto. No quería esperar también a que la guerra terminara, pues quién sabía cuánto tiempo duraría el conflicto bélico.

Teddy tenía veinticinco años, casi «entradito en años» para el matrimonio, por lo que a su madre concernía. Estaba ansiosa por tener nietos, más ansiosa de lo que había estado por los que ya tenía, por gentileza de Pamela, que le había dado «tres varones en total», y de Maurice, que tenía uno de cada. «Como pan y tortas», bromeaba Ursula. Teddy apenas conocía a los niños de Maurice, que según Sylvie eran «más bien aburridos».

Casarse con Nancy parecía inevitable. ¿Por qué no se casaría con ella? «Novios desde la infancia», decía la señora Shawcross, conmovida por la idea del romance. A la madre de Teddy la conmovía menos.

Todos lo daban por sentado, incluso Sylvie, que consideraba que Nancy tenía «una inteligencia demasiado afilada» para el matrimonio. («El matrimonio te lima el filo en ese sentido…»)

—Además, ¿qué otra iba a ser si no Nancy? —le preguntó un desconcertado Teddy a Ursula—. Es, con mucho, la mejor persona que conozco. Y la más guapa.

—Y además la quieres. Y sabes que todos la queremos.

—Por supuesto que la quiero. —(¿Era una pregunta?) ¿Acaso sabía qué era el amor? El amor que sentías por un padre, una hermana, por un perro incluso, sí, pero ¿entre marido y mujer? Dos vidas unidas de manera inextricable. O uncidas y enganchadas al carro. («He ahí la clave —diría Sylvie—, «o si no huiríamos todos despavoridos.»)

Pensó en Adán y Eva, pensó en los propios Hugh y Sylvie. Bien mirado, no parecían ejemplos muy buenos.

—El matrimonio de los padres de Nancy —dijo Ursula—, ¿no es ese un buen modelo? El comandante y la señora Shawcross son felices. Al menos, a juzgar por las apariencias.

Sin embargo, las apariencias y la realidad eran cosas distintas, ¿no? ¿Y quién conocía los secretos de un matrimonio?

Aunque había querido a Nancy cuando eran pequeños, aquello era otra clase de sentimiento, algo intenso y nítido pero infantil e inocente. «Pues ahora vemos de manera velada, como en un espejo.»

—Quizá sea más preciso —añadió Ursula— preguntarte cómo te sentirías si no te casaras con ella.

De modo que sí, se dijo Teddy, por supuesto que se casaría con Nancy. Se mudarían a un agradable barrio residencial de las afueras, tendrían esos inevitables hijos, y él iría ascendiendo en el banco hasta que quizá un día el personal se mostraría tan deferente con él como lo había sido con su padre. O tal vez no.

No sería solo el filo de su mujer el que acabaría romo. El futuro era una jaula que se cerraba en torno a él. ¿No era la vida en sí una gran trampa que esperaba para cerrar de golpe sus fauces? Nunca debió regresar de Francia. Debería haber dejado de ser indolente, dejado de fingir que tenía alma de poeta, haber abrazado al aventurero que llevaba en su interior y continuado camino hacia el este para explorar las extremidades del imperio... Australia, tal vez. Algún lugar inhóspito y sin colonizar donde un hombre pudiera forjarse a sí mismo en lugar de que lo forjaran quienes lo rodeaban. Demasiado tarde para eso. Ya no lo forjaría la geografía del imperio, sino la arquitectura de la guerra.

A esas alturas habían llegado al campo de las vacas lecheras y Teddy arrancó unas briznas largas de hierba del seto y exclamó:

—¡Eh! ¡Eh!

No obstante, tras dirigirle una brevísima mirada, las vacas continuaron dando muestras de una apacible indiferencia. Teddy encendió un cigarrillo y se apoyó en el portón mientras fumaba. Harry se había desplomado con torpeza en el suelo y el agotamiento hacía subir y bajar sus ijadas descarnadas.

—Pobre vejete —dijo Teddy, y se inclinó para rascarle el suave pelaje detrás de la oreja.

Pensó en Hugh. Sus caminos nunca se cruzaban en el banco, pero su padre lo invitaba de manera ocasional a almorzar en su club en Pall Mall. Aunque el imperturbable mundo de las finanzas le iba bien a Hugh, a Teddy lo dejaba anquilosado de aburrimiento, y de vez en cuando sumido en la más absoluta desdicha.

Por supuesto, su padre se jubilaría pronto; se entretendría en el huerto, dormitaría sobre las páginas abiertas del *Anuario Wisden del Críquet* en el jardín o en el estudio y le crisparía los nervios a Sylvie. Sería así, de hecho, como poco más de un año después encontrarían a Hugh en una tumbona del jardín, con un ejemplar del *Wisden* abierto en el regazo.

Dormido para siempre. Incluso aquella, la menos molesta de las muertes, pareció exasperar a Sylvie.

—¡Se ha ido por las buenas y sin decir una palabra! —se quejó, como si Hugh le hubiera debido algo más. Quizá era cierto.

«Papá nunca fue de los que armaba revuelo», le escribió Ursula a Teddy a Canadá en papel de copia azul, con la tinta emborronada irrevocablemente donde debía de haber caído una lágrima.

Teddy tiró la colilla al suelo, la aplastó con el pie y dijo:

—Venga, Harry, si no nos ponemos en marcha nos perderemos el almuerzo.

El perro no podía oírlo, pero ni siquiera se movió al darle Teddy un empujoncito, y él temió haberlo dejado completamente exhausto. Si bien era un saco de huesos, aún pesaba lo suyo, y no tuvo muy claro que pudiera cargar con el peso muerto del perro todo el camino hasta la casa, aunque supuso que tendría que apañárselas si no había alternativa; qué remedio. Pero por suerte Harry se incorporó en un gesto heroico sobre las cuatro patas y emprendieron el lento camino de regreso a casa de Nancy.

—¡Ay!, quédate ahí fuera —le imploró la señora Shawcross al verlo ante la entrada trasera de Las Grajillas. Agitó un trapo de cocina como si Teddy fuera una mosca.

Nancy, que pasaba en casa las largas vacaciones, estaba en cama enferma de tosferina («¡A mi edad!») y recibía los asiduos cuidados de la señora Shawcross, quien sabía que Teddy tampoco había pasado la enfermedad de niño.

—No debes pillarla —dijo—. En un adulto es horrible.

—Ni te acerques a esa chica —le advirtió Sylvie cuando él le contó que, vista la ausencia actual de un perro residente en la Guarida del Zorro, se había ofrecido a llevar a Harry de paseo.

«Demasiado tarde», pensó Teddy. «Esa chica» era a la que iba a proponerle matrimonio, pero quizá no ese día, al fin y al cabo.

—Está muy pachucha —le contó la señora Shawcross—. De todos modos le transmitiré tu cariño, por supuesto.

—Sí, por favor.

Los variados olores de la comida del domingo salían flotando de la cocina de la señora Shawcross. A la propia señora, de cuyo moño desaliñado escapaban unos cabellos, se la veía sonrojada y bastante aturullada; sin embargo, Teddy sabía por experiencia que cocinar para la comida del domingo tenía ese efecto en las mujeres. Las Grajillas, al igual que la Guarida del Zorro, se había quedado hacía poco sin cocinera, y la señora Shawcross aún parecía tener menos traza que Sylvie para las artes culinarias. Del comandante no había ni rastro. La señora era vegetariana, y Teddy se preguntó qué comería mientras su esposo disfrutaba de la carne de ternera. Un huevo, quizá.

—Madre mía, no —exclamó la señora Shawcross—, la mera idea de comerme un huevo me da bastante asco.

Teddy vio una botella abierta de madeira sobre la mesa de la cocina y un vasito lleno a medias.

—La guerra —soltó la señora Shawcross.

Los ojos se le llenaron de lágrimas y, olvidándose de la infección, atrajo a Teddy hacia sí para darle un abrazo cálido y algo húmedo. Olía al madeira y a jabón de brea, una combinación improbable y en cierto sentido perturbadora. La señora Shawcross era grandota y mullida y siempre estaba un poco triste. A Sylvie la irritaba la mala conducta del mundo, pero la señora Shawcross llevaba esa carga con paciencia, como se haría con un crío. Teddy supuso que la guerra volvería esa carga más pesada.

La señora Shawcross se llevó una mano a la sien y dijo:

—Madre mía, diría que voy a tener una de mis cabezas. —Siempre

decía eso en lugar de «mis dolores de cabeza». Exhaló un suspiro y añadió—: Gracias a Dios que solo tenemos chicas. Neville no podría soportar
mandar un hijo a la batalla.

A Teddy le pareció más que probable que él estuviera incubando ya la
tosferina. La señora Shawcross no sabía que Nancy había viajado a Londres la semana anterior para verlo, que se había colado en su habitación
de alquiler bajo la taladrante mirada de la casera y pasó allí la noche, los
dos apretujados en su estrecha cama, muertos de risa ante los crujidos que
le arrancaban al somier. Aún eran novatos en esa clase de actividades.

—Absolutos principiantes —dijo alegremente Nancy.

Había pasión entre ellos, pero era del tipo disciplinado y jovial. (Por
supuesto, podría aducirse que, por definición, eso no era pasión.) Aunque
había estado con un par de chicas en Oxford y un par más en Francia, el
sexo con ellas había consistido más bien en una función corporal, que lo
dejó descontento y no poco avergonzado. El acto sexual quizá no fuera
bestial, pero sin duda tenía un cariz animal, y Teddy suponía que le estaba
agradecido a Nancy por domesticarlo. Donde mejor se podían conservar
el deseo salvaje y los idilios vehementes era en las páginas de un libro.
Suponía que era hijo de su padre. La guerra cambiaría eso, como lo cambiaría todo, al abocarlo a encuentros menos civilizados. Sin embargo, nunca se sentiría cómodo con los términos para describir el sexo. No estaba
seguro de si se trataba de mojigatería o reserva. Su hija no tendría ningún
problema con ese vocabulario. Viola follaba, se la tiraban, jodía, de hecho,
y ponía empeño en expresarlo. A Teddy le produciría cierto alivio que se
declarara célibe a los cincuenta y cinco años.

Su habitación de alquiler, que no quedaba lejos del Museo Británico,
estaba un poco destartalada pero le gustaba pese a la casera, que habría
hecho sudar al mismísimo Gengis Kan. Teddy no tenía ni idea de que, a
causa de las implacables restricciones de la guerra y las circunstancias,

aquella noche furtiva con Nancy sería una de las pocas ocasiones en que conseguirían tener relaciones íntimas hasta el cese de las hostilidades.

—¿Cómo está la pobre Nancy? —le preguntó Hugh cuando Teddy regresó a la Guarida del Zorro.

—Sobrellevándolo, supongo, aunque en realidad no he llegado a verla. Entonces, ¿estamos en guerra?

—Me temo que sí. Ven al estudio, Ted, y tómate una copa conmigo.

—El estudio era la ermita de Hugh, un lugar seguro al que solo se entraba por invitación—. Y más vale que te des prisa, no vaya a verte tu madre. Se pondrá histérica, supongo. No se lo ha tomado bien, pese a que ya sabíamos lo que se avecinaba.

Teddy no sabía muy bien por qué había decidido no oír cómo declaraban la guerra. Quizá lo había hecho tan solo porque sacar de paseo a un perro una mañana soleada de domingo era un plan mejor.

Hugh sirvió dos vasos de whisky de malta de la licorera de cristal tallado que guardaba en el estudio, y brindaron.

—Por la paz —dijo Hugh cuando Teddy había supuesto que diría: «Por la victoria»—. Bueno, ¿qué piensas hacer?

—No lo sé —contestó Teddy encogiéndose de hombros—. Alistarme, supongo.

Su padre frunció el entrecejo.

—Pero no en el Ejército —dijo, con el tácito horror de las trincheras reflejándose por un momento en sus facciones.

—En la RAF, creo —contestó Teddy.

Si bien no lo había pensado hasta ese instante, entonces comprendió que las puertas de la jaula se abrían y que los barrotes de la prisión caían. Estaba a punto de liberarse de los grilletes de la banca. Y también se dio cuenta de la perspectiva de una zona residencial en las afueras, de unos niños que podían resultar «más bien aburridos». Se liberaría incluso del yugo del matrimonio. Pensó en los campos de girasoles dorados. Los bloques sólidos de color. Los calientes haces de sol.

¿Caería Francia bajo el maleficio de Hitler?, se preguntó con inquietud. Seguro que no.

—Quiero ser piloto —le dijo a su padre—. Me gustaría volar.

La declaración de guerra retrasó la comida del domingo. Sylvie aún estaba cogiendo menta del jardín para el cordero cuando Teddy fue en su busca. No le pareció histérica en absoluto, solo muy seria.

—Te has perdido a Chamberlain —dijo ella, dejando su tarea para incorporarse y frotarse los riñones, y él pensó que también su madre estaba envejeciendo—. Y supongo que tendrás que luchar —añadió dirigiéndose al ramito de menta que estrujaba en la mano.

—Supongo que sí.

Sylvie se volvió en redondo y regresó a grandes zancadas a la casa, dejando una estela de aroma a menta. Se detuvo ante la puerta trasera y le habló por encima del hombro.

—La comida se ha retrasado —dijo sin que hiciera mucha falta.

Aquella tarde Ursula le preguntó a Teddy por teléfono:

—¿Está muy indignada?

—Mucho —contestó él, y ambos se rieron. Sylvie había defendido como una fiera la necesidad de una política de contemporización.

Durante la tarde habían recibido numerosas llamadas telefónicas de varios familiares, y, para ser franco, Teddy empezaba a cansarse de que le preguntaran qué pretendía hacer, como si el futuro del conflicto recayera únicamente en sus espaldas.

—Pero tú eres el único guerrero de la familia —dijo Ursula—. Así pues, ¿qué piensas hacer?

—Alistarme en la RAF —respondió enseguida. Cuanto más le preguntaban ese día sobre la cuestión, más segura se volvía su respuesta. («¿Qué haría Augustus?», se preguntó. El adulto, su homólogo, no el Peter Pan de los libros de Izzie)—. Y, por cierto, yo no soy el único guerrero; ¿qué pasa con Maurice y Jimmy?

—Maurice evitará cualquier peligro, ya lo verás —contestó Ursula—. Pero Jimmy, supongo que sí... Ay, todavía lo considero el pequeñín, no consigo imaginarlo con un arma en la mano.

—Tiene casi veinte años —se sintió obligado a señalar Teddy.

En la comida reinó el silencio. Solo eran ellos tres, cuatro si se contaba a Bridget, pero no lo hacían. Tomaron el cordero con patatas y unas judías del jardín con muchas hebras, y luego Bridget dejó caer en la mesa un óvalo de pudin de arroz y dijo:

—Ha quedado seco, gracias a esos condenados alemanes.

—Al menos ahora Bridget tendrá a quien culpar de los males del mundo aparte de mamá —dijo Ursula cuando Teddy le transmitió el comentario por teléfono. Luego añadió con tristeza—: Será muy sangriento, ¿sabes? —Parecía tener acceso a mucha información. Claro que «conocía» a cierta gente, incluido un hombre de alto rango en el Almirantazgo.

—¿Cómo está tu comodoro? —le preguntó Teddy con cautela, pues Sylvie andaba por allí.

—Oh, ya sabes…, casado —contestó Ursula a la ligera. «No juzgues y no serás juzgado», le dijo a su hermano cuando le confió su idilio. A Teddy lo sobresaltó la idea de que su hermana fuera una mujer de vida alegre, que fuera «la otra». Cuando terminara la guerra, ya no habría nada sobre los hombres y las mujeres que lo sorprendiera. En realidad, nada sobre el asunto que fuera. Resultó que el edificio entero de la civilización estaba asentado sobre una inestable mezcla de arenas movedizas e imaginación.

Hubo otro buen vaso de whisky después de comer y otro más antes de la cena, y tanto Teddy como Hugh, ninguno de los cuales era un gran bebedor, estaban bastante achispados al marcharse Teddy a Londres. Tenía que volver al banco por la mañana, se dijo, pero a la hora del almuerzo buscaría una oficina de reclutamiento y se alistaría, y quizá el mundo no se pondría patas arriba, como decía aquella vieja balada de la Guerra Civil, pero desde luego sí avanzaría unas cuantas casillas hacia el alivio.

—Aquella «balada» era un lamento, no una celebración —terció Ursula. A veces podía ponerse casi tan tiquismiquis como Nancy—. «La Navidad resultó muerta en la batalla de Naseby.»

Su hermana no era aún puritana; la guerra la convertiría en una.

Sylvie le dio un beso de buenas noches en la mejilla, muy serena, y luego se dio la vuelta y añadió que no le diría adiós porque era demasiado «definitivo», y Teddy pensó que su madre podía llegar a ser muy histriónica cuando se empeñaba.

—Voy a coger el tren de las siete y veinte a Marylebone —dijo—, no emprendo la marcha hacia mi muerte.

—Todavía no.

Hugh le dio una paternal palmadita en el hombro y dijo:

—No le hagas caso a tu madre. Pero cuídate, Ted, ¿quieres?

Sería la última vez que su padre lo tocaría.

Recorrió el camino hasta la estación en pleno crepúsculo y, al ocupar su asiento en un vagón de segunda clase, Teddy comprendió que lo que hacía que se sintiera tan mareado y febril no era el whisky de Hugh, sino la tosferina de Nancy. La enfermedad retrasó su intento de entrar en la guerra varias desdichadas semanas, e incluso al intentar alistarse lo mandaron a casa y le dijeron que esperara. Ya estaba bien entrada la primavera de 1940 cuando cogió un sobre de la mesa del recibidor de la casa donde vivía de alquiler; un sobre que, al abrirlo, resultó contener la orden en papel beige de que se presentara en el Lord's, el estadio de críquet, para una entrevista. El verano anterior a su ingreso en Oxford, su padre lo había llevado al Lord's para ver el primer partido internacional panindio. Qué curioso que fuera justo en ese lugar donde le permitirían entrar en la guerra.

—Inglaterra ganó por ciento cincuenta y ocho carreras —recordó su padre cuando él le contó lo del sitio elegido.

«¿Y cuántas carreras harán falta para ganar esa guerra?», se preguntó Teddy, inclinado incluso en aquella etapa de su vida a mutilar metáforas. Aunque, de hecho, a él le llevaría exactamente setenta y dos carreras sin que lo eliminaran, el número de salidas que haría con su tripulación de vuelo hasta finales de marzo de 1944.

Echó a andar hacia el trabajo con una nueva sensación de ligereza. Se detuvo para acariciar a un gato que tomaba el sol en un muro. Se levantó el sombrero ante una elegante mujer que, sin duda cautivada, le respondió con una sonrisa (bastante invitadora, en particular para aquella hora del día). Se paró a oler una lila tardía que pendía sobre la verja en torno a los jardines de Lincoln's Inn. Se dijo que «la gloria y el sueño» de Wordsworth no habían caído del todo en el olvido.

El familiar aroma a madera y latón pulidos lo asaltó al entrar en el banco. «Ya no más —pensó—, ya no más.»

Casi dos años después, con un par de alas en el uniforme, y una vez superado el aprendizaje con el Plan de Adiestramiento Aéreo de la Mancomunidad Británica de Naciones en Canadá, Teddy había vuelto, navegando desde Nueva York en el *Queen Mary*.

—Qué bonito —comentó Izzie cuando se lo contaron—. He pasado momentos maravillosos a bordo de ese barco.

Teddy no se molestó en informarla de que el transatlántico era ahora un buque para el transporte de tropas de las fuerzas estadounidenses, en el que lo habían metido con calzador («abajo de todo con el agua de la sentina»), y en el que los hombres —la mitad de los cuales pasaron el viaje entero mareados— estaban más apretujados que las proverbiales sardinas en lata. Y Teddy se sintió igual de vulnerable que ellas mientras cruzaban el Atlántico con un tiempo horrible y sin convoy alguno, pues se consideraba que el buque era lo bastante rápido para dejar atrás a los submarinos alemanes, algo de lo que él no estaba muy convencido.

—Sí, la comida era maravillosa —le dijo a Izzie con sarcasmo (de hecho, lo era si se comparaba con la escasez del racionamiento).

No sabía si ella había captado la ironía. Cuando se trataba de Izzie, no siempre era fácil saberlo.

Tuvo un par de días de permiso entre la vuelta de Canadá y su ingreso en una Unidad Operativa de Instrucción. Su hermana se las apañó para salir de Londres y escaparse a comer a la Guarida del Zorro. Izzie también andaba «merodeando» por allí, sin invitación según Sylvie. El recuento para el otoño de 1942 sería el siguiente: Pamela se había autoevacuado al mismísimo centro de la nada, aunque no tardaría en regresar; Maurice se pasaba la mayor parte del tiempo en un búnker en Whitehall; Jimmy llevaba a cabo el adiestramiento militar en Escocia. Hugh había muerto. ¿Cómo era posible? ¿Cómo podía estar muerto su padre?

A Teddy le habían concedido un permiso por motivos familiares, y la Armada (en la persona del hombre de Ursula en el Almirantazgo, si bien Teddy nunca lo supo) le encontró pasaje en un barco mercante que zarpaba en convoy, pero la orden fue revocada en el último momento.

—Te habrías perdido el funeral de todas formas —dijo Sylvie—, así que tampoco habría tenido mucho sentido.

—Me sorprende —comentó Maurice— que en plena guerra alguien la considerara una petición importante.

—Maurice —dijo Ursula— es una de esas personas que sellan certificados (o no) y ponen cruces rojas en impresos de solicitud. Exactamente la clase de persona que revocaría un permiso por motivos familiares.

De haber sabido que lo consideraban lo bastante abajo en el escalafón para sellar lo que fuera, Maurice se habría indignado. Él firmaba cosas. Trazaba su firma fluida y descuidada con su Sheaffer de plata. Pero en ese caso no lo había hecho.

A quien fuera que había revocado la orden había que darle las gracias. El convoy fue víctima de un ataque de submarinos alemanes y el barco que le habían asignado a Teddy para la travesía se hundió con toda la tripulación.

—Salvado para un fin más elevado —declaró Ursula.

—No creerás eso, ¿verdad? —le preguntó Teddy, pues lo alarmaba que su hermana se hubiera vuelto religiosa.

—No. La vida y la muerte dependen por completo del azar, eso sí que lo he aprendido.

—Completamente. Eso ya lo aprendimos en la guerra pasada —intervino Izzie, y encendió un pitillo aunque apenas había probado bocado del estofado de pollo que había cocinado Sylvie para comer.

Sylvie había matado al ave aquella mañana para «celebrar» el retorno del «hijo pródigo». («Ya estamos otra vez», se dijo Teddy. ¿Sería ese su papel en la vida, el de eterno hijo pródigo?)

—No soy muy pródigo que digamos —contestó a la defensiva—. He estado aprendiendo a librar una guerra.

—Y, sin embargo, hete aquí que hemos matado al pollo cebado para celebrar tu vuelta —dijo Ursula.

—Más bien una gallina vieja —terció Izzie.

—Mira quién habla.

El comentario era de Sylvie, cómo no.

Izzie apartó el plato.

—Espero que te acabes eso —dijo Sylvie—. Ese pollo ha muerto por ti.

Ursula soltó un gritito desdeñoso y Teddy le guiñó un ojo. Pero dar muestras de alegría sin Hugh presente no parecía del todo correcto.

Nada más declararse la guerra, Izzie se esfumó al otro lado del charco, pero en cuanto el barco de Teddy atracó en Liverpool ya estaba de vuelta, asegurando que el deber moral del «patriotismo» estaba por encima de la seguridad personal.

—Y un cuerno, patriotismo —soltó una mordaz Sylvie—. Volviste a casa porque tu matrimonio fue un desastre.

El marido de Izzie, un dramaturgo famoso, «tenía amantes a diestro y siniestro en Hollywood», añadió Sylvie. Al oír la palabra «amantes», Teddy dirigió una mirada a Ursula a través de la mesa de comedor estilo neorregencia, pero ella tenía la vista clavada en el plato de pollo sacrificado ante sí.

A esas alturas, Sylvie tenía bastante lleno el gallinero y sacaba un buen partido del trueque por sus huevos en el pueblo. Las gallinas viejas solían acabar en la mesa del comedor de la Guarida del Zorro cuando dejaban de arrimar el hombro en el frente ponedor.

—Son FFM —dijo Ursula, y al ver la expresión de perplejidad de Sylvie, añadió—: Falto de Fibra Moral. Indecisos, hombres de las fuerzas armadas a los que los nervios les ganan la batalla, pero ellos lo llaman cobardía.

—Vi un montón en las trincheras —intervino Izzie.

—Tú no estuviste en las trincheras —espetó Sylvie, siempre molesta cada vez que Izzie se refería a sus experiencias en la guerra anterior.

Lo mismo les pasaba a todos, hasta cierto punto. Sorprendentemente, solo Hugh daba muestras de algún grado de tolerancia ante «la guerra de Izzie», como la llamaba él. Se había topado con su hermana en cierta ocasión, durante los horrores del Somme, en un puesto de socorro avanzado no muy por detrás de la línea de fuego. Lo confundió verla allí. Parecía fuera de lugar, pues a Izzie le tocaba estar en el salón de Hampstead o enfundada en un vestido de noche, coqueteando con algún hombre indefenso y burlándose de él. El barro había hecho que la «indiscreción» de su hermana, como él prefería considerarla —su escandaloso idilio con un hombre mayor y casado y el subsiguiente nacimiento de un niño ilegítimo—, se hubiese borrado de sus pensamientos. Además, aquella Izzie era distinta de la de ahora. Aquella vestía alguna clase de uniforme bajo un delantal sucio, tenía una mejilla manchada de sangre y llevaba algo nauseabundo en un cubo esmaltado, y al verlo soltó un grito ahogado.

—¡Ay, mírate, estás vivo, qué maravilla! No voy a darte un beso, me temo que estoy asquerosa.

Tenía lágrimas en los ojos, y en aquel momento, Hugh perdonó a su hermana por muchos errores futuros y todavía por cometer.

—¿Qué haces aquí? —le preguntó Hugh lleno de tierna preocupación.

—Oh, soy una CEPA —contestó ella como quien no quiere la cosa—. Solo echo una mano, ya sabes.

—En las trincheras estaban los hombres —insistió ahora Sylvie—, no unas cuantas damas voluntarias finolis.

—En la CEPA no había damas finolis —respondió Izzie sin inmutarse—. Nos ensuciábamos muchísimo las manos. —Y añadió en voz baja—: Y ponerle la etiqueta de cobarde a un hombre es algo terrible.

—Sí, lo es —coincidió Ursula.

—Pero no es tan malo cuando se trata de un pollo —bromeó Teddy, refugiándose en el humor. Lo aterrorizaba no dar la talla en el combate que se avecinaba—. Este sí que ha sido un gallina —añadió indicando el pollo en el plato de Izzie, y tanto él como Ursula soltaron risas rayanas en la histeria.

—Sois un par de niñatos —soltó una indignada Sylvie.

«No exactamente», se dijo Teddy. Eran quienes tendrían que permanecer firmes para defender a Sylvie y sus gallinas, la Guarida del Zorro y las últimas libertades que quedaban.

El contenido de las cartas que su hermana le mandaba a Canadá era escaso («la Ley de Secretos Oficiales y todo eso»), pero, leyendo entre líneas, adivinaba que Ursula lo había pasado terriblemente mal. Teddy aún no había probado su valía en la batalla, pero ella sí.

Ursula había estado en lo cierto con respecto a la guerra, por supuesto; en efecto, había sido sangrienta. A salvo en la lujosa calidez de los elegantes cines canadienses, Teddy había devorado bolsas de palomitas mientras contemplaba horrorizado noticiarios sobre la guerra relámpago contra Gran Bretaña. Y Rotterdam. Y Varsovia. Y Francia, de hecho, había caído. Teddy imaginaba los campos de girasoles arados por los tanques y convertidos en barro. (No fue así, seguían allí.)

—Sí, te has perdido muchas cosas —comentó Sylvie, como si hubiera llegado tarde al teatro para ver una obra.

Por lo visto, su madre estaba ahora muy al tanto de los sucesos de la guerra y se mostraba sorprendentemente belicosa, lo cual, suponía Teddy, era bastante fácil desde las relativas comodidades de la Guarida del Zorro.

—La ha seducido la propaganda —dijo Ursula, como si Sylvie no estuviera presente.

—¿Y a ti no? —quiso saber Teddy.

—Yo prefiero los hechos.

—Te has vuelto como el señor Gradgrind de Dickens —dijo Sylvie.

—Qué va.

—¿Y qué dicen los hechos? —quiso saber Izzie.

Y Ursula, que conocía a una chica en el Ministerio del Aire, no dijo que las probabilidades de que Teddy sobreviviera a la primera salida con su unidad operativa eran, como mucho, escasas, y que las de sobrevivir al primer período de servicio eran casi inexistentes, sino que contestó alegremente:

—Pues que es una guerra justa.

—Oh, estupendo —ironizó Izzie—, porque cualquiera detestaría estar librando una guerra injusta. Estarás en el bando de los ángeles, mi querido muchacho.

—¿O sea que los ángeles son ingleses? —preguntó Teddy.

—Sin duda.

—¿Ha sido muy terrible? —le preguntó Teddy a Ursula aquella mañana cuando fue a recibirla al tren.

Estaba pálida y demacrada, como alguien que hubiese pasado demasiado tiempo encerrada, o quizá en combate. Se preguntó si aún vería a su hombre en el Almirantazgo.

—No hablemos ahora de la guerra. Pero sí, ha sido bastante horroroso.

Se desviaron para visitar el cementerio donde estaba enterrado Hugh. Del interior de la iglesia les llegaron las débiles voces de los fieles del domingo esforzándose en cantar el himno «Mi alma canta Tus alabanzas, Rey de los Cielos».

La lápida gris de Hugh, con su inscripción algo insulsa —«Amado padre y marido»—, aún parecía demasiado flamante. La última vez que Teddy vio a su padre era un ser vivo, y ahora se pudría en un agujero bajo sus pies. «Más vale evitar pensamientos morbosos», dijo Ursula, un consejo que a él le resultaría muy útil durante los tres años siguientes. De hecho, durante el resto de su vida. Teddy pensaría en el ser humano tan decente que había sido su padre, el mejor de todos en la familia, en realidad. La pena lo pilló desprevenido.

—«Amado padre y marido»… es muy triste, no es insulso en absoluto —opinó Bertie.

Estaban en 1999, casi sesenta años después de que hubiera muerto su padre. A Teddy, su propia vida ya le parecía historia. Bertie le había preguntado qué le gustaría hacer para celebrar que cumplía ochenta y cinco años, y él contestó que le gustaría hacer una pequeña expedición por «sus sitios predilectos», de modo que su nieta alquiló un coche y partieron desde Fanning Court en lo que Bertie denominó «una excursión por carretera» y Teddy llamó «un viaje de despedida». No esperaba sobrevivir mucho más allá del milenio y pensó que aquel sería un buen modo de rematar una vida y un siglo. Le habría sorprendido saber que aún tenía más de una década por delante. Fue un viaje extraño y encantador, lleno de vivencias emotivas («Hemos cubierto todo el espectro», diría Bertie después) y sentimientos genuinos y no solo nostalgia, que en opinión de Teddy era siempre una emoción algo degradante.

A esas alturas, el liquen había suavizado la lápida de Hugh y la inscripción se volvía silenciosamente menos legible. Sylvie estaba enterrada en otra parte del mismo cementerio, al igual que Nancy y sus padres. Teddy no tenía ni idea de dónde estaban Winnie y Gertie, pero Millie estaba ahí: de vuelta en casa para el eterno reposo tras una vida entera sin sentar cabeza largo tiempo en ningún sitio. Todas esas personas, pensó, estaban ligadas a Bertie por un fino hilo rojo, pero ella nunca las conocería.

Pamela y Ursula, al igual que Bea, habían optado por la cremación.

Teddy había esperado a que las campanillas azules florecieran en el bosque para esparcir entre ellas las cenizas de Ursula. Los muertos eran legión.

—Más vale evitar pensamientos morbosos —le dijo a Bertie.

—¿Qué te gustaría que pusieran en tu lápida? —le preguntó ella pese a aquel consejo.

Teddy pensó en los interminables acres blancos de los cementerios de guerra. Nombre, rango, número. Pensó en Keats: «Aquí yace alguien cuyo nombre se escribió en el agua», un epitafio que a Ursula siempre le había parecido muy trágico. O en el propio Hugh, que en cierta ocasión dijo: «Oh, a mí me podéis sacar a la calle con la basura, no me importará». Y escritos en piedra en el monumento a los caídos en Runnymede figuraban los nombres de los muertos que ni siquiera tenían tumba.

Algo había cambiado. ¿Qué era? Por supuesto: los grandes y rebeldes castaños de Indias que solían dar sombra a los muertos desde un lado del cementerio habían desaparecido, y en su lugar se habían plantado pequeños y dóciles cerezos. El antiguo muro de piedra que antes ocultaba los castaños era ahora visible, limpio y recién remozado.

—Me gustaría un entierro en el bosque —dijo—. Sin nombre, sin nada, solo un árbol. Un roble si queréis, pero cualquiera servirá. No dejes que se ocupe tu madre.

La muerte era el final. A veces hacía falta una vida entera para comprenderlo. Pensó en Sunny, viajando sin descanso en busca de algo que había dejado atrás.

—Prométeme que le sacarás el mayor partido posible a tu vida —le dijo a Bertie.

—Te lo prometo —contestó ella, sabiendo ya, a los veinticuatro años, que era poco probable que pudiera hacerlo.

«El amor divino supera a toda clase de amor» anunció que el oficio religioso del domingo tocaba a su fin. Teddy se paseaba entre las tumbas. La mayoría de las personas que yacían en ellas habían muerto mucho antes de que él naciera. Ursula recogía castañas en la avenida de magníficos castaños de Indias en el otro extremo del cementerio. Eran árboles gigantescos, y Teddy se preguntó si sus raíces se habrían entrelazado con los huesos de los muertos, las imaginó abriéndose un tortuoso camino entre cajas torácicas, tobillos enlazados y muñecas encadenadas.

Cuando fue hasta donde estaba Ursula, la encontró examinando una castaña. La cáscara verde y pinchuda se había abierto para revelar la semilla reluciente y pulida en su interior.

—El fruto del árbol —dijo Ursula, tendiéndosela—. *Media vitae in morte sumus*, «A la mitad de la vida ya nos rodea la muerte». ¿O es al revés? ¿No te parece que hay algo mágico en ver algo nuevo, algo que acaba de llegar al mundo, como un ternerito recién nacido o un capullo que se abre?

De pequeños habían visto nacer terneros en la granja de la finca. Teddy recordaba haberse mareado ante la visión de la resbaladiza placenta y a la cría envuelta en ella con aspecto de que ya la hubiese trinchado un carnicero.

Los feligreses del servicio religioso matutino empezaron a salir de la iglesia a la luz del sol.

—Antes te encantaba el juego de las castañas. Hay algo medieval en los críos y sus castañas sujetas con cuerdas. Mazas…, ¿no se llamaban así esas armas con pinchos sujetas a un palo? ¿O era luceros del alba? Vaya nombre tan bonito para algo horrible.

Siguió parloteando. Teddy advirtió que Ursula tenía ganas de divertirse, supuso que como remedio contra el horror de la guerra. Pensó que ella sabía qué ocurría en tierra durante un bombardeo aéreo. Él solo podía imaginarlo, y la imaginación no tendría cabida en el mundo a partir de entonces.

Por supuesto, Teddy también había presenciado escenas truculentas en accidentes durante el adiestramiento, pero no eran temas que se mencionaran en la mesa neorregencia ante un estofado de pollo.

Llevó los platos sucios a la cocina («Bridget hará eso», dijo Sylvie con aspereza, pero Teddy la ignoró) y vio los huesos del pollo sobre la mesa de la cocina, despojados de la carne. Se le revolvió el estómago, pillándolo desprevenido.

En la escuela de vuelo de Ontario, Teddy había visto llegar un Anson para un aterrizaje de emergencia. Había despegado para un ejercicio campo a través, pero regresó casi de inmediato a causa de problemas en el motor. Lo observó acercarse al campo de aviación demasiado deprisa y bambolearse de aquí para allá antes de aterrizar de panza en la pista. Los depósitos de combustible seguían casi llenos y el impacto provocó una explosión tremenda. Al verlo, casi todo el mundo corrió en busca de refugio. Teddy se arrojó tras un hangar.

Todos los que estaban en tierra parecían ilesos, y los camiones de bomberos y las ambulancias se dirigieron a toda prisa hacia el Anson en llamas.

Les comunicaron que un miembro de la tripulación se había librado de la pira al salir despedido del avión con el estallido, de modo que Teddy se unió a la búsqueda con un par colegas aprendices de piloto. Encontraron al pobre diablo solitario entre los arbustos de lilas que bordeaban la alambrada que cercaba el recinto. Más tarde se enteraron de que era el instructor que iba a bordo, un piloto de la Real Fuerza Aérea Canadiense experimentado con quien Teddy había volado el día anterior. Ahora ofrecía un aspecto macabro; ya era un esqueleto, con la carne arrancada casi por completo de los huesos por la fuerza de la explosión. («Desollado», pensó Teddy en lo más profundo de su mente.) Las entrañas del instructor, aún calientes, adornaban las lilas. Los arbustos de lilas estaban en plena floración y su aroma todavía era apreciable bajo el fétido hedor de la carnicería.

Uno de los hombres que buscaban con Teddy huyó corriendo y soltando improperios y alaridos. Fracasó como piloto, nunca volvió a volar. Lo declararon FFM, y se marchó sumido en la ignominia quién sabía adónde. El otro aprendiz de piloto que estaba con Teddy, un galés, miró fijamente los restos y se limitó a decir:

—Pobre cabrón.

Teddy supuso que su propia reacción se situaba entre esas dos. Se sentía horrorizado ante la macabra naturaleza de aquel espectáculo, aliviado por no haber ido a bordo de aquel Anson. Fue su primera experiencia de las aberraciones que podía causar en los frágiles cuerpos humanos el mecanismo de la guerra, algo que suponía que su hermana ya sabía.

—Eso es para el caldo —dijo Bridget cuando lo vio mirando los huesos del pollo, como si hubiera planeado robarlos. Estaba lavando los platos, plantada ante el gran fregadero de Belfast de piedra, con espuma hasta los codos.

Teddy cogió un trapo de un gancho y dijo:

—Déjame secar.

—Vete de aquí —contestó Bridget, que era su forma de expresar gratitud, como Teddy sabía.

¿Cuántos años tenía Bridget? Él no era capaz ni de adivinarlo. A lo largo de la vida de Teddy, la criada había pasado por los mejores años de su propia vida, desde la ingenuidad e incluso el atolondramiento («Recién salida del cascarón», como decía siempre Sylvie) hasta una cansina resignación. Había «perdido su oportunidad» en la última guerra, decía, y Sylvie se burlaba diciéndole: «¿Tu oportunidad de qué? ¿De la carga del matrimonio, de la constante preocupación por los hijos? Te ha ido mucho mejor aquí con nosotros».

—Me voy a casa —le dijo entonces a Teddy, cediéndole con desgana un plato chorreante—. Cuando todo esto haya terminado.

—¿A casa? —le preguntó Teddy confundido por un momento.

Ella se volvió para observarlo fijamente, y Teddy comprendió que nunca miraba en realidad a Bridget. O que la miraba y nunca la veía.

—A Irlanda —le aclaró ella como si fuera estúpido, y Teddy supuso que lo era—. Ve a sentarte. Tengo que ir a por el pudin.

¿Y Nancy? ¿Qué pasa con Nancy? ¿Dónde está?, nos preguntamos. Arrancada de repente del arcano mundo de los números naturales un año antes para verse encerrada en un lugar secreto. Cuando la gente le preguntaba qué hacía, decía que trabajaba para una división del Ministerio de Comercio y Exportación que se había trasladado de Londres a la seguridad del campo. Hacía que pareciera tan aburrido («racionamiento de materiales producidos a escala nacional que escasean») que nadie le hacía más preguntas. Teddy esperaba verla, pero llamó por teléfono en el último momento para decirle:

—No puedo escaparme, lo siento muchísimo.

¿Casi dieciocho meses y «lo sentía»? Aunque se sintió dolido, era de los que perdonaban rápido.

—Es tan hermética… No sé cuándo volveré a verla —le contó a Ursula mientras recorrían el sendero con «parsimonia». («Adoro esa palabra, en los últimos tiempos es todo un lujo», dijo ella.)

Se detuvieron y encendieron sendos pitillos antes de llegar a la Guarida del Zorro. Sylvie se oponía a que fumaran en la casa. Ursula inhaló profundamente.

—Es un hábito asqueroso —declaró—, pero supongo que no tan asqueroso como la guerra.

—Sus cartas son muy anodinas —continuó Teddy, reacio a dejar el escurridizo tema de Nancy—. Como si tuviera al censor mirando por encima de su hombro mientras escribe. Tanto secretismo me parece increíble. ¿Qué crees que anda haciendo en realidad?

—Bueno, algo abstruso de tan matemático, sin duda —contestó Ursula, decidida a mostrarse poco explícita a su vez. Su hombre en el Almirantazgo tendía a las conversaciones íntimas en la cama—. Supongo que para ella es más fácil que no le preguntes nada.

—Apuesto a que descifra códigos alemanes —dijo Teddy.

—Bueno, pues no le digas eso a nadie —concluyó Ursula, que acababa de confirmar sus sospechas.

Después de comer, Teddy le sugirió a Ursula que tomaran un whisky en el estudio. Le parecía una buena forma de señalar el fallecimiento de su padre, algo que no tenía la sensación de haber hecho.

—¿El estudio? —respondió Ursula—. Me temo que el estudio ya no existe.

Cuando asomó la cabeza por la puerta de la pequeña habitación trasera, Teddy descubrió que Sylvie había transformado el saloncito de Hugh en lo que ella llamaba «un cuarto de costura». «Está precioso ahora, lleno de luz y aireado. Antes era muy sombrío.» Se habían pintado las paredes de un verde pálido, el suelo se había cubierto con una alfombra de Aubusson y las pesadas cortinas de terciopelo se habían sustituido por alguna clase de tela clara y de tramado abierto. Una delicada mesa de costura victoriana, antaño desaprovechada y relegada a la espartana habitación de Bridget, se hallaba convenientemente situada junto a una *chaise longue* que Sylvie había «conseguido por una bicoca en una tiendecita en Beaconsfield».

—¿Y cose aquí? —le preguntó Teddy a Ursula mientras cogía un carrete de algodón del costurero y lo contemplaba.

—¿A ti qué te parece?

Decidieron dar un paseo por el jardín, la mayor parte del cual se había cedido ahora a las hortalizas, así como al enorme gallinero. Las aves de Sylvie estaban bajo estricta llave, puesto que siempre había un zorro al acecho en algún sitio. La vieja y magnífica haya todavía se alzaba imperturbable en el centro del césped, pero el resto del jardín, excepto por las rosas de Sylvie, empezaba a mostrar abandono.

—No puedo conseguir un jardinero decente ni por amor ni por dinero —dijo una indignada Sylvie.

—Ay, sí, la guerra es terriblemente inconveniente —respondió Izzie con sarcasmo y mirando a Teddy con una sonrisita; él no respondió porque tuvo la sensación de que supondría conspirar contra su madre, aunque su madre estuviera más pesada que nunca.

—El último lo perdí porque se fue a la milicia voluntaria —continuó Sylvie ignorando a Izzie—. Que Dios nos ayude si el viejo señor Mortimer es cuanto se interpone entre nosotros y las hordas invasoras.

—Va a conseguir un cerdo —le dijo Ursula a Teddy mientras observaban las gallinas encarceladas que cloqueaban y cacareaban con amargura.

—¿Quién?

—Nuestra madre.

—¿Un cerdo? —Teddy no acababa de imaginar a Sylvie cuidando un cerdo.

—Ya lo sé, está llena de sorpresas. ¿Quién sospechaba que tuviera alma de mafioso del mercado negro? No tardará en conseguir panceta y salchichas de extranjis. Supongo que deberíamos aplaudir esta empresa suya.

Al fondo del jardín se encontraron con un gran macizo de margaritas, grandes flores silvestres que debían de haber emigrado allí desde el prado.

—Otra horda invasora —comentó Ursula—. Creo que me llevaré

unas cuantas de vuelta a Londres. —Sorprendió a Teddy al sacar una gran navaja del bolsillo del abrigo y empezar a cortar algunos tallos larguiruchos—. Te quedarías pasmado si supieras todo lo que llevo encima —añadió, riendo—. Siempre listas. Es el lema de las exploradoras, no solo de los boy scouts, ¿sabes? «Tenéis que estar preparadas en todo momento para enfrentar dificultades e incluso peligros, sabiendo qué hacer y cómo hacerlo.»

—En los scouts es distinto —contestó Teddy—. Sus exigencias son más largas, más detalladas. —Suponía que de los hombres se esperaba más, aunque ninguna de las mujeres que conocía habría estado de acuerdo con aquella idea.

Ursula siempre olvidaba que él nunca había ascendido de lobato a scout. Por supuesto, ella nunca tuvo que sufrir las indignidades de los Kibbo Kift.

Decidió volver a Londres con Ursula, pese a saber que decepcionaría a su madre, que había confiado en aferrarse a él un día más. Sin su padre, había un vacío en el corazón de la Guarida del Zorro que resultaba desalentador.

—Si nos vamos ahora podremos coger el próximo tren —dijo Ursula tirando de él para que saliera por la puerta—, aunque no es que vaya a tener nada que ver con ningún horario.

Tras despedirse y salir al sendero, su hermana añadió:

—En realidad tenemos tiempo de sobra. Solo quería salir de aquí. Nuestra madre ya es difícil en su mejor momento, e Izzie es peor, así que las dos juntas son insufribles.

—¿Vas a quedarte en mi piso? —le preguntó Ursula mientras el tren entraba en Marylebone, y él contestó que no, que iría a ver a un viejo amigo.

—Pasaré una noche en la ciudad.

No sabía muy bien por qué mentía, ni de hecho por qué no quería quedarse con su hermana. La insistente necesidad de verse libre de trabas, quizá por última vez.

Cuando estaban despidiéndose, Ursula le dijo de pronto:

—Ay, casi se me olvida. —Y tras hurgar en el contenido del bolso, sacó un objeto pequeño, plateado pero con años de suciedad.

—¿Un conejo? —le preguntó él.

—No, diría que es una liebre, aunque no es fácil distinguirlo. ¿La reconoces?

No, Teddy no la reconocía. La liebre —o el conejo— estaba sentada en un cestito. Tenía un grabado en el pelaje y unas orejas finas y puntiagudas. Sí, era una liebre, se dijo.

—Cuando eras un bebé colgaba de la capota de tu cochecito —le aclaró Ursula—. Y de la nuestra también. Creo que en su origen formaba parte de un sonajero que había sido de nuestra madre.

En efecto, la liebre había sido el adorno del sonajero de Sylvie, un objeto muy bonito, con campanillas colgando y un anillo de dentición de marfil. En cierta ocasión casi le sacó un ojo a su propia madre con él.

—¿Y qué? —quiso saber Teddy.

—Es un amuleto de la buena suerte.

—¿De veras? —preguntó él con escepticismo.

—Un talismán. En lugar de una pata de conejo, te doy una liebre entera para que te mantenga a salvo.

—Gracias —contestó Teddy, divertido. Ursula no era de las que creía en supersticiones y amuletos.

Cogió la liebre y se la metió despreocupadamente en el bolsillo, donde se unió a la castaña que Ursula le había dado antes y que había perdido ya su brillante y novedoso aspecto. Advirtió que las margaritas de Ursula, envueltas en un papel de periódico mojado, estaban casi mustias. Nada podía conservarse, se dijo, todo se te escurría entre los dedos como arena o agua. O como el tiempo. Quizá no debería conservarse nada. Una idea monástica que descartó.

—Nos estamos muriendo desde el instante en que nacemos —había dicho Sylvie, sin venir a cuento, mientras observaba a Bridget entrar arrastrando los pies en el comedor con una fuente de compota de manzana.

—No es más que fruta caída —anunció Bridget.

Desde que la señora Glover se había jubilado —para irse a vivir con una hermana en Manchester—, Bridget se sentía obligada a adoptar su actitud de desaprobación. Por lo visto, Sylvie había vendido la mejor parte de la abundante cosecha de manzanas del huerto, y era la fruta, la única fruta, que no despertaba la suspicacia de Bridget. («Se crió en Irlanda —comentó Sylvie—, y allí no tienen fruta.») Antes de que Teddy se fuera, Bridget le puso en la mano una manzana pequeña, deforme y medio comida por los gusanos, «para el trayecto», que ahora anidaba en el calor de su atestado bolsillo.

En lugar de encontrarse con su amigo imaginario, Teddy hizo una ronda por los pubs de Londres y acabó bastante borracho, pues toda una hueste de gente con buenos deseos lo invitó a copas. Descubrió hasta qué punto les resultaba atractivo a las chicas el uniforme de la RAF, aunque había tratado de evitar «la batería antiaérea de Piccadilly», que, como sabía tras haber cruzado el Atlántico con ellos, era como llamaban los soldados norteamericanos a las prostitutas que rondaban por el West End. Eran chicas atrevidas y con mucho desparpajo, y se preguntaba si aquella habría sido antes su profesión o habían surgido como parte del inevitable tren de equipaje que arrastraba consigo la guerra.

Al final se encontró vagando por Mayfair y preguntándose dónde pasaría la noche. Chocó con una chica, «Ivy, encantada de conocerte», que también andaba perdida en el apagón antiataques aéreos, y continuaron cogidos del brazo hasta que por casualidad llegaron a un hotel, el Flemings, en Half Moon Street. Después, cuando estaban tendidos sobre la colcha, incorporados sobre las almohadas y compartiendo grandes botellas de cerveza que Ivy había conseguido en algún sitio, se rieron mucho de las miradas lascivas que le había echado el portero de noche.

—Qué sitio tan elegante —dijo—, debes de ser un tío rico.

Esa noche lo era, pues Izzie le había dado veinte libras —dinero manchado de sangre, por Augustus— y se sentía inclinado a derrochar todo lo que pudiera de ellas mientras fuera posible. Las mortajas no tienen bolsillos, como sin duda habría dicho la despilfarradora Izzie.

Ivy resultó ser una despreocupada integrante del Servicio de Tráfico Aéreo que estaba de permiso de su puesto en una batería antiaérea en Portsmouth. («Uy, probablemente no debería haberte contado dónde estoy destinada.»)

Empezó a sonar la alarma antiaérea, pero no se fueron a un refugio. Lo que hicieron fue contemplar los fuegos artificiales que les proporcionaba gratis la Luftwaffe. Teddy se alegró de haber pillado la última parte de los bombardeos alemanes de Londres.

—Cabrones —soltó alegremente Ivy cuando los sobrevolaban los bombarderos.

Ella estaba en «predicción de incursiones», dijo. «Operadora número tres.» («¡Ay, ya estoy otra vez!») Teddy no tenía ni idea de qué era eso.

—¡A por ellos, chicos! —exclamó la muchacha en cierto punto mientras los obuses trazaban vetas rojas en el cielo.

Vieron un bombardero en el haz de luz de un reflector. De modo que así era estar en el otro lado, se dijo Teddy, y contuvo el aliento, preguntándose qué sería del piloto de aquel avión. Al cabo de unas semanas sería él quien estuviese allá arriba, pensó.

El aeroplano se deslizó hasta salir del haz de luz y Teddy volvió a respirar.

—Y ahora nada de cosas raras —dijo Ivy mientras se quitaba la ropa hasta quedarse en combinación, antes de que por fin se metieran entre las frías sábanas. Y añadió con tono remilgado—: Soy una buena chica.

Era feúcha y con dientes de conejo y tenía un prometido en la Armada, y Teddy la consideró a salvo de sus insinuaciones sexuales, en especial puesto que estaba borracho, pero en algún momento de la noche, a esas alturas ya tranquila, rodaron uno hacia el otro en el centro del colchón hundido y la chica maniobró con destreza de modo que Teddy se deslizó dentro de ella, todavía grogui de sueño, y le pareció impropio de un caballero protestar. Fue breve, el más breve de todos. Carnal en el mejor de los casos, sórdido en el peor. Al despertarse, ambos con los ojos hinchados por la cerveza, Teddy esperó que ella se mostrara arrepentida, pero lo que hizo fue estirarse, bostezar y menearse, esperando más. Bajo la luz grisácea de la mañana se veía tosca, y si no hubiera sabido tantas cosas sobre las baterías antiaéreas reales, podría haberla confundido con una de las de Piccadilly. Se regañó por pensar eso, pues era una chica agradable, y hasta buena compañía, pero se excusó y se marchó.

Pagó la habitación y le pidió al recepcionista que se ocupara de que le subieran una bandeja con el desayuno «a mi esposa», y deslizó una cuantiosa propina a través del mostrador.

—Desde luego, señor —contestó el tipo, sonriendo con lascivia pese a la propina.

Varias horas después, subió a bordo de un tren en King's Cross, con destino a una UOI, Unidad Operativa de Instrucción. Luego pasaría a una UCB, Unidad de Conversión de Bombarderos.

—La guerra consiste en siglas —decía Ursula.

Sintió alivio cuando el tren atestado se alejó por fin lentamente del andén, contento de dejar atrás las sucias ruinas de Londres. Al fin y al cabo, había una guerra en marcha y se suponía que él combatía en ella. Encontró la manzanita arrugada en el bolsillo y se la comió en dos bocados. Esperaba que fuera dulce, pero tenía un sabor amargo.

1993

Los que quedamos

—Bueno, esta caja ya está —dijo Viola igual que si concluyera algo desagradable, como recoger la basura de otra persona, cuando solo había llenado una caja de cartón con cristalería limpia. Blandía un dispensador de cinta adhesiva al modo de un arma.

Vio a Sunny agitar un paquete de tabaco para sacar un cigarrillo, pero antes de que el chico pudiera prender una cerilla, le gritó, como si estuviera a punto de acercarla a la mecha de una bomba y no a un Silk Cut.

—¡No enciendas eso!

—Tengo diecinueve años —murmuró Sunny—. ¿Puedo votar, casarme y morir por mi país —(Teddy se preguntó si llegaría a hacer alguna de esas cosas)— y no puedo fumarme un pitillo rápido?

—Es un hábito asqueroso.

Por un momento, Teddy consideró decirle a Viola: «Tú antes fumabas», pero comprendió que supondría prender otra clase de mecha. De modo que puso la tetera al fuego para prepararles un té a los empleados de la mudanza.

Sunny se dejó caer en el sofá. Iban a deshacerse del sofá en cuestión, como de la mayoría de los muebles de Teddy, porque era demasiado grande para el piso al que se mudaba. Lo sustituirían por uno barato de dos plazas «para invitados», dijo Viola, que lo pidió por catálogo. Para él tenía un sillón supuestamente «elevable y reclinable» («adecuado para ancianos») que, debía admitirlo aunque fuera a desgana, era maravilloso de tan cómodo. No le gustaba la palabra «ancianos», invitaba a los prejuicios de igual manera que antaño lo había hecho «jóvenes».

La mayor parte de las posesiones de Teddy se descargarían en tiendas benéficas. Dejaba atrás más de lo que se llevaba. Lo acumulado en toda una vida ¿y qué valor tenía? No mucho, por lo visto.

—Cuánta porquería tiene el abuelo —oyó, a hurtadillas, que Sunny le decía a Viola un rato antes, como si fuera una afrenta moral conservar extractos bancarios durante una década o un calendario de cinco años atrás, uno con reproducciones de grabados japoneses de aves que había guardado porque eran muy bonitas.

—No puedes llevarte casi nada de todo esto contigo, lo sabes, ¿verdad? —le dijo Viola, como si fuera un crío de dos años con demasiados juguetes—. ¿Es que nunca tiras nada?

Era verdad, desde hacía un par de años había empezado a perder los hábitos de ahorro de antaño, cansado ya de la selección y la decisión implacables que exigía el mundo material. Era más fácil dejar que las cosas se acumularan, a la espera de la gran dispersión de bienes que implicaría su muerte.

—Esto es bueno —oyó a su hija decirle a Sunny—. Significa que habrá menos que despejar cuando al final se nos vaya.

Esperad a que Viola sea vieja, pensó Teddy («más vieja», diría Bertie), y le tocara a sus hijos despejar la «porquería» de su madre: los atrapasueños indios y las virgencitas iluminadas (irónico), las cabezas de muñecas decapitadas (también irónico), las bolas de cristal que «impiden que el mal entre en la casa».

Sunny parecía haberse quedado dormido, como si estuviera agotado o hubiese llevado a cabo un trabajo muy duro en lugar de mover unas cuantas cajas de aquí para allá. Los hombres de la mudanza habían hecho las tareas pesadas mientras él se limitaba a hojear papeles y archivos y a decirle a Teddy cada pocos minutos: «¿Quieres conservar esto? ¿Quieres conservar esto? ¿Quieres conservar esto?», como un loro poco dotado verbalmente, hasta que Teddy tuvo que decirle:

—Déjamelo a mí, Sunny, lo revisaré todo yo mismo. Pero gracias.

Teddy puso un plato de galletas y dos tazas de té en una bandeja. El destino de plato, tazas y bandeja sería más tarde Oxfam.

—¡Tienes cuatro bandejas! ¡Cuatro! —exclamó Viola, como si él en persona fuera responsable de una superabundancia capitalista de bandejas de té—. Nadie necesita cuatro bandejas. Solo puedes llevarte una.

Teddy eligió la más antigua, una de hojalata rayada y vieja que tenía desde los tiempos de Maricastaña. Había pertenecido a la anciana anónima que vivía antes en la cabaña en la que había residido él de recién casado. «La anciana dama», la llamaban, como si fuera un fantasma cordial.

—¿Ese trasto viejo? —soltó Viola observando la bandeja, horrorizada—. ¿Y esa de bambú tan bonita que te compré yo?

—Esta tiene un valor sentimental —insistió él con firmeza.

Se llevó el té afuera, donde los transportistas se tomaban un descanso. Estaban sentados en la parte de atrás del camión, fumando y disfrutando un poco del sol, y agradecieron el té.

Sunny abrió los ojos despacio, como un gato al despertar.

—¿No me has preparado nada? —le preguntó—. Mataría por beber algo.

Teddy suponía que Sunny había heredado el ensimismamiento de sus padres. Tanto Viola como Dominic se habían puesto siempre ellos mismos por delante. Hasta la forma en que Dominic murió había sido egoísta.

A Sunny le hacía falta que lo convencieran de espabilarse por sí mismo, de ocupar su lugar en el mundo y de comprender que él no era el único ser sobre la tierra.

—La tetera está en la cocina —dijo Teddy.

—Eso ya lo sé —contestó Sunny con sarcasmo.

—No hables en ese tono —espetó Viola (con el mismo tono, advirtió Teddy). Cruzaba los brazos con gesto combativo y miraba a través de la ventana a los transportistas—. Míralos, vaya par de vagos, les pagan por tomar el té.

Hasta donde a Teddy le alcanzaba la memoria, incluso antes de que perdieran a Nancy, a Viola le molestaba el placer de los demás, como si le restara algo al mundo en lugar de añadírselo.

—Me parece recordar que antes solías estar de parte de los trabajadores —dijo Teddy con suavidad—. Además, soy yo quien les paga. Son tipos agradables, estoy encantado de pagarles por tomar el té durante diez minutos.

—Bueno, pues yo me vuelvo a la interminable tarea de poner un poco de orden en todo esto. ¿Sabes cuántas copas tienes? De momento llevo contadas ocho. ¿Desde cuándo necesitas nada menos que ocho copas de brandy?

Viola llevaba una vida bastante desastrosa. Había dado bandazos de un desastre al siguiente. Quizá ejercer la autoridad sobre bandejas de té y copas de brandy le daba cierta ilusión de control. Teddy sospechó que se estaba internando en el territorio nada seguro de la psicología barata.

—Y desde luego no las necesitarás cuando te hayas ido —insistió ella.

Parecía que se estuviese refiriendo a la otra vida y no a su traslado a una vivienda adaptada, aunque Teddy supuso que eso era en cierto sentido irse a la otra vida.

—Las probabilidades de que haya ocho personas en tu nuevo piso y de que todas quieran brandy al mismo tiempo son ínfimas —continuó Viola.

Quizá, se dijo Teddy, podría organizar alguna clase de velada de cata de brandy una vez que se hubiese mudado, para ocho personas, obviamente. Y tomar fotografías para enseñárselas a Viola como prueba de ello.

—Al menos no tienes un perro del que haya que librarse —añadió ella.

—¿Del que haya que librarse?

—Bueno, no admiten perros en el sitio al que vas. Habrías tenido que regalarlo.

—O tú habrías podido acogerlo.

—Ay, no, con los gatos me resultaría imposible.

¿Por qué diantre estaban hablando de un perro imaginario e inexistente?, se preguntó Teddy.

—Pues menos mal que Tinker está muerto —concluyó Viola. Qué cruel podía ser.

Teddy no lo había pensado antes, pero ahora se daba cuenta de que Tinker había sido su último perro. Suponía que había dado por sentado que habría otro; un cachorro no, pues ya no tenía fuerzas para un cachorro, pero sí uno más viejo, quizá uno abandonado de la perrera. Podrían haber vivido juntos sus últimos tiempos. Ya hacía tres años que Tinker había muerto. De cáncer. El veterinario acudió a la casa a sacrificarlo antes de que sufriera dolor. Era un buen perro, quizá el mejor que había tenido. Un perro raposero, muy sensato según su punto de vista. Teddy lo estrechó entre en sus brazos mientras el veterinario le ponía la inyección y lo miró fijamente a los ojos hasta que la vida se apagó en ellos. En cierta ocasión había hecho lo mismo por un hombre. Por un amigo.

—A mí me gustaba Tinker, abuelo Ted —intervino Sunny de manera inesperada, de pronto un crío de seis años otra vez—. Lo echo de menos.

—Ya lo sé. Yo también —contestó Teddy dando palmaditas a su nieto en el hombro—. ¿Quieres una taza de té, Sunny?

—¿Y yo qué? ¿No me incluís? —preguntó Viola con el tono de falsa alegría que utilizaba cuando quería fingir que formaban una familia feliz. («La familia *disfungenial*», decía Bertie.)

—Claro que sí —respondió Teddy.

Se habían mudado a esa casa en York en 1960. La Cabaña del Ratón se había visto desbancada por una granja de alquiler (Ayswick), que fue donde Viola pasó los primeros años de vida. Al trasladarse a York, la pérdida del campo fue como una herida para Teddy, pero entonces le infligirían heridas mayores y seguiría al pie del cañón en York hasta que llegara a gustarle.

Era una casa semiadosada situada en las afueras, igual que miles de ellas en la zona, con una fachada de enlucido granuloso, estilo supuestamente Tudor, pequeños cristales romboidales en las ventanas en saledizo, grandes jardines trasero y delantero. Fue el hogar de Viola durante la mitad de su infancia —la mitad peor, sin duda—, aunque siempre se comportaba como si no significara nada para ella. Quizá no lo hacía. Se había pasado los enfurruñados años de la adolescencia impaciente por huir de sus confines («aburrida», «convencional», «como una caja de zapatos», etcétera). Cuando por fin se marchó a la universidad, dio la sensación de que una gran sombra hubiese abandonado la casa. Teddy sabía que le había fallado a Viola, aunque no sabía muy bien en qué. («¿Nunca piensas que podría ser al revés? —le preguntó Bertie—. ¿Que ella podría haberte fallado a ti?» «La cosa no funciona así», contestó Teddy.)

Se marchaba a un lugar llamado Fanning Court. «Una urbanización adaptada para la jubilación.» «Adaptada» hacía que pareciera para un perro o un caballo.

—No seas tonto —soltó Viola—. Es un sitio mucho más seguro para ti.

A Teddy le costaba recordar una época en la que su hija no lo hubiese tratado como a un incordio. Y sospechaba que sería peor a medida que se hiciera mayor. Hacía tiempo que le insistía en que se mudara para que alguien pudiera «cuidarle».

—Solo tengo setenta y nueve años —se quejó Teddy—. Puedo cuidar de mí mismo. Aún no soy un viejo chocho.

—Todavía no —contestó Viola—. Pero tendrás que mudarte tarde o temprano, así que más vale que sea temprano. Ya no te apañas bien con las escaleras, y desde luego no puedes ocuparte del jardín.

A él le parecía que se ocupaba bastante bien del jardín, con la ayuda de un hombre que acudía una vez por semana a hacer las tareas pesadas y a cortar el césped en verano. Al fondo del jardín había árboles frutales y antaño tenía un gran huerto. Solía cultivar de todo: patatas, guisantes, zanahorias, cebollas, judías, frambuesas, grosellas negras. Tomates y pepinos en el invernadero. Había construido un pequeño gallinero para un par de aves, y durante varios años incluso contó con una colmena que le daba muchas satisfacciones. Últimamente, casi todo el jardín consistía en una extensión de césped con arbustos fáciles de cuidar y flores, sobre todo rosas. Aún plantaba guisantes de olor en verano y dalias en otoño, aunque se estaba volviendo una tarea un poco pesada.

Quedarse sin jardín sería duro. Cuando se mudó allí le pareció que el jardín sería un pobre consuelo por el campo que dejaba atrás, pero resultó que se equivocaba. Y ahora, ¿qué consuelo tendría? Un par de macetas en un balcón, quizá una jardinera de ventana. Se le cayó el alma a los pies.

Desde hacía años Viola insistía machaconamente sobre el tema de los alimentos biológicos y la dieta saludable que había proporcionado a sus hijos, pero parecía incapaz de comprenderlo a él cuando le decía que la había criado a base de cultivos biológicos «salidos del huerto». ¿Biológicos?, decía, como si en una época anterior a la suya no existieran el estiércol y el trabajo duro. De niña no mostraba interés alguno en aprender apicultura, era reacia a dar de comer a las gallinas o recoger los huevos y decía que el jardín le causaba fiebre del heno. ¿Tendría aún esos ataques en verano?

—¿Tienes alergias todavía?

—Te permitiría vivir conmigo —continuó Viola como si él no hubiese dicho nada («¿cómo que me "permitiría"?», pensó Teddy)—, pero tenemos muy poco espacio, y además no podrías subir y bajar esas escaleras, por supuesto. Sencillamente, no son adecuadas para un anciano.

Hacía varios años que Viola había dejado York para mudarse a Leeds. En York había trabajado en una Unidad de Prestaciones Sociales (Teddy no tenía ni idea de qué era eso), pero luego consiguió un empleo en «Mediación Familiar» en Leeds. Esto segundo también le parecía una ocupación bastante imprecisa y, visto el nombre, no era algo para lo que Viola tuviese mucha madera. Por supuesto, dicho cambio lo provocó su boda con Wilf Romaine. («Nos dimos a la fuga», diría una atolondrada Viola en una entrevista de 1999 para la revista *Woman and Home*. Teddy no tenía claro que «fuga» fuera el término adecuado cuando tenías más de treinta años y dos críos pequeños.)

Por lo que Teddy sabía, aunque nunca hablaban del tema, ahora estaba en Whitby, viviendo ella misma a base de prestaciones sociales. Había comprado una antigua casita de pescador con lo que sacó de su divorcio de Wilf Romaine. Tenía cuarenta y un años y se había pasado la mayor parte de ellos viviendo del dinero que le daban otros: Teddy, la familia de Dominic («una miseria») y después el desastroso matrimonio con Wilf.

—De haberlo sabido —decía indignada, como si fuera culpa de otros—, habría evitado la maternidad y a los hombres para meterme de lleno en una profesión al salir de la universidad. Tal vez a estas alturas sería interventora en la BBC o tendría algún cargo en el MI5.

Teddy se limitó a proferir un sonido, sin definirse al respecto.

La casita de Whitby era una estructura algo torcida con solo cuatro habitaciones apiladas una encima de la otra. A Teddy no le habría sorprendido que Viola se hubiese empeñado en buscar un sitio poco adecuado para un «anciano». Como si a él se le hubiera ocurrido la posibilidad de vivir con ella. («Un destino peor que la muerte», coincidió Bertie.)

Según decía Viola, estaba «escribiendo». Teddy no tenía muy claro qué significaba eso, y no quería preguntar, no porque no le interesara sino porque Viola se ponía irascible si le pedías que te diera detalles de lo que fuera. Sunny era igual que ella, lo exasperaban incluso las preguntas más inofensivas.

—Bueno, ¿qué andas haciendo últimamente? —le preguntó Teddy a su nieto aquella mañana, cuando llegó (a regañadientes) para ayudar con la mudanza.

Cualquier pregunta sobre los planes de Sunny para el futuro provocaba que se encogiera de hombros, soltara un suspiro y respondiera:

—Cosas.

—Igualito que su padre —terció Viola («No, igualito que su madre», pensó Teddy)—. Me desespera. No se ha vuelto un adulto, se ha limitado a crecer. Claro que, si fuera un niño hoy en día, es probable que le diagnosticaran dislexia, y también alguna clase de hiperactividad. Y dispraxia, posiblemente. E incluso autismo.

—¿Autismo? —repitió Teddy. Qué curioso que Viola siempre se las apañara para lavarse las manos de toda responsabilidad—. A mí siempre me ha parecido un chico bastante normal.

Eso no era cierto del todo, pues hasta entonces Sunny se había abierto paso en la vida a trompicones y bandazos, pero alguien tenía que salir en defensa del pobre chico. De haberse visto obligado a «diagnosticarle» algo, habría sido infelicidad. Teddy quería tantísimo a Sunny que le dolía el corazón. Temía por él, por su futuro. El amor que sentía por Bertie era más franco, más optimista. Bertie tenía una inteligencia enérgica que a veces le recordaba a Nancy (en un sentido en el que Viola nunca lo había hecho). Tenía la misma naturaleza impredecible de su abuela y era un alma alegre como ella, aunque en la muerte, en el recuerdo (eran lo mismo ahora), Nancy se había vuelto quizá más veleidosa de lo que lo había sido en vida.

—¿Y esto qué es? —El tono de Viola era ofendido, como si la pequeña caja rectangular de cartón contuviera pruebas de alguna transgresión terrible. En el envase sin abrir se veía la imagen de un molinillo de café.

—Un molinillo de café —fue la razonable respuesta de Teddy.

—Es el molinillo que te regalé por Navidad. No lo has usado.

—No, en efecto.

—El tuyo era una antigualla. Dijiste que te hacía falta uno nuevo. —Empezó a abrir puertas y a buscar en los armarios de la cocina, hasta que dio con lo que buscaba—: Un molinillo de café. ¿Te compraste uno? Me gasté un dinero que no tenía en un regalo para ti. Oh, espera. —Alargó una mano como quien pretende detener un tanque—. Espera. Ay, claro…

Sunny entró en la cocina.

—¿De qué se queja ahora la reina del drama? —gruñó.

Viola le mostró la caja que contenía el molinillo sin usar.

—¡Es alemán! —dictaminó, como si estuviera en un tribunal y acabara de aportar la prueba decisiva.

—¿Y qué? —quiso saber Sunny.

—Es Krupp —dijo Teddy.

—¿Y qué? —repitió Sunny.

—Él no compra cosas alemanas —comentó Viola—. Por la guerra.

—Pronunció la palabra «guerra» con un tono sarcástico, como si discutiera con su padre sobre la longitud de la falda o la cantidad de maquillaje que llevaba o el olor a tabaco en su aliento, todos ellos temas que habían provocado ardientes debates en sus años de adolescencia.

—La familia Krupp apoyó a los nazis —le dijo Teddy a Sunny.

—Oh, ahora viene la lección de historia —ironizó Viola.

—Sus fábricas producían acero —continuó Teddy, ignorándola—. Y el acero está en el meollo de cualquier guerra. —Había bombardeado (o intentado hacerlo) la planta de Krupp en Essen varias veces—. Utilizaban esclavos y a judíos de los campos de concentración.

—La guerra terminó hace casi cincuenta años —dijo Viola—. ¿No te parece que va siendo hora de superarla? Además —con Viola siempre había un «además»—, muchos de los obreros en esas fábricas que tú bombardeaste eran también esclavos y judíos. Vaya ironía, ¿no? —exclamó con tono triunfal. Caso cerrado. Jurado convencido.

El primer coche de Viola tras «emanciparse» de Dominic (y después de cuatro intentos de aprobar el carnet de conducir) fue un viejo Volkswagen Escarabajo, y al murmurar algo sobre «comprar productos ingleses» a Teddy le cayó un torrente de acusaciones de xenofobia. Más tarde, cuando él llevaba ya varios años viviendo en Fanning Court, el horno empotrado de mala calidad que había en el piso pasó a mejor vida, y Viola encargó un Siemens nuevo en Currys sin consultárselo. Los transportistas aparecieron con el horno y Teddy les pidió (con mucha educación) que lo cargaran de nuevo en la furgoneta y lo devolvieran a la tienda.

—Supongo que también los bombardeaste, ¿no es eso? —dijo Viola.

—Sí.

Teddy se acordaba de Nuremberg (jamás podría olvidarlo), el último ataque aéreo de su guerra particular, y del oficial que daba las órdenes —una mujer— contándoles que la fábrica Siemens en esa ciudad producía reflectores, motores eléctricos, «etcétera». Después de la guerra se enteró de que allí se fabricaban los hornos crematorios para los campos de concentración y se preguntó si en eso consistiría aquel «etcétera». Durante la guerra le habían presentado a una refugiada amiga de Bea que se llamaba Hannie; y aunque sabía que ahora ya no significaría nada para Hannie, hizo aquel gesto algo mezquino ante Currys por ella. Seis millones no eran más que una cifra, pero Hannie tenía un rostro, muy bonito además, llevaba pequeños pendientes de esmeraldas («¡De bisutería!»), tocaba la flauta y se ponía Soir de Paris, y tenía una familia que se había quedado en Alemania. Se había sugerido que Hannie aún estaba viva cuando la metieron en los hornos crematorios de Auschwitz. («Tienes el deseo de perdonarles —había dicho Úrsula tiempo atrás—, y entonces te acuerdas de la pobre Hannie.») Así pues, no tenía la impresión de que le hiciera falta una excusa para no comprar un horno alemán. Y tampoco, ya puestos, para haberlos bombardeado hasta hacerlos puré. Eso no era del todo cierto, y podría haberlo admitido de no haber estado en plena discusión con alguien tan intransigente como su hija. Había matado a mujeres, niños y ancianos, precisamente a quienes las convenciones sociales exigían que protegiera. En el retorcido corazón de todas las guerras estaban los inocentes. «Daños colaterales», los llamaban ahora, pero aquellos civiles no habían sido colaterales, habían constituido el objetivo. En eso se había convertido la guerra. Ya no consistía en un guerrero que mataba a otro guerrero, sino en gente que mataba a otra gente. A quien fuera.

No le ofreció ese punto de vista reduccionista a Viola, pues se habría mostrado de acuerdo con demasiada facilidad, no habría comprendido el espantoso compromiso moral que te imponía la guerra. Los escrúpulos no tenían cabida en medio de una batalla cuyo resultado se desconocía. Ellos habían estado en el bando correcto, el bando del bien, de eso aún estaba convencido. Al fin y al cabo, ¿qué alternativa había? ¿Las horrorosas consecuencias de Auschwitz, de Treblinka? ¿De Hannie arrojada al interior de un horno crematorio?

Teddy miró a Sunny, repantigado contra el fregadero, y supo que jamás podría transmitirle nada de todo eso.

«Vaya par de viejos plastas», pensaba Sunny mientras proseguía la discusión en la cocina y se lanzaban pullas de aquí para allá como pelotas de ping-pong. De niño había disfrutado del ping-pong (en una ocasión al menos), aunque no estaba del todo convencido de haber sido alguna vez un niño. Habían pasado unas vacaciones de verano —él, Bertie y el abuelo Ted— en una casona ruinosa en alguna parte, con una mesa de ping-pong en un garaje o un cobertizo. Fueron las mejores vacaciones de su vida. También había caballos («Burros», corrigió Bertie) y un lago («una charca»).

La discusión en la cocina seguía a todo trapo. Ja, ja.

—¿Así que en su lugar te compraste un molinillo Philips? —exclamó Viola—. ¿Y vas a decirme que ellos sí tuvieron las manos limpias durante la guerra? En una guerra nadie tiene las manos limpias.

—Pues las de Philips estaban bastante limpias —respondió Teddy—. A Frits Philips lo declararon «Justo entre las Naciones» después de la guerra. —Y añadió a modo de explicación para Sunny—: Eso significa que ayudó a los judíos.

—Bah —espetó Viola con desdén, indicando así que estaba perdiendo la pelea.

Sunny bostezó y volvió a salir de la cocina.

Viola huyó al jardín. No estaba tan impecable como antes, pero aún traslucía el hecho de que su padre controlaba sus esfínteres. Las judías crecían rectas en sus rodrigones, los rosales no tenían manchas ni mordiscos. Su padre no había puesto una corona de florista sobre el ataúd de su madre, sino un ramo de rosas del jardín. Viola recordaba haber pensado que su madre merecía algo más opulento y elegante de procedencia más profesional. Las cosas caseras eran más bonitas, dijo su padre. Todo lo contrario, pensó ella.

A él le desagradaba el despilfarro, mientras que Viola no veía por qué se consideraba un pecado. No hacía falta andar tirando cosas cuando todavía funcionaban. (La Voz de la Razón.) Podían reutilizarse los envases de yogur y las latas de semilleros, hacer pudin con el pan y el bizcocho secos, carne picada con restos de aquí y allá. (¿Quién tenía hoy en día una picadora?) Los viejos jerséis de lana se cortaban y utilizaban como relleno de cojines. Cualquier cosa que pudiera venderse se convertía en mermelada o *chutney*. Cuando salías de una habitación tenías que apagar la luz y cerrar la puerta. Aunque Viola no lo hacía. De pequeña nunca tenía papel para dibujar, siempre le daban los restos de los rollos de empapelar. («Dale la vuelta y ya está, te servirá perfectamente.») Para limpiar las ventanas se utilizaban vinagre y periódicos. Todo lo demás iba a parar al cubo de abono orgánico o a las aves. Su padre quitaba el pelo de cepillos y peines y lo dejaba fuera para que los pájaros forraran con él sus nidos. Se preocupaba en exceso por los pájaros del jardín.

No era tacaño, eso sí que debía concedérselo. La casa siempre estaba caliente, demasiado, pues ponía la calefacción muy alta. Era generoso con el dinero para sus gastos y le dejaba escoger la ropa. Había comida en abundancia. Viola solía desdeñar el hecho de que casi todo procediera del huerto y el jardín: fruta, huevos, hortalizas, miel. El pollo no, pues lo compraban en la carnicería. Teddy era incapaz de matar a un ave. Dejaba morir de viejas a las gallinas, una ridiculez porque acababa invadido por gallinas viejas.

Viola había pasado incontables horas del verano en el jardín cual campesina en los campos, con las manos pegajosas de recoger grosellas rojas y negras y frambuesas. Llena de arañazos de las espinas, picaduras de avispa y mordiscos de garrapata, y asqueada ante babosas y gusanos. ¿Por qué no podían comprar en supermercados luminosos y elegir vistosos paquetes de ingredientes, frutas y hortalizas relucientes que vinieran de lejos y hubiese recogido otra gente?

Si era sincera consigo mismo —rara vez lo era, bien lo sabía—, ahora echaba de menos la comida que antaño detestaba. Su padre se había apropiado de los viejos libros de cocina de Nancy, y los domingos preparaba asados y tartas de manzana, estofados y pasteles de ruibarbo. «Tu padre es fantástico», le decían todos. Los profesores lo adoraban, en parte porque habían adorado a Nancy, pero también por la forma en que había adoptado el papel de madre. Viola no quería que él fuera su madre, ella quería que su madre fuera Nancy.

(«Fuimos pioneros del movimiento verde. Me crié en una casa que se autoabastecía y con gran conciencia ecológica. Cultivábamos nuestros propios productos, lo reciclábamos todo; cuando se trataba de respetar el planeta, nos adelantamos muchísimo.» Teddy se quedaría muy sorprendido al leer eso en una entrevista para un suplemento dominical a todo color no mucho antes de dejar Fanning Court para irse a la residencia de ancianos.)

Su padre leyó *Primavera silenciosa* en cuanto se publicó, justo después de la muerte de su madre. Un ejemplar de la biblioteca, por supuesto. (De hecho, ¿había comprado un libro alguna vez? «Pero debemos apoyar a las bibliotecas o dejarán de existir.») Solía aburrirla soberanamente leyéndole pasajes en voz alta. Fue entonces cuando empezó a obsesionarse con los pájaros del jardín. En ese momento había varios en el comedero de especies distintas. Viola era incapaz de identificarlos.

Volvió a la cocina, ahora desierta, gracias a Dios, y empezó a sacar piezas de la vajilla de los armarios para meterlos en cajas, divididas entre las destinadas a Fanning Court y las que irían a parar a la tienda benéfica. (¿A quién le hacían falta cuatro fuentes con tapa para verduras o incluso una sopera?)

Todo en la cocina parecía traerle recuerdos. Las bandejas de Pyrex le recordaban los pasteles de carne y puré y los pudines de arroz que se habían preparado en ellas. En los espantosos vasos, de un cristal verde y grumoso que daba un aspecto contaminado a su contenido, se había servido la leche que tomaba todas las noches antes de irse a la cama con dos galletas redondas Rich Tea, las más simplonas imaginables, cuando habría deseado algo más interesante, una barritas Club de chocolate o unas Penguin rellenas. La insistencia de su padre en darle esas galletas tan básicas antes de dormir parecía revelarlo todo sobre su moral austera. («Lo hago por tus dientes.») Ah, y aquella vajilla con motivos invernales comprada en un arranque de melancolía. El diseño de una vajilla podía contener toda una vida. (Buena frase. Se la quedó.) Algún día todo aquello sería *vintage* y a Viola le daría muchísima rabia haberlo metido en cajas para Oxfam sin mirar atrás una sola vez.

Su padre parecía tremendamente anticuado, pero alguna vez tuvo que estar como nuevo. Qué frase tan bonita. También la reservó para utilizarla más adelante. Estaba escribiendo una novela. Era sobre una chica joven, brillante y precoz, y su turbulenta relación con su padre y único progenitor. Al igual que toda clase de escritura, era una actividad reservada. Una práctica de la que no se hablaba. Viola tenía la sensación de abrigar en su interior una persona mejor que la que quería castigar constantemente al mundo por su mala conducta (cuando la suya era muy reprochable). Quizá escribir sería una manera de permitir que esa persona saliera a la luz.

Dejó caer una jarra de leche con motivos invernales, y se hizo pedazos.

—Joder —soltó, más bajito de lo que pretendía.

Teddy había dejado que Viola organizara el transporte de un par de las piezas más voluminosas de su casa para sacarlas a subasta, en la que habían obtenido, según ella, «una miseria». El piano de Nancy, el aparador de Gertie. Objetos muy preciados. El piano estaba desafinado y abandonado, ya nadie lo tocaba. Viola dejó de recibir clases (tenía poco talento) a la muerte de Nancy.

Cuando Teddy pensaba en Nancy a menudo la imaginaba sentada al piano. Pensaba todos los días en ella, como en tantos otros. Los muertos eran legión y suponía que recordarlos era una especie de deber. No siempre tenía que ver con el cariño.

Cerca del final, recordaba haber entrado en aquella habitación y haber visto a Nancy tocando el piano. Chopin. Se había acordado de Vermeer, de una de sus pinturas en la Galería Nacional en la que se veía a una mujer en una habitación, una muchacha virginal, aunque no lo recordaba con exactitud, pues hacía años de su viaje a Londres. *Mujer interrumpida al piano*, pensó al ver a Nancy. Podía imaginarla viviendo en uno de los interiores frescos y poco recargados de Vermeer. La lectura de la carta, la leche vertiéndose. Orden y tenacidad. Nancy había levantado la vista del piano al entrar él en la habitación, sorprendida, como si hubiera olvidado su existencia, y mostraba aquella expresión enigmática que tenía a veces cuando parecía estar perdida en su propio interior. La Nancy secreta.

Sintió un dolor desgarrador cuando los transportistas se llevaron el piano. Él quería a Nancy, pero quizá no del modo más conveniente para ella. Tal vez ahí fuera, en el mundo, hubiese existido algún otro que la habría hecho más feliz. Pero él la había querido. El suyo no había sido un amor romántico, apasionado y caballeresco, sino algo más sólido y digno de confianza.

También le produjo tristeza ver cómo se llevaban el aparador de Gertie. En un principio había pertenecido a los Shawcross, procedía del comedor de Las Grajillas. Era del estilo liberty del movimiento arts and crafts, que estuvo pasado de moda tantos años pero que ahora volvía, aunque no lo haría a tiempo para Viola, que siempre había encontrado aquel mueble feo y «deprimente». Quince años después, en 2008, vería un aparador idéntico al de Gertie —quizá el suyo— en el programa *Antiques Roadshow* y se pondría furiosa por no haberlo «conservado», visto el precio en que lo tasaban.

—Yo me lo habría quedado —le dijo a Bertie—, pero él insistió en sacárselo de encima.

Cuanto mayor se hacía Teddy, más se limitaba Viola a llamarlo «él», como si fuera un dios patriarcal que le hubiera arruinado la vida.

—¿Dónde está aquel viejo reloj de sobremesa que tenías? —le preguntó Viola de repente paseando la mirada por la habitación ahora casi desnuda—. No recuerdo haberlo visto cuando hemos embalado las cosas.

El reloj había pertenecido a Sylvie, y antes a la madre de esta. Fue a parar a Ursula a la muerte de Sylvie, y ella se lo dejó a Teddy, de modo que había recorrido en zigzag el árbol genealógico familiar.

—Ya sabes —continuó Viola con falsa despreocupación—, si no lo quieres, ya me ocupo yo de colocarlo.

Era una mentirosa de la peor calaña; su falsedad era transparente y sin embargo estaba convencida de su capacidad de engañar. Si necesitaba dinero, ¿por qué no se limitaba a pedirlo? Siempre andaba pretendiendo que le dieran cosas; más que un ave de presa, era una urraca. Era como si hubiera algo hambriento en su interior que nunca pudiera saciarse. La volvía rapaz.

El reloj era bueno, fabricado por Frodsham, y tenía bastante valor, pero Teddy sabía que, si se lo daba a Viola, ella lo vendería, desperdiciaría o rompería, y a él le parecía importante que permaneciera en la familia. Era una reliquia. («Una palabra preciosa», según Bertie.) Le gustaba pensar que la pequeña llave dorada que le daba cuerda, una llave que sin duda Viola perdería, seguiría utilizándola una mano que formara parte de la familia, que fuera de su misma sangre. El hilo rojo. Con ese fin, le había dado el reloj a Bertie la última vez que ella fue a visitarlo. Debería haberle dado también el aparador de Gertie, habría quedado bien en la casita de estilo arts and crafts en la que viviría con sus gemelos y el buen hombre con quien se casaría, un médico al que conocería en un encuentro fortuito en el puente de Westminster, durante la semana del sexagésimo aniversario de la reina. Años más tarde, después de casarse y mudarse a aquella casita en East Sussex, Bertie haría tasar el reloj para el seguro y descubriría que valía la astronómica cifra de treinta mil libras. Cada vez que Viola acudiera a visitarla, Bertie tendría que esconder su pequeño tesoro dorado y amortiguar el sonido de su carillón. Teddy ya llevaba dos años criando malvas para entonces, y nunca llegaría a ver la casita de estilo arts and crafts de Bertie, nunca vería el reloj que seguía dando la hora sobre la repisa de la chimenea.

—¿Has empaquetado ya el reloj? —le preguntó Viola con tono acusador.

Teddy se encogió de hombros con cara de inocencia.

—Tal vez. Estará en el fondo de alguna caja.

Quería a Viola como solo un padre puede querer a una hija, pero le costaba lo suyo.

—Tendríamos que darle a este sitio una mano de pintura antes de que saliera al mercado —dijo Viola—. Pero el agente inmobiliario ha dicho

que se venderá muy fácilmente. —(¿Había hablado con el agente inmobiliario de Teddy? ¿A sus espaldas?)—. Y así tendrás unos pequeños ingresos con los que vivir el tiempo que te quede.

Eso haría él a partir de entonces, ¿no? Vivir el tiempo que le quedase.
Era lo que había hecho siempre, por supuesto, lo que hacían todos, si tenían suerte.

—Un nuevo hogar —continuó Viola—. Un nuevo comienzo. Será…
—buscó una palabra en el aire.

—¿Un reto? —sugirió Teddy—. ¿Un tormento?

—Iba a decir que sería estimulante.

Teddy no tenía ganas de empezar de nuevo, y dudaba que Fanning
Court le pareciera jamás su hogar. Seguía siendo un edificio nuevo, que
aún olía a pintura y a acabados a prueba de incendio. El piso que había
comprado era uno de los últimos que se habían vendido en la urbanización. («Has tenido mucha suerte al conseguirlo», dijo Viola.) Por lo menos
no se mudaría a un piso donde hubiera muerto alguien y acabaran de sacarlo de allí con los pies por delante. Esos sitios eran del tipo «sale uno,
entra otro», ¿no?

—No, esto es solo una escala, Teddy —le dijo un amigo (de los pocos
que le quedaban), Paddy—. En las estaciones de la Cruz.

Teddy había inclinado la balanza, a esas alturas conocía a más muertos
que vivos. Se preguntó quién sería el último que quedaría en pie. Confiaba en no ser él.

—La siguiente escala es la residencia de ancianos —continuó Paddy—. Preferiría que me sacrificaran como a un perro, antes que ir a parar
a una de ellas.

—Yo también —coincidió Teddy.

Los espacios públicos de Fanning Court se habían decorado con una
insulsa gama de tonos rosa y magnolia y en las paredes de los pasillos col-

gaban inofensivas reproducciones impresionistas. Parecía poco probable que alguien las mirara alguna vez. El arte como papel pintado.

—Precioso, ¿verdad, papá? —le dijo Viola con forzado optimismo en su primera visita al lugar—. Se parece un poco a un hotel, ¿no? O a un crucero...

¿Cuándo se suponía que Viola había estado en un crucero? Estaba decidida a que a él le gustara Fanning Court, costara lo que costase.

La gobernanta los guió en la visita, una tal Ann Schofield, que dijo: «Llámeme Ann, Ted». («Pues a mí llámeme señor Todd», pensó Teddy.) La «gobernanta», como un personaje de Trollope. Y ahora él se convertiría en un mendigo en Fanning Court, un hospicio de la nueva era. Aunque lo cierto era que Ann Schofield no se parecía en nada a Septimus Harding. Pechugona y vivaracha, su acento pausado de las Midlands («oriunda de Birmingham, y orgullosa de serlo») no se correspondía con la resuelta energía que prodigaba.

—Aquí formamos una familia feliz —dijo con cierto retintín, como si Teddy pudiera llegar a convertirse en la oveja negra.

Durante la visita, ella encabezaba la marcha. Tenía un trasero enorme, y Teddy se regañó por su falta de cortesía, pero era imposible no fijarse. «La inspectora gorda», la llamó Bertie en su primera visita a Fanning Court, aludiendo al personaje de los cuentos de *Thomas la locomotora y sus amigos*. Ella adoraba aquellos libros, adoraba todos los libros. Estaba en su primer curso en Oxford, en la misma facultad a la que había asistido Teddy, que ahora era mixta. Y estudiaba lo mismo que él. Ella era su legado, su mensaje para el mundo.

Primero fueron a la sala para residentes, donde un grupito de personas jugaban al bridge.

—¿Has visto, papá? —murmuró Viola—. A ti te gusta jugar a las cartas, ¿no? («Bueno...», respondió Teddy.)

—Oh, aquí tenemos toda clase de actividades —declaró Ann Scho-field—. Bridge, como verán…, dominó, Scrabble, petanca de interiores, teatro de aficionados, conciertos, un café tertulia todos los miércoles por la mañana…

Teddy desconectó. Empezaba a sentir calambres en la pierna, quería irse a casa a tomar una taza de té y a ver *Countdown*. No era muy adicto a la televisión, pero le gustaban los programas de concursos, los decentes y con un público tranquilo de mediana edad. Le producían consuelo y lo estimulaban al mismo tiempo, lo cual a su edad era más que suficiente.

La visita no había terminado. La siguiente parada fue una lavandería húmeda y calurosa llena de máquinas gigantescas y luego fueron a ver el «cuarto de residuos» (que olía bastante mal), con sus contenedores de ta-maño industrial que podían tragarse a un «anciano» si no se andaba con cuidado.

—Precioso —murmuró Viola.

Teddy la miró. «¿Precioso?», se dijo. Se la veía un poco desquiciada.

Luego venía una «cocinita» en la que podían prepararse «bebidas ca-lientes» cuando estuvieran «alternando» en la sala para residentes. Adon-dequiera que iban la gente sonreía y decía «Hola» o le preguntaban a Teddy cuándo se mudaba.

—Nuevos amigos para ti —comentó alegremente Viola.

—Los viejos no tienen nada de malo —terció él empezando a arrastrar los pies.

—Bueno, excepto por el hecho de que casi todos están muertos.

—Gracias por recordármelo.

—¿Va todo bien? —preguntó Ann Schofield mirando atrás al captar disensiones en la tropa.

Una mujer se acercaba renqueando por el pasillo con ayuda de un andador.

—Hola, va a unirse a nosotros, ¿verdad? —le dijo a Teddy con tono alegre.

Aquello se parecía un poco a una secta. Se acordó de aquel programa de televisión de los años sesenta que a Viola le gustaba ver. *El prisionero*. Se le cayó el alma a los pies. Esa sería su prisión, ¿no? Una prisión con una gobernanta. O una celadora.

Más mujeres… De hecho, las había por todas partes. Una vez que se hubo instalado allí, comprendió que casi todos los «residentes» eran mujeres. Les gustaba, él siempre gustaba a las mujeres. Por supuesto, entonces era todavía dinámico y competente, y las mujeres pertenecían a una generación a la que un hombre podía impresionar solo con que supiera poner en marcha una caldera. En su época en Fanning Court hizo estremecerse unos cuantos corazones, pero se esforzó al máximo en eludir limpiamente romances e intrigas, pues aunque en la superficie todo fuera cortesía, bajo la pintura magnolia aquel sitio era un hervidero de cotilleos y malicia. Teddy, que a los ochenta y tantos años seguía siendo un hombre muy apuesto (en especial si eras una mujer de setenta y tantos), provocaría sin querer toda clase de emociones intensas.

—Supongo que, a mi edad, los hombres escasean —dijo a modo de excusa por algún incidente provocado por una conducta maliciosa.

—A mi edad también —respondió Bertie.

—Venga por aquí, Ted —dijo Ann Schofield—. Hay mucho más que ver.

«Mucho más» consistiría en un pequeño jardín, plantado al estilo de un parque público. Unos cuantos bancos. Un aparcamiento.

—Oh, no creo que él traiga su coche —dijo Viola.

—Oh, pues yo creo que sí lo traerá —terció Teddy.

—Papá, de verdad que ya estás un poco mayor para conducir.

(Él supuso que quería su coche, el de ella se estropeaba continuamente.) A Viola le gustaba tener aquella clase de discusiones en lugares públicos y con testigos que pudieran ver lo razonable que era ella y lo poco razonables que eran otros miembros de su familia. Solía hacer eso con Sunny constantemente. Al pobre crío lo ponía furioso. Todavía le pasaba.

—Oh, muchos residentes tienen coche —intervino Ann Schofield haciendo quedar mal a Viola.

El piso en sí habría cabido en el salón de la abuela de Teddy en Hampstead. Llevaba muchísimo tiempo sin pensar en Adelaide, y se sorprendió ante aquel vívido recuerdo de ella con su atuendo victoriano de largo y de negro cerrado incluso en los años veinte, quejándose de sus revoltosos nietos. Vaya largo camino habían recorrido desde aquellos tiempos.

Recordaba una ocasión, durante una visita en concreto aburrida, en la que Jimmy y él habían subido a hurtadillas por las escaleras para investigar el dormitorio de su abuela, un sitio que tenían estrictamente prohibido. Se acordaba del armario, un armatoste enorme con el interior forrado de seda tableada y que apestaba a alcanfor y lavanda, dos olores que competían entre sí sobre el hedor general a descomposición. Los dos hermanos se encaramaron al interior notando en la cara el desagradable roce de las prendas extrañas y pesadas de Adelaide.

—No me gusta estar aquí dentro —susurró Jimmy.

Tampoco le gustaba a Teddy, que salió primero y, sin querer, le dio un golpe a la puerta y la cerró. Tardó un rato en volver a abrirla puesto que el picaporte tenía un mecanismo raro.

Tras salir por fin apresuradamente del armario, los gritos de terror de Jimmy atrajeron a todos los ocupantes de la casa. Adelaide se puso furiosa («Sois unos niños malos, muy malos»), pero Teddy recordaba a Sylvie tapándose la boca con la mano para que su suegra no la viera reír. Después de aquello, al pobre Jimmy nunca le gustaron los espacios cerrados. Durante la guerra formó parte de un comando, desembarcó en Sword Beach para abrirse paso combatiendo por una Europa arrasada tras el día D, antes de luchar en la batalla final adscrito al 63.º Regimiento Antitanque. Cómo debía de odiar el hacinado interior de los cazacarros. Estaba con el 63.º Regimiento cuando liberaron Bergen-Belsen, pero él y Teddy nunca habían hablado sobre eso, apenas conversaban sobre la guerra. Ahora Teddy deseaba que lo hubiesen hecho.

Hasta que se enteró de lo de Jimmy, un día inesperado justo después de que acabara la guerra, la imagen que Teddy tenía de los homosexuales la constituían los mariposones que veía por el Soho. No consideraba capaces a esos hombres de la clase de valor brutal del que debía de haber hecho gala Jimmy.

Hacía mucho que Jimmy había muerto, víctima de un linfoma fulminante a los cincuenta y tantos años. Cuando le comunicaron el diagnóstico, se salió de la carretera con el coche para arrojarse por un precipicio. Exuberante en la vida, exuberante en la muerte. Vivía en Estados Unidos, por supuesto. Teddy no asistió al funeral, pero fue a una iglesia de su barrio y se sentó en silencio con sus pensamientos al mismo tiempo que enterraban a Jimmy al otro lado del Atlántico. Unos días después, una carta en el fino sobre azul del correo aéreo cayó en su buzón cual hoja poco común. En ella, Jimmy había redactado su despedida. Escribía que siempre había querido y admirado a Teddy y le decía lo buen hermano que había sido. Teddy no creía que eso fuera verdad. De hecho, había sido bastante negligente con sus deberes fraternales. Nunca se interesó por la vida homosexual de Jimmy (no quiso saberlo, en realidad) y siempre pensó (con cierta actitud de superioridad, ahora estaba dispuesto a admitirlo) que su profesión, la publicidad, era bastante trivial. De hecho, sintió una decepción similar cuando Bertie consiguió un empleo en publicidad, que por lo que él tenía entendido consistía en animar a la gente a gastarse un dinero que no tenía en cosas que no necesitaba. («Y así es», concedió Bertie.)

—Bueno, Jimmy pasó una guerra terrible —dijo Ursula en su momento—. Creo que la trivialidad es un antídoto tan bueno como cualquier otro.

—Todos pasamos una guerra terrible —terció Teddy.

—Todos no —respondió Ursula—. Tú sí, ya lo sé.

—Y tú también.

—Había un trabajo que hacer —declaró Ursula—. Y lo hicimos.

¡Ay!, cómo echaba de menos a su hermana. De todos, de las legiones de muertos, del número infinito de almas que se habían ido, la pérdida de Ursula era la que más dolor le había dejado en el corazón. Hacía casi treinta años que había sufrido un derrame cerebral. Una muerte rápida, gracias a Dios, pero era demasiado joven. Y ahora él era demasiado viejo.

—¿Papá?

—Sí, perdón, estaba pensando en otra cosa.

—La gobernanta… Ann… está explicando cómo funcionan los cordones de emergencia.

«Ay, qué ilusión», pensó Teddy.

Del techo de cada habitación pendían finos cordones rojos.

—Así, si sufre una caída —dijo Ann—, puede tirar de uno de ellos y pedir ayuda.

Teddy no se molestó en preguntar qué pasaría si no estaba cerca de un cordón cuando cayera. Imaginó a Ann Schofield recorriendo a toda prisa los pasillos rosa y magnolia hacia él con sus andares de pato y se dijo que preferiría quedarse donde hubiese caído y expirar lentamente conservando un poco de dignidad.

Ann Schofield se refería al complejo como «el Fanning», lo que a Teddy le sonaba como un hotel en Mayfair, uno en el que había pasado la noche una vez con una chica. No conseguía recordar el nombre del hotel (¿Hannings? ¿Channings?), pero estaba bastante seguro de que la chica se llamaba Ivy. Habían chocado uno contra el otro en pleno apagón antiaéreo mientras ambos buscaban un sitio donde dormir aquella noche. Ella buscaba el Club Católico de Chester Street, y Teddy ya ni lo recordaba, si es que buscaba algo. Estaba borracho, y ella bastante achispada, y cruzaron el hotel dando tumbos (literalmente).

Aunque el presente era un lugar bastante oscuro y desenfocado, y suponía que no podía sino empeorar, el pasado se volvía cada vez más luminoso. Veía los sucios peldaños de aquel hotel en Londres, el pórtico blanco y la angosta escalera hasta la habitación en la cuarta y última planta. Casi podía saborear la cerveza que habían bebido. Había un refugio en el sótano, pero al sonar la alarma no bajaron a él, sino que en el gélido aire nocturno se asomaron a la ventana para ver el ataque bajo el estruendo aterrador de la batería antiaérea en Hyde Park. Teddy estaba de permiso tras su regreso del adiestramiento en Canadá, un piloto que aún no había llevado a cabo su bautismo de fuego en combate.

Ivy había estado comprometida con un marino. Teddy se preguntaba qué habría sido de ella. Qué habría sido de su marino.

En cierta ocasión había pensado en ella, en una operación sobre Mannheim, cuando cruzaban la gruesa franja de reflectores que defendían el Ruhr. Pensó que allá abajo, en tierra, probablemente habría cientos de Ivys, simpáticas fräuleins con dientes de conejo y prometidos en submarinos que se ocupaban de la batería antiaérea alemana, todas unidas en el esfuerzo de matarlo a él.

—¿Papá? ¿Papá? Oye, de verdad, presta atención, ¿quieres?

Viola miró a Ann Schofield y puso los ojos en blanco, un gesto que trataba de dar muestras de diversión y cariño al mismo tiempo, aunque Teddy dudaba que sintiera alguna de esas cosas. «Tú también serás vieja algún día», pensó. Gracias a Dios que él ya no estaría para verlo. Y asimismo Bertie, qué triste pensar que en el futuro sería una señora mayor con un andador que arrastraría los pies por anodinos pasillos. «Es para esta desdicha que ha nacido el hombre.» Eso era de Hopkins, ¿no? «Es eso, Margaret, por lo que tú lloras.» Esos versos siempre lo habían emocionado, se acordaba de...

—¡Papá!

Suponía que fue culpa suya. Había resbalado en una placa de hielo en la calle, cerca de su casa, y de inmediato supo que la cosa pintaba mal. Se oyó aullar de dolor, sorprendido de que fuera capaz de dar un alarido como aquel, sorprendido de ser él quien lo hacía. Acabó incorporándose a medias, espatarrado a medias sobre el asfalto. Durante la guerra lo habían abatido y había caído envuelto en llamas, lo lógico sería pensar que no podía ocurrirle nada peor. Pero eso de ahora le parecía insoportable.

Varias personas, perfectos desconocidos, corrieron en su ayuda. Alguien llamó una ambulancia y una señora que dijo ser enfermera le puso su abrigo sobre los hombros. Se agachó a su lado, le tomó el pulso y luego le dio unas palmaditas en la espalda, como si fuera un niño pequeño.

—No se mueva.

—No pienso hacerlo —contestó él con docilidad, contento por una vez de que le dijeran qué tenía que hacer.

La mujer le cogió la mano mientras esperaban la llegada de la ambulancia. Un acto tan simple, y que sin embargo lo llenó de abrumadora gratitud.

—Gracias —murmuró cuando por fin lo metieron en el vehículo.

—No hay de qué —contestó ella.

Nunca supo su nombre. Le habría gustado mandarle una tarjeta, o quizá unas flores.

Se había roto la cadera y era necesaria una operación. El hospital insistió en notificárselo al «pariente más cercano», aunque Teddy les pidió que no lo hicieran. Quería salir arrastrándose de allí y sanar sus heridas en paz, como un zorro o un perro, pero al despertar de la anestesia oyó murmurar a Viola: «Es el principio del fin».

—Tienes casi ochenta años —le dijo con su tono más «razonable»—. No puedes andar callejeando como hacías antes.

—Iba a la tienda a comprar leche —contestó Teddy—. Yo no llamaría a eso «callejear».

—Aun así. Cada vez lo tendrás más difícil, y yo no puedo salir corriendo hacia aquí cada vez que hagas alguna tontería.

Teddy exhaló un suspiro.

—No te pedí que vinieras.

—Oh, ¿y no iba a hacerlo? ¿No iba a venir a ayudar a mi propio padre cuando acababa de tener un accidente?

Tras darle el alta, Teddy soportó su presencia durante tres días. Viola no paraba de quejarse de haber tenido que dejar a sus gatos para cuidar de él. Además, según ella, odiaba estar en esa casa.

—Mírala, llevas décadas sin hacer nada en ella. Está muy anticuada.

—Yo también estoy anticuado —terció Teddy—. No me parece tan mala cosa.

—Eres imposible —zanjó ella enroscándose en un dedo un mechón de pelo de un rojizo intenso por la alheña (un hábito irritante que él había olvidado).

Viola telefoneó a Sunny y le dijo que tendría que «invertir algún tiempo» en cuidar de su abuelo. Siempre que pensaba en Sunny la invadía el pánico. Ya había hecho un intento desganado de suicidarse. Si bien era demasiado apático para conseguirlo. ¿De verdad? ¿Y si lo lograba? El pánico le oprimió el corazón. Pensó que iba a desmayarse. Le había fallado a Sunny y no tenía ni idea de cómo arreglarlo.

El terror la volvía cruel.

—Total, tampoco tienes nada más que hacer.

Por su parte, Sunny agradecía el respiro que suponía estar de vuelta en casa del abuelo Ted. Era el único sitio en el que había sido feliz.

Teddy dormía en el sofá de la planta baja mientras Sunny ocupaba la agradable habitación trasera en el piso de arriba que antaño había sido la de su madre y después de Bertie durante el año en que vivió allí. Él también había vivido allí, por supuesto, aunque no durante tanto tiempo, pues se vio obligado a soportar aquel verano largo y terrible en Jordan Manor. Se preguntaba si llegaría a superarlo alguna vez.

Aquella habitación, pequeña y en la parte de atrás, le gustaba. Allí había dormido su hermana. Él siempre acababa pasándose a la habitación de Bertie en algún momento de la noche. Su hermana lo había salvado en algún sentido fundamental, dándole calor y luz, pero ahora se había ido. A Oxford, un mundo que le resultaba ajeno. «¡Tenemos todas nuestras esperanzas puestas en esta chica!», solía decirles Viola a sus amigas señalando a Bertie. Como si fuera divertido. No ayudaba que todas pensaran que las mujeres eran «de una especie superior» (todas aquellas tonterías del tipo «un pez en bicicleta»). Por lo visto, Sunny era la prueba evidente de todo eso.

El olor acre de alguna hierba que ardía salía de la habitación de Sunny y llegaba al piso de abajo todas las noches cuando Teddy estaba a punto de dormirse. Marihuana, suponía, aunque sabía muy poco de esas cosas.

Sunny seguía viviendo en Leeds, Viola lo había dejado atrás al mudarse a Whitby. En ese momento compartía un piso en que reinaba una sórdida indisciplina con varios miembros de su grupo de colegas, todos ellos demasiado egocéntricos para merecer el apelativo de amigos.

Había dejado la universidad (estudios en comunicación; «Oh, vaya ironía», según Viola), y ahora no parecía estar haciendo gran cosa. Era un chico muy complicado. No mostraba tener las aptitudes necesarias para sortear las cuestiones más sencillas que planteaba la vida cotidiana. Tocaba la guitarra en un grupo, según le contó a gritos desde la cocina, donde estaba calentando una lata de judías estofadas para la cena.

—¡Bien hecho! —exclamó Teddy en respuesta desde la sala de estar. Tuvo la seguridad de oler cómo se quemaban las judías.

Tomaban judías y espaguetis de lata a menudo. Y pescado frito con patatas, pues Sunny llegaba a hacer el esfuerzo de ir a comprarlo al puesto del barrio. Cuando no era así, les llevaban comida de los restaurantes de la ciudad; de hecho, de todo el mundo: indios, chinos... Y pizzas, montañas de pizzas. Teddy no sabía que se pudiera hacer, pensaba que solo las mujeres del servicio de voluntariado repartían comida en carritos.

—¿Eh? —dijo Sunny.

—Era un chiste.

—¿Eh?

Todo aquello le costaba una fortuna a Teddy. (Qué remedio, oyó decir a su madre.) El chico era incapaz de cocinar. Viola también era muy mala cocinera; preparaba platos muy pesados a base de arroz integral y judías. Había criado a sus hijos según la dieta vegetariana; Bertie aún la seguía, pero Sunny ahora parecía encantado de comerse lo que le pusieran delante. Teddy se decía que si conseguía volver a ponerse en pie le enseñaría a cocinar unos cuantos platos sencillos: lentejas, estofado, un bizcocho al madeira. Al chico solo le hacía falta un poco de estímulo.

Resultó que Sunny tenía un carnet de conducir provisional. Teddy intentó no dar muestras de sorpresa, tan habituado estaba a que Viola le hablara de la incompetencia y la falta general de iniciativa del chico.

—Muy bien —dijo—, pues mi coche está en el garaje sintiéndose abandonado, así que saquémoslo a dar una vuelta. Las placas con la L de Viola también andan por algún sitio. —Viola se había mostrado muy resistente al aprendizaje.

—¿De verdad? —le preguntó Sunny con tono vacilante—. Mamá ya no se sube en el coche conmigo. Dice que quiere morir de vieja.

A Teddy no le parecía que subirse a un coche con Sunny al volante pudiera compararse con volar una noche oscura tras otra hacia el corazón de un enemigo cuyo único deseo era matarte.

—Nunca aprenderás si no lo haces, venga, vámonos.

Alguien tenía que confiar un poco en aquel chico, se dijo. Metieron en el maletero la silla de ruedas que le había prestado el Servicio Nacional de Salud y se pusieron en marcha.

Acabaron en Harrogate, una ciudad a la que Teddy le tenía cariño. La había visitado a menudo, tanto durante la guerra como desde entonces. Aparcaron el coche en el centro, aunque llevó mucho rato meterlo en el hueco disponible, ya que Sunny no parecía distinguir entre derecha e izquierda, delante y detrás. Pero no era mal conductor, un poco lento y vacilante; sin embargo, fue ganando confianza al comprender que, a diferencia de Viola, Teddy, no le gritaría continuamente.

—La práctica hace la perfección —dijo Teddy para animarlo.

Disfrutaron de una buena comida en Bettys y luego fueron a los jardines de Valley. Aquí y allá, los primeros brotes de primavera hacían su tranquilizadora aparición en la tierra mojada. Sunny tendía a empujar la silla de ruedas demasiado deprisa, y Teddy casi deseó que pudieran intercambiarse para que el chico experimentara lo incómodo que era cruzar baches y rebasar bordillos, pero en general se sentía satisfecho con la marcha de aquella excursión.

—¿Sabes qué me gustaría hacer antes de que volvamos? —dijo cuando llevaban a cabo un cambio de sentido (un poco alarmante) y emprendían el regreso a la ciudad.

—¿Un cementerio? —le preguntó Sunny. Resultó que nunca había estado en uno. No había acudido al funeral de su padre y no conocía a nadie más que hubiese muerto.

—Stonefall —le dijo Teddy—. Uno de los cementerios de guerra de la Commonwealth. Sobre todo hay canadienses enterrados aquí. Y algunos australianos y neozelandeses y unos cuantos estadounidenses y británicos.

—Oh —soltó Sunny. Costaba lo suyo mantener su interés.

Una gran extensión de muertos. Pulcras hileras de lápidas blancas, duras almohadas para sus lechos verdes. Los miembros de las tripulaciones estaban enterrados juntos, unidos en la otra vida como lo habían estado en esta. Pilotos, ingenieros de vuelo, navegantes, operadores de radio, artilleros, bombarderos. Veinte años, veintiuno, diecinueve. La edad de Sunny. Teddy había conocido a un chico que mintió de maravilla sobre su edad y llegó a tener el rango de piloto de un Halifax a los dieciocho. Al cumplir los diecinueve ya estaba muerto. ¿Podría Sunny haber hecho lo que hizo él? ¿Lo que hicieron todos ellos? Gracias a Dios que no tendría que hacerlo.

—Solo eran unos muchachos —le dijo a Sunny.

Pero parecían hombres, habían hecho un trabajo de hombres. Ellos habían rejuvenecido mientras Teddy envejecía. Habían sacrificado sus vidas para que Sunny pudiera vivir la suya, ¿comprendía él que era así? Suponía que no se podía esperar gratitud. Por naturaleza, el sacrificio se basaba en dar, no en recibir. «Sacrificio —recordaba haber oído decir a Sylvie— es una palabra que hace que la gente se sienta noble ante una carnicería.»

—Estas no son las tripulaciones de aviones que se abatieron sobre territorio enemigo —le comentó a Sunny—. Aquí están solo (¡solo!) los que murieron en vuelos de adiestramiento… más de ocho mil en total. —(«Ahora viene la lección de historia», oyó decir a Viola)—. Un buen puñado de estos muchachos morirían al estrellarse en el aterrizaje de regreso, o lo harían más tarde en un hospital de Harrogate a causa de las heridas sufridas en un ataque.

Sin embargo, Sunny se había alejado ya para deambular entre las hileras de muertos. Con los hombros encogidos y la cabeza gacha, parecía que nunca viera nada en realidad. Quizá no quería ver.

—Al menos tienen una tumba, ya es algo, supongo —continuó Teddy, dirigiéndose a Sunny aunque pareciera que no le oía. Era un truco que había aprendido cuando su nieto era pequeño. Podía dar la impresión de que no escuchaba, pero tenía el oído tan fino como un perro y él siempre confiaba en que asimilara los conocimientos, más por ósmosis que mediante un proceso intelectual—. Más de veinte mil tripulantes de bombarderos no tienen tumba. Hay un monumento conmemorativo en Runnymede. —Para aquellos que no tenían una almohada de piedra en que apoyar la cabeza, para aquellos cuyos nombres se habían escrito en el agua, abrasado en la tierra, pulverizado en el aire. Eran legión.

Teddy había ido a ver el monumento poco después de que la joven reina lo inaugurara en 1953.

—¿Y si voy contigo? —le propuso Nancy—. Podemos convertirlo en un fin de semana. Y quedarnos en Windsor o llegar hasta Londres.

Era un peregrinaje, no unas vacaciones, trató de decirle él, y cuando acabó marchándose solo, Nancy fue muy escueta al despedirlo. La había «excluido de su guerra», según decía, lo que a él le pareció irónico viniendo de alguien cuya guerra había sido tan clandestina, y que en las raras ocasiones en que se habían visto en el transcurso de la misma se había pasado buena parte del tiempo insistiéndole en que olvidara el conflicto para que pudieran disfrutar del tiempo del que disponían juntos. Ahora lo lamentaba. ¿Por qué no habrían debido convertirlo en un fin de semana por ahí?

—«A salvo en sus cámaras de alabastro» —le dijo a Sunny cuando el chico volvió sin prisas.

—¿Eh?

—«Insensibles al amanecer y al mediodía /duermen los mansos miembros de la Resurrección / vigas de raso y techos de piedra.» Es de Emily Dickinson. Por curioso que suene, fue tu madre quien me la dio a conocer. Era una poeta —añadió cuando Sunny pareció desconcertado, como si repasara mentalmente una lista de conocidas de Viola en busca de una tal Emily Dickinson—. Está muerta. Era estadounidense y bastante morbosa, quizá te gustaría. «Oí zumbar una mosca, cuando morí.»

Sunny se animó un poco.

—Voy a caminar un rato —dijo Teddy.

Sunny lo ayudó a levantarse de la silla de ruedas y le ofreció el brazo para que pudiera renquear con lentitud entre las filas de los muertos.

Le habría gustado hablarle a su nieto sobre aquellos hombres. Sobre cómo los traicionó aquel astuto zorro, Churchill, quien ni siquiera los mencionó en su discurso del día de la Victoria, sobre que no les dieron medallas ni les dedicaron monumentos, sobre que Harris fue ridiculizado por una táctica que no había ideado él, aunque sabe Dios que la había seguido con lamentable fervor hasta el final. Pero ¿de qué serviría hacerlo? («Ahora viene la lección de historia.»)

—Bueno… —dijo Sunny arañando con la puntera de la bota una de las lápidas. Llevaba unas botas feas y sin lustrar que parecían más adecuadas para los pies de un paracaidista—. ¿Llegaste a ver…, ya sabes…, cosas malas de verdad?

—¿Cosas malas?

Sunny se encogió de hombros.

—Espeluznantes. —Repitió el gesto—. Espantosas.

Teddy no conseguía entender la atracción por lo truculento de los jóvenes de esos tiempos. Quizá era porque nunca lo habían experimentado. Los habían criado sin tinieblas y parecían decididos a crear las suyas propias. El día anterior Sunny le había confesado que le gustaría «bastante» ser un vampiro.

—Macabras —añadió, como si Teddy no hubiera entendido «espeluznantes» y «espantosas».

Teddy pensó en el instructor de vuelo canadiense desollado y en los hechos «espantosos» que habían ocurrido después. «Bueno, pues buena suerte.» Una hélice surcando el aire. ¿Cómo se llamaba aquella auxiliar de la fuerza aérea? ¿Hilda? Sí, Hilda. Era alta, con una cara redonda de facciones regordetas. A menudo ella los llevaba en coche hasta el área de dispersión. Era buena amiga de Stella. Stella era una operadora de radio cuya voz de acento pijo agradecían oír las tripulaciones agotadas que volvían de las incursiones. Stella le gustaba, llegó a pensar que podía haber algo entre ellos, pero nunca lo hubo.

Hilda era una chica risueña. «¡Buena suerte, chicos!» Aún podía verla diciendo eso. Siempre tenía hambre. Si a la vuelta les quedaba algo de sus raciones, se lo daban a Hilda. Sándwiches, caramelos, lo que fuera. Teddy se rió. Qué cosa más rara, que te recordaran por algo así.

—¿Abuelo?

Había sido justo antes del final, antes de Nuremberg. Él estaba en el área de dispersión, hablando con uno de los mecánicos sobre el *F-Fox*, su avión en aquel momento. Observaron juntos cómo se aproximaba otro avión, uno muy rezagado que volvía de la incursión de la noche anterior. Parecía que lo hubieran alcanzado; desde luego tenía pinta de ir a hacer un aterrizaje complicado. Y allí estaba Hilda, pedaleando tranquilamente por el sendero que circundaba el campo de aviación. Era un campo enorme, todos iban en bicicleta. Incluso él tenía una vieja carraca, aunque como teniente coronel de aviación tuviera acceso también a un coche de la RAF. Se preguntó qué hacía Hilda allí. Nunca sabría la respuesta. El aparato dañado se acercaba con estruendo a la pista, pero Hilda apenas si lo miró. Vio a Teddy y lo saludó con un ademán. No llegó a ver la hélice que se soltaba ni cómo se desprendía de ella una de las palas, que entonces surcó el aire a una velocidad asombrosa: una gigantesca semilla de sicómoro que giraba tan deprisa que Teddy y el mecánico no tuvieron tiempo de reaccionar; ni tiempo de gritar «¡Cuidado!». Hilda no la vio venir. Algo es algo, supuso él. Fue un simple caso de mala suerte, de pulgadas y segundos. «Qué pena que fuese tan alta», comentó después el mecánico, que pecaba de práctico.

—¿Abuelo?

Decapitada. La pala le cortó la cabeza de cuajo. Teddy oyó el alarido de otra auxiliar de la fuerza aérea, más estridente que el sonido infame del avión herido al desgarrar la pista de aterrizaje. El bombardero murió en el choque, el navegante a bordo ya estaba muerto, alcanzado por el fuego antiaéreo en algún lugar sobre el Ruhr. Eso pareció secundario. Las auxiliares corrían hacia Hilda, chillando y llorando, y Teddy les ordenó que retrocedieran, que volvieran a la base y se quedaran allí, y él fue en busca de la cabeza. No le pareció bien esperar a que algún otro lo hiciera. La rueda de la bicicleta de Hilda seguía girando.

Eso era, una cabeza; ya no era Hilda. Imposible pensar que tuviera algo que ver con la regordeta y alegre Hilda. La noche siguiente se llevó a Stella a un baile que organizaba un escuadrón vecino, pero nunca salió nada de aquello.

—¿Abuelo?

—En una guerra pasan muchas cosas espantosas, Sunny. Y no ayuda mucho recordarlas. Más vale evitar pensamientos macabros.

—¿Buscas a alguien? —quiso saber Sunny.

—Sí.

—¿No tienen..., no sé..., alguna clase de mapa?

—Es probable —contestó Teddy—, pero, mira, ya lo he encontrado.

Se detuvo ante una lápida en la que se leía «Sargento de vuelo Keith Marshall, Real Fuerza Aérea Australiana. Bombardero», y dijo:

—Hola, Keith.

—Este no está enterrado con su tripulación —observó Sunny, avergonzado de estar con un hombre que le hablaba a los muertos, aunque no hubiera nadie más en el cementerio.

—No. Al resto no nos pasó nada. Él murió cuando nos atacaron en el regreso al campo de aviación desde la Gran Ciudad..., así solíamos referirnos a Berlín. En la vuelta a casa, a veces se escondían intrusos (alemanes) en la bodega de bombas. Un truco muy mezquino. Keith era amigo mío, uno de los mejores que he tenido.

—¿Hay otros a los que quieras buscar? —le preguntó Sunny tras unos heroicos minutos de impaciencia contenida.

—No, la verdad —contestó Teddy—. Solo quería hacerle saber a Keith que alguien piensa en él. —Sonrió a su nieto y añadió—: A casa, James. Y no repares en esfuerzos.

—¿Eh?

La corta tarde de invierno ya daba paso a la oscuridad, y Sunny dijo:

—Nunca he conducido de noche.

—Para todo hay una primera vez —comentó Teddy.

Por supuesto, en ocasiones la primera vez era también la última. El trayecto de regreso fue un poco peliagudo, pero Teddy estaba decidido a permanecer tranquilo con el fin de fortalecer la confianza de Sunny. Para su sorpresa, el chico preguntó:

—Oye, ¿qué hacías tú? ¿Volabas en un bombardero? ¿Eras el piloto?

—Sí. Era el piloto de un bombardero Halifax. Los bombarderos llevaban los nombres de ciudades británicas: Manchester, Stirling, Wellington, Lancaster. Y Halifax. Cómo no, fueron los Lancaster los que se llevaron toda la gloria. Podían volar más alto y llevar cargas más pesadas en la bodega de bombas, pero lo cierto es que hacia el final de la guerra, cuando instalaron los motores Bristol en los Halifax, estos quedaron a la altura de los Lancaster. Nosotros adorábamos nuestro viejo «Halipanzudo». Los Lancaster fueron celebridades al acabar la guerra y nos convertimos en sus damas de honor. Y era más probable que sobrevivieras en un Halifax si tenías que salir a toda prisa. Los Lancaster tenían ese condenado mástil justo en medio y...

Sunny dio un quiebro y cruzó de golpe dos carriles. Por suerte, la autopista estaba casi vacía. («Uy, vaya.») Teddy no supo si trataba de evitar algo o se había dormido. Supuso que más valía cerrar el pico. La voz de Nancy llegó hasta él desde tiempos remotos. «Hablemos de algo más interesante que los detalles prácticos de un bombardeo.» Soltó un suspiro.

—Las Termópilas —murmuró para sí.

—¿Eh?

Al llegar por fin a casa, Teddy dijo:

—Lo has hecho muy bien, Sunny. Te convertirás en un buen conductor.

Más valía alabar que criticar, siempre. Y, al fin y al cabo, no lo había hecho mal. Sunny preparó sándwiches de panceta (estaba mostrando claros indicios de mejora en el frente culinario) y se los comieron ante el televisor con sendas cervezas para celebrar el regreso sin incidentes. Por primera vez en décadas, Teddy pensó que necesitaba un cigarrillo. Resistió la tentación. Estaba agotado y se quedó dormido en el sofá cuando aún no se había acabado ni la cerveza ni el programa *Noel's House Party*.

Tal vez debería haber vuelto a mudarse al campo cuando Viola rompió el cascarón y se fue a la universidad. Quizá a un sitio no muy lejos, en las montañas de Hambledon. A una casita. (Recordaba con cariño la Cabaña del Ratón.) Pero lo que hizo fue quedarse y seguir batallando, porque algo le dijo que esa era la vida que le tocaba vivir. Y le gustaba York, le gustaba su jardín. Tenía amigos, era miembro de algún que otro club. También formaba parte de una asociación arqueológica y se iba a las excavaciones con ellos. Un club excursionista, un grupo de ornitólogos. Prefería las actividades solitarias, y formar parte de un grupo era como cumplir el expediente, pero a él se le daba bien cumplir y alguien tenía que hacerlo o el mundo se haría pedazos. No había considerado que trabajar en un periódico provinciano fuera la tarea más agotadora del mundo; y a pesar de todo, le sorprendió que tuviera semejante cantidad de tiempo libre al jubilarse. Probablemente demasiado.

—¿Qué me dices de estos? —le preguntó Viola, indicando la estantería que contenía *Las aventuras de Augustus*—. ¿Crees que se venderán bien de segunda mano? Es que están pasados de moda desde hace años… Todos están dedicados a ti, y supongo que eso les quita valor. Pero está la colección completa, así que igual le interesan a alguien.

—Me interesan a mí —puntualizó Teddy.

—Pero si nunca te han gustado. Ni siquiera los has leído.

—Sí que los he leído.

—Están en un estado impecable.

—Lo están porque me enseñaron que hay que cuidar los libros —terció Teddy.

También se lo habían enseñado a Viola, por supuesto, pero como lectora era sucia. En las páginas de todos sus libros había manchas de comida y bebida, vómito de gato y Dios sabía qué más. Solía dejarlos caer en la bañera u olvidarlos fuera bajo la lluvia. De niña los lanzaba como misiles cuando se enfadaba. Teddy había recibido más de una vez un golpetazo de Enid Blyton en la frente. *El país de la felicidad* casi le había roto la nariz. No le sorprendería que continuara arrojando objetos. Suponía que llevaba toda esa rabia dentro porque había perdido a su madre. Ya estaba otra vez con la psicología de andar por casa. («Pues yo estoy rabiosa porque tengo una madre», diría Bertie.) Sylvie nunca estuvo muy de acuerdo con las teorías sobre los traumas infantiles. La gente venía como venía, empaquetada y completa, a la espera de que la desenvolvieran. La generación de la madre de Teddy parecía maravillosamente libre de culpa.

Teddy cogió una caja vacía y empezó a meter dentro los libros de Augustus. Hacía años que no abría uno. Izzie escribió el último en 1958. Llevaban mucho tiempo sin venderse; desde la guerra, de hecho. El apogeo de Augustus había sido el período de entreguerras. Augustus Edward Swift *floruit* entre 1926 y 1939. Por supuesto, el pobre y viejo Augustus llevaba muchos años criando malvas cuando Izzie murió en 1974. La versión de él que era Teddy seguía ahí, asomando la cabeza de vez en cuando. ¿Sería un anciano ahora, un tipo al que arrastraban pataleando y chillando hasta una vivienda adaptada, con un pitillo colgando de los labios? ¿Con los pantalones manchados y unos pelillos en la barbilla?

Teddy fue a visitar a Izzie unos días antes de que muriera. A esas alturas se había vuelto bastante tarumba. Le costaba evocarla, no era más que una impresión, con su ávida boca roja, el perfume, la afectación. En cierto momento quiso adoptarlo. ¿Habría sido diferente su vida o habría transcurrido más o menos igual?

En su testamento, Izzie le dejaba a Teddy los derechos de reproducción de Augustus. No valían casi nada. El resto de su patrimonio, que consistía principalmente en la casa en Holland Park, fue a parar a «mi nieta», una mujer en Alemania de la que nunca habían oído hablar. «Como compensación», decía el testamento.

Pamela, Teddy y Sarah, la hija de Pamela, habían revisado a fondo la casa tras el funeral de Izzie. Una tarea de pesadilla. Encontraron una Cruz de Guerra en el fondo de su joyero. Qué poco probable parecía aquello. Esos dos misterios, el de la nieta alemana y el de la Cruz de Guerra, resumirían la naturaleza impenetrable de Izzie. De haber seguido viva Ursula, con su alma de detective, habría llegado al fondo de ambos. A Teddy no le interesó la cuestión (ahora se sentía culpable por ello) y Pamela no tardó mucho tiempo en dar muestras de los primeros indicios de Alzheimer. Pobre Pammy, pasaría años llevando una vida gris y a medias. Así pues, la ambivalencia que era Izzie jamás se resolvió, exactamente lo que ella habría deseado.

Teddy embaló el retrato de estudio de Izzie que había hecho Cecil Beaton tras su primera oleada de éxito. Parecía una estrella de cine, se veía artificial y muy manipulado.

—Pero tiene mucho glamour —opinó Bertie.

—Sí, supongo que sí —admitió Teddy.

Le dio la fotografía a Bertie la primera vez que ella fue a visitarlo a Fanning Court.

—Pero la verdadera belleza era mi madre —añadió.

Recordaba el cadáver de Sylvie, expuesto en el velatorio. Los años se habían esfumado de su rostro, y Bea le aferró a él el brazo; estaban solo ellos dos, como si asistieran a una exposición privada (y así era, supuso). ¿Por qué Bea? ¿Dónde estaba Nancy aquel día? No se acordaba. Bea también estaba muerta ahora, claro. Él la había querido mucho, quizá más de lo que ella misma sabía. «Por Dios —se dijo—, para ya de pensar en gente muerta.» Metió el Beaton en la misma caja que los Augustus (*Augusti*, tal vez) y la cerró con cinta adhesiva.

—Se vienen conmigo —le dijo a Viola con firmeza.

—¿Dónde está Sunny? —preguntó una desconcertada Viola.

Sí, ¿dónde está Sunny?

Últimamente he visto varias veces un zorro macho muy grande, pero esta tarde hace calor y sin duda se habrá ocultado en las sombras, como hacen casi todos los animales. El zorro tiene una reputación desafortunada. Ladrón muy ingenioso, a menudo encantador en las fábulas y cuentos de hadas, su nombre es sinónimo de astucia de la más baja calaña (y a veces de la más alta). Es un proscrito moral, un embaucador y a veces un ser absolutamente malévolo. La Iglesia cristiana con frecuencia equiparaba al zorro con el demonio. En muchas iglesias del país encontrarán imágenes del zorro con túnica de sacerdote y predicando ante un grupo de gansos. (En la catedral de Ely hay un grabado en madera muy bonito.) El zorro es un bandolero sutil, un depredador diabólico y sin conciencia y los gansos un montón de inocentes...

Estaba en el desván, donde, por increíble que fuera, había más cajas de porquerías. Allí arriba, el abandono volvía denso el ambiente. Había una caja llena de eso: hojas de papel finas y mohosas cubiertas de textos desvaídos mecanografiados a un solo espacio. Algunos eran incomprensibles, tal vez eran poemas, concluyó Sunny.

En aquel desván había un museo olvidado, todo polvo y herrumbre. A Sunny no le gustaba el ambiente de los museos pero sí la idea de coleccionar en sí, como en todas esas bandejas de mariposas e insectos, esas vitrinas con piedras. Le gustaban los libros de Augustus, aunque no lo habría dicho en voz alta. No tanto lo que contenían como las cubiertas, tan uniformes. Cada uno llevaba un número en el lomo, de modo que si los alineabas iban del uno al cuarenta y dos. De pequeñito coleccionaba piedras, guijarros, pedacitos de grava de la carretera, lo que fuera. A veces todavía sentía el impulso de recoger una piedra y metérsela en el bolsillo.

Un polvillo fino, como talco gris, se levantaba cada vez que sacaba uno de aquellos papeles. Leía lentamente, formando cada palabra con los labios como quien descifra una lengua extranjera.

El establo donde la Sagrada Familia se había refugiado para pasar la noche solo contaba con una pequeña hoguera que estaba a punto de extinguirse. Un petirrojo, una de las muchas criaturas que habían acudido a regocijarse ante el advenimiento del Mesías, al ver que el niño tenía frío, se posó delante del fuego y avivó las llamas con sus alas. Al hacerlo se quemó el pecho, que para siempre luciría rojo como señal de gratitud.

Había muchos de ese estilo. Al final de cada texto venía escrito a máquina «Agrestis». Significara lo que significase. Los temas eran todos distintos: «hurgando en busca de prímulas», «el bienvenido retorno de la primavera», «la dorada vanidad de los narcisos», «una nutria y sus crías, relucientes de agua», «la campanilla de invierno en su más puro despliegue de blancura». Había unas liebres —«célticas mensajeras de Ostara, la diosa de la primavera»— que boxeaban en un campo. ¿Las liebres boxeaban?, se preguntó Sunny, perplejo. ¿Con espíritu competitivo?

Otra caja que olía a humedad llena de botones y monedas antiguas. Una caja de zapatos con fotografías. Apenas reconocía a nadie en ellas. Muchas eran de esas pequeñas en blanco y negro que, por lo que a Sunny concernía, databan de la prehistoria. En los años setenta las fotos pasaban a ser en color. Había unas cuantas instantáneas medio amarillentas de Bertie y él en el jardín del abuelo Ted. Iban vestidos con prendas de colores primarios que les daban aspecto de payasos. Gracias, Viola, pensó con amargura. No era de extrañar que de niño fuera víctima de acoso. Él y Bertie de pie ante un arriate de flores con Tinker sentado entre ambos. Se le encogió el corazón. Había llorado cuando su abuelo le contó que habían sacrificado a Tinker. Cogió la fotografía y se la guardó en el bolsillo.

Había una caja más, pequeña y oxidada, y cuando la abrió, encontró dentro unas medallas. Eran de su abuelo, supuso, de la guerra. También había una pequeña oruga dorada. ¿Una oruga? En una tarjetita reblandecida por los años se leía: «Certificado de socio del Caterpillar Club (el Club Oruga), a favor del T./C. E. B. Todd». Había otra distinta, del Goldfish Club, el Club del Carpín Dorado, para «el O./P. E. B. Todd». ¿Qué significaban todas aquellas letras misteriosas? ¿Qué clase de clubes eran esos de los que era miembro el abuelo Ted? Distinguió apenas lo que figuraba mecanografiado en la tarjeta del Goldfish Club: «… por evitar la muerte mediante el uso del bote inflable, febrero de 1943».

Sunny pensó en la excursión que habían hecho a Harrogate cuando el abuelo Ted estaba impedido por la rotura de la cadera. Había disfrutado mucho, aunque no lo dijera. Le gustó el orden de aquellas lápidas en el cementerio. En cierto momento tuvo que alejarse y dejar al abuelo en su silla de ruedas porque se sintió al borde de las lágrimas. Todos aquellos chicos muertos, qué triste. Tenían su edad y estaban haciendo algo noble, algo heroico. Eran afortunados. Habían hecho historia. Eso no le pasaría a él. Jamás le darían la oportunidad de hacer algo noble y heroico.

Aquello lo irritó. Sacó las medallas de la caja y se las deslizó en el bolsillo junto con la fotografía birlada.

De hecho, la guerra le parecía interesante con todas esas historias sobre los bombarderos. A lo mejor leía un libro sobre la guerra. Quizá entonces podría hablar con el abuelo Ted sin sentirse un idiota. Su abuelo también era un héroe, ¿no? Había tenido una vida. Sunny se preguntó cómo se las apañaba la gente para tener una.

Bajó con torpeza por la escalera de mano del desván y se le cayó una caja al suelo. Viola hizo grandes aspavientos como si se ahogara por culpa del polvo.

—Ya sabes que tengo alergia —soltó de malos modos.

—Ahí arriba hay un montón de cosas más —dijo Sunny.

—Ay, por el amor de Dios —le dijo Viola a Teddy—. Eres un acaparador, papá.

Teddy la ignoró y le preguntó a Sunny:

—No habrás encontrado una caja con mis medallas cuando estabas ahí arriba, ¿no?

—¿Medallas?

—De la guerra. Hace años que no las veo. Estaba pensando en ir a una cena de la RAF, y se me ha ocurrido que podría llevarlas.

Sunny se encogió de hombros.

—No sé.

—¿Podemos seguir, por favor? —quiso saber Viola.

—Ya está todo cargado en la furgoneta —dijo Viola—. Solo te falta el último barrido antes de que se vaya.

—¿El último qué? —preguntó Teddy.

—Barrido —repitió Viola—. Ya sabes, un último vistazo para asegurarte de que no te dejas nada.

«Solo mi vida», pensó Teddy.

1951

La lombriz invisible

Viola retrasó su aparición en escena. Teddy y Nancy llevaban cinco años casados sin que hubiera indicios de un bebé, y casi habían perdido la esperanza. Consideraron la adopción. No tardarían en ser demasiado mayores, les dijo una mujer arisca de la agencia de adopción municipal, y en aquel momento había escasez de bebés (como si fueran de temporada). ¿Querían apuntarse en la lista?

—Sí —contestó Nancy con más vehemencia de la que Teddy esperaba.

La mujer arisca, una tal señora Taylor-Scott, estaba sentada a un escritorio barato de dotación estatal. Teddy y Nancy ocupaban unas sillas incómodas frente a ella mientras los acribillaban a preguntas. («Como alumnos traviesos», diría Nancy.)

—Si hay «escasez» —continuó Nancy—, no nos importará que sea un niño de color. —Se volvió hacia Teddy y añadió—: ¿Verdad que no?

—No —coincidió él.

Lo pilló desprevenido. No era un tema del que hubiesen hablado. Jamás se le había pasado por la cabeza que su bebé no sería blanco. En una incursión en la guerra había incluido en la tripulación a un tipo curioso, un artillero de cola jamaicano negro como el carbón. No recordaba su nombre, solo que tenía diecinueve años y rebosaba de vida hasta que una descarga lo arrancó de la torreta en un vuelo de regreso del Ruhr.

—No me importa —añadió—, aunque fijaría el límite en el verde.

Como chiste era muy malo, y lo sabía. Imaginó que no le contaban el plan a Sylvie, y su expresión la primera vez que echara un vistazo en la cuna y viera una carita negra mirándola. Se rió, y la señora Taylor-Scott lo miró raro. Nancy tendió la mano para coger la suya y darle un apretón alentador. O quizá de advertencia. No convenía que parecieran mentalmente trastornados.

—¿Alojamiento? —preguntó la señora Taylor-Scott mientras escribía algo ilegible con letra apretujada en su formulario de solicitud.

A esas alturas habían dejado atrás la Cabaña del Ratón y vivían unas pocas millas más allá del valle, en una granja de alquiler llamada Ayswick, a las afueras de un pueblecito que contaba con una pequeña escuela, un pub, una tienda, un ayuntamiento y una capilla metodista, pero no iglesia.

—Tenemos cuanto necesitamos —comentó Nancy—, excepto quizá por la capilla.

Medio siglo después, el pub sería un «gastropub», la escuela se convertiría en taller de cerámica y la tienda en un café («todo casero y hecho en el establecimiento»); el ayuntamiento sería una galería de arte en la que además se vendían baratijas habituales para turistas como juegos para hacer tapices, calendarios, «apoyacucharas» y objetos decorativos con ovejitas, y el templo metodista, una casa particular. Casi todas las casas que quedaban eran segundas residencias. Acudían muchos turistas, a veces autocares enteros de ellos, porque el pueblo se había utilizado como telón de fondo de una serie de televisión ambientada en el nostálgico pasado.

Teddy sabría todo eso porque en 1999 regresaría allí con Bertie en su «viaje de despedida». Descubrieron que la Cabaña del Ratón había desaparecido por completo, no quedaba ni una piedra, pero Ayswick seguía allí y por fuera tenía más o menos el mismo aspecto que antes. Ahora se llamaba Fairview y era una vivienda particular que ofrecía alojamiento y desayuno, regentada por una pareja de cincuenta y tantos años que «huía de la jungla urbana».

Por puro capricho, decidieron pasar la noche allí. A Teddy le asignaron el dormitorio que antaño había compartido con Nancy y pidió que lo cambiaran; al final durmió en una habitación pequeña en la parte trasera; solo al despertar a la mañana siguiente se dio cuenta de que había sido la de Viola, y se preguntó cómo había olvidado algo así. Allí dentro había estado su moisés, luego la cuna y por último su camita individual. Siguiendo instrucciones de Nancy, él había clavado en la pared unas figuras de una cancioncilla infantil, recortadas en contrachapado y pintadas: Jack, Jill, el pozo y el cubo. («No, más a la izquierda…; haz que parezca que el cubo se ha volcado.») Tenía una lamparita en la mesilla de noche, una casita cuya cálida luz se veía a través de las ventanas. Hizo una estantería para las lecturas infantiles de Viola —*El viento en los sauces*, *El jardín secreto*, *Alicia en el País de las Maravillas*—, y ahí estaba él ahora al otro lado del espejo, viendo un papel pintado con estampado *toile de jouy*, un cuadro grande y poco profesional del valle en invierno y una lamparita con una pantalla de papel barata. Y ya no se podía volver al otro lado, nunca más.

Se estaba mucho más caliente en la casa que cuando vivía allí con Nancy, aunque lo entristeció comprobar que los paneles de madera georgianos habían desaparecido de las paredes, supuso que víctimas de los años sesenta, y ahora la decoración consistía en frescos motivos florales y rayas, alfombras de pálidos colores y un baño para cada habitación. Ayswick se había transformado en algo irreconocible —de hecho, en Fairview— y no quedaba nada de Teddy o su pasado. Ahora nadie excepto él sabría jamás que antaño se había acurrucado junto a Nancy ante la gran cocina Aga mientras el viento soplaba ladera arriba y silbaba en todas las habitaciones, compitiendo con Beniamino Gigli y Maria Caniglia cantando *Tosca* en su querido gramófono. Nadie sabría que su collie blanco y negro se llamaba Moss y dormía satisfecho en una jarapa ante esa misma Aga mientras Teddy redactaba sus «Notas sobre la Naturaleza» en una libreta de periodista y Nancy, una turgente vaina a punto de reventar, tejía prendas de encaje para el bebé que estaban a punto de conocer.

Mientras untaba una tostada con mantequilla en el comedor para desayunos de Fairview —antaño un polvoriento saloncito trasero que no se usaba y ahora, debía admitirlo, un sitio muy agradable con tres mesas redondas y su mantel blanco y un ramillete de flores sobre cada una—, comprendió que todo aquello moriría con él. Era el primero de los huéspedes que bajaba y había tomado ya un plato con huevo, panceta y salchicha (aún tenía «buen apetito» según Viola, quien hacía que sonara a crítica) y charlaba con afabilidad con la propietaria antes de que apareciera alguien más. No mencionó que había vivido allí. Pensó que parecería extraño y la conversación seguiría derroteros predecibles. Ella expresaría sorpresa y diría: «Debe de haber cambiado mucho desde sus tiempos», y él contestaría: «¡Desde luego que sí!», y nada transmitiría los graznidos de los grajos que se apresuraban a posarse en los árboles de detrás de la casa al caer la noche ni la magnificencia digna de Blake de la puesta de sol desde la cima de la montaña.

—Ayswick —dijo Nancy—. Es una granja. —La señora Taylor-Scott arqueó una ceja como si desaprobara las granjas, y Nancy se apresuró a añadir—: Está en un pueblo. O a las afueras de él, al menos. Tiene los servicios necesarios y todo eso.

Pudieron alquilar Ayswick porque el propietario se había hecho una casa de ladrillo moderna «con todas las comodidades de ahora» y consideraba la vieja granja un «elefante blanco»; y estuvo encantado de tener unos inquilinos dispuestos a aceptar sus pasillos con suelos de piedra y llenos de corrientes y sus ventanas vibrantes.

—¡Pero tiene mucho carácter! —exclamó Nancy encantada cuando firmaron el contrato.

Mientras que la Cabaña del Ratón era diminuta, la granja era enorme, demasiado grande para dos personas. Databa de mediados del siglo xviii y la erosionada piedra gris de la fachada se desmoronaba un poco; sin embargo, el interior revelaba cierta elegancia con sus anchos tablones de roble en los suelos, los paneles georgianos de madera pintada en el salón, las molduras con guirnaldas y, lo mejor de todo, la enorme cocina de casa solariega con una antigua cocina económica en color crema que según Nancy parecía «un animal grandote y reconfortante». Aún no tenían muebles propios excepto por el piano de Nancy, y sin ancianita esta vez para cederles *post mortem* sus pertenencias, agradecieron que el granjero y su mujer dejaran la enorme mesa de cocina, adecuada para dar de desayunar a una horda de jornaleros hambrientos.

La mujer del granjero había insistido en poner sencillos muebles rústicos Ercol de madera en el pequeño comedor de su casa nueva.

—Qué bonito —dijo Nancy con educación al visitarla.

Había llevado unas flores a modo de agradecimiento, y se sentó a la sobria mesa de olmo a tomar un café instantáneo concentrado que se había hervido con leche evaporada. Tanto Teddy como Nancy eran bastante exigentes cuando se trataba de café. Se hacían llevar el café en grano, de una variedad italiana por correo desde Border's, en York. El cartero siempre parecía desconcertado ante el aroma del paquete de papel marrón. Molían el café con un molinillo sujeto permanentemente con una abrazadera a la mesa de la cocina, y lo preparaban en una antigua cafetera de filtro que Teddy se había llevado de Francia antes de la guerra.

—La nueva casa carece de gracia —le informó Nancy a Teddy a su regreso—. Es impersonal.

No tenía arañas ni ratones; ni polvo, ni grietas abriéndose paso en los techos o humedades trepando poco a poco por las paredes y que algún día causarían la tosferina y catarros en invierno a la hija que tanto les había costado tener. La nueva casa estaba arrebujada al abrigo de una colina, mientras que Ayswick quedaba expuesta de cara al valle y castigada por la fuerza bruta del viento. Podían plantarse ante la puerta principal y ver cómo se abatía sobre ellos el clima cual enemigo que se acercaba. Vivía con ellos, tenía personalidad propia: «el sol está intentando salir», «creo que al cielo le apetece llover», «la nieve se lo está tomando con calma».

Era sábado y, tras regresar de la nueva casa, Nancy encontró a Teddy en pleno arranque pastoril.

En estos momentos, los bosques están llenos de dedaleras. El nombre en latín —con el que bautizó a esta humilde flor autóctona el botánico alemán del siglo xvi Leonhart Fuchs— es *digitalis*, que podría traducirse como «de los dedos», y en efecto, aquí en Yorkshire, se alude a veces a ellas como «dedos de las brujas». La dedalera tiene muchos nombres más: digital, cartucho, chupamieles, guantelete o viluria, por citar algunos, pero «dedalera» sigue siendo el que nos resulta más familiar.

—Nunca se me había pasado por la cabeza de dónde procedía ese nombre —comentó Nancy. Estaba de pie detrás de él y le apoyaba las manos en los hombros mientras leía.

Es una flor sin pretensiones y durante siglos se utilizó como medicina popular para curar multitud de dolencias antes de que se descubriera su eficacia en el tratamiento de problemas cardíacos. Durante la guerra, es posible que algunos de ustedes lo recuerden o que formaran parte de algún Comité Regional de Herboristería, se nos encomendó la tarea de recoger dedaleras para la manufactura de la *digitalis* médica cuando no podíamos importarla de nuestra fuente habitual.

—Eso lo has sabido por mi madre —dijo Nancy.

—Pues sí. Era presidenta del Comité de Herboristería de la zona.

—Tu madre cree que la mía es una bruja —continuó Nancy—. Hace trescientos años, habría hecho que la ahogaran.

Su propio jardín, el de Ayswick, estaba lleno de dedaleras y poco más. Habían despejado aproximadamente una explanada con un par de guadañas prestadas por el granjero y dejado el resto en manos de la naturaleza. No parecía tener mucho sentido crear un jardín que se viera empequeñecido por la magnificencia del paisaje. Cuando se mudaran a York, a Teddy le sorprendería descubrir cuánto placer le proporcionaba un cuarto de acre.

Nancy le dio un beso en la coronilla.

—Tengo que poner unas cuantas notas —dijo.

Ya no daba clases a sus aplicadas niñas de la escuela secundaria, pues al final su conciencia la había llevado a donde «la necesitaban de verdad». Conducía todos los días hasta Leeds, donde era catedrática de matemáticas en un instituto técnico de secundaria. Ahora llevaba el apellido de casada, pues había dejado el «señorita Shawcross» en la escuela anterior. En el nuevo instituto, lleno de alumnos «desfavorecidos», no ponían tantas pegas a las profesoras casadas. Según Nancy, siempre y cuando resultara capaz de salvar su departamento de matemáticas, no les habría importado que fuera un caballo sin cabeza.

El propio Teddy se había convertido poco a poco en director de facto del *Recorder* al tiempo que Bill Morrison pasaba a ocupar el «asiento trasero». Teddy contrató a un joven que acababa de terminar el bachillerato para algunas de las tareas de campo más aburridas, pero aún se encargaba de escribir la mayor parte de los contenidos.

Según informaron a la señora Taylor-Scott, los fines de semana emprendían largas excursiones por las montañas y el valle para observar la naturaleza en «todas sus distintas vestiduras», como lo expresaba Agrestis, y obtener inspiración para las «Notas». Tenían un perro, Moss, un collie blanco y negro muy bueno que iba todos los días al trabajo con Teddy. Por las noches hacían crucigramas o se leían mutuamente fragmentos del *Manchester Guardian*. Luego estaba la radio, y les gustaba jugar al cribbage y escuchar música en el gramófono, regalo de boda de Ursula.

—¿Y amigos? —les preguntó la mujer de la agencia de adopción.

—No nos queda mucho tiempo, la verdad —contestó Nancy—. Aparte de nuestros empleos, nos tenemos el uno al otro.

—Ha sido como uno de esos espantosos exámenes orales —le dijo Nancy a Teddy después—. Te juro que se ha estremecido al decirle que me gustaba escuchar discos de ópera. Y cuando he comentado que los dos veníamos de familias bastante numerosas, casi la he visto preguntarse si, por constitución, tendríamos cierta inclinación a una lujuria incontinente o, peor incluso, al catolicismo. Y no he conseguido saber si era bueno tener un gran círculo social o solo un par de amigos. Creo que en eso he fallado. Tal vez no deberíamos haber mencionado a Moss, esa mujer no es amante de los perros. Y lo del *Guardian* ha sido un error, está claro que ella es lectora del *Mirror*.

—¿Credo? —había preguntado la señora Taylor-Scott mirando fijamente a Teddy, como si tratara de sacarle un secreto culpable a la fuerza.

—Iglesia anglicana, todos los domingos —contestó de manera enérgica Nancy. Otro apretón con la mano.

—¿Y su párroco facilitará una nota de referencia?

—Por supuesto.

(«En esa no me he andado con rodeos.» No, solo has dicho una mentira descarada, pensó Teddy.)

—Podríamos volvernos metodistas y unirnos a la capilla del pueblo —diría Nancy después—. Estoy segura de que a la señora Taylor-Scott le gustaría Wesley, con su insistencia en la conducta ejemplar.

«¡Oh, Señor, que no vivamos para ser inútiles!» Teddy citó esas palabras en el funeral de Ursula, y enseguida lo lamentó porque hizo que su hermana pareciera terriblemente severa, en especial en 1966 cuando ser útil no estaba de moda. Ursula no tenía inclinaciones religiosas, la guerra le había quitado eso a la fuerza, pero admiraba la forma en que el inconformismo forjaba tanto la reticencia como el esfuerzo.

Teddy se había ocupado de todos los preparativos para el funeral de Ursula, y después pasó meses esperando que ella le escribiera y se lo contara todo al respecto. («Mi queridísimo Teddy, espero que estés bien.»)

—¿Qué tal estás, abuelo? —le preguntó Bertie deslizándose en la silla a su lado en la mesa de desayuno de Fairview, desde donde se inclinó para darle un beso—. ¿Está empezando a afectarte esta excursión por la senda de los recuerdos?

Teddy le dio unas palmaditas en la mano.

—No, en absoluto.

Aquel día iban a explorar algunas de las bases aéreas en las que había servido Teddy en la RAF durante la guerra. Ahora eran polígonos industriales o centros comerciales situados en las afueras. Se habían edificado casas, y en un caso una prisión, pero el sitio donde había estado destinado en su primer período de servicio aún era el lugar abandonado y melancólico de su imaginación, con los restos fantasmales de los barracones, la huella del sendero que circundaba el perímetro, el contorno cubierto de hierba de un depósito de bombas y el esqueleto maltrecho de una torre de control con los marcos oxidados de las ventanas como cuencas vacías y el hormigón desmigajado. En el interior había una colonia de malas hierbas desmadejadas —adelfas, ortigas y acederas—, pero quedaba parte del tablero de control de operaciones y un mapa desvaído y hecho jirones de Europa occidental todavía pegado a la pared y que llevaba muchos años obsoleto.

—También esto pasará —le dijo Teddy a Bertie mientras observaban el mapa.

—Para o nos pondremos a llorar —respondió Bertie—. Busquemos algún sitio donde beber una taza de té.

Encontraron un pub, el Black Swan; allí tomaron té con bollos, y solo cuando ya pagaban la cuenta Teddy recordó que ese era el sitio que solían llamar Mucky Duck durante su primer período de servicio y donde su tripulación había estado de parranda en no pocas ocasiones.

—¿Tú crees que hemos superado la catequesis de la señora Taylor-Scott? —le preguntó Nancy con tono de inquietud.

—No lo sé. No ha soltado mucha prenda que digamos.

Sin embargo, antes de que les encontraran un bebé del color que fuera, Nancy bajó a desayunar una mañana y soltó:

—Creo que me ha visitado un ángel.

—¿Perdona?

Teddy tostaba pan en la Aga y estaba concentrado en Agrestis, no en la Anunciación. El día anterior había visto unas liebres boxeando en el campo, y trataba de pensar en algo que transmitiera el placer que había sentido.

—¿Un ángel? —le preguntó, apartando su pensamiento de las *Lepus europaeus* («las célticas mensajeras de Ostara, diosa de la primavera»).

Nancy esbozó una sonrisa beatífica.

—Se te están quemando las tostadas —dijo, y añadió—: Bendita soy entre todas las mujeres. Creo que voy a tener un hijo. Que vamos a tenerlo. Vamos a tener un hijo, amor mío. Hay un nuevo corazón latiendo dentro de mí. Es un milagro.

Quizá Nancy había rechazado el cristianismo mucho tiempo atrás, pero a veces Teddy vislumbraba a la sublime *religieuse* que moraba en su interior.

En cierto momento, cerca del final de los dos angustiosos días de parto de Nancy, un médico le advirtió a Teddy en un aparte que quizá tendría que elegir entre salvar a Nancy o al bebé.

—A Nancy —contestó él sin la más mínima vacilación—. Salven a mi mujer.

No estaba preparado para aquello. Se suponía que con el fin de la guerra había salido del valle de tinieblas de la muerte para internarse en las tierras altas bañadas de sol. Ya no estaba listo para el combate.

—Te han pedido que eligieras —le dijo Nancy cuando madre e hija ya estaban a salvo.

(¿Quién se lo habría contado?, se preguntó Teddy.) Estaba tendida en la cama, pálida por la pérdida de sangre, los labios secos y agrietados, el cabello todavía lacio de sudor. A él le pareció hermosa, una mártir que había sobrevivido a las llamas. La niña se veía extrañamente intacta tras la ordalía a la que las habían sometido.

—Yo habría elegido al bebé, lo sabes, ¿verdad? —continuó Nancy, y besó con ternura la frente de la nueva criatura—. De haber tenido que elegir entre salvarte a ti o al bebé, me habría visto obligada a elegir al bebé.

—Ya lo sé. Lo mío ha sido egoísmo. Tú habrías respondido a un imperativo maternal. —(Por lo visto, no se aplicaba uno paternal.)

Años después Teddy se preguntaría si Viola supo de algún modo que, en teoría si no en la práctica, él había estado dispuesto a condenarla a morir sin pensárselo dos veces. Cuando durante el embarazo le preguntaban qué prefería, si niño o niña, Nancy siempre se reía y contestaba: «Solo con que sea un bebé, ya estaré contenta»; no obstante, al nacer Viola y enterarse de que no tendrían más hijos, dijo: «Me alegro de que sea niña. Un niño crece, se casa y se va. Pertenece a otra mujer, pero una niña siempre le pertenece a su madre».

No habría más bebés, dijo el médico. Nancy venía de una familia de cinco hermanos, al igual que Teddy. Era extraño verse reducidos a aquella singularidad, a aquella gorda crisálida en el capullo de su cuna. De buena pasta. (Aunque quizá no resultó tan buena.) Ya habían barajado nombres: si era niña, Viola. Nancy, pensando en sus cuatro hermanas, imaginaba varias hijas, y añadió Rosalind, Helena y quizá Portia o Miranda. Niñas llenas de recursos.

—Nada de tragedias —dijo—. Ni Ofelia ni Julieta.

Y había pensado en un niño para Teddy, al que llamarían Hugh. El niño que nunca existiría.

Shakespeare parecía una opción lógica para un nombre. Estaban en 1952 y todavía consideraban qué significaba ser inglés. Para ayudarlos, tenían una nueva reina, una Gloriana renacida. En su preciado gramófono, escuchaban a Kathleen Ferrier interpretar canciones tradicionales británicas. Habían viajado para oírla cantar con la Hallé en la reapertura del Free Trade Hall de Manchester. Había sufrido un bombardeo en 1940, y Nancy comentó que 1940 parecía muy lejos.

—Menudos patriotas tontorrones estamos hechos —dijo, enjugándo-

se una lágrima mientras el público daba patadas en el suelo y soltaba víto-
res para mostrar su aprobación de Elgar y su «Tierra de esperanza y gloria».
Cuando al año siguiente Kathleen Ferrier muriera demasiado joven, Bill
Morrison diría: «Una chavala estupenda», como se decía en el norte, aunque ella hubiera sido en realidad del otro lado de los montes Peninos, y
escribió su obituario para el *Recorder*.

Lo de Nancy por Viola fue amor a primera vista. Según ella, un *coup de
foudre* más intenso y abrumador que cualquier forma de amor romántico.
Madre e hija eran un mundo para la otra, un mundo completo e inexpug-
nable. Teddy sabía que jamás podría estar tan consumido por otra persona.
Quería a su mujer y a su hija. En su caso se trataba quizá de un afecto incondicional más que de una magnífica obsesión, pero aun así no dudaba de
que, de tener que hacerlo, sacrificaría su vida por ellas sin pensárselo dos
veces. Y también sabía que no habría más anhelo de otras cosas, de algo más
allá, de los ardientes haces de color o la intensidad de la guerra o el romance. Todo aquello quedaba atrás, ahora tenía un deber distinto, no hacia sí
mismo ni hacia su país, sino hacia aquella pequeña piña que era su familia.

¿Era solo amor por parte de Nancy, o algo más febril? Quizá se trataba
de su experiencia compartida de encontrarse en el lugar que quedaba entre
la vida y la muerte. Su propia experiencia de la maternidad se basaba en
Sylvie, por supuesto. Sabía que había sentido un amor inmenso por él
cuando era niño (y toda su vida, probablemente), pero nunca había inver-
tido su felicidad en él. (¿O sí?) Claro que él nunca había comprendido a
su madre, y dudaba que alguien lo hubiese hecho alguna vez; su padre no,
desde luego.

Nancy, la atea sin complicaciones, decidió que Viola debía ser bauti-
zada.

—Creo que a eso lo llaman hipocresía —le dijo Sylvie a Teddy cuando

Nancy no podía oírles (que era como se desarrollaban muchas de sus conversaciones).

—Bueno, pues con eso ya sois dos —terció Teddy—. Tú sigues yendo a la iglesia, pero sé que no crees.

—Qué buen marido eres —le dijo Nancy después—, siempre te pones de parte de tu mujer y no de tu madre.

—Donde me pongo es de parte de la razón —contestó Teddy—. Y resulta que es donde sueles estar tú, y mi madre muy rara vez.

—No pienso correr riesgos —le dijo Nancy a Sylvie en el bautizo—. Me cubro las espaldas, como Pascal.

La referencia a un matemático y filósofo francés no contribuyó a aplacar a Sylvie. Solo pensó que ojalá Teddy se hubiera casado con alguien menos culto.

Para bautizar a Viola, volvieron «a casa».

—¿Por qué seguimos llamándola así cuando tenemos una casa propia decente? —reflexionó Nancy.

—No lo sé —respondió Teddy, aunque sabía que en el fondo de su corazón la Guarida del Zorro siempre sería su hogar.

Las madrinas —las tías Bea y Ursula— prometieron renunciar al demonio y a toda rebelión contra Dios, y la celebración se llevó a cabo en Las Grajillas con jerez dulce y un pastel típico de Dundee, con una Sylvie, huelga decirlo, muy molesta porque no lo hicieran en la Guarida del Zorro.

Para señalar la llegada de Viola al mundo sana y salva Teddy le regaló un anillo a Nancy, un solitario con un pequeño brillante.

—Es el anillo de pedida que nunca te di.

Viola creció, la crisálida engordó, aunque no se había vuelto aún mariposa. Al empezar a asistir a la escuela primaria del pueblo, Nancy volvió al trabajo; aceptó un puesto de media jornada en un cercano y caro internado privado de la Iglesia anglicana para chicas que hubiesen suspendido el examen de ingreso a la enseñanza secundaria pero cuyos padres no pudieran tolerar la humillación social de un instituto técnico de secundaria.

El granjero les había propuesto venderles Ayswick, y pidieron una hipoteca para adquirir la vieja granja. La vida parecía seguir un curso parecido para siempre; Teddy no era ambicioso y Nancy parecía satisfecha, hasta que un día del verano de 1960, cuando Viola contaba ocho años, su mujer decidió trastocarlo todo.

Vivir en el campo estaba muy bien, según ella, pero Viola no tardaría en tener otras necesidades: un instituto que no estuviera a una hora de trayecto en autobús, amigos, una vida social, y costaba encontrar eso «en medio de la nada». Además, la granja era demasiado grande, mantenerla limpia resultaba imposible, costaba una fortuna calentarla, las tuberías eran de la Edad Media, etcétera.

—No creo que en la Edad Media tuvieran tuberías —dijo Teddy—. Y pensaba que te encantaba porque tenía carácter.

—El carácter puede resultar excesivo.

Aquella emboscada fue una sorpresa absoluta. En aquel momento estaban incorporados en la cama leyendo libros de la biblioteca a modo de reposada conclusión de lo que, para Teddy en cualquier caso, había sido un día bastante aburrido cubriendo una feria agrícola de la zona para el *Recorder*. El número de ovejas bien cepilladas e intrincados despliegues de hortalizas en los que un hombre podía mostrar interés era limitado. Para su desesperación, lo habían presionado para ser el jurado de las tartas Victoria en la tienda del Instituto de la Mujer (se sintió como un juez inexperto en un concurso de belleza).

—Ligera como una pluma —declaró de la ganadora, cayendo agradecido en el cliché.

Los colegios estaban de vacaciones; Nancy quiso entrar en una óptica para hacerse una revisión, y Teddy dijo que se llevaría a Viola a la feria agrícola. A Viola, cómo no, no le gustaban los animales de granja. Las vacas y los cerdos la ponían nerviosa, hasta las ovejas le producían inquietud, y chillaba si se le acercaba un ganso (por culpa de un desafortunado incidente cuando era más pequeña).

—Pero habrá otras cosas que ver —le dijo Teddy, esperanzado.

Y, en efecto, había una exposición de flores que según Viola era «bonita», aunque, pese a las advertencias de su padre, meter la nariz en un jarrón tras otro de guisantes de olor le provocó un ataque de alergia al polen. Sin embargo, las pruebas para perros pastores fueron «aburridas» (Teddy tuvo que mostrarse de acuerdo), pero el «tiro al coco» para jóvenes granjeros fue todo un éxito, y Viola se gastó un montón de dinero en él con bien poca recompensa arrojando bolas a lo loco y sin ninguna puntería. Al final, Teddy tuvo que intervenir y tirar unas cuantas y ganar un pececito, un carpín dorado, para que la niña no se fuera con las manos vacías. También había un espectáculo con ponis y, pese a la aversión declarada que tenía Viola a los caballos, disfrutó con él y aplaudió con entusiasmo siempre que alguien conseguía saltar los pequeños obstáculos.

En la tienda del Instituto de la Mujer la trataron como a una mascota; todas las integrantes presentes conocían bien a Teddy y le dieron a la niña demasiado pastel. Y a él también. Viola era como Bobby, su labrador amarillo: comía y comía hasta que alguien le decía que parara. Y, al igual que Bobby, estaba un poco rellenita. «Es grasa de cachorro», decía Nancy. En el caso de Viola, quizá, pero no en el de Bobby, que había dejado hacía mucho de ser cachorro. Moss, el excelente collie que tuvieron, había muerto no mucho después de nacer Viola y el plácido Bobby fue elegido para convertirse en el fiel y resignado compañero de la infancia de la niña.

Al caer la tarde, Viola estaba de mal humor por culpa del calor y el cansancio. Y eso, junto con el pastel y la gran cantidad de zumo de naranja que había bebido, resultó una combinación letal y Teddy tuvo que detener el coche dos veces en el camino a casa para que la niña vomitara en el herboso arcén.

—Pobrecita —dijo él, y trató de darle un abrazo, pero ella se retorció para liberarse.

A Teddy le hubiera gustado tener la misma relación con su hija que la del comandante Shawcross con sus hijas, o quizá como la de Pamela y Ursula con Hugh, algo más contenida, pero Viola no tenía sitio para él en su corazón. Nancy lo ocupaba por entero. Cuando la perdieran, Nancy ocuparía más espacio incluso en el corazón de Viola: la consumía la amargura hacia un universo que se había llevado a su madre y la había dejado con el pobre sustituto que era su padre.

Viola durmió durante el resto del trayecto hasta casa, dejando que Teddy se preocupara por el pececito (al que Viola ya había puesto el nombre de Goldie) en el calor sofocante de su prisión de plástico.

—Quiero un poni —le dijo Viola a Nancy al llegar a casa; entonces Teddy le dijo, con bastante razón: «Pero si a ti no te gustan los caballos», y Viola se echó a llorar y le gritó que los ponis no eran caballos. Teddy no se lo discutió.

—Está cansadísima —dijo Nancy cuando Viola se dejó caer en el sofá en pleno ataque, bastante histriónico, de sollozos, y añadió en susurros—: ¿Qué habrá sido del famoso estoicismo de los Todd?

«Sensible», así era como describía ella a su susceptible niña. «Consentida», habría dicho Sylvie. Teddy rescató el carpín dorado para que no quedara aplastado bajo la grasa de cachorro de Viola.

—No pasa nada, cariño —dijo Nancy—. Ven, vamos a conseguirte un poco de chocolate, eso te alegrará, ¿a que sí? —Pues sí, en efecto lo hizo.

Teddy se llevó el pez a la cocina y lo liberó de la bolsa, viéndolo deslizarse en una palangana con agua del grifo.

—No es lo que se dice una gran vida, ¿eh, Goldie?

Él era miembro del Club Goldfish, cuyo emblema era un carpín dorado como aquel, aunque no pensaba mucho en eso. Tenía una pequeña insignia de tela en alguna parte, un pez con alas, resultado de haber amerizado en el mar del Norte. Fue durante su primer período de servicio, y a veces se preguntaba si podría haberlo hecho mejor, si podría haber salvado las pocas millas que lo separaban de tierra firme en lugar de zambullir el Halifax en el mar. Había sido horroroso. «Bueno, pues buena suerte.»

Se propuso ir a una tienda de animales al día siguiente y comprar una pecera para Goldie, y así el pez pasaría el resto de su vida nadando en círculos en solitaria reclusión. Supuso que podía comprarle un compañero, pero eso no haría sino duplicar la desdicha.

Tendido en la cama aquella noche, Teddy notaba que estaba pagando el precio por todo aquel pastel del Instituto de la Mujer, pues lo tenía incómodamente atascado en algún lugar bajo las costillas.

—Pobrecito —dijo Nancy—. ¿Te traigo un poco de leche de magnesia?

Teddy advirtió que utilizaba el mismo tono que empleaba para acallar el dolor y el disgusto de Viola («un poco de chocolate»). Declinó su ofrecimiento de leche de magnesia y volvió a su libro. Estaba leyendo *Nacida libre*, y Nancy leía *La campana*, de Iris Murdoch. Teddy se preguntó si sus libros revelarían algo sobre ellos.

Sin embargo, no conseguía concentrarse, y cerró el libro con mayor energía de la que pretendía.

—¿Así que quieres que nos mudemos? —le preguntó.

—Sí, creo que sí.

Cuando nació Viola, Teddy y Nancy habían hablado con entusiasmo de la sólida infancia rural que tenían prevista para ella: la imaginaban trepando a los árboles y saltando acequias, paseando por el campo con un perro por toda compañía. («Un poco de falta de atención no hace ningún daño —opinaba Nancy—. Podría decirse que a nosotros nos sentaba bastante bien cuando éramos niños.») Con el paso del tiempo, resultó que a Viola no le gustaba el campo. Al contrario, le encantaba quedarse todo el día encerrada en casa, leyendo un libro o escuchando música en el pequeño tocadiscos Dansette que le habían comprado (Cliff Richard, los Everly Brothers) con Bobby tumbado perezosamente en la alfombra a sus pies. Hacía tiempo que el perro y la niña habían llegado al acuerdo de no andar de excursión o dando brincos por ahí. Quizá Nancy tuviera razón. A Viola le iría mejor en las afueras de una ciudad.

Además, era posible que un cambio fuera bueno para todos, dijo Nancy. Teddy no tenía la necesidad de cambiar, se sentía bastante satisfecho «en medio de la nada» y siempre había creído que Nancy también.

—¿Bueno para nosotros? ¿En qué sentido?

—Será más estimulante. Habrá más cosas que hacer. Cafeterías, teatros, cines, tiendas. Y gente. No podemos quedarnos satisfechos con andar hurgando en busca de la primera prímula de la primavera o escuchando a las alondras. —(¿No estaba satisfecha? *La mujer descontenta*, se dijo Teddy, como una comedia de la Restauración. Y una bastante mala. No pudo evitar pensar en su madre.)

—Antes bien que te gustaba «hurgar en busca de prímulas», como dices tú. —Le gustaba bastante la expresión, más poética de lo que Nancy tenía por costumbre, y la reservó para el uso de Agrestis. Con el paso de los años, su álter ego había adoptado forma y personalidad en su cabeza: un campesino robusto con gorra y una pipa en la mano, un hombre práctico y sin embargo siempre atento a los antojos de la Madre Naturaleza. En ocasiones, Teddy se sentía poco capacitado en comparación con su inquebrantable homólogo.

Hubo un tiempo en que el descubrimiento del nido de un pájaro, o, de hecho, de la primera prímula, habría dejado encantada a su insatisfecha esposa.

—Pero ninguno de nosotros somos los mismos de antaño —terció ella.

—Yo sí —dijo Teddy.

—No, no lo eres.

—¿Nos estamos peleando?

—¡No! —exclamó Nancy, riendo—. Pero ya tenemos más de cuarenta años, nos vamos a rastras…

—¿A rastras?

—No es ningún insulto. Solo digo que quizá nos hace falta espabilar un poco. No querrás que la vida te pase de largo, ¿verdad?

—Pensaba que todo esto tenía que ver con Viola, no con nosotros.

—No estoy sugiriendo que emigremos al otro extremo del mundo —dijo Nancy—. Solo que vayamos a York.

—¿York?

Nancy se bajó de un salto de la cama.

—Será mejor que vaya a buscarte la leche de magnesia. Está claro que tanto pastel te ha vuelto gruñón. Así aprenderás a no ser tan encantador con esas señoras del Instituto de la Mujer. —Al pasar por su lado de la cama le revolvió el cabello como si fuera un niño y añadió—: Solo digo que deberíamos pensarlo un poco, no que lo hagamos necesariamente.

Teddy se alisó el pelo y observó el techo. «Vamos a rastras», pensó. Nancy volvió del cuarto de baño agitando el contenido del frasco de cristal azul. Durante un instante, él temió que ella fuera a darle la cucharada de leche de magnesia, pero lo que hizo fue tendérselo diciendo:

—Aquí tienes, esto debería funcionar. —Se metió de nuevo en la cama y volvió a su libro, como si el tema de cambiar sus vidas se hubiera debatido y decidido ya de manera satisfactoria.

Teddy dio un traguito del medicamento blanco y terroso y apagó la lámpara de la mesita de noche. Como le ocurría a menudo, el sueño se negaba a llegar y se puso a pensar en Agrestis, que estaba trabajando en una columna sobre la rata topera.

Pese a pertenecer al orden *Rodentia*, a este encantador amiguito (*Arvicola terrestris*) se le llama con frecuencia y erróneamente «rata de agua». El entrañable y querido personaje de Ratty en *El viento en los sauces* de Kenneth Grahame es en realidad una rata topera. Criatura de corta vida en su hábitat natural, dispone tan solo de unos pocos meses para cumplir con su cometido en esta tierra, aunque ha resultado capaz de vivir mucho más tiempo en cautividad. Con una población en torno a los ocho millones, las ratas toperas, al igual que el Ratty de Grahame, viven en madrigueras en las riberas de los ríos, así como en acequias, arroyos y otros lugares en los que fluye el agua...

No mucho antes de que abandonara Fanning Court para irse a la residencia de ancianos de Poplar Hill, bien pasados ya los noventa años (sin duda, «vivir en cautividad» había prolongado su vida), Teddy leyó un artículo en el *Telegraph* (a esas alturas se ayudaba de una lupa para ver la letra impresa). En el artículo se afirmaba que apenas quedaba un cuarto de millón de ratas toperas en Gran Bretaña. Aquello lo dejó indignado, e introdujo el tema, con considerable vehemencia, en el cafétertulia semanal de las mañanas, para el relativo desconcierto de los residentes.

—Los visones criados en granja —comentó— han huido a los bosques y han arrasado con ellas. Se las han comido.

Un par de las residentes más ancianas presentes en la sala comunal se habían aferrado con denuedo a sus abrigos de visón, que pendían llenos de naftalina en los endebles armarios de melanina de Fanning Court, y no se sintieron inclinadas a mostrar compasión por la inocente rata topera.

—Y, por supuesto —prosiguió Teddy—, hemos destruido su hábitat, algo que a los humanos se nos da muy bien.

Etcétera. De haber prestado atención, y muchos ponían empeño en no hacerlo, cuando la charla finalizó, a los residentes de Fanning Court no les habría quedado nada por saber de las ratas toperas.

La cruzada de Teddy en defensa de un pequeño mamífero olvidado no sentó muy bien entre los consumidores de Nescafé y galletas rellenas de chocolate. (Como tampoco lo hicieron sus sentimientos respecto al humilde erizo y la liebre común, «¿y cuándo fue la última vez que oyeron un cuco?».)

—Menudo fanático del medio ambiente —murmuró un residente, un abogado retirado.

—Ya está bien, papá —dijo Viola—, de verdad que no puedes andar soltándole arengas a la gente.

Por lo visto, Ann Schofield, la Inspectora Gorda, le había pedido a Viola que «tuviera una charla» con Teddy sobre su «agresiva» conducta.

—Pero hemos perdido casi el noventa por ciento de la población de ratas toperas en treinta años —protestó él—. A cualquiera le basta con eso para ponerse agresivo. Aunque imagino que lo mío no tiene ni punto de comparación con la indignación que deben de sentir las ratas toperas. («No sabes lo que tienes hasta que lo pierdes —comentaría Bertie—.

Como dice aquella canción.» Teddy no conocía la canción en cuestión, pero sí comprendía esa opinión.)

—No seas tonto —insistió Viola—. Y creo que ya estás un poco viejo para andar abrazando causas. —En el duro universo darwiniano de su hija, la fauna corría sus propios riesgos—. Toda esa obsesión con la ecología no te hace ningún bien. Eres demasiado mayor para ponerte de los nervios de esa manera.

¿Ecología?, se preguntó Teddy.

—Naturaleza —dijo—. Solíamos llamarlo naturaleza.

En el momento de aquella «visita relámpago» a Fanning Court, Viola ya estaba en plena campaña para que Teddy se mudara a una residencia de ancianos, y llevó consigo unos cuantos folletos. Él había sufrido una caída un par de días antes; nada grave, le fallaron las piernas y se desplomó como una concertina rota.

—Maldita sea, me he caído de culo y no puedo moverme —le dijo de malos modos a Ann Schofield cuando acudió (sí, había estado cerca de un cordón rojo, y sí, había tirado de él).

—¡Ese lenguaje, por favor! —lo regañó ella, como si fuera un crío delincuente, cuando el día anterior sin ir más lejos, creyéndose a solas en la lavandería, Teddy la había oído increpar a la combativa puerta de una lavadora con las palabras: «¿Por qué no te comportas, trasto de los cojones?». Una invocación que su acento de Birmingham aún volvió más basta en cierto sentido.

Teddy se las había apañado —con la mínima ayuda posible por parte de la Inspectora Gorda («va contra las normas de seguridad e higiene, tengo que llamar a los enfermeros»)— para ponerse de rodillas y de ahí para sentarse en el sofá, y estaba perfectamente bien excepto por un par de moretones, pero aquello constituyó «la prueba fehaciente» de que no podía arreglárselas «por sí mismo». Ella lo había acosado hasta sacarlo de su casa y llevarlo a Fanning Court. Ahora pretendía arrancarlo de allí con el fin de aparcarlo en un sitio llamado Poplar Hill. Imaginaba que no se quedaría satisfecha hasta que lo hubiera metido en el ataúd.

Viola extendió en abanico los folletos de las residencias de ancianos, con el de Poplar Hill en significativo lugar encima de todos, y dijo:

—Por lo menos echa un vistazo.

Él les dirigió una rápida mirada: fotografías de gente feliz y sonriente con mucho pelo cano en la cabeza y, como le señaló a Viola, ni un solo indicio de mierda, pipí o demencia.

—Últimamente sueltas muchas palabrotas —dijo ella con remilgo—. ¿Qué te pasa?

—Voy a morirme pronto. Y eso me vuelve rebelde.

—No seas tonto.

Él se fijó en que iba vestida muy elegante.

—Voy de camino a un sitio.

—¿A un sitio?

Viola siempre había detestado dar explicaciones, formaba parte de su carácter cerrado. En cierta ocasión, cuando era una adolescente, se cruzó con ella en la calle. Estaba con unos amigos del colegio, y lo ignoró por completo al pasar. Un hijo llamado Hugh jamás habría hecho algo así.

—¿A un sitio? —repitió, pinchándola para que le diese detalles.

—Están haciendo una película basada en una de mis novelas. Tengo una reunión con los ejecutivos.

La forma en que pronunció las palabras «película» y «ejecutivos», a la ligera pero de manera pausada, pretendía aparentar indiferencia, aunque quedaba claro que no la sentía. Habían hecho un filme basado en su segunda novela, *Los hijos de Adán*. Una película bastante mala, de producción británica; Viola le había dado un DVD. Claro que, para empezar, el libro no era nada del otro mundo. Sin embargo, jamás le habría dicho algo así a ella. Le contó que lo había encontrado «muy bueno».

—¿Solo «muy bueno»? —preguntó ella frunciendo el entrecejo.

«Por Dios», se dijo Teddy, ¿no era suficiente? Él habría quedado más que satisfecho con un «muy bueno» de haber concluido alguna vez su intento de escribir una novela. ¿Cómo se titulaba? Era algo sobre los sueños y el suave aliento, una cita de Keats, de eso sí se acordaba, pero ¿de qué poema? Sentía las nubes arremolinándose en su cerebro. Quizá Viola tuviera razón, tal vez ya era hora de tirar la toalla, de inscribirse en la sala de espera de Dios.

La primera novela de Viola, *Gorriones al alba* (¡menudo título tan terrible!), trataba sobre una niña «muy lista» (o irritante de tan arrogante) a la que criaba su padre. Era obvio que pretendía ser autobiográfica, alguna clase de mensaje para él. A la niña le iba de mal en peor y el padre era un estúpido y un tirano. Desde luego no era lo que Sylvie habría tildado de Arte.

—¿De cuál? —preguntó, retomando el hilo de sus pensamientos y apartando las nubes—. ¿De qué novela tuya están haciendo una película?

—De *El fin del crepúsculo*. —Al ver la cara inexpresiva de su padre, Viola añadió con impaciencia—: Es la que trata sobre una madre que tiene que renunciar a su bebé. —(«Es lo que le habría gustado hacer a ella», decía Bertie.)

Viola hizo gran alarde de mirar el grueso reloj de oro que llevaba en la muñeca. («Rolex. En realidad es una inversión.») Teddy no supo muy bien si con aquel gesto ostentoso pretendía recordarle la vida ajetreada que llevaba o su éxito. Supuso que ambas cosas. Viola era ahora una versión más estilizada de sí misma, fruto de las dietas y del peinado de peluquería, con el pelo de diez tonos de rubio que Teddy no le había visto nunca. Se acabaron la alheña y la ropa holgada. El terciopelo y las lentejuelas que se había empeñado en llevar hasta la mediana edad habían desaparecido, y ahora siempre que la veía vestía trajes chaqueta a medida y en colores neutros. «"*Los hijos de Adán* me cambió la vida" —leyó él en un ejemplar de *Woman's Weekly* que habían dejado en la sala comunal y que hojeó en busca de las recetas para "cenas baratas y fáciles" que prometía la portada—. La galardonada autora Viola Romaine habla sobre una de sus primeras novelas, éxito de ventas: "Nunca es demasiado tarde para luchar por tus sueños", nos cuenta en esta entrevista exclusiva.» Etcétera.

—Tengo que irme —dijo Viola de pronto, poniéndose en pie y colgándose el bolso con su pesada cadena dorada—. Tienes que empezar a pensar en una residencia, papá. Un «hogar de ancianos», como lo llaman hoy en día. El dinero no es problema. Yo te ayudaré, por supuesto. Esta de aquí —dio golpecitos en el folleto de Poplar Hill con una uña pintada de rosa— se supone que es excelente. Piensa en ello. Piensa adónde te gustaría ir.

«A la Guarida del Zorro —se dijo él—. Ahí es adonde me gustaría ir.»

Teddy no se opuso al repentino deseo de mudarse de Nancy y cuando salió publicado el empleo en el *Yorkshire Evening Press* mandó su solicitud, y unas semanas más tarde se trasladaron a York. (Fue rápido, como una incisión.) A Nancy no le costó encontrar un trabajo a media jornada en el departamento de matemáticas de la Mount, una escuela cuáquera, y volvió al alivio que suponía educar a niñas listas y que se portaban bien. Viola ocupó una plaza en la escuela elemental. Nancy decía que le gustaba la Sociedad de los Amigos porque era lo más cerca que el cristianismo podía llegar del agnosticismo.

Teddy conocía York de la guerra. En aquel entonces era un laberinto de calles oscuras y estrechas y callejones. Había sido un lugar al que iban a beber y a bailar, a correrse juergas en el Bettys Bar o a dar vueltas por la pista del salón De Grey, un sitio de besos a tientas con chicas bien dispuestas durante los tenebrosos apagones en previsión de ataques aéreos. A la luz de la paz, York era una ciudad menos velada y cuya historia se exhibía por doquier. Le gustaba más durante el día, y sin embargo aún era un lugar lleno de secretos, como si bajo cada capa que se levantara hubiera otra más por descubrir. La vida de una persona parecía insignificante contra un fondo tan lleno de historia. Suponía un extraño consuelo pensar en cuántos otros se habían ido antes, a cuántos otros se había olvidado. Era el orden natural de las cosas.

La casa que compraron, una sólida y semiadosada situada en las afueras, no era la clase de vivienda en la que Teddy se habría imaginado residiendo. A diferencia de la Cabaña del Ratón y Ayswick, no tenía nombre, solo un número, lo cual casaba bien con su anodino anonimato. No tenía «carácter» en absoluto. La nueva Nancy, esa que ya no andaba hurgando en busca de prímulas, la aceptó de buen grado, diciendo que era «sensata y práctica». Pusieron calefacción central y moqueta y modernizaron tanto la cocina como el baño. En opinión de Teddy, no tenía ni la más mínima virtud estética. Sylvie se habría quedado horrorizada, pero a esas alturas ya llevaba muerta dos años, tras haber sucumbido a un derrame cerebral mientras podaba sus rosales. Siempre utilizaban el posesivo para referirse a ellos, pues los rosales no pertenecían a otra persona que a su madre. Ahora ya ni siquiera existían; según Pamela, los nuevos propietarios de la Guarida del Zorro los habían «arrancado».

—El truco consiste en que no te importe, supongo —diría Ursula.

Pero a él sí le importaba. Y a ella también.

Durante meses después de su traslado a York, Teddy sentía una punzada de pesar al despertarse por las mañanas y oír el trino de los pájaros al amanecer, tan tenue allí, compitiendo con el ruido sordo y grave del tráfico en alguna parte, suponía que en la A64. Echaba de menos tener un mundo verde y agreste al otro lado del umbral; en York no había conejos, faisanes ni tejones, solo pavos reales en los jardines del museo. No volvería a ver un zorro hasta que los de la sarnosa variedad urbana empezaran a asaltar los cubos de basura en torno a la parte trasera de Fanning Court. Teddy birlaba sobras para ellos, una obra de caridad encubierta que haría tambalearse de espanto a Ann Schofield. Según decía, eran alimañas. («La alimaña es ella», diría Bertie. A veces Bertie le recordaba a Sylvie, o al menos a lo mejor de ella, pensaba Teddy.)

La nueva casa tenía un generoso jardín trasero, y Teddy compró un libro de Reader's Digest sobre jardinería. Por lo que él veía, un jardín consistía en la naturaleza domesticada y constreñida mediante el artificio. Le habían cortado las alas, como a Piolín, el periquito azul en el que Viola había insistido como regalo de cumpleaños.

—Un petirrojo enjaulado —murmuró cuando Nancy volvió a casa con el ave de la tienda de animales.

—Sí, ya lo sé —contestó ella—, esto clama al cielo. Pero los periquitos se crían en cautividad. Aunque es una lástima, no conocen otra cosa.

—Debe de suponer un gran consuelo para ellos —dijo Teddy.

Su otro pequeño prisionero de guerra, el desafortunado Goldie, no sobrevivió a la mudanza. En la letanía de fechorías de Blake no figuraba nada sobre un carpín dorado en una pecera, pero sin duda no lo habría aprobado. Viola se llevó un disgusto al ver el pálido cuerpecito flotando, y Teddy sacó su vieja insignia del Goldfish Club, con el pez alado, y se la enseñó.

—Imagínatelo con alas, elevándose hacia el cielo.

Resultó que Piolín no hacía honor a su nombre, porque no soltó ni un solo pío en toda su corta vida, que invirtió en gran parte en picotear con apatía su bolita de plástico o en cambiar el peso de una pata a la otra sobre su percha. En un fugaz instante de identificación con el taciturno animal, Teddy se dijo que quizá más valía ser un Ícaro y aceptar la caída.

—¿Te vas? ¿Otra vez? —preguntó él haciendo un esfuerzo por parecer despreocupado.

—Sí, otra vez —respondió ella como si tal cosa—. Te parece bien, ¿no?

—Claro que sí. Es solo que... —Vaciló, sin saber muy bien cómo expresar sus recelos.

Esa sería la tercera vez que Nancy se marchaba en el mismo número de meses, en cada ocasión para visitar a una de sus hermanas. Primero había ido a Dorset a ayudar a Gertie en una mudanza, y poco después vino un viaje con Millie al Distrito de los Lagos. («A la casa de Wordsworth y todo eso.») Millie llevaba una vida algo ajetreada en Brighton y se encontraba en ese momento «entre marido y marido».

—Probablemente solo necesita a alguien que la escuche y la compadezca —comentó.

Nancy afirmaba ser muy «hogareña», una persona a la que ni siquiera entusiasmaba levantar el campamento para las vacaciones anuales en la costa. Todos los veranos, los tres, «el triunvirato familiar» como lo llamaba ella —otorgando así a Viola el mismo poder que a sus padres, advertía Teddy, aunque en realidad no eran tanto un triunvirato como una pequeña tirana y sus dos dedicados servidores—, pasaban unas debidas vacaciones en la costa este (Bridlington, Scarborough, Filey). Lo hacían más por el bien de Viola que por el de ellos dos. «Un cubo y una pala» era según Nancy cuanto un crío necesitaba, e insistía con heroísmo en dicha creencia mientras el triunvirato se guarecía temblando al abrigo de paravientos de alquiler o se refugiaba en salones de té húmedos y llenos de vaho tras haberse comido los sándwiches de salchicha de hígado que la dueña de la casa de huéspedes les preparaba cada mañana.

No eran tanto unas vacaciones como una prueba de resistencia.

—¿Podemos irnos a casa ya? —era el sonsonete constante de Viola, del que Teddy se hacía silencioso eco.

Se alojaban en pensiones de las que su perro se veía desterrado, de modo que era en esas ocasiones cuando el estatus de hija única de Viola quedaba más en evidencia. No se le daba muy bien jugar sola, y menos incluso con otros.

Una costa de York azotada por el viento no era la idea que Teddy tenía de unas vacaciones. El mar del Norte era el cementerio de muchos de los muertos incorpóreos de Runnymede, el lecho marino alfombrado de «algo rico y extraño». Dos de las peores noches de su guerra las había pasado flotando indefenso en sus poco caritativas aguas. («Bueno, pues buena suerte.») Cuando Viola fuera un poco mayor, según decía Nancy, podrían irse más lejos, a Gales o Cornualles.

—A Europa —dijo Teddy. Los bloques sólidos de color, los calientes haces de sol.

Y, sin embargo, ahora Nancy se proponía hacerle una visita a Bea en Londres. («Solo un par de noches, y aprovechar para ver un espectáculo, quizá una exposición.») Era tarde, casi la hora de acostarse, y ella aún estaba corrigiendo deberes. Teddy veía columnas de fracciones que no significaban nada para él. «Enséñame tus cálculos», escribió Nancy con pulcra caligrafía en rojo, y entonces hizo una pausa y levantó la vista hacia él. Siempre lucía una expresión tan franca, tan cándida, que invitaba a la confesión. Teddy imaginó que sus alumnas la adoraban.

—Bueno, en cualquier caso —continuó ella—, he pensado que me iré a Londres el miércoles por la tarde y volveré el viernes. Viola estará en la escuela mientras tú trabajas, y al salir puede irse a casa de su amiga Sheila y esperar allí a que la recojas. —(Menudo plan tan detallado, pensó Teddy. ¿No sería más fácil para todos que sencillamente visitara a Bea el fin de semana?)—. No te importará defender el fuerte, ¿verdad? Y a Viola le encantará pasar un poco de tiempo a solas contigo.

—¿Tú crees? —preguntó él con tono tristón.

Viola, a punto ya de cumplir los nueve años, seguía adorando a su madre, mientras que él, como padre, solo parecía cumplir un papel necesario.

—No iré si no quieres que vaya —dijo Nancy.

Vaya conversación tan educada, pensó él. ¿Y si decía «No, no vayas»? ¿Qué contestaría ella entonces? Pero lo que dijo fue:

—No seas tonta, ¿por qué no iba a querer que fueras? Claro que debes ir, no veo razón alguna para que no lo hagas. Y si hay cualquier problema puedo localizarte en casa de Bea.

—Estoy segura de que no te hará falta —contestó Nancy, y añadió como quien no quiere la cosa—: y supongo que estaremos fuera muy a menudo.

Cuando Nancy fue al Distrito de los Lagos, la casita que Millie había alquilado no tenía teléfono. En la casa adonde Gertie se había mudado, aún no tenía conectado el teléfono.

—Si hay una emergencia espantosa —dijo ahora con toda tranquilidad— o si ocurre algún terrible accidente —(Teddy pensó que hablar sobre esos temas era tentar al destino)—, siempre puedes hacer uno de esos anuncios a través de la radio. Ya sabes, como «la policía trata de contactar con fulanito, de quien se cree que se encuentra en la zona de Westmorland. Por favor, póngase en contacto…», y todo eso.

Cuarenta años después, cuando viviera en Fanning Court, Viola le daría un teléfono móvil, diciéndole:

—Toma, ahora nunca dejarás de estar en contacto. Por si tienes otro accidente —(se refería a la cadera rota, nunca le permitiría olvidar aquel contratiempo, como si hubiera revelado un gran defecto en su personalidad)— o te pierdes o algo así.

—¿Por si me pierdo?

Nunca aprendería a utilizar el teléfono. Los botones eran demasiado pequeños, las instrucciones demasiado complicadas.

—Perro viejo no aprende trucos nuevos —le dijo a Bertie—. Además, ¿por qué querría estar siempre en contacto?

—Hoy en día ya nadie puede esconderse en ningún sitio.

—En la imaginación —contestó él.

—No —concluyó Bertie con gravedad—, ni siquiera ahí estás a salvo.

—Bueno —dijo Nancy—, entonces me voy el miércoles. Ya está organizado. —Empezó a hacer un pulcro montón con los cuadernos de deberes—. Ya he acabado todo esto. ¿Y si calientas un poco de leche con cacao? —Le dirigió una sonrisa burlona y añadió—: ¿Va todo bien? No hay que molestarse en preparar leche, si no te apetece.

—No, está bien. Ya me ocupo yo. —«Enséñame tus cálculos, Nancy», se dijo.

Cuando Nancy había estado ilocalizable en Dorset ayudando a Gertie con la mudanza, Teddy se sorprendió al sonar el teléfono y contestar la propia Gertie (aunque se suponía que aún no se lo habían conectado). No era una mujer que se anduviera con preámbulos.

—¿Sabes aquel gran aparador de roble que solía tener en el comedor, el de estilo arts and crafts que antes estaba en el comedor de Las Grajillas?

—¿El de las bisagras de cobre y los azulejos de De Morgan? —preguntó Teddy. Se acordaba de él, obviamente.

—Exacto, ese mismo. En esta casa nueva no tengo espacio para él, no lo hay para casi nada —añadió ella alegremente, y Teddy recordó lo bien que le caía Gertie y por qué—. Además, sé que siempre lo has admirado, y he pensado que quizá te apetecería quedártelo. Puedo meterlo en un camión, uno de esos de media carga, no creo que salga muy caro. Si no, mucho me temo que tendré que ponerlo a la venta.

—Es muy amable por tu parte, me encantaría quedármelo, pero no estoy seguro de que nos quepa —contestó con vacilación. Pensó con añoranza en Ayswick y en lo bonito que habría quedado el aparador en la enorme cocina de la granja, pero ahí, entre las paredes corrientes y anodinas de la vivienda semiadosada de York, se vería fuera de lugar. Lo sorprendió sentir una repentina punzada de deseo: era un mueble que recordaba bien de casa de los Shawcross. Del pasado—. ¿Qué dice Nancy al respecto?

—No tengo ni idea —respondió Gertie—. ¿Por qué no se lo preguntas tú?

—¿Puedes pasármela?

—¿Pasártela? ¿Qué quieres decir?

—Ponérmela al teléfono.

—¿Cómo que si puedo ponértela? —Gertie pareció perpleja.

—Está ahí contigo —dijo Teddy, preguntándose cómo era posible que estuvieran manteniendo aquel diálogo de besugos.

—No, aquí no está —contestó Gertie.

—¿No está en Lyme Regis? ¿Contigo? ¿Ayudándote con la mudanza?

Se hizo un silencio incómodo antes de que Gertie contestara con cautela:

—No, no está aquí.

Teddy captó su ansiedad ante la posibilidad de que hubiera traicionado a Nancy en algún sentido, y su primer instinto (curiosamente) fue salvar a Gertie del lío en el que se estaba metiendo, así que dijo con tono cordial:

—Oh, no te preocupes, me he hecho un lío. Veré si la encuentro y luego te vuelvo a llamar. Y el ofrecimiento del aparador es todo un detalle, por cierto. Gracias, Gertie.

Colgó a toda prisa, porque necesitaba procesar aquella información tan rara. «Me voy a Lyme a echarle una mano a Gertie con la mudanza.» Difícilmente se trataba de una declaración que se prestara a malentendidos.

Si había algo que Nancy no quería que él supiera, algo que hubiese requerido que fingiera estar en Dorset con Gertie, sin duda tendría un motivo, ¿no? Teddy sabía que Nancy era capaz de mentir con soltura de ser necesario, pero no era una persona furtiva; todo lo contrario, de hecho. A veces, él tenía la sensación de que la intimidad de su matrimonio se basaba en que Nancy hubiese infringido la Ley de Secretos Oficiales. Cuando regresó de «Dorset», Teddy no le preguntó nada a excepción de:

—¿Qué tal la mudanza?

A lo que ella respondió:

—Bien, ha ido todo bien.

—¿La casa nueva de Bertie es bonita, entonces?

—Ajá. Muy bonita —contestó ella de manera distraída.

Teddy lo dejó ahí, pues no quería que pareciera que la sometía a un interrogatorio. Decidió esperar y ver si surgía algo de aquella omisión. El adulterio no estaba muy arriba en su lista de sospechosos, se le hacía casi imposible pensar que Nancy fuera de la clase de mujer que engañaría a su marido. Siempre la había considerado —y aún la consideraba— irreprochable, escrupulosa tanto a la hora de pensar qué era lo correcto como a la de hacerlo. Nancy no era de las que fingían inocencia. Pero lo cierto es que tampoco era de las que daban información errónea. Si le había mentido, tenía que tratarse de una mentira basada en principios utilitarios. Quizá hubiera una sorpresa oculta en el fondo de aquel número de prestidigitación…, ¿un regalo de cumpleaños o una reunión familiar? Con Sylvie muerta y la Guarida del Zorro vendida no parecía que quedara nada para volver a congregar a toda la familia Todd. Teddy y sus incondicionales hermanas, Ursula y Pamela, nunca parecían estar juntos en el mismo sitio al mismo tiempo, excepto por los funerales. Bodas, no; por lo visto ya no había bodas, ¿por qué sería?

—Porque estamos entre dos generaciones —comentó Nancy—. No tardará en tocarle el turno a Viola.

Viola era la flecha solitaria que ellos habían lanzado a ciegas hacia el futuro, sin saber dónde aterrizaría. Deberían haber apuntado mejor, se dijo Teddy mientras la observaba (tras haber evitado el matrimonio con Dominic, el padre de sus hijos) casarse finalmente en el Ayuntamiento de Leeds con Wilf Romaine, una chapuza de matrimonio como no había otra.

—Le gusta empinar el codo, ¿no? —comentó con cautela Teddy cuando Viola le presentó a su «nuevo hombre».

—Si eso es una crítica —espetó Viola—, y ya me dirás cuándo has hecho otra cosa que encontrarme defectos, ya puedes metértela donde te quepa.

Ay, Viola.

Cuando Nancy volvió a marcharse, esta vez para encontrarse con Millie en el Distrito de los Lagos, Teddy se prometió no andar espiándola como un detective privado de medio pelo. Desde su regreso de Dorset no había habido indicios de regalo de cumpleaños ni de reunión familiar, pero eso no probaba que ocurriese algo turbio. Resistió la tentación de levantar el auricular y llamar al piso de Millie para comprobar si estaba allí, pero debió de contagiarle su inquietud a Viola, que se pasó todo el tenso lapso que Nancy estuvo ausente gruñendo: «¿Cuándo vuelve mamá?». Se engañó a sí mismo con que eso le daba una razón legítima para seguirle la pista a su insatisfecha mujer.

—Ah, hola, Teddy —dijo Millie con total naturalidad—. Hacía siglos que no hablaba contigo.

—Entonces, ¿no estás en los Lagos con Nancy? —le preguntó él sin rodeos, sintiéndose furioso de repente. Y con razón, ¿no?

Transcurrió un instante de silencio antes de que Millie respondiera.

—He vuelto ahora mismo. De hecho, acabo de acompañarla al tren para volver a casa contigo.

Era actriz, y nunca había sido tan buena en el escenario como en ese momento, pensó Teddy. No tenía sentido que Nancy hubiese recorrido todo el camino hasta Brighton antes de volver a casa, pero no tenía forma de probar que eso era lo que había hecho. O lo que no había hecho. Cayó en la cuenta de que nunca había sentido celos hasta entonces, cuando el detective privado de medio pelo asomó la fea cabeza y preguntó:

—¿Y qué tal los Lagos, Millie? ¿Qué habéis hecho exactamente?

—Oh, ya sabes —contestó ella con tranquilidad—. La casa de Wordsworth y todo eso.

¿No le contó Millie esa conversación a Nancy? Desde luego su mujer parecía ignorar alegremente que Teddy había dudado de ella al declarar su intención de visitar a Bea. (¿Conspiraban acaso todas las hermanas en aquel engaño? ¿Incluso Gertie la bonachona y Winnie la matrona seria y responsable?)

Lo que sentía Teddy no era contención, sino parálisis. No podía preguntarle a Nancy qué estaba pasando (lo más lógico) porque la respuesta sería una mentira o bien una verdad que no quería oír. De manera que iba «a rastras» (esa palabra parecía perseguirlo), aunque ahora todo le parecía empañado por la sospecha. Examinaba con obsesión forense cada matiz de la conducta de Nancy. Por ejemplo, hubo algo sin duda clandestino en el hecho de haberla descubierto una tarde en el pasillo, apoyada contra el papel pintado Anaglypta en la pared y hablando en murmullos por el teléfono para entonces interrumpir en seco la conversación al verlo.

—¿Quién era? —preguntó como si solo sintiera cierto interés.

—Bea, estábamos cotilleando un poco.

O en sus ansias por ser la primera en recoger el correo por las mañanas antes de marcharse en bicicleta a la escuela con Viola. ¿Esperaba algún envío? No, qué va.

En más de una ocasión, Teddy la había sorprendido con una expresión de gran preocupación en la cara o con la mirada perdida mientras revolvía una salsa o preparaba una lección.

«Lo siento, estaba en la Luna» o «Me duele un poco la cabeza», decía; en los últimos meses había empezado a padecer migrañas. A veces él vislumbraba también una fugaz expresión de dolor en su rostro cuando miraba a Viola. Suponía que se debatía entre lo que sentía por su amante y por su hija. Traicionar a tu marido ya era bastante malo, pero traicionar a tu hija era otra cuestión.

Teddy no creía que tuviera intención de visitar Londres ni a Bea. En su imaginación —bastante escabrosa a esas alturas— su mujer ligera de cascos tenía viciosas citas en algún lugar cercano, refugiada quizá en un sórdido hotel en Micklegate. (Eso evocó un recuerdo de la guerra. Una chica de esa zona. Un encuentro lamentablemente disoluto.)

Una vez Nancy se fue para coger el tren con destino King's Cross, Teddy llamó a Ursula y se desahogó, pero en lugar de brindarle comprensión, se mostró dura con él.

—No seas tonto, Teddy, Nancy nunca te sería infiel.

Et tu, Brute?, pensó él; por una vez, su hermana lo había decepcionado.

Según lo planeado, el viernes por la noche un taxi llevó con puntualidad a su esposa errante de vuelta desde la estación. Teddy lo vio detenerse ante la casa y observó cómo pagaba Nancy y el taxista levantaba el capó para sacar su maletita. La vio cansada mientras recorría el sendero de gravilla hasta la puerta. Tal vez la pasión la había dejado exhausta, o bien estaba consternada por haber tenido que abandonar a su amante.

Teddy abrió la puerta mientras ella todavía hurgaba en busca de la llave.

—Oh, gracias —dijo Nancy, pasando de largo para entrar en el recibidor sin siquiera mirarlo. Además, apestaba a tabaco y alcohol.

—¿Has fumado?

—No, claro que no.

Su amante debía de ser fumador, y había dejado su olor en ella. Su rastro.

—Y has bebido —añadió él sintiendo repugnancia.

—En mi vagón todo el mundo fumaba —contestó ella con tono desapasionado—, y sí, me he tomado un whisky en el tren. ¿Te importa? Lo siento, pero estoy agotada.

—Debe de ser por todos esos museos y exposiciones —terció él con sarcasmo.

—¿Cómo? —Nancy dejó la maleta y se volvió para mirarlo con una expresión impenetrable.

—Sé qué está pasando.

—¿De veras?

—Tienes una aventura, y utilizas todas estas excursiones como tapadera.

—¿Excursiones?

—Desde luego debes de pensar que soy muy lento en darme cuenta de las cosas. El pobre y viejo Teddy, que solo va a rastras.

—¿A rastras?

—Sé qué has estado haciendo —repitió Teddy, sintiendo irritación ante el hecho de que no respondiera a sus acusaciones. Si confesaba, si declaraba que la aventura había terminado, él la perdonaría, fue su magnánima decisión. Pero si continuaba mintiéndole, temía hacer o decir algo de lo que no habría vuelta atrás. («Nunca he estado enamorado de ti, ¿sabes?»)

No ayudó que Nancy se limitara a volverse y entrara en la cocina, donde se sirvió un vaso de agua del grifo. Se lo bebió despacio y luego dejó con cautela el vaso vacío en el escurridero.

—Lo sé todo —dijo él, furioso pero tratando de no levantar la voz, porque Viola estaba durmiendo en el piso de arriba.

Nancy lo miró con cara de tristeza.

—No, Teddy. No lo sabes. No sabes nada.

1942-1943

La guerra de Teddy

Experiencia

—Veinte minutos para la aproximación al objetivo, comandante.

—Recibido, navegante.

Se habían abierto paso entre el fuego de artillería de las defensas costeras y seguido fielmente el ángulo del plan de vuelo sobre territorio ocupado antes de atravesar la ancha franja de reflectores que rodeaba la cuenca del Ruhr. Encontraron pocas nubes en la ruta y de vez en cuando vislumbraban luces debajo: una fábrica en funcionamiento o un apagón antiaéreo que no se cumplía estrictamente. En más de una ocasión los enfocaron con linternas o focos y, mientras sobrevolaban Holanda, Norman Best, su callado ingeniero de vuelo, interpretó en voz alta el código Morse de alguien que les transmitía sus buenos deseos desde abajo: punto-punto-punto-raya. La V de victoria. Era un mensaje tanto de fe como de consuelo que veían con frecuencia.

—Gracias, amigo, quienquiera que seas —oyó decir Teddy al artillero de cola.

Aunque el artillero en cuestión era un escocés escuálido y pelirrojo de dieciocho años bastante parlanchín, hacía un esfuerzo por limitar su locuacidad a cuando estaban en tierra. La tripulación de Teddy sabía que él prefería el silencio a través del intercomunicador de a bordo a menos que hiciera falta decir algo. Era demasiado fácil ponerse a charlar, en especial en el vuelo de regreso cuando todos estaban más relajados, pero incluso un solo instante de distracción, sobre todo en el caso de los artilleros, y se acabó. Fin de la historia.

Teddy sintió lo mismo que su artillero de cola por el holandés —u holandesa— anónimo de allí abajo. Sentaba bien saber que alguien apreciaba lo que hacían allá arriba. Estaban tan aislados de la tierra —aunque la estuviesen destrozando con sus bombas (en particular cuando la destrozaban con sus bombas)— que a veces se les olvidaba que había naciones enteras para las que ellos eran la última esperanza.

—Ya veo los indicadores de blancos descendiendo, comandante, veinte millas al frente, rojo cereza.

—Recibido, bombardero.

Era la última operación de su período de servicio y los malos presentimientos les crispaban los nervios. Habían llegado a esa noche contra todo pronóstico, y se preguntaban si el destino podía ser tan cruel como para haberles dejado llegar tan lejos y ahora mandarlos al cuerno. (Sí que podía. Bien que lo sabían.)

—Solo una más, Jesús, solo una más —había oído musitar Teddy a su ateo bombardero australiano mientras esperaban en la pista de despegue la señal luminosa verde.

Había costado lo suyo llegar a las treinta requeridas. Algunas misiones de combate únicamente se consideraban el tercio de una operación. Las misiones de «jardinería» —el acto de plantar minas en los canales navegables holandeses o ante las costas frisias— o el ataque de objetivos en Francia solo contaban eso, un tercio. La Francia ocupada se consideraba un país «amigo», pero, amigo o no, aún estaba lleno de alemanes que trataban de abatir sus aviones. Cierto que era más probable que resultaras muerto en un bombardeo sobre Alemania («Cuatro veces más probable», según la chica que Ursula conocía en el Ministerio del Aire), pero aun así te jugabas la vida. Era inicuo, pensaba Teddy. O, por expresarlo con el lenguaje más directo de su bombardero, «injusto de la hostia». Keith fue la primera persona con la que Teddy integró una tripulación en la Unidad Operativa de Instrucción.

La de formar una tripulación fue una cuestión inesperada que les pilló en gran medida por sorpresa. Se hacía simplemente que todos los componentes —pilotos, navegantes, operadores de radio, bombarderos y artilleros— se reunieran en desorden en un hangar, y el comandante de la base les decía: «Bueno, chicos, organizaos en grupos como mejor podáis», como si alguna misteriosa fuerza de atracción fuera a formar mejores tripulaciones de bombarderos que cualquier procedimiento militar. Y, por extraño que fuera, parecía resultar cierto, al menos por lo que Teddy veía.

Habían circulado sin rumbo durante un rato cual bandada de gansos en un corral a la hora de comer, un poco avergonzados por lo que se les exigía.

—Esto es como un puto salón de baile en el que esperas que alguna chica te mire —dijo Keith acercándose a Teddy, y se presentó—: Keith Marshall, soy bombardero. —Su uniforme azul oscuro revelaba que era australiano.

Teddy quería buscar primero un navegante, pero le gustó la pinta de Keith, y si la guerra le estaba enseñando algo era que a menudo podías adivinar la personalidad de un hombre por su aspecto, por la expresión de sus ojos, por una mirada aquí y allá, aunque en general era algo indefinible, y se preguntaba si había sido esa inaprensible cualidad la que hizo que Keith se ganara al instante su simpatía. Eso y, por supuesto, el hecho de que había oído decir a un instructor de vuelo que era «un buen tipo que sabe qué tiene entre manos». Lo cual resultaría cierto. Keith había suspendido como piloto («No conseguí aterrizar el puto trasto»), pero sacó la mejor nota de la clase en los cursos de bombardeo.

Aunque los australianos tenían fama de bravucones, Keith parecía un tipo formal, con aquella expresión meditabunda en los ojos azules. Tenía veinte años, se había criado en una granja de ovejas, y, suponía Teddy, pasado buena parte de su vida contemplando un horizonte distante bajo un sol abrasador, tan distinto de los campos verdes y suaves de su propia infancia. Se figuraba que eso daba forma a la imagen que se tenía de la vida.

Keith decía que estaba deseando ver mundo, «aunque solo sea el Tercer Reich en llamas».

Se dieron un apretón de manos, como caballeros, y Keith dijo:

—Bueno, comandante, más vale que espabilemos, o tendremos que conformarnos con las feas del baile.

Esa fue la primera vez que un miembro de su tripulación (¡su tripulación!) lo llamaba «comandante». Se sintió como si por fin hubiese ocupado el puesto que le correspondía.

Recorrieron el hangar con la mirada y Keith dijo:

—¿Ves a ese tipo de ahí, junto a la pared, el que se ríe de algo? Es un operador de radio. Anoche me tomé una copa con él y me pareció muy decente.

—Vale —contestó Teddy. Parecía una recomendación tan buena como cualquier otra.

El operador en cuestión era un chico de diecinueve años de Burnley llamado George Carr. Teddy ya había presenciado cómo se ofrecía a arreglar la bicicleta de alguien, la desmontaba por completo con entusiasmo y la volvía a ensamblar, para entonces ofrecérsela al dueño diciendo: «Toma, apuesto a que está mejor que nueva». Según decía, le gustaba arreglar cosas, lo cual no dejaba de parecer un rasgo útil en un operador de radio.

A su vez, George señaló a un artillero para ellos, de nuevo un conocido de una noche de copas en la cantina. Se llamaba Vic Bennett, era de Canvey Island y tenía una sonrisa dentuda (poseía la peor dentadura que Teddy había visto nunca), y una vez que se hubieron presentado, le hizo señas a un «amigo», suponía Teddy, que había estado en su mismo curso de artillería.

—Es más listo que el hambre —dijo—. Con los reflejos de una rata. Y hasta se parece un poco a una. Una rata pelirroja.

Se trataba del escocés parlanchín.

—Kenneth Nielson, pero todo el mundo me llama Kenny.

«Sigo sin tener navegante», se dijo Teddy, desconcertado ante la rapidez con que había perdido el control en la selección. El asunto se parecía un poco al juego del teléfono descompuesto, o quizá al de la gallina ciega.

«¿Cómo se distingue a un buen navegante?», se preguntó paseando la vista por el hangar. Alguien con la cabeza en su sitio, aunque esa era una cualidad que les hacía falta a todos, ¿no? Que hincara los codos, que se concentrara solo en su trabajo. Detrás de él oyó el tono lento e imperturbable de un acento canadiense. Se volvió y, tras haber identificado al propietario de la voz, reparó en su insignia de navegante.

—Soy Ted Todd —se presentó—. Un piloto en el mercado que anda en busca de un buen navegante.

—Yo soy bueno —respondió el canadiense encogiéndose de hombros—. Lo suficiente, al menos.

Se llamaba Donald McLintock. Mac, por supuesto. A Teddy le caían bien los canadienses, en el tiempo que llevaba allí había averiguado que eran dignos de confianza y poco dados a neurosis o a tener una imaginación demasiado activa, ambos aspectos poco recomendables en el caso de un navegante. Y oír aquel acento le recordó vivencias entrañables de los grandes cielos abiertos en los que había aprendido a volar en aviones Tiger

Moth y Fleet Finch, aleteando sobre la planicie desigual de Ontario. Eran aparatos pequeños y frágiles en comparación con los Anson y Harvard con los que se había graduado, por no hablar de los enormes Wellington con los que se adiestrarían en la Unidad Operativa de Instrucción. «Conductores de autobús», llamaban con desdén los pilotos de cazas a los pilotos de bombarderos, pero a Teddy le parecía que los autobuses ganarían la guerra.

—Bienvenido a bordo, navegante —dijo.

Hubo más apretones de manos de caballeros. «Menudo grupo variopinto formamos», se dijo Teddy. La verdad es que le gustaba.

—Ahora solo nos hace falta un «neozelata» como ingeniero de vuelo —soltó Keith como si le hubiera leído el pensamiento—, y esto ya será como la maldita Sociedad de Naciones.

No consiguieron un «neozelata» sino a Norman Best, de Derby, un muchacho tímido salido de un instituto de secundaria selectivo y con un título de idiomas y firmes creencias cristianas, aunque eso no pasaría hasta que llegaran a su Unidad de Conversión de Bombarderos Pesados, así que de momento eso fue todo. Eran una tripulación. Así, por las buenas. A partir de entonces beberían juntos, comerían juntos, volarían juntos y sus vidas estarían en las manos de los otros.

Aquella primera noche tras haber formado la tripulación fueron a emborracharse, como obligaba la tradición. El espíritu igualitario dictaba que cada uno de ellos debía pagar una ronda, de modo que seis pintas de cerveza más tarde volvieron dando tumbos a los barracones, más beodos que lores y declarando su imperecedera amistad. Teddy no había estado tan ebrio en toda su vida, y aquella noche, tendido en su litera con la habitación dándole vueltas, comprendió que tampoco se había sentido nunca tan eufórico. O por lo menos desde hacía mucho tiempo, desde que era niño, quizá. Estaba a punto de vivir una aventura.

A excepción de Teddy, todos eran suboficiales. Por lo que sabía, las únicas razones de que él tuviera la graduación de oficial era que había asistido a la escuela y la universidad que tocaba y que, cuando se lo preguntaron, contestó que sí, le gustaba el críquet, aunque en realidad tampoco le gustaba mucho, pero había advertido que reconocerlo no habría sido la respuesta correcta. Y por eso estaba ahí ahora, meses después, en pleno vuelo a Duisburg, como líder de hombres, amo y señor de su destino y comandando su alma y un Halifax cuatrimotor y grande de narices con la inquietante tendencia a ladearse hacia la derecha en el despegue y el aterrizaje.

—Diez minutos para llegar al objetivo, comandante.

—Recibido, navegante. Diez minutos para alcanzar el objetivo, bombardero.

—Recibido, comandante.

En el aire se dirigían unos a otros por sus funciones, pero en tierra era su propia identidad la que los definía: Ted, Norman, Keith, Mac, George, Vic y Kenny. Como compañeros de juegos en un libro de aventuras, pensaba Teddy. Dos de los «colegas» de Augustus se llamaban Norman y George, pero el Augustus de Izzie y sus adláteres seguían teniendo once años, eran jóvenes para siempre, e invertían el tiempo en sus catapultas, en pescar pececitos de agua dulce y asaltar la despensa en busca de tarros de mermelada, que por alguna razón parecían considerar el santo grial de los alimentos. La creación de Izzie y su grupo de valientes compañeros estaban poniendo en ese momento «su granito de arena» en *Augustus y la guerra*: reunían papel llevándose los periódicos de la gente de los buzones y recuperaban restos de metal birlando cazos y sartenes de los indignados vecinos de los Swift. («Una sartén no es un resto», dijo una exasperada señora Swift. «Pero es para la guerra —protestó Augustus—. Siempre andas diciendo que tenemos que dar cosas. Pues yo doy las sartenes de la gente.») El Augustus de Izzie, pensó Teddy con cierto rencor, no tenía que lidiar con el fuego antiaéreo ni preocuparse de que un Messerschmitt descendiera hacia él cual hambrienta ave de presa.

Su propio Augustus —su doble adulto, tal como él lo imaginaba— estaría casi sin duda eludiendo la vida en las fuerzas armadas. Tal vez se dedicaba al estraperlo, a sacar provecho de la guerra, y vendía alcohol y pitillos y cualquier otro producto sobre el que pudiera poner sus sucias manos. («Ahí tienes, jefe, serán diez chelines del ala. Y recuerda, punto en boca.»)

Avanzaban de manera penosa entre el fuego antiaéreo, azotados de manera continua por fogonazos de proyectiles y aceitosas bocanadas de humo gris, aunque el ruido de los ensordecedores motores Merlin de su propio avión sofocaba el ruido de las explosiones.

—Ojo avizor, todo el mundo —dijo Teddy.

A lo lejos veía descender una lluvia de bombas incendiarias, de las que probablemente se estaba deshaciendo un avión que trataba de ganar altura. Con eso solo conseguía proporcionar una iluminación muy útil a los cazas alemanes que volaban sobre el enorme enjambre de bombarderos pesados y que dejaban caer indicadores de blancos —muy bonitos, como arañas de luces— que parecían flotar en el aire, creando un radiante corredor por el que tenía que volar el desafortunado bombardero. Al cabo de unos segundos, el avión se convirtió en una enorme bola de fuego rojo sangre que escupía humo negro.

—Anota eso, navegante —dijo Teddy.

—Recibido, comandante.

Habían despegado tarde. Como tripulación experimentada, lo normal habría sido que volaran cerca de la cabeza de la formación, pero habían tenido problemas con el motor interior a babor, y en lugar de que el suyo fuera el primer avión en despegar de su escuadrón, fue el último, y se encontraban en la cola del enjambre cuando llegaron al punto de encuentro sobre Flamborough Head.

—Bueno, alguien tiene que cerrar la retaguardia —dijo Teddy en un vano intento de animar a su desmoralizada tripulación. Todos sabían que volar rezagados los volvía un blanco más fácil para los cazas, que eran un nítido puntito luminoso en el radar alemán en lugar de formar parte de la protectora bandada.

Un enjambre de bombarderos entrañaba sus propios horrores, por supuesto. Algún tiempo antes en su período de servicio habían formado parte del ataque aéreo de mil aviones de Harris a Colonia. En una gran armada como aquella, te encontrabas bamboleándote en la estela de otro mientras no parabas de preguntarte dónde estaban los demás. A Teddy le había parecido que el mayor peligro no procedía de los cazas alemanes ni del fuego antiaéreo, sino de su mismo bando. Se habían dispuesto en capas, con los lentos Stirling debajo, los Lancaster con su alto techo de servicio arriba de todo, y los Halifax proporcionando el relleno del sándwich. La velocidad, altura y posición exactas de cada aparato estaban predeterminadas, pero eso no significaba que todos estuvieran donde se suponía que debían estar.

En un punto determinado de la ruta, otro Halifax les pasó por encima con solo unos veinte pies de espacio libre, una gran forma oscura como una ballena pero con opérculos al rojo vivo. Y después, en la aproximación al objetivo, Vic Bennett, en la torreta dorsal, empezó a dar alaridos porque tenían un Lancaster encima que acababa de abrir las compuertas de bombas, y Teddy tuvo que virar bruscamente con la preocupación de que ellos no chocaran a su vez con otro aparato.

Presenciaron una colisión peligrosamente cerca cuando un Halifax que tenían a babor cruzó el enjambre y un Lancaster se estampó contra él. Su propio avión —el *J-Jig*, antes de que lo perdieran— se bamboleó a causa de la tremenda explosión. De los tanques de combustible en las alas del Lancaster se elevaron blancas cortinas de llamas, y Teddy les gritó a sus artilleros que no miraran, no fueran a quedarse sin visión nocturna.

Encontrar Colonia no supuso un problema. Al llegar, el objetivo ya estaba ardiendo, con llamas rojas y humo sucio por todas partes que ocultaban los indicadores de blancos, de modo que se dirigieron al centro del mayor de los fuegos, soltaron sus bombas y viraron para alejarse. Cada vez que lo rememoraba, a Teddy le parecía un ataque sin incidentes, pese a la colosal envergadura de la empresa, y a decir verdad apenas recordaba ya los detalles. Le daba la impresión de haber vivido muchas vidas. O quizá tan solo la noche interminable para la que, según Blake, algunos nacían.

Y el tiempo en sí tenía una dimensión distinta. Antes era como un mapa muy vasto, interminable al parecer, que se hubiera desplegado ante él y sobre el que hubiera podido decidir qué dirección seguir. Ahora el mapa solo se iba desenrollando a sus pies paso a paso, y en cualquier momento podía desaparecer.

—Yo sentía lo mismo en el momento álgido de los ataques sobre Londres —diría Ursula en un intento de decodificar tan tortuosa metáfora cuando se vieron durante el primer permiso de Teddy.

Les daban seis días libres cada seis semanas y decidió pasarlos en Londres y no en la Guarida del Zorro. Ni siquiera le dijo a Sylvie que tenía permiso.

—Antes de la guerra —continuó Ursula—, todos los días eran prácticamente iguales, ¿a que sí? En casa, a la oficina, en casa otra vez. Cómo entorpece la rutina los sentidos. Y entonces, de pronto, tienes la sensación de estar viviendo al límite de su propia vida, como si nunca supieras si está a punto de precipitarse o volar.

Teddy advirtió que ninguna de las dos posibilidades parecía entrañar un aterrizaje suave.

—Supongo que sí —respondió, comprendiendo que no tenía ni idea de qué decía, y que en realidad no le importaba gran cosa. Él llevaba una vida cara a cara con la muerte. Era una reducción bastante simple, para qué erizarla de lenguaje figurativo.

—Ocho minutos para alcanzar el objetivo, comandante.

—Recibido, navegante.

—Permaneced en alerta, artilleros.

—Sí, comandante.

—Recibido, comandante.

Los artilleros no necesitaban el recordatorio, solo era una forma de mantenerlos a todos en contacto. Sabía que andaban recorriendo el cielo con sus ametralladoras, siempre vigilantes. Apenas habían abierto fuego en todo el período de servicio. En cuanto empezabas a disparar te convertías en blanco. Un caza podía pasarte por alto con facilidad en la oscuridad, pero si dejabas un rastro de hebras rojas de munición trazadora que llegaba hasta tu puerta, no tardarían en descubrirte. Y los grandes cañones del enemigo harían mucho más daño del que podían hacer tus propias y endebles ametralladoras Browning. En esencia, los artilleros eran vigías. Había artilleros que pasaban un período de servicio entero sin disparar una sola ráfaga.

El médico con quien estaba casada su hermana Pamela le había hablado a Teddy acerca de unos datos que había leído sobre experimentos en cámaras de oxígeno, y le contó que este ayudaría a mejorar la vista de los artilleros, que era además lo primero que perderían si empezaban a padecer de falta de oxígeno. Después de eso, Teddy había dispuesto que a sus artilleros se les administrara oxígeno desde el despegue hasta el aterrizaje.

Se hallaban en medio de una zona fuertemente defendida. Tenían delante una cortina gris de humo de las descargas de artillería antiaérea, una cortina de explosivos que debían atravesar.

Comparado con los enjambres de mil bombarderos, el de esa noche era más o menos modesto, de unos doscientos aparatos, doce de su propio escuadrón, todos dirigiéndose en su holgada formación hacia el Ruhr, el Valle Feliz.

Habían visto un Lancaster derribado por un caza, alcanzado en el ala; lo vieron caer cual hoja de fuego. Y vieron también cómo un Halifax igual que el suyo era captado por el radar antiaéreo cuando cruzaba las defensas del Ruhr. Se quedó atrapado en el haz de luz azul de un reflector maestro, y todos observaron sin hacer comentarios cómo sus esclavos, los reflectores manuales, giraban cual autómatas desalmados hacia su presa y lo capturaban en una cegadora luz blanca para que las baterías abrieran fuego, implacables. El bombardero entró en barrena a la desesperada, pero los haces de los reflectores no le dieron tregua, y la cerrada descarga de artillería debió de alcanzarlo, porque lo vieron explotar en una gran bola de fuego.

—Anota eso, navegante —dijo Teddy con tono desapasionado—. ¿Ha visto alguien paracaídas?

Varios «no» en murmullos a través del intercomunicador de a bordo, un «pobres cabrones» de Keith, tendido boca abajo en el morro del avión, listo para la aproximación. Siempre era impresionante ver caer un aparato, pero no había tiempo para darle muchas vueltas. No era el tuyo, eso era lo importante.

«Si nos toca —rogó Teddy—, que sea instantáneo; la bola de fuego, no la caída.» Más que morbosos, sus pensamientos eran fatalistas. Lo último que su tripulación necesitaba en ese momento —en cualquier momento— era un comandante desanimado. En especial esa noche, con lo nerviosos que estaban. Y se dijo que parecían exhaustos, presas de algo más que mero cansancio. Comprendió que en realidad parecían viejos. Y sin embargo Keith acababa de celebrar los veintiún años con una fiesta escandalosa en la cantina de suboficiales. Había cierta inocencia en todas sus celebraciones, como si fueran niños traviesos en una ruidosa fiesta infantil. Las huellas de hollín en el techo, la letra subida de tono de los canturreos en torno al piano una vez que las chicas de la Fuerza Aérea Auxiliar Femenina, la FAAF, se iban a dormir (a veces había un par de valientes que se quedaban). Al fin y al cabo, no era muy diferente de lo de Augustus y sus pequeños colegas.

Sylvie, que pecaba de cierta inclinación a una impuntualidad indolente, tenía siempre adelantados diez minutos los relojes de la Guarida del Zorro (una práctica que tendía a llevar a la confusión, más que a la puntualidad). Teddy pensó ahora que cuánto mejor habría sido que alguien hubiera atrasado su reloj, que los hubieran hecho creer que aquella era su vigesimonovena misión de combate y no la trigésima, liberándolos así de sus sombrías premoniciones.

Para empeorar las cosas, tenían un segundo copiloto a bordo. Se trataba de un piloto novato que llevaba a cabo su vuelo de iniciación. Era una práctica habitual embarcar a un neófito con una tripulación experimentada para que echara «un vistazo» antes de que emprendiera misiones con su propia tripulación, pero por alguna razón un segundo copiloto verde se consideraba gafe. Según Teddy, era una creencia sin sentido. Su propio bautismo de vuelo se llevó a cabo en una misión para bombardear los muelles de Wilhelmshaven a bordo del *C-Charlie* con una tripulación que realizaba su duodécima operación y que apenas reconoció su existencia, como si ignorándolo pudieran fingir que no iba en la carlinga, en el diminuto espacio tras los pilotos. Si bien el *C-Charlie* volvió sin haber sufrido casi daños —unos cuantos agujeros del fuego antiaéreo y un motor parado—, la tripulación continuó evitándolo incluso después de que hubieran aterrizado, como si pudiese contaminarlos de algún modo. No ocurrió así con su propia tripulación, cuyos miembros se mostraron encantados de que hubiese vuelto «sano y salvo», y luego celebraron el hecho con una parranda de las grandes en un pub de la zona, con la dotación de tierra incluida. El Black Swan, al que todos llamaban el Mucky Duck, tenía un dueño muy complaciente que permitía a los tripulantes apuntar las copas en la cuenta aun sabiendo que muchos de ellos nunca las pagarían. Más que nada porque estarían en el otro barrio.

Durante el segundo período de servicio de Teddy, hubo una tripulación de niñatos —su avión era el *W-William*— que perdió a su piloto en su bautismo de vuelo con otra tripulación. Les asignaron un sustituto de inmediato, que emprendió a su vez el vuelo de iniciación y tampoco volvió. (Quizá sí que daban mala suerte, al fin y al cabo.) A esas alturas los muchachos de la tripulación sin piloto estaban fuera de sí, como perros ansiosos, de modo que, cuando les pusieron un tercer piloto (comprensiblemente nervioso), Teddy se llevó a la tripulación entera en su primera operación juntos, con el nuevo piloto en el asiento trasero del *W-William*, su propio avión. Fue un ataque duro sobre Berlín que requirió el máximo esfuerzo, y no se amilanaron ni mucho menos.

Tras aterrizar, estaban exultantes.

—Bien hecho, chicos —dijo Teddy.

Y eran chicos, desde luego, pues ninguno de ellos pasaba de los veinte. Lo invitaron a tomar una copa con ellos en la cantina de suboficiales; según dijeron, al fin y al cabo formaba parte de su tripulación. Teddy fue, pero se retiró temprano. «Una retirada a tiempo es una victoria», le escribió a Ursula, sabedor de que era uno de sus aforismos favoritos.

«No siempre», contestó ella.

El *W-William* estaba en el orden de batalla del día siguiente, con la misión «de jardinería» relativamente segura de plantar minas ante Langeoog, en la costa de Frisia oriental. Teddy sintió una tristeza mayor de la habitual al leer al día siguiente la familiar entrada en el diario de operaciones de vuelo. «Este aparato despegó a las 16.20 horas y no ha regresado. Por tanto, se da por desaparecido.» Después de la guerra le costaría muchísimo observar el mar del Norte sin considerarlo un gigantesco cementerio acuático, lleno de la herrumbre y el fuselaje de los aviones y de cuerpos jóvenes.

En su siguiente misión de combate, el *C-Charlie*, cuya tripulación se había llevado tiempo atrás a regañadientes a Teddy como segundo copiloto, se quedó sin combustible mientras buscaban dónde aterrizar en medio de la niebla y se estrelló en los páramos cerca de Helmsley. «Era su decimotercera operación», dijo Vic Bennett como si eso lo explicara todo. Era el más supersticioso de todos. Cuando emprendieran el vuelo en su propia decimotercera operación, a Stuttgart —y un viernes, nada menos—, le pediría al capellán una bendición especial para su pobre y viejo *J-Jig*, y este, un tipo jovial y atento, se la daría encantado.

Los tripulantes creían que las cinco primeras operaciones y las cinco últimas eran las más peligrosas, pero, que Teddy supiera, las leyes de la probabilidad se aplicaban todas las veces. Solo una de cada seis tripulaciones llegaba a completar su primer período de servicio. (Se dijo que nunca hasta ese momento, ni desde entonces, habría tanta gente obsesionada hasta ese punto con las estadísticas.) No necesitaba la información de la chica que Ursula conocía en el Ministerio del Aire para saber que tenían muy pocas probabilidades. Al principio de aquel período de servicio, de haber sido jugador, que no lo era, no habría apostado a que vivirían para conocer a sus nietos; ni a sus hijos, ya puestos, pues ni siquiera habían llegado aún a esa etapa en sus vidas. Ninguno estaba casado y, según los cálculos de Teddy, al menos la mitad de ellos eran vírgenes cuando los conoció. ¿Seguía siéndolo alguno ahora? No lo sabía. Vic Bennett no, él estaba comprometido con una chica que se llamaba Lillian (Lil) de la que no paraba de hablar, incluido todo lo que «llegaban a hacer».

Vic iba a casarse con Lillian la semana siguiente, estaban todos invitados. Teddy pensaba que Vic no debería haber hecho planes. Él mismo ya no los hacía. Solo existía el ahora, al que le seguía otro ahora. Si tenías suerte. («Menudo monje budista fantástico serías», dijo Ursula.)

—Si echas un vistazo al porcentaje de pérdidas —había dicho la chica que Ursula conocía en el ministerio mientras sorbía con remilgo un pink gin—, matemáticamente hablando, la muerte es inevitable.

Ursula le dirigió una mirada furibunda, y la chica se apresuró a añadir que había otras formas de considerar las cifras. Teddy la conoció durante un permiso que tuvo después, en mayo. Fueron los tres a tomar una copa y luego a bailar al Hammersmith Palais. Teddy no lo pasó bien, tuvo la sensación de que cada vez que la chica del Ministerio del Aire lo miraba veía una serie de tablas actuariales.

¿Estaba al corriente Nancy de los fríos cálculos mortales en el Mando de Bombardeo? Probablemente no. Se encontraba arrebujada en algún sitio, a salvo en el clínico refugio de un puesto en inteligencia. Intentaban organizar un encuentro en Londres en cuanto el período de servicio de Teddy hubiera acabado. Le había escrito: «Quizá podría ir yo también a la boda de tu colega, ¿no? ¿Puedes arreglártelas para que me inviten? ¿O las novias se consideran excedentes?». A Teddy no le pareció adecuado el tono de aquella carta. El uso desafortunado de la palabra «colega», por ejemplo. Vic Bennett no era un «colega». Era una parte de Teddy, como un brazo o una pierna. Era un amigo, un compañero, un camarada. Si la civilización sobrevivía —y eso estaba ahora en entredicho—, ¿lo haría como una sociedad de iguales? ¿Una nueva Jerusalén llena de niveladores y cavadores? Y no era solo en la RAF, por supuesto, donde las barreras de clase se habían venido abajo al verse todos obligados a trabajar hombro con hombro. Teddy se codeaba con hombres —y mujeres— con los que nunca se habría topado en un mundo de internado privado, Oxbridge y banca. Quizá fuera su comandante, tal vez fuera responsable de ellos, pero no era mejor que ellos.

Había quemado la carta de Nancy en la estufa de su barracón. Siempre andaban cortos de combustible.

—Cuatro minutos para alcanzar el objetivo, comandante.

—Recibido, navegante.

—Cuatro minutos para alcanzar el objetivo, bombardero.

—Recibido, comandante.

—Ese maldito motor interior a babor sigue sin andar muy fino, comandante —dijo Norman Best.

El indicador de presión en la bomba de combustible llevaba parpadeando todo el vuelo, como si tuviera vida propia. Era el mismo motor que había retrasado el despegue, y Norman llevaba un buen rato controlándolo con desconfianza. Pues menos mal que habían salido tarde, dijo Vic Bennett. Él, cómo no, se las había apañado de algún modo para olvidar su amuleto de la buena suerte, y había convencido a la conductora de la FAAF que los acompañó hasta el área de dispersión de que lo llevara de vuelta a la zona de descanso de los tripulantes para recuperarlo mientras el personal de tierra trabajaba en el motor averiado. Aquellos eran los héroes olvidados de la «brigada de la llave inglesa»: los montadores, técnicos y mecánicos. Suboficiales o simples soldados rasos, trabajaban día y noche hiciera el tiempo que hiciese. Despedían a los tripulantes cuando salían y les daban la bienvenida a su regreso. Podían quedarse fuera toda la noche, en sus barracones en la expuesta área de dispersión, esperando a que «su» avión regresara sano y salvo. Ellos no se andaban con amuletos, solo despedían a todos antes del despegue con civilizados apretones de manos y un «Nos vemos por la mañana».

El fetiche particular de Vic Bennett consistía en unas braguitas de satén rojo de su prometida, Lil. Llevaba esas «innombrables», como él las llamaba, dobladas con pulcritud en el bolsillo de su uniforme de campaña en cada vuelo.

—Si conseguimos llegar a su boda —comentaba Keith—, sé qué estaremos pensando todos cuando la sonrojada novia recorra el pasillo.

—Seré yo el que se sonroje —respondía Kenny Nielson.

La suerte lo era todo. «No es ninguna dama —decía Keith—, sino una condenada fulana.» En la base, la superstición era galopante. Todos en el escuadrón parecían tener su propio fetiche: un mechón de pelo, un san Cristóbal, un naipe, la consabida pata de conejo. Había un sargento de vuelo que siempre cantaba «La donna è mobile» en la zona de descanso mientras se ponían la ropa de vuelo, y otro que tenía que calzarse la bota izquierda antes de la derecha. Si olvidaba hacerlo, tenía que quitarse todo el equipo y volver a empezar. Este último sobrevivió a la guerra. El sargento de vuelo que cantaba «La donna è mobile» no lo hizo. Y tampoco cientos de hombres más con sus estrafalarios ritos y ceremonias. Los muertos eran legión y los dioses tenían su propia agenda secreta.

Keith no tenía una mascota, pues aseguraba que su familia entera tenía «los cables cruzados», que su suerte funcionaba al revés, y que probablemente él podría pasar bajo una escalera con una docena de gatos negros pasándole por delante y no le sucedería nada. Sus antepasados presidiarios eran gitanos irlandeses, deportados a Australia por su vida errante.

—Bueno, tal vez no fueran auténticos gitanos —decía—. Supongo que solo granujas y vagabundos.

Kenny Nielson era el último de diez hermanos, «el peque», y su mascota de la suerte era un maltrecho gatito negro —solo uno— hecho con pedazos de fieltro que una de sus muchas sobrinas había cosido entre sí con bastante torpeza. Era un bicho lamentable que parecía haberse pasado casi toda la vida en la boca de un perro.

Y el amuleto de Teddy, sí, era la liebre plateada que le había dado Ursula, y que al principio había tratado con indiferencia pero que ahora volaba en cada misión arrebujada en el bolsillo de su uniforme de campaña, sobre su corazón. Sin ser consciente de ello había establecido su propio ritual: tocaba la liebre como si fuera una reliquia antes del despegue y después del aterrizaje, con una silenciosa plegaria y agradecimiento. Lo cierto es que no podía notar a la criaturita inanimada a través de las gruesas capas de la pelliza de aviador y el chaleco hinchable. Pero sabía que estaba ahí, haciendo en silencio todo lo posible por mantenerlo a salvo.

Se paseaban de aquí para allá con aire taciturno mientras esperaban a que la auxiliar trajera de vuelta a Vic. George Carr se comió su ración de chocolate, como de costumbre. Todos guardaban la suya para después, pero George decía que podía morir durante el ataque y «no llegar a disfrutarla». Según él, durante su infancia en Lancashire había escaseado el chocolate.

Fumaron el último pitillo hasta al cabo de unas seis horas, orinaron contra la cola del *S-Sugar* y miraron fijamente el suelo con desánimo. Hasta su pequeño escocés, siempre tan alegre, guardaba silencio. El pobre segundo copiloto empezaba a preguntarse si iría camino de su ejecución.

—¿Siempre están así? —murmuró dirigiéndose a Teddy.

Y Teddy, que no podía decirle al pobre muchacho «Creen que hoy van a irse al otro barrio», tuvo que revelar el verdadero carácter de su tripulación:

—No, solo son un miserable hatajo de sinvergüenzas.

Aquella mañana, Teddy había recibido una carta de Ursula. Hablaba de asuntos sin importancia, pero al final había escrito «¿Cómo estás?», y la emoción contenida en aquellas dos lacónicas y breves palabras pareció elevarse de la página y desdoblarse en algo mucho mayor y más sentido.

«Por aquí todo va bien —contestó con similar contención. Y, concediéndole el tranquilizador regalo de alargarse un poco más, añadió—: No te preocupes por mí.»

Le pidió a una auxiliar de la FAAF, una dobladora de paracaídas llamada Nellie Jordan que estaba colada por él, que echara la carta al correo. A todas las chicas de la FAAF parecía gustarles Teddy. Sospechaba que era así porque llevaba más tiempo allí que la mayoría de los tripulantes. Aquella carta era para enviarla, no para guardarla en su taquilla por si no regresaba. Ya tenía tres de esas: una para su madre, otra para Ursula y otra para Nancy. En todas decía más o menos lo mismo: que las quería, que no debían llorar demasiado su pérdida porque había muerto por algo en lo que creía y que deberían seguir adelante con sus vidas porque eso habría querido él. Etcétera. No le parecía que aquella correspondencia unilateral y definitiva fuera lugar para la introspección filosófica. O, ya puesto, para la verdad. Se le había hecho extraño escribir sobre sí mismo en un futuro donde ya no existía, una suerte de acertijo metafísico.

Si moría, alguien del comité de modificaciones —un eufemismo ridículo— aparecería para llevarse con celeridad sus pertenencias. Cualquier cosa que pudiera dar que pensar a una madre o una esposa —fotografías indecentes, cartas a otras mujeres o cartas en francés— se metería en una bolsa aparte. No es que Teddy tuviera indiscreciones que ocultar, al menos ninguna que fuera a dejar pruebas tangibles. A veces se preguntaba qué ocurría con las pertenencias que eran objeto de esa benévola censura…, ¿se limitaban a tirarlas o había un almacén en algún sitio lleno de secretos superfluos? Nunca averiguaría la respuesta a esa pregunta.

El año siguiente, durante su segundo período de servicio, abrió sin querer la puerta de un almacén de la base aérea y lo encontró lleno de uniformes de tripulantes colgados de perchas. Pensó que debía de tratarse de trajes de repuesto, hasta que se fijó bien y vio las insignias, los galones y las escarapelas, y comprendió que procedían de los cuerpos de los muertos y heridos. Los uniformes vacíos le habrían proporcionado una imagen poética si a aquellas alturas no hubiera renunciado más o menos a la poesía.

A veces, cuando una nueva tripulación llegaba a una base aérea, se encontraba con que las pertenencias de los anteriores ocupantes de su barracón Nissen seguían desparramadas por todas partes como si estuvieran a punto de volver. El comité de modificaciones haría salir a los nuevos para «despejar», es decir, embalar las cosas de los tripulantes muertos mientras miembros de la FAAF u ordenanzas deshacían las camas y las volvían a hacer. Y a veces esos mismos muchachos emprendían esa noche una misión de combate y no regresaban, y ni siquiera llegaban a dormir en las camas recién hechas. Podían entrar y salir sin que nadie supiera quiénes eran. Sus nombres se habían escrito en el agua, abrasado en la tierra, pulverizado en el aire. Eran legión.

Vic Bennett volvió, agitando en alto las «innombrables» («Y que sin embargo se mencionan tantas veces», decía Mac), y subieron a bordo del *S-Sugar*, sustituto del *J-Jig*. Este último había sido una bestia pesada y difícil de manejar. Como muchos Halifax Mark II, parecía despegar del suelo a regañadientes. De haber sido un caballo, habría sido de los que había que espolear para iniciar una carrera, no digamos ya para acabarla, y si el piloto no lo hubiera conocido bien, si no hubiese previsto sus flaquezas, en especial su deseo suicida de ladearse hacia la derecha, podría haber supuesto el fin antes de que la cosa hubiera empezado siquiera.

La de aquella noche era solo su segunda misión a bordo del *S-Sugar*. Se trataba de un aparato nuevo, recién salido de fábrica, tan flamante como lo era antaño su tripulación. Todos habrían deseado acabar el período de servicio en el *J-Jig*, un objeto que les despertaba ya tiernos recuerdos. Les había traído suerte, los había mantenido a salvo; todavía lamentaban su pérdida y estaban convencidos de que era una señal más de que no alcanzarían los treinta. Llegó a llevar veintiséis bombas pintadas con plantilla en el fuselaje, una por cada misión en la que había volado, una llave por la vigesimoprimera misión y un cucurucho de helado que algún gracioso le había estampado por un ataque aéreo sobre Italia. La única operación llevada a cabo por el *S-Sugar* hasta la fecha, sobre Düsseldorf, no se había conmemorado aún, y pese a lo nuevo que era, ninguno de ellos se fiaba de él. El motor de babor que se recalentaba era solo una de las muchas quejas que tenían.

Su oficial al mando había acudido al área de dispersión junto con Vic y ahora se preocupaba por el tiempo.

—Diez minutos —dijo, dando golpecitos contra su reloj. Diez minutos para despegar o ya sería tarde y su participación en la misión quedaría cancelada.

El furgón con la auxiliar de las fuerzas aéreas y el oficial al mando a bordo los siguió por el sendero que rodeaba el aeródromo y aparcó junto a la caravana de control de vuelo, donde se apearon y se unieron al deslavazado grupito que esperaba con paciencia para despedirlos. Teddy sospechó que algunos de ellos habían perdido la esperanza de que consiguieran salir y los habían abandonado.

Traquetearon por la pista mientras todos saludaban con entusiasmo, en especial el oficial al mando, quien siempre estaba presente en los despegues y a menudo daba la impresión de creer que si saludaba con la suficiente energía, con ambos brazos en alto y corriendo junto a las balizas al lado del avión, los ayudaría a separar con éxito las ruedas del suelo y a levantar en el aire su panza llena de bombas. Los accidentes durante el despegue eran culpables de la pérdida de tantas vidas que Teddy experimentaba siempre unos instantes de supremo alivio cuando conseguía elevar el Halifax del suelo y volar sobre los setos y los árboles.

Si regresaban sin haber alcanzado el objetivo, y sucedía constantemente a causa del clima o de problemas técnicos en el aparato, esos vuelos tampoco contaban como operación, no importaba cuán espeluznantes hubiesen sido.

—Es una maldita injusticia —se quejó Teddy.

—Es una barbaridad, amigo —contestó Keith en un atroz intento de imitar el acento de un inglés pijo.

En aquel momento estaban todos como cubas, durante el desacuartelamiento de cuarenta y ocho horas después de Turín. Deberían haber dado la vuelta antes de llegar a Turín, Teddy se daba cuenta ahora, pero él era de esos pilotos que «seguían adelante». Había algunos que no lo hacían.

La primera vez que habían dado la vuelta —en su segunda misión de combate— fue porque el motor de estribor empezó a derramar refrigerante en el mar del Norte y luego se estropeó el intercomunicador del operador de a bordo, de modo que Teddy tomó la decisión que le pareció más sensata: volver a casa y soltar sin peligro las bombas en el mar del Norte. Su oficial al mando —uno distinto del que tenían ahora— no se quedó satisfecho. No veía con buenos ojos que los aviones volvieran antes de hora, y los interrogó durante largo rato para averiguar por qué habían creído oportuno no seguir adelante con la misión. A Teddy le parecía bastante obvio por qué: el motor iba a recalentarse y a salir ardiendo (en aquellos primeros tiempos se mostraban menos optimistas ante esos sucesos) y les hacía falta poder comunicarse con su operador de radio.

—¿De verdad lo crees? —le preguntó el oficial—. En un caso extremo os las habríais apañado, ¿no? Y un buen piloto no se lo pensaría dos veces si tuviera que volar con solo tres motores.

En ese momento Teddy comprendió que no eran tanto guerreros como víctimas propiciatorias para el bien común. Pájaros arrojados contra un muro con la esperanza de que algún día, si había pájaros suficientes, consiguieran derribarlo. Meras estadísticas en uno de los grandes archivos de Maurice en el ministerio. («Menudo cabrón pedante se ha vuelto», escribió una indignada Ursula.)

Y fue entonces cuando Teddy decidió que no volverían a poner en duda la valentía de su tripulación, que no formarían parte de la «hermandad de los débiles» de Harris, sino que «seguirían adelante» a menos que resultara imposible hacerlo, pero también que haría cuanto estuviera en su mano por mantenerlos a todos con vida. Durante el resto del primer período de servicio, siempre que no se hallaran en una misión, haría que sus tripulantes realizaran prácticas constantes de paracaidismo y amerizaje; quizá no fuera muy realista, sin aire ni agua en las que llevarlas a cabo, pero si sabían qué hacer, si conseguía metérselo a fuego en la cabeza, entonces quizá, solo quizá, podrían sobrevivir contra todos los abrumadores pronósticos. Al principio, cuando habían formado su tripulación en la Unidad Operativa de Instrucción, Vic y Kenny realizaron más prácticas de artillería aérea que los demás. Hicieron simulacros de bombardeos sobre el puerto de Immingham e incontables ejercicios de maniobras evasivas en encuentros con cazas. Teddy los llevaba todavía a hacer todos los ejercicios posibles de vuelo campo a través y organizaba encuentros con los Spitfires de la base aérea de cazas más cercana. Animaba a los miembros de la tripulación a dominar el código Morse y a estar al corriente de las tareas de los demás, de modo que, si se encontraban ante uno de esos «casos extremos» de aquel antipático oficial al mando, pudieran reemplazarse unos a otros. En teoría, Keith, que había recibido inicialmente adiestramiento como piloto, sería la persona más indicada para asumir el control si algo le ocurría a Teddy, pero este también había instruido a Norman Best en los rudimentos del vuelo «porque ese puñetero esquilador australiano quizá sea capaz de volar, pero no sabrá aterrizar el maldito trasto». En los últimos tiempos Teddy soltaba numerosos improperios; no obstante, aunque maldecir era contagioso, intentaba evitar los tacos peores. Por supuesto, si a él le ocurría algo, era probable que los demás estuvieran condenados en cualquier caso.

Teddy sabía que Mac siempre averiguaba la ruta hasta el territorio neutral más cercano —Suiza, Suecia o Portugal— y que cuando hacía una noche despejada ponía a punto sus conocimientos de astronavegación. Y que el tímido y retraído Norman Best vestía un conjunto entero de prendas francesas, calzoncillos incluidos, bajo el uniforme de combate, ropa adquirida en París cuando era estudiante. Hasta llevaba una auténtica boina francesa en el bolsillo. Un boy scout donde los haya, pensaba Teddy. «Estad preparados, considerando de antemano cualquier accidente o situación que pueda suceder.» De algún modo, le parecía poco probable que su propia formación con arco y flechas en los Kibbo Kift le sirviera de gran ayuda si se encontraba como fugitivo en Francia.

Resultó que Norman sí acabaría lanzándose en paracaídas sobre Francia cuando volara con otra tripulación en un segundo período de servicio en 1943, pero sus preparativos para la fuga de nada sirvieron, pues su paracaídas ya estaba ardiendo al saltar del avión y cayó cual furibundo plomo; nunca se encontró el cuerpo. Norman no llevaba ningún amuleto de buena suerte, no realizaba un rito compulsivo alguno como George Carr, que tenía que dar tres vueltas sucesivas hacia la derecha, como un perro al ir a tumbarse, antes de entrar en el avión, aunque pensaba que nadie se daba cuenta.

El pobre diablo que era el copiloto en pruebas se plantó junto a Teddy para el despegue. Se llamaba Guy y, según dijo, era antiguo alumno de Eton, esperando así formar alguna clase de vínculo con él.

—Yo no fui a Eton —contestó Teddy con cierto desdén.

Guy tenía mucho que aprender. Si vivía lo suficiente. («Vaya tonto del bote», soltó Vic.)

Por supuesto, no era el primer segundo copiloto que llevaban, y habían volado con algún que otro bicho raro cuando distintos miembros de la tripulación no habían podido participar en una misión. A George Carr le habían dado un permiso para asistir al funeral de su padre. Mac se había perdido una operación por culpa de una gripe intestinal y Kenny había quedado incapacitado para un ataque aéreo sobre Bremen por un esguince de tobillo (resultado de una de las prácticas de paracaidismo de Teddy). Vic Bennett se había perdido la última misión del *J-Jig* la semana anterior en Turín, llena de incidentes, por un catarro debilitante.

Mac había hecho bulto con otra tripulación, pero aun así a sus dos artilleros les faltaba una misión de combate para cumplir un período de servicio completo. Tendrían que volar como «bichos raros» en la tripulación de algún otro. Como mascotas sin suerte.

En el ataque de Turín habían volado con un artillero sustituto en el puesto de Vic en la torreta dorsal. Hablaba pronunciando mucho las eses como en el West Country, y en todo el trayecto no dijo más de unas pocas palabras.

Habían sobrevolado las cumbres nevadas de los Alpes a la luz de una luna llena radiante.

—Poca gente ha visto esto, ¿eh, comandante? —les llegó la voz aflautada de Kenny Nielson a través del intercomunicador.

Incluso Mac salió de detrás de su cortina a «admirar las vistas».

—Casi tan chula como las Rocosas —comentó.

—Ya, pero no habrás visto las Rocosas desde arriba, ¿a que no? —dijo Kenny.

Keith empezó a murmurar algo sobre las Montañas Azules, hasta que Teddy intervino.

—Bueno, ya vale, todo el mundo —dijo, antes de que se desatara una discusión sobre los méritos relativos de las cordilleras del mundo.

El bicho raro no tenía nada que decir sobre montañas. Teddy supuso que en Somerset no había muchas. Excepto por unas cuantas vacaciones en las costas de Cornualles cuando eran niños, el sudoeste no era una parte del país que hubiese explorado. Pensó que, si sobrevivía a la guerra, le gustaría recorrer toda Inglaterra: las carreteras y los caminos, los pueblos ocultos, los monumentos más espléndidos, las praderas, los páramos y los lagos. Todos esos lugares por los que estaban combatiendo.

Norman dijo que eran unos «privilegiados», por ver el mundo como muy poca gente tenía ocasión de hacerlo. Un privilegio por el que estaban pagando un precio muy alto, se dijo Teddy.

No solo los había dejado sobrecogidos la imagen de los Alpes a la luz de la luna, sino también los insondables cielos negros como el azabache y salpicados por millares de estrellas: relucientes semillas esparcidas por algún dios generoso, pensó Teddy vagando de manera peligrosa cerca del reino abandonado de la poesía. Fueron testigos de amaneceres y puestas de sol emocionantes e imponentes, y en cierta ocasión, en una incursión sobre Bochum, del increíble espectáculo que les ofreció la aurora boreal: una vibrante cortina de colores que se corrió sobre los cielos y los dejó tratando de encontrar superlativos.

En su aislada posición en la cola, Kenny Nielson aseguraba tener «el mejor asiento de la sala». Las puestas de sol en particular lo dejaban maravillado. Desde la cola del avión, veía el sol poniente mucho después de que el resto de la tripulación se hubiese sumido en la oscuridad.

—El cielo está en llamas —informó lleno de emoción justo después de que Teddy hubiese despegado el Halifax de la pista y se elevaran en el aire.

Teddy experimentó un instante de terror, la visión del Armagedón con el enemigo abatiéndose sobre ellos, pero entonces Vic Bennett dijo desde la torreta dorsal:

—Es la mejor puesta de sol que he visto jamás.

—Sí, parece que Dios haya pintado el cielo —dijo Kenny.

—¿Qué tal si tenemos un poco de paz y tranquilidad? —pidió Teddy, aliviado de que el fin del mundo no fuera esa noche y muy sorprendido de haber pensado que podría serlo.

—Pero es fabulosa —insistió Kenny, incapaz de dejar pasar la belleza. O la «Belleza», como habría dicho Sylvie.

Como artillero de cola, Kenny era el que tenía menos probabilidades de todos de vivir para ver una puesta de sol en tiempos de paz. Según la amiga de Ursula, solo una posibilidad entre cuatro. Al final, cómo no, sería la chica del Ministerio del Aire quien llevaba una vida sin futuro, pues la mataría un proyectil V-1 en Aldwych en junio de 1944. Estaba en la azotea de Adastral House, sede del Ministerio del Aire, tomando el sol y comiéndose los sándwiches del almuerzo. (¿Qué probabilidades había de que te pasara eso?, se preguntó Teddy.)

Otras chicas del ministerio se vieron succionadas a través de las ventanas destrozadas y cayeron a la calle, donde encontraron la muerte. Según Ursula, una hoja de vidrio rebanó en dos a un hombre al caer. Teddy suponía que, para algunos, Ursula también era «una chica», la chica de Defensa Civil.

La chica del Ministerio del Aire se llamaba Anne. Y cuando se separaron al final de la velada que habían pasado juntos en el Hammersmith Palais (ella bailaba bien el foxtrot), le dijo a Teddy: «Bueno, pues buena suerte», sin mirarlo a los ojos.

En el vuelo hasta Turín no habían tenido muchos problemas con el fuego antiaéreo, pues las baterías italianas siempre parecían disparar un poco a regañadientes. Bombardearon el objetivo desde una altura de dieciséis mil pies, guiándose por los indicadores rojos. El tiempo empezó a empeorar durante la aproximación. Los Alpes ya no se veían hermosos —de hecho, en ese momento no eran visibles en absoluto— y, cuando dieron la vuelta para volver a casa, se encontraron con una inmensa torre oscura de cúmulos alzándose imponente ante ellos. En el seno de aquel monstruo había destellos y chispas, como si se produjeran explosiones; al principio creyeron que tenían algo que ver con los bombardeos, o incluso que se trataba de alguna nueva arma que probaban con ellos, y les llevó unos instantes comprender que volaban derechos a una enorme y siniestra nube de tormenta.

La turbulencia fue tremenda y zarandeó al *J-Jig* como si fuera un avión de juguete. Como moscas a manos de niños crueles. O dioses crueles. Zeus arrojaba sus rayos, Thor blandía su martillo. Las hadas moviendo los muebles, solía decir Bridget, una interpretación menos vengativa para una época más amable. «Pues menudas hadas», se dijo Teddy. A través del intercomunicador le llegaban maldiciones, que iban de la aterrada contención cristiana de Norman —«Ay, Dios mío»— al amargo «Joder, joder, joder, sácanos de esta puta mierda, comandante» de Keith.

Después, todos estarían de acuerdo en que fue peor que cualquier fuego antiaéreo al que se hubieran enfrentado jamás. El fuego antiaéreo lo comprendían, pero aquello era algo más primigenio. A veces, los relámpagos iluminaban fisuras y cavernas malévolas en el seno de la masa oscura. Las turbulentas corrientes de aire eran aleatorias, los sacudían de arriba abajo o de un lado al otro, y Teddy se preguntó si el aparato se haría sencillamente añicos por la tensión.

La temperatura exterior descendió de manera espectacular y empezó a formarse hielo en las alas. El hielo era un enemigo feroz, podía aparecer con rapidez y a veces sin previo aviso, toneladas de él que congelaban motores y controles y cubrían las alas de gruesas losas blancas. Podía volver tan pesado un avión que este cayera del cielo o se hiciera pedazos en el aire.

En el intercomunicador resonaban ahora involuntarios «Dios mío», «Jesús» y «Joder» mientras se veían zarandeados de aquí para allá, y el murmullo de alguien que entonaba el salmo 23, «Aunque recorra el valle tenebroso de la muerte…», que se vio interrumpido por varios gritos ahogados de asombro cuando el *J-Jig* fue expulsado de repente de la nube de tormenta, solo para encontrarse poseído por un fantasma.

Estaban inmersos en el fuego de San Telmo, en medio de un resplandor azul sobrenatural, de una inquietante luminiscencia que bordeaba las alas y hasta giraba con las hélices, que brotaba del avión en aros que giraban dejando extrañas estelas ralas en la oscuridad, como fantasmales ruedas pirotécnicas. Desde la cola, Kenny informó de que estaba «bailando» entre los extremos de sus ametralladoras.

—Aquí arriba también —les llegó desde la torreta dorsal.

A Teddy, el extraño fenómeno lo hizo pensar en los fantasmas de las Willis en *Giselle*. Había visto el ballet en su época del internado, en una salida a la Royal Opera House organizada por el profesor de música. La misma luz azul siniestra y sobrenatural en que se hallaba ahora envuelto el *J-Jig* había incidido en las bailarinas. Al recordarlo, le pareció una elección extraña para una clase de bulliciosos chicos de trece años de una escuela privada. Cuando se lo contó, su padre arqueó una ceja y le preguntó el nombre del maestro («Un admirador de Wilde, supongo»), e incluso Sylvie, con su amor por el Arte, había cuestionado que los expusieran a aquella obra algo «fantasiosa», tal como ella lo expresó, cuando normalmente solo salían del recinto del internado para jugar partidos de rugby si eran el equipo visitante. Después Teddy tuvo pesadillas en las que las manos de aquellas mujeres espectrales lo agarraban y trataban de llevárselo a algún lugar tenebroso y desconocido.

El fuego azul parpadeó finalmente y acabó extinguiéndose, y el motor exterior a estribor empezó a toser y vibrar hasta que se descontroló por completo. Teddy acababa de poner las palas en bandera cuando el motor interior a babor que antes había dado problemas también empezó a vibrar. Sonaba como si fuera a acabar separándose de cuajo del avión. Quizá estarían mejor sin él.

Teddy le dijo a Mac que trazara un nuevo plan de vuelo con la ruta más rápida de vuelta a casa. La tormenta había inutilizado los instrumentos magnéticos y Mac tuvo que hacer cálculos a ojo para trazar un nuevo rumbo, pero no antes de que el motor interior a babor saliera ardiendo. «No fastidies», se dijo Teddy, y empujó la palanca de mando hacia delante para que descendieran en picado («¡Que se agarre todo el mundo!»), lo que tuvo el bienvenido efecto no solo de extinguir las llamas sino también de soltar parte del hielo de las alas. «No hay mal que por bien no venga», pensó. Claro que había males peores que otros.

El motor exterior a estribor echaba ahora humo y unos minutos después Keith les informó de que se veían llamas, y de pronto, sin previo aviso, el motor explotó, con tal fuerza que casi le dio la vuelta al avión. Hubo un aluvión de «Dios santo» y «Me cago en la leche» a través del intercomunicador.

—No pasa nada —dijo Teddy.

«Vaya ridiculez decir algo así», pensó. Volaban con dos motores, con viento de proa, todavía cubriéndose de hielo y con solo cálculos a ojo para llevarlos a casa. Desde luego que pasaba algo.

En el momento en que Teddy estaba considerando dar la orden de abandonar el avión ocurrió algo todavía más alarmante. Mac empezó a cantar. ¡Mac! Y no alguna cancioncilla provinciana canadiense, sino que se embarcó en una interpretación cacofónica de «Boogie Woogie Bugle Boy». Incluso teniendo en cuenta el impedimento del intercomunicador, fue una interpretación espantosa, sobre todo cuando se puso a imitar la corneta, cual elefante dolorido. Y, lo que fue más terrible incluso, a continuación se oyeron las risotadas de aquel canadiense normalmente adusto, muy al estilo de Charles Penrose, mientras entonaba su canción sobre el policía que se carcajeaba. Teddy le pidió a Norman que averiguara qué estaba pasando tras la cortina de Mac.

Resultó que se le había congelado el tubo del oxígeno. Norman intentó descongelarlo con el café de su termo, pero a aquellas alturas estaba tibio. Sacaron a rastras a Mac de su asiento, se las apañaron para conectarlo al depósito central de oxígeno y esperaron lo mejor. La hipoxia tendía a hacer que dijeras cosas muy raras y luego tendía a matarte.

Después de la guerra, Mac trabajaría en una gran compañía de seguros en Toronto. Se casaría y tendría tres hijos, y cuando Teddy se lo encontrara en una cena de los miembros del escuadrón, la única a la que asistiría jamás este último, se habría jubilado con antelación («hice algunas inversiones astutas»). Mac no le pareció familiar en ningún sentido, por lo que Teddy se preguntó si había llegado a conocerlo de verdad. Quizá no había conocido realmente a ninguno de ellos. Solo lo había parecido debido a las circunstancias en que se encontraban. En esa versión más vieja, Mac se veía muy satisfecho de sí. El horror del tiempo que habían compartido no parecía haber dejado huella en él. Teddy supuso que todos los viejos habían rememorado las guerras pasadas desde el albor de los tiempos. Jericó, las Termópilas, Nuremberg. En realidad, no quería ser uno de ellos. Se marchó de la reunión temprano.

—Lo siento, tengo que dejaros, amigos, pero no para irme al otro barrio todavía —dijo, volviendo sin esfuerzo a aquella «jerigonza» de la que ahora se burlaba la gente.

Pero incluso entonces, tantísimos años después, en las largas vigilias de las noches, acosado por el insomnio, se encontraría recitando aquellos nombres. Essen Bremen Wilhelmshaven Duisburg Vegesak Hamburgo Saarbrucken Düsseldorf Osnabruck Flensburg Frankfurt Kassel Krefeld Aquisgrán Génova Milán Turín Mainz Karlsruhe Kiel Colonia Gelsenkirchen Bochum Stuttgart Berlín Nuremberg. Quizá había quienes contaban ovejas. Teddy contaba los pueblos y las ciudades que había intentado destruir, que habían intentado destruirlo a él. Quizá lo habían conseguido.

En el vuelo de regreso de Turín los alcanzó el fuego antiaéreo al aproximarse a la costa francesa. Un proyectil de artillería atravesó el fuselaje, y el *J-Jig* dio una sacudida que casi lo arrancó del cielo. Se encontraron cruzando una nube espesa y, durante un instante de desorientación, Teddy creyó estar volando cabeza abajo. El aparato apestaba a cordita y salía humo de todas partes, aunque no había rastro de llamas.

Teddy comprobó el estado de su tripulación.

—¿Todos bien? ¿Artillero de cola? ¿Dorsal? ¿Bombardero?

Quien más le preocupaba siempre era el artillero de cola, encerrado y tan lejos de los demás. Le sorprendía que alguien charlatán y sociable como Kenny Nielson se mostrara tan alegre en aquel nido frío y solitario. Teddy sabía que él no habría soportado aquel espacio angosto y claustrofóbico.

Todos lo informaron de su estado con respuestas variadas: «Recibido», «Estoy bien», «Sigo aquí», etcétera. Norman retrocedió a través del avión en busca de daños. Había agujeros en el fuselaje y la explosión había arrancado la escotilla de salvamento inferior. Y los tubos hidráulicos debían de haberse partido, dijo, porque había chapoteado en líquido, pero no había nada ardiendo. Con cada milla que pasaba volaban más bajo y más despacio. Ya estaban por debajo de los cinco mil pies, y cogieron las máscaras de oxígeno. A esas alturas Mac se había recuperado y estaba tendido en la zona de descanso de la tripulación.

Teddy decidió que no podían seguir renqueando de aquella manera mucho más y les dijo a todos que se prepararan para abandonar el avión, pero estaban ya sobrevolando el mar y estuvieron de acuerdo en que preferían seguir con aquella lucha encarnizada. Su confianza en la capacidad de Teddy para llevarlos hasta el objetivo y de vuelta a casa se había vuelto inquebrantable a medida que avanzaba el período de servicio. Teddy se dijo con tristeza que quizá no merecía esa confianza.

Al aparecer ante su vista la costa inglesa («Gracias, Señor», oyó Teddy decir a Norman), ya quedaba poco combustible y apenas conseguían bombearlo de los tanques. George se había pasado las últimas horas arreglando la radio y se las apañó para transmitir un mensaje con una simple palabra en clave, darkie, pidiendo socorro para un aterrizaje de emergencia; sin embargo, todo el mundo parecía haber cerrado el chiringuito esa noche. Ahora volaban tan bajo que cuando pasaron sobre un tendido de ferrocarril vieron un tren zigzagueando debajo de ellos, con el resplandor al rojo vivo de la caldera escapando de los confines de las protecciones opacas antiataques aéreos. A Teddy no le pareció que tuvieran muchas posibilidades de arrojarse con éxito en paracaídas desde aquella altura y les dijo a todos que adoptaran las posiciones de choque, lo cual no significaba mucho más que abrazarse a cualquier cosa que tuvieran a mano, pero entonces, en el último momento, una voz femenina serena y competente en Scampton les dio permiso para aterrizar y Norman dijo: «Podemos hacerlo, comandante», y lo hicieron, más por el deseo de que así fuera, se dijo Teddy, que por destreza alguna por su parte. Si siete cabezas trabajando como una sola podían hacer volar un avión solo mediante fuerza de voluntad, entonces lo hicieron. Seis cabezas, resultó.

No se las arreglaron para descender hasta la pista. Sin sistema hidráulico, Teddy no podía utilizar los alerones y el tren no bajaría, de modo que aterrizaron de panza y a ciento cincuenta millas por hora; pasaron de largo la pista, se llevaron por delante el seto que rodeaba el perímetro, cruzaron a toda velocidad un campo, brincaron sobre una carretera y casi se llevaron consigo el hastial de una hilera de casas de labranza antes de destrozar otro seto y arar otro campo, en el que por fin se deslizaron hasta detenerse con una sacudida tremenda. Varios miembros de la tripulación salieron despedidos hacia el mamparo de presión, de modo que, magullados y maltrechos, les llevó un buen rato trepar por la escalerilla de la escotilla de salvamento superior. El aparato se había llenado al instante de un humo acre, y Teddy, plantado al pie de la escalerilla para guiarlos, les instó a salir «lo más deprisa que podáis, chicos». Los fue contando. Faltaban dos, uno de ellos era Kenny. Tampoco había rastro del artillero dorsal.

Tras conseguir salir, Teddy advirtió que la torreta de cola seguía en su sitio, pero el resto del avión se había hecho prácticamente pedazos. El *J-Jig* había dejado una estela detrás de sí: ruedas, alas, motores, tanques de combustible, como una mujer desvergonzada que se hubiese ido quitando la ropa. Lo que quedaba del fuselaje estaba ardiendo, y encontró a su aturdida tripulación reunida en torno a la torreta de cola, donde Kenny parecía estar atrapado.

—¡Sal de ahí, cabrón estúpido! —le gritó Keith, aunque era obvio que no podía hacerlo porque las puertas de la torreta estaban atascadas y no giraban.

Por todos los dioses, se dijo Teddy, ¿acaso no tenía fin aquella pesadilla de misión? ¿Consistiría en un horror detrás de otro? Suponía que sí, pues ¿no era eso precisamente la guerra?

El fuselaje ardía con violencia ahora más allá de Kenny, y Teddy pensó con espanto en las cintas de munición que alimentaban las ametralladoras y se preguntó cuánto tardaría el fuego en llegar hasta ellas. Kenny chillaba como un loco, soltando unos improperios que, más tarde, incluso Keith juraría no haber oído nunca. ¿Tendrían que presenciar todos cómo ardía hasta morir?

Había un pequeño panel en la torreta donde se había quitado el metacrilato para que el artillero de cola tuviera una visión más clara (y para dejarlo medio muerto de frío), y empezaron a exhortar a Kenny a que intentara pasar a través de aquella reducida abertura. Ya se las había arreglado para despojarse del voluminoso traje térmico, pero aún le estorbaba el uniforme.

En cierta ocasión, en una excursión al zoológico de Londres, Teddy había visto a un pulpo colarse a través de un agujero increíblemente pequeño, un truco que al guarda le encantaba enseñarles a los niños. Sin embargo, el pulpo no se había visto entorpecido por una guerrera de campaña y unas pesadas botas de aviador, y tampoco tenía un esqueleto. No obstante, si había alguien capaz de llevar a cabo aquel truco a lo Houdini era su artillero de cola menudo como una rata.

Hizo lo posible para asomar la cabeza y empezó a menear los hombros pasar pasarlos también. Teddy imaginaba que aquello se parecía a un parto, aunque no estaba muy seguro de los aspectos prácticos de dicho acto. Una vez que Kenny tuvo los hombros fuera, lo agarraron y tiraron de él, una y otra vez, todos gritando a pleno pulmón, hasta que, de repente, salió como el corcho de una botella o un Jonás vomitado por la ballena. Pero entonces, para la alarma general, en lugar de saltar de inmediato, se liberó de la maraña de manos y volvió a hundir la cabeza y un brazo en el agujero de la torreta, de donde volvió a sacarlos con gesto triunfal un segundo después mostrando en alto un maltrecho y muy afortunado gato negro.

Luego echaron a correr como si les fuera la vida en ello para alejarse de los restos del avión, que un minuto después explotó con brillantes llamas blancas que lamieron el cielo, a causa de las botellas de oxígeno, seguidas por los desagradables estallidos y chisporroteos de las cintas de munición.

Y ese fue el final del pobre *J-Jig*, que, como bestia de carga que era, los había llevado a todos hasta el infierno y de vuelta en su apestosa y aceitosa panza.

—Era un buen pájaro —dijo Keith a modo de elegía.

Todos estuvieron de acuerdo en que sí, lo era.

—RIP —añadió Kenny.

Los ocupantes de las casas habían tenido un despertar bastante brusco, pero una mujer simpática y maternal les sacó una bandeja con tazas de té. Apareció el granjero y los reprendió por haberle destrozado los repollos, y se encontró con que a él lo regañaba a su vez la mujer maternal; en ese momento llegó una furgoneta desde Scampton para llevarlos de regreso a la base aérea, donde les dieron de desayunar y luego tuvieron que esperar un transporte para regresar a su propio escuadrón.

Solo deseaban dormir, y el viaje de vuelta se les hizo interminable. A su llegada, aún tuvieron que pasar por el trámite rutinario de rendir el informe a un oficial de inteligencia. Estaban macilentos de pura fatiga, las caras todavía llenas de marcas de las máscaras de oxígeno, casi sordos por el estruendo de los motores del *J-Jig*. Teddy tenía un dolor de cabeza tremendo, algo habitual al final de un vuelo.

A esas alturas era casi la hora de comer, aunque aún los recompensaron con la habitual taza de té con un chorrito de ron y el capellán hizo la ronda con cigarrillos y galletas.

—Me alegro de veros de vuelta, muchachos —dijo.

La tripulación de tierra los había esperado, hasta que supo a través de Scampton que estaban sanos y salvos, y su oficial al mando no había dormido siquiera y estuvo presente cuando informaban al oficial de inteligencia. Era la tripulación que más tiempo llevaba en servicio bajo su mando y les tenía un cariño paternal. Turín había sido su vigesimoctava operación.

Habían aterrizado sin el infiltrado, el bicho raro. Llegaron a la conclusión de que debía de haber saltado en paracaídas bastante pronto, cuando Teddy dio la orden de que abandonaran el *J-Jig*. Eso fue mientras sobrevolaban Francia, ¿no? O el mar del Norte. Teddy estaba tan cansado que apenas recordaba su propio nombre, y mucho menos los detalles del angustioso regreso. De lo que sin duda no se acordaba era del nombre del bicho raro.

—Fred, me parece —dijo George Carr.

—Frank —según Norman.

—Definitivamente, era algo que empezaba por «F». —En eso estuvieron todos de acuerdo.

El oficial al mando tuvo que hojear sus papeles antes de puntualizar:

—En realidad era por «H». Harold Wilkinson.

—Casi —contestó George Carr.

Mac no recordaba la anoxia que había sufrido y dijo que no sabía la letra de «Boogie Woogie Bugle Boy», aunque no pararon de cantársela durante toda la parranda que siguió a la misión de Turín. Tuvieron cuarenta y ocho horas de permiso y la mitad de ese tiempo lo pasaron durmiendo; durante la otra mitad se emborracharon como cubas en el Bettys Bar de York.

Después de la guerra, mucho después de la guerra, Teddy investigaría un poco con la intención de averiguar algo sobre qué había sido del bicho raro. No encontró constancia alguna de que hubiera saltado con éxito en paracaídas, ni de que fuera desertor o lo hubiesen hecho prisionero. Se convirtió en uno de los desaparecidos, y su nombre acabaría figurando en el monumento conmemorativo de Runnymede para aquellos hombres que no tenían una tumba conocida, donde sería recordado como Harold Wilkinson, no como «el bicho raro».

—Menudo tonto del bote —comentó Vic Bennett—. Debería haber tenido más confianza en su piloto, ¿a que sí? No puedo creer que se perdiera toda la emoción.

No volvieron tan tarde como la tripulación del *A-Able*, que había participado en la misma incursión que ellos en Turín pero se desviaron hacia Argel en el camino de vuelta a casa al quedar dos de sus motores fuera de combate. Al regresar a la base ya los habían declarado oficialmente desaparecidos. Para gran regocijo de todos, su Halifax iba cargado de cajas de naranjas que se distribuyeron entre el escuadrón; algunas fueron a parar a la escuela primaria del pueblo. Teddy se comió su naranja muy despacio, saboreando cada pedazo y pensando en calientes haces de sol mediterráneo que jamás esperaba ver de nuevo. Y no los vería. Después de la guerra, Teddy nunca volvió a salir del país, nunca fue de vacaciones al extranjero, nunca puso los pies en un avión moderno ni en un barco que surcara el mar. Viola le decía que su «política aislacionista» era «patética» y él le respondía que no era una política, que tan solo era el modo en que habían ocurrido las cosas. Tampoco era «patriotismo» ni «xenofobia», otras dos palabras en el arsenal de su hija. Ella le acusaba de «no tener sentido de la aventura» y él pensaba que la guerra le había proporcionado «aventura» suficiente para varias vidas y que un hombre podía nutrirse igual de bien de su propio jardín. «Il faut cultiver notre jardin», le decía a Viola, pero ella nunca había oído hablar de *Cándido*. Teddy ni siquiera estaba seguro de que hubiera oído hablar de Voltaire.

—Compuertas de bombas abiertas, comandante.
—Recibido, bombardero.

—Mantén el rumbo, comandante. Izquierda. Izquierda. Constante. Un poco a la derecha. Constante. Constante. Bombas fuera.

El *S-Sugar* se elevó de golpe en el aire, liberado de su carga de bombas. Pero aún no podían emprender la huida porque tenían que seguir volando sobre el objetivo durante unos treinta segundos, con el avión bien nivelado, mientras la lámpara de flash descendía y la cámara de la bodega de bombas disparaba y hacía la fotografía. Era la prueba de que habían participado en el bombardeo, sin ella podía no contar como una operación, pero sabe Dios qué vería quien examinara los resultados, pensó Teddy. El objetivo estaba cubierto por completo de nubes, y si se añadía el miasma industrial que tiznaba la cuenca del Ruhr de forma permanente, lo de allá abajo podría haber sido la superficie de la luna por lo que a ellos respectaba. Habían bombardeado guiándose por bengalas lanzadas por la recientemente formada unidad de señalizadores de blancos y confiado en la suerte.

Más tarde, mucho más tarde, después de la guerra, cuando los libros de historia, autobiografías y biografías empezaran a publicarse y la gente dejara de querer olvidar la guerra y comenzara a desear recordarla, Teddy investigaría ese ataque aéreo y descubriría que gran parte de los aviones habían bombardeado un sitio que quedaba a unas diez millas al oeste del objetivo y que, teniendo en cuenta todos los factores, era posible que los bombarderos hubieran sufrido más daños que cualquiera que estuviera en tierra. Cuanto más leía, más se percataba de hasta qué punto habían sido imprecisos sus bombardeos durante aquellos primeros años. Había hablado al respecto con Mac en la reunión de veteranos.

—Qué desperdicio —dijo Teddy.

—Un desperdicio de bombas —coincidió Mac.

Teddy supuso que, como navegante, aquello le parecía a Mac un desaire personal.

—Bueno, no me refería exactamente a eso —terció Teddy—. Tantos hombres y aviones perdidos para tan pocos resultados. Creíamos estar mermando su economía pero buena parte del tiempo lo que hacíamos era matar mujeres y niños.

—No me puedo creer que ahora seas de los que andan culpabilizándose de ese tema.

—No lo soy —protestó él.

—Los que empezaron fueron ellos, Ted —le recordó Mac.

«Y nosotros lo acabamos», pensó Teddy. Se alegraba de haber pasado en un campo de prisioneros los últimos dieciocho meses de la guerra, de no haber presenciado cómo el Mando de Bombardeo intentaba borrar Alemania del mapa de Europa.

Aquel era el tope que amortiguaba todas las discusiones. Empezaron ellos. Fueron quienes sembraron vientos y recogieron tempestades. Ellos se lo buscaron. Los tópicos que producía la guerra.

—Ojo por ojo —concluyó Mac—. Y puedes decir lo que quieras, Ted, pero el buen alemán sigue siendo un alemán muerto.

(«¿Todos ellos? —se preguntó Teddy—. ¿Incluso a estas alturas?»)

—Lo sé. No estoy diciendo que no deberíamos haberlos bombardeado —comentó Teddy—, pero, en retrospectiva…

—La cuestión es, Ted, pese a toda esa supuesta «retrospectiva» tuya…, si te lo pidieran, ¿volverías a hacerlo?

Sí, lo haría. Por supuesto que sí (por Auschwitz, por Treblinka), pero no le dio a Mac la satisfacción de una respuesta.

La cámara disparó, Teddy viró el *S-Sugar* para alejarse y Mac trazó el rumbo para el vuelo de regreso.

—No ha estado tan mal —comentó el segundo copiloto.

(Guy, ¿no era eso? Teddy no estaba seguro. Tenía cara de llamarse Guy.

¿O era Giles?) Dos o tres voces gruñeron a través del intercomunicador. Se consideraba de mal fario decir algo así.

—Aún nos queda mucho trecho —contestó Teddy.

Y, en efecto, en el trayecto de vuelta el fuego antiaéreo fue tan malo, si no peor, como lo había sido en el de ida. Sentían las ondas expansivas de los proyectiles estallando a su alrededor y las sacudidas y los golpes sordos cuando los fragmentos alcanzaban el fuselaje.

Hubo un resplandor cegador repentino a babor tras ser tocado un Lancaster en el ala. El impacto hizo salir volando el ala por los aires hasta que se abatió contra otro Lancaster y seccionó de cuajo su torreta dorsal. Ambos aparatos se precipitaron entonces hacia tierra describiendo sendas espirales, y casi parecieron bailarinas en su abrasadora caída.

—Joder —dijo una voz aterrorizada a través del intercomunicador.

Vic o George, Teddy no lo supo con certeza. «Joder, desde luego», pensó en silencio. Hizo volver a Norman para que valorara los daños causados por el fuego antiaéreo.

—Un agujero grande de narices —declaró este.

No hacía mucha falta decirlo, pues en el *S-Sugar* soplaba un vendaval del Ártico. Guy parecía haber cambiado de opinión sobre lo mal que estaba la cosa y le indicó a Teddy que iba a la parte trasera del avión para familiarizarse con el repugnante retrete Elsan. Guy. Había ido a Eton. Debía recordarlo, se regañó Teddy. El bicho raro de Somerset perdido había hecho que se sintiera culpable, que creyera que había incumplido su deber. Al fin y al cabo, todos los que iban en el avión eran su responsabilidad. Lo mínimo que podía hacer era recordar sus nombres, por el amor de Dios. Guy nunca regresó, ya que en aquel momento ambos artilleros empezaron a gritar por el intercomunicador al unísono.

—¡Caza a babor, hay que entrar en barrena por babor! ¡Ya!

Y Teddy empujó a fondo la palanca de mando, pero no antes de que les alcanzara el fuego de artillería de un caza, con un tableteo tremendo, como si algún dios celestial lanzara piedras contra el fuselaje. El hedor de los gases de cordita invadió el avión.

Teddy había lanzado al *J-Jig* en un profundo picado, pero cuando consiguió virarlo hacia estribor y empezar a remontarlo, el caza ya se había ido sin que Teddy lo hubiera visto siquiera. No volvió, se esfumó con el mismo misterio con el que había aparecido. Mac trazó un rumbo directo a casa, evitando las áreas fuertemente defendidas en torno a Rotterdam y Amsterdam; sin embargo, al alcanzar la costa holandesa, estaban a solo dos mil pies de altura. El caza había hecho su trabajo. Los motores interiores a babor y estribor se habían parado. El alerón de estribor había desaparecido y cinco tanques de las alas estaban agujereados. También había un profundo tajo en el fuselaje. Teddy puso en bandera las palas de los motores inservibles y siguieron avanzando, demasiado tarde ya para dar la vuelta puesto que habían atravesado las nubes y cuando salieron por fin de ellas sobrevolaban el mar del Norte.

Durante un rato, otro Halifax rezagado voló en formación con ellos, pero iban tan bajo y tan despacio que su compañero acabó por desistir y remontó para alejarse con un leve movimiento de las alas a modo de despedida. Se quedaron solos.

A mil quinientos pies, Teddy le dijo a su tripulación que se preparara para el amerizaje. A diez millas de la costa inglesa, les informó con calma.

—Acércanos un poquito más, comandante —dijo alguien.

La idea del amerizaje ya parecía bastante mala, pero la de zambullirse en el mar y que los sacaran los alemanes era inconcebible.

—Sigue —exclamó Norman de malos modos—. Hemos conseguido volver de Turín, no lo olvides.

A mil pies de altura, ya veían la espuma blanca en las crestas de las olas. Olas de quince pies, quizá veinte. La resaca de la tempestad, pensó Teddy.

Ya habían echado por la borda todo lo que habían podido: la mesa del navegante, almohadones, petacas, botellas de oxígeno. Keith arremetió con el hacha contra los asientos para soltarlos y Vic desmanteló las ametralladoras dorsales y las arrojó fuera del avión, seguidas de la torreta en sí. Cualquier cosa con tal de continuar volando un poco más.

—Cuatro millas hasta la costa inglesa —informó Mac con un tono más calmado que nunca. Sus papeles y mapas habían revoloteado por todas partes al entrar en barrena para esquivar al caza, y en ese momento los estaba reuniendo de nuevo como quien cierra una oficina para el fin de semana.

Una cosa era no dejarse llevar por el pánico, pensó Teddy, y otra bien distinta no dar muestras de la más mínima urgencia. Recordó entonces que, cuando trataban de sacar a Kenny de la torreta de cola, Mac se había quedado atrás comentando la jugada mientras los demás se ponían frenéticos.

—Continúa, comandante —dijo otra voz.

A quinientos pies de altitud, George Carr bloqueó el manipulador de Morse, activó el identificador amigo-enemigo en la frecuencia de peligro internacional y cogió la radio de campaña.

A cuatrocientos pies, los indicadores de combustible marcaban cero. Abrieron las escotillas de salvamento y Teddy les dijo a todos que adoptaran las posiciones de amerizaje. Mac se tendió en el puesto de descanso de estribor, Norman en el de babor, con los pies apuntalados contra el larguero anterior. Los artilleros apoyaron la espalda contra el larguero posterior y George y Keith se sentaron entre sus piernas. Todos se llevaron las manos a la nuca o las apoyaron sobre el paracaídas para amortiguar el golpe. Teddy los había instruido bien.

Chocaron contra el agua a ciento diez millas por hora. El compartimento del bombardero se desgarró con el impacto y una gran ola de agua aceitosa barrió el interior del *S-Sugar*, sumergiéndolos hasta el cuello sin dejarles apenas tiempo para inflar los chalecos salvavidas. George había perdido el conocimiento a causa del golpe y lo sacaron a pulso y con torpeza a través de la escotilla de salvamento. Resultó que Kenny no sabía nadar, y no solo eso sino que le daba pánico ahogarse, y Mac tuvo que cogerlo firmemente del cuello y arrastrarlo a través del agua que había inundado el fuselaje mientras el primero se retorcía y chillaba de miedo. Teddy cerraba la marcha. Un capitán siempre era el último en abandonar el barco.

Habían inflado el bote neumático que iba estibado en el ala, y en ese momento bloqueaba la escotilla de salvamento superior. El *S-Sugar* estaba casi lleno de agua y empezaba a inclinarse hacia babor, y durante un instante Teddy pensó: «Bueno, se acabó»; pero entonces se zambulló en el agua y buceó hasta emerger a través del enorme agujero que se había abierto en el fuselaje.

Lograron salir todos y, de un modo u otro, encaramarse al bote. Norman cortó la amarra y se alejaron flotando del *S-Sugar*. El aparato seguía a flote, cabeceando de lado en las aguas grises e implacables, pero en cuestión de minutos el mar se lo tragó y se perdió para siempre.

De algún lugar en la oscuridad les llegaba el sonido de un motor. Mac echó mano de la pistola de bengalas e intentó disparar un cartucho, pero tenía los dedos tan hinchados y entumecidos por el frío que no lo logró. ¿Cuántas horas llevaban ya en el agua? Todos habían perdido la noción del tiempo. Aquella era la segunda noche, de eso estaban seguros. Tardaron muy poco en comprender que el amerizaje era solo el principio de sus problemas. Había mucho oleaje, y apenas acababan de conseguir subirse todos al bote cuando una ola enorme los arrojó de nuevo al mar. Por lo menos el bote había quedado como debía, boca arriba (una pequeña muestra de misericordia); sin embargo, les supuso un esfuerzo tremendo, casi sobrehumano, volver a encaramarse a él, por no mencionar tener que volver a subir también a George, inconsciente.

Vic había perdido las botas en algún momento y sufría unos terribles dolores a causa del frío. Hicieron turnos para frotarle los pies, pero las manos de todos los demás estaban también cada vez más entumecidas. Tenían la ropa empapada, estaban calados hasta los huesos, y eso volvía cien veces más intensos el frío y la desdicha.

Aunque al pobre George Carr, con conmoción cerebral, lo habían incorporado con torpeza contra el borde, no paraba de escurrirse hasta el fondo lleno de agua del bote. Si bien estaba semiconsciente soltaba constantes gemidos. Costaba saber si sentía dolor o no, pero de todos modos Mac le dio un chute de morfina, y poco a poco se quedó callado.

Habían perdido la radio de campaña al volcar, y a saber a qué distancia los había arrastrado el mar de la posición de amerizaje original. Las posibilidades de que los vieran desde un avión o de que los encontrara una lancha de rescate parecían remotas.

Cuando uno de ellos, Norman, logró apretar el gatillo de la pistola de bengalas, el sonido del motor se había desvanecido del todo.

—Joder, demasiado tarde —soltó Keith.

El cartucho solo sirvió para iluminar la vasta oscuridad en la que se encontraban a la deriva y para hundir aún más su moral, si es que era posible. Teddy se preguntó si habrían imaginado el sonido del motor del avión. Quizá aquello era como perderse en el desierto y no tardarían en empezar a ver espejismos o a ser víctimas de toda suerte de alucinaciones y delirios.

—Daría lo que fuera por un pitillo —dijo Keith.

—Yo tenía un paquete —repuso Kenny, y forcejeó para sacarlo del bolsillo.

Observaron con pesar el paquete empapado de Woodbine antes de que el artillero lo arrojara por la borda. Todos los pertrechos de emergencia habían desaparecido, por supuesto; al zambullirse por segunda vez, el agua se había llevado consigo cigarrillos, alimentos y cualquier otra cosa capaz de darles una pequeña alegría o un sustento. Teddy encontró un pedazo de chocolate en un bolsillo, y Mac lo dividió de manera escrupulosa con su navaja y lo repartió. George había hecho bien en comerse su ración de chocolate antes de salir, pensó Teddy, pues en aquel momento no estaba para eso. Vic rechazó el chocolate, el mareo le estaba provocando un sufrimiento terrible.

—He oído esas historias —dijo Keith— de hombres a la deriva durante semanas en un bote y sobre cómo acaban comiéndose unos a otros, empezando por el grumete. —De forma instintiva, todos se volvieron para mirar a Kenny—. Pero solo quiero que sepáis que preferiría comerme mi propio pie que a cualquiera de vosotros, cabrones.

—Me lo tomo como un insulto personal —respondió Mac—. Yo constituiría un buen menú para cualquiera.

Aquello hizo que todos empezaran a hablar de comida, lo cual nunca es buena idea cuando no hay posibilidades de obtenerla, pero la charla se fue apagando de forma gradual hasta extinguirse. Estaban demasiado agotados para conversar y uno tras otro fueron sumiéndose en un sueño irregular. A Teddy le preocupó que no volvieran a despertar de aquel frío letargo y se quedó despierto, montando guardia.

Se entretuvo preguntándose qué elegiría de comer. Si pudiera concederse una comida, ¿en qué consistiría? ¿Sería en un restaurante elegante o en el cuarto de los niños de su infancia? Al final se decidió por los pasteles de carne de caza de la señora Glover y, de postre, un pastel de melaza y crema. Pero lo que le preocupaba no era el menú, sino que estuvieran todos sentados a la mesa de estilo neorregencia, con Hugh en la cabecera, de regreso de entre los muertos. Jimmy sentado en las rodillas de Pamela, las niñas todavía con cintas en el pelo y falditas cortas. Bridget llevando y trayendo platos de la cocina, la señora Glover gruñendo entre bastidores. Sylvie, elegante y de buen humor. Incluso había un sitio para Maurice. Y un perro bajo la mesa. O dos, porque existían en su imaginación, no en sus tumbas, de modo que tenía a sus pies tanto a Trixie como a Jock, apoltronados y calentitos. Pese a sus buenas intenciones, no logró mantener los ojos abiertos y se sumió en el negro abismo del sueño.

La segunda mañana reinaba una luz plomiza que no presagiaba nada bueno. El mar había estado más tranquilo durante unas horas, pero de pronto se volvió turbulento. Las olas no paraban de salpicarlos y el agua les daba de lleno en la cara, volviendo difícil respirar. Parecía imposible que pudieran mojarse aún más, y sin embargo se empaparon. Para empeorar las cosas, descubrieron que el bote hacía agua en algún sitio y tuvieron que achicarla con los fuelles de emergencia, pero al cabo de un rato también dejaron de funcionar y no consiguieron encontrar la forma de arreglarlos, y el único medio que les quedó para achicar el agua fue recogiéndola con las manos heladas, lo que las volvía más inútiles todavía.

George tenía mal aspecto, al igual que Vic. Ninguno de los dos podía protegerse de las olas que los azotaban continuamente. Teddy reptó hasta George e intentó tomarle el pulso, pero el zarandeo de las olas era demasiado violento. Aunque pensó que quizá estaba muerto. no les dijo nada a los demás.

Al mirar hacia Kenny, advirtió que este observaba con tristeza a George. Pero entonces su mirada se posó en Teddy y dijo:

—Si voy a morir, comandante, prefiero morir contigo que con cualquier otro.

—No vas a morir —respondió Teddy con cierta aspereza. Si se dejaban llevar por la desesperación, estarían apañados. «Más vale evitar pensamientos morbosos.»

—Ya, pero si pasa…

Quizá se preguntarán dónde estaba el segundo copiloto. Guy. Nadie recordaba haberlo visto después del ataque del caza, y durante un rato hubo un debate en el bote sobre lo que podía haberle pasado. Al final llegaron a la conclusión de que no se había desvanecido sencillamente en el aire, sino que debía de haber caído, sin que nadie lo viera ni oyera, a través del agujero en el fuselaje cuando entraron en barrena para precipitarse a plomo en el mar del Norte sin paracaídas.

Otra ola fatídica arremetió contra ellos como si fuera de cemento. Se agarraron lo mejor que pudieron, pero tanto Vic como Kenny cayeron al agua. Teddy nunca llegó a saber de dónde sacaron las fuerzas para recuperar a un aterrorizado Kenny («Porque era un enano», diría más tarde Keith), y sin embargo consiguieron hacerlo. Sin embargo, cada vez que intentaban izar el peso muerto de Vic de vuelta al bote, él volvía a deslizarse al agua. Era una tarea imposible, sencillamente estaban demasiado débiles. Lograron atarle un brazo en una de las cuerdas del bote, pero a Teddy no le pareció que le fuera posible resistir más de unos minutos dentro del agua.

Teddy se colocó en el sitio más cerca de Vic, y todavía estaba intentando agarrarlo cuando Vic echó atrás la cabeza y lo miró a los ojos, y Teddy comprendió que ya no tenía ganas de seguir luchando.

—Bueno, pues buena suerte —susurró Vic, y dejó que su brazo se deslizara hasta soltarse de la cuerda del bote. Se alejó flotando solo unas yardas, y luego desapareció en silencio bajo las olas con destino a su tumba desconocida.

Aunque George Carr no estaba muerto, como había temido Teddy, murió dos días después en el hospital, «del shock y la inmersión», lo que Teddy supuso que quería decir de frío.

Los encontró por casualidad un barco de la Armada Real que andaba buscando otro avión caído. Los subieron a bordo, les quitaron la ropa y les dieron té caliente con ron y cigarrillos, y a continuación los envolvieron en mantas y los acostaron con ternura en literas, como si fueran bebés. Teddy se sumió al instante en el sueño más profundo que había conocido jamás, y cuando lo despertaron alrededor de una hora después con más té caliente con ron, deseó que lo hubieran dejado dormir en aquella litera para siempre.

Pasaron una noche en el hospital de Grimsby y luego cogieron el tren de vuelta a su escuadrón. A excepción de George, por supuesto, a quien recuperó su familia para enterrarlo en Burnley.

Les dieron varios días de permiso, pero aún quedaba la cuestión de la trigésima operación que le faltaba a Kenny. Ninguno de ellos podía creer que, después de todo por lo que habían pasado, aún se esperara de él que finalizara su período de servicio; sin embargo, el oficial al mando, del que sabían que era un buen hombre, dijo tener «las manos atadas».

De modo que solo una semana después de que los hubieran sacado como gatitos medio ahogados de las profundidades, se encontraron posados en la pista esperando la señal para despegar. Los miembros restantes de la tripulación —Teddy, Mac, Norman y Keith, todos con el período de servicio cumplido— se presentaron voluntarios para subir a bordo con Kenny para una última incursión. Lloró cuando se lo dijeron.

—Vaya cabrón blandengue estás hecho —dijo Keith.

Fue una decisión temeraria y caballeresca. Por alguna razón, se sentían «invulnerables» tras el amerizaje, como si nada malo pudiera ocurrirles, y no era el caso, como podría haberles dicho la chica del Ministerio del Aire. Y eso pese al hecho de que todos los indicios y augurios eran malos. (Quizá los «cables cruzados» de Keith en cuestión de suerte tenían algo que ver.) Habían tomado prestado un avión de otra tripulación y se llevaron a otros dos hombres que necesitaban realizar misiones de combate, siguiendo el principio de que todos serían bichos raros en aquel vuelo. Incluso se llevaron consigo un segundo copiloto, aunque no se trataba de un piloto novato adquiriendo experiencia sino de su propio oficial al mando, a quien «le apetecía» volar. Teddy esperaba que, gracias a él, les asignaran alguna operación tranquila, quizá la misión de poca monta de soltar panfletos sobre Francia, pero no, volaron a la Gran Ciudad en una incursión de máximo alcance. A todos se les había contagiado una especie de locura y tenían los ánimos ridículamente por las nubes, como chicos que partieran en una expedición de los boy scouts.

Zigzaguearon en el camino de ida y vuelta a Berlín sin que el fuego antiaéreo los alcanzara y ni siquiera se encontraron con un caza. El suyo fue uno de los primeros bombarderos en aterrizar de vuelta al escuadrón. Kenny saltó del aparato y besó el cemento de la pista. Todos se estrecharon las manos y el oficial al mando dijo:

—Ya veis, no ha sido tan malo, ¿a que no, muchachos?

No debería haber dicho aquello. Participó en el fatídico ataque aéreo de Nuremberg y Teddy se enteró más adelante de que nunca regresó.

Era bastante obvio que Lillian estaba embarazada, con un viejo vestido estampado con las costuras a punto de ceder. Se la veía cansada, con grandes ojeras y venas varicosas en las delgadas piernas. Nada del aspecto radiante del embarazo en su caso, pensó Teddy. Costaba creer que aquella fuera la misma Lil de las innombrables de satén rojo. Mira adónde la habían conducido.

—Tenemos un velatorio en lugar de una boda —dijo la señora Bennett—. Siéntate, Lil, descansa un poco los pies del peso.

Obediente, Lillian se sentó mientras la señora Bennett preparaba una tetera.

—No conocía Canvey Island —comentó Teddy.

—¿Y por qué deberías conocerla? —contestó la señora Bennett.

Teddy reparó en que Vic había heredado de ella la mala dentadura.

—Él no mencionó al bebé —añadió.

—¿Y por qué debería haberlo mencionado? —respondió la señora Bennett.

Lillian arqueó una ceja y le sonrió a Teddy.

—Nacido fuera del matrimonio —declaró la madre de Vic sirviendo el té de una enorme tetera metálica. Aquella mujer era una extraña mezcla de desaprobación y consuelo.

—No será el primero, ni será el último —intervino Lillian, y dirigiéndose a Teddy añadió—: Dejó una carta. Todos lo hacen, ya sabes.

—Sí, lo sé —dijo Teddy.

—Por supuesto que lo sabe —dijo la señora Bennett—. Él mismo habrá dejado una.

Teddy supuso que la madre de Vic nunca podría ser de forma oficial la suegra de Lillian, y era posible que en el futuro eso supusiera cierta escapatoria para la pobre chica. Una pequeña muestra de misericordia.

—En ella decía… —insistió Lillian, ignorando a la señora Bennett— decía que cuando naciera el bebé, si era niño, debía llamarse Edward.

—¿Edward? —repitió Teddy sin comprender.

—Como tú.

Y por primera vez en toda la guerra, Teddy se vino abajo. Se echó a llorar, con alarmantes y dolorosos sollozos, y Lillian se puso en pie y lo rodeó con los brazos para atraerlo hacia su cuerpo henchido.

—Calma, calma —lo tranquilizó, como haría al cabo de unos meses con su propio hijo.

La madre de Vic, más dulce ahora, insistió en que comiera con ellas, como si sus buñuelos de carne en conserva fueran a aliviar de alguna manera su duelo colectivo. Le dieron más té, y cigarrillos y caramelos que habían comprado para el regreso a casa de Vic, y solo le permitieron escapar cuando se le empezaron a cerrar los párpados y Lillian dijo:

—Deja que el pobre hombre se vaya, lo acompañaré andando hasta la parada de autobús.

—Iré con vosotros —dijo la señora Bennett calándose un sombrero en la cabeza.

Él era cuanto les quedaba de Vic, pensó Teddy, y no soportaban la idea de dejarlo marchar.

Mientras esperaban en la parada del autobús, la madre de Vic, mirando fijamente al frente, comentó:

—Escribió sobre ti. Decía que eras el mejor hombre que había conocido.

Teddy notó que a la mujer le temblaba el labio. Apareció el autobús, salvándolo de tener que pensar en una respuesta.

—Casi se me olvida… —dijo entonces—, nuestro artillero de cola, Kenny Nielson, me ha pedido que le diera algo al bebé.

Teddy sacó el gato negro de fieltro que había sido la mascota de la buena suerte de Kenny. Había sobrevivido al chapuzón en el mar del Norte, lo que desde luego no le hacía tener mejor aspecto. En su última misión de combate había volado orgulloso en la carlinga durante todo el trayecto de ida y vuelta a Berlín.

—Qué asco —soltó la señora Bennett cuando lo vio—. No puedes darle eso a un bebé.

Pero Lillian cogió el gatito de fieltro y le dijo a Teddy:

—Gracias, lo guardaré como un tesoro.

—Entonces ya me voy —dijo Teddy, y subió a la plataforma del autobús—. Ha sido un placer conoceros. Bueno, pues buena suerte —añadió, y solo después se dio cuenta de que aquellas habían sido las últimas palabras de Vic.

1982

Héroes de la madrugada

La mayoría de las noches sollozaba contra la almohada, preguntándose qué había hecho para merecer aquello. El problema era que algo en él no andaba bien, ¿no? Todo el mundo lo decía: su madre, su abuela, incluso en ocasiones su hermana, pero ¿qué era? Porque si supiera qué estaba mal intentaría arreglarlo, de verdad que lo haría. Lo intentaría con todas sus fuerzas. Y quizá entonces aquel castigo perpetuo acabaría y la bruja malvada que decía ser su abuela lo dejaría irse a casa, y no volvería a ser un niño malo en toda su vida.

Cada noche, cuando se iba a la cama, Sunny repasaba con desesperación la retahíla de desconcertantes normas, preguntas e insatisfacción generalizada (en todos los bandos) que habían llenado su jornada en Jordan Manor («ponte derecho no comas con la boca abierta no hagas eso dentro de la casa muchas gracias lávate bien las orejas o es que intentas que crezcan patatas en ellas qué tienes en la mano pero a ti qué te pasa»). No importaba qué hiciera, nunca estaba bien. Eso lo estaba convirtiendo en un manojo de nervios. ¿Por qué nunca se acordaba de decir «por favor» y «gracias»?, lo regañaba su abuela. Tenía que atenuar el llanto porque si ella le oía llorar subiría pisando fuerte por las escaleras e irrumpiría en su habitación y le diría que se callara y se durmiera.

—Y no me hagas volver a subir —añadía siempre—. Estas escaleras van a matarme algún día.

«Ay, ojalá», pensaba Sunny. ¿Y por qué lo había instalado allí arriba si le costaba tanto subir?

Era una celda, aunque según ella fuera «el cuarto de los niños», una habitación horrible en el desván, en lo que ella llamaba «el piso del servicio», aunque ya no tuvieran criados «como Dios manda», según ella. En cualquier caso, los que tenían, la señora Kerrich y Thomas, nunca subían allí. Estaban «pasando estrecheces», decía su abuela, motivo por el que solo contaban con la señora Kerrich, que acudía cada día a cocinar y limpiar, y Thomas, que vivía en la casita del guarda en la entrada de Jordan Manor y que cargaba, transportaba y arreglaba todo aquello que se estropeaba y «hacía intentos» por cuidar el jardín. A Sunny no le caía bien Thomas. Siempre le decía cosas como «¿Qué tal, chaval? ¿Te vienes a ver mi leñera, jovencito». Y a continuación se reía como si acabara de contar el chiste más gracioso de la historia, mostrando huecos negros donde le faltaban dientes. Tanto Thomas como la señora Kerrich tenían un acento peculiar, llano y cantarín al mismo tiempo. («De Norfolk», aclaraba la señora Kerrich.)

—En realidad son campesinos —decía su abuela—. Buena gente, sin embargo. Más o menos.

Tanto Thomas como la señora Kerrich pasaban mucho tiempo refunfuñando por tener que estar siempre «a la entera disposición de milady», y más tiempo incluso refunfuñando por Sunny y la cantidad de «trabajo de más» que les suponía. Hablaban de él en sus narices como si no estuviera presente, sentado a la mesa de la cocina con ellos. Thomas fumaba sus Woodbine y la señora Kerrich tomaba té. Sunny tenía ganas de preguntarles: «¿Dónde está hoy el señor Modales?», que era lo que su madre le habría dicho a él de haberse mostrado grosero con alguien en su cara.

De hecho, de haber vivido en Jordan Manor, el señor Modales habría tenido muchísima faena. Sunny no volvería a ser grosero con nadie en toda su vida si lo dejaban irse a casa.

Aun así, se estaba mejor en la cocina que en el resto de la casa. Era la habitación más caliente y siempre existía la posibilidad de comer algo. Si rondaba por la cocina el tiempo suficiente, la señora Kerrich le daba algo para picar, con la misma despreocupación con que arrojaba de vez en cuando un bocado a los perros. Sus abuelos tenían hábitos alimenticios frugales, y él se sentía hambriento constantemente. Era un niño en pleno crecimiento, se suponía que debía comer. Hasta su madre lo decía. Para empeorar las cosas, las comidas iban acompañadas de un aluvión de instrucciones: «mastica con la boca cerrada siéntate bien utiliza el cuchillo y el tenedor como Dios manda parece que te hayas criado en un granero». Según la abuela, sus modales en la mesa eran «terribles»; quizá deberían darle comida para cerdos, visto que comía como uno.

—Aquí ya no tienen cerdos —dijo la señora Kerrich—, que si no, es probable que su comida fueras tú.

Aquello no era tanto una amenaza como la declaración de un hecho, la verdad.

La señora Kerrich soltó un suspiro y le dijo a Thomas:

—Bueno, más vale que le lleves a milady su «cafetito matutino». —Esas dos últimas palabras sonaron cargadas de sarcasmo, lo que indicaba su propio estatus rural de orgullosa bebedora de té dulce y fuerte y no de aquel pretencioso café de clase alta.

La abuela de Sunny no era ninguna «milady», solo una señora a secas. La señora Villiers. La señora Antonia Villiers. La «abuela», que era una palabra con la que Sunny se tropezaba siempre que intentaba pronunciarla (entre otras razones, porque le costaba creer que tuviera algún parentesco con ella). ¿Por qué no podía llamarla «abu» o «abuelita»? Lo había intentado una vez. Ella estaba de pie ante las puertas acristaladas del salón, observando a Thomas cortar el césped («¡Menudo incompetente!»), mientras Sunny jugaba en la alfombra con un viejo mecano de su padre que la abuela le había «prestado» a regañadientes («¡Mucho cuidado con él!»).

—¿Puedo tomar un vaso de leche, abu? —le preguntó.

Ella se volvió en redondo para mirarlo fijamente como si no lo hubiera visto nunca.

—¿Cómo? —dijo, como hacía su madre, solo que con un tono diez veces más desagradable, como si quisiera morderlo con aquella palabra.

—Abuela —se apresuró a corregir él, y añadió—: Por favor. —(El señor Modales asintió con la cabeza en señal de aprobación.)

La abuela se limitó a seguir mirándolo, hasta que Sunny pensó que uno de los dos se convertiría en piedra, pero al final ella murmuró para sí: «Puedo tomar un vaso de leche, abu», como si fuera la cosa más desconcertante que hubiese oído nunca. Y luego volvió a mirar a Thomas. («¡Cualquiera diría que no había visto antes un césped!»)

—¿Leche? —La señora Kerrich soltó una carcajada—. Nunca estás satisfecho, chico, ese es tu problema.

Se suponía que los niños en edad de crecimiento tomaban leche. Sunny lo sabía, ¡todo el mundo lo sabía! Pero ¿qué le pasaba a esa gente? Y comían galletas, plátanos, pan con mantequilla y mermelada y otros alimentos que en Jordan Manor se consideraban lujos pero que para su abuelo de verdad —el abuelito Ted— eran tentempiés necesarios a lo largo del día. Sunny estaba acostumbrado a estar con adultos que daban la impresión de no saber nada sobre niños: la Finca de Adán, el «grupo de mujeres pacifistas» de su madre, su clase en la escuela... Sin embargo, en esos sitios tarde o temprano le daban de comer.

—Ay, tío, y tanto que sí —le dijo su padre—. Es como vivir en una novela de Dickens. «Por favor, señor, ¿puedo tomar un poco más?» Lo recuerdo. Y después, cuando te vayas al internado, tendrás que comerte la mierda que te darán allí.

¿El internado?, pensó Sunny. Él no iba a ir a ningún internado, iba a irse a casa cuando acabaran las vacaciones de verano, de vuelta a la escuela en York que no le gustaba demasiado pero que ahora empezaba a parecerle el paraíso perdido.

—Oh, no estés tan seguro —dijo su padre—. Ahora que ella te tiene entre sus garras no te dejará marchar.

Dominic vivía sobre la cuadra («mi buhardilla») y lo habitual era encontrarlo tumbado en un viejo y maltrecho sofá, rodeado de lienzos sin acabar. Cuanto quedaba de los caballos era el persistente olor a estiércol que te llegaba al subir por los peldaños de piedra exteriores hasta su habitación. El padre de Sunny se encontraba en el exilio («autoimpuesto») con respecto a la casa principal.

Dominic tampoco parecía comer gran cosa, aunque solía tener una tableta de chocolate en alguna parte que dividía entre los dos. Según decía, no había estado muy bien, «en el hospital y toda esa mierda», pero ahora se encontraba mucho mejor. Si bien cada vez que Sunny iba a verlo estaba dormido, según él lo que hacía era pensar. No tenía sentido quejarse de nada ante su padre. Decía que le habían recetado fármacos muy fuertes. Los frasquitos estaban alineados sobre el alféizar de la ventana. «Parece uno de esos animales tan vagos, un perezoso», le decía la abuela de Sunny al abuelo («abuelo», otro trabalenguas), y aunque a Sunny le daba la sensación de que tendría que defender a su padre, se veía obligado a reconocer que su abuela tenía razón. De hecho, los perezosos se impacientarían con Dominic. (Sunny había visto un documental sobre los perezosos con el abuelo Ted.) Dominic no le merecía ninguna opinión al abuelo. El motivo era que estaba «gagá», según la señora Kerrich. «En lugar de cerebro tiene huevos revueltos.»

—¿Cómo va a heredar Dominic en ese estado? —parloteaba la abuela de Sunny, impasible ante la unilateralidad de todas las conversaciones con su marido; tal vez las prefería así—. ¿Y si no consigue recuperarse? Ese niño será entonces nuestra única esperanza, que Dios nos ayude.

«Ese niño» se preguntaba qué significarían esas palabras. No se sentía a la altura de ser la única esperanza de nadie. Por lo visto era «el último Villiers». Pero ¿y Bertie?

—Ella es una niña —decía la abuela con desdén—. «El linaje acabó en las hijas.» Eso dirá el anuario de la nobleza de *Debrett*.

A Sunny le parecía un lugar bastante bueno donde acabar, pero según su abuela necesitaban un heredero varón, aunque fuera ilegítimo. («Ese crío es un espurio, ¿eh? —le decía la señora Kerrich a Thomas—, y en más de un sentido.»)

—Aún podremos convertirlo en un Villiers —declaró la abuela—, aunque lo tengamos cuesta arriba.

Por lo visto, el «estado» en que se encontraba su padre era culpa de Sunny. ¿Cómo? ¿Por qué?

—Sencillamente porque existes —comentó la señora Kerrich con su terrible acento, tendiéndole una galleta redonda Rich Tea—. Si el joven Dominic no se hubiera metido drogas ni se hubiera liado con tu madre y todo eso, podría haber montado a caballo todos los días y haberse casado con una chica mona que llevara perlas y conjuntitos de punto, como se supone que han de hacer los de su clase. Pero en lugar de eso se convirtió —hizo el gesto de entrecomillar con los dedos de ambas manos— en «un artista». Y luego va y fuerza la cosa teniendo un crío como tú.

La señora Kerrich era una fuente inagotable de información, la mayor parte de ella falsa o engañosa, por desgracia.

Los perros, captando que había galletas, irrumpieron en la cocina y se pasearon entre sus piernas debajo de la mesa. Había tres, unos bichos babosos de alguna variedad de spaniel, sin interés en nadie que no fuera ellos mismos. Snuffy, Pippy y Loppy. Menudos nombres tan estúpidos. El abuelo Ted tenía un perro como debía ser, se llamaba Tinker. Según el abuelo, Tinker era «firme como una roca». Los perros de la abuela siempre andaban mordiendo a Sunny a hurtadillas con sus desagradables dientecitos, y cuando él se quejaba, la abuela respondía:

—¿Qué les has hecho? Tienes que haberles hecho algo, no muerden porque sí.

Pero eso era justo lo que hacían.

—Largo de aquí, perros asquerosos —espetó la señora Kerrich.

Sus palabras no tuvieron el más mínimo efecto; ni siquiera los habían educado bien, y dejaban sus «salchichitas», como decía con indulgencia la abuela, por todas partes sobre las alfombras persas, que habían «visto tiempos mejores». («Qué asco», se quejaba la señora Kerrich.) La casa entera había visto tiempos mejores. Se estaba cayendo a pedazos según la abuela, cuya voz áspera se oyó entonces desde la otra punta:

—¡Snuffy! ¡Pippy! ¡Loppy! —chilló, y los perros salieron en un torbellino de la cocina, tan deprisa como habían entrado.

—Si de mí dependiera, los haría sacrificar a todos —soltó la señora Kerrich.

Sunny sospechó que no se refería tan solo a los perros.

Él se portaba mucho mejor que aquellos bichos, y sin embargo lo trataban mucho peor. ¿Cómo podía ser justo algo así?

Uno de los timbres con que se llamaba al servicio empezó a sonar en el pasillo. Tenía un sonido terriblemente estridente, como si la persona que lo hacía sonar en el otro extremo estuviera furiosa (que, de hecho, solía ser el caso).

—¡Ay, señor!, ya está milord otra vez —dijo la señora Kerrich levantándose de la silla—. El llamamiento del timbre. —(Siempre decía lo mismo.)

Milord tampoco era un lord sino «el coronel Villiers». El (supuesto) abuelo de Sunny rara vez se movía de su butaca junto al fuego. Tenía los ojos azul pálido y legañosos y solía limitarse a proferir un sonido a medio camino entre un ladrido y una tos, como el de una foca, que a la abuela y la señora Kerrich no parecía costarles interpretar pero que a Sunny le resultaba muy difícil traducir a un inglés reconocible. Siempre que andaba cerca de su abuelo, este lo agarraba con fuerza, muchas veces pellizcándolo al mismo tiempo, y le aullaba al oído:

—¿Y tú quién eres?

Sunny no tenía muy clara la respuesta a esa pregunta. Ya no era Sunny, por lo visto. Su abuela decía que no conseguía llamarlo por aquel nombre tan tonto. Llamarlo «Sun» era más ridículo incluso, de modo que decidió que a partir de entonces se llamaría Philip, que era el nombre de su abuelo gagá.

—Ay, tío —le dijo su padre cuando Sunny fue a informarlo de que ahora se llamaba Philip—. Déjala llamarte como le dé la gana. Es más sencillo que pelearse con ella. Además, ¿qué es un nombre? Solo una etiqueta que te cuelgan del cuello.

No se trataba únicamente del nombre: su abuela lo había llevado a Norwich para comprarle toda la ropa nueva, de modo que ya no iba vestido como un payaso con jerséis de rayas tejidos a mano y pantalones de peto, sino con pantalones cortos en tonos caqui y sudaderas «elegantes», y las sandalias cangrejeras de goma se habían sustituido por unas clásicas Start-Rite. Peor incluso, lo había llevado a un «barbero para caballeros» que le cortó los largos rizos y, a base de tijera y afeitadora, le había hecho «un corto en nuca y sienes» que transformó por completo su aspecto. Ya no era la misma persona.

No le contó al abuelo Ted lo de su nueva identidad, pues intuyó que provocaría más preguntas de las que era capaz de responder. Había una llamada telefónica semanal. La abuela se quedaba plantada a su lado mientras él sujetaba con torpeza el enorme auricular y tenía «una pequeña charla» con el abuelo Ted. Por desgracia, la presencia extrañamente amenazadora de la abuela le impedía a Sunny contar a gritos la verdad, que se sentía desconsolado e infeliz. No se le daba muy bien «charlar» y esa clase de cosas, de modo que, en general, respondía con monosílabos a las preguntas de Teddy. ¿Lo estaba pasando bien? Sí. ¿Hacía buen tiempo? Sí. (Casi siempre llovía.) ¿Le daban suficiente de comer? Sí. (¡No!) Y Teddy solía acabar preguntándole: ¿Quieres hablar con Bertie? (Sí) y, puesto que a ella se le daba igual de mal «charlar» que a él, seguían un par de minutos de silencio mientras escuchaban sus mutuas respiraciones adenoideas, hasta que la abuela decía con impaciencia: «Pásame otra vez el teléfono» y le ordenaba a Bertie, al otro lado de la línea, que le devolviera su auricular al abuelo. Entonces la abuela hablaba con una voz más simpática y decía cosas como «Se ha adaptado muy bien, creo que debería quedarse un poquito más. Sí, todo este aire fresco del campo, y lo de estar con su padre. Y cómo no, es lo que desea la querida Viola». ¿La querida Viola?, pensaba Sunny, incapaz de imaginar una escena en la que la abuela y «la querida Viola» estuvieran en la misma habitación.

Ojalá conociera un código o un lenguaje secreto en el que pudiera transmitir su angustia («¡Socorro!»), pero solo decía «Adiós, abuelo» pese a que en ese mismo momento sentía algo horrible (pena) en la boca del (casi vacío) estómago.

—Es el síndrome de Estocolmo —comentó Bertie—. Empiezas a identificarte con tus captores, como Patti Hearst.

Eso pasaba en 2011 y estaban sentados en la cima del monte Batur, contemplando la salida del sol. Habían subido hasta allí con linternas antes del amanecer. A esas alturas Sunny llevaba dos años viviendo en Bali. Antes había estado en Australia, y antes en la India durante años. Bertie lo había visitado varias veces, Viola ninguna.

Bertie se las habría apañado mejor en Jordan Manor. Sabía complacer a la gente, pero también cuándo rebelarse. Sunny nunca había aprendido a hacer ninguna de las dos cosas bien.

—Eran como vampiros —le dijo a Bertie—. Necesitaban una inyección de sangre fresca, por contaminada que estuviera.

—¿Tú crees que eran tan malos como los recuerdas? —le preguntó Bertie.

—Peores, mucho peores —contestó Sunny, riendo.

De hecho, lo habían secuestrado, y ahora lo tenían prisionero contra su voluntad.

—¿Te apetecen unas vacaciones con tu padre? —le había preguntado el abuelo Ted.

Eran las vacaciones de verano. Tenía la impresión de que había pasado una vida entera desde que salieron de Devon y de la Finca de Adán. Devon ya se había convertido en un recuerdo dorado, sin duda alimentado por las utópicas fantasías de su hermanita, fantasías que incluían gansos, vacas rojas y pastel. Sunny había confiado en que pudieran quedarse a vivir con el abuelo Ted cuando se mudaron a York, pero su madre dijo: «No es probable», y al cabo de un par de semanas alquiló una sombría casita adosada y a él lo inscribió en una escuela que seguía «el método pedagógico Steiner». No le gustó, pero ahora volvería a ella de buen grado.

—Podrías conocer un poco a tus otros abuelos —dijo el abuelo Ted con un entusiasmo sin duda falso—. Viven en una casa grande en el campo, con perros y caballos y todo eso. Quizá estaría bien que pasaras con ellos un par de semanas… ¿Qué te parece?

Hacía mucho tiempo que se habían quitado de encima a los caballos, y los perros se lo comerían si tuvieran la oportunidad de hacerlo.

—También tienen un laberinto y otras cosas que te dejarían asombrado —añadió Teddy.

A Sunny le pareció que quienes estarían asombrados serían esos abuelos hasta entonces desconocidos, y no le sorprendía. A él mismo también le asombraba lo suyo encontrarse con que lo despachaban a pasar unos días con ellos. Tenía poca voluntad, lo sabía. Se lo había inculcado Viola: «No te corresponde decir qué quieres hacer», «Harás lo que yo diga, no lo que quieras tú», «¡Porque lo digo yo!».

—No ha sido idea mía —oyó decir por teléfono a su abuelo a un interlocutor invisible—, pero su madre tiene mucho interés en que vaya.

Por supuesto, eso pasó después de que su madre los hubiese abandonado para «defender sus creencias», según ella. ¿Qué significaba eso? ¿No eran sus hijos tan importantes como sus creencias? ¿No eran lo mismo? Se había ido a Greenham Common. Bertie dijo que sonaba a un lugar de cuento de hadas (hasta que la propia Bertie fue allí). A su hermana todo le sonaba a cuento de hadas. Viola estaba «abrazando la base», fuera cual fuese el significado de eso. «Pues podría intentar abrazar a sus hijos», oyó Sunny que farfullaba Teddy.

Su abuela y Dominic habían llegado en un coche grande y antiguo, y cuando se apeaban de él, el abuelo Ted le susurró al oído:

—Esa es tu abuela, Sunny —aunque él tampoco la había visto nunca.

La abuela llevaba un maltrecho abrigo de pieles que parecía hecho con pellejos de rata y tenía los dientes tan amarillos como los narcisos del jardín del abuelo. Parecía viejísima, pero cuando recordara la escena en el futuro, Sunny calcularía que no tendría mucho más de setenta años. («En el pasado la gente era más vieja», diría Bertie.)

—¡Papá! —exclamó Bertie, y se arrojó en los brazos de su padre, sorprendiendo a Sunny, y a Dominic ya no digamos, con su entusiasmo de cachorrillo.

—Ey —dijo su padre dando un paso atrás como si su hija pretendiera atacarlo. Tras identificar por fin a Bertie, añadió dirigiéndose a Teddy—: ¿Qué tal?

Teddy los invitó a pasar para tomar una taza de té.

—Y he hecho un pastel, un bizcocho relleno.

Su nueva abuela torció el gesto no solo ante la idea de un pastel sino también la de que lo hubiera hecho un hombre.

Y ahí acabó la cosa. Una vez que se hubieron tomado el té y comido (o no) el pastel, metieron a Sunny en el asiento trasero del coche con tres perros muy celosos, y cuando quiso darse cuenta ya estaba en Norfolk y su supuesta abuela le decía que a ver si empezaba a hacerse mayor. ¡Solo tenía siete años! ¡Le faltaban muchos años todavía para ser mayor! Qué injusto era todo.

Se sorbió una última vez la nariz contra la almohada, con el ánimo por los suelos. Cada noche le costaba mucho dormirse, y cuando lo conseguía despertaba sobresaltado y se encontraba rodeado por toda clase de objetos siniestros que lo amenazaban desde la oscuridad. A la luz del día, más segura, los veía como lo que eran, trastos acumulados a lo largo de los años que un resentido Thomas había dejado allí tras darle órdenes de despejar la habitación para «el chico»: un maltrecho moisés de mimbre, una cuna rota, un esquí sin pareja, una gigantesca pantalla de lámpara y, lo peor de todo, un maniquí de costura de madera que, al caer la noche, Sunny habría jurado que avanzaba hacia él pulgada a pulgada, terrorífico, como en un malévolo juego del «Un, dos, tres, pajarito inglés».

—Ay, tío, sí, el cuarto de los niños… —dijo Dominic—. Menudo sitio de mala muerte. Si tuviera hijos, yo les daría la mejor habitación de la casa.

—Pero sí que tienes hijos —terció su hijo.

—Ah, sí, bueno…, ya sabes qué quiero decir.

«Pues no, la verdad», pensó Sunny.

En el cuarto de los niños siempre hacía frío, aunque fuera verano. En las paredes había manchas de humedad y un pedazo de papel pintado desprendido colgaba como piel desollada. La única ventana, moteada de moho negro, estaba cerrada a cal y canto, de otro modo Sunny quizá habría tratado de huir bajando por una tubería, la clase de trastadas que Augustus hacía en los libros.

El abuelo Ted tenía esos libros, montones de ellos titulados *Las aventuras de Augustus*, que por lo visto su tía había escrito sobre él. Viola le había leído un par. Augustus andaba metido en toda clase de travesuras, y a todos les parecía bien que lo hiciera, o más o menos, pero si Sunny dejaba caer un simple guisante del plato, era el niño más malo del mundo en lo que concernía a su abuela. No era justo.

Deseaba que Bertie estuviera allí. Se habría arrebujado en la cama con él para mantenerlo calentito. Se le daba bien hacer caricias, y al abuelo Ted también. En Jordan Manor nadie lo tocaba nunca como no fuera para pellizcarlo o pegarle o, en el caso de los perros, morderle. La abuela prefería darle en las pantorrillas con una regla de madera de veinte pulgadas. «Bastante bien que le sentaba a Dominic», decía. («Ya, y mira cómo le ha salido el chico», se burlaba la señora Kerrich. Y no es que la señora Kerrich se opusiera al castigo corporal, ni mucho menos.) Sunny mojaba la cama muy a menudo, algo que también hacía en su casa; sin embargo, ahí era la señora Kerrich quien tenía que ocuparse de las sábanas y no paraba de recordarle que era un «pequeño meón», y cuando se enfadaba de verdad lo hacía dormir en las sábanas frías y mojadas una noche más.

En el cuarto de los niños también se habían dejado libros mohosos y rompecabezas Victory. Sunny les sacaba todo el partido que podía. Como lector era un desastre, pero los rompecabezas se le daban muy bien, aunque el número de veces que podía dejarlo satisfecho hacer «La cabaña de Anne Hathaway» o «El rey Arturo en Dartmoor» tenía un límite.

El cuarto de los niños seguía alfombrado con los desechos de la infancia de Dominic, y Sunny no paraba de pisar algún pícaro soldadito o resbalar con un cochecito Dinky, e iba reuniendo esos pequeños tesoros en una vieja caja de zapatos. Aunque conservaba (contra todo pronóstico) la pequeña liebre plateada que le había dado el abuelo Ted, desearía haber contado con el consuelo de sus piedras. Había un poco de gravilla en el sendero de entrada, pero no le bastaba con eso. Su mejor guijarro, el que había encontrado en la playa justo antes de que se marcharan de Devon, se lo había quitado la abuela. («Qué cosa tan sucia.») De haber tenido sus piedras, podría haber dejado un rastro como Hansel y Gretel para encontrar el camino de vuelta a casa. O Bertie, su Gretel, podría haber seguido el rastro hasta encontrarlo, liberarlo de aquella jaula y meter de un empujón a la abuela en el horno y quemarla hasta convertirla en cenizas. Se quedó dormido con aquel pensamiento tan alegre en la cabeza.

Surgió la «controvertida cuestión» de la educación de Sunny. La señora Kerrich le dijo a Thomas que no veía por qué no podía ir sencillamente a la escuela del pueblo.

—No es lo bastante buena para un Villiers —comentó Thomas.

Yo me llamo Todd, pensó él, Sunny Todd, no Philip Villiers. ¿Cuánto tiempo tardaría en olvidarlo? La señora Kerrich dijo que a ella el «hijo y heredero» le parecía un retrasado, así que no hacía falta que milady se pusiera histérica con lo de su educación.

—Yo no soy retrasado —murmuró Sunny.

—Habla solo cuando se dirijan a ti, jovencito —terció la señora Kerrich.

El señor Modales negó con la cabeza, desesperado ante la falta de clase de Thomas y la señora Kerrich.

La señora Kerrich tenía razón, su abuela opinaba que ni hablar de la escuela primaria del pueblo: las simples palabras «colegio público» la hacían estremecerse. Sunny no era lo bastante mayor para el internado al que había ido Dominic.

—Todavía —dijo la abuela. No podría ir hasta los ocho.

Incluso desde la perspectiva de un niño de siete, con ocho años aún sería muy pequeño.

—Pues sí —admitió su padre—. Yo me sentía desdichado allí, pero no nostálgico. No puedes sentir nostalgia de un sitio como este; puedes sentirte enfermo cuando estás en Jordan Manor, pero estar fuera de ella es un alivio.

Para Dominic, aquello eran muchas palabras. Según decía, estaba «saliendo del estado de hibernación», sacudiéndose el letargo.

—He dejado de tomar la medicación y toda esa mierda. Ahora veo las cosas con mayor claridad. Necesito largarme de aquí.

—Yo también —dijo Sunny.

Quizá podrían huir juntos. Los imaginó a ambos caminando por una carretera secundaria, llevando sus pertenencias en hatillos hechos con pañuelos rojos a topos blancos y atados a palos. Quizá con un perrito trotando a su lado.

—No saben nada sobre niños —dijo su padre—. No tienes ni idea de lo que fue criarse aquí.

«Sí que la tengo —se dijo Sunny—. Me estoy criando aquí.»

—Creen en la privación, he ahí el problema; piensan que forja el carácter, cuando en realidad es más bien al revés. Por supuesto, a mí en realidad me crió una tata. Era peor que todos ellos juntos.

Sunny no tenía ni idea de qué era una tata. La única que había conocido era una cabra que recordaba de Devon que se llamaba así. Olía fatal y siempre intentaba comerse la ropa si te acercabas demasiado. No parecía probable que a su padre lo hubiese criado una cabra, pero en los últimos tiempos nada conseguía sorprenderlo.

—Ajá —dijo Dominic, dejándose llevar por el recuerdo—. La tata era una auténtica hijaputa.

—¿Y eso qué es? —quiso saber Sunny.

—Una persona mala de verdad.

La abuela encontró «una solución». Un colegio de primaria privado, sin internado. Thomas lo llevaría y lo recogería todos los días. («Oh, sí claro, cómo no», ironizó Thomas.)

—En realidad no es un colegio buenísimo —añadió la abuela—. Aunque eso significa que no nos sentiremos tan avergonzados por la conducta de Philip.

¿Qué conducta? Si últimamente era más bueno que el pan.

—Voy a ir al colegio aquí —le dijo al abuelo Ted en su llamada telefónica semanal.

—Ya lo sé —contestó Teddy, y pareció tan desdichado como Sunny—. Tu madre se ha conchabado con Antonia. Voy a intentar hacer algo al respecto, ¿de acuerdo? Hasta entonces, tendrás que ser un poco estoico, Sunny.

Sunny no tenía ni idea de qué era ser estoico, pero sin duda no era agradable.

Los días previos a cuando debía empezar el colegio fueron preciosos, como si el clima hubiera esperado a propósito hasta que apenas quedara tiempo para disfrutarlo. Sunny jugaba el día entero en los jardines abandonados y llenos de maleza. Era aburrido estar solo y casi había agotado su capacidad de ser un solitario caballero medieval en liza, Robin Hood o un explorador de la jungla. Así pues, supuso un alivio cuando su padre dijo:

—Corramos una aventura, ¿vale, Phil?

Sunny se dijo que a lo mejor ya había tenido suficiente «aventura». Unos días antes, por casualidad, se había metido en el laberinto. Lo tenía «oficialmente» prohibido por orden de su abuela, pero como ni siquiera sabía qué era, costaba evitarlo. Era un lugar terrorífico, cubierto por completo de malas hierbas, y había dado la vuelta casi de inmediato, pero ¡demasiado tarde! Ya estaba perdido, acosado por espinos y cercado por alheña. Había oscurecido cuando Thomas fue en su busca, silbando para llamarlo como si fuera un perro. Sunny se había quedado dormido entre las ásperas raíces del seto, y Thomas lo despertó iluminándole la cara con una linterna y le dio una patadita con la bota para animarlo a levantarse.

—¿Por qué has hecho eso si se te dijo bien claro que no lo hicieras? —chilló su abuela.

A nadie le importó un pimiento el pánico que había sentido, por supuesto. A esas alturas estaba bastante habituado a que pasara eso, así que en cuanto su padre dijo «aventura», una vocecita interior le aconsejó cautela. Viniendo de su padre, era una palabra que solía prometer mucho pero que tendía a suponer bien poco. Si se trataba del abuelo Ted solía pasar lo contrario.

—Sí, quítanoslo de en medio todo el día —dijo su adorable abuela.

Dominic llevaba varios días pintando; trabajaba a todas horas, día y noche, arrojando pintura en los lienzos.

—Estoy haciendo una mierda estupenda.

Dominic los dejó a todos boquiabiertos una mañana al bajar dando brincos a la hora del desayuno, una comida escasa por decir mucho.

—¡Sus mejores huevos con panceta, señora Kerrich! —exclamó alegremente mientras la criada entraba con sigilo con su cazo habitual de gachas de avena aguadas. Se alejó de nuevo, quejosa.

—Ay, madre mía, ya estamos otra vez. De subidón.

No aparecieron ni huevos ni panceta, lo cual no sorprendió a Sunny, que conocía el estado de la despensa mejor que la mayoría puesto que a menudo se colaba en ella a escondidas para hurgar en busca de comida; con escasos resultados, pues solo pillaba una cebolla en vinagre aquí y allá o una patata fría. A veces rebañaba nervioso con el dedo el interior del tarro de mermelada. La señora Kerrich era como un halcón.

Dominic pareció olvidarse al instante de los huevos con panceta y encendió un cigarrillo. La abuela también fumaba mucho, y en toda Jordan Manor había una pátina amarilla en las paredes. Dominic tenía los ojos inyectados en sangre y estaba tan saltarín como una rana.

—Venga, vamos, Phil —dijo antes de que Sunny tuviera oportunidad de meterse una cucharada de gachas en la boca—. Pongámonos en marcha.

Llevaban horas caminando, con una barrita Mars medio chafada y fundida que Dominic dividió entre ambos por todo sustento. Al principio del paseo se había tomado un par de pastillitas rosa, mostrándoselas antes a Sunny en la palma de la mano y debatiendo si darle o no a él un pedacito de una.

«¿Quizá, no sé, solo un cuarto de pastilla? —se preguntó—. Porque pegarse un viaje siendo un crío…, imagínate cómo sería eso.»

Por fin decidió no hacerlo, porque le caería «un rapapolvo» de «la arpía».

Bebieron agua de una laguna bastante verde que según Dominic era un manantial de agua mágica que contenía en el fondo un sapo con un rubí en la frente.

—Si miras fijamente, lo verás.

Para decepción de su padre, Sunny no consiguió verlo. Emprendieron de nuevo la marcha, con Dominic todavía parloteando sobre el sapo. A esas alturas, Sunny estaba agotado. Aquello no se parecía mucho a una aventura.

—Estoy cansado —dijo—. ¿Podemos parar un ratito?

Le preocupaba cómo volverían a Jordan Manor. No sería andando todo el camino, ¿no? Habían recorrido millas y sentía las piernas temblorosas de agotamiento. De haber estado allí el abuelo Ted, lo habría llevado a cuestas diciendo: «Uf, estoy demasiado viejo para esto».

—Te sentará bien hacer ejercicio —dijo Dominic, echando a andar a grandes zancadas—. Vamos.

A Sunny le ardía la cara. Sabía que debería llevar un sombrero y protector solar. Tenía mucha sed y no habían pasado más lagunas, verdes o no. De pronto pensó que no estaba con alguien que fuera responsable de él. Su padre no era en realidad un adulto, ¿no? Sintió una punzada de miedo en la barriga. Ahí fuera no estaba a salvo.

Tenían que pararse a menudo para que Dominic pudiera admirar la hoja de un helecho o hablar extasiado sobre el canto de un pájaro.

—¿Oyes eso? Dios santo, ¿oyes eso, Phil?

Tras encontrar un hongo enorme que crecía en la base de un árbol, se dejó caer de rodillas y lo miró fijamente. El hongo lo tuvo cautivado durante lo que parecieron horas, y Sunny le preguntó:

—¿Podemos irnos, por favor?

Le dolía la barriga, tal vez por las ácidas frambuesas, pero Dominic empezó a dar brincos por ahí.

—¡Ay, madre mía, no puedo creer que no me haya fijado antes! ¡Es una seta pan de sapo! Así que la seta y el sapo del rubí en la frente… ¡están conectados!

—¿Porque es un pan para un sapo? —aventuró Sunny.

—Porque el sapo es el rey de las setas…, he ahí el secreto. Eso podría cambiarlo todo. Tenemos el secreto del saber. Somos gnósticos.

—¿Nósticos?

—Ajá. Ay, tío.

Y la cosa siguió así durante un buen rato. Sunny consideró tenderse y cubrirse con hojas como un animalito de los bosques. Podría echarse una siesta, y quizá luego, cuando despertara, se encontraría de vuelta en Jordan Manor, o mejor incluso, en la casa del abuelo Ted. Pero no, siguieron avanzando con pesadez.

Salieron del bosque y volvieron a la tortura del sol ardiente. Dominic había parado de hablar; de hecho, su humor había cambiado y ahora parecía sumido en algo más sombrío. Aunque murmuraba para sí, las palabras que decía no tenían sentido.

Estaban recorriendo un sendero flanqueado por grandes setos, y de pronto el sendero se interrumpió y salieron a una carretera estrecha. El asfalto estaba muy caliente y Sunny tenía los pies tan doloridos que pensó que no podría dar un paso más. En la carretera había dos puertas blancas. En el centro de cada puerta había un gran círculo rojo y encima una lamparita roja que no estaba encendida porque no era de noche. Pasaron entre las puertas abiertas y Sunny cayó en la cuenta de que estaban en una vía de tren. Algo emocionante, por fin. ¿Pasaría un tren? ¿Podían esperarlo?

—Claro que sí —dijo Dominic—. Quizá por eso nos han guiado hasta aquí.

«¿Quién? —se dijo Sunny—. ¿El rey de las setas sapo?» Pero no lo preguntó; solo sintió alivio de que su padre pareciera contento otra vez.

Sunny nunca había visto un paso a nivel. Le apasionaban los trenes. El abuelo Ted lo llevaba a menudo al museo del ferrocarril de York. Decía que a él también le encantaban los trenes cuando era niño.

Sunny esperaba que cruzaran las vías, pero Dominic se sentó en el centro de la carretera entre las dos puertas blancas y empezó a liar un pitillo. Sunny titubeó a su lado. Sentarse en una carretera, en especial en una que cruzaban unas vías de tren, no parecía una gran idea, ni siquiera para un crío de siete años, pero, por otra parte, sus piernas y sus pies no aguantarían mucho más.

Las vías estaban incrustadas en madera donde cruzaban el asfalto, y su padre dio unas palmaditas en la madera a su lado.

—Relájate un poco —dijo—. Siéntate. —Encendió el pitillo y descubrió una bolsa aplanada de grageas de chocolate fundidas en el bolsillo trasero, y la miró con asombro—. Vaya. Son moradas.

Sunny se sentó, menos a regañadientes ahora que había visto las chocolatinas, y la parte de madera de la carretera no estaba muy caliente. Veía alejarse la vía del tren en ambas direcciones.

—Chulo, ¿eh? —dijo Dominic—. Es como una lección de perspectiva. ¿Sabes qué es la perspectiva?

No, no lo sabía.

—Cuanto más lejos está algo, más pequeño tienes que pintarlo. A la gente le llevó…, bueno, miles de años averiguar eso.

La pierna de Sunny rozó una de las vías de metal, y soltó un gritito porque estaba muy caliente.

—Sí, el sol, tío. Está caliente. Vaya, y el sol eres tú, ¿no?

Sunny se dijo que su padre no estaba en realidad formando frases, sino que pensaba en voz alta cosas inconexas.

—¡Y el sapo y la seta sapo! No puede ser una coincidencia, ¿eh? Ra. Apollo. Habrían sido nombres muy chulos también, pero te pusimos Sun. Nuestro Sol.

—Ahora soy Philip —le recordó Sunny.

Estaba cubierto de chocolate fundido, la clase de cosa que te metía en líos con «la arpía», pero tenía tanto sueño que ya ni le importaba. Empezó a cabecear, apoyado contra el cuerpo flaco y agitado de su padre.

—Y cuando son líneas paralelas, como las vías de ferrocarril, debe haber un punto de fuga.

A Sunny, el sueño le parecía lo más delicioso del mundo. Los pensamientos incoherentes de Dominic —el culto al sol, la perspectiva, los panes de sapo— se desvanecían de forma muy agradable.

Lo despertaron unas campanas y unas luces que parpadeaban, y advirtió que las dos puertas blancas se movían con lentitud para bloquear la carretera. ¿Se quedarían atrapados? Por fin las puertas se cerraron del todo con estrépito.

—Caray —dijo Dominic—. Esto va a ser increíble, no querrás perdértelo.

Sunny sospechó que sí querría y trató de levantarse, pero Dominic tiró de él para que volviera a sentarse.

—Confía en mí, Phil, tienes que ver esto. Ay, tío, mira…, ya viene. ¿Ves el tren? ¿Lo ves? Hostia, qué increíble, joder.

Dominic se puso en pie de golpe, y tiró de Sunny para que hiciera lo mismo.

El pequeño objeto en la distancia —el tren de las tres y media de King's Cross a Norwich, como se explicaría más tarde en la investigación— aumentaba cada vez más de tamaño, con su perspectiva cambiando a cada instante.

—Quieto, quieto —le insistió Dominic, como si Sunny fuera un perro—. Pero ¿qué te pasa? ¿No quieres experimentar algo así? Va a ser alucinante. ¡Ahora! ¡Aaaay! —No, no exclamó exactamente «¡Aaaay!». Eso lo habría dicho Augustus, no un hombre al que un tren expreso le diera de lleno en la cara.

—Bueno, debe de ser aquí —dijo Teddy.

En el asiento trasero del coche, Bertie sorbió el poso de su cartón de zumo de fruta y miró alrededor con interés.

En un letrero sujeto a uno de los pilares de piedra del arco de arenisca de la entrada se anunciaba «Jordan Manor», y en otro justo debajo se leía: «Propiedad privada». Teddy se preguntó si se trataría del Jordán bíblico o haría referencia al nombre de alguien. Unos años antes, Jordan le habría parecido un apellido. Había conocido a una chica de la FAAF llamada Nellie Jordan durante la guerra (y no, no lo había hecho en el sentido bíblico), pero por lo visto en la actualidad se utilizaba como nombre de pila; en la clase de Bertie en el colegio había un Jordan. También había, junto a las habituales Hannahs y Emmas, una Saffron, Azafrán; una Willow, o sea, Sauce, y un o una Dharma (una criatura pálida y flacucha cuyo género Teddy nunca había sido capaz de determinar). En la clase de Sunny antes había una niña que se llamaba Squirrel, Ardilla. Al menos era un nombre que no podía abreviarse, algo que había preocupado a Nancy cuando le pusieron el nombre a Viola. «¿Tú crees que la gente la llamará "Vi"? Confío en que no.» A medida que pasaban los años, Teddy se encontraba a veces pensando en Squirrel. ¿Se habría cambiado el nombre, o en algún lugar del mundo adulto habría una maestra, una abogada o un ama de casa que respondía al nombre de Squirrel?

Cualquiera de las profesiones antes mencionadas parecía improbable, dada la clase de escuela que era. La Rudolf Steiner: una «educación centrada en los niños», según Viola, a diferencia de la propia Viola que no estaba en absoluto centrada en los niños. Y ahora era una recusante y había aprobado la elección de los Villiers de un colegio de pago en la zona para el pobre Sunny. Ya era bastante malo que se hubiese desentendido más o menos de él, pero además lo había separado de su hermana. Teddy imaginaba demasiado bien el dolor que él mismo habría sentido si lo hubiesen privado a tan tierna edad de Ursula y Pamela. Además, ¿y si los Villiers cambiaban de opinión sobre Bertie? ¿Les permitiría Viola quedársela a ella también?

—Los padres de Dom pueden ofrecerle a Sunny toda clase de ventajas —le dijo Viola a Teddy—. Al fin y al cabo, es el heredero de los Villiers, y Dom se ha reconciliado con la familia. De hecho, se ha mudado de nuevo a la casa, y está trabajando en sus cuadros.

Teddy solía olvidar que Dominic era un artista, quizá porque tenía una falta de éxito espectacular.

—Y estarás de acuerdo en que será bueno para Sunny volver a tener un padre en su vida.

Y así siguió, justificando de manera interminable su decisión de abandonar a su hijo. Teddy sospechaba que en el fondo del asunto estaba el dinero y la necesidad que Viola tenía de él.

Por supuesto, la propuesta original había sido de «un par de semanas» durante las vacaciones escolares y Teddy no advirtió que hubiera un plan a largo plazo en perspectiva. Ahora, por lo visto, Sunny iba a quedarse con los Villiers («¿Para siempre?», preguntó Bertie con cara de espanto). Sunny era un niño sensible, y en opinión de Teddy no estaba bien dejarlo sin raíces de aquella manera y esperar que floreciera con unas personas que eran casi extraños para él. Sin mencionárselo a Viola, Teddy había ido a ver a su abogado y puesto en marcha un recurso en los tribunales para pedir la custodia de sus nietos. No tenía grandes esperanzas con respecto al resultado, pero alguien tenía que salir en defensa de esos niños, ¿no?

Las impresionantes verjas de hierro fundido de Jordan Manor estaban abiertas de par en par y las traspusieron sin que nadie se lo impidiera. El trayecto hasta Norfolk les había llevado más tiempo del que Teddy había calculado. Nunca había estado allí, en la grupa del mapa de Inglaterra.

Habían recorrido una carretera de un solo carril durante la última tortuosa media hora, atascados detrás de lentísimos vehículos de labranza y tercas ovejas. Casi no quedaban provisiones. Se habían mantenido durante el camino a base de sándwiches de pan blanco con queso y encurtidos, patatas fritas con sabor a sal y vinagre y barritas KitKat, todo ello estrictamente prohibido por Viola, que le había dejado a Teddy «sugerencias dietéticas» («nada que tenga cara») para Bertie y Sunny: platos como «guiso de mijo y espinacas» y «fideos con tofu al horno». Él podía tolerar que fueran vegetarianos («No como animales muertos, abuelo Ted»), un régimen muy admirable en muchos sentidos, pero no los mandatos de Viola desde arriba. «En mi casa imperan mis normas —decía Teddy—. Y eso significa que nada de comida para periquitos.» Recordaba haber comprado ramilletes de mijo para el pájaro de Viola, Piolín. Pobre bicho, pensaba, incluso tantos años después.

El vegetarianismo, la escuela de Steiner, tener que cruzar media ciudad para ir a las reuniones de los Woodcraft Folk: Teddy estaba dispuesto a ceder a todo eso si significaba que Viola les permitía quedarse a salvo bajo su techo. Se había equivocado al dejar que Sunny se fuera con los Villiers. Viola se había escapado al sur a manifestarse contra los misiles de crucero, y cuando Teddy le sugirió que sus deberes como madre, y soltera además, quizá quedaban por encima de la necesidad de una paz mundial, dijo que era la cosa más ridícula que había oído nunca puesto que lo que trataba de hacer era asegurar el futuro de todos los niños del mundo, lo cual parecía mucho pedir para una sola persona. La última vez que se había ido a protestar se llevó consigo a Sunny y Bertie, de acampada a Greenham Common durante varios días. Los niños suplicaron que no los volviera a llevar; «frío» y «hambre» parecían ser las palabras que resumían su experiencia, y les había dado mucho miedo la policía a caballo del Valle del Támesis, que trataba a las mujeres como a hinchas de fútbol. La próxima vez, decía

Viola, confiaba en que la arrestaran. Teddy comentó que la mayoría de las personas se pasaban la vida confiando en que no las arrestaran, y Viola le contestó que él no entendía la no violencia y que si había pensado alguna vez en los miles y miles de personas inocentes a las que había bombardeado durante la guerra. Viola era la reina de las incongruencias.

—Eso no tiene nada que ver —dijo él.

—Todo lo contrario —terció su hija.

(¿Era así? Teddy ya no lo sabía. Ursula habría tenido una respuesta.) Al final dijo:

—Sunny y Bertie pueden quedarse conmigo.

La expresión de Viola se pareció a la que podría haber esbozado Atlas de haberle dicho alguien que ya estaba bien, que podía dejar el mundo en el suelo.

Eso fue varios meses antes, y habían establecido una especie de rutina. A Teddy, el amor siempre le parecía en gran medida un acto práctico: conciertos del colegio, ropa limpia, comidas regulares. Sunny y Bertie parecían estar de acuerdo. Con anterioridad habían sido víctimas de la caprichosa crianza de Viola («¡Fui una madre terrible!», exclamaría alegremente en la revista *Mother and Baby* en 2007. «Pues sí, lo fuiste», coincidiría Bertie).

En aquella época, Teddy aún tenía las gallinas y las abejas, y a los niños les chiflaban ambas. Jugaban mucho fuera. Teddy colgó un columpio de la rama de uno de los grandes perales al fondo del jardín. Hacían excursiones al campo en torno a York, a Pocklington a ver los nenúfares, a los castillos de Howard y Helmsley, a los valles de Yorkshire durante la temporada de nacimiento de los corderos, a la abadía de Fountains, a Whitby. El mar del Norte parecía menos triste en compañía de Bertie y Sunny. Adoraban emprender expediciones por senderos cubiertos de helechos o hacer un pícnic en los páramos morados. Estaban pendientes por si veían víboras, mariposas y halcones. («¿De verdad eran hijos de Viola?») Teddy ya estaba jubilado, y los niños llenaban numerosos espacios en su vida. Y él llenaba un gran espacio en las de ellos.

Empezó a hacer planes a largo plazo. Quizá debería trasladarlos a una escuela pública, apuntarlos a los lobatos y los cadetes en lugar de las Woodcraft Folk, pero entonces, de repente, Viola lo llamó por teléfono y le dio nuevas instrucciones para Sunny. Teddy se mostró reacio a que Sunny fuera a Jordan Manor, pero ¿qué podía hacer él? Viola era quien tenía los derechos. Durante todo ese tiempo, su hija había dado la impresión de estar viviendo en el campamento pacifista, y solo cuando volvió meses después Teddy descubrió que se había marchado con Wilf Romaine tras alguna clase de gran manifestación de la Campaña Pro Desarme Nuclear en Hyde Park, y que desde entonces estaban «arrejuntados», como lo expresó ella, en Leeds. La primera noticia que Teddy tuvo del asunto fue cuando Viola le dijo:

—Voy a casarme la semana que viene, ¿quieres venir?

Una avenida de olmos debía de haber proporcionado antaño una magnífica guardia de honor al largo sendero que llevaba a la puerta de Jordan Manor, pero ahora cuanto quedaba de ella eran los tocones de los árboles enfermos. La misma tragedia había sacudido la finca de Ettringham Hall alrededor de una década antes, pero habían replantado robles. A Teddy le parecía que plantar un roble era un acto de fe en el futuro. A él le gustaría plantar un roble. Regresaría a Ettringham Hall muchos años después, en 1999, durante su «viaje de despedida» con Bertie. La finca se había convertido en un «hotel rural». Tomaron una copa en el Daunt Bar y un menú que no estaba mal en el restaurante, pero pasaron la noche en un sitio más barato en el pueblo donde ofrecían alojamiento y desayuno. Aunque a duras penas era ya un pueblo. La Guarida del Zorro y Las Grajillas estaban rodeadas por una nueva urbanización de casas unifamiliares caras. «Casas de futbolista», comentó Bertie. Habían construido en la pradera. El lino y las espuelas de caballero, los ranúnculos y las amapolas, las borbonesas y las margaritas. Ya no quedaba nada.

Aquellos cambios entristecerían a Teddy más de lo que esperaba, y a Bertie también, porque era un lugar que no había conocido y que ya nunca conocería y sin embargo, en cierto sentido, comprendía que había formado parte de la persona que era. Ella insistiría en llamar a la puerta de la Guarida del Zorro y preguntarles a los actuales propietarios si podían entrar, pero había unas puertas electrónicas con cámaras de seguridad, y cuando oprimió el timbre nadie contestó. Teddy sintió un alivio enorme. No creía que hubiera sido capaz de volver a trasponer aquel umbral.

—Grafiosis —le comentó Teddy a Bertie mientras el coche se aproximaba a Jordan Manor—. Ha acabado con todos los olmos.

—Pobres árboles —respondió ella.

A diferencia de lo ocurrido en Ettringham Hall, no se había plantado nada para reemplazar los olmos caídos, y la escena resultante era sombría, como si se hubiera librado una guerra en los jardines. El aire general de abandono era palpable mucho antes de que llegaran a la puerta principal. Viola debía de haber sobrestimado la fortuna de los Villiers. En un sitio como aquel, solo reparar el tejado costaría una fortuna.

Quizá, se reprendía Teddy, si hubiera llevado a Sunny en persona, habría advertido el deterioro de los Villiers tanto en lo respectivo a su hogar como a su conducta, pero lo fueron a buscar Dominic y su madre una tarde al principio de las vacaciones escolares.

—Antonia —saludó Teddy amistosamente, tendiéndole una mano, y ella le ofreció a cambio una garra fría y floja.

—Señor Todd —contestó sin llegar siquiera a mirarlo.

—Ted, por favor —respondió Teddy.

«Antonia» llevaba la mano llena de anillos de brillantes, grisáceos y turbios por la suciedad. Teddy le había regalado a Nancy un pequeño brillante cuando nació Viola, nada ostentoso, y ella le dijo que era ilógico tener un anillo de pedida cuando ya estaban casados («post facto»), pero nunca habían estado comprometidos como era debido durante la guerra y él quería que tuviera una muestra de su fe en el futuro juntos que tenían por delante. Pese a su escepticismo, Nancy le dijo que era un gesto precioso. Limpiaba el anillo cada semana con un cepillo y pasta de dientes, para que siempre estuviera reluciente. Él había guardado el anillo para Viola y se lo dio cuando cumplió los veintiuno, pero no recordaba habérselo visto nunca puesto.

En cuanto a Dominic, durante el transcurso de la tarde fue evidente que había tomado alguna clase de alucinógeno —LSD, supuso Teddy— o bien estaba como una cabra.

—¡Pastel! —exclamó frotándose las manos cuando Teddy disponía porciones en una bandeja—. ¿Qué te parece, Ma? —añadió y, acto seguido, cogió tres raciones y se alejó, dejando que Teddy y Antonia se las arreglaran por su cuenta con las riendas de la conversación.

—¿Un té, Antonia? —le ofreció Teddy, consciente de hasta qué punto la irritaba que la llamaran por su nombre de pila. Sin embargo, le parecía importante que ella se resignara a la idea de que eran iguales en su papel de abuelos del niñito avergonzado que aguantaba su presencia a regañadientes.

Sunny y Bertie se habían esfumado casi en el instante en que sus visitantes se apearon del coche y Teddy tuvo que engatusar a Sunny para que volviera a la sala de estar. El crío era terriblemente movido y, en cuestión de minutos, la abuela a la que acababa de conocer estaba diciéndole: «Estate quieto» y «Para de dar brincos en el sofá». Aunque Teddy supo entonces que era un error dejar que se fuera con ella, aun así lo había permitido, ¿no?

—¿Cómo le gusta el té? —le preguntó con educación.

—De China, flojo y con un poco de limón —contestó Antonia.

—Lo siento, solo tengo inglés, Rington's Afternoon Blend. Pero a granel, nada de bolsitas.

—Tengo que ir a ver si los perros están bien —declaró Antonia poniéndose en pie de repente y dejando la taza y el plato sin haber probado el té, y cuando Teddy la miró sin comprender, añadió—: Están en la parte de atrás del coche.

Él no había visto ningún perro. Miró a Sunny, que se había animado un poquito. Le gustaban los perros.

—¿Por qué no vas con la abuelita a verlos? —le propuso Teddy, notando que ella se estremecía al oír la palabra «abuelita».

¡Y aun así había dejado que el crío se fuera con ella!

—*Mea culpa* —murmuró al acercarse Bertie y él a la puerta principal de Jordan Manor. Ni rastro de vida, ni de perros, ni de Antonia, ni de Sunny. Teddy soltó un suspiro y añadió—: Confiemos en que alguien haya puesto el agua a hervir, Bertie. —No parecía probable que fuera a hacerlo Antonia.

Aquel día, tras irse Antonia a ver a sus perros, Teddy fue en busca de Dominic y lo encontró en el jardín trasero con Bertie y Tinker. Los rosales estaban en plena floración; Teddy tenía varios magníficos contra una pared soleada, y Dominic había cogido una rosa, una hermosa Belle de Crécy de color cereza. Un «lecho de gozo carmesí», había pensado Teddy cuando la plantaba, con la esperanza de que ningún gusano invisible consumiera su corazón secreto y oscuro, aunque sabía que se trataba más de una metáfora por parte de Blake que de alguna especie de prudencia hortícola.

Bertie miró la rosa arrancada y le preguntó a Teddy:

—¿Eso está bien?

Ahora que se le había pasado el arrebato inicial de entusiasmo, la niña parecía estar controlando a Dominic con cierta angustia. Teddy se preguntó si recordaría lo impredecible que era el comportamiento de su padre cuando vivía con él. Tinker se sentaba junto a Bertie, alerta y pegado a ella, como si en cualquier momento fueran a pedirle que pasara a la acción.

—Sí, por supuesto —respondió Teddy—. Encantado de que la coja. Es una flor muy hermosa, ¿verdad? —le dijo a Dominic, que parecía estar totalmente cautivado por aquella rosa, que sostenía a solo unas pulgadas de la cara.

—¡Sí! —exclamó Dominic—. Es increíble.

—Se llama Belle de Crécy —puntualizó Teddy con amabilidad.

—Jolín, tío, pero mírala, mírala de verdad. Imagina que pudieras meterte dentro de ella.

—¿Dentro de ella?

—Sí, porque hay como... un universo ahí dentro. Podría haber galaxias enteras en su interior. Es como cuando viajas a través del espacio...

—¿En serio?

—Sí, claro, todos estamos viajando por el espacio. Y entonces caes por un agujero de gusano, ¿entiendes?

—Pues no mucho, la verdad.

—El significado de la rosa —concluyó Dominic—. Esa podría ser la clave. ¡Vaya!

—¿Qué tal si vuelves dentro, Dominic? —propuso Teddy, y pensó: «Antes de que desaparezcas dentro de esa rosa y te perdamos para siempre». Era como escuchar el parloteo absurdo de un idiota. ¡Y aun así había dejado que Sunny se fuera con ellos!—. Ven y toma más pastel, Dominic —añadió con el tono de voz que habría utilizado para sobornar a un niño rabioso.

En ese momento se abrieron las puertas del patio (correderas, con doble cristal, Teddy acababa de instalarlas y estaba satisfecho con ellas) y tres perros que soltaban agudos ladridos entraron corriendo en el jardín. La charla sin pies ni cabeza de Dominic había proporcionado a Tinker una falsa sensación de seguridad, y encontrarse rodeado de repente por un trío de invitados que gañían y gruñían lo pilló con la guardia baja.

—¡Snuffy! ¡Pippy! ¡Loppy! —gritó Antonia desde el patio.

Teddy y Tinker intercambiaron una mirada.

—No pasa nada, amigo —dijo Teddy con el tono más tranquilizador que pudo. No habría dejado irse ni a su propio perro con los Villiers, y sin embargo había mandado a su nieto.

—No quiero irme —dijo Sunny junto al coche, mientras Dominic metía su maletita en el maletero.

Aferró la mano de Teddy, y este tuvo que liberarse con toda la suavidad que pudo.

—Tengo algo para ti —le dijo hurgando en el bolsillo, y sacó la pequeña liebre de plata que según Ursula había colgado una vez de su cuna. La metió en el bolsillo de Sunny y añadió—: Me mantuvo a salvo durante toda la guerra. Ahora te mantendrá a salvo a ti, Sunny. Y solo serán dos semanas. Cuando llegues allí, te gustará. Confía en mí.

¡Confía en mí! Teddy había traicionado su confianza al mandarlo con aquella gente. Observó cómo se alejaba el coche con el corazón encogido. Bertie lloraba, y Tinker le lamió la mano para reconfortarla. Algo iba mal, pero el perro no tenía ni idea de qué era. Y ahora viajaban para corregir ese error. Iban a rescatar a Sunny.

Salieron del coche. Teddy se desperezó y le dijo a Bertie:

—Me estoy volviendo demasiado mayor para estos jaleos. Estos huesos tan viejos no pueden pasar mucho rato sentados sin agarrotarse.

En lugar de un timbre había un rígido tirador, al que Teddy tuvo que dar un fuerte tirón para lograr algún resultado. Les llegó un leve campanilleo desde algún lugar al otro lado de la puerta, que parecía la de una fortaleza. No se oyeron pisadas de alguien que corriera a abrirla. Era una casa en pleno duelo, supuso Teddy.

Tres semanas después de la muerte de Dominic, Antonia creyó oportuno informar a Teddy del suceso. Sus llamadas regulares a Sunny habían quedado sin respuesta durante aquel tiempo, y ya se estaba planteando coger el coche y plantarse allí cuando al final ella lo llamó y le dijo que había ocurrido una «tragedia». Durante un terrible instante, Teddy pensó que se refería a Sunny, de modo que tras oír que Dominic había muerto, casi se rió de puro alivio, lo que obviamente no era la reacción adecuada, pero logró preguntar:

—¿Dominic?

Drogas, supuso, pero Antonia se limitó a decir «un accidente terrible» y añadió que no quería, ni podía, entrar en detalles.

—De verdad que no puedo hablar de ello.

¿Por qué demonios no se lo había dicho antes?

—He perdido a mi único hijo —repuso ella con frialdad—. Tengo mejores cosas que hacer que andar telefoneando a todo hijo de vecino.

—¿A todo hijo de vecino? —farfulló Teddy—. Dominic era el padre de Bertie. —Y de Sunny, pensó... ¿Cómo diantre estaría llevándolo Sunny?

No supo muy bien cómo darle la noticia a Bertie. Al final lo que la inquietó no fue tanto la muerte de su padre como el problema existencial de su actual paradero. No está en ninguna parte, pensó Teddy. O quizá estaba en el corazón místico de la rosa. Se inclinó por la reencarnación como la respuesta al enigma más apta para niños. Su padre podía haberse convertido en un árbol, sugirió. ¿O tal vez en un pájaro? Ella se decidió por un gato. Teddy supuso que en efecto había algo gatuno en Dominic, sobre todo su capacidad para quedarse dormido.

—¿Será un gatito? —quiso saber Bertie—. ¿O un gato adulto?

—Un gatito, me imagino —contestó Teddy. Parecía lo lógico.

—Si lo encontramos —añadió Bertie con el entrecejo fruncido—, ¿tendremos que quedárnoslo como mascota?

—Probablemente no —respondió Teddy—. A Tinker no acabaría de gustarle.

¿Y qué había sido del pobre Sunny durante todo ese tiempo?

Empezó el colegio «antes incluso de que su padre estuviera frío y bajo tierra», tal como lo expresó la señora Kerrich. Incluso su corazón de piedra grasienta se ablandó, un poquito al menos, ante la forma en que se esperaba de Sunny que siguiera con su vida como si nada hubiese ocurrido. Duró tres días en el colegio antes de que le pidieran a su abuela que se lo llevara.

—Es casi salvaje —informó el director—. Muerde, da patadas, grita, pelea con todo el que se le pone por delante. Le arrancó un buen pedazo de carne a la mano de la supervisora. Cualquiera diría que lo han criado unos lobos.

—No, su madre, pero sospecho que es más o menos lo mismo. Mucho me temo que nunca le han enseñado disciplina. —Su abuela se volvió hacia Sunny (sí, aquella conversación se llevaba a cabo en su presencia, con el señor Modales muerto de vergüenza a su lado) y le preguntó—: ¿Tienes algo que decir?

¿Que podía decir? Lo habían acosado de forma horrible desde el instante en que cruzó la puerta de la escuela. Habían hecho chistes sobre la muerte de su padre, sobre su acento (no era lo bastante pijo), sobre su ignorancia de «las tres competencias básicas», fueran lo que fuesen, sobre cualquier cosa que pudieron encontrar para utilizar en su contra. Lo habían hostigado en todas partes sin darle tregua: le daban empujones, codazos y pellizcos de monja. Dos veces, en los lavabos, le bajaron los pantalones cortos de franela hasta los tobillos, y en una ocasión uno de los niños agitó una regla y ordenó: «Metédsela por el culo», y tal vez lo único que les impidió hacerlo fue que la supervisora asomó la cabeza en la puerta y dijo:

—Vamos, chicos, ya está bien de diversiones.

(«Son los jueguecitos normales entre chicos de un colegio de varones», comentó el director.)

Y todo el tiempo no paraba de darle vueltas en la cabeza a lo que había ocurrido en el paso a nivel (había aprendido que se llamaba así). Logró zafarse en el último momento de las manos de su padre, pero el resto era un borrón de ruido y velocidad arrolladores. Se arrojó a un lado para evitar la locomotora y no vio qué le pasó a Dominic, aunque no costaba mucho adivinarlo. Desde donde estaba en el suelo veía la perspectiva vía abajo, veía que el tren se había detenido en la distancia. Si bien no le pareció que estuviese herido, solo algunos rasguños aquí y allá, decidió quedarse donde estaba y hacerse el dormido. Las consecuencias de lo que acababa de pasar serían demasiado espantosas para enfrentarse a ellas.

Un policía lo recogió y lo llevó en coche al hospital. Si cerraba los ojos, Sunny aún podía sentir el grueso tejido del uniforme del policía cuando inclinó la cabeza contra su pecho.

—Estás bien, hijo —dijo el policía, y Sunny se dijo que ya le habría gustado ser su hijo. Le encantaba aquel policía.

—Ya sé que es terrible, lo que le ha ocurrido a su padre… —continuó el director («A mí también me ha ocurrido», pensó Sunny)— y tengo entendido que ha muerto como un héroe —(su abuela hizo una leve y contenida inclinación de cabeza, considerándolo un cumplido)—, pero ya sabe usted que esta clase de chicos…

Dejó la frase sin acabar, lo que hizo que Sunny se preguntara qué clase de chico sería. Malvado, sin duda, eso no había ni que decirlo. Al parecer había matado a su padre. ¿Cómo? ¿Cómo había hecho eso? ¿Cómo?

—Porque tú estabas con tu padre cuando murió —dijo la señora Kerrich—. Y si no hubieras estado con él, no habría estado allí, ¿a que no? En ese paso a nivel. Y porque él se sacrificó por ti, ¿no? Para salvarte de aquel maldito tren.

¿De verdad?, se preguntó Sunny. Aquello no coincidía con sus propios recuerdos fragmentados y angustiosos de los acontecimientos; sin embargo, ¿qué sabía él? («Nada», según su abuela.) Al parecer, esa era la versión del accidente que había arrojado la investigación. Su padre lo había empujado para sacarlo de la vía del tren. El traumatizado maquinista (de baja permanente por enfermedad debido al «incidente») informó de que «Todo sucedió muy deprisa. Un hombre —el señor Villiers— parecía estar forcejeando con un niño pequeño en el paso a nivel. Por lo visto, el hombre —el señor Villiers— intentaba apartarlos a ambos del camino del tren. Logró empujar al niño para ponerlo a salvo pero no tuvo tiempo de salvarse él». El señor Villiers era digno de elogio por su heroica generosidad, concluyó el forense.

«UN PADRE MUERE COMO UN HÉROE INTENTANDO SALVAR A SU HIJO», se leería en el periódico local. En el trabajo, Teddy mandó a un subalterno en busca de la microficha y encontró en ella el artículo del periódico sobre el accidente, así como un informe de la investigación. Un paso a nivel sin vigilancia, el tren de las tres y media a Norwich, etcétera. Dominic Villiers, artista de la zona. De su hijo se sabía que tenía problemas de comportamiento y «le fascinaban los trenes», según había dicho Thomas Darnley, jardinero de la zona y encargado de mantenimiento en Jordan Manor, la casa del niño.

—Madre mía —dijo Teddy.

No se habló en ningún momento de la auténtica versión: que Dominic había provocado su propia muerte cuando no regía porque se hallaba bajo los efectos de un cóctel de LSD y sustancias psicotrópicas en mal estado, y que había intentado llevarse consigo a su hijo, aunque por lo que a Teddy respectaba era infinitamente más probable que lo de que el padre de Sunny hubiera sido incapaz de moverse lo bastante rápido para evitar que lo embistiera un tren.

Pobre Sunny; nunca sabría la verdad y tendría que vivir con el peso de la culpa toda la vida, o al menos hasta que se hiciera budista y se desprendiera del pasado.

(«¡Tenías siete años! —exclamó Bertie—. ¿Cómo ibas a tener la culpa?»)

—Nos lo quedaremos en casa —le dijo su abuela al director.

—Con cadenas, espero —bromeó el director.

Aquellos días mojaba la cama cada noche y con frecuencia también los pantalones durante el día. Parecía no tener control sobre su cuerpo o sobre su mente. Daba miedo. Contrataron a «un tutor», un tal señor Alistair Treadwell, cuyo método de enseñanza consistía en repetir las cosas cada vez más fuerte hasta que perdía la paciencia. El señor Treadwell se pasaba gran parte del tiempo hablándole a Sunny de «injusticia» y de que «la acusación en su contra» se la había «inventado» alguien que le guardaba rencor. Jamás estuvo siquiera a solas con aquel niño, declaraba. «Pero una vez que se pone en duda tu reputación, se acabó.»

Las clases se impartían en la mesa del comedor, tan grande como el comedor entero de Teddy, si no más. El señor Treadwell tomaba sándwiches de huevo a la hora de comer y luego le echaba a Sunny su asqueroso aliento encima. Sunny solía quedarse dormido y cuando despertaba el señor Treadwell estaba leyendo un libro gordo («Tolstói»). Era «prácticamente imposible enseñarle nada a aquel niño», según le dijo el señor Treadwell a su abuela.

—¿No aprendiste nada en tu última escuela? —le preguntaba siempre—. ¿Nada básico? ¿Ni las tres competencias? —Por lo visto, no. Steiner no enseñaba lo básico hasta que tenías más de seis años, y Sunny se había pasado los días dibujando con ceras de colores y entonando canciones sobre enanos, ángeles y herreros, y la misteriosa trinidad de las tres competencias básicas seguía siendo una amenaza distante en el horizonte.

Y entonces, un día en que estaban haciendo algo que el señor Treadwell llamaba «aritmética simple», pero que a Sunny no le parecía simple ni mucho menos, Sunny notó que necesitaba ir al baño, pero el señor Treadwell dijo:

—Llega al final de esta suma primero, por favor.

Así pues, al final de la suma, o más bien cuando el señor Treadwell había renunciado a conseguir que le diera alguna vez el resultado correcto, Sunny empezó a tener claro que no llegaría a tiempo. El lavabo más cercano era el «baño de las visitas», que aun así quedaba a millas de distancia en el piso de abajo; echó a correr con torpeza y, al volver una esquina, chocó con su abuela y casi quedó fuera de combate.

—Tengo que ir al váter —dijo Sunny.

—¿No olvidas algo? —repuso ella.

Él empezó a sentir pánico porque no se le ocurría qué podría ser, y necesitaba ir al baño, lo necesitaba de verdad. ¿Qué había olvidado?

—Por favor, gracias, lo siento, abuela —dijo, soltando con desesperación cuanto se le ocurrió en respuesta.

—Perdón —dijo ella.

—Vale —respondió él.

—No, perdón.

—Sí, sí, vale.

—Que has olvidado decir «perdón».

Pero ya era demasiado tarde, tenía que hacer de todo, justo en ese momento. Decidió rápidamente cuál sería el mal menor, si con los pantalones puestos o bajados. ¿Qué haría el señor Modales? No ensuciarse los pantalones cortos parecía lo más decente, de modo que siguió el ejemplo de los perros y se puso de cuclillas en la alfombra.

Su abuela soltó un grito como si se enfrentara a un asesino.

—¡¿Qué estás haciendo?!

—Una cagada —respondió él, echando mano en el frenesí del momento de la palabra que utilizaba con frecuencia su madre («hay que llamar a las cosas por su nombre»).

—¿Una qué?

La mujer no pareció capaz de recuperar el aliento y alargó el brazo para apoyarse en un objeto decorativo (una jardinera, de hecho), que cayó al suelo y se hizo añicos. Con el ruido acudieron la señora Kerrich y Thomas.

—Eres un mocoso sucio y repugnante, qué asco —soltó la señora Kerrich.

¡Pero si los perros lo hacían!

—Salchichitas —le dijo Sunny a su abuela con tono de súplica.

Entonces llegó el señor Treadwell. Era increíblemente vergonzoso tener a toda esa gente alrededor en una situación así.

—¡Eres el crío más asqueroso sobre la faz de la tierra! —le gritó su abuela.

—¡Y tú eres una hijaputa! —contestó Sunny.

¡Zas! Alguien (que resultó ser Thomas) le dio un mamporro y lo mandó deslizándose y dando vueltas hasta chocar contra la pared más cercana.

Lo enviaron a su habitación.

—Para ti no hay cena, pequeño lord Fauntleroy —espetó la señora Kerrich—. Tendrás suerte si vuelven a darte de comer alguna vez.

Le dolía muchísimo la cabeza donde se había golpeado contra la pared. Ojalá lo hubiese atropellado aquel tren.

Sí que volvieron a darle de comer. A la mañana siguiente, la señora Kerrich le llevó un cuenco de gachas de avena y le aconsejó que se quedara en su habitación y que ese día «no llamara mucho la atención», y era eso precisamente lo que estaba haciendo, no llamar en absoluto la atención, cuando Teddy y Bertie llegaron a Jordan Manor.

Al final, tras muchos tirones de la campanilla, la puerta principal de Jordan Manor se abrió con un crujido de desconfianza.

La señora Kerrich los guió por un largo pasillo. Por su aspecto y lo que vislumbraban aquí y allá a través de las puertas abiertas que daban a él, se hizo evidente el estado de abandono en que se hallaba la casa.

—Tiene un toque de la señorita Havisham —le murmuró Teddy a Bertie.

Los condujeron a un enorme salón, ocupado tan solo por la figura de Antonia, a aquellas alturas bastante encogida. Al coronel lo habían aparcado en el invernadero lleno de goteras porque, tras la muerte de Dominic, ya nadie tenía paciencia con él.

—Perdone que nos presentemos así, sin avisar, Antonia —dijo Teddy.

Estaban todos demasiado cansados para volver a casa aquella noche, de modo que Teddy se detuvo en una casa de labranza que alquilaba habitaciones con desayuno, y emprendieron la marcha a primera hora de la mañana siguiente, más frescos.

—Este cerdito fue al mercado, este compró la carne, este la llevó a casa... —canturreó Bertie cuando Teddy ponía en marcha el motor.

El trayecto de vuelta pareció más largo incluso, y tanto Bertie como

Sunny durmieron profundamente durante la última parte del viaje, hechos sendos ovillos como gatitos en el asiento trasero del coche.

Teddy esperaba que Antonia opusiera cierta resistencia, pero le devolvió a Sunny sin rechistar.

—Lléveselo —dijo—, todo suyo.

Sunny tenía un feo moretón en la sien.

—Debería llamar a la policía —advirtió Teddy, pero lo cierto es que se conformó con llevarse a Sunny de aquel sitio.

Tendió una mano para tocarlo, y el niño se encogió. Teddy volvió a intentarlo, más despacio, como haría uno con un perro nervioso, con la palma hacia abajo, y cuando cubrió con la mano la cabecita rapada de Sunny, el corazón se le llenó de pena por él.

El coronel murió el verano siguiente, pero Antonia siguió echándose a perder durante muchos años más. Intervinieron los servicios sociales, y Thomas y la señora Kerrich acabaron procesados por robarle. («Solo fueron cositas aquí y allá», diría la señora Kerrich en su defensa.) Incluso habían intentado, sin conseguirlo, que cambiara el testamento a su favor (a aquellas alturas, también ella estaba gagá, como si fuera contagioso). Cuando murió, su testamento seguía teniendo como beneficiario a Dominic, pero como estaba muerto Bertie y Sunny lo heredaron todo. Los trámites para legitimar el testamento duraron años; en opinión de Teddy, hubo resonancias de *Casa desolada* en más de un sentido. Tras vender Jordan Manor y pagar el impuesto sobre sucesiones, les quedaron unos cuantos miles de libras a cada uno. Bertie se compró un coche nuevo y Sunny donó su dinero a un orfanato en la India.

Como llevados por algún instinto, ambos niños despertaron al doblar la esquina de la calle de Teddy.

—Ya estamos en casita, tachín, tachín, tachín —canturreó Bertie medio dormida mientras Teddy aparcaba el coche en el sendero de entrada.

Había dejado a Tinker con una vecina, y al abrir esta la puerta y decir: «Hola, Ted, ¿lo habéis pasado bien?», el perro avanzó educadamente más allá de sus piernas para saludarlos. El corazón de Sunny estaba tan henchido que apenas pudo hablar, y cuando Teddy dijo:

—¿Qué os parece si entramos? De momento, yo necesito una taza de té, y seguro que a vosotros os apetece un poco de leche y pastel, ¿a que sí, Sunny? He hecho tu favorito, el de chocolate —Sunny pensó que el corazón le estallaría de pura felicidad.

—Sí, por favor, abuelo Teddy. Gracias, muchísimas gracias, gracias.

—No hace falta que me des las gracias —dijo Teddy.

1943

La guerra de Teddy

Una cosa bella

Le llegó el aroma de las últimas rosas silvestres con la brisa cálida y polvorienta. Ya había muchos escaramujos bastante grandes en las matas enredadas entre el seto, pero algunas flores tardías persistían en el calor de la canícula. El perro se detuvo unos instantes y levantó el hocico hacia el cielo como si también saboreara los restos de su dulzor.

—*Rosa canina*. Rosas de can —le dijo Teddy al animal, como si pudiera comprender aquel nombre—, y de can, canícula —añadió por si las moscas.

El perro no tenía la capacidad de nombrar las cosas por sí mismo, así que Teddy, solícito, había asumido la responsabilidad de lexicalizar el mundo para él.

Eran dos perros viejos de paseo y ambos lucían las profundas ojeras resultado del paso de los años o de las experiencias difíciles. En realidad, Teddy no tenía ni idea de la edad del perro, pero sí sabía que lo había pasado mal durante los bombardeos alemanes sobre Londres, y él mismo, a sus veintinueve años, era casi una reliquia («el anciano», había oído que lo llamaban con afecto) comparado con el resto de la tripulación. El perro se llamaba Lucky, «afortunado», y de hecho lo era. El nombre se lo había puesto su hermana («un cliché horroroso, lo siento») tras haberlo rescatado de las calles del Londres asediado.

—Se me ocurrió que quizá tu escuadrón necesitaba una mascota —dijo.

La última vez que había sacado a un perro a pasear por el camino había sido antes de la guerra: Harry, el perro de los Shawcross. Harry murió mientras Teddy recibía adiestramiento en Canadá y Nancy escribió: «Siento la "desconexión". He pasado un tiempo sin ser capaz de empuñar la pluma, porque solo escribir las palabras "Harry ha muerto" me entristecía demasiado.» La carta llegó el mismo día que el telegrama que le informaba de la muerte de Hugh y, aunque fuera una tragedia menor, de todas maneras tuvo sitio en su corazón para sentir pesar por la noticia.

Lucky se adelantó corriendo y empezó a ladrar, cautivado por algo que había en el seto: un ratón o quizá una musaraña. O nada en absoluto: era un perro de ciudad y el campo y sus habitantes eran un misterio para él. Podía asustarse ante un pájaro volando bajo, pero quedarse indiferente ante el estruendo de cuatro motores Rolls-Royce Merlin en lo alto. Deberían haber tenido motores Bristol Hercules en los Halifax desde el principio, para eso se habían diseñado, y los Merlin nunca habían rendido como debían. Por lo menos a los Halifax les habían modificado las aletas de cola, gracias en parte al bueno de Cheshire, que había presionado a las autoridades para que cambiaran las antiguas aletas triangulares que podían hacerte entrar en una pérdida mortal si tenías que entrar en barrena, pero por desgracia aún llevaban los Merlin. Teddy supuso que alguien —alguien como Maurice en el ministerio— había tomado la decisión de poner los Merlin. Por economía o estupidez o ambas cosas, ya que solían ir de la mano. Los Hercules…

—Ay, por favor, cariño —dijo Nancy—, no pensemos en la guerra. Estoy tan cansada de ella… Hablemos de algo más interesante que de los aspectos prácticos de un bombardeo.

Aquel comentario hizo callar a Teddy. Intentó pensar en algo más interesante, y no lo consiguió. De hecho, los motores Halifax habían sido el preludio de una anécdota que sabía que Nancy querría oír; sin embargo, ahora una parte cascarrabias de él decidió no contársela. Y por supuesto que quería hablar de la guerra y «los aspectos prácticos de un bombardeo»: eso era su vida y casi seguro que sería su muerte, pero supuso que ella no podía entenderlo, encerrada como estaba en su torre de marfil de secretos.

—Bueno, podemos hablar sobre lo que haces tú el día entero —dijo de malos modos, y ella le apretó más la mano.

—Ay, ya sabes que no puedo. Después te lo contaré todo, te lo prometo.

Qué raro debe de ser, pensó Teddy, creer que habrá un después.

Aquello había sido un par de días antes, mientras recorrían un paseo marítimo.

(«Mar», le dijo a un extasiado Lucky.)

Si te las apañabas para ignorar la parafernalia de la defensa costera que te rodeaba por todas partes (difícil, había que reconocerlo), podría haber parecido una actividad normal para una pareja en un día de verano. Gracias a algún milagro, Nancy había conseguido sincronizar su permiso con el de él.

—¡Una cita! —exclamó ella—. ¡Qué romántico!

Tras haber rendido el informe de un bombardeo sobre Gelsenkirchen —y después de la tradicional recompensa de unos huevos con panceta por salir vivo de una incursión—, Teddy se fue directo a la estación de tren, donde emprendió un trayecto interminable hasta King's Cross. Nancy lo recibió en el andén y sí que pareció romántico, al estilo de las películas y las novelas por lo menos (aunque lo primero que le pasó por la cabeza fue *Anna Karenina*). Solo al ver la expresión de ansiedad en su cara cayó en la cuenta de que había olvidado qué aspecto tenía Nancy. No tenía ninguna foto suya, y se dijo que debería rectificar eso. Ella lo estrechó entre sus brazos.

—Cariño, te he echado tanto de menos. ¡Y tienes un perro! No me lo habías dicho.

—Sí, Lucky.

Ya hacía un tiempo que tenía el perro. Debía de habérsele olvidado mencionarlo.

Ella se agachó y empezó a prodigar mimos al animal.

Quizá más mimos de los que le había prodigado a él, pensó Teddy. Pero no era exactamente que tuviera celos.

Teddy había supuesto que se quedarían en Londres, pero Nancy dijo que estaría bien «escaparse» por una noche (parecía resuelta a olvidar la guerra), así que cruzaron la ciudad hasta otra estación y tomaron un tren hacia la costa. Ella había reservado una habitación en un hotel grande («las dueñas de las pensiones son demasiado entrometidas») e iba preparada con una alianza de casada («de Woolworth»). Descubrieron que el hotel estaba lleno de oficiales de marina y sus mujeres, aunque allí había sobre todo mujeres, pues por lo visto los oficiales andaban ocupados en otra parte, realizando las tareas habituales en tierra. Teddy se sintió bastante cohibido con su uniforme de la RAF.

La mujer de uno de los oficiales se le acercó mientras esperaba en el bar a que apareciera Nancy, y le posó una mano en el antebrazo.

—Solo quería decirle que en mi opinión están haciendo ustedes un trabajo espléndido. No todo en esta guerra depende de la Marina, aunque ellos crean que sí, cómo no.

Teddy nunca había pensado que fuera así —por lo que él veía, los bombarderos eran los únicos que llevaban la guerra a terreno enemigo—, pero sonrió y asintió educadamente con la cabeza.

—Gracias.

Notó la presión de los dedos de ella en el brazo y aspiró su perfume de gardenia. La mujer sacó una pitillera.

—¿Quiere uno?

Y cuando ella se inclinaba hacia la llama del encendedor de Teddy, apareció Nancy, preciosa con su atuendo azul claro.

—Caramba, ¿es esta su mujer? —dijo la mujer del oficial—. Pues vaya hombre con suerte… Solo estaba pidiéndole fuego —añadió en consideración a Nancy, y se alejó con bastante elegancia.

—Eso ha estado bien —comentó Nancy, riendo—. La forma en que se ha batido en retirada la salva.

—¿Qué quieres decir?

—Ay, cariño, no seas ingenuo…, no me digas que no has entendido qué andaba buscando.

—¿Qué?

—A ti, claro.

Sí, desde luego que lo sabía, y se preguntó qué habría pasado de haber estado solo. Supuso que se habría ido a la cama con ella. No paraba de sorprenderlo que la guerra volviera tan atrevidas a las mujeres, y su propio estado de ánimo lo convertía en presa fácil. La mujer tenía unos hombros preciosos y cierto garbo, como si fuera consciente de su propia valía.

—Se te habría comido vivo —dijo Nancy. Daba por sentado que a él eso no le habría gustado, advirtió Teddy. O que, de algún modo, no habría estado a la altura—. Tomaré una ginebra, por favor —añadió.

—Estás preciosa —dijo Teddy.

—Vaya, gracias, caballero. Y usted está muy guapo.

Nancy tenía razón, admitió él un poco a regañadientes: lo de escaparse estaba bien. Despertó temprano y se encontró con el brazo atrapado en una incómoda postura bajo el cuerpo de Nancy. Las sábanas olían a su perfume de muguete, más saludable que la empalagosa gardenia.

Debían de haberlo despertado las gaviotas. Armaban un jaleo espantoso, pero a él casi le gustaba aquel alboroto. Se dio cuenta de que llevaba una vida tierra adentro desde el inicio de la guerra (sobrevolar el mar del Norte en la oscuridad no acababa de contar como «ir a la costa»). La luz también era diferente, incluso la poca que se había abierto camino a través de la rendija entre las pesadas cortinas de brocado. La habitación estaba bastante bien: tenía cristaleras que se abrían a un balcón de hierro forjado y vistas al mar. Según Nancy, había pagado «un dineral» por ella y solo la había conseguido porque un contraalmirante no la necesitaba aquella noche. Estaba muy al corriente de los rangos navales, mucho más que Teddy, que sentía el habitual desprecio del aviador por los miembros de las otras fuerzas. Códigos navales, se dijo; en eso debía de trabajar ella.

En plena sintonía con él, el perro se despertó al mismo tiempo. Le habían improvisado una cama de una noche en un cajón que habían cogido del tocador y rellenado con una manta de repuesto sacada del armario.

—Caray —dijo Nancy—, parece más cómoda que nuestra propia cama.

Consciente de que era ridículo, Teddy sintió cierta vergüenza por hacer el amor con Nancy con el perro en la misma habitación. Lo imaginaba contemplándolos con perplejidad, si no con absoluta alarma, pero cuando echó un vistazo al cajón en pleno «acto» («¿Va todo bien, cariño?», le preguntó Nancy), el perro le pareció profundamente dormido. Debía de saber que una retirada a tiempo es casi una victoria.

Sospechaba que, en efecto, el bien equipado cajón había procurado un descanso mejor que el colchón del contraalmirante, relleno de pelo de caballo, lleno de bultos y casi tan duro como las «galletas» de la RAF. Al despertar, Teddy se sintió tan agarrotado e incómodo como si acabara de pasar nueve horas en un Halifax. Nancy tenía razón otra vez —solía tenerla—: no habría estado a la altura de las atenciones de la mujer del oficial de marina la noche anterior. Estaba demasiado agotado para sobrevivir a sus arácnidos encantos.

Antes de que Lucky despertara a Nancy al subirse de un salto a la cama, algo que tenía permitido en el barracón, Teddy se liberó de las sábanas y deslizó los pies hasta el suelo sin hacer ruido. Las ventanas habían quedado abiertas de par en par toda la noche, y se abrió paso entre las cortinas para salir al balcón, donde estiró los brazos en alto y se llenó los pulmones del aire puro. Tenía un dejo salado que le produjo una sensación de alivio. El perro se le unió y él se preguntó qué le parecería la vista.

—El mar —le recordó.

Dos noches atrás, su nuevo avión, el *Q-Queenie*, había efectuado un aterrizaje de emergencia en Carnaby. Carnaby estaba en la costa y disponía de una pista de aterrizaje más larga de lo normal para acoger a los pobres rezagados que volvían renqueando a casa a través del mar del Norte, además de aquellos que, como el *Q-Queenie*, simplemente se habían perdido en la oscuridad. Carnaby contaba con un «FIDO», unas siglas cuyo significado Teddy había olvidado, solo sabía que tenían que ver con la niebla. La pista estaba bordeada por tuberías que contenían miles de galones de gasolina a la que podía prenderse fuego en caso de niebla para guiar a los perdidos y a los heridos a casa.

Una vez a salvo de vuelta en su propio campo de aviación, Teddy se encontró hablándole al perro, su propio Fido, sobre Carnaby, pensando que le interesaría, por el nombre. Fue en aquel momento cuando cayó en la cuenta de que tal vez se había desquiciado. Ahora se rió de aquel recuerdo y le rascó la cabeza al perro. ¿Qué más daba? El mundo entero estaba desquiciado.

El balcón había sufrido los efectos del aire marino, pues se advertían grandes manchas de óxido a través de la pintura blanca. Todo el país estaba deteriorado. ¿Cuánto tiempo faltaba para que ese deterioro se volviera irreversible, se preguntó, para que Gran Bretaña se desmoronara, convertida en óxido y polvo?

No oyó la discreta llamada a la puerta que anunciaba la bandeja de té que habían encargado la noche anterior y se sorprendió cuando Nancy salió al balcón y le tendió una taza en su platillo. Llevaba puesto un práctico pijama de algodón.

—No acaba de ser el atuendo indicado para una luna de miel —comentó.

—¿Es esto una luna de miel? —le preguntó Teddy, y le dio un sorbo al té, que ya se estaba enfriando con el aire de la mañana.

—No, pero deberíamos tener una, ¿no crees? Primero tendríamos que casarnos, claro. ¿Te parece? ¿Nos casamos?

—¿Ahora? —dijo Teddy, bastante desconcertado.

Durante un instante, pensó que quizá ella lo había organizado como una sorpresa, con una licencia especial en una iglesia de la zona, y casi esperó que una multitud de Todd y Shawcross irrumpiera en la habitación soltando expresiones de enhorabuena. Pensó en Vic Bennett, que nunca había llegado a su boda, y menuda fiesta habría sido, pese al estado de Lillian. Se sentía culpable por no haberse mantenido en contacto y no saber nada sobre el hijo de Vic. Edward. O a lo mejor una niña. Lillian y el crío seguirían adelante, pero Vic se iría borrando poco a poco, día tras día, hasta que llegaría un momento en que nadie lo recordaría. «Decía que eras el mejor hombre que había conocido.» Vic debería haber vivido más tiempo, pensó Teddy; habría llegado a conocer a muchos mejores que él.

—No. Ahora mismo, no. Después de la guerra.

Ah, el futuro, pensó Teddy. La gran mentira.

—Sí —dijo—. Deberíamos, claro. ¿Ya está? ¿Estamos prometidos? ¿Quieres que me ponga de rodillas? —Dejó la taza y el platillo en el suelo del balcón y se dejó caer sobre una rodilla, con el perro como curioso testigo de aquel comportamiento, y le dijo—: Nancy Roberta Shawcross, ¿puedo pedir tu mano en matrimonio?

(¿Era eso lo que se decía?)

—Me encantaría —contestó ella.

—¿Tenemos que comprar un anillo?

Ella levantó el dedo anular y dijo:

—Este servirá de momento. Algún día podrás comprarme un brillante.

Se casarían con el anillo de Woolworth. «Tiene valor sentimental», diría ella cuando Teddy se lo pusiera en el dedo en la oficina del registro de Chelsea, después de la guerra.

Fue una boda sencilla, y Teddy se preguntaría más tarde si no deberían haberlo celebrado más a lo grande. Ursula y Bea representaron los papeles de invitadas, damas de honor y testigos. Ursula llevó a Lucky consigo, con un lazo de cinta roja sujeto al collar, y dijo: «Aquí está tu padrino, Teddy».

Nunca sustituyeron el anillo de Woolworth por uno más caro, aunque la aleación barata a veces le dejaba a Nancy un feo círculo negro en el dedo. Pero Teddy sí que le compró un brillante, uno pequeño, cuando nació Viola.

—Comprometidos —dijo ella mientras caminaban del brazo por la playa después del desayuno.

Habían salvado los guijarros y las trampas antitanque hasta llegar a la arena gruesa y marrón cerca de la orilla, que la marea baja había dejado al descubierto. El perro entraba y salía corriendo de las olas. De vez en cuando, Teddy le tiraba un guijarro, pero la novedad del mar lo tenía demasiado cautivado para mostrar interés en la rutinaria tarea canina de ir a por objetos y llevarlos.

—Prometidos en matrimonio —insistió Nancy alegremente—. Qué anticuado suena. ¿De dónde crees tú que vendrá la palabra «matrimonio»?

—Viene del latín, y significa algo así como «oficio maternal» —respondió Teddy, todavía mirando al perro.

—Claro. Tiene sentido. —Nancy le apretó el brazo y Teddy pensó en la mujer del oficial de la noche anterior. Luego le sonrió y preguntó—: ¿Te sientes feliz, cariño?

—Sí.

Ya no tenía ni idea de qué significaba esa palabra, pero si ella quería que se declarara feliz, la complacería. («El error —decía Sylvie— consiste en pensar que amor equivale a felicidad.»)

—Te iba a contar… —dijo, decidiendo ofrecerle la anécdota del Halifax que le había negado el día anterior— que la semana pasada estaba en la cantina, jugando a las cartas, de hecho. Esa noche teníamos una misión de combate en Wuppertal, y siempre hay ese momento de calma sobre media tarde, después de hacer todas las comprobaciones de vuelo, mientras esperas las órdenes… —Notó que el brazo de ella se aflojaba un poco. De haber querido ella compartirlos, él habría escuchado encantado los detalles cotidianos de su vida—. ¿Quieres que siga?

—Claro.

—Bueno, pues entonces oí el motor de un avión, si bien en eso no hay nada fuera de lo corriente, obviamente, pero entonces Sandy Worthington, mi navegante, asomó la cabeza por la puerta de la cantina de oficiales y dijo: «Ven a ver esto, Ted, es el nuevo Halifax, el Mark III».

—Y es mucho mejor, tiene una cola distinta —soltó Nancy, como una alumna aplicada y satisfecha con su capacidad de recordar datos aburridos.

—No, eso no es lo interesante, aunque para mí sí lo sea porque salvará vidas. Bueno, así que cogí una bicicleta prestada y fui a toda prisa hasta la pista de aterrizaje… La cantina queda bastante lejos, es una base aérea grande…

Nancy cogió un pedazo de madera que había en la playa y lo arrojó al mar para el perro, que pareció plantearse ir a por él y luego se lo pensó mejor.

—Y en ese momento el avión —continuó Teddy— avanzaba por la pista, siguiendo la valla del recinto hacia el área de dispersión, ¿y adivinas quién lo había pilotado hasta allí?

—¿Gertie?

Al menos Teddy contaba ahora con toda su atención.

—Sí, Gertie. ¡Qué sorpresa me llevé!

La hermana mayor de Nancy estaba en el CATA, el Cuerpo Auxiliar de Transporte Aéreo, y llevaba aviones de aquí para allá entre escuadrones, fábricas y unidades de mantenimiento. Se había sacado la licencia de piloto antes de la guerra, y Teddy aún recordaba la envidia que había sentido él. Aunque no siempre lo admitieran, los hombres de su escuadrón tenían un gran respeto por las chicas del CATA («las mujeres», corregía Gertie). Pilotaban cualquier aparato casi sin previo aviso: Lancasters, Mosquitos, Spitfires e incluso las Fortalezas Volantes de los estadounidenses; proezas de la aviación que no habían logrado la mayoría de los pilotos de la RAF.

—Es tuyo, creo —le dijo el oficial al mando a Teddy cuando estaban en el área de dispersión con Gertie, admirando el nuevo avión.

—¿Mío? —le preguntó Teddy.

—Bueno, eres el jefe de escuadrón, Ted, yo creo que deberías tener el mejor pájaro.

—Vuela bien —intervino Gertie.

Y así, el *Q-Queenie* pasó a ser suyo.

A Gertie se le dio trato de oficial honoraria y la invitaron al comedor de oficiales a tomar el té («¡Y bollos! ¡Qué ricos!» No lo estaban). Por casualidad, en lugar de tener que coger el tren, dispondría de un avión que debía llevarse a una unidad de mantenimiento para que le enderezaran el fuselaje retorcido. Los aviones no se habían diseñado para la clase de maniobras violentas que requería entrar en barrena (y él tampoco, pensaba Teddy a menudo). Durante su breve estancia, Gertie no llegó a estremecer ningún corazón masculino —excepto quizá el del oficial al mando, quien comentó que tenía «agallas»— ya que, al igual que Winnie, era una chica más bien feúcha y sin dobleces. Teddy tendía a clasificar a las chicas Shawcross («mujeres») según su atractivo —sospechaba que todo el mundo lo hacía—, desde Winnie, la menos hermosa, hasta Nancy y la delicada Bea. En su fuero interno creía que Bea era la más guapa, pero la lealtad hacia Nancy solía censurar semejante idea. «Cada chica Shawcross es más menuda y bella que la anterior», había comentado una vez Hugh cuando eran más jóvenes. Millie, la de en medio, hubiera sido quien más molesta se habría sentido al oír tal opinión.

El escuadrón le dedicó una buena despedida a Gertie, en parte porque les había entregado el muy bienvenido «Halipanzudo» nuevo, y en parte por su relación con Teddy, quien les comentó que era «una especie de cuñada», lo que suponía que serían si había un futuro. Se reunió un pequeño grupo en la caravana de control de vuelo para su despegue, Teddy entre ellos, y todos la despidieron con ademanes tan enérgicos como si saliera a bombardear Essen y no a entregar un Halifax a una unidad de mantenimiento en York. Ella movió ligeramente las alas como despedida y desapareció con estruendo en el azul. Teddy se sintió orgulloso de ella.

—Hace un siglo que no la veo —dijo Nancy.

—Hace un siglo que no ves a nadie.

—No por decisión propia —respondió ella con cierto tono de crispación.

Estaba siendo injusto, la guerra también tenía que estar afectándola, por supuesto. Le aferró más fuerte el brazo con el suyo y silbó para llamar al perro.

—Venga —dijo—, te invito a un bocadillo en la cafetería de la estación. Tenemos tiempo de sobra antes de subir al tren.

—Tú sí que sabes cómo tratar a una chica —respondió Nancy, recuperando el buen humor.

El perro no apareció cuando Teddy silbó. Escudriñó la playa, el mar, con una burbuja de pánico brotándole en el pecho. El perro siempre acudía al oír el silbido. El Canal parecía tranquilo, pero era un perro pequeño y quizá había acabado agotado de tanto nadar, o se había encontrado con una corriente traicionera o una red de pesca. Pensó en Vic Bennett deslizándose bajo las olas. «Bueno, pues buena suerte.» Nancy recorría la playa de aquí para allá, llamando a gritos al perro. Teddy sabía que Lucky tenía los sentidos sintonizados con algún tipo de frecuencia animal superior. Su personal de tierra le había contado cómo esperaba su regreso con ellos y sabía mucho antes que los demás el momento en que se acercaba su avión a la base. Si volvía tarde o tenía que realizar un aterrizaje de emergencia en otro sitio, el perro permanecía con decisión en su puesto. Cuando Teddy acabara por no regresar, cuando los alemanes lo hicieran prisionero, el perro se pasaría días enteros mirando fijamente el cielo, esperando.

Al final pondrían al perro de nuevo en manos de Ursula, y tras volver a casa Teddy no le pidió que se lo devolviera, por mucho que le hubiera gustado. Él tenía a Nancy como compañera, pensó, pero su hermana no tenía a nadie y quería al perrito casi tanto como él.

No hacía mucho, el perro se había metido de polizón en el *Q-Queenie*. Nunca habían conseguido averiguar cómo. A veces tenía la costumbre de ir en el camión que los llevaba al área de dispersión, aunque nadie recordaba haberlo visto en aquella ocasión, y la primera noticia que tuvieron de que estaba a bordo fue después de haber llegado al punto de encuentro sobre Hornsea, momento en que salió con sigilo —y bastante aire de culpabilidad— de debajo del puesto de descanso de babor donde se había ocultado.

—Eh, chicos —anunció Bob Booth, el operador de radio, a través del intercomunicador—, parece que hemos conseguido un pequeño segundo copiloto.

El problema no era el hecho de que aquello fuera contra todas las normas, más incluso quizá que llevar en un vuelo a una auxiliar de las FAAF, sino que ya estaban a más de cinco mil pies y Teddy acababa de decirles a todos que se pusieran las máscaras de oxígeno. El perro ya andaba un poco vacilante, aunque aquello bien podía deberse al hecho de estar dentro de un enorme bombardero cuatrimotor que se esforzaba por alcanzar el techo de servicio sobre el mar del Norte.

Teddy se acordó de repente de Mac cantando «Boogie Woogie Bugle Boy» en el viaje de vuelta de Turín. Sin duda Lucky no haría algo tan extravagante, pero el resultado inevitable de la falta de oxígeno sería el mismo para hombres que para perros.

Tal vez el perro solo tenía curiosidad por saber adónde iban cuando se subían a sus mastodontes de metal. Quizá lo había guiado la lealtad hacia Teddy, o el deseo de poner a prueba su propio valor canino. ¿Qué le pasaba a un perro por la cabeza?

Todos excepto los artilleros compartieron sus máscaras con el animal, una experiencia incómoda para los implicados.

—Oxígeno —le dijo Teddy al perro mientras le ponía su máscara sobre el pequeño hocico.

Por suerte se trataba tan solo de una misión de «jardinería» en los canales de transporte holandeses y no de un largo ataque aéreo a la Gran Ciudad. Tras haber aterrizado sin ningún percance, Teddy sacó al perro del avión a hurtadillas, escondido en el interior de su pelliza de aviador.

Después de aquello, Teddy intentó acordarse de llevar una máscara de oxígeno de más a bordo porque así, en caso de que tuvieran otro polizón, podrían conectarlo al tanque central. Sin embargo, ¿quién en su sano juicio querría viajar de polizón en un bombardero?

Se volvió y de pronto el perro estaba allí, acercándose al trote por la playa, con aspecto de cansado pero sin disponer de vocabulario suficiente para contarle las posibles aventuras que había corrido.

Una vez reunidos, pasearon por el muelle hasta que los detuvo un fotógrafo, y accedieron a que les tomara una foto. Teddy le pagó y le dio la dirección de su escuadrón; al regresar de sus seis días de permiso, la fotografía en cuestión, que ya había olvidado, lo estaba esperando. Era bastante bonita, y pensó en conseguir más copias, para Nancy quizá, aunque nunca llegó a hacer nada al respecto. Él iba de uniforme, claro, y Nancy llevaba un vestido de verano con un bonito sombrero de paja; la alianza barata no era visible. Ambos sonreían como si no tuvieran una sola preocupación en el mundo. Lucky aparecía con ellos, también con aspecto de estar muy satisfecho de sí.

Teddy llevaría siempre la fotografía en el bolsillo de su uniforme de campaña, junto con la liebre de plata. Sobrevivió a la guerra y al campamento de prisioneros y después fue arrojada, con bastante despreocupación, en una caja de recuerdos y trofeos.

—*Objets de vertu* —comentaría Bertie al revisar la caja después que él se mudara a Fanning Court. Siempre sintió fascinación por Nancy, la abuela a la que nunca conoció—. ¡Y un perro! —añadió, atraída de inmediato por el aspecto alegre de animalito.

(«Lucky», dijo Teddy con cariño. El perro llevaba ya más de cuarenta años muerto, pero al pensar en su ausencia del mundo aún sentía una pequeña punzada de tristeza en el corazón.)

La fotografía tenía una mancha, un borrón marrón en la parte de arriba, y cuando Bertie quiso saber qué la había originado, Teddy respondió:

—Creo que es de té.

Tras concluir su primer período de servicio, Teddy pasó a una Unidad Operativa en calidad de instructor, pero antes de que acabara su tiempo allí, pidió que lo destinaran de nuevo a misiones de combate. «¿Por qué, por el amor de Dios —escribió Ursula—, cuando podrías haber disfrutado de unos meses más de seguridad relativa antes de embarcarte en otro período de servicio?» En opinión de Teddy, «relativa» era una buena palabra para definir una Unidad Operativa de Instrucción. Nada más llegar, paseó la vista por los campos que rodeaban el puesto y contó los restos de al menos cinco aviones que aún no se habían retirado. En una de aquellas unidades te daban pájaros destartalados para volar, por lo general aviones jubilados, como si las tripulaciones verdes no tuvieran que jugar ya contra cartas marcadas. Teddy no preguntó sobre la suerte de los ocupantes de los aviones diseminados por los campos. En realidad prefería no saberlo.

«Bueno —le respondió a su hermana—, aún no se puede dar la tarea por terminada.» «Ni mucho menos», pensó. Miles de pájaros se habían arrojado contra el muro, y aún seguía en pie. «Y soy un piloto muy bueno, maldita sea —añadió—, así que creo que puedo servir mejor al esfuerzo de guerra pilotando que instruyendo a muchachos.»

Releyó la carta. La justificación sonaba razonable. Podía ofrecérsela a su hermana, a Nancy, al mundo entero, aunque le molestaba un poco sentir la necesidad de justificarse cuando estaban en medio de una batalla. ¿No lo habían nombrado el guerrero de la familia? Aunque sospechaba que tan noble responsabilidad podía haber recaído ya en los hombros de Jimmy.

La verdad era que no había nada más que quisiera hacer, que fuera capaz de hacer. Pilotar en bombardeos aéreos se había convertido en su esencia. En la persona que era. El único sitio que le interesaba era el interior de un Halifax, los olores a tierra y a gasoil, a sudor acre, a caucho y metal y el aroma punzante del oxígeno. Quería que el bramido de los motores lo ensordeciera, necesitaba el vacío de pensamientos que proporcionaban el frío, el ruido, y también el aburrimiento y la adrenalina. Antaño creía que la arquitectura de la guerra lo formaría, pero ahora se percataba de que lo que había hecho era borrarlo.

Tenía una nueva tripulación: los artilleros Tommy y Oluf, uno de Tyneside y el otro noruego. Había bastantes noruegos en el Grupo de Bombardeo n.º 4, puesto que no eran suficientes para formar su propio escuadrón, como habían hecho los polacos. En su entrega, los noruegos se mostraban casi tan feroces como los sanguinarios polacos. Estos últimos siempre seguían adelante. Vivían para ver el día en que pudieran volar de vuelta a una Polonia libre. No sucedería, claro. A menudo pensaría en ellos mientras Polonia se abría camino a través del siglo xx.

Volvía a ser una tripulación variopinta. Sandy Worthington, el navegante, era de Nueva Zelanda; Geoffrey Smythson, el ingeniero de vuelo, era licenciado por Cambridge. («Matemáticas», dijo con aire solemne, como si fuera una religión.) Teddy le preguntó si conocía a Nancy y él contestó que había oído hablar de ella, que había ganado el premio Fawcett, ¿no? «Una chica lista», comentó. «Una mujer lista», corrigió Teddy. El operador de radio era Bob Booth, de Leeds, y el bombardero era...

—Qué tal, amigo.

—¿Qué demonios haces aquí?

—Bueno, estaba de instructor en una unidad operativa cuando oí decir que el famoso Ted Todd había vuelto a las misiones de combate antes de tiempo, y me dije: joder, pues no va a volar sin mí. Un escuadrón australiano intentó hacerse conmigo, pero moví unos cuantos hilos.

Ted se sintió casi abrumado al ver a Keith; era el miembro de su antigua tripulación a quien más unido se sentía y habían compartido muchísimas cosas de las que no podían hablar con nadie más, y sin embargo al reencontrarse se controlaron y solo se dieron un corto y varonil apretón de manos a modo de saludo. Más tarde, a medida que transcurriera el siglo, Teddy observaría cómo los hombres parecían perder poco a poco las inhibiciones en lo relativo a sus sentimientos, hasta que, cuando el siglo xx se convirtiera en el xxi (y llegara la década de los años del «doble cero», el poco atractivo nombre con que la llamaban algunos), darían la impresión de haber perdido por completo el control sobre sus emociones, y quizá también el juicio. Futbolistas y tenistas lloriqueando por todas partes, los hombres corrientes en las calles abrazando y besando a otros hombres en la mejilla.

—Ay, por el amor de Dios, papá —exclamaba Viola—. ¿Cómo puedes pensar esas tonterías? ¡La compostura masculina! ¿De verdad crees que el mundo era un lugar mejor cuando los hombres ocultaban sus sentimientos?

—Sí.

A veces, todavía se horrorizaba al recordar cómo se había venido abajo en la cocina de la madre de Vic Bennett. No veía que aquello le hubiese hecho ningún bien a nadie, en especial a él. Tras la muerte de Nancy sollozó quedamente y a solas, le pareció la forma respetuosa de llorar a alguien.

—La culpa la tiene Diana —dijo Bertie.

—¿Diana?

—La princesa. Hizo que sentirse dolida pareciera heroico. En tu época solía ser todo lo contrario.

Estaban sentados en la ladera del Caballo Blanco de Kilburn comiendo unos sándwiches que les había preparado la amable dueña de una pensión en una parada del viaje de despedida.

El mejor momento de Teddy había pasado ya; «como un perro», se dijo.

—Soy demasiado viejo para este mundo.

—Yo también —dijo Bertie.

Nancy solo había conseguido permiso para pasar una noche fuera, de modo que se separaron en un andén apenas veinticuatro horas después de haberse encontrado en el primero. Él tenía la impresión de que podrían pasar más tiempo juntos y lo invadió la tristeza al decirle adiós con un ademán; sin embargo, una vez que el tren hubo desaparecido cayó en la cuenta de que quizá se sentía culpable por experimentar alivio.

Keith también había acudido a Londres de permiso; se reunieron y formaron un agradable y platónico cuarteto en Quaglino's con Bea y su amiga Hannie, una refugiada. Todos bebieron bastante y Keith hizo cuanto pudo por flirtear con dos mujeres a la vez. Hannie era muy guapa pero no parecía tener mucho interés y Bea estaba «comprometida», con un médico, aunque ambas fueron muy simpáticas con Keith. Teddy nunca llegaría a conocer al médico de Bea. Formó parte de las tropas del día D y lo mataron en la playa de Gold. Bea se casó con un cirujano después de la guerra.

Bea trabajaba en la BBC, como productora y a veces locutora de continuidad, y haciendo algunas tareas más «entre bastidores»; Hannie ejercía de traductora para un ministerio del gobierno de nombre misterioso. Bea se había movido en un ambiente médico durante los bombardeos de Londres, ya que la reclutaron para trabajar en un depósito de cadáveres; su trabajo consistía en unir piezas de cuerpos destrozados por las bombas. Por algún motivo inverosímil, su formación en una facultad de bellas artes la hacía adecuada para ese trabajo.

—Por la anatomía, supongo —comentó.

Ni siquiera Teddy, habituado como estaba a ver cuerpos destrozados de hombres, creía que hubiera sido capaz de soportar semejante trabajo. Años después, en una era distinta, la del terrorismo, Teddy leería sobre bombas en parques y discotecas, en rascacielos y aviones de pasajeros, sobre cuerpos que volaban en pedazos o que caían a tierra, y se preguntaría si alguien los volvía a recomponer. Sylvie siempre había sostenido que la ciencia consistía en hombres que encontraban nuevos medios de matarse unos a otros, y a medida que transcurrieran los años (como si la guerra no fuera prueba suficiente) Teddy llegaría a creer que tal vez tuviera razón.

Bailó con Hannie, que tenía la estatura justa para él y olía a Soir de Paris, que según ella «alguien» le había traído de Francia, lo que le hizo pensar que debía de moverse en círculos bastante cerrados. (¿Había alguna mujer que conociera que no lo hiciera?) Llevaba unos pendientes de esmeraldas y se partió de risa cuando él hizo un comentario sobre ellos.

—¡Bisutería! ¿Parezco alguien que pueda permitirse esmeraldas?

Había dejado atrás a su familia en Alemania y quería que «todos los nazis sin excepción» murieran con el mayor sufrimiento posible. «Parece justo», se dijo Teddy.

Quedaron los cuatro para encontrarse a la noche siguiente y fueron a ver la película *Arsénico por compasión*, y estuvieron de acuerdo en que era un antídoto estupendo para la guerra.

Después de la guerra, Teddy se enteró a través de Bea de que Hannie estaba en la Dirección de Operaciones Especiales, y que la habían lanzado en paracaídas sobre Francia antes del día D. Ursula y Bea hicieron cuanto pudieron para averiguar qué le había pasado («porque ahora no tiene a nadie más»). Era la habitual historia terrible.

Resultó que aquellos pendientes no eran de bisutería sino de esmeraldas auténticas, franceses, *fin de siècle*, muy bonitos, y habían sido de su madre, francesa también. («Y tengo un poco de sangre húngara además de alemana, claro, y hasta un poco de rumana. ¡Soy una mestiza europea!») Los pendientes iniciaron su existencia en el *atelier* de un orfebre en el Marais en 1899 y, como pasa con los objetos, tendrían una vida mucho más larga que las personas que los habían llevado. Hannie se los dejó a Bea para que se los guardara «a buen recaudo». («Puede que no me veas durante varias semanas.»)

—Creo que sabía que no volvería —dijo Bea.

Bea se los dio a Teddy antes de morir, porque él era, literalmente, la única otra persona en el mundo que se acordaba de Hannie; y así fue como Bertie acabó luciendo los pendientes el día de su boda, un día que, por desgracia, Teddy no llegaría a ver. Se casó en invierno, con el hombre al que conoció por casualidad en el puente de Westminster, en una iglesia sajona en los montes Cotswold, vestida con encaje antiguo y un ramo de campanillas de invierno. Tras ciertas discusiones, permitió que Viola la entregara en matrimonio. Fue perfecto.

Al día siguiente, domingo, Keith y Teddy cogieron un tren temprano con destino a la Guarida del Zorro, donde Sylvie los había invitado a comer, armando un escándalo considerable. Keith aceptó con entusiasmo; ya había estado allí antes y había conquistado a Sylvie. También sabía lo bien abastecida que tenía la despensa. Ursula rehusó la invitación de ir con ellos.

—Mamá podrá teneros a los dos para ella sola —dijo, y soltó una carcajada bastante malévola.

Teddy llevó a Keith a Las Grajillas a conocer a la señora Shawcross, que siempre tenía interés, más que Sylvie quizá, en conocer a los miembros de la tripulación de Teddy que acudieran con él a la Guarida del Zorro. Pudo contarle que había visto a Gertie, y la señora Shawcross dijo:

—Qué emocionante, pero me preocupo mucho por ella. Pienso en Amy Johnson, ¿sabes?

Millie residía allí «brevemente» y flirteó de forma escandalosa con Keith.

—Deberían encadenar a esa chica —comentó él riendo cuando por fin escaparon de sus garras—. No es mi tipo. —Seguía bastante colado por Hannie, la amiga de Bea—. Pero no me imagino llevándomela de vuelta a la granja de ovejas —añadió. Keith nunca dudaba de que regresaría a Australia, y para Teddy su certeza era un gran consuelo—. Es judía, ¿sabes?

—Sí, lo sé.

—Es la primera persona judía que conozco —dijo Keith, como si eso le produjera asombro. («Semita», habría dicho Sylvie)—. Debe de ser bonito enamorarse —añadió, mostrando una faceta romántica sorprendente—. Seguir lo que te dicta el corazón y todo eso.

—Calma, tío —dijo Teddy—. Empiezas a hablar como un galán de película —(o como una mujer).

Unos meses después, el propio Teddy se «enamoró». Siguió el dictado de su corazón y este lo llevó a un callejón sin salida, aunque tampoco le importó demasiado.

Un interludio romántico.

Julia. Era alta y rubia, atributos que Teddy no solía encontrar atractivos en una mujer.

—Una rubia natural —puntualizó ella.

—No creo que haya conocido nunca a una —dijo Teddy.

—Pues ahora sí —respondió ella, y se rió.

Echaba la cabeza hacia atrás cuando se reía, de una manera que podría haber resultado ordinaria pero que de hecho era encantadora. No era de esas mujeres que se tapaban la boca al reír, ya que tenía los dientes bonitos, de color crema y nacarados.

(«Buena crianza —decía—. Y un buen dentista.») Se reía mucho.

Había ido a la escuela con Stella, y esta le había dicho a Teddy que fuera «a ver a Julia» cuando estuviera en Londres, un gesto desinteresado por su parte. «No te enamores de ella —le advirtió (encendiendo la mecha)—. Les ha roto el corazón a hombres mejores que tú.» Aunque Stella no conocía a ningún hombre mejor que Teddy.

Teddy no quería morir sin enamorarse y, como esperaba morirse en cualquier momento, sin duda forzó la mano de Cupido para que le dejara probar el romance en tiempos de guerra. Estaba a punto de caramelo para ello.

Julia trabajaba en el Servicio Territorial Auxiliar, destinada en un taller en el centro de Londres conduciendo camiones del ejército. Siempre tenía alguna mancha de gasoil o de grasa y llevaba las uñas sucias. Sin embargo, los hombres volvían la mirada hacia ella. Para Julia era algo tan natural como el cabello rubio. Era la clase de chica que siempre conseguía buenas mesas en los restaurantes, buenos asientos en el teatro, el tipo de muchacha a quien todo el mundo le daba cosas. Tenía algo deslumbrante, una especie de glamour que hechizaba a la gente. Que hechizó a Teddy. Durante una semana.

Julia «se las arregló» para conseguir un permiso tras su primera cena juntos. En la que fue también su primera noche juntos. («No tiene sentido andar retrasándolo, querido», dijo mientras le desabrochaba la chaqueta del uniforme.) Era la clase de chica que podía conseguir un permiso.

—Papá conoce a todo el mundo.

Papá era un «asesor del gobierno», significara lo que significase eso, pero dejaba que su única hijita campara a sus anchas. Tenía veintidós años, no era ninguna niña. Mamá había muerto.

—Qué pena.

Julia tenía un «montón de dinero». Papá también era lord. Teddy había ido a la escuela con los hijos de bastantes lords, así que no lo disuadió su buena cuna, aunque no pudo evitar sentirse un poco impresionado con la enorme mansión cerca de Regent's Park que era el «hogar londinense» de la familia. Tenían un «caserón ancestral» en Northamptonshire y «una casa» en Irlanda.

—Ah, y un apartamento en París que ahora ocupa algún repugnante *Gauleiter*.

Papá se había mudado, ahora vivía en algún sitio en Westminster, y Julia tenía un piso en Petty France.

La casa de Londres permanecería cerrada mientras durase la guerra. Simplemente lo habían dejado todo donde estaba, cubierto con fundas. Las enormes arañas de luces aún colgaban de los techos bajo sus cubiertas, con el aspecto de regalos envueltos con poca gracia. Cuadros valiosos tenían telas colgadas encima como si la casa estuviera de luto. Se habían cubierto los muebles con una extraña colección de fundas para muebles y ropa vieja de cama, y alguna no tan vieja. Teddy descubrió un sofá Luis XV bajo un cubrecama de chenilla, una magnífica cómoda Luis XIV de Boulle tapada con una sábana, un escritorio que al parecer perteneció a María Antonieta con un edredón puesto encima. Encontró un Gainsborough debajo de un trapo de cocina. Lo inquietó la seguridad de todo aquello.

—¿No estás preocupada por estas cosas?

—¿Preocupada?

(Esa palabra no figuraba en su vocabulario, era despreocupada hasta límites vergonzosos, y eso era lo que lo atraía de ella.)

—Ya sabes, porque alguien las robe o las destruya una bomba.

Julia se limitó a encogerse de hombros.

—Tenemos montones de esta clase de cosas.

Teddy levantaba el velo de un pequeño Rembrandt cada vez que pasaba ante él por las escaleras. Nadie lo echaría de menos, pensaba. ¿Merecía siquiera un tesoro así una gente tan descuidada? Si se llevaba el Rembrandt, su vida sería bastante distinta. Sería un ladrón, para empezar. Un relato distinto.

Había un par de Rubens, un Van Dyke, un Bernini en el vestíbulo, todo tipo de tesoros del Renacimiento italiano. Pero fue el pequeño Rembrandt el que le robó el corazón. Podría haber robado la casa entera. Había una llave debajo de una urna ante la puerta de entrada. Cuando reprendió a Julia por la falta de seguridad, ella se rió y dijo:

—Sí, pero es una urna muy pesada.

(Lo era.)

—Puedes quedártelo por lo que a mí respecta, querido —le dijo Julia cuando lo pilló mirando el Rembrandt—. Es una cosa vieja y sucia.

—Gracias, pero no.

Menudo baluarte de rectitud moral. Años más tarde, desearía haberse apropiado del cuadro. Nadie habría creído que era un Rembrandt auténtico, habría existido únicamente para su propio placer culpable, colgado de una pared en una casa de las afueras. Debería haberlo hecho. La mansión de Londres sería alcanzada por un V2, y el Rembrandt se perdió para siempre.

—Por mí puedes quedarte con tu arte —dijo Julia—. Me temo que soy muy superficial.

Teddy sabía por experiencia que la gente que decía ser una cosa por lo general era lo contrario, aunque en el caso de Julia era cierto. Era una ignorante magnífica.

No fueron a Petty France. En lugar de ello, pasaron su interludio romántico en la mansión de Londres o, en una noche memorable durante la cual no hubo lugar para el sueño, en una suite del Savoy que parecía estar a su disposición de forma permanente. Había «galones» de champán en la bodega de la casa de Londres y pasaron la semana bebiéndoselo y haciendo el amor encima de una variedad de antigüedades de valor incalculable. A Teddy se le ocurrió de pronto la posibilidad de que Julia llevara una vida así constantemente.

Tenía un cuerpo perfecto, como el de una diosa griega. Podía imaginarla como una diosa, fría e indiferente, satisfecha de condenar a algún pobre Acteón a que unos perros de caza lo despedazaran hasta la muerte. Nancy no podría habitar jamás el mundo cruel del Olimpo, era más bien un alegre duendecillo pagano.

—¿Quién es Nancy?

—Mi prometida.

—Oh, querido, qué adorable.

Le molestó bastante aquella respuesta. La chispa de un pequeño ataque de celos habría completado la experiencia. Eso era, una experiencia, su corazón nunca estuvo del todo implicado. Estaba jugando al romance. Aquello ocurría después de Hamburgo, después de Beethoven, después de que Keith muriera, no mucho antes de Nuremberg, cuando nada le importaba demasiado, en particular las rubias hermosas y superficiales. Pero apreció el don de haber experimentado el sexo lujurioso y sin restricciones («Guarro», como decía Julia), de manera que en años posteriores, cuando volviera a ser un tipo normal y corriente, como mínimo sabría lo que era follar con desenfreno. No le gustaba aquella palabra, pero en el caso de Julia era la única que servía.

El último día de permiso llegó a la mansión de Londres, movió la pesada urna y no encontró ninguna llave, solo un pedazo de papel con un mensaje garabateado: «Querido, ha sido encantador, nos vemos, besos, J.». Le molestó bastante tener vedado el acceso a la mansión, pues allí empezaba a sentirse casi como en casa.

No mucho tiempo después, destinaron a Julia a una base del Cuerpo de Armamento del Ejército y fue una de las diecisiete personas que resultaron muertas al explotar un depósito de bombas por accidente. En esa época Teddy ya estaba en el campo de prisioneros de guerra y no supo de aquel incidente hasta años más tarde, cuando se enteró de la muerte del padre de Julia por su propio periódico («Un lord envuelto en un escándalo sexual encuentra la muerte»).

Imaginó los miembros perfectos y blancos de Julia quebrados y esparcidos como estatuas antiguas. Eran noticias viejas, demasiado viejas para que le importaran —Nancy acababa de enterarse de su enfermedad—. Tampoco sabía lo de la casa de Londres hasta que lo leyó en el mismo artículo del periódico («Muchas obras de arte de valor incalculable perdidas durante la guerra»). Lamentó más la pérdida del pequeño Rembrandt que la de Julia, en quien no había pensado desde hacía mucho tiempo.

Pero aquello ocurriría en el futuro. Ahora estaba volviendo de Las Grajillas con Keith y se encontró con el salón de la Guarida del Zorro lleno de huéspedes. Sylvie había invitado a gente a comer, a la que Teddy no conocía y en la que no tenía mucho interés.

Había un concejal de la zona, que no paraba de pontificar, con su mujer; un abogado (que decía ser «un soltero a la antigua») que parecía estar poniéndose en la cola de posibles pretendientes de Sylvie. También había una viuda, bastante anciana, que se quejaba lo suyo, en especial sobre lo mucho que la guerra le había complicado la vida, y por último un «hombre de fe», como Sylvie se refería a él. Y no un clérigo cualquiera sino un obispo: una clase superior de cura castrense. Era más bien empalagoso, como Teddy habría esperado que fuera un obispo.

Estaban bebiendo delicadas copitas de jerez, los hombres incluidos, y Sylvie les dijo a Keith y a Teddy:

—Supongo que preferiréis una cerveza.

—Pues no diría que no a una jarra, señora T. —respondió Keith, con su tono australiano más afable.

Sylvie parecía haber reunido el reparto de personajes de una farsa banal. Era la clase de sociedad burguesa para la que no solía tener tiempo, y Teddy no conseguía entender por qué había decidido ampliar su círculo social con la flor y nata de la parroquia. Solo cuando Sylvie empezó a señalar con gesto ostentoso sus galones y a alardear sobre sus «actos heroicos», aunque él no le hubiera contado casi nada sobre sus «actos», heroicos o no, empezó a sospechar que estaba presumiendo de hijo ante aquel grupo de personajes ilustres. Al pedirle que contara algunas de sus «proezas» se encontró con que no tenía absolutamente nada que decir, de modo que la tarea de entretenerlos con versiones cómicas de sus hazañas recayó en Keith, con el resultado de que la guerra empezó a parecerse a una serie de peripecias disparatadas, no muy distinta de las aventuras de Augustus.

—Aun así —dijo el soltero, en busca de algo más brutal—, no todo son diversiones, porque bien que estáis moliendo a bombas a los cabezas cuadradas de los alemanes.

—Sí, buen trabajo —coincidió el concejal con grandilocuencia—. Bien hecho. Hamburgo ha supuesto un gran éxito para la RAF, ¿no?

—Sí, bien hecho, muchachos —dijo el obispo haciendo un leve gesto de brindar con su vasito de jerez—. Ahora, a por los demás.

«¿Todos ellos?», se preguntó Teddy.

«Debería avisarte —Ursula le había escrito a Teddy— de que han matado al cerdo.» Teddy se había encontrado con el marrano de Sylvie en varias ocasiones desde su llegada, cuando era un rechoncho cerdito rosa. Le despertaba cierta admiración. Sin pretensiones de grandeza, resoplaba y hozaba en su improvisada pocilga, agradecido ante cualquier sobra que le llegara. Y ahora, por lo visto, al pobre animal lo estaban convirtiendo en panceta, salchichas, jamón y todos los demás productos que un cerdo estaba destinado a ser en su futuro. Para que Sylvie la estraperlista lo vendiera por ahí, suponía.

Comerían pierna de cerdo al horno con verduras del huerto y compota en conserva de las manzanas del otoño anterior, y un pudin de merengue proporcionado sobre todo por las sobreexplotadas gallinas. Teddy no pudo evitar pensar en el cerdo cuando estaba vivo, todavía en posesión de cuatro fuertes patas.

—Todo de la Guarida del Zorro —anunció con orgullo Sylvie—, desde el cerdo sobre la mesa a la mermelada y los huevos del postre.

Quizá hacía propaganda de su economía doméstica dirigida al soltero. O al obispo. Teddy no imaginaba a su madre volviéndose a casar. Se había asentado en una madurez bastante robusta y satisfecha y disfrutaba de hacer las cosas a su manera.

—Un olor que levanta el ánimo —comentó el obispo alzando la refinada nariz episcopal para olisquear el cerdo que se asaba en el horno.

—Qué ingenioso por su parte, lo de ser tan autosuficiente, querida —le dijo el abogado a Sylvie, y acto seguido apuró el vasito de jerez y buscó con mirada expectante una licorera.

—Debería haber medallas para las mujeres en la retaguardia —refunfuñó la mujer del concejal— por nuestro ingenio al menos, si no por todos nuestros padecimientos —un comentario que provocó más quejas de la viuda anciana. («¡Padecimientos! Qué me va a contar a mí.»)

Teddy empezó a sentir calor e inquietud.

—Discúlpenme un momento —dijo, y dejó el vaso de cerveza en la mesa.

—¿Todo bien, amigo? —le preguntó Keith cuando pasó junto a él.

—Solo necesito un poco de aire.

—Sale a fumar un cigarrillo —oyó que decía Keith, buscándole una excusa.

Teddy silbó para llamar al perro, que estaba fuera, concentrado en observar a las gallinas, a salvo en su confinamiento tras la alambrada del corral. Lucky, obediente hasta el final, siguió a Teddy hacia el sendero.

El perro se coló bajo la cancela del prado de las vacas lecheras y se detuvo perplejo al verlas.

—Vacas —dijo Teddy—. No te harán daño —añadió, pero Lucky empezó a ladrar como loco.

Su actitud era nerviosa y desafiante a un tiempo, una mezcla inquietante para las normalmente tranquilas vacas, y Teddy lo alejó de allí antes de que pudiera causar problemas.

Hamburgo sí que había sido un «buen espectáculo», reflexionó. Tuvieron condiciones de vuelo perfectas durante el trayecto sobre el mar del Norte y los alemanes habían bloqueado el canal de navegación GEE que no tocaba, de modo que los navegantes pudieron recibir posiciones fiables del objetivo a través del sistema por radio. («Hablemos de algo más interesante que de los aspectos prácticos de un bombardeo.»)

Tras el largo trayecto sobre la monótona oscuridad del mar del Norte, supuso un alivio llegar a la costa alemana y ver los indicadores de ruta que habían dejado caer los de la unidad de señalizadores, lenguas doradas de fuego vertidas con elegancia que goteaban hasta llegar a tierra, les señalaban la vía de acceso y los conducían hasta el angosto punto de bombardeo. Durante la sesión informativa se había puesto mucho énfasis en que el enjambre de bombarderos tenía que volar muy prieto, no solo para concentrar el bombardeo sino también para que los reflectores antirradar Window —que se utilizarían por primera vez— pudieran proteger a todos los que fuera posible. Reinaba cierto escepticismo ante el misterioso sistema Window, y en la sesión informativa dio la sensación de que los cerebritos hubieran encontrado el Santo Grial, pero, llegado el momento, las tripulaciones estaban más que contentas de utilizarlo. Window era su nueva «arma secreta»: una especie de señuelos de aluminio.

Algunos aviones ya se habían modificado con una compuerta especial, pero la mayoría, como el *Q-Queenie*, aún usaban la compuerta de bengalas para el Window. Era una tarea durísima, y Teddy había mandado a un Keith muy resentido al fuselaje helado de la panza, donde, dificultado por la botella portátil de oxígeno, así como por una linterna y un cronómetro, tenía que apostarse junto a la compuerta de salida de bengalas, en la que, cada sesenta segundos, debía quitarles la goma a los incómodos fardos de láminas y lanzarlos desde el avión. Pero, oh maravilla, las largas serpentinas plateadas que caían llenaban de nieve el radar de tierra alemán, de manera que no podían guiar a sus cazas hacia los bombarderos. Veían los reflectores alemanes recorriendo sin rumbo el cielo mientras los haces de luz azul de los maestros permanecían impotentes en posición de firmes. Los cañones antiaéreos no tenían a qué apuntar, de modo que durante su aproximación a la ciudad en sí solo hubo una descarga de fuego a ciegas, como fuegos artificiales en la Noche de las Hogueras. Habían llegado hasta el objetivo sin sufrir daños significativos.

Y menudo objetivo: dos mil trescientas toneladas de bombas y más de trescientas cincuenta mil bombas incendiarias en una hora. Un récord mundial. Los primeros indicadores de blanco que la unidad de señalizadores Pathfinder dejó caer sobre la ciudad eran chorros rojos y dorados que rociaban la tierra debajo de sí, y fueron seguidos por otros de un verde precioso, de manera que el efecto de conjunto sería el de unos fuegos artificiales hechos de joyas derramándose en cascada en el cielo negro. A las luces de colores se unieron los destellos rápidos y brillantes de los explosivos detonantes y las explosiones mayores, más lentas, de las «galletas» de cuatro mil libras, y por todas partes se veían las encantadoras luces blancas centelleantes de miles y miles de bombas incendiarias que llovían sobre la ciudad.

El propósito era que las bombas pesadas destaparan los edificios, arrancando tejados de forma que las bombas incendiarias cayeran en ellos y causaran incendios para convertirlos en chimeneas feroces. Eso hacían los bombarderos, le prendían fuego a todo lo que había en tierra debajo de ellos. El ambiente era muy seco en la ciudad, apenas había humedad, las condiciones perfectas para demostrarle por fin a Hitler (y al gobierno británico) de qué era capaz el Mando de Bombardeo.

El *Q-Queenie* iba en la segunda oleada, por detrás de los Pathfinder y los Lancaster que ya habían iluminado el objetivo para ellos.

Parecía Navidad, los destellos y centelleos de las bombas incendiarias moteaban el cielo. Había resplandecientes fuegos rojos por todas partes, aunque no tardó en empezar a ocultarlos una oscura cortina de humo. Keith los guiaba a través del intercomunicador hasta el centro de aquel espectáculo pirotécnico.

—Izquierda, derecha, derecha un poco más… —hasta que Teddy lo oyó decir—: Bombas fuera.

Y emprendieron la vuelta a casa mientras otras cuatro oleadas de bombarderos todavía volaban sin prisas hacia el objetivo.

La noche siguiente fueron a Essen para otro ataque masivo, y después los dejaron descansar durante unas muy necesarias veinticuatro horas mientras les tocaba el turno a los estadounidenses, que llevaron a cabo dos bombardeos diurnos sobre Hamburgo, uno después del otro, con el fin de avivar los fuegos con bombas incendiarias y crear más con sus explosivos detonantes. A Teddy le dieron pena los aviadores estadounidenses, ya que como volaban en formación cerrada a la luz del día les tocó lo peor de la defensa alemana. El *Q-Queenie* había realizado un aterrizaje de emergencia en la base de la USAAF en Shipdham unas semanas antes, y fue objeto de una calurosa bienvenida. Casi nunca coincidían con sus homólogos aliados, así que resultó alentador encontrarse en medio de un escuadrón estadounidense cuyos aviadores eran, como dijo Tommy, su artillero de Tyneside, «iguales que nosotros». Solo que más nuevos y flamantes, con el lustre no tan apagado, aunque pronto lo estaría también. Y con una comida muchísimo mejor, de modo que, cuando al final volvió a su propia base, el *Q-Queenie* iba cargado de chocolate, tabaco, fruta en conserva y buen rollo.

Hizo un tiempo agradable durante el descanso y las tripulaciones ganduleaban en tumbonas o montaban mesas de juego en el exterior. Alguien organizó un partido de críquet en un campo adyacente, un partido burdo y divertido, pero muchos se durmieron, agotados por la guerra. Teddy y Keith se fueron a dar un largo y tranquilo paseo en bicicleta con un par de chicas del cuerpo de auxiliares, y Lucky trotando torpemente a su lado. En cuanto el perro se cansó lo metieron en la cesta de la bici de una de las mujeres, y allí se quedó, como un orgulloso mascarón de proa, con las orejas aplanadas por la brisa.

—Va en la cabina de mando —comentó la auxiliar.

Se trataba de Edith, una chica algo gafe a quien era imposible no tenerle lástima. Los últimos tres tripulantes de avión con quienes había salido no habían vuelto de sus misiones, y ahora nadie se le acercaba. En un momento de bajón, Teddy se había planteado acostarse con ella para ver qué le pasaría después. Quizá todavía lo haría, se dijo. Estaba colada por él, pero lo cierto era que todas las de la FAAF lo estaban.

Comieron sándwiches de paté de pescado y bebieron agua de un arroyo, y fue como si el Tercer Reich no existiera e Inglaterra hubiera vuelto a su estado verde y agradable.

Miró el reloj. Las tres en punto. En la Guarida del Zorro ya debían de haber comido sin él. Por lo menos eso esperaba. Supuso que ya había dejado a Keith en las infames garras de aquella gente suficiente rato.

Cruzaron el prado, que lucía el atuendo de verano completo: lino y espuela de caballero, ranúnculos, amapolas, borbonesas y margaritas, y bordearon uno de los grandes campos de trigo de la finca vecina. El trigo brillaba y se ondulaba con la brisa. Había trabajado a menudo cosechando aquellos campos, descansando solo para comer a base de cerveza con queso acompañado de los demás jornaleros bajo el cálido sol. Se hacía difícil creer que antaño la vida hubiera sido tan sencilla. Ahora lo recordaba como un romántico idilio de antes de la guerra, «Curtidos segadores, hartos de agosto, dejad ya las mieses y venid gozosos», pero suponía que, para los jornaleros, aquel duro trabajo nada tenía de bucolismo shakespeariano y la cosecha no era más que el comienzo de otro año agrícola y su interminable y agotador esfuerzo.

Había unas cuantas amapolas entre el trigo, manchas rojas de sangre entre el dorado, y pensó en los otros campos de aquella otra guerra, la guerra de su padre, y sintió un gran vacío en su interior al recordar a Hugh. Deseó que su padre estuviera en la Guarida del Zorro, esperando su retorno con un vaso de cerveza en el jardín o con un whisky en el estudio.

El perro se había internado a brincos en el trigo y ya no lo veía, pero lo oía ladrar con entusiasmo, sin nerviosismo ahora, así que debía de haber encontrado alguna criatura menos amenazadora que una vaca; un conejo o un ratón espiguero. Silbó para que el perro se orientara y encontrara la salida del campo.

—Hora de irse —dijo cuando por fin volvió correteando.

—Pensábamos que te habíamos perdido —dijo Sylvie, enfadada.
—Aún no —contestó Teddy.

—¿Va todo bien? —le preguntó Keith tendiéndole un vaso de cerveza. Keith estaba sentado en la terraza, y parecía sentirse como en casa. Por lo visto, la flor y nata se había ido ya.

Decidió pasar la última noche del permiso con Ursula. Keith se había ido de parranda con algunos de sus compatriotas.

Teddy cruzó los parques, después se apostó como un centinela ante la oficina de Ursula y esperó, quería sorprenderla cuando saliera del trabajo.

—¡Teddy!

—En persona.

—¡Y Lucky! Qué ilusión verlo.

Una vez más, Teddy sintió que ocupaba un segundo puesto después del perro. Lucky estaba como loco de volver a ver a Ursula.

—Qué oportuno —dijo ella—, o a lo mejor tú no piensas lo mismo… ¿Qué te parecería acompañarme al ciclo de conciertos de la BBC? Tengo dos entradas y la amiga que iba a venir conmigo ha tenido que cancelar la salida. Y después podemos comer algo.

—Estupendo —contestó Teddy, gimiendo para sus adentros ante la idea de ir a un concierto, tal vez lo último que le apetecía hacer. El aire del mar y su permiso de veinticuatro horas con Nancy, por no mencionar la comida en la Guarida del Zorro, habían agotado la poca reserva de energía que le quedaba y habría preferido ir al cine y quedarse dormido en la viciada oscuridad, o quizá beber toda la noche hasta perder el conocimiento en algún sitio agradable y sin grandes exigencias.

—Ah, pues qué bien —dijo Ursula.

Decidió dejar al perro en la oficina.

—Va contra las normas, supongo —dijo alegremente, pero habría mucha gente trabajando toda la noche—, y lo van a matar a mimos.

Lucky era un perro pragmático y se pegó de inmediato a una de las secretarias.

Hacía una tarde preciosa y disfrutaron del corto paseo hasta el Royal Albert Hall. Llegaron pronto y todavía quedaba sol suficiente para darles calor en los jardines de Kensington, donde se sentaron en un banco y se comieron los restos de los bocadillos de Ursula, que no había tenido tiempo de acabarse porque andaba «corriendo de ida y vuelta» de Whitehall.

—Todo lo que hago es cambiar papeles de sitio. Creo que es lo que hace la mayoría de la gente. Tú no, claro.

—Gracias a Dios —respondió Teddy, acordándose del aburrimiento del banco.

Si por alguna casualidad sobrevivía a la guerra, ¿qué demonios haría? La idea de un futuro lo aterrorizaba.

Su hermana se levantó y se sacudió las migas de la falda.

—Será mejor que nos vayamos, no quiero hacer esperar a Beethoven.

Tenían buenos asientos, las entradas que «alguien» le había dado a Ursula. Había planeado llevar a su amiga, la señorita Wolf, pero no pudo ir.

—Es muy triste —comentó Ursula—, acaba de enterarse de que a su sobrino que estaba en el ejército lo han matado en el norte de África. La señorita Wolf es una persona espléndida, una estrella, y una gran creyente en el poder curativo de la música. Y oír a Beethoven en medio de una guerra, en especial a este Beethoven, le habría gustado muchísimo.

¿Qué Beethoven?, se preguntó Teddy. Leyó las notas del programa. La Novena Sinfonía. La Orquesta Sinfónica de la BBC con el coro Alexandra, director Adrian Boult.

—*Alle Menschen werden Brüder* —dijo Ursula—. ¿Crees que es posible? ¿Algún día? La gente, con lo que en gran parte me refiero a los hombres, lleva matándose desde el principio de los tiempos. Desde que Caín le tiró una piedra a Abel a la cabeza, o lo que fuera que le hiciera.

—No creo que la Biblia sea tan específica —comentó Teddy.

—Tenemos unos instintos tremendamente tribales —continuó Ursula—. En el fondo, todos somos primitivos, por eso tuvimos que inventarnos un Dios, para que fuera la voz de nuestra conciencia, o estaríamos matándonos unos a otros a diestro y siniestro.

—Creo que estamos haciendo justo eso.

El auditorio se estaba llenando deprisa, la gente se dirigía a sus asientos, y tuvieron que apartar las rodillas hacia un lado varias veces para dejar pasar a alguien. Abajo de todo, en la zona de espectadores de pie, la gente se disputaba con educación los mejores sitios en la pista.

—Estos asientos son bastante buenos —dijo Teddy—. Sea quien sea el hombre que te los ha dado, debes de gustarle mucho.

—Sí, pero no son los mejores —contestó Ursula, que pareció divertida ante aquel comentario. De pronto cambió por completo de tema, dejándolo desconcertado—. Vaya bombardeos tan tremendos, los de la semana pasada.

—Sí.

—¿Crees que Hamburgo está acabado?

—Sí. No. No lo sé. Seguramente. Desde diecisiete mil pies no se ve gran cosa. Solo fuego.

El coro empezó a colocarse en su sitio.

—Vaya paliza se llevaron ellos.

—¿Ellos?

—La gente. La de Hamburgo.

Teddy no consideraba que fueran gente. Para él eran ciudades. Eran fábricas y cocheras de trenes, bases aéreas, muelles.

—¿Alguna vez tienes dudas? —insistió ella.

—¿Dudas?

—Ya sabes, sobre el bombardeo estratégico.

—¿El bombardeos estratégico? —Era un término que había oído, pero no le daba demasiadas vueltas.

—Los ataques indiscriminados. La población civil se considera un blanco legítimo; la gente inocente. ¿No te sientes… incómodo?

Se volvió y la miró, perplejo ante su franqueza. («¿Incómodo?»)

—¡Nuestro objetivo no es la población civil! ¿Puedes concebir acaso una guerra donde nadie muera? Si pretendemos ganar, tenemos que destruir su industria, su economía. Sus casas también, si es necesario. Estoy haciendo…, estamos haciendo lo que nos han pedido que hagamos para defender nuestro país, para defender la libertad. Hacemos la guerra contra un enemigo mortífero y arriesgamos nuestras vidas cada vez que volamos.

Advertía que se internaba en el bosque de la retórica y sintió irritación, más hacia sí mismo que hacia Ursula, pues precisamente ella comprendía sin duda el concepto de deber.

«Ahora, a por los demás», había dicho el obispo de Sylvie el día anterior.

—¿Y cuál es tu definición de «inocente», en cualquier caso? —prosiguió—. ¿Obreros en fábricas de bombas? ¿De armas, de aviones, de acero, de rodamientos o de tanques? ¿La Gestapo? ¿Hitler? —Definitivamente había entrado ya en el terreno de la hipérbole—. Y no olvidemos que fueron los alemanes quienes empezaron esta guerra.

—Yo más bien pienso que la empezamos en Versalles —dijo Ursula en voz baja.

Teddy exhaló un suspiro, lamentando su colérica respuesta. «El que se pica, ajos come.»

—A veces pienso que ojalá pudiera volver atrás en el tiempo y pegarle un tiro a Hitler o, mejor incluso, matarlo al nacer.

—Pero entonces —dijo Ursula—, supongo que podrías seguir yendo hacia atrás, deshaciendo la historia hasta el final, hasta volver a llegar a Caín y Abel.

—O a la manzana.

—¡Chist! —dijo alguien con indignación al aparecer en el estrado el primer violín.

Se unieron a los aplausos, aliviados de poner fin a la conversación. Ursula le apoyó la mano en el brazo y susurró:

—Lo siento. No he perdido la fe en la guerra. Solo me preguntaba cómo te sentías. Si estabas, ya sabes, bien.

—Claro que lo estoy. —Teddy se sintió agradecido cuando, entre muchos aplausos, apareció Boult. Se hizo un gran silencio.

Ursula debería felicitarlo, no suscitar dudas. La Operación Gomorra se consideraba un gran éxito de los escuadrones. Constituía un momento decisivo que llevaría la guerra más cerca de su conclusión, que ayudaría a las tropas, las de infantería, que en algún momento del futuro tendrían que desembarcar una vez más en suelo europeo y luchar hasta el final. «Un buen impacto», escribió en su diario el ingeniero de vuelo, Geoff Smythson. «Un gran éxito», había dicho el abogado el día anterior, mientras babeaba de expectativa ante el pobre cerdo.

Las tripulaciones se sentían satisfechas, pensó Teddy mientras miraba de soslayo a su hermana, ahora del todo absorta en la música. Todo el mundo lo estaba, ¿no?

Después, mucho después de que se acabara la guerra, se enteraría de que se había producido una «tormenta de fuego». No había oído aquella expresión durante la guerra. Supo que los habían mandado a propósito a barrios residenciales; que hubo gente que acabó cocida en las fuentes o asada en los sótanos. Quemada viva o asfixiada, reducida a cenizas o a grasa fundida. Atrapada como moscas sobre tiras matamoscas al intentar cruzar el asfalto fundido de las calles donde vivían. Un buen impacto. («Ojo por ojo», dijo Mac en la reunión del escuadrón. «¿Hasta que todo el mundo se quedara ciego?», se preguntó Teddy.) Gomorra. Armagedón. Un Dios rencoroso y vengativo como en el Antiguo Testamento. Una vez que se pusieron en marcha, no hubo vuelta atrás. Hamburgo no fue un momento decisivo, sino una simple parada. Al final, la venganza conduciría a Tokio, a Hiroshima, y más tarde la discusión sobre la inocencia se volvería irrelevante cuando pudiera apretarse un botón en un continente y destruir a miles en otro. Al menos Caín había mirado a Abel a la cara.

La RAF volvió para una segunda incursión la noche del martes y encontró la ciudad aún en llamas: un enorme averno se extendía cual alfombra encendida e incandescente sobre el paisaje, asfixiando todo lo que había debajo.

Era como volar sobre un volcán inmenso que albergara el abrasador corazón del infierno, que escupía violentas explosiones de vez en cuando. La Ciudad de la Destrucción. Aquella ferocidad, aquella belleza espantosa y atroz casi consiguieron que la poesía brotara de nuevo en Teddy. Un apocalipsis medieval, pensó.

—Navegante, ven a ver esto —dijo, convenciendo a Sandy Worthington de que saliera de detrás de su cortina—. No volverás a ver nunca algo así.

Keith no tuvo que indicarles el camino hasta el objetivo, veían la conflagración desde millas de distancia, y mientras sobrevolaban el caldero hirviente y burbujeante de llamas dijo:

—Echemos otra palada de carbón al fuego, ¿eh, comandante?

Una densa y sucia columna de humo se elevaba hasta el avión y notaron el tremendo calor que ascendía desde abajo. Olían el humo a través de las mascarillas de oxígeno, y algo más, menos grato incluso, y tras aterrizar de regreso con el escuadrón descubrieron que el metacrilato del *Q-Queenie* estaba cubierto de una fina película de hollín.

El humo y el hollín del fuego se habían elevado hasta encontrarlos a miles de pies de altitud en el aire. Y lo otro también, aquel algo más que Teddy nunca olvidaría, de lo que jamás podría hablar: el olor a carne quemada que ascendía de la pira.

Y entonces, en lo más hondo de su corazón, supo que algún día serían juzgados por aquello.

A veces un caza alemán penetraba en el enjambre de bombarderos mientras cruzaba de regreso el mar del Norte, una artimaña especialmente mezquina. Podía abatir un avión que volvía a casa o incluso que ya estaba llegando a tierra, justo cuando la seguridad estaba a su alcance. Unas semanas después de la batalla de Hamburgo, tras eludir ataques y escabullirse durante meses, al final alcanzaron al *Q-Queenie* en el camino de vuelta de un bombardeo sobre Berlín.

El regreso de la Gran Ciudad había supuesto una lucha larga y difícil y estaban todos soñolientos y muertos de frío. Se habían comido el chocolate, bebido el café, tomado las anfetaminas, y sintieron un gran alivio cuando por fin vieron la luz roja en el extremo de la aguja de la iglesia del pueblo más cercano a la base aérea. Teddy imaginaba que la luz estaba allí para evitar que se estamparan contra la aguja, pero siempre la consideraban un faro que los guiaba hacia casa. La pista estaba iluminada y oyeron la alegre voz de una auxiliar de tierra en la torre de control que los autorizaba a aterrizar; pero en cuanto acabó de hablar se apagaron las luces de la pista, el aeródromo se sumió en la oscuridad y se transmitió la señal que indicaba la presencia de intrusos.

Teddy apagó las luces del *Q-Queenie* y tiró de la palanca de mando hacia sí para volver a subir. A donde fuera, a cualquier sitio menos aquel, porque estaba viendo balas trazadoras que cruzaban ante ellos y los artilleros gritaban que había un pájaro enemigo; sin embargo, ninguno de los dos parecía saber dónde se encontraba y estaban rociando el cielo con las ametralladoras. No había cielo en el que entrar en barrena, ni llevaban suficiente velocidad para realizar una maniobra arriesgada, y Teddy pensó que lo mejor que podría hacer sería aterrizar como pudiera, desplomarse de panza sobre lo que fuera que tenían debajo.

No obstante, en ese momento el fuego del caza enemigo alcanzó al *Q-Queenie*. Debía de haberles dado en el tren de aterrizaje porque tocaron tierra sobre una rueda y el avión se ladeó, con una ala en alto, la otra clavada en el suelo; salieron de la pista de aterrizaje y cruzaron un campo gritando antes de chocar contra un árbol que todos juraron no haber visto nunca, pero que bastó para hacerlos volcar como un insecto gigante y que el mundo dentro del *Q-Queenie* quedara patas arriba.

Se oían muchos gemidos a espaldas de Teddy; gemidos de una tripulación a la que habían sacudido hasta dejarla magullada y maltrecha, no herida de muerte. Le llegaban numerosos improperios en noruego. Solo Keith guardaba silencio, y Sandy Worthington y el artillero dorsal, el de Tyneside, abrieron de una patada la escotilla de emergencia inferior (ahora superior) y ayudaron a sacarlo a través de ella.

Cuando salieron del avión patas arriba, la pista de aterrizaje volvió a iluminarse y Teddy se sorprendió al comprobar que aún estaban dentro del perímetro del campo de aviación y que la ambulancia y el coche de bomberos se acercaban ya hacia ellos. Excepto por el hecho de que estaban boca abajo, o quizá gracias a eso, había sido un aterrizaje milagroso. Aquel «acto heroico» supondría una fruta más en la macedonia de condecoraciones de su uniforme: un galón que añadir a su Cruz de Vuelo Distinguido.

Keith había perdido muchísima sangre, lo había alcanzado el fuego del cañón del caza antes de que se estrellaran. Estaba callado como un muerto, aunque tenía los ojos entreabiertos y el meñique le temblaba. Nada de últimas palabras. «Bueno, pues buena suerte.»

Lo tendieron en el suelo y Teddy lo atrajo hacia su regazo y lo estrechó contra sí, en una postura forzada, una *pietà* brutal. Los cables cruzados de Keith habían dejado de funcionar y su suerte se había convertido en mala pata normal y corriente. Y se había acabado. Teddy sabía que no duraría más que unos segundos y fue testigo del instante en que el dedo le dejó de temblar y sus ojos se nublaron, y lamentó que no se le hubiera ocurrido algo que decirle a Keith que lo hubiese reconfortado al abandonar esta vida. Pero en realidad no había nada que decir, ¿no?

Cuando volvió a su barracón, Teddy se quitó el uniforme ensangrentado y se vació los bolsillos. Sacó el tabaco, la liebre de plata y, por último, la tardía fotografía de Nancy y él y el perro en el paseo junto al mar. Tenía una mancha en la parte superior, todavía húmeda. La sangre de Keith. Parecía algo precioso, como una reliquia. «Té», le diría a su nieta cuando ella preguntara al respecto, no porque no le hubiera interesado, sino porque para él era algo privado.

Le reveló sus sentimientos únicamente al perro, apretando la cara contra el pelaje de su cuello para contener las emociones. El perro padeció aquello durante un rato y luego se revolvió hasta liberarse de sus brazos.

—Lo siento —dijo, recobrando la compostura.

Pero para aquello todavía faltaban unas semanas, aún quedaba en el futuro. Ahora, en el presente, en el Royal Albert Hall, Beethoven estaba llevando a cabo su secreto acto de curación en Teddy.

Teddy decidió limitarse a sentir la música y dejó de buscar palabras para describirla, y al llegar el cuarto movimiento y Roy Henderson, el barítono, empezar a cantar (*O Freude!*), se le puso la piel de gallina en la nuca. En el asiento de al lado, Ursula casi temblaba con la intensidad de la emoción, como un muelle a punto de saltar, un pájaro preparado para alzar el vuelo en cualquier momento. Hacia el final del último movimiento, cuando la magnificencia de la coral se vuelve casi insoportable, Teddy tuvo la extraña sensación de que quizá tendría que sujetar a su hermana para impedir que se elevara en el aire y emprendiera el vuelo.

Salieron del Albert Hall y volvieron a la templada y agradable tarde. Permanecieron en silencio un buen rato, mientras el anochecer iba envolviéndolos.

—Numinoso —declaró Ursula rompiendo por fin el silencio—. Hay una chispa de lo divino en el mundo…, no de Dios, Dios se acabó para nosotros, pero sí de algo. ¿Es amor? No el absurdo amor romántico, sino ¿algo más profundo quizá…?

—Creo que tal vez se trata de algo para lo que no tenemos nombre —dijo Teddy—. Queremos ponerle nombre a todo. Quizá es ahí donde nos hemos equivocado.

—«Y tal como Adán llamó a cada ser viviente, ese fue su nombre.» Tener el dominio sobre todas las cosas ha supuesto una maldición terrible.

Después, porque resultó que sí habría un futuro para Teddy, decidió que intentaría siempre ser bueno. Era lo mejor que podía hacer. Era cuanto podía hacer. Y quizá fuera amor, al fin y al cabo.

1960

Sus pequeños y olvidados actos de amor y de bondad

Había empezado con un dolor de cabeza, un dolor terrible, en plena jornada escolar. Era antes de que se mudaran a York, y Nancy aún daba clases en el instituto de secundaria de Leeds. Fue un sombrío lunes de invierno, con un crudo viento del este y escasa luz diurna.

—No me siento bien —dijo Nancy cuando Teddy comentó en el desayuno que se la veía «paliducha».

Fue a la enfermería a la hora de comer, y la enfermera de la escuela le dio un par de aspirinas. No le hicieron efecto y tuvo que renunciar a dar la primera clase de la tarde y quedarse en la enfermería.

—Tiene pinta de ser migraña —dijo la enfermera con tono de autoridad—. Tiéndase a oscuras y descanse un poco.

Y eso hizo Nancy en la incómoda camilla de la enfermería con su áspera manta roja, cuyos ocupantes habituales eran chicas adolescentes con dolores menstruales. Al cabo de una media hora, se incorporó con esfuerzo hasta sentarse y vomitó sobre la manta.

—Ay, madre mía, cuánto lo siento —le dijo a la enfermera.

—Es migraña, no cabe duda —concluyó ella. Era una mujer muy maternal, y tras haber limpiado un poco, le dio a Nancy unas palmaditas en la mano y añadió—: No tardará en estar como nueva.

Se sentía un poquito mejor después de haber vomitado, en efecto, y estaba lo bastante bien para volver conduciendo a Ayswick, si bien con cierta cautela, antes de que acabaran las clases de la tarde, aunque le daba la sensación de tener un ajetreado enjambre de abejas en la cabeza.

Cuando llegó a casa, Viola ya estaba allí con Ellen Crowther. La señora Crowther era una mujer de la zona a la que habían empleado para recoger a Viola de la escuela primaria del pueblo y esperar a que uno de ellos dos llegara del trabajo. Su propia «prole» ya se había ido de casa, pero tenía un marido jornalero y un suegro casi prehistórico («el viejo»), que por lo que contaba parecían exigir más atención que cualquier crío, incluida Viola. Era una mujer con aspecto de bruja, con el pelo negro y ralo recogido en un moño y unas facciones algo torcidas debido a una parálisis infantil. Pese a dichos atributos, parecía no tener el más mínimo carácter, como si el servicio y la obediencia la hubieran desgastado.

—¿Te cae bien la señora Crowther? —le preguntó Nancy a Viola en cierta ocasión.

Viola la miró con cara de perplejidad.

—¿La señora qué?

Normalmente, cuando Nancy llegaba a casa, la señora Crowther estaba lista para marcharse, con un pañuelo de cabeza y una gabardina impermeable marrón con cinturón ya puestos, y salía por la puerta como un galgo de una trampilla antes de que Nancy tuviera tiempo de decirle hola. Su marido (y quizá el viejo también) era por lo visto un maniático de la puntualidad, en especial cuando se trataba de que la cena estuviera servida en la mesa. «Si llego tarde, habrá una buena trifulca», solía decir al salir pitando.

A su llegada a casa antes de lo habitual, con las abejas todavía dedicadas a su concienzuda tarea en la cabeza, Nancy debió de entrar con mayor sigilo del que creía, puesto que ni Viola ni la señora Crowther advirtieron su presencia. Ni siquiera el perro, Bobby, se acercó a recibirla. Viola estaba sentada a la gran mesa de la granja leyendo un *Bunty* y sostenía un sándwich de jamón en una mano mientras enroscaba un mechón de pelo en un dedo de la otra; un hábito sin duda irritante que no habían conseguido quitarle. La señora Crowther estaba escribiendo lo que parecía una lista de la compra con un lápiz grueso de carpintero en el dorso de un sobre, con una taza de té en la mano. Nancy se sintió extrañamente afectada por aquel retablo doméstico. Quizá fue por la tranquila normalidad que transmitía: el cubreteteras de punto, la forma en que la señora Crowther revolvía el azúcar en la taza sin apartar la vista de la lista de la compra. El ceño fruncido de concentración en la cara de Viola mientras daba aplicados bocados al sándwich, enfrascada en la aventura de aquella semana de «Las cuatro Marías».

Durante unos instantes, plantada en el umbral sin que la vieran, Nancy experimentó una repentina y extraña sensación de distanciamiento. Era invisible, una observadora que contemplaba una vida que en cierto modo le quedaba vedada. Empezó a tener la peligrosa impresión de que había soltado amarras, de que podía alejarse flotando en cualquier momento y no ser capaz de volver al lugar al que pertenecía. Comenzó a sentir pánico, pero en ese momento Viola alzó la mirada de su cómic y la vio.

—¡Mamá! —exclamó, y se le iluminó la cara.

El hechizo se había roto; Nancy cruzó el umbral y entró en el reducto seguro de la cocina, con la vieja Aga desprendiendo consuelo y calor para recibirla.

—Por Dios —soltó la señora Crowther—, me ha dado un buen susto, ahí plantada. Durante un instante me ha parecido ver un fantasma. —Y añadió (como si estuviera familiarizada con los espectros)—: Está tan blanca como lo estaría un fantasma. ¿Se encuentra bien? Venga… siéntese. Deje que le sirva una taza de té.

—He tenido una migraña en la escuela —comentó Nancy dejándose caer en una silla de la mesa.

Las abejas se movían inquietas en su cabeza, detrás de los ojos. La señora Crowther sirvió el té y, antes de que Nancy pudiera protestar, echó tres cucharadas colmadas de azúcar en la taza.

—Té caliente y dulce —dijo—. Justo lo que necesita.

Se le hizo extraño que la atendiera alguien que solía ser un borrón de gabardina en el vestíbulo. (La señora Crowther resultaba tener recursos insospechados a la hora de charlar.)

—Gracias —dijo Nancy, sintiéndose muy agradecida por el té, incluso con la abundante dosis de azúcar.

—Has llegado pronto —intervino Viola.

Cualquier cambio en la rutina despertaba su suspicacia, le desagradaba la espontaneidad. ¿Sería porque era hija única? ¿O simplemente porque era una cría?

—Así es, cariño.

Tras apurar el té y, por recomendación de la señora Crowther, después de comerse una galleta Rich Tea para asentar el estómago («Va de maravilla, ¿eh?»), dijo:

—Ya sé que es un abuso, pero ¿le importaría quedarse hasta que mi marido llegue a casa? Creo que voy a echarme un rato.

Debía de haberse quedado profundamente dormida. Cuando se despertó estaba a oscuras, aunque la puerta de la habitación se encontraba abierta y la luz seguía encendida en el pasillo. El ruido de las abejas se había acallado; se habían ido en busca de una nueva reina. Según el reloj de la mesita de noche, eran las nueve. Se sentía un poco mareada pero mucho mejor.

—Eh, hola —dijo Teddy al bajar Nancy—. La señora Crowther me ha dicho que tenías migraña, así que te he dejado dormir. —(Nancy se preguntó si la señora Crowther habría tenido una trifulca con el marido y el viejo)—. Le he pagado un poco más por haberme esperado. Esta mañana ya te he dicho que se te veía paliducha…, por eso debía de ser. ¿Quieres que te fría una chuleta para cenar?

No tuvo más migrañas, solo más dolores de cabeza de lo habitual, nada tan alarmante como aquel día en la enfermería.

—Supongo que su trabajo es bastante duro —le dijo el oculista cuando lo visitó para averiguar por qué veía de vez en cuando una onda de luz en el ojo izquierdo, una brillante línea dorada que en realidad era bastante bonita—. Migraña ocular —añadió, observándole el ojo desde tan cerca que ella captó el aroma a menta del caramelo que se había tomado para enmascarar (sin mucho éxito) el olor a cebolla del almuerzo—. No se experimenta necesariamente dolor con ella, querida.

Era un hombre anciano, bastante paternal, y tenía consulta en el pueblo desde hacía años. Según le dijo, para tranquilizarla, no había nada que él no supiera sobre los ojos.

—Y a veces, cuando llevo mucho rato escribiendo en la pizarra —continuó Nancy—, se me emborrona un poco la vista, como si frotaras un cristal con vaselina, y no puedo leer ni escribir como es debido.

—Sin duda es una migraña ocular.

—Hace poco tuve una migraña en toda la regla, y más dolores de cabeza de los habituales.

—Pues ahí lo tiene.

—Mi madre solía tener dolores de cabeza —añadió ella, y la recordó subiendo con esfuerzo por las escaleras hacia su dormitorio a oscuras y su sonrisa triste y resignada cuando les decía: «Es una de mis cabezas, me temo». Eso solía hacerlas reír (pero no cuando le dolía mucho, no eran unas hijas crueles). «La Hidra», solían llamarla con cariño. «Pero una buena —decía Millie—. Una encantadora y queridísima Mamá Hidra.»

Más adelante, Nancy se preguntaría si había intuido algo, si había tenido alguna clase de premonición que la había llevado a elegir aquella velada en particular para sugerir desarraigarlos a los tres y mudarse a la ciudad, donde la vida sería más sencilla y conveniente. Sin embargo, al salir de la consulta del oculista con una receta para unas gafas de lectura («Solo es cuestión de la edad que tiene, querida, no hay de qué preocuparse»), lo que tenía en la cabeza era sobre todo la taza de té con un bollo con fruta que se concedería en la cafetería a la vuelta de la esquina antes de emprender el arduo trayecto en bicicleta hasta su casa. Aquel día hacía calor, y el coche lo tenía Teddy. Iba a una feria agrícola, llevándose consigo a una reacia Viola. Nancy se dijo que estaba cansadísima, pero el té le levantaría el ánimo.

Así fue, y mientras buscaba monedas sueltas para dejarle propina a la camarera, pensó de repente que lo único que le pasaba, que les pasaba a ella y a Teddy (e incluso a Viola, aunque con menos urgencia) era que se hacían mayores. Por lo demás, sus vidas seguían siendo las mismas. Se limitaban a ir a rastras, se estaban anquilosando. ¿Por qué no deberían hacer algo diferente, espabilarse un poco?

—¿A rastras? —dijo Teddy, y un fugaz espasmo de angustia cruzó sus facciones.

Estaban en la cama: cacao, libros de la biblioteca, etcétera; una buena definición de «ir a rastras» en el léxico de cualquiera, supuso Nancy. Recordó a Sylvie diciendo «El matrimonio te lima el filo».

—No es ningún insulto —dijo, pero Teddy no pareció convencido.

Un fin de semana, no mucho después de que se hubieran mudado a York, Nancy estaba sacando el asado del domingo del horno cuando, sin previo aviso, le falló el brazo izquierdo y la cazuela y su contenido cayeron al suelo. Teddy debió de oír el ruido, porque entró corriendo en la cocina.

—¿Te encuentras bien?

—Sí, sí, estoy bien —contestó ella, y observó consternada los estragos causados por el cordero con patatas, por no mencionar la grasa caliente que lo había salpicado todo.

—¿No te habrás quemado? —le preguntó él con nerviosismo.

No, lo tranquilizó Nancy, no se había quemado.

—Menuda patosa imbécil estoy hecha.

—Voy a buscar un trapo.

—Supongo que estoy acostumbrada a la Aga de la otra casa y que…, no sé, he calculado mal algo. Ay, pobrecito cordero —añadió, como si el pedazo de carne fuera un viejo amigo—. ¿Crees que podemos recuperarlo? ¿Rascarlo del suelo y fingir que no ha pasado nada?

La pierna de cordero parecía haberse rebozado con cada partícula de polvo y suciedad en lo que a Nancy había creído un suelo de cocina limpio. Se reprendió en silencio por ser un ama de casa tan descuidada.

—¿No podríamos lavarlo bajo el grifo de agua caliente? Durante la guerra no lo habríamos desperdiciado. —Y añadió con optimismo—: Aún nos quedan zanahorias. Y salsa de menta.

Teddy soltó una risotada.

—Creo que más vale que caliente una lata de judías y prepare unos huevos revueltos. No consigo imaginar a Viola tomando zanahorias por toda comida del domingo.

Hubo otros detalles, como entumecimiento y hormigueos en aquel inconformista brazo izquierdo, más dolores de cabeza y otra espantosa migraña que empezó una noche de viernes y no se le pasó hasta el lunes por la mañana. Todo eso la llevó a visitar a su nuevo médico de cabecera, confiando en que le diera una receta de analgésicos fuertes. Tras hacerle unas pruebas un poco raras —caminar en línea recta, mover la cabeza en diferentes direcciones, como si quisiera comprobar si estaba ebria—, el médico dijo que quería mandarla al hospital para que le hicieran una revisión. Era el joven socio de un médico de mayor edad en la consulta y ansiaba no cometer errores.

—Pero no hay de qué alarmarse. Probablemente tiene razón y se trata de migraña.

Por lo visto, tampoco había prisa, y cuando la tarjeta con la cita para el especialista llegó por correo postal, Nancy ya pensaba que en el hospital debían de haberse olvidado de ella. No le había contado nada a Teddy de eso. No le parecía que tuviera sentido preocuparlo. (Era un sufridor, y ella no.) Suponía que los resultados serían poco concluyentes y que acabaría como su madre, teniendo «cabezas». Dudaba que pudiera sobrellevarlo con tanta paciencia como ella.

El día de la cita de Nancy en el hospital hacía un tiempo de primavera perfecto, y al salir de la escuela a la hora del recreo («Estaré de vuelta a la hora de comer») decidió ir andando. Si planeaba la ruta podía cubrir parte del trayecto por el camino que discurría sobre las murallas de la ciudad y disfrutar de los narcisos, que habían florecido poco antes y ya hacían gala de su «dorada vanidad», una expresión que recordaba de una antigua columna de Agrestis. Teddy se había quedado «cautivado» por los narcisos silvestres con los que se había topado de manera inesperada en un paseo por el bosque unos años atrás.

Hasta entonces, Teddy había continuado con sus «Notas sobre la Naturaleza». Solo era un artículo breve al mes, argumentaba (para sí), y sería muy fácil coger el coche y salir al campo. Podían ir todos, y comida para un pícnic y unos prismáticos.

—Ya sé que no es lo mismo que estar allí en medio… —dijo, y añadió, sin que hiciera mucha falta—: en medio de la nada; pero qué se le va a hacer. Hasta que el *Recorder* consiga encontrar a alguien que me sustituya.

En efecto, un año después encontraron a alguien; una mujer, de hecho, aunque el nuevo Agrestis nunca reconocería aquel cambio de sexo. Pero a esas alturas ya tendría muy poca importancia para Teddy, pocas cosas la tendrían, y aparcó a Agrestis sin mirar atrás.

Los narcisos que crecían en las laderas de hierba bajo las murallas de la ciudad eran realmente preciosos. Por alguna razón, en el jardín de la nueva casa no los había (sin duda todo el mundo tenía narcisos, ¿no?), y Nancy decidió que hablaría con Teddy sobre plantar unos cuantos. O montones de ellos (una muchedumbre, de hecho), en el más puro y magnífico estilo de Wordsworth. A Teddy le gustaría eso. Para sorpresa de Nancy, se había aficionado a la jardinería y andaba leyendo con detenimiento catálogos de semillas y trazando planes y esbozos. Si bien ella le daba carta blanca, Teddy aún le consultaba: «¿Qué opinión te merecen los gladiolos?», «¿Qué me dices de un pequeño estanque?», «¿Guisantes o judías o ambos?».

Cuando ya había bajado de la muralla en Monkgate Bar y esperaba para cruzar la calle descendió de pronto una cortina negra y le cubrió el ojo izquierdo. Más que cortina, un grueso telón. Su método personal de oscurecimiento antiataques aéreos. Intuyó que se avecinaba el desastre. «Víctima de la ceguera.» Sonaba bíblico, aunque Monkgate no era lo que se dice el camino a Damasco.

Se las apañó para encontrar un banco y se sentó a esperar con tranquilidad para ver qué pasaba. ¿Tendría una revelación divina? No parecía probable. Si se hubiera quedado ciega por completo habría pedido ayuda; sin embargo, la pérdida de un solo ojo no parecía motivo suficiente para involucrar a perfectos desconocidos. («Qué ridiculez —diría Millie cuando se lo contara—. Yo me habría puesto a chillar como una loca.» Pero Nancy no era Millie.) Tras permanecer unos diez minutos sentada en el banco en una suerte de silenciosa contemplación, el telón se levantó, tan rápida y misteriosamente como había caído, y recuperó la visión en el ojo izquierdo.

—Será algo de los nervios —le dijo a la especialista cuando por fin llegó al hospital—. Supongo que he tenido mucha suerte de no haber venido conduciendo, o en bicicleta, ya puesta. —Se encontró con que el alivio la animaba a hablar; la crisis había pasado, el desastre bíblico se había evitado.

—Bueno —dijo la especialista—, de todas formas vamos a hacerle una revisión completa, ¿de acuerdo? —No era una mujer joven, ni maternal ni amistosa en especial, y tenía bien poco que decir sobre el tema de las migrañas.

Ay, y a partir de entonces todo fue muy rápido, como un espantoso tren expreso que no hiciera paradas. Le realizaron más pruebas, y radiografías. Fueron poco explícitos con ella, dijeron no estar muy seguros de lo que veían. Estaba casada, ¿no? ¿Por qué no se llevaba a su marido a la siguiente visita?

—No pienso hacerlo si no me dan un diagnóstico —le dijo por teléfono a Bea—. Se andan con mucha reserva sin una buena razón.

Sabía qué ocurría con los casos graves. Se lo decían a los maridos, a los hermanos y hasta a los amigos; a cualquiera menos al paciente, para que pudiera «seguir llevando una vida normal». Ella había conocido a un miembro de la sección femenina de la Marina en Bletchley Park, Barbara Thoms, una chica bastante práctica, una pieza del engranaje. De los muchos engranajes. La propia Nancy había sido un engranaje mayor, una descodificadora, «uno de los chicos». Normalmente no habría tenido mucho que ver con una pieza más humilde que ella, pero ambas habían sido jugadoras de baloncesto a escala regional y habían intentado, sin conseguirlo, poner en marcha un equipo en Bletchley. (Nancy había jugado con los colores de Cambridge en la facultad.) Hacia finales de la guerra, contaba con su propia liga, pues era subdirectora del chiringuito. Los había conocido a todos: Turing, Tony Kendrick, Peter Twinn. Adoraba aquel mundo cerrado, secreto y autosuficiente, pero siempre había entendido que era temporal, que volverían a prestar «servicios normales». Que deberían hacerlo.

La pobre Barbara contrajo un cáncer «de crecimiento rápido, incurable». Un cáncer femenino además, del que a su madre, menos práctica que ella, le avergonzaba dar detalles. La señora Thoms se lo contó a alguien que trabajaba con Barbara, y al cabo de poco tiempo todas las chicas de su sección lo sabían. Todo el mundo excepto Barbara. La señora Thoms les hizo jurar que guardarían el secreto porque era lo que habían aconsejado los médicos, «para no ensombrecer el tiempo que le quede de vida», comentó la madre. La pobre chica siguió trabajando hasta que ya no pudo más y luego se fue a casa, a morir, todavía sumida en la ignorancia, todavía confiando en que se curaría.

Nancy casi se había olvidado de Barbara cuando la señora Thoms escribió para decir que estaba muerta y enterrada. «Un funeral tranquilo. Fue un consuelo que ella no supiera nunca qué ocurría.» ¡Bah!, se dijo Nancy. Si ella tuviera alguna enfermedad horrible que fuera a matarla no querría que se lo ocultaran, querría saberlo. De hecho, lo preferiría al revés: que ella lo supiera y las personas más cercanas y queridas no. ¿Por qué tendrían que vivir Teddy y Viola bajo una sombra?

—Tienes que ver a alguien en Harley Street —le dijo Bea—. Aún tengo unos cuantos contactos en el ámbito médico.

Bea se había casado con un cirujano después de la guerra, pero el matrimonio no duró («Creo que no estoy hecha para el matrimonio»).

—Averiguaré quién es el mejor especialista, alguien que no te enrede. Pero deberías contárselo a Teddy, Nancy.

—Lo haré, te lo prometo.

Había estado a punto de morir cuando trajo al mundo a Viola, y tenía la sensación de que eso la había vuelto de algún modo «a prueba» de desgracias. Quizá era el motivo de que hubiese tardado tanto en seguirle los pasos a eso de ahora. Y durante ese tiempo «eso» le había seguido los pasos a ella. Y a su cerebro, nada menos. Ojalá hubiera sido un pecho, un brazo, un ojo. Aunque hubiera supuesto una muerte temprana, al menos habría tenido la cabeza en su sitio hasta el final. A veces, cuando se sentía presa en los deberes gemelos del matrimonio y la maternidad, pensaba en cómo el amor había comprometido su vida. En Viola saliendo de su vientre en una oleada de ira, en Teddy poniendo siempre su cara más alegre, fingiendo no sentir amargura.

Al mudarse a esa casa, había una preciosa lila adornando el jardín delantero, pero Teddy la había cortado el primer abril, en plena floración. «¿Por qué?», le preguntó ella, pero al ver la expresión de él comprendió que el motivo tenía que ver con la guerra —la gran caída del hombre— y que no era probable que se lo contara. La guerra de Teddy era el único enigma que nunca descifraría. Sin embargo, estaban en los años sesenta, por el amor de Dios, pensaba a veces, notando que perdía la paciencia. Estaba cansada. Por lo visto se pasaba gran parte del tiempo dando empujoncitos y ánimos a la gente: Teddy, Viola, sus alumnos. Se parecía bastante a ser capitana del equipo de baloncesto, como lo había sido antaño.

Teddy no era el único que había sacrificado unos años preciosos. Ella había sacado la nota más alta en los exámenes de licenciatura en Newnham, con matrícula de honor tanto en la diplomatura como en la especialidad de matemáticas cuando obtuvo la licenciatura por Cambridge en 1936; le concedieron el premio Philippa Fawcett, y entonces la arrancaron de allí, reclutada para asistir a la escuela gubernamental de códigos y cifrado en la primavera de 1940. Renunció a una carrera brillante por la guerra, y luego volvió a renunciar a ella por Teddy y Viola.

—Me voy a Lyme a echarle una mano a Gertie con la mudanza.

—Muy bien. Qué detalle por tu parte —contestó Teddy.

—Solo es para embalar lo más ligero, vajilla y adornos y esas cosas. Un par de días, nada más. Me ha parecido que estaría bien pasar un poco de tiempo con ella, mano a mano.

Al día siguiente de su regreso llegó una carta de Gertie, una tarjeta con una acuarela de unas violas en el anverso: «Las flores favoritas de nuestra madre, como ya sabes, claro». Pues no, se le había olvidado, y sin embargo le había puesto Viola a su hija. Había sido por Shakespeare, no por su madre. ¿Cómo podía una hija olvidar algo así? O no recordarlo conscientemente, al menos. ¿Qué olvidaría con el tiempo su propia hija? Experimentó una repentina sensación de desconsuelo. Deseó que su madre siguiera ahí. Así se sentiría Viola sin su madre. Era insoportable. Lágrimas calientes y dolorosas acudieron a sus ojos. Se las enjugó y se dijo que era hora de espabilarse.

Continuó leyendo la tarjeta de Gertie: «Me ha parecido que debía escribirte una nota rápida. Teddy llamó preguntando por ti mientras estabas "aquí", confío en haber esquivado el golpe, pero habrá pensado que soy una tarada. Querida, ¿estás segura de que no quieres contarle qué está pasando? (No pretendo entrometerme, solo lo pregunto.) Con todo mi cariño, G. PD: ¿Habéis tomado una decisión sobre el aparador?».

—Deberías decírselo —dijo Millie—, de verdad que sí. A ver, yo te he encubierto de maravilla, diciéndole que acababa de meterte en el tren y contándole lo bien que lo habíamos pasado en los Lagos, pero Teddy acabará enterándose, de un modo u otro.

Nancy había recurrido a sus hermanas y no a su marido, comunicándose con ellas en distintos momentos. Aunque podía cargar aquello sobre sus hermanas era incapaz de cargarlo sobre Teddy. No era un ingenuo, tal vez sospechaba algo, si bien no se lo contaría hasta que fuera definitivo. En el fondo, siempre sería una matemática, creía en lo absoluto. Y si se llegaba al peor de los casos, cuanto menos tiempo tuviera que sufrir él por saberlo, mejor.

—Tienes que contárselo, Nancy.

—Lo haré, Millie, claro que sí.

Quizá no hubiese ido ni a Dorset ni a los Lagos, pero Nancy sí estuvo en Londres con Bea. Sin embargo, lo que hizo no fue ver «un espectáculo, quizá una exposición», sino sentarse en el sofá de la habitación bastante bohemia que su hermana tenía alquilada en Chelsea, con un vaso de whisky en las manos. Ursula, sentada a su lado, había llevado una botella.

—Me ha parecido que necesitaríamos algo más fuerte que el té.

—Siempre tengo ginebra —dijo Bea. Llevaba algún tiempo divorciada de su marido el cirujano. Trabajaba en la BBC y decía que estaba encantada de ser soltera.

Millie llegó aturullada y sin aliento por haber subido corriendo las escaleras.

—Me he perdido —dijo—. Lo siento.

—¿Whisky o ginebra? —ofreció Bea—. ¿O té?

—Me tientan las tres cosas, pero una ginebra, por favor. Y bien larga. —Millie echó una rápida mirada a Nancy, pero continuó dirigiéndose a Bea—. La necesito, ¿no? Es malo, ¿verdad?

—Muy malo —contestó Bea con tono sombrío.

—¿Malo del todo?

Millie hablaba con un curioso tono entrecortado, como si no quisiera traslucir emoción o se creyera la protagonista de una obra o película, un personaje que guardara la compostura; recordaba a Celia Johnson en *Breve encuentro*. La llamada del deber, el imperativo moral de hacer lo correcto. Nancy la admiró por ello y sin embargo una parte de ella se rebeló. Lárgate, se dijo, olvídate del deber. Se imaginó huyendo, bajando a toda prisa por las angostas escaleras de Bea para salir a la calle y echar a correr bordeando el río, sin parar hasta que hubiera dejado atrás aquella cosa aterradora que le pisaba los talones.

El brillo en los ojos de Millie y el leve temblor en su mano al coger el vaso le revelaron a Nancy que no estaba actuando.

—Estoy aquí —dijo—. Puedes preguntármelo a mí.

—Creo que no quiero preguntártelo —respondió Millie—. No quiero saberlo. —El brillo se transformó en una lágrima que le surcó la mejilla, y Bea la empujó con suavidad hacia una silla y luego se sentó en la alfombra a sus pies.

—Bueno, pues es verdad —dijo Nancy sin alterarse—. Me lo han confirmado, y mucho me temo que es malo del todo, como dices tú. Siento deciros que es lo peor que podría ser.

Millie soltó un horrible sollozo y se llevó una mano a la boca como si pudiera impedir que el sonido brotara de ella, pero era demasiado tarde. Bea le cogió la otra y se quedaron así, aferradas de la mano. Parecían a punto de enfrentarse a un naufragio.

—¿No se puede hacer nada? —intervino Ursula—. Seguro que…

—No —la interrumpió en seco Nancy. Todas querrían tener esperanzas, ver posibilidades, y ella ya había superado la fase de las posibilidades—. El médico ha dicho que si se hubiera detectado en una etapa anterior quizá se podría haber hecho algo. Y se niega a operar —añadió,

levantando una mano para silenciar a Bea, que estaba a punto de protestar—. No pueden operar por el sitio en que está, y ahora además se ha
enredado con los vasos sanguíneos…

—Ay, Dios mío —soltó Millie, cuya cara tenía un tono cetrino; siempre era la más aprensiva de todas.

—… y eso lo vuelve imposible. Para mí, una operación supondría el
fin, con suerte.

—¿Y qué puede ser peor que la muerte? —preguntó Ursula, desconcertada.

Millie soltó un gritito ahogado ante la palabra «muerte», como si pronunciarla fuera en cierto modo blasfemo.

—Es probable que quedara incapacitada del todo, tanto mental como
físicamente…

—¿Probable? —intervino Bea, aferrándose aún a la esperanza entre los
restos del naufragio y a merced de la tempestad.

—Casi seguro —contestó Nancy—. Y supondría el final, aunque de
un modo distinto. Pero ni siquiera eso serviría de nada porque, dado donde está localizado, no podrían extraerlo todo.

Millie parecía a punto de vomitar.

—Seguiría creciendo —continuó Nancy, y quizá con mayor aspereza
de la que pretendía, añadió—: De verdad que sería mejor, mejor para mí,
que aceptarais esto.

Muy en el fondo sabía desde el primer momento lo que se avecinaba,
lo había adivinado ya en aquella primera visita en Harley Street, cuando
supuestamente estaba ayudando a Gertie a mudarse. El especialista que le
había encontrado Bea, el doctor Morton-Fraser, era un escocés muy sensato. «Me lo han recomendado muchísimo —dijo Bea—. Tiene reputación de escrupuloso, de no dejar piedra sin mover y esa clase de cosas.»
Quizá entonces hubo cierta esperanza, pero menos cuando Nancy volvió

al mes siguiente («La casa de Wordsworth y todo eso») y el médico le enseñó las radiografías, y ella vio cuánto había crecido en tan poco tiempo.

—Quizá si hubiera venido a verme hace un año…, pero incluso entonces, quién sabe…

«De crecimiento rápido, incurable»: el diagnóstico de la pobre Barbara Thoms.

Quería que la dejaran sola y en paz, quería desaparecer en su propio y silencioso mundo y meditar sobre la muerte. La muerte. Sí, ella también podía pronunciar aquella palabra tan rotunda y obscena. Sin embargo, en lugar de eso tendría que ser ella quien fuera comprensiva y fuerte y quien dijera que todo iría bien (que sin duda no era el caso) y que había «llegado a aceptarlo».

—Todo irá bien —le dijo a Millie—. Estoy bien. He llegado a aceptarlo, y ahora debéis hacerlo vosotras.

—¿Y Teddy? —intervino Ursula, y se le quebró la voz—. Me ha llamado esta mañana, Nancy. Sospecha que tienes una aventura, por el amor de Dios. Tienes que liberarlo de esta tortura.

Nancy soltó una risa amarga.

—¿Para que sufra una tortura peor?

—Díselo en cuanto puedas, no es justo que lo tengas tanto tiempo en la ignorancia. —(Ursula, siempre la mayor defensora y protectora de Teddy, se dijo Nancy con irritación)—. Aunque supongo que a Viola no…

Ay, Dios mío, Viola, pensó Nancy. La desesperanza le produjo una convulsión silenciosa.

—No, a Viola, no —se apresuró a decir Bea—. Es demasiado pequeña para entenderlo.

—Estaremos aquí para ella —soltó Millie en un arrebato—. Cuidaremos de ella y…

—Pero primero tienes que contárselo a Teddy —interrumpió Ursula, insistente—. Tienes que irte a casa ahora y decírselo.

—Sí —contestó Nancy con un suspiro—. Sí, lo haré.

La acompañaron todas hasta King's Cross y la despidieron antes de que subiera al tren. Bea la besó con ternura, como si de repente se hubiese vuelto del cristal más fino y pudiera quebrarse en cualquier momento.

—Ánimo —le dijo.

Ursula no pareció temer que Nancy fuera a romperse y la abrazó con fuerza.

—Tendrás que ayudar a Teddy —dijo con tono insistente—. Ayúdalo a sobrellevarlo.

Ay, Dios, se dijo Nancy con cansancio, ¿ninguna la dejaría ser débil y una egoísta irredimible?

Se quedaron en el andén despidiéndola con la mano mientras el tren se alejaba de la estación, todas llorando, Millie a lágrima viva. Cualquiera diría que se iba a la guerra. Sin embargo, la batalla ya se había librado y perdido.

—¿A rastras? —repitió Nancy.

—Sé qué has estado haciendo —dijo Teddy.

En todos aquellos años, nunca lo había visto enfadado; no tanto, desde luego. Con ella, no.

Fue a la cocina, se acercó al fregadero y llenó un vaso de agua. Había ensayado ese instante en el tren (un viaje horrible, metida en un vagón repleto de fumadores que apestaban a cerveza y le dirigían miradas lascivas), pero, llegado el momento, no parecía capaz de encontrar las palabras. Se bebió el agua despacio para concederse más tiempo.

—Lo sé todo —dijo él, y aquella nueva animosidad volvió áspero su tono.

Nancy se volvió para mirarlo y contestó:

—No, Teddy. No lo sabes. No sabes nada.

Al principio, el tumor se le había antojado a Nancy un depredador, un invasor que se abría tortuoso camino entre las fibras de su cerebro, consumiéndola; sin embargo, ahora que se había hecho un sitio, ahora que ya no quedaban más posibilidades, ya no era el enemigo. Quizá no fuera un amigo (ni mucho menos), pero formaba parte de ella. Era suyo y de nadie más y serían compañeros hasta el horrible final.

Dejó el trabajo de inmediato. Al fin y al cabo, ¿qué sentido tenía quedarse y seguir entregándose a los demás? A Viola, que estaba acostumbrada a ir y venir del colegio con Nancy, le sentó mal tener que arreglárselas de repente por su cuenta. Nancy le enseñó a coger el autobús («Pero ¿por qué?»), y le dijo que no se encontraba muy bien y necesitaba dejar de dar clases durante un tiempo para ponerse mejor. Para Viola era duro que la hicieran embarcarse de golpe en una independencia que debería ir adquiriendo poco a poco con los años, pero era hora de centrarse en los aspectos prácticos, no en el sentimentalismo. El alma de Nancy empezaba a volverse dura como el acero.

Le compró ropa a Viola de dos y tres tallas más, hizo listas y redactó notas: dónde vivía el profesor de piano, las direcciones y los teléfonos de los padres de sus amiguitos, qué cosas le gustaban y le desagradaban. Aunque Teddy conocía muchas de las preferencias de Viola, ni siquiera él podría haber imaginado el abanico completo.

Por irónico que fuera, se sintió muy bien durante las primeras semanas que siguieron a la confirmación de su sentencia de muerte. Así la consideraba, si bien para todos los demás hubiera eufemismos. Ordenó cajones y armarios, tiró trastos innecesarios, redujo su propio guardarropa. ¿Duraría hasta el final del siguiente invierno? ¿Necesitaría esos cajones llenos de prendas de lana, camisetas interiores y medias gruesas? Imaginaba que sus hermanas revisarían su ropa cuando ella ya no estuviera, como habían hecho todas por su madre tras el funeral. Les sería de ayuda que ella se ocupara del grueso del asunto. No hablaba con nadie de esas tareas algo macabras. Les afectaría más de lo que le afectaba a ella, pues pensar que dejaba las cosas ordenadas le producía una considerable satisfacción. Imaginaba a Gertie paseando la mirada por su dormitorio cuando ya no estuviera y diciendo: «La buena de Nancy, es tan suyo dejarlo todo impecable y como los chorros del oro». Llegado el momento, por supuesto, Gertie no diría tal cosa, demasiado consumida por la pena para comentarios tan optimistas como ese.

Teddy se quedó desconcertado ante tal despliegue de energía y llegó a aventurar que el diagnóstico no había sido correcto («pasa constantemente que se enredan con los historiales»). O quizá estaba mejorando, de hecho.

—Eso sería un milagro, Teddy —dijo Nancy con toda la suavidad que pudo—. Lo mío no tiene cura.

La esperanza sería lo peor para él. Y para ella también. Quería disfrutar de aquel respiro por lo que era, no por lo que nunca podría ser.

—Pero tú me diste por muerto durante la guerra —insistió Teddy—. ¿Perdiste acaso la esperanza?

—Pues sí, la perdí. Ya sabes que sí. Y tú mismo lo has dicho…, te di por muerto.

—Bueno, pues cuando volví, fue un milagro —respondió él como si hubiera ganado en aquella discusión.

Sin embargo, Teddy había vuelto de un campo de prisioneros, no de entre los muertos. Últimamente no hacía gala de ninguna lógica. No obstante, qué más daba, en realidad. Muy pronto dejaría de creer en los milagros.

Y entonces todos los cajones estaban ordenados y las listas hechas. Cuando dejó de tener ocupaciones, descubrió que solo ansiaba estar sola en la casa, llenando el silencio con el piano, a veces con Beethoven, casi siempre con Chopin. Si bien lo tenía un poco oxidado, cada día que pasaba notaba pequeñas mejoras.

—Al menos hay cosas que sí tienen remedio —le dijo a Teddy, pero él no estaba para el humor negro.

Una tarde, inmersa en la *Polonesa en mi bemol*, endemoniada de tan difícil, Teddy llegó a casa temprano, algo que ella había advertido que hacía cada vez más a menudo. Lo sintió tratando de llenarse el corazón y el pensamiento de ella, porque ahí viviría después. (No viviría, solo sería un recuerdo, una ilusión.) Y en los corazones de sus hermanas, también. Y habría un poquito de ella en Viola, que se desvanecería y quedaría olvidado. «Las flores favoritas de nuestra madre, como ya sabes, claro.»

—Mi flor favorita es la campanilla azul —le dijo un día a Viola sin que viniera a cuento.

—¿Ah, sí? —soltó la niña con indiferencia, más interesada en ver *Blue Peter*.

Pero entonces Teddy moriría, sus hermanas morirían, Viola moriría, y no quedaría nada de Nancy. Así eran las cosas. La tragedia de la vida era la muerte. *Sic transit gloria mundi.* «Un penique por tus pensamientos», decía Teddy a menudo, demasiado a menudo, cuando ella estaba enfrascada en esa filosofía (que, por naturaleza, no llevaba a ninguna parte). Más valía ser un animal simplón como Bobby y despertar cada mañana sumida en la ignorancia. «Oh, mis pensamientos son absurdos —contestaba, haciendo un esfuerzo por sonreírle a Teddy—. Tendrías la sensación de que te han timado quitándote ese penique.»

No era que no quisiera compartir sus pensamientos con Teddy o pasar tiempo con él —y con Viola, por supuesto—, sino que se estaba preparando para internarse sola en la oscuridad, en un lugar (ni siquiera un lugar, una nada) donde todo dejaría de importar: el cacao, los libros de la biblioteca, Chopin. El amor. Si decidiera hacerla, esa lista sería interminable. Decidió no hacerla. Ya estaba bien de listas. Apartó de sí su morbosa filosofía. En lugar de eso, tocaba Chopin.

—¿Es eso *La revolucionaria*? —le preguntó Teddy, interrumpiendo su concentración y haciéndola tocar una nota equivocada que le sonó especialmente discordante—. Mi madre solía tocarla.

Sylvie había sido una pianista fabulosa. A veces, Nancy entraba a hurtadillas en la casa de al lado para escucharla. Cuando Sylvie estaba de mal humor, no hacía falta ir a la Guarida del Zorro para oírla, decía el padre de Nancy, porque se la oía desde el final del sendero. Lo decía con cariño. («¡Ahí va la señora Todd!») El comandante Shawcross tenía a Sylvie en gran estima («una criatura magnífica»).

A Nancy no se le había ocurrido en aquel momento, pero quizá también Sylvie quería entonces que la dejaran en paz, tal vez le molestaba la pequeña oyente que había en un rincón del salón. Parecía perdida en la música, ajena a la presencia de Nancy hasta que acababa la pieza que estaba tocando. Nancy no podía evitar aplaudir. («¡Bravo, señora Todd!»)

—Ah, eres tú, Nancy —decía Sylvie con cierta aspereza.

—No, no es *La revolucionaria*, es la *Heroica* —contestaba Nancy, con las manos apoyadas con gesto impaciente sobre las teclas.

«El carro alado del tiempo», se dijo. Oía el batir de las alas, pesadas y chirriantes, como si fuera un ganso lento y gigantesco. Sentía que sus propias fuerzas menguaban y no podía hacer nada por impedirlo.

—Tu madre era una pianista consumada. Me temo que yo soy una aficionada. Y es una pieza muy difícil.

—Pues a mí me ha sonado muy bien —contestó Teddy. Mentía, Nancy lo sabía—. Ahora mismo, cuando he entrado en la habitación, me has recordado a Vermeer.

—¿A Vermeer? ¿Por qué?

—A aquel cuadro en la Galería Nacional, *Dama ante una espineta…* o algo parecido.

—*Muchacha sentada ante la espineta* —corrigió Nancy.

—Sí. Qué precisa es siempre tu memoria.

—¿Por qué Vermeer? —quiso saber ella.

—Por la forma en que te has vuelto para mirarme. Por la enigmática expresión en tu cara.

—Siempre he pensado que la chica de ese cuadro tenía cierto aspecto de rana —respondió Nancy, pensando: «Parezco enigmática porque me estoy muriendo».

—¿No hay también uno de una mujer de pie ante una espineta? —preguntó él con expresión de perplejidad—. ¿O me estoy haciendo un lío?

—No, hay dos, ambos están en la Nacional.

—¿Es la misma mujer? —continuó Teddy meditabundo—. ¿La misma espineta?

«Ay, vete ya, cariño —pensó Nancy—. Deja de hilar conversaciones para poder rememorarlas después, deja de elaborar recuerdos. Déjame con Chopin.»

Exhaló un suspiro y cerró la tapa del piano.

—¿Qué tal si tomamos un té? —preguntó con falsa alegría.

—Ya lo preparo yo —dijo Teddy con entusiasmo—. ¿Te apetece bizcocho? ¿Tenemos bizcocho?

—Sí, creo que sí.

—Quiero que me prometas una cosa.

—Lo que sea —contestó Teddy.

«Esa es una promesa de funestas consecuencias», se dijo Nancy. Estaban sentados a la mesa del comedor. Teddy repasaba las facturas del mes mientras ella cosía etiquetas con el nombre de Viola en su uniforme. Las largas vacaciones escolares casi habían finalizado, el nuevo curso estaba a punto de empezar. El curso siempre había marcado el ritmo de la vida de Nancy y se le hacía extraño que fuera a empezar uno nuevo cuyo final no vería.

«Viola B. Todd», se leía en las etiquetas en la familiar cursiva roja. La «B» era de Beresford, segundo nombre de pila de Teddy y el apellido de Sylvie antes de que fuera una Todd. El padre de Sylvie había sido artista, «muy famoso en su época» según ella, aunque la familia no tenía en propiedad ninguna de sus obras. Nancy se sintió encantada cuando, al investigar la galería de arte de York con Viola, encontró un retrato, de algún dignatario civil a esas alturas largo tiempo olvidado, pintado por el padre de Sylvie a finales del siglo anterior. En la plaquita de latón se leía «Llewellyn A. Beresford, 1845-1903». Y en una esquina del cuadro había un fantasmal monograma pintado con las letras L, A y B.

—Mira —le dijo a Viola—, esto lo pintó tu bisabuelo. —Pero era un parentesco demasiado lejano para que tuviese algún significado para Viola.

Nancy empezó con una nueva etiqueta, en el cuello de una blusa escolar, y casi de inmediato se pinchó con la aguja. Últimamente era una costurera patosa. Y ya no conseguía seguir un diseño de punto. Imaginaba que las abejas silenciosas estaban construyendo en secreto un panal en su cerebro.

—¿Estás bien? —le preguntó Teddy mirando la esfera de sangre pequeña y perfecta en su dedo.

Nancy asintió con la cabeza y lamió la gotita para que no manchara la blusa.

—Prométeme que —continuó entonces dejando la costura—, cuando llegue el momento —(Teddy se estremeció al oír aquello)—, me ayudarás.

—¿Te ayudaré a qué?

Él sabía muy bien a qué.

—Que me ayudarás a irme, cuando la cosa se ponga fea, si no puedo hacerlo yo. Y se pondrá fea, Teddy.

—A lo mejor no.

Nancy tuvo ganas de gritar de frustración ante la falta de realismo y la insistencia de Teddy en esconder la cabeza. Se estaba muriendo a causa de un tumor cerebral, sería brutal, salvaje («malo del todo»). A menos que tuviera una increíble buena suerte, no se apagaría sumida en un sueño sereno.

—Pero si la cosa empieza a ponerse fea —continuó Nancy con paciencia—, quiero irme antes de convertirme en una subnormal babeante. —(«Quiero morir siendo yo misma», se dijo)—. No dejarías sufrir a un perro, así que, por favor, no dejes que yo lo haga.

—¿Quieres que te sacrifique? ¿Cómo a un perro? —dijo Teddy de malos modos.

—No he dicho eso, sabes que no.

—Pero ¿quieres que te mate?

—No. Quiero que me ayudes a hacerlo yo.

—¿Y en qué sentido es eso mejor?

Nancy insistió.

—Solo si me resulta difícil hacerlo porque me he quedado incapacitada. Con morfina o pastillas, algo así, no estoy segura. —«O limítate a ponerme una almohada en la cara, por el amor de Dios, y acaba de una vez», pensó. Pero, por supuesto, eso no serviría—. Tiene que ser obvio que es obra mía, o te acusarán de asesinato. —(Esa sí que era una palabra brutal que soltarle.)

—Pues como si lo fuera —terció él—. La verdad es que no veo la diferencia.

Teddy tenía las manos unidas y las miraba fijamente como si quisiera comprobar si eran capaces de cometer aquel acto. Tras un prolongado silencio, añadió:

—No estoy seguro de poder hacerlo.

No la miraba, miraba a todas partes menos a ella con la angustia reflejada en la cara. «Me has hecho la promesa funesta —se dijo Nancy—, me has prometido lo que fuera. Y me hiciste otra promesa. En lo bueno y en lo malo. Y ahora hemos llegado a lo malo. Lo peor.» Y entonces la asaltó un pensamiento mezquino: ¿a cuántos había matado Teddy durante la guerra?

—No te preocupes —dijo por fin, tendiendo una mano a través de la mesa para posarla sobre las de Teddy, crispadas y rígidas ahora, en un gesto de perdón—. A lo mejor la cosa no se pone tan fea, al fin y al cabo; tendremos que limitarnos a esperar a ver qué pasa.

Él asintió con la cabeza, agradecido, como si Nancy acabara de darle su bendición.

Era un terrible cobarde. Había hecho caer una lluvia de destrucción sobre miles de personas, sobre mujeres y niños, no muy distintos de su esposa, su hija, su madre, su hermana. Había matado gente desde veinte mil pies de altura en el cielo, pero ¿matar a una sola persona, una persona que deseaba morir? Había visto huir la vida del cuerpo de Keith, y no sabía si era capaz de volver a pasar por eso. Ni siquiera por Nancy. La conocía desde que tenía tres años («novios desde niños»), toda su vida consciente, ¿y se convertiría en su verdugo?

Los había imaginado a ambos internándose en una vejez sin sorpresas. En su caso le costaba más, pero sí veía a Nancy más gruesa en la cintura, echando papada y canas encantadoras. Un poco como la señora Shawcross. Forzaría la vista para tejer y para hacer el crucigrama del *Telegraph*. Él recogería patatas y ella arrancaría malas hierbas. Aunque a Nancy no se le daba bien la jardinería no podía estar sin hacer nada. Serían buenos compañeros y se irían apagando tranquilamente juntos, y ahora resultaba que ella se iría antes. Recordó la exasperación de Sylvie ante la repentina muerte de Hugh. «¡Se ha ido por las buenas y sin decir una palabra!» «Dejar de existir en mitad de la noche y sin dolor», pensó Teddy. ¿No merecía eso Nancy?

Tendría que encontrar su propio consuelo, comprendió Nancy. Se encontraba en la cama de Viola, rodeando con el brazo a su hija dormida. Estaba incómoda, seguía siendo una cama para un crío pequeño. Viola necesitaría pronto una mayor, pero no sería ella quien se la comprara. Le había estado leyendo *Ana de las tejas verdes*. Ana, como ella, había tenido que volver su alma de acero. A veces, si no se sentía demasiado soñolienta a la hora de irse a la cama, Viola le leía a Nancy. Era buena lectora, un ratón de biblioteca, una expresión que detestaba.

—¿Cómo puede ser agradable ser un ratón? —decía.

«Yo sería un ratón —pensó Nancy—, si esa fuera la única existencia que me ofrecieran», y luego se rió de sí misma por tal ocurrencia.

—Si no hubiera ratones, dejaríamos sin trabajo a los pobres gatos —contestó Nancy, y no le faltaba razón.

Debía asegurarse de que Teddy supiera que quería que la incineraran. Quería elevarse en llamas, ser una pira, y retornar al mundo atómico de los elementos. Para Viola sería mejor no pasarse toda la infancia imaginando a su madre bajo la tierra oscura y empapada, con gusanos alimentándose de su carne. Nancy se sentía más melancólica cada día que pasaba. Pensaba en esas cosas (se veía obligada a pensar en ello) cuando tenía a su hija en brazos, con *Ana de las tejas verdes* abierto sobre la colcha, el vaso de leche a medio tomar de Viola en la mesita de noche («cacao, libros de la biblioteca, etcétera»).

En aquellas últimas semanas también habían leído juntas *El jardín secreto* y *Heidi*. No era una coincidencia que todas fueran historias sobre huérfanos. Después de *Ana* (si quedaba tiempo), Nancy tenía previsto pasar a *Mujercitas*, que no eran huérfanas, cierto, pero sí unas jovencitas fuertes y con muchos recursos. A todas las hermanas Shawcross les había encantado la obra de Louisa May Alcott.

—Y los cuentos de hadas también —le dijo a Winnie, que se había «dejado caer para una visita rápida de fin de semana».

Winnie, la mayor de las hermanas, vivía en Kent. Se había «casado bien» con un hombre que se hacía llamar «magnate de la industria», un título que divertía a sus hermanas. Pero Winnie era de buena pasta, amable y competente.

—Piensa en todas esas heroínas que tienen que ser muy listas para sobrevivir —dijo Nancy—. Caperucita Roja, Cenicienta, Blancanieves. La gente se equivoca respecto a los cuentos de hadas, piensan que tratan sobre chicas rescatadas por príncipes guapísimos, cuando en realidad son como manuales de las scouts.

—La Bella y la Bestia —aportó Winnie, entusiasmándose con el tema.

Estaban tomando té y Winnie cortaba un bizcocho genovés que había llevado. Ya nadie esperaba que Nancy hiciera pasteles. Y así le iba bien, pues apenas podía levantar un hervidor. Teddy llegaba a casa cada tarde y cocinaba y hacía las tareas domésticas. Nancy nunca tenía hambre. Siempre estaba cansada. Antes solía levantarse al amanecer, pero ahora Teddy le llevaba el té a la cama todas las mañanas, y allí se quedaba Nancy durante horas después de que él y Viola hubieran salido de casa para continuar con sus vidas.

—A pesar de todo tienes muy buen aspecto —comentó Winnie.

—Tengo dolores de cabeza —contestó Nancy un poco a la defensiva.

Estaba cansada de que la gente le dijera que tenía muy buen aspecto, como si estuviera engañándoles de algún modo. Aunque por puesto no era eso lo que Winnie quería decir, se regañó.

—La doncella de los gansos —continuó Winnie—. ¿Tenía nombre? Solo recuerdo el nombre del caballo.

—Falada. Un nombre curioso para un caballo. Pero el de la doncella no lo sé. Diría que no tenía nombre.

—Hago yo los honores y sirvo el té, como hermana mayor que soy.

Hasta la frase más sencilla podía ser como una daga en el corazón de Nancy.

—Sí, por favor.

¿Sería esa la última vez que vería a su hermana mayor? Muy pronto (o ya) cada acto se convertiría en una cascada de últimas veces. Era imprescindible que le llegara la hora deprisa, pronto, para eludir el espanto de las despedidas. Podía arrojarse bajo las ruedas de un tren expreso (aunque pobre maquinista). ¿Podría internarse en el mar o zambullirse en un río? No obstante nadaría, por puro instinto.

—Y la niña con los hermanos que se convertían en cisnes... —dijo Winnie—. ¿Cómo se llamaba? Era muy valiente.

—Pues sí, lo era. Elise. De *Los cisnes salvajes*.

¿Y veneno? Demasiado horrible, se dijo; demasiado incierto; podía atragantarse con él en lugar de tragárselo.

—Hansel y Gretel —añadió Winnie—. Pero solo Gretel, en realidad, porque Hansel no es que fuera muy listo, ¿no?

—No, dejó que lo encerraran. En los cuentos de hadas, las hermanas siempre son más listas que los hermanos.

Se suponía que ahorcarse era rápido, si bien muy angustioso para quien te encontrara, que en su caso podía ser, y probablemente sería, Teddy, o bien Viola (impensable).

—Ricitos de Oro —continuó Winnie—. ¿No te parece más insensata que emprendedora?

—Sí, diría que insensata —contestó Nancy—. Tuvieron que rescatarla.

Ella tendría que rescatarse a sí misma. Debería conseguir un alijo: pastillas para dormir y calmantes, cualquier cosa de la que pudiera echar mano. Debía tomárselas mientras aún fuera capaz, mientras siguiera teniendo el control. No era fácil calcular qué dosis resultaría letal. No era algo que pudieras preguntar por ahí, aunque ahora tenía un médico de cabecera distinto, un tal doctor Webster, que era el socio mayor y más sabio del médico que había visto la primera vez («un joven petimetre», según el doctor Webster). Gracias a Dios, el doctor Webster estaba más que dispuesto a hablar sobre la realidad de lo que estaba por llegar.

Pero ¿y si lo había dejado para muy tarde? ¿Sería ya demasiado tarde?

—Gerda, de *La reina de las nieves* —le dijo a Winnie—. Una niña con muchos recursos.

Las series de Fourier, teoremas, lemas, gráficas, la relación de Parseval, los números naturales: palabras que le zumbaban en el cerebro. Antaño las comprendía todas, pero ahora su significado se le escapaba. Las abejas habían vuelto, con un zumbido interminable y exasperante que trataba de sofocar con el piano. Llevaba el día entero sin tocar otra cosa que la *Heroica*. Aunque era increíblemente complicada, estaba decidida a vencerla.

Tocaba con mucha energía. Con brío. A sus oídos, sonaba casi perfecta. Qué extraordinario, qué maravilloso que hubiera llegado a dominar hasta ese punto una pieza tan difícil. Daba la sensación de que la obra entera de su vida hubiera consistido en eso, solo en eso. Terminó con una enorme floritura.

—Eh, hola —dijo Teddy entrando en la habitación—. ¿Te apetece una taza de té?

Llevaba una bandeja y a Viola trotando a sus espaldas.

—¿Te ayudo a sentarte en una butaca? —Se preocupaba por peque-ñeces. Dejó la bandeja y la acompañó a una silla junto a la ventana—. Te gusta estar aquí, ¿verdad? Se ven los pájaros en su comedero.

Nancy deseó que no la mirara así, como si tratara de ver algo más allá de sus ojos. Teddy le puso los pies sobre una banqueta y dejó el té en la mesita a su lado. Té en un tazón. De pronto las tazas y los platillos le pa-recían difíciles de usar, la confundían.

—¿Quieres una galleta, mami? —Tenía a Viola plantada junto al codo—. ¿Una rellena de chocolate o un barquillo de fresa?

—Aún queda un poco del bizcocho de Winnie —dijo Teddy—. No se acaba nunca. Habría ido mejor que los panes y los peces para saciar a los cinco mil.

Nancy ignoró ambos ofrecimientos. Se sentía un poco molesta porque ninguno de los dos la hubiese felicitado por su magnífica interpretación. («¡Bravo, señora Todd!») Sin embargo, su triunfo con el Chopin ya se desvanecía. Las abejas la volvían soñolienta con todos aquellos zumbidos. De su cerebro manaba miel.

El tiempo se plegaba sobre sí mismo. ¿Adónde había ido Teddy? ¿No esta-ba ahí solo un minuto antes? Le daba la sensación de que todos hubiesen abandonado la habitación. O quizá era ella quien la había abandonado. Pero no había habitación, solo algo para lo que no tenía nombre. Nada. Y luego ni siquiera eso. Y entonces las abejas levantaron el vuelo entre ben-diciones y despedidas, y Nancy se detuvo. En seco.

—Un buen whisky, he ahí mi receta. Y sírvame uno a mí también.

Era su médico de cabecera, el doctor Webster, que andaba «deseando jubilarse, para jugar un poco al golf y pintar a la acuarela». Era de la vieja escuela. Había aprobado la decisión de Nancy de rechazar la operación, se había mostrado generoso con la morfina y contenido con los sermones.

Una fresca mañana de octubre. Las plantas del jardín estaban tachonadas de telarañas. Iba a hacer un día precioso.

Bobby, el perro labrador, recorría las habitaciones de aquí para allá, confundido por aquel cambio en las costumbres. La rutina era lo primero que se llevaba por delante una muerte.

Teddy sirvió el whisky y le tendió uno al médico. Este levantó su vaso, y durante un instante extraño y horrible, Teddy pensó que iba a decir «Salud», pero lo que dijo fue:

—Brindemos por Nancy —lo cual siguió siendo extraño y horrible, pero tuvo cierto sentido, de modo que él también levantó su vaso.

—Por Nancy —dijo.

—«Desde este mundo al venidero» —declaró el doctor Webster, sorprendiendo a Teddy con aquellas palabras de *El progreso del peregrino*—. Era una buena mujer. Tenía una mente brillante y un carácter bondadoso.

Teddy apuró el whisky de un solo trago, aún no estaba preparado para elegías.

—Debería llamar a la policía —dijo.

—¿Y por qué demonios iba a hacer algo así?

—Porque la he matado —contestó Teddy.

—La ha ayudado a irse con una pequeña dosis de morfina de más. Si eso fuera un crimen, yo estaría cumpliendo varias cadenas perpetuas.

—La he matado —repitió Teddy con obstinación.

—A ver, óigame bien. Solo la separaban unas horas de la muerte.

Teddy advirtió que el médico de cabecera parecía alarmado. Al fin y al cabo, era él quien se había mostrado tan generoso con sus recetas de morfina líquida durante esas últimas semanas para los espantosos dolores de cabeza de su mujer.

—Nancy sufría muchísimo —continuó el doctor—. Ha hecho usted lo que había que hacer.

La noche anterior había acudido a ver a Nancy, y su opinión había sido que «ya no faltaba mucho», y añadió: «¿Tiene suficiente morfina?».

«¿Suficiente?», pensó Teddy.

Él estaba en la cocina, haciendo un pastel de carne y entonces oyó la terrible cacofonía procedente de la sala de estar. Antes de que pudiera salir corriendo a investigar, una llorosa Viola apareció en la cocina diciendo:

—A mami le pasa algo malo.

Nancy aporreaba las teclas del piano como si tratara de destrozar el instrumento. Las manos crispadas casi se cerraban en puños, y cuando Teddy trató de cogérselas en un intento de calmarla, lo miró con una extraña sonrisa torcida en la cara y trató de articular palabras. Parecía importarle mucho que él la entendiera, pero fue Viola, de pie junto a Teddy, quien tradujo sus espásticos murmullos.

—La *Heroica* —dijo.

Teddy la condujo con suavidad hacia la butaca junto a la ventana, y le llevaron un té con galletas, pero cuando él la miró a los ojos supo que le había ocurrido lo que ella más temía. Nancy ya no era Nancy.

La ayudó a acostarse temprano, aunque se despertó antes de medianoche gimiendo y llamando a gritos, que él no supo descifrar si eran de dolor o de angustia. De ambas cosas, supuso. La cáscara, la sombra de la mujer que antaño había sido su esposa gritaba tonterías que ni siquiera eran palabras, sino meros ladridos y gruñidos, como los de un animal.

Le preparó leche caliente, añadió una copita de ron y vertió en la mezcla varios viales de morfina. Luego incorporó a Nancy hasta sentarla y le envolvió los flacos hombros con una mañanita.

—Bébetelo —dijo con tono demasiado alegre—. Hará que te sientas mucho mejor.

Teddy no vio a Viola, a quien los sonidos inhumanos que profería su madre habían despertado, de pie en el umbral, adormilada y descalza en su pijama de algodón.

En lugar de sumirse en un sueño profundo, precursor de la muerte, o eso esperaba Teddy, Nancy fue presa de pronto de una gran agitación, y empezó a revolverse en la cama, tironeando de la colcha, del camisón, de su pelo, como si tratara de librarse de un demonio ardiente. Teddy añadió más morfina a la leche que quedaba en el tazón, pero los aspavientos de Nancy lo mandaron volando al otro extremo de la habitación. Empezó a dar alaridos, un sonido infame, incontenible, que más que de una boca parecía brotar de unas fauces negras, como si al final se hubiera convertido en el demonio que habitaba en su cerebro. Desesperado, Teddy cogió una almohada y la oprimió contra su cara, al principio con gesto vacilante y después con mayor firmeza, incapaz de soportar la idea de que al final, al final de todo, a Nancy se le negara la paz, se le negara dejar de existir en mitad de la noche y sin dolor. Presionó con fuerza la almohada. Eso era lo que significaba matar a alguien. Un combate cuerpo a cuerpo. Hasta que la muerte nos separe.

Se quedó inmóvil. Teddy levantó la almohada. Ya no le quedaban ganas de luchar, o quizá la morfina había hecho su labor, pero yacía inmóvil. Teddy le buscó el pulso. No tenía. A él, el corazón le palpitaba en el pecho. Nancy tenía una expresión pacífica en la cara; el dolor y la angustia de animal habían desaparecido. Volvía a ser Nancy. Era ella misma.

Viola volvió a la cama arrastrando los pies, en silencio. «Las verdaderas pesadillas ocurren cuando estamos despiertos», diría el narrador de *Uno de cada tres pensamientos*, su última novela. («La mejor hasta la fecha», según *Good Housekeeping*.)

—¿Y qué sería de esa niñita que hay arriba si a usted lo arrestaran y lo llevaran a juicio? —quiso saber el doctor Webster.

«Tiene muchas tías con las que podría vivir», se dijo Teddy. Y era probable que cualquiera de ellas hiciese un trabajo mejor que el suyo.

—Si algo te ocurriera a ti también —le había dicho Nancy—, creo que Viola debería irse a vivir con Gertie. («¡Pero a ti no va a pasarte nada, por supuesto!»)

De todas las tías disponibles, Gertie parecía casi la elección más rara; en la carrera por resultar la menos idónea, la palma se la llevaba Millie.

—¿Por qué Gertie? —quiso saber Teddy.

—Es sensata, práctica y paciente —contestó Nancy llevando la cuenta de las virtudes de Gertie con los dedos—. Pero al mismo tiempo es audaz y no le tiene miedo a nada. Sabrá enseñarle a Viola a ser valiente.

Si bien Viola no era valiente, y ambos lo sabían, ninguno de los dos lo mencionaba nunca.

Y qué derecho tenía él a hablar de valentía, se dijo mientras servía otro whisky tanto para él como para el doctor Webster.

—Extenderé el certificado de defunción —dijo el médico—. Probablemente debería llamar a la funeraria, ¿o prefiere que lo haga yo por usted?

—No —contestó Teddy—. Lo haré yo.

Tras irse el médico, Teddy subió a la habitación de Viola. Seguía sumida en un sueño profundo, y no se vio con ánimos de despertarla para darle la peor noticia que probablemente recibiría jamás. Le acarició la frente un poco húmeda y la besó con suavidad.

—Te quiero —dijo.

Esas deberían haber sido las últimas palabras que le dijera a Nancy, pero había estado demasiado absorto en aquella atroz batalla definitiva para decirle nada. Viola se movió y murmuró algo, pero no se despertó.

2012

El amor, la misericordia, la piedad, la paz

La reina recorría con lentitud el Támesis a bordo de un barco.

—La reina —dijo Viola—. Sale por la tele.

Transmitía su interpretación de los hechos de manera muy simple: la flotilla en el río, la lluvia, la admirable perseverancia de la monarquía.

—Pero en realidad tú no ves la tele, ¿no?

Le hablaba muy alto y despacio a Teddy, como si fuera un niño especialmente tonto. Estaba sentada junto a su cama, en una de las butacas de respaldo alto de la residencia. Siempre le inquietaba sentarse en aquella butaca. Era para los ancianos, y le daba pánico que la incluyeran en sus filas ahora que ya era lo bastante mayor para los viajes organizados de la tercera edad y para almuerzos en salas parroquiales, lo bastante mayor para llevar anoraks de color beige y pantalones de chándal. (Ni en broma.) Era lo bastante mayor para irse a vivir a Fanning Court. Dios no lo quisiera.

Teddy ya no podía sentarse en la butaca. Ya no podía levantarse de la cama, ya no podía hacer nada. Se acercaba al final de su crepúsculo, entraba en la oscuridad definitiva. Viola imaginaba las sinapsis en el cerebro de su padre destellando y atenuándose como en la lenta muerte de una estrella. Teddy no tardaría en apagarse del todo, en hacer implosión y convertirse en un agujero negro. Viola no sabía gran cosa de astrofísica, pero esa imagen le gustaba.

Lo habían etiquetado con una pulsera de plástico de hospital ciñéndole la muñeca. Sunny y Bertie las habían lucido también en el nido de la maternidad. Otra gente conservaba esa clase de recuerdos: el primer diente de leche, los primeros zapatos, dibujos de la época de la guardería, boletines de notas, porque los consideraban reliquias valiosas de la infancia, pero Viola se las había apañado para irse deshaciendo de todo sobre la marcha. (Sí, se arrepentía, ¿vale?)

«No RCP», ponía en la pulsera de plástico de Ted, lo que indicaba que había vivido más de la cuenta, que había rebasado con mucho su fecha de caducidad. Ay, Dios, la vida era espantosa. La asaltó un recuerdo de la noche anterior, aunque no había olvidado en ningún momento lo ocurrido. Se estremeció al recordarlo. Se había puesto en evidencia de una forma espantosa. O se había «humillado», esa palabra lo describiría mejor.

Había llegado a York desde Harrogate por la tarde, esperando ver a unas amigas. Sí, tenía amigas, por improbable que pareciera. Iba a llamarlas y a decir como quien no quiere la cosa: «¿Y si quedamos? ¿Tomamos algo?», fingiendo que era una idea improvisada, cuando de hecho llevaba días planeándolo. Trataba de ser más espontánea; ahora comprendía que lo que años atrás había considerado espontaneidad era simple letargo. («¿Vamos a la playa?» «Bueno, de acuerdo.») También intentaba reavivar la vida social que había tenido antaño, pero que, lamentablemente, había desatendido desde su éxito. («Estoy tan ajetreada con todo…, lo siento.»)

Hacía mucho tiempo que no veía a aquellas amigas en concreto —años (y años)—, y no se habían separado en muy buenos términos que digamos. Todas habían formado parte de una «Cooperativa Femenina de Alimentos Integrales», algo que, en esencia, significaba que compraban sacos grandes y feos de forraje y cascarillas, que hacían pasar por muesli y cuyo contenido dividían entre ellas. No tenían demasiado en común, aparte de la escuela Steiner y la campaña pro desarme nuclear, que quizá pareciera mucho, pero para Viola no lo era.

A su llegada a York comprendió que había olvidado no solo que era sábado, sino que el lunes era asimismo fiesta, y se encontró con la ciudad cubierta de adornos por el jubileo de la reina, un frenesí de banderines y de rojo, blanco y azul. Era también durante los fines de semana cuando la ciudad sufría el asedio de las hordas arrasadoras de despedidas de solteros que descendían del norte aún más recóndito.

Se registró en el hotel Cedar Court, que antes era la oficina central de la North Eastern Railway. Todo se acababa convirtiendo en un hotel. Polvo y arena y hoteles. Le habría hecho ilusión una habitación con vistas, una de las que daban a las murallas, pero no había ninguna disponible. Si estuviera en una novela de Forster conocería al amor de su vida en aquel momento (también tendría cuarenta años menos) y sería presa de un aluvión de sentimientos y al final tendría sus vistas. Tampoco quería ser presa de un aluvión de sentimientos (había renunciado a los hombres), ni de hecho conocer al amor de su vida, si bien las vistas sí le habrían gustado. Tuvo la práctica certeza de que la chica que le tomó los datos en recepción nunca había oído hablar de Forster, aunque podría ser que sí hubiera oído hablar de Viola Romaine; sin embargo, no le apetecía poner a prueba esa teoría. Viola se sentía como si la vida consistiera en vadear un mar de ignorancia, poco profundo pero sin una orilla a la vista. Sí, estaba haciendo suposiciones elitistas. No, no tenía derecho a hacerlas. La recepcionista (que no había oído hablar ni de Forster ni de Viola Romaine, pero a quien le había «gustado» *Cincuenta sombras de Grey*, lo que a Viola le habría provocado un ataque) le dio una tarjeta-llave y dijo que llamaría a alguien para que la acompañara a la habitación.

—¿Puedo hacer algo más por usted, señora Romaine?

Después del divorcio, Viola había conservado el apellido de Wilf (y la mitad de lo que se sacó de la venta de la casa, claro) por la mera razón de que sonaba más interesante que el prosaico Todd. «¿Romaine quiere decir «romana»? ¿Como la lechuga?», le había preguntado alguien no hacía mucho. La tía de su padre, la escritora de aquellos espantosos e interminables libros de Augustus, había adoptado el apellido Fox: mucho mejor un zorro que una lechuga, ¿por qué no se le había ocurrido antes? Viola Fox. Quizá podría utilizarlo como seudónimo, para escribir un libro distinto; uno serio que no vendiera pero que recibiera las alabanzas de la crítica. («Un texto que desafía nuestras hipótesis epistemológicas sobre la naturaleza de la ficción», *Times Literary Supplement*.)

Se casaron un mes después de haberse conocido.

—Una pasión inmensa —comentó Viola al grupo de mujeres decepcionadas pero extrañamente celosas.

«Pasión» era una palabra que la atraía, quizá más la palabra que la pasión en sí. Aquella estaba condenada al fracaso y tenía visos de las Brontë, y a Viola le daba la sensación de no haber tenido suficiente de eso en su vida. Anhelaba el romanticismo. No hubo ni pasión ni romance con Wilf Romaine, solo se había hecho ilusiones.

Aunque Wilf Romaine parecía un agitador, resultó ser tan solo grandilocuente. Era un polemista, un activista político a favor del desarme nuclear, del Partido Laborista, etcétera, y le sacaba mucha miga al hecho de ser hijo de un minero del carbón. No obstante, como Viola creyó necesario señalarle no mucho después de casarse con él, ser hijo de un minero del carbón no te convertía en realidad en un minero del carbón. En lugar de eso, Wilf era profesor de comunicación (una disciplina irrelevante) en una escuela para adultos, tenía diabetes tipo 2 y un problema con la bebida. Parecía temible y noble, pero resultaría tan decepcionante como todos los demás.

—¿Te pegaba?—quiso saber Gregory, su terapeuta.

A Gregory le entusiasmaba la violencia doméstica como causa y efecto.

—Sí —contestó Viola, porque aquello sonaba infinitamente más interesante que la verdad pura y dura de la indiferencia mutua.

Cuando te hacías mayor, con el paso del tiempo, comprendías que la distinción entre realidad y ficción no tenía importancia, porque al final todo se desvanecía en la maraña turbia y amnésica de la historia. Personal o política, no suponía diferencia alguna.

Sus hijos se fueron de casa al mudarse a Whitby, aunque técnicamente Sunny no se fue de casa, fue Viola quien lo hizo. Fue entonces cuando se convirtió en escritora. Incluso ella misma tuvo que reconocer que necesitaba sacarse de encima aquel estado de ánimo indolente, formar parte de la realidad de la vida, que era la clase de cosa, cómo no, que diría su padre, alias la Voz de la Razón. Escribir le parecía algo conocido, aunque solo lo conociera desde el otro lado, como lectora, y tardó un tiempo en darse cuenta de que escribir y leer eran actividades distintas por completo; en realidad, polos opuestos. Y el mero hecho de que supiera trazar letras ligadas entre sí no significaba que supiera escribir libros. Sin embargo, quizá por primera vez en la vida, perseveró.

El suyo había sido un buen aprendizaje: lectora temprana, hija única, semihuérfana y, fundamentalmente, *voyeur* por naturaleza. De niña acechaba en los umbrales, escuchando y observando. («¡Los escritores no son más que buitres!», revista *People's Friend*, 2009.) Envió *Gorriones al alba* a un agente, que lo rechazó, y luego a otro y a otro más hasta que por fin uno respondió, una mujer, y dijo que era «interesante»; y aunque hizo que «interesante» sonara a insulto, se lo vendió de todas formas a un editor que propuso un (modesto) acuerdo por dos libros, y al cabo de menos de un año *Gorriones al alba* era un objeto sólido y tangible en el mundo fenoménico en lugar de un revoltijo de ideas en la cabeza de Viola. («¿Qué vendrá después? —le dijo Bertie a Teddy—. ¿Tejones en el desayuno? ¿Conejos al final del día?»)

Su padre no pareció tan impresionado con aquel logro como a ella le habría gustado. Le había mandado un ejemplar aún sin corregir y después, el día de la publicación, fue a York, donde él la llevó a comer y, por sorprendente que fuera, pidió champán «para celebrarlo»; pero su crítica de la novela no fue muy entusiasta que digamos. Viola habría deseado que se mostrara abrumado y atónito ante su talento en lugar de concederle al libro aquel «Muy bueno», con un tono que pareció expresar la opinión contraria. Tampoco había conseguido comprender (por lo visto) que el libro —una chica joven, brillante y precoz, una relación turbulenta con su padre viudo, etcétera— los describía a ellos. Tenía que saberlo, ¿no? ¿Por qué no decía nada? En su lugar, de camino a casa, su padre canturreó, como si todo el asunto fuera de lo más gracioso:

—«Y a esa anomalía singular, la dama novelista, no creo que la echemos en falta… ¡Seguro que no la echamos en falta!» —Y añadió—: Es de Gilbert y Sullivan. Tengo una listita.

«¿No la tenemos todos?», pensó Viola.

Gorriones al alba tuvo un éxito limitado. «Demasiado sentimental», «Bastante flojo». Daba la impresión de que se hubiera metido en un callejón sin salida con el primer libro, pero salió de él con la segunda novela: *Los hijos de Adán*, «una tragicomedia agridulce sobre la vida en una comuna en los años sesenta». Sus experiencias se remontaban ahora a una década más de moda y las relataba desde el punto de vista de una niña de cuatro años.

—Pero esa es mi historia y no la tuya, ¿no? —terció Bertie, bastante ofendida.

Tuvo un éxito enorme («Vete a saber por qué», le dijo una perpleja Bertie a Teddy) y se convirtió en una película muy inglesa y ya prácticamente olvidada con Michael Gambon y Greta Scacchi.

Y así, tal cual, comenzó su brillante carrera.

La habitación en el Cedar Court era grande y más bien sombría, y antaño debía de ser el despacho de alguien. Llamó a las amigas con las que había planeado quedar y se encontró con que sus números de teléfono ya no existían, claro indicio del tiempo que hacía que no estaban en contacto. Para ser sincera (también trataba de serlo más), sintió alivio. Habría supuesto un verdadero esfuerzo ponerse al día. Y ella había progresado mucho desde aquellos días, y las otras seguramente no. Las imaginaba aún vestidas con jerséis gruesos, faldas largas y calzadas con zuecos, con verdaderas cortinas de pelo cayéndoles en la cara, sacando aún comida de caballo de aquellos sacos (aunque en realidad una era abogada en la serie de televisión *North Square* y la otra había muerto).

Se tendió en la cama del hotel y contempló el techo. Solo eran las seis y la luz de la tarde de verano se alargaría de manera deprimente. Podía quedarse allí mirando el techo o ver la televisión y pedir algo del servicio de habitaciones. Ninguna de esas opciones le apetecía, así que decidió hacer frente a una tarde de sábado de un fin de semana de tres días en York, una empresa nada fácil. Al menos ese día no había carreras, un acontecimiento que atraía además a grandes grupos de mujeres jóvenes que no iban vestidas de manera apropiada y que se distinguían de las habituales solteras por los tocados, que solían consistir en lo más ridículo que a una persona se le ocurriría llevar en la cabeza. ¡Y qué gordas estaban todas! ¿Cómo se las apañaban en los cubículos de los lavabos y en los asientos de cine? Si te descuidabas, podían aplastarte viva.

Todavía era pronto, pero cuando salió del hotel, Viola descubrió que los solteros y las solteras ya habían salido en tropel y estaban increíblemente borrachos. Se estremeció al pensar en el estado en que se encontrarían más tarde. Algunos hombres llevaban disfraces; había un grupo (una panda de parranderos más bien, supuso) cuyos miembros vestidos de plátano formaban una turba que bajaba por las escaleras de entrada del pub Slug and Lettuce, junto al río. Sin embargo, casi todos llevaban la habitual vestimenta de un tío cualquiera: tejanos y camisetas limpias, un tufo a loción para después del afeitado, músculos que ya se volvían michelines. Las chicas eran tribales, con camisetas en las que se indicaba su grupo con estrás: «Despedida de soltera de Claire», «Chavalas sueltas en la ciudad», «Darlington es el único camino»; estas últimas chicas en concreto le parecieron unas ilusas. El rosa estaba a la orden del día para las chicas: sombreros de vaquero rosa, camisetas rosa, tutús rosa, bandas rosa. Eran la clase de chicas que encontraban sofisticado un pastelito. Esos pastelitos constituían otra de las pesadillas de Viola. Solo eran bizcochitos decorados, ¡por el amor de Dios! ¿A qué venía tanto alboroto? Únicamente se trataba de hacer dinero, claro.

Vislumbró las diademas (de color rosa, cómo no) en las cabezas de un grupo de chicas («Las Hembras Cachondas de Hannah») que revoloteaban junto a los semáforos de Lendal Bridge, sin saber muy bien dónde continuar la fiesta. Viola no veía esas diademas con apéndices divertidos desde los años ochenta. Bertie había tenido una de niña, con bolitas plateadas que rebotaban en torno a su cabeza como las antenas de un insecto. Y que hacían conjunto con unas alas de lentejuelas plateadas, recordó de pronto. Según Bertie, parecía una polilla, no una mariposa. Para Viola fue como un pequeño pinchazo en el corazón. Había que andarse con cuidado con los pinchazos: si sufrías muchos, podían debilitar el tejido del corazón, abrir líneas de falla, fisuras y grietas, y toda la quebradiza estructura podía romperse en un millar de pedazos sin que te dieras ni cuenta. El corazón de Viola aguantaba a duras penas, a base de esparadrapo y pegamento. ¿Era esa una buena metáfora? No estaba muy segura.

Bertie no le hizo caso a Viola e insistió en dormir con las alas plateadas puestas. A la mañana siguiente, cuando descubrió que estaban aplastadas y no tenían arreglo, lloró de manera inconsolable.

—Bueno, pues haberme hecho caso, ¿no? —le espetó Viola—. Ya te dije que pasaría eso.

Lo que siembres cosecharás, Viola. Lo que siembres cosecharás.

Cerraban las filas de las Hembras Cachondas de Hannah dos mujeres maduras que parecían bastante desconsoladas, quizá la madre de la novia y una tía o la futura suegra. Sus cuerpos más bien ajados no se veían nada cómodos bajo las ajustadas camisetas rosas, por no hablar del epíteto de estrás estampado en sus oscilantes traseros. («Buena corsetería —confiesa Viola Romaine con tono cómplice—: he ahí el secreto de la mujer madura para tener buen aspecto», *Sunday Express, Life and Style*, 2010. ¡Ella no había dicho eso! Habían tergiversado por completo sus palabras.)

¿Se vería ella así algún día?, se preguntó. Al fin y al cabo, Bertie, en su estilo postirónico, podía decidir celebrar la tradicional despedida de soltera («Las Nenas de Bertie») e imponer la humillación de su séquito. Antes tendría que conocer a alguien con quien casarse, por supuesto. Empezaba a parecer que Viola nunca experimentaría la redención de ser abuela. Sunny bien podía ser un monje por cómo pintaba la cosa y Bertie no parecía salir con nadie, o si lo hacía no se lo contaba a su madre, desde luego.

Por lo visto, las Hembras Cachondas de Hannah habían tomado una tácita decisión, y el grupito emprendió la marcha por Rougier Street. Al pasar por delante de ella, y para su bochorno, Viola cayó en la cuenta de que lo que se mecía sobre las diademas eran en realidad unos penes pequeños y regordetes. De repente, los penes se iluminaron y empezaron a parpadear, y las hembras se pusieron a soltar gritos a voz en cuello. Viola notó que le ardían las mejillas mientras entraba apresuradamente en el reducto familiar y reconfortante de Bettys. Un santuario a salvo de la distopía, un sitio siempre limpio y bien iluminado.

Se tomó una ensalada de pollo y dos copas de vino. Ya no era vegetariana. Costaba lo suyo estar delgada con todas aquellas legumbres. Había un hombre tocando el piano, y lo hacía muy bien; nada de las melodías habituales de salón, sino piezas de Chopin y Rajmáninov. Chopin le recordaba a su madre y siempre la ponía muy triste. Ella había dejado las clases de piano tras la muerte de Nancy. De haber seguido, quizá habría hecho carrera en la música. Una concertista de piano…, bueno, ¿y por qué no?

Fue al piso de abajo, a los lavabos. Allí había un fragmento de espejo, el que estaba detrás de la barra cuando el local era el Bettys Bar durante la guerra. Las tripulaciones de la RAF solían grabar sus nombres en él. Su padre le había hablado del Bettys Bar, de que él solía tomar copas allí en los años de la guerra, pero ella no había hecho mucho caso de sus batallitas. Ahora, aquel espejo era una reliquia. Casi todos los hombres que habían grabado su nombre allí estarían muertos. Viola supuso que muchos de ellos habrían muerto en la guerra. Observó con detenimiento los nombres casi ilegibles. ¿Habría inscrito su padre el suyo? Deseó haberle preguntado más cosas sobre la guerra mientras aún estaba en pleno uso de sus facultades mentales. Quizá podría haber utilizado sus recuerdos como base para una novela. Una que todos respetarían. La gente siempre se tomaba en serio las novelas sobre la guerra.

Cuando volvió a sentarse a la mesa se fijó en un grupo de hombres disfrazados de condones que cruzaban haciendo eses Saint Helen's Square. Estaban en una de las ciudades medievales mejor conservadas de Europa, y ellos iban vestidos de condones. ¿Qué tenía de malo Benidorm? ¿O Magaluf? («Quieres que todo el mundo tenga un comportamiento mejor, pero tú no quieres mejorar el tuyo», le decía Bertie.)

Uno de los hombres-condón se aplastó como un insecto contra el gran cristal cilindrado de Bettys y dirigió una mirada lasciva a los comensales. El pianista alzó la vista del teclado y luego continuó sin inmutarse con Debussy. Una furgoneta se detuvo en el centro de Saint Helen's Square y de ella salieron varias personas vestidas de zombi. Los zombis procedieron entonces a perseguir a los tipos disfrazados de condones. Estos últimos no parecieron muy sorprendidos, como si estuvieran esperando a que los zombis los cazaran. («Pagan por ello», comentó Bertie.) ¿Era divertido aquello?, se preguntó Viola con desesperación. Era posible, se dijo, que ella hubiese ganado la carrera hasta el fin de la civilización. No había premio, lógicamente.

Aunque todavía no. La línea de meta ya se veía, pero Viola aún tenía que cruzarla. Salió de Bettys y se abrió paso de regreso a Lendal Bridge, donde el ambiente sin duda era ahora más bullicioso. Sin saber muy bien cómo, se encontró en medio de las Damas Solteras de Amy, una prole desmelenada por completo a causa del alcohol y liderada por la susodicha Amy, quien llevaba una tiara torcida, una banda cruzada sobre el bustier barato en la que se la proclamaba «La Novia» y una placa de L sujeta al considerable trasero. ¿Qué les había ocurrido a las chicas? ¿Para esto Emily Davison se había arrojado bajo los cascos de un caballo? ¿Para que las chicas pudieran llevar penes luminosos en la cabeza y comer pastelitos? ¿De verdad? Cada vez que se topaban con un ejemplar macho levantaban un dedo y chillaban «¡Ponle un anillo!», y acto seguido se sujetaban unas a otras porque casi se caían de la risa. «¡Voy a mearme encima!», exclamó una.

Una manada de solteros la rodeó.

—¡Alegra esa cara, viejales! —le gritó uno—. Si dejas de parecer tan amargada, igual tienes suerte.

Viola continuó pisando fuerte, hirviendo de furia en su interior. Las grietas y fisuras se extendieron, resquebrajando la superficie de su corazón.

Era un piano de cuerdas muy tensas, a punto de romperse y saltar en un horrible cataclismo de metáforas.

¿Cómo podía ser la gente tan estúpida e ignorante? («¿Por qué estás siempre enfadada?», le preguntó Sunny tiempo atrás. «¿Por qué no?», espetó ella.) ¿Y por qué sus hijos no la querían? ¿Por qué no la quería nadie? Y por qué estaba tan sola y tan aburrida y se sentía, reconozcámoslo, tan desgraciada y…

Tras tropezar con un adoquín, salió volando y aterrizó pesadamente a cuatro patas como un gato de plomo, dando con los huesos contra la piedra, y todo quedó silenciado en su cabeza por la impresión del instante. Le dolían tanto las rodillas que no quiso ni moverse. ¿Se habría roto las rótulas? Un soltero hizo un comentario procaz sobre la postura en que se hallaba y una mujer con fuerte acento de Tyneside le soltó que se fuera a la mierda. Viola se echó atrás hasta sentarse sobre las piernas dobladas, con las rodillas doloridas. Apareció una camiseta rosa a la altura de sus ojos. Las letras de estrás rezaban: «Más zorronas que las gallinas en York». Una mujer, una chica en realidad, más joven de lo que indicaba su voz de fumadora, se agachó junto a Viola.

—¿Estás bien, cielo?

«La verdad es que no —se dijo Viola—, en absoluto.» Se echó a llorar, allí mismo, en los adoquines de York, con las caras medias de Wolford destrozadas y las rodillas en carne viva y sangrando. No podía parar. Era espantoso. Las lágrimas le brotaban de las entrañas como si de pronto hubiera dado con un antiquísimo acuífero de dolor. Pero no solo la horrorizaron las lágrimas, sino también las palabras que manaron de sus labios. Un aullido primigenio, la alfa y la omega de toda invocación humana. Y más que un aullido, fue un sollozo.

—Quiero que venga mi mamá —susurró—. Quiero que venga mi mamá.

—Puedes quedarte con la mía, tesoro —dijo alguien.

Todas las solteras se echaron a reír, pero aun así, captando que estaban ante una mujer desmoronada, quizá por culpa de la bebida, quizá no, cerraron filas y formaron un círculo protector en torno a ella. Una la ayudó a ponerse en pie, otra le pasó un pañuelo de papel, una tercera le tendió una botella de Evian que resultó contener vodka puro. Una de las mayores, una tipa con el cuello arrugado, una cara que parecía haberse venido abajo y una camiseta en la que se declaraba que era «La Madre de la Novia», le alargó a Viola un paquete de toallitas húmedas. Averiguaron adónde se dirigía y la acompañaron con ternura hasta el Cedar Court, y Viola entró seguida de su panda de zorronas. El portero intentó en vano que no abrieran brechas en sus defensas, pero ya cruzaban en tropel el umbral y se diseminaban por el vestíbulo. Viola hurgó en el bolso en busca de la tarjeta electrónica y una de las solteras la levantó con gesto triunfal y la blandió ante la nerviosa recepcionista.

—Está un pelín cansada y sensiblona —comentó otra.

—Pobre viejita —añadió una muy joven, un verdadero pimpollo.

«¡Viejita! Si solo tengo sesenta, y ahora equivalen a cuarenta», quiso protestar Viola. Sin embargo, ya no le quedaban ánimos ni para protestar.

Tuvo una alarmante visión de las zorronas continuando la fiesta en su habitación, pero por fin se las apañó para convencerlas de que la dejaran ante la puerta del ascensor. La madre de la novia le puso algo en la mano, un regalito envuelto en un pañuelo de papel.

—Valium —comentó—, pero tómate solo media. Son de las más potentes, las suaves ya no me hacen efecto.

Una Viola todavía llorosa le dio las gracias entre hipos.

En el refugio de su habitación, renunció a su ritual nocturno —desmaquillarse, lavarse los dientes y cepillarse el pelo—, se metió con cansancio entre unas sábanas que crujían de tan almidonadas y se tragó temerariamente un Valium entero junto con el contenido de dos botellitas de vodka del minibar. Le daba miedo tener pesadillas, pero se sumió en una modorra deliciosa y sorprendente. La dorada inconsciencia le besó los párpados, polillas plateadas revolotearon en torno a su cabeza, y tuvo un sueño muy impactante.

Se levantó temprano, se duchó, se vistió, pidió una buena taza de café y evaluó los daños. Se sentía como si hubiera participado en una guerra, o por lo menos en una sangrienta escaramuza. ¿Qué más sentía? Se examinó por todas partes. Notaba cierto malestar en las muñecas, como si se las hubiera distendido un poco, y una rigidez y un dolor tremendos en las rodillas, como si alguien le hubiese dado martillazos en ellas toda la noche. Sentía la cabeza de corcho, supuso que por culpa del Valium de la madre de la novia, pero aparte de eso parecía intacta. Luego echó un vistazo a su interior. «Absolutamente jodida», concluyó.

Pagó el hotel, y sintió alivio al no ver ni rastro del personal que había presenciado su caída en desgracia de la noche anterior. Se preguntó cómo estarían las zorronas esa mañana. Tendrían una resaca tremenda, era probable que aún durmieran. (De hecho, daban cuenta con entusiasmo de un desayuno en el bufet libre de un magnífico hotel Travelodge como preparativo para arrasar Primark. Eran de Gateshead, tenían mucho aguante.)

Viola pidió al conserje que le llamara un taxi para ir a Poplar Hill. Pasar el día con su padre constituiría una penitencia por la noche pasada. Y, como acto de contrición añadido, vería con él las celebraciones de los sesenta años de la reina en el trono.

Sin duda agotado, su padre pasaba ahora la mayor parte del tiempo durmiendo, como un perro viejo. ¿Por qué no se limitaba a morir? ¿Pretendía aguantar hasta los cien? ¿Dos años más de eso? Lo suyo era mera existencia: una ameba tenía más vida que él. «Es el triunfo del espíritu humano», decía la nueva enfermera jefe, lo bastante nueva para hablar de «resultados positivos» y «programas de mejora»; no era más que jerga administrativa conciliatoria, carente de significado para la mayoría de los residentes de Poplar Hill, moribundos o dementes o ambas cosas. Vaya nombre, por cierto; significaba «La colina de los álamos», pero no se veían colinas ni álamos por ninguna parte. Dicha cuestión era una bestia negra que Viola sacaba a relucir de vez en cuando, aunque en realidad era la menos acuciante de sus críticas y solo hacía que pareciera una chiflada más a los ojos de los (mayormente extranjeros) cuidadores. («Se habla polaco y tagalo», se leía en el folleto de Poplar Hill.)

—Qué calor tan agobiante hace aquí dentro —le dijo a Teddy.

Él murmuró algo que quizá era afirmativo. La calefacción estaba demasiado alta, y eso volvía más intensos los repugnantes olores que te producían arcadas en cuanto entrabas en el edificio y que contribuían a la incubación de los millones de gérmenes que debían de circular por ahí. Se percibían los hedores animales habituales a orina y heces, así como un tufo a putrefacción y desechos que ningún desinfectante conseguía disimular por mucho que se echara. El olor de la vejez, supuso Viola. Cuando visitaba Poplar Hill llevaba un pañuelo empapado en Chanel en la manga, que se acercaba de vez en cuando a la nariz cual ramillete para protegerse de la peste.

Las puertas de las habitaciones se dejaban abiertas, de modo que se convertían en pequeñas estampas que exhibían las ruinas humanas en su interior como si se tratara de un zoológico espantoso o de un museo de los horrores. Unos internos estaban postrados en la cama y apenas se movían, mientras que otros gemían y chillaban. Otros estaban sentados en butacas con la cabeza colgando contra el pecho, como bebés dormidos, y en alguna parte, oculta, una mujer maullaba como un gato. Cuando recorrías los pasillos tenías que hacer slalom entre los descerebrados vivientes (así los consideraba Viola), los pobres diablos perdidos que se limitaban a caminar de aquí para allá arrastrando los pies el día entero sin tener ni idea de quiénes eran ni adónde iban (a ningún sitio, obviamente). Ninguno de ellos conocía el código de seguridad que se introducía en un teclado numérico para abrir la puerta del ala (1-2-3-4, tampoco era tan difícil, ¿no?), y de haberlo sabido no habrían podido recordarlo, y ni siquiera de haber podido recordarlo habría tenido el más mínimo sentido para ellos porque tenían el cerebro lleno de agujeros como un colador. A veces, Viola se los encontraba reunidos como zombis (pero zombis lentos y que no iban a cazar a nadie, les pagaran o no) ante la puerta, en muda contemplación a través del vidrio reforzado de un mundo que ahora tenían prohibido. Eran presos que cumplían los posos de sus cadenas perpetuas. Los muertos vivientes.

Para agudizar el desagradable ambiente del ala, había una atronadora cacofonía de televisores que competían desde cada habitación, todos con el volumen al máximo, con *Allá tú* tratando de imponerse a grito pelado sobre *Escapada al campo*, y en realidad a nadie le importaba qué veían porque eran incapaces de entenderlo. Siempre se oía un timbre sonando con insistencia en alguna parte, con el que algún residente trataba de llamar la atención de alguien, quien fuera.

También existía una sala común en la que aparcaban a los residentes ante un televisor aún más grande y ruidoso. Por razones insondables para Viola, en la sala había asimismo una gran jaula que albergaba una pareja de periquitos a los que nadie prestaba la más mínima atención. Ya le había desagradado Fanning Court, el complejo de viviendas protegidas al que había convencido a su padre de mudarse casi veinte años atrás, pero, comparado con esa residencia de ancianos —perdón, hogar de ancianos—, era un paraíso perdido.

—Si esto es el infierno —le dijo a su padre como quien trata de entablar conversación—, tampoco yo estoy fuera de él…, ni lo estás tú.

Le ofreció una sonrisa radiante a un cuidador que pasaba ante la puerta abierta. ¿Quién en su sano juicio podía pensar que era mala cosa la eutanasia? Harold Shipman había echado por tierra el asunto para todo el mundo.

Pero, por espantoso que fuera el ambiente en Poplar Hill, significaba que no tenía que ser ella quien se ocupara de su padre, quien le cambiase los pañales y le diera cucharadas de papilla e intentara pensar en cómo llenar las largas horas entre ambos actos. Nunca se le habían dado muy bien esas atenciones con sus hijos, de modo que parecía improbable que ahora fuera a desarrollar tales aptitudes para alguien con un pie en el otro mundo. Sencillamente, no estaba hecha para cuidar de los demás.

Viola imaginaba que era una persona con las entrañas de una sustancia dura, como si los órganos blandos y los tejidos se hubieran calcificado en algún momento del pasado remoto. *La petrificación de Viola Romaine.* Buen título para algo. Para su vida, suponía. Pero ¿quién la escribiría? ¿Y cómo podía impedírselo ella?

Para ser sincera (consigo misma al menos), la gente no acababa de gustarle. («"L'enfer, c'est les autres", comenta a la ligera Viola Romaine, pero está claro que no es cierto, pues escribe dando muestras de una gran compasión por la condición humana», Revista *Red,* 2011.) Debía decir en su defensa (pensaba con frecuencia en sí misma en tercera persona, como si se presentara ante un jurado) que en los últimos tiempos la emocionaban hasta las lágrimas los relatos sobre la crueldad hacia los animales, lo cual probaba, si no otra cosa, que no era una sociópata. (El jurado se reservaba su opinión.) Si se leía la prensa sensacionalista, algo que ella hacía —«es importante conocer al enemigo», le habría dicho al jurado, pero lo cierto era que los tabloides le parecían una lectura mucho mejor que los engreídos periódicos serios—, daba la impresión de que hubiera gente por todas partes que mataba de hambre a caballos, metía perritos en la secadora o gatitos en el microondas como si fueran tentempiés.

Esas historias la dejaban en un estado de intranquilo espanto que no era equiparable a lo que sentía, por ejemplo, ante la crueldad hacia los niños. Eso no podía decírselo a nadie, era un tabú, como votar a los conservadores. Ni siquiera lo sabía Gregory, su terapeuta. Especialmente no lo sabía Gregory, pues se habría puesto las botas. *Su yo secreto: cómo ocultar su verdadera naturaleza*, escrito por Viola Romaine.

Su excusa (¿Le hacía falta una? Sí, era probable) era que se había visto exiliada del amor tras la muerte de su madre. «Después de perder a mi esposa», lo habría expresado su padre, como si no supiera muy bien dónde había puesto a Nancy. *Exilio del amor*, ese era el título de una de las primeras novelas de Viola. «Un relato conmovedor sobre la lucha y la pérdida», según *Woman's Own*. Ahí era donde podía encontrarse lo mejor de ella, en sus libros. («Es casi tan buena como Jodi Picoult», *Mumsnet*.) Todos sus lectores (casi exclusivamente mujeres) —y tenía muchos, devotos, etcétera— pensaban que era una persona agradable…, no, maravillosa. Era alarmante. Hacía que se sintiera culpable, como si hubiera hecho promesas que nunca podría cumplir.

Llevaba ya tres años haciendo aquellas visitas semanales a Poplar Hill, y habría estado encantada de no tener que volver a pisar aquel sitio, pero no quería que pensaran que desatendía sus obligaciones. Estar con su padre no le proporcionaba placer alguno. Por un motivo u otro, siempre le había inspirado desconfianza; sin embargo, ahora que era una ruina humana, más niño que coloso, le parecía un completo extraño. El Viejo Marinero había tenido suerte: su albatros ya estaba muerto cuando se lo colgaron del cuello.

Viola había llegado ese día de Harrogate en tren porque iba de camino a otro lugar. Tomó nota mentalmente: *De camino a otro lugar* era un buen título. Harrogate era la clase de sitio que hacía ganar a Gran Bretaña en los concursos florales y donde se quitaba de la vista la pobreza que pudiera haber. Viola todavía lamentaba no haber conseguido ir más allá de las fronteras de Yorkshire, no haber llevado nunca una vida londinense, sofisticada y metropolitana (o así la imaginaba).

Su breve estancia en una casa okupa con el vago de Dominic difícilmente contaba. Aquello había sido en Islington, antes de que estuviera de moda, y ella apenas salía de la casa. «Depresión posparto», le contó después a la gente, una insignia legítima del sufrimiento que lucir, aunque en realidad se había tratado de una depresión pura y simple. («Creo que nací deprimida —revela a la revista *Psychologies*—. Me parece que eso me ha hecho comprender mejor a la gente.»)

Si viviera en Londres ahora, la invitarían a fiestas, almuerzos y «acontecimientos». Vendía demasiado («éxito de ventas internacional») para que las celebridades del mundillo literario la incluyeran en sus filas, pero sería agradable no sentirse una bárbara populista que aporreaba sus puertas. («Soy del norte, y bien orgullosa que me siento de serlo»; entrevista para el *Daily Express*, marzo de 2006. ¿Lo estaba? La verdad es que no.)

Habría preferido que la criaran en los condados de los alrededores de Londres, en la Guarida del Zorro, casi mítica ahora en sus recuerdos, en los recuerdos de todos. Ella tenía seis años cuando Sylvie murió y la casa se vendió. El hogar de la infancia de su madre, Las Grajillas, le siguió unos años después, al sucumbir la señora Shawcross a una refinada senilidad e irse a vivir el resto de su vida a Dorset con la tolerante Gertie. La culpa era de su padre, él había decidido asentarse allí después de la guerra. Viola nunca había preguntado por qué. Ahora era demasiado tarde. Demasiado tarde para todo.

La reina seguía navegando heroicamente a través del viento y la lluvia.

—Es su jubileo de diamante —le comentó Viola a Teddy—. Lleva sesenta años en el trono. Eso es muchísimo tiempo. ¿Te acuerdas de su coronación?

Viola apenas tenía un año cuando coronaron a la reina y jamás había conocido otro monarca. Suponía que vería a Carlos ascender al trono, y quizá a Guillermo si vivía lo suficiente, pero no vería cómo lo ocupaba uno de los hijos de este último. La vida era finita. Las civilizaciones surgían y se venían abajo y al final todo era polvo y arena. No quedaba nada más. Los hoteles, quizá.

Viola se sumió en una melancolía existencial (y autocompasiva, debía reconocerlo) y solo consiguió salir de ella al empezar a ahogarse su padre. Le entró pánico, y lo ayudó a incorporarse. Apenas quedaba agua en la jarra sobre su mesita, aunque se suponía que debía estar siempre llena. Probablemente, los «residentes» (una palabra ridícula, como si ellos hubieran elegido vivir allí) sufrían deshidratación. Por no mencionar que se morían de hambre. «Tres comidas nutritivas al día, se leía en la página web de Poplar Hill. Todos los días se colgaban los menús en un tablón: pastel de carne, pescado con patatas salteadas, estofado de pollo. Hacían que sonara a comida de verdad, cuando en realidad los menús que había visto Viola consistían en una especie de gachas beige y gelatina de postre. Por lo visto, su padre ya no comía nada; era respiracionista por omisión. Viola se había sentido brevemente (muy brevemente, como es lógico) atraída por el respiracionismo, como por todo lo sectario. Vivir del aire le había parecido una buena manera de perder peso. Era una idea absurda, y debía decir en su defensa —se volvió hacia el jurado— que había atravesado una temporada «especialmente mala» de su vida. Eso fue antes de que descubriera que para perder peso solo había que comer menos. («Esbelta —según el *Mail on Sunday*— y aun así orgullosa poseedora de un buen par de piernas, aunque ahora tiene un pase de autobús.» Pues no. Ella cogía taxis.

O iba en coches con chófer. Y habría preferido que el par de piernas fuera «estupendo» y no solo «bueno».)

Viola vertió el agua que quedaba en la jarra en un vaso de plástico y añadió el espesante que convertía cualquier líquido en un mejunje denso y asqueroso pero que supuestamente impedía que su padre se ahogara. Le acercó el vaso a los labios para que pudiera tomar un sorbito.

—¿Encuentras repelente la vejez en sí —quiso saber Gregory— o solo la de tu padre?

—Ambas —contestó ella.

—¿Y la tuya?

Vale, de acuerdo, le aterrorizaba envejecer. («Ya eres vieja», dijo Bertie.) ¿Sería ese también su destino cuando llegara a la meta? ¿Almuerzos en el casino del pueblo, butacas para ancianos y al final alguien que hablara tagalo mientras te daba gachas? Y no alguien a quien le importaras de verdad. «Lo que siembres cosecharás», solía decirle su padre. Desde luego, Bertie no le permitiría vivir con ella. Quizá podía irse a vivir a Bali con Sunny. Era budista, su religión lo obligaba a mostrarse compasivo, ¿no?

—Es más un estado anímico que una religión —dijo Bertie.

Imagínense que eso fuera una ley que todos tuvieran que cumplir. Caras sonrientes y preocupadas por todas partes preguntándote si estás bien. ¿Sería utópico o solo irritante?

Hacía diez años que no veía a Sunny. ¡Una década! ¿Cómo había ocurrido algo así? ¿Qué clase de madre dejaba pasar una década sin ver a su hijo? Había hecho un par de intentos durante esos años. Por ejemplo, cuando fue de gira por Australia para la presentación de un libro, pero él dijo que «estaría en Tailandia» mientras ella se encontrara allí. Quizá podía pasar por Tailandia en el camino de vuelta, sugirió Viola. Y él dijo que estaría «de caminata por el norte» y que ella no podría llegar hasta allí. «Yo no llamaría a eso intentarlo de verdad», comentó Bertie. Siempre haciendo gala de superioridad moral, como su abuelo, por supuesto.

—Tú lo abandonaste —dijo Bertie.

Era verdad, se lo había entregado a aquellos repugnantes Villiers.

—Aunque debo decir en mi defensa… —Pero los miembros del jurado ya no la escuchaban.

El *Spirit of Chartwell* había amarrado cerca de Tower Bridge.

—La reina se ha detenido —informó Viola a su padre—. Sigue lloviendo a cántaros. Si pudieras verla, admirarías su estoicismo, sobre todo tú.

Teddy murmuró algo. Parecía tener la boca llena de piedras. Su vista ya no era lo bastante buena para ver la televisión, y aunque hubiera podido hacerlo, le resultaba difícil conectar un instante con el siguiente, como si todo se fragmentara en el momento en que trataba de entenderlo. Y de libros, ni hablar. Antes del último brote de neumonía, cuando aún podía ver los libros impresos en letra grande, Viola descubrió que había estado leyendo el primer capítulo de *Las torres de Barchester* una y otra vez, releyendo las mismas páginas como si fuese la primera. Quizá su cerebro empezaba a economizar el tiempo, a conservar lo poco que quedara a medida que le llegaba la última hora. Pero el tiempo era una creación artificial, ¿no? La flecha de Zenón abriéndose paso instante a instante hasta algún punto final ficticio en el futuro. En realidad, esa flecha no tenía un blanco, no habían emprendido un viaje y no había un destino definitivo donde todo encajaría de manera trascendental en su sitio y se revelarían los misterios. No eran más que almas perdidas, todos ellos, que vagaban por los pasillos y se congregaban en silencio ante la salida. No había tierra prometida, ni paraíso recobrado.

—Nada tiene sentido —le dijo a su padre, pero parecía haberse quedado dormido.

Viola exhaló un suspiro y volvió a dejar el engrudo sin tocar sobre la mesita.

—Y ahora solo se trata de que le pasen barcos por delante. Barcos de todas clases. Y bastante aburridos.

Le sonó el teléfono. «Bertie», decía la pantalla. Viola se planteó no contestar, y contestó.

—¿Estás viendo las celebraciones en el Támesis con el abuelo Ted? —quiso saber Bertie.

—Sí, estoy en su habitación.

—Vaya basura, ¿no? Y la pobre reina, mira que tener que soportar todo eso, si es casi tan mayor como el abuelo Ted.

—Sí, toda esa lluvia la acabará matando —contestó Viola.

Durante la mayor parte de su vida adulta había soltado peroratas sobre el socialismo y el republicanismo, pero últimamente sentía un curioso afecto por la familia real. Y había votado a los conservadores en las últimas elecciones, aunque habrían tenido que torturarla para que diera a conocer semejante hecho. «Debo decir en mi defensa que fue un voto táctico», le dijo al jurado. No los convenció. El Partido Independentista del Reino Unido seguía siendo intolerable, pero nunca digas de esta agua no beberé. La gente no se moderaba con la edad, sencillamente se descomponía, por lo que ella veía.

—Bueno —dijo Bertie, indicando con eso que ya no le quedaba nada que decirle a su madre—, ¿puedes pasarme al abuelo Ted?

—No va a entenderte.

—Pásamelo igualmente.

Si Viola pudiera volver a empezar —no hay segundas oportunidades, la vida no es un ensayo, bla, bla, bla—, ya, pero si pudiera, si le fuera posible reemprender aquel viaje que no era en realidad un viaje, ¿qué haría? Aprendería a querer. *Aprendiendo a querer*, un viaje doloroso pero redentor en última instancia en el que hay todo un despliegue de calidez y compasión mientras la autora aprende a sobrellevar la soledad y la desesperanza. Los pasos que da para arreglar la relación con sus hijos son especialmente gratificantes. (A esas alturas, la mitad de los miembros del jurado se habían dormido.) Lo había intentado, de verdad que sí. Había trabajado duro en su persona. Años de terapia y de nuevos comienzos, si bien nada en realidad que requiriese un esfuerzo por su parte. Quería que fuera algún otro quien obrara el cambio en ella. Parecía una verdadera pena que no pudieran ponerte una inyección que de repente lo volviera todo perfecto. («Prueba con la heroína», dijo Bertie.) Todavía no había recurrido a la Iglesia, pero ahora que había votado a los conservadores, tal vez el anglicanismo sería lo siguiente. Sin embargo, no parecía que importara cuántos nuevos comienzos emprendía, siempre acababa de algún modo en el mismo sitio, y por mucho que lo intentara, el molde más antiguo de sí misma parecía imponerse una y otra vez a las versiones posteriores. Así pues, ¿para qué molestarse? ¿En serio?

—Nada tiene sentido —repitió mientras trataba de abrir más la ventana, pero tenía un sistema de seguridad que impedía moverla más de unas pulgadas, como si quienes ejercían el poder allí pretendieran impedir que por ella cayeran elfos en lugar de ancianos de tamaño normal, si bien un poco encogidos. Estaban en la primera planta, con vistas a enormes contenedores industriales que albergaban solo Dios sabía qué clase de desagradables desechos.

Su padre debía de echar de menos el aire fresco, siempre lo había atraído la naturaleza. La adoraba. Viola sintió una repentina chispa de compasión por él, y la pisoteó.

Cuando era niña, hacían salidas al campo casi todos los fines de semana y caminaban millas mientras él la machacaba con información sobre
flores, animales y árboles. Ay, madre mía, cómo había odiado ella aquellas
excursiones. Durante años, él escribió una columna para alguna desconocida revista rural. Por supuesto, si lo hubiese escuchado quizá habría
aprendido cosas útiles, pero no lo escuchaba por principio, porque no
había nada que él pudiera decir para compensarla por haberla hecho perder a su madre. «Quiero que venga mi mamá.» El grito desesperado de una
cría en plena noche. («Ay, por el amor de Dios, supéralo de una vez», dijo
Bertie, con innecesaria aspereza en opinión de Viola.)

—Antes has utilizado la palabra «desconfianza», refiriéndote a tu padre —dijo Gregory.

No era más que otra encarnación de la Voz de la Razón, por supuesto,
una voz que llevaba toda su vida persiguiéndola.

—¿Desconfianza? —insistió él.

—¿He usado yo esa palabra?

—Sí.

Suponía que Gregory trataba de sonsacarle abusos o algo igualmente
traumático y dramático. Pero era el carácter previsor de su padre lo que
había hecho que mantuviera las distancias con él. Su estoicismo (sí, ese
término del que se abusaba tanto), su alegre frugalidad, con las abejas, las
gallinas y las hortalizas cultivadas en casa. Había que ocuparse de las tareas
domésticas («Yo lavo si tú secas»). Había que consumir las sobras («Veamos, en la nevera quedan un poco de jamón y unas patatas frías, ¿y si te
acercas a ver si nuestras amigas con plumas nos han puesto algún huevo?»).
Y su persistente paciencia con ella, como si fuera un perro testarudo. («Vamos, Viola, si vienes a sentarte y haces los deberes, luego veremos si te
encontramos algún premio.»)

—Parece un hombre sensato, Viola.

—Se supone que tú estás de mi parte. —(¡Sensato! Qué palabra tan horrible.)

—¿Tú crees? —contestó Gregory con suavidad.

¿No había nadie acaso que se compadeciera de sus trágicas tribulaciones? ¿Ni siquiera la gente a la que le pagaba una fortuna por hacer precisamente eso?

—Y después de la muerte de mi madre me cortó el pelo.

—¿Él mismo?

—No, me llevó a una peluquería.

Nancy solía llevarla a Swallow and Barry, en Stonegate, y luego iban a Bettys a tomar merengues rellenos de crema. La noche anterior, Viola había pedido un merengue en Bettys. Estaba muy bueno, pero no era el merengue *perdu* de su infancia.

En Swallow and Barry tenían un pequeño mostrador en la planta baja donde vendían peines y pasadores de carey con piedras incrustadas y que olía a algún delicioso perfume de mujer adulta, y en el piso de arriba el peluquero le decía siempre que su largo cabello era precioso, y entonces le cortaba las puntas para dejarlo «más precioso incluso». Para ella era un lugar de lujo y mimo donde la gente le decía que era guapa y todos adoraban a Nancy, pero tras su muerte su padre le dijo que ya no podría trenzarse el pelo cada mañana y que necesitaba algo más «manejable», de modo que la llevó a una horrible peluquería cerca de donde vivían. Estaba pintada de lila, y era la clase de sitio que hoy en día se llamaría El Corte de Categoría o Rizos, pero en aquel entonces se llamaba Jennifer y ella recordaba con claridad que hacía frío y la pintura se estaba desconchando.

Salió con un corte a lo paje que no le sentaba bien, parecía una magdalena, y su cabello perdido quedó abandonado en el resquebrajado suelo de linóleo de Jennifer. Nada de merengues en Bettys, solo limonada con cebada y galletas de chocolate en casa. Había llorado y llorado y…

—¿No podías cepillarte tú sola el pelo?

—¿Perdona?

—¿No podías cepillarte tú el pelo?

—Tenía nueve años. Así que no, no como Dios manda.

Nancy se lo cepillaba con mucha atención, cada mañana y cada noche antes de acostarse. Constituía una encantadora comunión entre ambas.

De pequeñita, Bertie tenía el pelo largo. A falta de otra cosa, de hecho, pues Viola nunca la había llevado a una peluquería. Recordaba el ajetreo que suponía conseguir que los niños salieran hacia el colegio por las mañanas, siempre un momento de caos con una Bertie tardona y un Sunny sencillamente repelente. («¿Por qué no te levantas un poco más pronto?», sugirió su padre. Sí, claro, como si no fuera ya bastante corta de sueño.) Bertie detestaba el ritual de tira y afloja con el pequeño Mason and Pearson, un cepillo que en realidad no estaba a la altura de la tarea. La niña no paraba de revolverse y aullaba cuando el cepillo se enganchaba, de modo que solía irse al colegio con pelos de loca. Era una escuela Steiner, todos los niños llegaban con un aspecto algo descuidado, de modo que no parecía tener mucha importancia.

Viola hizo un gesto de dolor ante el recuerdo largo tiempo olvidado que surgió de pronto, el de haberle gritado a Bertie: «¡Vale, pues péinate tú si no estás dispuesta a quedarte quieta!», antes de arrojar el cepillo al otro extremo de la habitación. ¿Qué edad tenía Bertie entonces? ¿Seis años? ¿Siete?

Ay, Viola.

Aquel recuerdo, salido de la nada, fue un pinchazo más en su corazón, ya gravemente dañado por la juerga de la noche anterior. («¿De verdad fui una madre tan horrible?», le preguntó a Bertie. «¿Por qué lo dices en pasado?», respondió su hija. «Lo que siembres cosecharás.») Otro pinchazo. La fisura en el osificado corazón de Viola se ensanchó hasta convertirse en una grieta. Un pinchazo tras otro. Por supuesto, no se trataba de que la gente no la quisiera (aunque desde luego tenía la sensación de que no lo hacían), de que la hubieran exiliado del amor, se había desterrado ella misma. No era tonta, sabía que lo había hecho. ¿Cuál era el siguiente paso, entonces?, quiso saber la Voz de la Razón. ¿No sería quizá...?

—Oh, cierra el pico, joder —soltó Viola con cansancio.

Cuando Bertie se instaló en casa del padre de Viola («Me fui a vivir con él, no me instalé en su casa»), fiel al precedente establecido, Teddy la llevó a la peluquería y la niña volvió con una anticuada melenita corta sujeta con una diadema de plástico. Bertie declaró que le encantaba, pero Viola sospechaba que solo lo decía para irritarla.

—Ahora puede cuidarse el pelo ella misma —dijo su padre.

Estaba obsesionado con la autosuficiencia, por supuesto, con que la gente fuera responsable de sí misma.

Su padre empezó a roncar.

—Sigo interesado en la palabra «desconfianza» —insistió Gregory.

Viola soltó un suspiro.

—Quizá no era la palabra adecuada.

Su padre le caía bien a todo el mundo. Era un hombre bueno. Era amable. Ella lo había visto matar a su madre.

—¿Quieres hablar sobre eso, Viola?

El desabrido desfile empezó a menguar, y aparecieron un par de cuidadores en la habitación.

—¿Listo para irse a la cama, Ted? —preguntaron, como si fuera una cancioncilla infantil.

—Ya está en la cama —puntualizó Viola.

Los cuidadores se rieron como si hubiese dicho algo divertido. Ambos eran filipinos («Se habla tagalo»), y se echaban a reír dijera lo que se dijese.

¿De verdad era Filipinas un lugar tan risueño o los cuidadores se sentían felices de no estar allí? ¿O no entendían una palabra de lo que ella decía? Solo eran las seis de la tarde; hasta la hora de acostarse de Teddy era la de un niño pequeño. Uno de los cuidadores llevaba un pañal para adulto, y esperaron en silencio a que ella saliera de la habitación. («Conservar la dignidad de nuestros residentes es fundamental para nosotros.»)

Una vez que su padre estuvo limpio y bien tapadito en la cama, Viola entró otra vez a despedirse.

—La semana que viene no vendré —dijo, aunque no le parecía que tuviera sentido hablarle de nada relacionado con el futuro, ni sobre nada, en realidad. Y añadió—: Ahora no vuelvo a casa, me voy a un certamen literario en Singapur.

Teddy dijo algo que podría haber sido «Sunny».

—Supongo que hará calor —continuó ella como si no le hubiese oído.

Bali estaba «a un tiro de piedra de Singapur», dijo Bertie. Si ella ya había llegado tan lejos, ¿cómo era que Viola no iba a ver a «su único hijo varón»? (¡Y Bertie decía que era ella quien tenía un comportamiento pasivo-agresivo!) Quedaba a cuatro horas, de hecho, pero no se trataba del tiempo o la distancia a menos que consideraras metafóricas esas cosas. Y Viola lo hacía.

—Bueno, pues ya me voy —dijo mirando con alivio el reloj—. He quedado en que me recogería un taxi.

Le dio un leve beso a Teddy en la frente, pues la cercanía de la huida la volvía casi cariñosa. Notó la piel fría y seca, como si ya estuviera medio embalsamado y momificado. La mano de él tembló un poco, pero ese fue el único indicio de reconocimiento.

En la planta baja, ante la salida principal, había una anciana de pie, una muerta viviente, meciéndose un poco mientras contemplaba lo que podría haber sido un bonito jardín para los «residentes» de no haberse dedicado a aparcamiento para el personal. Viola la reconoció, se llamaba Agnes. Aún había estaba en posesión de sus facultades mentales cuando su padre ingresó en Poplar Hill, y solía sentarse en su habitación a charlar con él. Ahora tenía la mirada fija de un pez y hablaba con fluidez una total jerigonza.

—Hola, qué tal —dijo Viola con tono agradable. La experiencia le había enseñado que no era fácil conversar con alguien cuyos ojos te pasaban por encima como si el fantasma fueras tú, pero aun así continuó—: ¿Le importaría apartarse? Me gustaría salir, y está un poco en medio.

Agnes dijo algo, aunque fue como oír a Bertie hablando en sueños.

—Usted no tiene permitido salir —añadió Viola.

Si bien trató de apartarla con el codo, la mujer defendió su terreno, tan inamovible como una vaca o un caballo. Viola exhaló un suspiro.

—Bueno, pues allá usted —dijo, e introdujo el número mágico de salida en el teclado de seguridad («4-3-2-1»).

Agnes se deslizó al exterior con una rapidez impresionante, y ya había recorrido medio sendero para cuando Viola se subió al taxi. Semejante espíritu de fugitiva era admirable, desde luego.

La nueva enfermera jefe salió correteando con torpeza del edificio.

—No habrá visto a Agnes, ¿no? —le preguntó.

Viola se encogió de hombros.

—No, lo siento.

Cogió el último tren a Londres y se perdió uno de los titulares del *Press* del día siguiente. La noticia quedaba casi enterrada bajo fotos de las fiestas callejeras del fin de semana y el reportaje sobre la celebración del jubileo, y Viola no llegó a leer que «Se ha denunciado la desaparición de una residente de ochenta años que padece de Alzheimer de un hogar de ancianos. Fue vista por última vez por un motorista en un arcén de la A64 y la policía trata de dar con su posible paradero mediante el circuito cerrado de cámaras. La mujer, cuyo nombre no se ha facilitado, es una interna de la residencia de ancianos de Poplar Hill. Un portavoz del centro informa de que hay una investigación en curso para averiguar cómo pudo salir la mujer de un pabellón con medidas de seguridad y declina hacer más comentarios al respecto».

A esas alturas, Viola estaba en el aeropuerto de Changi. Otra fugitiva.

Cogió un taxi de King's Cross hasta el Mandarin Oriental en Knightsbridge. Le había sugerido a Bertie que se vieran, ya que estaba en la ciudad.

—¿Para cenar? ¿Qué tal una cena en el restaurante Heston Blumenthal del Mandarin? —(Hablando de llamar a las cosas por su nombre)—. ¡Invito yo!

—No puedo, lo siento —contestó Bertie—. Estoy ocupada.

—¿Demasiado ocupada para tu propia madre? —le preguntó Viola como quien no quiere la cosa. («Lo que siembres cosecharás.»)

El horror de la noche del sábado volvió en oleadas. Según Gregory, tenía «cuestiones de abandono por resolver». («¿Como la de que nos abandonaras a nosotros?», soltó Bertie.) Se le revolvió el estómago.

Si le concedieran tres deseos a Viola, ¿saben qué pediría?

Que sus hijos volvieran a ser bebés. Que sus hijos volvieran a ser bebés. Que sus hijos volvieran a ser bebés.

En algún lugar sobre el océano Índico recordó el intenso sueño que había tenido la noche anterior. Estaba en una estación de tren, pero no una moderna sino umbría y llena de hollín como las del pasado. Sunny estaba con ella, tendría cinco o seis años, y llevaba aquel abriguito rojo que tenía entonces y una bufanda de rayas rodeándole el cuello. (Sí, lo vestía fatal, lo admitía, ¿vale?) Había bastante ajetreo en la estación, la gente corría para coger el tren, para irse a casa. Se lo dificultaba un torniquete y un empleado en una cabina que recogía los billetes. Un tramo de escaleras descendía hacia el andén y el tren, ambos fuera de la vista. Era tarea de Viola y Sunny ayudar a la gente a coger el tren, guiándola como perros pastores y animándola a gritos. Y entonces el aluvión de gente fue menguando y por fin se interrumpió. Oyeron cómo se cerraban las últimas puertas del tren y al jefe de estación soplando en su silbato, y Sunny se volvió hacia ella y, con una sonrisa de oreja a oreja, le dijo: «¡Lo hemos conseguido, mamá! Todo el mundo ha subido al tren». Viola no tenía ni la menor idea de qué significaba aquel sueño.

—¿Se encuentra bien, señora Romaine? —le preguntó la adorable azafata asiática.

En primera clase, todos eran encantadores contigo. Viola suponía que para eso pagabas. Tenía las mejillas surcadas de lágrimas.

—Una película muy triste —dijo indicando el monitor de televisión en blanco—. ¿Sería posible tomar una taza de té?

Pasó por el control de pasaportes y luego por la cinta de recogida de equipaje y se encaminó hacia la salida arrastrando la maleta detrás de sí. Las puertas automáticas de la zona de llegadas se abrieron con suavidad y sin hacer ruido. Al otro lado de la barrera había un conductor con un letrero en alto en el que se leía su nombre. La llevaría a un buen hotel, y al día siguiente o al otro —por lo visto había perdido el programa—, ella protagonizaría un «Encuentro con la autora» y daría una conferencia, con «un pequeño avance» de su nuevo libro, *Uno de cada tres pensamientos*, que se publicaría el mes siguiente. Le parecía recordar que también participaría en un par de ponencias del festival. «El papel del escritor en el mundo contemporáneo». «Lo popular frente a lo literario: ¿una línea divisoria falsa?» O algo parecido. Siempre era algo así. Festivales literarios, librerías, entrevistas, chats en línea… No hacía más que llenar el espacio vacío de otras personas, en realidad. Pero ellos también llenaban tus espacios vacíos.

Se acercó al conductor. No tendría ni idea de quién era ella a menos que se identificara. Lo esquivó en el último momento y continuó andando como si esa hubiera sido siempre su intención, subió por la escalera mecánica hasta la zona de facturación, encontró el mostrador de venta de billetes de Singapore Airlines y compró uno a Denpasar.

Imaginó la expresión en la cara de Sunny. («¡Sorpresa, sorpresa!») Meterían a todo el mundo en el tren. De un modo u otro.

30 de marzo de 1944

El último vuelo

La caída

Acababa de llamar al perro con un silbido cuando vio un par de liebres en el campo que se extendía en el lado oeste de la granja. Liebres de marzo, luchando como boxeadores a puño descubierto, inmersas en la locura primaveral. Vislumbró una tercera liebre. Luego una cuarta. En cierta ocasión, cuando era niño, había contado siete de una tirada en el prado de la Guarida del Zorro. El prado ya no estaba, según le contó Pamela; lo habían arado para plantar trigo de invierno, destinado a las hambrientas bocas de tiempos de guerra. El lino y las espuelas de caballero, los ranúnculos, las amapolas, las borbonesas y las margaritas ya nunca volverían.

Quizá las liebres creyeran en la llegada de la nueva estación, pero Teddy aún no tenía la sensación de que fuera primavera. Nubes pálidas se deslizaban por un cielo desteñido. Las empujaba un viento cortante del este que soplaba de lleno desde el mar del Norte sobre el paisaje llano, levantando la tierra de los caballones entre los surcos desnudos. Un tiempo como aquel te dejaba con el ánimo por el suelo, aunque a Teddy le alegró un poco observar el torneo entre las liebres y escuchar las notas altas y aflautadas de un mirlo que respondía a su propio silbido desde un lugar oculto.

El perro también oyó su silbido; Lucky siempre lo oía, y corrió como un loco hacia él, alegremente ajeno al combate que libraban las liebres en el campo. En los últimos tiempos, el perro se alejaba cada vez más en sus paseos; se sentía cómodo en el campo, aunque por lo visto se sentía igual de cómodo en el barracón de las auxiliares. Tras llegar hasta él, el perro se sentó de inmediato, mirándolo a la cara, a la espera de nuevas órdenes.

—Vámonos —dijo Teddy—. Hoy tenemos misión de combate. —Y añadió—: Yo. Tú no. —Con una vez era suficiente.

Al volver a mirar, las liebres habían desaparecido.

Las órdenes habían llegado de la sede del Mando de Bombardeo de High Wycombe aquella mañana, pero tan solo unos cuantos en el puesto, Teddy entre ellos, recibieron por adelantado la noticia sobre la naturaleza del objetivo.

Como teniente coronel, no se le animaba a volar con demasiada frecuencia, «o perderíamos un teniente coronel por semana», según decía el oficial al mando. Hacía tiempo que los conceptos jerárquicos de la RAF anteriores a la guerra se habían trastocado. Podías ser un teniente coronel a los veintitrés, y estar muerto a los veinticuatro.

Estaba en su tercer período de servicio. No tenía la obligación de alistarse en él, podría haber vuelto a la instrucción, podría haber pedido un trabajo de oficina. Era una «locura», escribió Sylvie. En cierto modo, él estaba de acuerdo con ella. En aquel momento había volado en más de setenta incursiones y muchos miembros del escuadrón lo consideraban intocable. Así se creaban los mitos en aquellos tiempos, se dijo Teddy, por el mero hecho de seguir vivo más tiempo que cualquier otro. Quizá ese fuera entonces su papel, el de amuleto, el de ser mágico. Manteniéndose tan a salvo como le fuera posible. Quizá era inmortal. Comprobó su teoría apuntándose a todas las operaciones de combate que pudo, pese a las protestas de sus superiores.

Volvía a formar parte del primer escuadrón con el que había servido,

pero ya no estaban en el cómodo edificio de ladrillo de la base de pregue-
rra de la RAF que los había albergado poco antes de que empezara la
contienda, sino en un poblado levantado a toda prisa con chapa de zinc y
adobe. Solo unos años después de su marcha (ya que sin duda se marcha-
rían, incluso la guerra de los Cien Años había llegado a su fin) volverían a
ser campos. Para que volvieran al marrón, el verde y el dorado.

Si tenía una misión de combate, volaba en el *F-Fox*. Era un buen avión, que
ya había vencido todas las probabilidades al devolver sana y salva a una
tripulación tras un período de servicio entero, pero, en realidad, a Teddy le
gustaba que su nombre significara «zorro» y los recuerdos que le suscitaba
de su hogar. Ursula le informó de que Sylvie, a quien tiempo atrás le encantaban los zorros de la Guarida del Zorro, había esparcido veneno después
de que llevaran a cabo una incursión particularmente exitosa en el gallinero. «Puede que se reencarne en zorro —escribió Ursula—, y entonces lo
lamentará mucho.» Aunque su hermana decía que «le gustaba la idea» de la
reencarnación, por supuesto no podía creer en ella. He ahí el problema con
la fe, pensaba Teddy, que su propia naturaleza la volvía imposible. Él ya no
creía en nada. En los árboles, quizá. En los árboles, en las rocas y en el agua.
En la salida del sol y los ciervos que corrían por el bosque.

Teddy lamentó la muerte de los zorros, él los habría puesto por encima
de unas gallinas en su lista de preferencias en la vida. Y también por encima de mucha gente.

Había evitado pasar las navidades en la Guarida del Zorro con el pre-
texto de que tenía que quedarse en la base, lo cual era solo una mentira a
medias, y hacía meses que no veía a su madre potencialmente vulpina; de
hecho, no la veía desde la irritante comida en la Guarida del Zorro después
de Hamburgo. Comprendió que ya no sentía ningún afecto por Sylvie.
«Es normal», dijo Ursula.

La tripulación de tierra del *F-Fox* siempre hacía alarmantes advertencias a todo aquel con permiso para tomar prestado el avión: «Trae el pájaro del teniente coronel de vuelta o ya verás», aunque en realidad, en lo que
respectaba a la tripulación de tierra, el aparato les pertenecía y reprendían
al propio Teddy en los mismos términos.

A veces, Teddy volaba en uno de los aviones más viejos y deteriorados
como una prueba más de su teoría de la inmortalidad. A su tripulación de
tierra habitual no le gustaba que volara con los aparatos nuevos, los que
no habían pasado el período de pruebas o los inestables. En ocasiones
pilotaba para una tripulación de muchachitos, pero por lo general se sentaba en el puesto del piloto en pruebas y volaba ejerciendo de tranquilizador copiloto. No daba mala suerte que ocupara ese puesto, más bien al
contrario. «Ahora que el teniente coronel vuela con nosotros, estaremos a
salvo», les oyó decir una vez. Recordó a Keith y sus «cables cruzados», que
al final le habían fallado.

Se puso en camino hacia el área de dispersión para hacer una visita al
F-Fox y a su tripulación de tierra.

Era el primer vuelo para la tripulación con la que saldría ese día. Los
habían enviado aquella misma mañana recién salidos de la Unidad Operativa de Instrucción de Rufforth. Se les había asignado su propio avión,
pero la tripulación de tierra lo declaró inservible tras la prueba de vuelo y
Teddy les ofreció el *F-Fox*, y a sí mismo. Se les veía tan animados y excita-
dos como cachorros ante semejante perspectiva.

Un camión cisterna ya estaba cargando de combustible los tanques de
las alas del *F-Fox*. La tripulación de tierra sabía aproximadamente cuál
sería su destino por la cantidad del mismo que llevaban a bordo, pero
nunca hablaban del objetivo con la tripulación del avión. Se mostraban
muy reservados. Quizá pensaban que daba mala suerte. Algunos se quedarían en vela toda la noche, por lo general acurrucados en torno a una

estufa que dejaba mucho que desear en su pequeña e inhóspita barraca en el área de dispersión, echando alguna que otra cabezada en una cama de campaña o incluso sentados en una caja de herramientas puesta del revés, esperando con ansiedad el regreso del *F-Fox*. Esperando a Teddy.

Un carro con bombas traqueteó hacia el avión, un tren en miniatura, y los armeros empezaron a introducir las bombas en la bodega con el cabrestante. Alguien había escrito con tiza en una de las bombas: «Esta va por Ernie, Adolf», y Teddy se preguntó quién sería Ernie, pero no formuló la pregunta y nadie dio explicaciones. Un soldado raso, un alegre joven de Liverpool, estaba encaramado a una escalera de mano, inmerso en lustrar el metacrilato de la torreta de cola con un par de «apagonas», las bragas grandes y prácticas que llevaban las auxiliares de la FAAF. Había descubierto, quizá más valía no imaginar cómo, que su tejido era el mejor para tan vital tarea. El artillero podía confundir una pequeña mota de suciedad en el metacrilato con un caza alemán, y antes de que se diera cuenta estaría acribillando el cielo con sus ametralladoras, revelando su posición al enemigo. El soldado vio a Teddy y le preguntó:

—¿Todo bien, comandante?

Teddy asintió con desenfado. Tranquilidad y confianza, esa era la mejor actitud para un capitán, dejar una estela de optimismo que todos pudieran seguir; e intentar aprenderse el nombre de todos. Y ser amable, ¿por qué no?

Durante las largas guardias nocturnas, se había hecho una promesa: si sobrevivía, en el gran futuro que vendría después intentaría siempre ser bueno y amable, llevar una vida digna y tranquila. Como Cándido, cultivaría su jardín. En silencio. Y esa sería su redención. Aun cuando solo pudiera añadir una pluma a la balanza, supondría una especie de compensación por haber salvado la vida. Cuando todo hubiese acabado y llegara la hora de pasar cuentas, quizá necesitaría esa pluma.

Sabía que tan solo deambulaba por ahí, sin hacer nada de utilidad. Esos estados de inquietud, mental y física, parecían ir en aumento. En ocasiones vagaba sin rumbo, no tanto perdido en sus pensamientos como sin pensar en absoluto, y fue así como en aquel momento se encontró en el palomar. Las palomas mensajeras se criaban en un cobertizo detrás de los barracones Nissen donde dormían las tripulaciones y las cuidaba uno de los cocineros, que era un colombófilo y echaba de menos sus propias aves de carreras, en su Dewsbury natal.

Teddy dejó al perro fuera del palomar. Siempre les ladraba a las aves y estas aleteaban con nerviosismo, aunque por lo general, por naturaleza, eran unas criaturas resueltas, casi heroicas. La teoría era que las palomas a bordo de un avión podían utilizarse para transmitir mensajes y que, en caso de amerizaje o de saltar en paracaídas, podías escribir tu posición y ponerla en una pequeña lata y el ave llevaría tan valiosa información a casa. Sin embargo, a Teddy le parecía muy improbable que si tratabas de huir en territorio enemigo alguien fuera a encontrarte gracias a unos garabatos incomprensibles. Para empezar, tendrías que saber dónde estabas, y la paloma debería superar unas dificultades tremendas solo para volver a las costas británicas. (Se preguntó si la chica del Ministerio del Aire tenía estadísticas sobre eso.) Los alemanes contaban con halcones por toda la costa francesa con el único propósito de abatir a las pobres palomas.

Y, por supuesto, tendrías que acordarte de sacar un ave de la cesta que se guardaba en el fuselaje y meterla en un envase no mucho mayor que un termo (lo que ya suponía una hazaña complicada). Lanzarse de un bombardero con problemas implicaba, en el mejor de los casos, una lucha a vida o muerte para ceñirse el paracaídas, abrir las escotillas de emergencia, ayudar a los heridos a salir, y todo eso mientras el avión estaba ardiendo o cayendo en picado sin control. Las pobres palomas no serían una prioridad en la mente de nadie en aquellos últimos segundos desesperados. Se preguntó cuántas se habrían dejado atrás, atrapadas en sus cestas, abandonadas para que ardieran o se ahogaran o simplemente se desintegraran en una nubecita de plumas cuando un avión explotara. Todo el mundo sabía que el teniente coronel no quería palomas en su pájaro.

Lo tranquilizaron los suaves arrullos y el olor a amoníaco y a tierra del cobertizo en penumbra. Cogió una de las aves de su compartimiento y la acarició con suavidad. Toleró sus atenciones sin protestar. Al devolverla a su sitio, la paloma lo miró fijamente y Teddy se preguntó qué estaría pensando. No gran cosa, supuso. Al volver a salir a la cruda luz del día, el perro lo olfateó con suspicacia en busca de indicios de infidelidad.

Era la hora del almuerzo, y se dirigió a la cantina. Esos días tenía poco apetito, pero se obligaba a comer, consciente de que debía hacerlo. Había un bizcocho con ciruelas pasas de aspecto muy pesado, que en la pizarra del menú aparecía como «pudin de francesillas», y que le cayó como una piedra en el estómago. Recordaba con placer algo llamado *far breton* que había comido bajo un cálido sol francés. Los franceses eran capaces de transformar incluso las ciruelas pasas en algo delicioso. Tiempo atrás había realizado un aterrizaje de emergencia en Elvington, donde estaban apostados los escuadrones aéreos franceses; allí descubrió que sus cocineros eran también franceses y que se ocupaban de sus víveres con mucho más fervor que el personal de cantina de la RAF. Es más, acompañaban sus comidas de un vaso de vino tinto argelino, pero vino al fin y al cabo. No habrían tolerado un pudin de ciruela.

Las tripulaciones habían pasado el resto de la tarde descansando, escribiendo cartas, jugando a los dardos o escuchando la radio de la cantina, siempre sintonizada en el programa de las fuerzas británicas de la BBC. Algunos dormían. Muchos de ellos habían participado en una incursión la noche anterior y no habían dado con los huesos en la cama hasta bastante después del amanecer.

Entretanto se revelaba el objetivo a pilotos y navegantes en una sesión preliminar para consignar las órdenes. Había sesiones específicas para operadores de radio y bombarderos. Teddy casi daba por hecho que se anularía la operación, pues había luna creciente y los cielos estaban despejados, pero, con las noches más cortas de la primavera, no tardaría en volverse imposible volar en largas incursiones hasta el centro de Alemania. Supuso que aquel sería el último acto victorioso de Harris en la batalla de Berlín. Las largas y penosas series de incursiones invernales, que tantas víctimas se habían cobrado en sus filas, casi habían llegado a su fin. Setenta y ocho bombarderos perdidos en Leipzig el mes anterior, setenta y tres en Berlín aquella última semana. Casi mil tripulantes perdidos desde noviembre. Y todos eran jóvenes. Eran las «Flores del bosque» de la balada elegíaca escocesa que se había interpretado en el funeral de un navegante canadiense al que tanto Teddy como Mac conocieron en su primer período de servicio. Walter. Walt. Su apodo era Disney. Teddy no supo nunca su verdadero apellido, aunque sin duda lo tenía. Aquello parecía ahora muy remoto, y sin embargo no lo era.

El oficial al mando les había pedido que acompañaran el cuerpo de Disney a Stonefall y actuaran como portadores del féretro. Habían encontrado un gaitero escocés en Leeds, y tocó ante la tumba. A Disney lo había matado el fuego antiaéreo en un ataque a Bremen. El ingeniero de vuelo había utilizado la astronavegación para llevarlos de vuelta a casa, incapaz de consultar los mapas y cartas aeronáuticas de Disney porque estaban empapados con su sangre.

Incendiaban ciudades ya casi reducidas a cenizas, lanzaban bombas sobre poblaciones destruidas por los bombardeos. Parecía una buena idea. Derrotémoslos en el aire y libremos al mundo del espanto de la guerra en tierra, de Ypres, el Somme, Passchendaele. Sin embargo, no estaba funcionando. Cuando los tumbaban se levantaban de nuevo, como seres de pesadilla, surgidos de interminables cosechas de dientes de dragón en la llanura de Ares. De modo que ellos continuaban arrojando sus pájaros contra el muro. Y el muro seguía en pie.

Un general de división apareció de improviso en el escuadrón. Exhibía un montón de medallas y galones amarillos —o «huevos revueltos»—.

—Me gusta dar la cara ante los hombres —dijo.

Teddy no recordaba haberlo visto antes.

Pensaba en Nancy. Había recibido una carta de ella esa mañana, con muchas palabras, como de costumbre, y aun así no decía nada, también como de costumbre, pero al final hacía referencia a su compromiso y decía que «si tus sentimientos han cambiado, lo comprenderé». («Me escribes muy rara vez, cariño.») ¿Quería decir Nancy en realidad que eran sus propios sentimientos los que habían cambiado?

—¿Ted? ¿Listo? —le preguntó el oficial al mando sacándolo de su ensimismamiento.

Se pusieron en camino hacia el barracón en el que se impartían las órdenes, con el general de división abriendo la marcha con autoritarias zancadas. Iba acompañado de su conductora de la FAAF, una mujer bastante seductora que sorprendió a Teddy al guiñarle un ojo.

Las tripulaciones ya se habían reunido ante la puerta e iban entrando a medida que la policía de la RAF pasaba lista. Cuando todos estuvieran dentro se cerrarían las puertas y los postigos de las ventanas. La chófer del general de división se quedaría plantada fuera. La seguridad era estricta antes de una incursión. Nadie podía abandonar la base ni llamar por teléfono. Mantener el objetivo en secreto era primordial, aunque solían decir en broma que si querías saber el siguiente objetivo solo tenías que ir al Bettys Bar. La pura realidad era que, de un modo u otro, los alemanes les seguían la pista desde el instante en que despegaban. Escuchaban para captar sus frecuencias de radio, colapsaban el canal de navegación GEE, rastreaban los HS2 y los atrapaban en su propia red de radares a lo largo de la costa europea. Era una lucha cuerpo a cuerpo, golpe a golpe.

Al entrar en el barracón de órdenes se produjo un gran estruendo de sillas al ponerse firmes los tripulantes, unos ciento veinte. En la estancia, un barracón Nissen, flotaba el habitual aire viciado de humo y sudor. Hubo más chirridos y ajetreo de sillas cuando todos volvieron a sentarse. Unas cortinas opacas ocultaban el mapa en la pared, y el oficial al mando siempre las abría con una floritura teatral, como si aquello formara parte de un truco de magia, antes de pronunciar las ya consagradas palabras:

—Caballeros, su objetivo de esta noche será…

¿Nuremberg? Entre las tripulaciones más experimentadas circuló un rumor de descontento, con algunos «Jesús» y «madre mía», y hasta un «córcholis» por parte de un australiano, pese a la presencia del «huevo revuelto». Era un vuelo largo, tierra adentro en el país del enemigo, casi tres veces más que el trayecto al Ruhr. La cinta roja se extendía casi recta hasta el objetivo, sin apenas zigzaguear como era habitual.

La oficial de inteligencia, una integrante de alto rango de la FAAF de rostro adusto que se tomaba su deber muy en serio, se puso en pie y les habló sobre la importancia del objetivo. Habían transcurrido siete largos meses desde el último ataque a la ciudad y estaba casi intacta, pese a que albergaba grandes barracones de las SS además de la «famosa» fábrica de armamento MAN, y ahora que la Siemens de Berlín había sido blanco de un bombardeo, los alemanes habían trasladado la producción de reflectores, motores eléctricos, «etcétera» a sus fábricas de Nuremberg.

Era una ciudad simbólica, donde Hitler celebraba sus concentraciones masivas, y estaba cerca del núcleo enemigo, prosiguió la oficial de inteligencia. Supondría un duro golpe para su moral. El blanco principal eran las cocheras de la estación de ferrocarril, pero si se tenía en cuenta la liberación anticipada de las bombas, el ámbito del blanco retrocedería hasta incluir la ciudad medieval, el Altstadt, comentó la mujer en un pobre intento de pronunciación del alemán. Llevaban una gran carga de bombas incendiarias y los viejos edificios de madera arderían bien.

Durero había nacido en el Altstadt. Teddy había crecido viendo dos grabados de Durero. Estaban colgados en el gabinete de la Guarida del Zorro: uno de una liebre y otro de dos ardillas rojas. La oficial de inteligencia no mencionó a Durero; le interesaban más las posiciones de las baterías antiaéreas y los reflectores, señaladas en el mapa con transparencias de celuloide verdes y rojas. A su vez, los tripulantes les prestaban una cautelosa atención, y su incomodidad iba en aumento mientras observaban la larga cinta roja casi recta.

No obstante, lo que de verdad les inquietaba era la luna, y a Teddy también. Una media luna con un resplandor poco habitual que los haría destacar como una moneda brillante en una noche oscura. Su malestar se agravó al decirles que volarían por el corredor de Colonia. Era «poco probable» que estuviera muy defendido a esas alturas del año, les dijeron. «¿En serio?», pensó Teddy. La ruta discurría cerca de las defensas del Ruhr y de Frankfurt, de bases aéreas de cazas nocturnos y de sus balizas, Ida y Otto, en torno a las cuales volaban en círculo los aviones alemanes, al acecho, como los halcones con las palomas.

El oficial de meteorología subió al estrado y ofreció detalles sobre la ·velocidad del viento, las condiciones de las nubes y el tiempo que seguramente haría. Dijo que había «posibilidades» de una cobertura bastante buena de nubes en los trayectos de ida y vuelta que «probablemente» los ocultaría de los cazas. El término «posibilidades» provocó que se revolvieran con inquietud en los asientos. La palabra «probablemente» vino a empeorar la cosa. «Bastante» tampoco resultaba muy prometedora. Sobre el objetivo estaría despejado, añadió el meteorólogo, pese a que los primeros Pathfinder ya habían informado de la presencia de cúmulos a ocho mil pies, una información que no se transmitió a los tripulantes. Les habría hecho falta que fuera al revés, que estuviera nublado en el largo tramo de aproximación para ocultarlos de los cazas y que la luna iluminara el objetivo.

El oficial al mando le había confiado a Teddy que tenía la «certeza» de que cancelarían la operación. Teddy ni siquiera sabía por qué la habían considerado, para empezar. A Churchill le gustaba aquel objetivo. A Harris le gustaba aquel objetivo. A Teddy, no. Suponía que ni a Churchill ni a Harris les importaba gran cosa su opinión.

Los mandos especialistas hicieron algunas observaciones pertinentes. Se describió la ruta ante los navegantes, haciendo hincapié en los puntos cruciales. Se recordó a los operadores de radio cuáles serían las frecuencias de la noche. Los jefes de escuadrón de bombarderos especificaron la carga útil y la proporción de explosivos y bombas incendiarias, así como los momentos precisos y las fases de los ataques. Se les recordó a todos cuáles serían los colores de la jornada. Todos conocían casos de tripulaciones abatidas por fuego amigo por no haber exhibido los colores que tocaban.

Teddy se puso en pie. Les esperaba una trayectoria constante de doscientas sesenta y cinco millas sobre territorio enemigo bien defendido bajo una brillante luz de luna y con pocas posibilidades de que hubiera cobertura de nubes. Por el bien de la moral (siempre el líder tranquilo y lleno de confianza) trató de dar un giro a esos lúgubres hechos para convertirlos en algo menos nefasto, destacando de nuevo la importancia de la ciudad como centro industrial y de transportes, el golpe a la moral enemiga, y esa clase de aspectos. La larga etapa de aproximación sugeriría un buen número de otros objetivos a los cazas, y eso los distraería del corredor de Colonia. La pura simplicidad de aquel largo vuelo en línea recta los engañaría, y la ausencia de virajes supondría un ahorro de combustible, y eso significaba que podían llevar una carga de bombas mayor. Y, para serles franco, significaría menos cansancio para ellos, llegarían allí más rápido y, cuanto antes llegaran, antes estarían de vuelta sanos y salvos. Y debían mantener bien compacto el enjambre de bombarderos. Siempre.

Volvió a sentarse. Confiaban en él, lo veía en sus rostros demacrados. Ya no había vuelta atrás para ellos, de modo que más valía que salieran con un buen estado de ánimo. No había nada peor que emprender una misión de combate angustiado y con la sensación de que te dirigías a una carnicería. Recordó Duisburg, la última operación de su primer período ·de servicio, lo nerviosa que estaba su tripulación, con todos los miembros convencidos de que la iban a palmar. Así había sido para dos de ellos, por supuesto: George y Vic. De la tripulación original del *J-Jig* solo quedaban Mac y él mismo. Había recibido una carta de Mac, en la que le contaba que se había casado, que pasaron la luna de miel en Niágara, que había «un pequeño en camino». La guerra había acabado para él.

Kenny se había marchado para instruir a nuevos artilleros aéreos en una escuela de artillería y le había escrito una carta a Teddy con su caligrafía llena de faltas. «¡Yo, un instructor! ¿Quién iba a pensarlo?» Unas semanas después iba a bordo de un avión que llevó a cabo un aterrizaje forzoso de regreso de un ejercicio de entrenamiento a campo través. Tres miembros de la tripulación sobrevivieron. Kenny no fue uno de ellos. Una de sus muchas hermanas le escribió a Teddy: «El pequeño Kenny es ahora un ángel», con una caligrafía casi tan mala como la de Kenny. Ojalá eso fuera verdad, pensó Teddy, ojalá los brillantes escuadrones de Spenser se abastecieran de los del Mando de Bombardeo. Pero no era así. Estaban muertos. Y eran legión.

Kenny debería haber conservado su roñoso gato negro en lugar de dárselo al bebé de Vic Bennett. Al final, una carta se había abierto camino hasta él, no de Lil sino de la señora Bennett, una flamante abuela, orgullosa a regañadientes. «Una niña, no es gran cosa pero servirá.» Una Margaret, no un Edward, y Teddy se sintió aliviado por no tener un tocayo. «Margaret, ¿sientes congoja ante Goldengrove sin hojas?»

El oficial al mando pronunció unas palabras de ánimo, el general de división hizo algunos comentarios cordiales, como le correspondía a alguien que luciera tanto «huevo revuelto», y un médico apostado en la puerta les fue entregando al pasar unas píldoras, anfetaminas para mantenerlos despiertos. Y ahí acabó todo.

Hubo la tradicional última cena, pero aquella noche no fue un gran festín, solo salchichas y un huevo gomoso. Sin panceta. Teddy pensó en el cerdo de Sylvie, en el olor a cerdo asado.

Entonces se quedaron aislados, un mal momento en el que tus pensamientos podían eclipsar cualquier cosa. Teddy jugó varias partidas de dominó con un teniente de vuelo en el comedor de oficiales. Era una actividad lo bastante mecánica para satisfacerlos a ambos, pero supuso un alivio que llegara el momento de dirigirse al barracón de la tripulación para equiparse.

Gruesos calzoncillos largos de lana y camiseta, calcetines hasta la rodilla, jersey de cuello alto, traje de campaña, botas de vuelo de piel de cordero, tres capas de guantes, de seda, de gamuza y de lana. La mitad de sus prendas de vestir ni siquiera eran uniformes. Eso provocaba que algunos tuvieran aspecto de bribones, casi de piratas, que quedaba compensado por sus andares de pato, como si llevaran pañales. Y entonces se ponían aún más cosas: el chaleco salvavidas y el arnés del paracaídas, hasta se volvía difícil andar de la forma que fuera.

Comprobaban que llevaran un silbato y las placas de identificación al cuello. A continuación las ordenanzas de la FAAF les daban termos de café, bocadillos, caramelos de frutas, chicles, chocolate Fry. Les proporcionaban los «equipos de salvamento», mapas de seda impresos en fulares y pañuelos de los países que sobrevolarían, moneda de la zona, brújulas camufladas en bolígrafos y botones, hojas con frases. Teddy había conservado un pedazo de papel sobrante de una larga incursión a Chemnitz cuando se temió que, si caían, pudieran capturarlos los rusos, que no sabrían qué hacer con ellos y sin duda les dispararían mientras se lo pensaban. En él se decía (al parecer) «Soy inglés».

Recogieron sus paracaídas y una guapa FAAF le dio a Teddy un fular de seda y le dijo con timidez: «Lleve esto de mi parte, ¿lo hará, señor? Así podré decir que ha volado sobre Alemania y bombardeado al enemigo». Tenía un aroma dulce. «Huele a perfume April Violets», comentó. Como un caballero que aceptara una prenda de una hermosa doncella en un relato de caballería, pensó él, y se lo guardó en el bolsillo. Nunca volvió a verlo, debió de caérsele en algún momento. La época de las historias de caballería hacía ya mucho que se había acabado.

Se sacaron de los bolsillos cualquier objeto que pudiera identificarlos. Era un acto que a Teddy siempre le parecía simbólico, como cruzar el umbral entre ser individuos y convertirse en aviadores, anónimos, intercambiables. Ingleses. Y australianos, neozelandeses y canadienses; indios americanos, antillanos, sudafricanos, polacos, franceses, checos, rodesianos, noruegos. Los yanquis. De hecho, la totalidad de la civilización occidental se había alineado en contra de Alemania. Daba ganas de preguntarse cómo podía haberle sucedido aquello al país de Beethoven y Bach y cómo se sentirían ellos al respecto si hubiera un futuro. *Alle Menschen werden Brüder*. «¿Crees que es posible? ¿Algún día?», le había preguntado Ursula. Pues no. No lo creía. En realidad, no.

Una auxiliar de la FAAF se plantó ante la puerta del barracón y llamó a las tripulaciones del *F-Fox* y *L-London* y todos subieron en tropel en el viejo autobús que ella conducía. A veces los medios de transporte eran tan dispares como algunas de sus prendas de ropa.

Lucky se había quedado en los brazos de una FAAF especialmente atractiva, una operadora telefónica llamada Stella. A él le gustaba Stella, pensaba que podría llegar a haber algo entre ellos. La semana anterior, Teddy la había acompañado a un baile en la cantina de la base vecina. Un beso en la mejilla cuando volvieron y un «gracias, señor, ha sido muy divertido». Nada más. El día anterior se había producido un espeluznante incidente en su propia base aérea, la pala de una hélice había decapitado a una FAAF. A Teddy le horrorizaba recordarlo, incluso a esas alturas. Los había dejado a todos deprimidos, en particular, como es natural, a las auxiliares de la FAAF. Stella era buena gente, le gustaban los perros y los caballos. A veces el horror de la guerra conducía al sexo, y otras veces no lo hacía. Era difícil llegar a entender el motivo de los diferentes resultados. Lamentaba no haberse acostado con Stella y se preguntaba si ella sentiría lo mismo. Él había tenido una breve, brevísima aventura con una amiga de Stella llamada Julia. Entrañó mucho sexo. Sexo del bueno. Un recuerdo secreto.

Llegaron al *F-Fox* en el área de dispersión y se bajaron del autobús. Incluso a esas alturas, Teddy esperaba que se encendiera la luz roja que les revelaría que se había cancelado la incursión. Pero por lo visto no sería así, de modo que siguió adelante y se dirigió al avión con el nuevo piloto, el ingeniero de vuelo y la tripulación de tierra. El ingeniero se llamaba Roy, se esforzó en recordar Teddy. El artillero dorsal era un canadiense, un tal Joe, y el de cola, Charlie, una casualidad afortunada, pues desde Charles Cooper, el primer artillero de cola que entró en servicio, a todos se les llamaba Charlie. Parecía tener doce años. Le estaban dando un pulido final al metacrilato de la torreta de cola con las apagonas.

Teddy ofreció cigarrillos a todos. El único que no fumaba era el bombardero. «Clifford», le recordó a Teddy cuando advirtió que este no daba con su nombre. «Clifford», murmuró Teddy. Todos los de la tripulación de tierra fumaban como carreteros. Teddy deseó poder llevarlos en una incursión, una segura de la cual tuvieran garantizado el regreso. Le parecía una pena que nunca experimentaran las dificultades por las que pasaba «su» avión, que nunca contemplaran la vista desde su metacrilato bien pulido. Al final de la guerra, la RAF realizaría «giras turísticas» en las que sobrevolaban Alemania con el personal de tierra para que pudieran ver los estragos que habían contribuido a causar. Ursula se las apañó para volar en una, Teddy no tenía ni idea de cómo, pero no le sorprendió. La guerra había sacado a relucir que a su hermana se le daba bastante bien salir victoriosa en el gran juego de la burocracia. Fue terrible, según ella, ver un país totalmente arrasado.

Los muchachitos de Teddy orinaron contra la rueda del *F-Fox* y luego parecieron algo avergonzados al advertir que Teddy no participaría de aquel ritual masculino. Él era su *sadhu*, se dijo Teddy, un gurú. Podría haberles dicho que se encaramaran al tejado de la torre de control y se arrojaran de él en una secuencia ordenada, y lo habrían hecho. Soltó un suspiro, hurgó en las capas de ropa, y echó una innecesaria meada en la rueda. Los muchachos intercambiaron furtivas sonrisas de alivio.

A continuación, la tripulación de tierra se despidió de ellos con sus habituales optimismo y discreción, estrechándoles la mano a todos.

—Buena suerte, nos vemos por la mañana.

Teddy se plantó junto al piloto para el despegue. El piloto se llamaba Fraser, y era de Edimburgo, un alumno de Saint Andrews. Un escocés de otra clase que Kenny Nielson. Nada de vuelo de segundo copiloto en su caso, sino con su teniente coronel ejerciendo de guardaespaldas. Teddy se acordó de la tripulación del *W-William*. «Este aparato despegó a las 16.20 horas y no ha regresado. Por tanto, se da por desaparecido.»

Los motores Bristol Hercules gimieron cuando las hélices dieron bruscas sacudidas y empezaron a girar y pasaron al familiar *staccato*. Buenos motores, le dijo Teddy a Fraser mientras realizaban las comprobaciones. Fraser, por necesidad, sí tenía interés en «los aspectos prácticos de un bombardeo».

Babor exterior, babor interior, seguidos de estribor interior, estribor exterior. Una vez se hubieron realizado todas las comprobaciones —pastillas de magneto, presiones de aceite y demás detalles—, Fraser pidió permiso a la torre de control para dirigirse a la pista. Miró a Teddy como si su aprobación le hiciera más falta que la de la torre de control, y Teddy le hizo un gesto con los pulgares hacia arriba. Se retiraron las calzas y avanzaron poco a poco para unirse a la procesión en la pista exterior, con los motores trepidando y retumbando, una vibración que atravesaba el músculo hasta el hueso y se instalaba en el corazón y los pulmones. En opinión de Teddy, había algo magnífico en aquello.

Eran los quintos en la cola para despegar y siguieron moviéndose en la pista, con los motores a plena potencia, esperando, como un galgo en la trampilla, dispuestos a salir en cuanto la señal luminosa se pusiera verde. Teddy aún esperaba ver la luz roja en la torre de control que indicaría la cancelación de la operación. No apareció. A veces incluso los hacían volver cuando ya estaban en el aire. En aquella ocasión no lo hicieron.

La habitual comitiva de despedida se había reunido con balizas ante la caravana de control de vuelo. Una mezcla de auxiliares de la FAAF, cocineros de campaña y tripulación de tierra. El oficial al mando estaba allí, el general de división también, saludando a cada avión al pasar. «Los que van a morir no te devuelven el saludo», pensó Teddy. En su lugar, levantó los pulgares en dirección a Stella, que también estaba allí, sosteniendo a

Lucky en brazos, y mientras avanzaban por la pista le cogió una pata al perro y saludó con ella. Mejor que el saludo de un «huevo revuelto», en opinión de Teddy. Se rió, y Fraser lo miró alarmado. Despegar era un asunto serio, en especial si se trataba de tu primera misión de combate y tu teniente coronel iba de copiloto. Y ese mismo teniente coronel mostraba indicios de un comportamiento excéntrico.

Apareció la señal verde y empezaron a moverse con dificultad por la pista, como un pájaro con sobrepeso, intentando alcanzar las necesarias ciento cinco millas por hora para levantar del suelo doce toneladas de metal, combustible y explosivos. Teddy ayudó con los aceleradores de los motores y sintió el alivio habitual cuando Fraser echó hacia atrás la palanca de mando y el *F-Fox* empezó a despegarse penosamente del suelo. De forma inconsciente, Teddy se llevó una mano a la pequeña liebre de plata en el bolsillo superior de la chaqueta.

Volaron con estruendo en dirección a la granja y Teddy buscó con la mirada a la hija del granjero, pero no vio ni rastro de ella. Sintió un escalofrío. Siempre estaba allí. Veía los campos en la penumbra, la tierra desnuda y marrón, el horizonte cada vez más oscuro. La granja y el patio de la granja. Se inclinaron y empezaron a describir un círculo, reuniéndose con los demás aparatos antes de poner rumbo a la costa, y mientras el ala del *F-Fox* se inclinaba a babor, la vio. Alzaba la vista hacia ellos, saludando a ciegas, saludándolos a todos. Estaban a salvo. Él le devolvió el saludo, aunque sabía que ella no podía verlo.

Los escuadrones del norte tenían que despegar una hora antes que los de las bases aéreas más al sur y debían volar en dirección sur para reunirse en el punto de encuentro. Significaba que disponían de un tiempo relativamente a salvo para llevar a cabo sus tareas rutinarias. Una vez en el aire, no había momentos de ocio y la sombría introspección de que eran presas en tierra desaparecía. El ingeniero de vuelo estaba enfrascado en sincronizar los motores, calculando las reservas de combustible, cambiando de un tanque a otro. Se activó el identificador amigo-enemigo para identificarse como lo primero y no como lo segundo ante sus propios cazas de la RAF. El operador de radio desenrolló el cable de la antena y el navegante hincó los codos para estimar posiciones precisas y comparar los vientos reales con los previstos. Una vez que sobrevolaron el mar, el bombardero empezó la operación de lanzar las tiras metálicas del Window. Aún volaban con las luces de navegación y Teddy veía titilar las luces rojas y verdes en los extremos de las alas de los demás aviones.

Avanzaron sobre el mar del Norte, elevándose constantemente. La luna arrancaba destellos de las olas y las alas del *F-Fox* brillaban como plata pulida. Ya puestos, podrían haber tenido un reflector iluminándolos. Los artilleros comprobaron sus Browning mediante ráfagas cortas sobre el mar. Se colocó la espoleta en las bombas, se apagaron las luces de navegación. A cinco mil pies se pusieron las máscaras de oxígeno y Teddy oyó las familiares respiraciones ásperas a través del intercomunicador.

Un viento de cola los hacía sobrevolar Bélgica a toda velocidad. La visibilidad era tan buena que podían ver muchos de los demás aviones del enjambre de bombarderos. Era lo más parecido a una incursión diurna que había visto Teddy. Su vida transcurría por la noche. Veían la luna vigilante reflejándose en lagos y ríos cuando pasaban sobre ellos, escoltándolos con su claridad milla tras milla. «No hay rastro en su rostro de inseguridad o timidez.» A Hugh le encantaban sus discos de gramófono de Gilbert y Sullivan. En la sala comunal del pueblo se había llevado a cabo una representación de *El Mikado* con actores aficionados, y su padre los había dejado perplejos a todos al interpretar el papel de Ko-Ko, el Gran Lord Ejecutor. Había disfrutado del cambio absoluto de personalidad que suponía aquello, lanzando miradas lascivas, brincando y cantando por todo el escenario. «Como Jekyll y Hyde», comentó Sylvie. La señora

Shawcross había hecho de Katisha. De nuevo, toda una revelación como actriz.

Llegaron al primer punto crucial cerca de Charleroi y no mucho más tarde comenzó la carnicería.

Había cazas por todas partes, como avispas furiosas a las que hubiesen perturbado en su nido. Encontrarlos tan pronto causó conmoción, y que fueran tantos también. Más que un nido cuya paz hubiesen perturbado parecía un enjambre que hubiera estado esperándolos.

—Veo un bombardero a babor cayendo en llamas —informó el artillero dorsal.

—Anota eso, navegante —dijo Fraser.

—Recibido, comandante.

Luego les llegó la voz del artillero de cola.

—Uno cayendo por estribor.

—Anótalo, navegante.

Teddy, en pie junto a Fraser, veía bombarderos alcanzados por todas partes. El cielo estaba plagado de brillantes estrellas blancas de explosiones.

—¿Son espantapájaros, señor? —le preguntó el bombardero.

Fraser era «comandante», observó Teddy, y la tripulación había decidido llamarlo a él «señor» para que no hubiese confusiones entre uno y otro. Todos habían oído el rumor de que los alemanes estaban utilizando «espantapájaros», proyectiles antiaéreos que simulaban ser bombarderos que explotaban, pero a Teddy siempre le había parecido poco probable. Vio algunas de las estrellas blancas vomitando las sucias y aceitosas llamas rojas que conocía demasiado bien. Su tripulación de novatos no había visto hasta entonces un avión que caía abatido. «Un bautismo de fuego», se dijo.

Algunos caían flotando como grandes hojas, otros lo hacían a plomo derechos contra el suelo. Un Halifax amigo sobre su costado de babor pasó volando con los cuatro motores incendiados, derramando regueros de combustible en llamas, pero demasiado lejos para ver si había tripulación a bordo. De repente sus alas se plegaron como las de una mesa abatible y cayó del cielo como un pájaro muerto.

—No son espantapájaros, sino aviones, me temo —respondió, y oyó varios gemidos de horror a través del intercomunicador.

Quizá debería haber dejado que continuaran con su falsa impresión. Por todas partes caían aviones incendiados o explotaban, con frecuencia sin indicios de que se hubieran enterado siquiera de que los estaban atacando. El artillero dorsal continuó contándolos y el navegante apuntándolos en su registro hasta que Teddy intervino.

—Ya es suficiente —dijo, porque, por su forma de respirar, sabía que la tripulación empezaba a ser presa del pánico.

A babor vieron un avión en llamas de popa a proa, volando recto y nivelado pero cabeza abajo. Teddy vislumbró un Lancaster que estallaba en cortinas de llamas blancas y caía sobre un Halifax que volaba debajo de él. Ambos cayeron en espiral hasta el suelo, como gigantescas ruedas de fuegos artificiales. Teddy vio lo que debía de ser un Pathfinder que entraba en barrena, y sus balizas de posición rojas y verdes explotaron con elegancia al chocar contra el suelo. Nunca había presenciado una carnicería semejante. Los aviones por lo general caían a lo lejos, como estrellas llameantes que morían. Las tripulaciones sencillamente desaparecían, no estaban presentes por la mañana para sus huevos con panceta, y no dedicabas mucho rato a pensar en cómo habrían desaparecido. El horror y el espanto de los últimos instantes quedaban ocultos. En ese momento eran ineludibles.

El Pathfinder desconcertó a Teddy, pues debería haber estado a la cabeza del escuadrón principal. O estaba en el sitio que no tocaba, o lo estaban ellos. Le pidió al navegante que volviera a comprobar los vientos. A Teddy le daba la impresión de que se habían desviado hacia el norte de aquella cinta roja. Notó la confusión en la respuesta del navegante. Le hubiera gustado que tuviera la experiencia de Mac.

Muy abajo, veía los llameantes restos de los aviones caídos a lo largo de cincuenta o sesenta millas.

Entonces, como una prueba más de que los espantapájaros eran un mito, sobre el costado de estribor vieron un Lancaster, iluminado por la cruel luna, tanto que podría haberse encontrado bajo el haz de un reflector, al que acechaba con sigilo un caza alemán desde abajo, invisible para su artillero de cola. El caza llevaba un cañón que apuntaba hacia arriba, el primero que veía Teddy. Por supuesto, ese era el motivo de que tantos aviones cayeran tan de repente. El cañón tenía aspecto de apuntar directamente a las vulnerables panzas de los bombarderos, pero si conseguían tocar las alas, donde se alojaban los tanques de combustible, en ese caso los bombarderos no tenían ninguna posibilidad.

Observó con impotencia cómo el caza abría fuego antes de despegarse con rapidez de su víctima. Las alas del Lancaster explotaron en grandes goterones de fuego blanco y el *F-Fox* dio una violenta sacudida.

Antes de que tuvieran oportunidad de recuperarse, los barrió una ráfaga de artillería, rasgando con estruendo el fino fuselaje de aluminio, y sin previo aviso se precipitaron en una caída vertical. Teddy pensó que Fraser debía de estar intentando escapar del caza, pero al mirarlo comprobó horrorizado que se había desplomado sobre los mandos de control. No había indicios de heridas; de hecho, Teddy casi tuvo la impresión de que se había quedado dormido. Gritó pidiendo ayuda a través del intercomunicador, pues era casi imposible llegar hasta los mandos con Fraser en aquella postura. Tenía que intentar sostener el cuerpo inerte al mismo tiempo que tiraba hacia sí de los mandos, mientras la fuerza de la gravedad era como una tonelada de cemento sobre su cabeza.

Tanto el operador de radio como el ingeniero se abrieron camino hacia delante y empezaron a ocuparse del inmóvil Fraser. El asiento del piloto estaba bastante arriba en el avión y costaba lo suyo encaramarse a él con todo el equipo puesto. Sacar a alguien de aquel sitio parecía una tarea casi imposible, en especial cuando Teddy estaba sentado en el borde del asiento, y en un momento determinado pensó que tendría que agacharse en el regazo del pobre Fraser. De un modo u otro, consiguieron sacar al piloto y Teddy ocupó su sitio. Agradeció que no hubiera sangre por ninguna parte.

En ese momento caían en picado hacia la tierra a trescientas millas por hora, con el *F-Fox* casi vertical sobre el morro. Teddy llamó a gritos al ingeniero de vuelo y ambos se abrazaron a la palanca de control, aferrándola como si les fuera la vida en ello. A Teddy le preocupaba que las alas sencillamente se partieran, pero al final, tras lo que pareció una eternidad pero debieron de ser solo unos segundos, su fuerza combinada bastó para mover el timón de profundidad y hacer que el morro se enderezara otra vez, y emprendieron un nuevo y pesado ascenso.

A través del intercomunicador llegaron numerosos improperios y Teddy hizo una comprobación de la tripulación y les dijo con cierta aspereza:

—Me temo que le han dado al piloto, voy a ocupar su puesto. Navegante, traza una nueva ruta hacia el objetivo, por favor.

Solo los dioses sabían dónde estaban a esas alturas, y quizá no lo supieran ni siquiera ellos.

El operador de radio y el ingeniero de vuelo habían llevado a rastras a Fraser a la zona de descanso de la tripulación.

—Aún respira, comandante —informó el operador de radio.

Teddy advirtió que ya no era «señor». Era el comandante. El capitán.

Un murmullo de consternación por parte del bombardero alertó a Teddy de algo que nunca había visto. Estelas de condensación. Por lo general nunca se veían por debajo de los veinticinco mil pies y en ese momento estaban por todas partes, brotando de las colas de los bombarderos. Las estelas de condensación eran enormes anuncios volantes, y los señalaban como blancos con mayor claridad incluso que la luna, si era posible.

Hacía rato que el enjambre de bombarderos había empezado a desintegrarse. Los pilotos más experimentados habían comprendido que, lejos de ser el lugar más seguro, se había convertido en el más peligroso. Teddy empezó a abrirse paso hacia el perímetro al mismo tiempo que seguía ascendiendo. «Debían mantener bien compacto el enjambre de bombarderos. Siempre.» Era la última orden que le había dado a su escuadrón. Tuvo la esperanza de que no siguieran sus instrucciones a ciegas. Teddy intentaba ganar la máxima altura posible. El *F-Fox* no tenía un techo de vuelo tan alto como los Lancaster, pero en el aire enrarecido y con buenos motores se acercó bastante. Aun así, detectaron su presencia.

—Viene uno, comandante.

—Recibido, navegante.

—Novecientos pies. Ochocientos. —El navegante iba anunciando la distancia de la señal luminosa que se aproximaba en su pantalla del radar—. Setecientos, seiscientos.

—¿Ya veis algo, artilleros?

—No, comandante —respondieron ambos.

—Quinientos, cuatrocientos.

—Lo tengo, comandante —anunció el artillero dorsal—. Cuadrante superior a babor. Barrena por babor. ¡Ya! ¡Ya! ¡Ya!

—Sube las revoluciones, ingeniero.

—Cien arriba, comandante.

—Aguantad, todos —exclamó Teddy mientras empujaba la palanca de mando para hacer virar el avión con el ala cayendo a babor. La fuerza gravitatoria lo clavó en el asiento. Descendieron describiendo una espiral, con el altímetro girando sin parar, hasta que al final de la zambullida Teddy viró el avión hacia estribor y echó atrás los alerones, y se desplazaron pesadamente hacia arriba otra vez. Intentaba encontrar una nube en la que esconderse, pero el artillero dorsal gritaba:

—Cuadrante superior a estribor. Barrena por estribor. ¡Ya! ¡Ya! ¡Ya!

A veces bastaban las turbulencias que se originaban para deshacerse de un caza, pero con aquel no era el caso. En cuanto volvieron a subir, les llegó el grito del artillero dorsal:

—¡Bandido por babor en cola, picado a babor!

Las Browning de los artilleros tabletearon y el avión se llenó del hedor a cordita. El cielo en torno al *F-Fox* estaba lleno de balas y rastros de metralla. Teddy hizo que el pesado avión describiera un brusco viraje en el cielo, lo hizo caer en picado a estribor y luego lo escoró trazando una curva a babor y se abrió camino como pudo de nuevo hacia lo alto, intentando quitarse el caza de encima. Se sentía agotado por el tremendo esfuerzo físico necesario para controlar el avión. «Qué remedio», oyó decir a su madre. Aunque los artilleros se habían quedado sin munición, el dorsal informó:

—Nos hemos librado del bandido de babor, comandante. —Y añadió—: El bandido de estribor también se ha ido, comandante.

«Habrán ido a por otro pobre cabrón», pensó Teddy, y dijo:

—Buen trabajo, artilleros.

Al final se les acabó la suerte. Nunca alcanzaron el objetivo. En cualquier caso Teddy no estaba seguro de que hubieran podido encontrarlo. Más tarde se enteró de que muchos no lo hicieron.

Todo sucedió muy deprisa. En un momento dado estaban en el negro vacío del cielo, sin que hubiese ya ni rastro del enjambre de bombarderos, y un instante después los enfocó un reflector y los alcanzó el fuego antiaéreo, con tremendos y secos estallidos como si golpearan el fuselaje con un mazo. Debían de haberse topado con las defensas del Ruhr. Deslumbrado y cegado por los reflectores, Teddy solo pudo hacer entrar el avión de nuevo en barrena. Sintió las protestas del viejo *F-Fox*, al que ya había llevado más allá de sus límites, y temió que cediera en cualquier momento. Sospechaba que a él también lo habían llevado más allá de sus límites, pero de repente se encontraron fuera del terrible haz de luz y de vuelta en la bienvenida oscuridad.

El ala de babor estaba en llamas y perdían altura con rapidez. Teddy supo de forma instintiva que aquella vez no habría un aterrizaje suave, ni amerizaje ni una FAAF que los guiara hacia una base aérea amiga. El *F-Fox* estaba condenado. Dio la orden de abandonar el avión.

El navegante se deshizo de una patada de la escotilla de salvamento y él y el operador de radio le pusieron un paracaídas al piloto herido y lo empujaron fuera. El operador le siguió con celeridad, luego el navegante. El artillero dorsal bajó de su torreta y se lanzó a su vez. El artillero de cola informó de que su torreta había resultado alcanzada y no podía girarla para abrirla. El bombardero subió a rastras desde el morro, luchando contra la gravedad, y fue a ver si podía ayudar al artillero de cola a abrir la torreta de forma manual.

Las llamas habían empezado a lamer el interior del fuselaje. Ya no caían en picado, pero seguían perdiendo altura. Teddy esperaba que el *F-Fox* explotara en cualquier momento. No se supo nada más del bombardero o del artillero de cola. Clifford y Charlie: de pronto recordó sus nombres.

Emprendió entonces una lucha con el *F-Fox*, intentando que siguiera volando recto y nivelado. Clifford apareció a su lado y le dijo que el fuego le había impedido llegar hasta el artillero de cola, y Teddy le dijo que saltara. Desapareció por la escotilla.

Después de aquello todo se volvió borroso; tenía una cortina de llamas detrás, notaba cómo empezaban a chamuscar su asiento. El intercomunicador ya no funcionaba, pero siguió luchando con el *F-Fox* para darle una última oportunidad de salir al artillero de cola. El capitán siempre era el último en abandonar la nave.

Y entonces, cuando empezaba a pensar que debía resignarse a morir, y de bastante buen grado, el instinto de supervivencia lo hizo reaccionar y obligó a la muerte a abrir sus fauces. Se encontró quitándose los cordones umbilicales gemelos del oxígeno y el intercomunicador para saltar del asiento y se vio prácticamente succionado de la panza del *F-Fox* a través de la escotilla de salvamento.

El silencio del cielo nocturno le pareció impresionante después del estruendo en el interior del avión. Estaba solo, flotando en la penumbra, la gran y pacífica penumbra. La luna brillaba sobre él, benévola. Debajo, un río fluía como plata y Alemania se extendía como un mapa a la luz de la luna, cada vez más cerca a medida que él descendía meciéndose como la liviana corola de un diente de león.

Encima de él, la forma en llamas del *F-Fox* continuaba planeando en su ruta descendente. Teddy se preguntó si el artillero de cola seguiría dentro. No debería haberlo abandonado. El avión llegó al suelo antes que él, y lo vio reventar en un reluciente estallido de color. Cayó en la cuenta de que iba a vivir. Sí habría un futuro, al fin y al cabo. Le dio gracias al dios que fuera que había intervenido para salvarlo.

2012

La senda hacia lo sublime

—… la geovalla… tendríamos que hacerlo porque… la nueva relación… la de cliente-agencia, por otra parte…, así como la comunicación de campo cercano…

El hombre que estaba hablando era licenciado en jerga y doctor en tonterías. Sus palabras flotaban en el aire, un lenguaje despojado de significado que succionaba el oxígeno y hacía que Bertie sintiera una ligera hipoxia. El hombre que hablaba, Don Absurdo, como ella lo consideraba, se llamaba Angus y era «descendiente de escoceses», de ahí el nombre, aunque su acento era puramente inglés de colegio privado. «De Harrow, de hecho.» Y Bertie sabía esas cosas porque había tenido una cita con él, una cita concertada a través de la famosa alcahuetería que era Match.com. Y ese era el motivo de que estuviese ahora repantigada al fondo de la sala, tratando de fingir que no estaba allí.

Angus le había despertado un desagrado inmediato durante una cena en Nopi, una cena que, cuando llegó la cuenta, él estuvo encantado de pagar a escote, incumpliendo por tanto uno de los primeros requisitos de Bertie en un pretendiente, el de comportarse como un caballero. Quería que le abrieran las puertas, que la invitaran a comer, que le regalaran flores. Y cartas de amor con poéticos arrullos (una palabra muy bonita, que siempre la hacía pensar en tórtolas). Quería que la cortejaran. Galantería. Otra palabra preciosa. Pues no tendría nada de eso, ni soñarlo. Soltó un bufido y el tipo sentado a su lado en el «congreso del sector empresarial» le dirigió una mirada nerviosa.

—¿Bertie? —le preguntó Don Absurdo durante la cena—. ¿Qué clase de nombre es ese?

—Uno perfectamente bueno. —Y al cabo de un largo y aburrido silencio, añadió—: Roberta, como mi abuela.

Roberta era el segundo nombre de Bertie; no estaba dispuesta a darle la Luna a Angus.

Dando muestras de cualquier cosa menos de sensatez, había acabado en casa de Angus (un clásico error), un piso en Battersea en el que todo eran superficies relucientes, como si se hubiera diseñado en el futuro; y luego tuvo relaciones sexuales algo desagradables y ebrias con él, lo cual, cómo no, la llevó a despreciarse y a una furtiva huida al amanecer, un avergonzado paseo junto al río para aliviar el dolor. Le sorprendió que hubiese tanta gente paseando «por la orilla del plateado y raudo Támesis», aunque las ninfas de Spenser, las Hijas de la Riada, brillaban por su ausencia, a menos que formaran un equipo universitario de esforzadas remeras que se abrían paso a enérgicas paladas en las aguas marrones como si las persiguiera un monstruo del río. Bertie se preguntó qué clase de mujer se levantaba a las seis de la mañana para remar. Supuso que una mujer mejor que ella.

Spenser le pasó el testigo a Wordsworth, quien se encontró con ella en el puente de Westminster, donde a primera hora de una mañana de finales de mayo Londres se veía realmente luminoso y resplandeciente bajo el aire sin humo, aunque solo fuera durante un ratito.

Al asomarse al puente, se llevó una sorpresa, por decir poco, al ver una barcaza dorada y con cuello de cisne que navegaba a remo hacia ella.

Mientras la observaba deslizarse con suavidad bajo el puente, se preguntó si habría retrocedido en el tiempo hasta la época de los Tudor.

—La *Gloriana* —dijo una voz. Ella no se había percatado de que había un hombre a su lado, que añadió—: Es la barcaza de la reina, para la flotilla. Supongo que están ensayando.

Claro, se dijo Bertie. El desfile histórico por el río. Londres estaba *en fête* por el jubileo de diamante. Cuántas palabras preciosas: dorada, jubileo, flotilla, diamante, desfile, *Gloriana*. Casi era más de lo que podía resistir.

—Durante un momento me ha dado la sensación de haber retrocedido en el tiempo —dijo.

—¿Le gustaría hacerlo? —le preguntó él, y pareció que la invitara a entrar en una máquina del tiempo que tenía aparcada a la vuelta de la esquina.

—Bueno… —empezó Bertie.

—… unas relaciones y un mercado de materias primas basados en la transacción de suministros…

Bertie trabajaba en una agencia de publicidad, y por algún motivo que ya se le había olvidado estaba en Belgravia, donde Angus celebraba un «hackatón». (Sí, de verdad.)

El padre de Angus era un abogado de prestigio y su madre, médico especialista en un hospital, y la familia —un hermano y dos hermanas— se había criado en Primrose Hill, donde Angus tuvo una infancia «normal». Bertie desconfió de inmediato. Nadie tenía una infancia normal.

Se dedicaba al marketing y era «un innovador», algo que a Bertie no le parecía un empleo propiamente dicho.

—Yo estoy en servicios bibliotecarios —dijo, porque eso acababa siempre con cualquier conversación.

—En la página web —respondió él, sorprendido— se dice que estás en «educación comunitaria».

—Más o menos es lo mismo. —Bertie nunca conseguía recordar qué historia utilizaba de tapadera, como espía habría sido un desastre—. Biblioteconomía comunitaria —corrigió.

Aquella información, cómo no, hizo que a Angus se le vidriaran los ojos y que pasara a centrar la atención en el pollito doblemente asado que tenía en el plato. Pobre bicho, con una sola vez habría bastado, ¿no?

—... bombardeo por *bluetooth*... cortafuegos...

Angus llevaba en ese momento una camiseta negra con una imagen de Nipper, el perro del gramófono de la discográfica HMV. Debajo de Nipper —Bertie se dijo que ojalá no lo supiera—, Angus tenía el pecho depilado. El perro Nipper estaba bajo el edificio de la aseguradora Lloyd en Kingston-upon-Thames. Ella confiaba en no acabar enterrada debajo de un edificio. O peor incluso, excavada y expuesta, como todas aquellas pobres momias egipcias o la gente de Pompeya, inmortalizada en su impotente agonía. El abuelo Ted quería que lo enterraran en el bosque. («Bajo un roble, si es posible.»)

—Pues tendrá lo que podamos darle y punto —dijo Viola—. Tampoco es que vaya a enterarse, ¿no? —(Pero ¿y si lo hacía?)

El tira y afloja sobre su cuerpo había empezado ya y ni siquiera estaba muerto. Bertie quería a su abuelo. El abuelo la quería a ella. Era un acuerdo de lo más simple.

—... dotes de oratoria destacables...

¿Qué demonios estaba haciendo con su vida? ¿No podía levantarse sin más y largarse?

—... hiperenlaces...

Viola era la última persona a la que le habría hablado de los hombres con los que salía. Bertie tenía treinta y siete años, «y sumando», como le recordaba siempre Viola con esa actitud de colegiala descerebrada que mostraba a veces. «¡Lánzate de una vez! No querrás perderte la maternidad.» Las amigas casadas y con hijos de Bertie (todas sus amigas, de hecho, pues tenía la sensación de haberse pasado casi todos los fines de semana de los últimos cinco años en bodas o bautizos) parecían fascinadas con sus niños, cada uno de los cuales era una versión del Segundo Advenimiento. A Bertie ninguno de esos críos le parecía en especial atractivo, y le preocupaba que si ella tenía un bebé no le gustara. Viola acudió a sus pensamientos. Ella no los había querido, o al menos daba esa impresión, y desde luego no le caían muy bien (aunque no parecía caerle bien nadie).

—Que te gusten o te caigan bien no forma parte del asunto —le dijo el abuelo Ted cuando aún era capaz de darle consejos—. Con tus propios hijos estarás como loca.

Bertie no estaba segura de querer estar como loca por nadie, en especial por alguien pequeñito e indefenso.

—Tu abuela estaba como loca con Viola —añadió el abuelo.

Bueno, pues eso no hacía más que probar que era posible cualquier cosa.

Mucho tiempo atrás, antes de que partiera en su hégira, Sunny había dejado embarazada a una chica. Viola se quedó horrorizada, y cuando la chica decidió abortar se sintió igualmente horrorizada.

—A algunos no hay manera de complacerlos —comentó Sunny.

Viola había empezado a mandarle a Bertie vínculos a páginas web de donantes, supermercados de esperma en los que podías limitarte a seleccionar un paquete genético entre un abanico en oferta —escandinavo, ciento cincuenta y siete libras, algo más de seis pies de altura, pelo rubio, ojos azul verdoso, maestro— y soltarlo en «mi cesta de la compra».

—Por lo visto, los mejores son los daneses —aconsejó Viola.

Por supuesto, a Viola la aterraba no tener nietos y que sus genes se

extinguieran y no quedara nada de ella. Dejaría de existir. ¡Puf! Ya tenía
sesenta años y siempre esperaba que la gente dijera: «¡Qué va!». Sin embargo, nunca lo hacían.

—Es posible que ahora no te lo plantees —le dijo a Bertie—, pero
cuando llegues a los cincuenta y mires atrás y descubras que es demasiado
tarde para tener hijos, te quedarás destrozada.

¿Por qué su madre tenía que ser siempre tan innecesariamente melo-
dramática? ¿Porque nadie la escuchaba si no lo era?

De hecho, nadie se llevaría una mayor sorpresa que Bertie dos años
después al dar a luz gemelos (y sí, estaría como loca con ellos), tras casarse
con un hombre decente, un médico (sí, el del puente de Westminster) y
convertirse en una mujer…, bueno, pues feliz. Pero eso no era el presente.
El presente consistía en Angus llenando el aire de fervor evangélico como
si estuviera en una reunión de oración y exhortándolos a todos a convertirse en *sellsumers* y así generar ingresos adicionales sin tener que montar
un negocio. Bertie intentó distraerse pensando en cosas que rimaran con
Don Absurdo (zurdo, palurdo, kurdo, aturdo), pero al final tuvo que sacar
migajas del saco de preciosidades que se veía obligada a pasear últimamente de aquí para allá con el fin de protegerse de aquel universo malévolo y
materialista. (¿Era la publicidad la profesión adecuada para ella?)

«Cual abeja libo yo.»

Podía marcharse sin más. Tenía una reunión a las dos y tardaría una
eternidad en cruzar Londres. Los creativos estaban presentando ideas al
cliente para una nueva pasta de dientes. Ya debía de haber pasta de dientes
suficiente en el mundo, ¿no? ¿De verdad necesitaba la gente tantas opciones que nunca pudieran cubrirlas todas? Como si al mundo le hiciera
falta más de lo que fuera. Sí, confirmado, estaba en la profesión equivocada. Si ella fuera una diosa (una de sus fantasías favoritas), estaría creando
cosas que escasearan: abejas, tigres y lirones, y no chanclatas, fundas para

el móvil y pasta de dientes. No, no sigas por ese camino, se dijo; la fantasía de la creación era tan inmensa y amplísima que podía perderse en ella para siempre.

—… rentabilizar… el materialismo…

«la escarcha ejerce su secreto oficio, sin ayuda del viento»

—… consumidores siempre conectados…

«creo saber de quién son estos bosques»

—… horarios escalonados según los acontecimientos…

«el árbol más hermoso, el fugaz cerezo, adorna sus ramas con flores»

—… explosión mediática con resultados específicos…

«como un martín pescador que pesca el fuego, como una libélula que lanza llamas»

—… contenido relevante para la marca… reenergizar las percepciones del consumidor…

«en el borde de Wenlock el bosque está en apuros»

—… haciendo eso conseguiréis dar con la senda hacia lo sublime…

«hay un sesgo de luz»

—… la prueba de ji cuadrado para la detección de la interacción automática…

¿Cómo?

Madre mía. ¿Cuándo se habían divorciado el lenguaje y el significado y decidido irse cada uno por su lado? El saco de preciosidades de Bertie ya estaba casi vacío aquel día y ni siquiera era aún la hora de comer.

«¡Oh, cuán lleno de abrojos está este pícaro mundo!»

—Ay, lo siento —dijo Bertie cuando vio estremecerse al tipo nervioso sentado a su lado—. ¿He dicho eso en voz alta?

—Pues sí.

Bertie se puso en pie con cierta brusquedad y le susurró al tipo nervioso:

—Lo siento, tengo que irme. Acabo de acordarme de que me he dejado mi verdadera identidad en el metro. Estará preguntándose qué ha pasado. Sin mí está perdida.

Angus la vio y frunció el entrecejo como si tratara de acordarse de quién era. Bertie le hizo un pequeño gesto de saludo, meneando los dedos de un modo que confió fuera irónico, aunque solo pareció confundirlo todavía más.

En el metro —en la línea de Piccadilly, si bien quizá no era un dato relevante— no había rastro de su verdadera identidad, pero sí un ejemplar del *Daily Mail* que alguien había dejado atrás. Estaba abierto por una página cuyo titular rezaba: «¿Podría desmoronarse HOY el universo? Los físicos aseguran que el riesgo es "más alto que nunca, y es probable que el proceso haya empezado ya"». (Madre mía, ¿cómo iban a saber algo así?) Vaya uso tan curioso de las mayúsculas. Bertie habría puesto el énfasis en «desmoronarse». Parecía la forma de hablar de Viola («Te quedarás DESTROZADA»).

Al hurgar en el fondo del saco en busca de alguna migaja, Bertie no logró encontrar ni una brizna de tomillo que hubiese florecido en una loma.

—¿Estás viendo las celebraciones en el Támesis con el abuelo Ted?

—Sí, estoy en su habitación —contestó su madre.

—Vaya basura, ¿no? Y la pobre reina, mira que tener que soportar todo eso, si es casi tan mayor como el abuelo Ted.

—Sí, toda esa lluvia la acabará matando —respondió Viola.

Bertie se preguntó si era de ese modo como ocurría. Si pillabas la muerte así, por las buenas, como si fueras un caballo a la fuga, y a algunas personas, como el abuelo Ted, les llevara mucho tiempo apresarlo pero en cambio otras sujetaran las riendas casi de inmediato. Como la abuela a la que no había llegado a conocer, Nancy la de los pies ligeros, que se había encaramado a lomos de la muerte, una amazona audaz, tan deprisa que debía de haberlos pillado a todos por sorpresa. A la mismísima muerte, quizá.

—Bueno —dijo—, ¿puedes pasarme al abuelo Ted?

—No va a entenderte.

—Pásamelo igualmente. Hola, abuelo Ted. Soy Bertie.

El día en cuestión, por supuesto, la reina había renunciado a la barcaza dorada y elegido un barco más prosaico, pues el *Gloriana* se consideraba demasiado pequeño para todos los parásitos —guardias de seguridad, damas de honor y lacayos— necesarios cuando una soberana navegaba por el río. Bertie tenía intención de unirse a la multitud en la orilla del Támesis, de formar parte de algo más grande que ella misma, algo que recordaría en el futuro del mismo modo que sabía dónde había estado a medianoche en el cambio de milenio. (Borracha, en el Soho House, algo que ahora lamentaba. Obviamente.) Sin embargo, había llovido sin parar durante el día entero, y Bertie fue testigo de la admirable perseverancia de la monarquía por televisión, el mismo medio por el que había experimentado el funeral de Diana, la caída de las Torres Gemelas y la última boda real. Algún día, se decía, estaría presente en algún sitio cuando algo ocurriera y no se lo transmitirían de segunda mano a través de una lente. Aunque se tratara de un espectáculo espantoso —una bomba, un tsunami, una guerra—, conocería al menos la grandeza del horror.

El hermano del abuelo Ted, Jimmy, que murió antes de que Bertie pudiera conocerlo, había sido uno de los primeros en liberar Bergen-Belsen, y después de la guerra partió hacia Madison Avenue y empezó a trabajar en una de las agencias de publicidad originales como redactor de anuncios. A Bertie le provocaba envidia que hubiera llevado una vida con semejantes polaridades. Hoy en día te limitabas a sacarte una licenciatura en ciencias de la información.

Y el propio abuelo Ted, por supuesto, con el cuerpo y la mente desmoronándose ahora como una ruina magnífica y olvidada, antaño había sido piloto de un bombardero y todas las noches se internaba con su avión en las fauces de la muerte.

—«Las fauces de la muerte»… ¿no es eso un cliché horroroso? —le preguntó ella durante el viaje de despedida que habían hecho más de diez años atrás, una suerte de retorno elegíaco a los sitios que él frecuentaba antaño.

(«¿Por qué no se muere y ya está? —se quejó Viola—. ¿Cuánto tiempo hace falta para despedirse?») Aquella fue una ocasión para que Bertie comprendiera mejor la vida de su abuelo y la historia misma, y pese a resultar gratificante también la dejó con los nervios crispados y confundida.

—Prométeme que le sacarás el mayor partido posible a tu vida —le pidió el abuelo.

¿Lo había hecho Bertie? No mucho que digamos.

Bajó el volumen de la necia crónica de la BBC y le preguntó:

—¿Cómo estás, abuelo Ted?

Lo imaginó tendido en la cama de aquella espantosa residencia de ancianos, viviendo aquel poco grato vestigio de su existencia. Deseó rescatarlo, irrumpir allí y llevárselo, pero estaba demasiado enfermo y frágil. Su abuelo había vivido en Fanning Court durante casi veinte años, y entonces se cayó y se rompió una pierna, lo que a su vez condujo a una neumonía cuyo resultado debería haber sido una muerte dulce («Es la amiga de la gente mayor», comentó Viola con tono nostálgico), aunque la superó. («Es inmortal», dijo Viola.) Acabó desmejorado, casi incapaz de valerse por sí mismo, y lo dejaron en los discutibles brazos de la residencia de ancianos, y sería allí donde moriría, suponía Bertie.

—Cada vez que lo veo pienso que podría ser la última —decía Viola con tono esperanzado.

Él merecía un sitio mejor para dejar esta vida que Poplar Hill.

—¿Y dónde se supone que están esos míticos álamos y esa mítica colina del nombre? —se quejaba siempre Viola, como si los problemas de aquel lugar fueran cuestión de semántica.

Asimismo la ponía furiosa lo mucho que costaba la residencia. Si bien el piso protegido se había vendido, el pago de aquel sitio se estaba «tragando» todo el dinero.

—Pero tú tienes dinero de sobra —dijo Bertie.

—Eso no viene al caso. Yo debería importarle lo suficiente para dejarme algo. —(Eso no viene al CASO. Yo debería IMPORTARLE lo suficiente para dejarme ALGO)—. Un legado. Ya no quedará nada cuando se muera.

—Bueno, más bien no quedará nada de él —terció Bertie, y añadió—: Y en realidad no tienes intención de ser tan desagradable.

—Sí, sí que la tengo —soltó Viola.

—¿Estás viendo la flotilla por la tele, abuelo Ted? ¿El jubileo? —(Ay, Dios, su tono se parecía al de su madre)—. Sunny te manda todo su cariño —añadió, y el abuelo soltó una especie de risita (o quizá se estaba ahogando) porque él siempre había entendido mejor a Sunny que cualquiera de ellas. Quizá el abuelo Ted recorriera su lento y palpitante camino hacia el final de su vida, pero a todas luces seguía siendo él mismo, algo que su madre parecía incapaz de entender. En realidad, Sunny no le había transmitido su cariño, aunque lo habría hecho de haber sabido que Bertie estaba hablando con el abuelo. Sunny quería a su abuelo. El abuelo lo quería a él. Era un acuerdo de lo más complicado.

—Mañana me voy a Singapur. —El tono un poco estridente de su madre sustituyó de repente el silencio del abuelo, y Bertie se apartó un poco del teléfono.

—¿A Singapur?

—A una feria literaria.

Viola solía adoptar un tono vergonzosamente ufano cuando hablaba de los aspectos más glamurosos de la edición. «Una reunión en Londres con un productor cinematográfico», «un almuerzo en The Ivy con mis editores», «el acto central del festival de Cheltenham». En ese momento solo pareció extrañamente derrotada.

—Esta noche estaré en Londres —dijo—. Podría llevarte a cenar. Al Dinner.

—No puedo, lo siento. Estoy ocupada. —Si bien era la verdad, Bertie habría contestado eso de todas formas.

Su madre pareció decepcionada, lo cual era interesante, teniendo en cuenta que durante más de treinta años la cosa había sido al revés.

—¿Piensas ir a ver a Sunny? —le preguntó.

—¿A Sunny?

—Tu hijo.

—Singapur no es Bali, es un país muy distinto —contestó Viola, aunque no pareció muy convencida. La geografía nunca había sido su fuerte.

—Pero está a un tiro de piedra. Cuando llegues a Singapur ya habrás cubierto mucho más de la mitad del camino. Y no es que tengas mucho más que hacer —dijo Bertie, y añadió—: Deberías hacerlo, y deprisa, porque es posible que no lo sepas pero el universo ha empezado a desmoronarse. Hay indicios por todas partes. Ahora tengo que dejarte.

—No es verdad.

—No, pero voy a hacerlo. Dile adiós al abuelo Ted de mi parte.

La reina había llegado al puente de la Torre. Bertie apagó el televisor, alerta ante posibles indicios de que el universo se desmoronaba.

En la cocina, una antigua Aga bombeaba calor. A ella le parecía un animal grandote y agradable. Junto a la Aga había una pequeña butaca cubierta con una manta de ganchillo, y sobre la manta dormía profundamente un gran gato atigrado. Unas alfombras hechas a mano volvían más cálido el suelo de losas de piedra. Un aparador con estantes contenía piezas de vajilla en azul y blanco, y en la gran mesa de madera de pino lijada se veía una jarrita con guisantes de olor y margaritas del jardín. Ante el antiquísimo fregadero de Belfast, Bertie secaba con paciencia cacerolas que luego dejaba en el escurridero de madera.

A través de la ventana de la cocina veía el jardín. Era un rinconcito del Edén, con las flores escarlata de las judías, los pulcros montoncitos de las plantas de fresones y las enmarañadas hileras de guisantes. Un manzano junto a...

Una sirena interrumpió tan placentera ensoñación. Bertie volvía de una comida en el Wolseley con una compañía productora. En Piccadilly, descubrió que en el aire parecía flotar un ambiente de celebración. O de amenaza; costaba distinguir entre ambas cosas. Había policías y militares por todas partes y una multitud formando corrillos en la acera. Una escolta de motocicletas anunció que se acercaba alguien de importancia. Un coche enorme en cuyo interior iban miembros de la realeza pasó zumbando. «El monumento a los bombarderos», le comentó alguien al preguntar qué pasaba. Claro, la reina inauguraba el nuevo monumento a los pilotos de bombarderos ese día, que quedaba a medio camino entre el jubileo y el principio de las Olimpiadas, un verano patriótico en rojo, blanco y azul para Londres.

Más tarde, vería la noticia por televisión (pues ese sería otro espectáculo de segunda mano), observaría a aquellos frágiles ancianos que luchaban por contener las lágrimas, y no podría contenerlas ella porque todos y cada uno le recordaban a su abuelo y su misterioso pasado.

Bertie esperó pacientemente con la multitud en la acera. El Mando de Bombardeo había esperado setenta años, así que ella podía aguardar unos minutos. Una formación de cazas Tornado rugió en lo alto, metiendo ruido y despertando entusiasmo, y los siguió un solitario Lancaster, que dejó caer el contenido de su bodega de bombas sobre Londres. Un borrón rojo de amapolas que florecieron en el cielo azul y blanco de verano.

Bertie iba camino de casa desde el trabajo cuando Viola la llamó por teléfono.

—Nos han citado —dijo con tono solemne.

—¿Citado?

—Nos han pedido que vayamos. De la residencia de ancianos —comentó Viola. Parecía emocionada. Le encantaban los dramas, siempre que no supusieran una amenaza para ella.

—¿El abuelo Ted? —le preguntó Bertie, de repente atenta—. ¿Qué ha pasado?

—Bueno… —empezó Viola, como si estuviera a punto de embarcarse en un relato apasionante, cuando en realidad lo único que había pasado era que Teddy se había quedado dormido la noche anterior y esa mañana no podían despertarlo—. Han dicho que vayamos en cuanto podamos, pero no podré tomar un vuelo hasta mañana. Y no conseguiré llegar a York hasta última hora de la noche.

—Cogeré el coche y saldré ahora mismo para allá —dijo Bertie.

No era a ellas a quienes habían citado, pensó, sino a su abuelo. Por fin los ángeles lo llamaban a su lado.

—Se han tomado su tiempo —dijo Viola.

2012

El último vuelo

Dharma

—Según una leyenda hindú, hubo un tiempo en que todos los hombres eran dioses, pero abusaron de su divinidad. Brahma, el dios de la creación, concluyó que la gente había perdido el derecho a su divinidad y decidió quitársela. Deseoso de ocultarla en un lugar donde no pudieran encontrarla, convocó un consejo de todos los dioses para que lo ayudaran. Unos sugirieron que la enterrara muy hondo en la tierra, otros que la hundiera en el mar, y otros más que la dejara en la cima de la montaña más alta; sin embargo, Brahma dijo que los humanos eran ingeniosos y que cavarían en la tierra, pescarían con sus redes en los mares más profundos y escalarían todas las montañas en sus intentos por recobrarla.

»Los dioses ya estaban a punto de renunciar cuando Brahma dijo: "Ya sé dónde esconderemos la divinidad del hombre, la ocultaremos en su interior. Buscará por todo el mundo, pero nunca mirará en su interior ni descubrirá que la lleva dentro".

Viola no estaba escuchando. A Sunny le gustaba acabar sus sesiones de yoga con lo que ella consideraba un «pequeño sermón». Palabras de sabiduría de los iluminados, sacadas de todas partes: el hinduismo, el sufismo, el budismo y hasta el cristianismo. Los balineses, como ella había averiguado, eran adeptos al hinduismo. Había tenido la errónea impresión de que eran budistas. «Todos formamos parte de Buda», decía Sunny. «Puesto por escrito suena un poco a sermón —escribió Viola en un correo electrónico a Bertie—, pero la verdad es que te levanta el ánimo. Sunny habría sido un buen párroco.» Bertie se preguntó quién sería esa nueva y dócil versión de su madre.

Sunny daba clases en un sitio que se llamaba Senda Sublime, en Ubud. Al principio, Viola había evitado las sesiones en Senda Sublime. Se alojaba en un «refugio de bienestar» escandalosamente caro, a media hora en coche de allí, donde tenían su propio profesor de yoga y las clases particulares e individuales se llevaban a cabo en el «reducto del yoga», un agradable pabellón de teca pulida, espacioso y aireado, emplazado entre árboles y en el que los pájaros gorjeaban y cacareaban de manera exótica y los insectos zumbaban y tableteaban como juguetes mecánicos de cuerda.

En cambio, en Senda Sublime las clases se impartían en una sala en un piso, en la que hacía calor y faltaba el aire incluso con todas las ventanas abiertas en un intento de que circulara alguna corriente. Era bastante básica o el producto de una «sencillez ascética», dependiendo de si el punto de vista era el de Viola o el de la página web de la escuela.

Pese a su tamaño, la sala siempre estaba abarrotada, sobre todo de mujeres, jóvenes y atléticas australianas y norteamericanas de mediana edad. La mayoría de estas últimas parecían estar haciendo lo que Bertie llamaba «esa mierda de come-reza-ama».

Sunny había conseguido el título de profesor de yoga años atrás, en la India, y en aquel momento impartía clases en Bali. Por lo visto, era un «profesor respetado en el circuito internacional». Viajaba con frecuencia a Estados Unidos y Australia para celebrar retiros, siempre con un lleno total. A Viola le parecía que todo el mundo se estaba batiendo en retirada.

Si sabías dónde buscar, Sunny aparecía en todas partes en internet; y si sabías a quién buscar, pues, aunque cabría pensar que Sun (o incluso

Sunny) sería un buen nombre para alguien que desempeñaba su actividad, todo el mundo lo conocía por Ed.

—Sun Edward Todd, me llamo así —le dijo él a Viola, y no le faltaba razón.

Y esa era solo una pequeña parte de su transformación. El físico de un bailarín, la cabeza afeitada, los tatuajes orientales, cierto acento australiano; a su madre le supuso una absoluta sorpresa. Como si lo hubieran sustituido por otro al nacer. ¡Y las mujeres lo adoraban! Eran como las fans de una estrella, en especial las del grupo de come-reza-ama. Viola llevaba casi diez años sin ver a Sunny, y durante ese tiempo se había transformado en un ser humano completamente distinto. («Quizá ambas cosas guardan cierta relación», dijo Bertie.)

—Gracias a todos por esta sesión. *Námaste* —dijo Sunny inclinándose con las manos unidas en gesto de oración.

Se oyeron murmullos de agradecimiento y *námaste* en respuesta. (¡Vaya si se lo tomaban en serio!) Sunny se incorporó de un salto de su postura del loto con alarmante flexibilidad. Viola se levantó con dificultad, aunque ella, más que en el loto, había estado sentada con las piernas cruzadas, una postura rígida e incómoda que le recordaba a las reuniones de profesores y alumnos en el colegio.

Sunny vivía en un pueblo bastante cerca del hotel escandalosamente caro de Viola, y sin embargo no parecía tener intención de invitarla a su casa, de modo que ella decidió a regañadientes que la única forma de pasar tiempo con él sería asistir a sus clases y aguantar la estúpida adoración que le profesaban los demás «discípulos» —ante la que él parecía hacer gala de una indiferencia sublime—, por no mencionar los horribles esfuerzos físicos que suponía la clase. Aunque Viola había hecho yoga con anterioridad, por supuesto —¿quién no?—, se solía llevar a cabo en salas parroquiales donde había corrientes o en centros cívicos, y no había entrañado mucho más que unos estiramientos cautelosos y quedarte luego tendida para «visualizarte» en un lugar donde te sintieras «a salvo y en paz». Para ella siempre suponía una dificultad, y mientras las demás (mujeres, siempre mujeres) estaban tumbadas en alguna playa tropical o en una tumbona en el jardín, la imaginación de Viola iba de aquí para allá en su inquieta búsqueda de un sitio, el que fuera, que pudiera reconocer como algo pacífico y seguro.

Una vez Sunny terminó su homilía hindú y todos se mataron a *námaste*, la norteamericana («Shirlee, con dos es») que ocupaba la esterilla junto a la de Viola se volvió hacia ella y dijo:

—Ed es un profesor maravilloso, ¿verdad?

«El niño al que era imposible enseñarle nada», pensó Viola.

—Soy su madre —dijo. ¿Cuánto tiempo hacía que no pronunciaba esas palabras? Quizá desde que Sunny estaba en el colegio..

—Ah…

La asaltó un repentino recuerdo del servicio de urgencias del hospital Saint James de Leeds. Sunny acababa de empezar la universidad y al recibir la llamada ella pensó que sería algún asunto de drogas, pero por lo visto lo habían encontrado vagando por las calles con sangre goteándole del brazo tras un intento chapuza de cortarse las venas. «¡Soy su madre!», le gritó al médico que lo atendió al decirle que sería mejor que Sunny no viera a nadie «en aquel momento».

—¿Por qué? —le preguntó Viola cuando por fin la dejaron pasar al cubículo. ¿Por qué lo había hecho?

Él se encogió de hombros, su inexpresiva reacción habitual.

—No lo sé —dijo, y ante la insistencia de su madre, añadió—: ¿Porque mi vida es una mierda?

¿Tendría aún la cicatriz? ¿La ocultaría el complicado dragón que llevaba enroscado en el brazo?

Shirlee con dos es soltó una carcajada y dijo:

—Ni se me había pasado por la cabeza que él tuviera una madre.

—Todo el mundo tiene una madre.

—Dios no —terció Shirlee.

—Incluso Dios —respondió Viola. Quizá en ese punto todo había empezado a ir cuesta abajo.

Por supuesto, nadie habría dicho con solo observarlos que eran madre e hijo. Sunny la llamaba «Viola», y ella no lo llamaba de ninguna manera en realidad. La trataba exactamente igual que a todos los demás en la clase, con una preocupación algo distante. («¿Tienes artritis en las rodillas?» Pues no, muchas gracias.)

—¡Sorpresa! —exclamó Viola al dar por fin dio con él.

—Pues sí, lo es —contestó Sunny.

Se abrazaron con cautela, como si uno de los dos pudiera llevar un cuchillo.

Solo Bertie y Sunny sabían dónde estaba Viola. No se había molestado en decirle al personal de Poplar Hill que se encontraba en un continente distinto que su padre enfermo. Si querían contactar con ella, podían hacerlo por teléfono.

Había salido de su vida, la había dejado atrás. De haber sabido que era tan fácil lo habría hecho mucho antes. Le había enviado un correo electrónico a su agente para pedirle que le dijera a la gente que iba a someterse a una operación (y así era, le estaban extirpando la mente) y que les ofreciera sus disculpas a todos. No quería que la gente pensara que se había fugado, que había desaparecido como Agatha Christie. Lo último que quería era que la gente fuera en su busca. No, no era verdad... Lo último que quería era que la gente la encontrara.

El hotel increíblemente caro en el que se alojaba Viola, una antigua finca reformada, estaba emplazado en la cima de un desfiladero, desde la que se contemplaban preciosas vistas del río que fluía muy abajo. Había guardias de seguridad y mayordomos personales y nada suponía el menor problema. Disponía de un chalet entero —el mayor y más caro— para ella sola. Era demasiado grande, podría haber albergado a varias familias, pero le gustaba la soledad que le proporcionaba. Cuando se levantaba por las mañanas, podía prepararse un café en la cafetera exprés de gama alta que había en la «zona de estar» (cualquier sitio era una zona de estar, ¿no?) y tomárselo mientras observaba cómo se levantaba la niebla del valle y escuchaba a los pájaros llamarse unos a otros en el bosque. Entonces alguien le llevaba algo delicioso para desayunar y luego iba al spa a que le dieran un masaje o bajaba por los antiquísimos peldaños de piedra hasta el «río sagrado». No sabía muy bien por qué era sagrado. Sunny decía que todos los ríos lo eran. Por lo visto, todo era sagrado.

—¿Hasta la caca de perro?

—Sí, hasta la caca de perro.

Viola estaba haciendo una lista de cosas que podían no ser sagradas. Hiroshima, las matanzas yihadistas, los gatitos en el microondas. «Todo eso son actos —decía Sunny—, no cosas.» Pero los actos los cometía la gente, ¿no? ¿Y no era sagrada la gente? ¿O solo los árboles y los ríos?

Por las tardes dormía (muchísimo, era alarmante) y luego, al despertarse, hacía que el coche del hotel la llevara hasta Ubud, donde participaba en la clase de Sunny. Él ni siquiera le guardaba un sitio en el suelo abarrotado de esterillas, de modo que si llegaba tarde ya no quedaba espacio para ella y tenía que esperar en el despachito y leer los libros que tenían en una pequeña «biblioteca» (o sea, un estante). Huelga decir que todos aquellos libros tenían alguna clase de sesgo espiritual. Sujeto al estante había un letrero escrito a mano en el que se leía: «Por favor, amigo, deja estos libros en el mismo estado en el que los has encontrado», lo cual era ridículo puesto que ningún libro podía dejarse en el estado en que lo encontrabas porque cambiaba cada vez que alguien lo leía.

Si había espacio para ella, la clase duraba dos horas (se había planeado con la idea de imponer un castigo), y después el chófer la llevaba de vuelta al hotel, donde observaba a la familia de monos que salía del bosque todas las noches para jugar en los antiguos muros de la finca en torno a su chalet. También cenaba, por supuesto. La parte de «comer» era sencilla. Las de rezar y amar costaban más.

En un par de ocasiones había asistido a la clase de meditación de Sunny de primera hora de la mañana, menos frecuentada pero más difícil incluso.

—No pienses, Viola —indicó Sunny.

¿Cómo podía alguien parar de pensar?

—Pues tampoco pares de pensar.

—Pienso, luego existo —declaró Viola, aferrándose con obstinación a un universo cartesiano pasado de moda. Si dejaba de pensar, quizá dejaría de existir.

—Limítate a dejarte ir, suéltate —dijo Sunny.

¿Que se soltara? ¿De dónde? No tenía nada a lo que agarrarse, para empezar.

¡Y entonces pasó! El discurrir del río, el canto de los pájaros, el tableteo mecánico de los insectos, la cháchara de los monos: todo eso cumplió por fin con su cometido y la mente de Viola dejó de funcionar, y le produjo un alivio increíble.

En el coche, de camino a la clase de Sunny, se llevó una sorpresa cuando le sonó el teléfono. Llamaban de la residencia de ancianos.

Se acercaba el final. Viola había esperado a que su padre muriera para que su propia vida pudiera comenzar, pero, como cualquiera de nosotros podría haberle dicho, la cosa no funciona así. En cualquier caso, ella ya lo sabía. En serio.

—«¿Cuánto dura la vida del hombre?», le preguntó Buda a un śhramana, y este contestó: «Unos días». «Todavía no has entendido las enseñanzas», le dijo Buda; y le preguntó a otros śhramana: «¿Cuánto dura la vida del hombre?», y este contestó: «El tiempo que dura una comida». «Todavía no has entendido las enseñanzas», le dijo Buda; y le preguntó a un tercer śhramana: «¿Cuánto dura la vida del hombre?», y este contestó: «Lo que dura un solo aliento». «Excelente. Tú sí has entendido las enseñanzas.»

Las palabras resbalaban sobre Viola. No tenía la menor idea de qué significaban. Había asistido a la clase de Sunny como de costumbre. No vio razón para no hacerlo. No podría coger un vuelo de regreso a Reino Unido hasta la mañana siguiente. Esperó a que Sunny los despidiera a todos con un *námaste*, con la brigada come-reza-ama comportándose como si les otorgara una bendición, y a que salieran en desganado tropel al calor y la humedad del anochecer. Ella se quedó atrás.

—¿Viola? —dijo Sunny, y le brindó una sonrisa solícita como si fuera una inválida.

—Han llamado de la residencia de ancianos. Mi padre se está muriendo.

—¿El abuelo Ted? —Él frunció el entrecejo y se mordió el labio, y durante un instante Viola vislumbró la sombra de un Sunny más joven—. ¿Vas a volver?

—Sí. Aunque supongo que Bertie llegará mucho antes que yo. ¿Tú vienes?

—No —contestó Sunny.

Viola podría haber dicho muchas cosas en ese momento. Había pensado en todas ellas mientras contemplaba el bosque, el río sagrado, los pájaros, y la que más destacaba entre ellas era «lo siento», pero lo que hizo fue contarle el sueño.

—Y entonces te volviste hacia mí, y sonreías, y me dijiste: «¡Lo hemos conseguido, mamá! Todo el mundo ha subido al tren».

—No me parece que tuviera que ver con el tren.

—No —coincidió Viola—. Tenía que ver con cómo me sentí cuando me hablaste.

—¿Y cómo te sentiste?

—Desbordada de amor. Por ti.

Ay, Viola. Por fin.

Bertie había llevado consigo un ejemplar de *La última crónica de Barset* y estaba sentada junto a la cama de Teddy, leyéndole. Sabía que era uno de sus libros favoritos y suponía que no importaba mucho que entendiera o no las palabras porque sería tranquilizador para él oír el ritmo familiar de la prosa de Trollope.

Teddy profirió un leve sonido; no fue un intento de hablar, quizá algo con lo que expresaba confusión. Bertie dejó el libro boca abajo sobre la colcha y cogió una de las manos frágiles y como garras de su abuelo.

—Soy Bertie Moon, abuelito, estoy aquí.

La piel de sus manos era como sebo fundido y las venas parecían grandes cuerdas azules. Tenía la otra mano en alto y en ángulo recto, y la movió con suavidad, como si pidiera perdón por algo. Y eso hacía, supuso Bertie.

Se dijo que antaño su abuelo había sido un bebé. Nuevo y perfecto, arrebujado en los brazos de su madre. La misteriosa Sylvie. Ahora era una cáscara liviana, a punto de que se la llevara el viento. Tenía los ojos entreabiertos, lechosos como los de un perro viejo, y la boca, que la vejez extrema había vuelto picuda, se abría y cerraba como la de un pez fuera del agua. Bertie captaba un temblor continuo recorriéndolo, una corriente eléctrica, el leve rumor de la vida. O de la muerte, quizá. La energía aumentaba en torno a él, el aire era estático.

Teddy libraba una pelea con el *F-Fox*, tratando de que volara recto y nivelado. El avión quería tirar la toalla. El bombardero —Clifford— apareció a su lado y dijo que el fuego le había impedido llegar hasta el artillero de cola. Teddy no sabía nada de aquel muchacho, excepto que parecía aterrado, y pensó que había sido valiente al ir a ayudar al artillero de cola, de quien él tampoco sabía nada. Lo único que pudo pensar en ese momento fue que había que salvar a aquellos muchachos. Le dijo a Clifford que saltara, pero había perdido el paracaídas.

—Coge el mío —dijo Teddy—. ¡Cógelo, vamos, salta!

Aunque Clifford titubeó, obedeció a su capitán; cogió el paracaídas y desapareció a través de la escotilla de emergencia.

Él era san Jorge e Inglaterra era su Cleolinda, pero el dragón estaba derrotándolo y quemándolo con su feroz aliento. Tenía una cortina de llamas detrás. Notaba que empezaban a chamuscar su asiento. El intercomunicador ya no funcionaba y no sabía si el artillero de cola había podido salir o no, de modo que siguió batallando con el *F-Fox*.

Solo una tenue lámpara iluminaba la habitación. Ya era casi medianoche y el sueño se había apoderado de la residencia, perturbado únicamente por un ocasional chillido de terror que parecía haber soltado un animalito al ser atacado.

El abuelo se estaba muriendo de viejo, pensó Bertie. De agotamiento. No de cáncer ni de un infarto, ni en un accidente o en alguna catástrofe.

Y daba la impresión de que morir de viejo era una manera dura de irse. Ahora había largos intervalos entre cada áspera respiración. A veces parecía ser presa del pánico y decía algo, y Bertie le apretaba la mano, le acariciaba la mejilla y le hablaba en murmullos sobre el bosque de las campanillas azules que ella nunca había visto y sobre gente a la que no había conocido y que lo estaría esperando. Hugh y Sylvie, Nancy y Ursula. Le hablaba de los perros, de los largos días soleados. ¿Era allí adonde se dirigía? ¿A los largos días bañados de sol de la Guarida del Zorro? ¿O a la oscuridad eterna? O solo a la nada, pues hasta la oscuridad tenía alguna característica, mientras que la nada era sin duda la nada. ¿Estaban los brillantes escuadrones de ángeles de Spenser esperando para darle la bienvenida? ¿Estaban a punto de resolverse todos los misterios? Había preguntas a las que nadie había respondido hasta entonces y a las que nadie respondería nunca.

Bertie le arrojó migajas de su saco de preciosidades porque las palabras eran lo único que quedaba ahora. Quizá podría pagarle al barquero con ellas. «¡Mucho tiempo he viajado por los mundos del oro. El mundo está impregnado de la grandeza de Dios. Tu padre yace a cinco brazas. Oh corderito, ¿quién te ha hecho? Aunque todos los bosques hayan mudado, cubiertos de hojas desparramadas. Esa mejor parte de la vida de un hombre bueno son sus pequeños, anónimos y olvidados actos de bondad y amor. Cada vez más lejos, se oyó el canto de todos los pájaros de Oxfordshire y Gloucestershire.»

El aire se ondulaba y resplandecía. El tiempo se redujo hasta convertirse en un puntito. Estaba a punto de ocurrir. «Porque el Espíritu Santo sobre el inclinado mundo acuna con pecho cálido y con ¡ah! alas que brillan.»

«Solo quedan unos instantes», pensó Teddy. Unos cuantos latidos del corazón. Un aliento seguido por otro. Un instante seguido por otro, y entonces llegaría el último instante. La vida era tan frágil como el latido del corazón de un pájaro, tan fugaz como las campanillas azules en el bosque. No importaba, comprendió; daba igual, iba a donde habían ido millones antes que él, a donde lo seguirían millones más. Compartía su destino con muchos otros.

Y ahora. Ese instante. Ese instante era infinito. El árbol, la roca y el agua. La salida del sol y los ciervos que corrían por el bosque. Ahora.

Las trompetas anuncian el fin de las festividades. El lienzo sin bastidor empieza a desintegrarse. El tejido del que están hechos los sueños comienza a ceder y a desgarrarse, y los muros de una torre coronada de nubes se estremecen. Empiezan a caer pequeños aguaceros de polvo. Los pájaros levantan el vuelo y se alejan.

Sunny está sentado en la galería de la habitación que tiene alquilada, meditando en la oscuridad previa al alba. Va a mudarse pronto. Su novia australiana, profesora de yoga como él, está embarazada de seis meses y ya ha vuelto a Sidney. Sunny va a reunirse allí con ella al cabo de unas semanas. Dentro de unas horas acompañará a Viola al aeropuerto y la escoltará hasta el avión, y antes de decirle adiós le ofrecerá el obsequio de esa noticia, para que se lo lleve a casa consigo. Su otro regalo será la pequeña liebre plateada que ha conservado todos esos años. Contra todo pronóstico. «Para que te dé suerte. Para que te proteja.» Su novia australiana es Buda. Lleva a Buda en su seno.

De pronto inspira profundamente, como si se hubiera quedado dormido y acabara de despertarse.

Una grieta alarmante aparece en el magnífico palacio. El primer muro se estremece y se desmorona. El segundo muro cede y se viene abajo, y las piedras ruedan por el suelo.

Viola toma café mientras espera a que amanezca, mientras espera a que la niebla se levante del valle y los pájaros empiecen a cantar. Piensa en su madre. Piensa en sus hijos. Piensa en su padre. Los pájaros entonan su coro del alba. Está ocurriendo algo. Algo está cambiando. Durante un instante se siente presa del pánico. «No tengas miedo», se dice. Y no lo tiene.

El tercer muro se desploma con gran estruendo y levanta una gran nube de polvo y escombros.

Bertie aferra la mano de su abuelo. Quiere que sienta su cariño, pues ¿no es eso lo último que querría sentir cualquiera? Se inclina y lo besa en la hundida mejilla. Está ocurriendo algo tremendo, algo catastrófico. Ella va a presenciarlo. El tiempo empieza a ladearse. «Ahora», piensa Bertie.

El cuarto muro del grandioso templo se viene abajo, silencioso como una pluma.

Ya no podía seguir luchando contra el *F-Fox*. El avión estaba herido de muerte, un pájaro al que un disparo había arrancado del cielo. «¡Ah! alas que brillan.» Oyó con claridad esas palabras, como si las hubiera pronunciado alguien que iba con él en la carlinga. Había conseguido llegar a la costa. Debajo de él, la luna arrancaba destellos como un millar de diamantes al mar del Norte. Se había resignado a ese momento, a ese ahora. El ruido en el interior del avión había cesado, el calor de las llamas se había extinguido. Solo reinaba un hermoso y sobrenatural silencio. Pensó en el bosque y las campanillas azules, en el búho y el zorro, en el tren eléctrico Hornby que traqueteaba en el suelo de su habitación, en el olor de un pastel haciéndose en el horno. En la alondra que ascendía en el cielo entonando su canto.

El *F-Fox* cayó con Teddy todavía dentro, un fulgor de luz en la oscuridad, una estrella reluciente, un arrebato, hasta que por fin las olas sofocaron sus llamas. Era el final. Teddy se hundió hasta el silencioso lecho marino y se unió a los desazogados tesoros que yacían allí, ocultos, a cuarenta brazas de profundidad. Perdido para siempre, con una pequeña liebre de plata por toda compañía en la oscuridad.

Y, con un bramido tremendo, el quinto muro se viene abajo y el templo de la ficción se desploma, llevándose consigo a Viola, a Sunny y a Bertie. Se disuelven en el aire y se esfuman. ¡Puf!

Los libros que Viola escribió desaparecen de las estanterías como por arte de magia. Dominic Villiers se casa con una chica que lleva perlas y conjuntitos de punto, y bebe hasta matarse. Nancy se casa con un abogado en 1950 y tiene dos hijos varones. Durante un examen de rutina le encuentran el tumor cerebral, que le extirpan con éxito. Tiene una mente menos lúcida, una inteligencia menos brillante, pero sigue siendo Nancy.

Un hombre de pie en el puente de Westminster, un médico, se vuelve después de que la barcaza del jubileo, la *Gloriana*, haya pasado por debajo. Durante un instante cree ver a alguien a su lado, pero no hay nadie, solo una fluctuación en el aire. Aunque tiene la sensación de que acaba de perder algo, no consigue imaginar qué puede ser. A una australiana profesora de yoga en Bali le preocupa no encontrar nunca a quien amar, no tener nunca un hijo. Una anciana llamada Agnes muere en la residencia de Poplar Hill soñando con fugarse. Sylvie se toma una sobredosis de somníferos el día de la Victoria, incapaz de aceptar un futuro en el que no esté Teddy. Su paladín.

En el mundo entero, millones de vidas quedan alteradas por la ausencia de los muertos, pero tres miembros de la última tripulación de Teddy —Clifford el bombardero, Fraser el piloto herido y Charlie el artillero de cola— consiguen lanzarse en paracaídas del *F-Fox* y pasarán el resto de la guerra en un campo de prisioneros. A su regreso, todos se casarán y tendrán hijos, fractales del futuro.

Cincuenta y cinco mil quinientas setenta y tres bajas en el Mando de Bombardeo. Siete millones de alemanes muertos, incluidas las quinientas mil víctimas de la campaña de bombardeo aliada. La cifra total de sesenta millones de muertos de la Segunda Guerra Mundial, incluidos los once millones asesinados en el Holocausto. Los dieciséis millones de la Primera Guerra Mundial, más de cuatro millones en Vietnam, cuarenta millones en las conquistas de los mongoles; las guerras napoleónicas se llevaron a cuatro millones, y la rebelión de Taiping, otros veinte millones. Y etcétera y etcétera, hasta remontarnos al Jardín del Edén cuando Caín mató a Abel.

Todas las aves que nunca nacieron, todas las canciones que jamás se cantaron y que solo pueden existir por tanto en la imaginación.

Y esta es la de Teddy.

1947

Hijas del Elíseo

En los espinos del sendero empezaban a abrirse flores.

—Oh, mira —dijo Ursula—, el espino está floreciendo. A Teddy le habría encantado verlo.

—Ay, no hagas eso —contestó Nancy con lágrimas en los ojos—. No puedo creer que haya dejado este mundo para siempre.

Caminaban cogidas del brazo; Lucky correteaba de aquí para allá, emocionado por encontrarse al aire libre, tan cálido y lleno de vida.

—Ojalá tuviéramos una tumba que visitar —añadió Nancy.

—Pues yo me alegro de que no la tengamos —terció Ursula—. Así podemos imaginarlo libre como el viento.

—Yo solo consigo imaginarlo en el fondo del mar del Norte, frío y solo.

—Y sus huesos son coral —declamó Ursula.

Nancy soltó un trémulo «Oh».

—Ahora perlas son sus ojos.

—Basta, por favor, para.

—Perdona. ¿Quieres que crucemos lo que queda del prado?

—¡Mira! —exclamó Nancy soltándose del brazo de Ursula y señalando el cielo—. Ahí. Una alondra… —Y con un emocionado susurro, como si pudiera perturbar al ave, añadió—: Escúchala.

—Qué preciosidad —musitó Ursula.

Fascinadas por la alondra, la observaron remontar el vuelo y alejarse cada vez más hasta que solo fue un puntito en el cielo azul y después el recuerdo del puntito.

Nancy exhaló un suspiro.

—A veces me pregunto por la reencarnación. Sé que es absurdo, pero ¿no sería maravilloso que Teddy volviera como otra cosa? Como una alondra, digamos. Lo que quiero decir es que tampoco lo sabemos con certeza, ¿no? Esa alondra podría haber sido Teddy que nos saludaba, que nos hacía saber que está bien. Que sigue existiendo en algún sentido. ¿Y tú? ¿Crees en la reencarnación?

—No —contestó Ursula—. Creo que solo tenemos una vida, y creo que Teddy vivió la suya a la perfección.

Y cuando todo lo demás se ha ido, siempre queda el Arte. Incluido Augustus.

Las aventuras de Augustus

«Las espantosas consecuencias»

—¿No es ese Augustus? —susurró la señorita Slee al oído del señor Swift. Fue un susurro bastante alto, de esos que hacen que la gente en los asientos de alrededor se vuelva para mirarte con interés.

Las facciones del señor Swift siguieron impasibles, aunque no pudo contener un ligero estremecimiento ante el espectáculo que veían sus ojos. La señorita Slee se inclinó más en el asiento para captar la atención de la señora Swift.

—Sí que es Augustus, ¿verdad? —insistió con susurros más audibles incluso—. Su hijo.

De hecho, ya no podía decirse que hablara en susurros. Más bien lo hacía a grito pelado. La expresión de la señora Swift permaneció inescrutable. El resto del público estaba tan petrificado como los padres de Augustus ante la representación que se desarrollaba en el salón de actos del pueblo.

«Inglaterra a través de los tiempos» había llegado a la escena de la Armada, e Isabel I estaba pronunciando su discurso para levantar la moral de las tropas en Tilbury. Gloriana se había agenciado el carro de Boadicea —un artilugio bastante improvisado— y blandía un tridente que había tomado prestado de Britania. Ninguna de aquellas dos nobles figuras emblemáticas de la feminidad (representadas por la hermana de Augustus, Phyllis, y lady Lamington, del consejo municipal) había cedido de manera voluntaria sus posesiones, y se encontraban a ambos lados del escenario mirando furibundas a Gloriana.

El resto de los intérpretes de la obra histórica seguía adelante con sus papeles pese al hecho de que medio decorado se había venido abajo y había varios perros campando por el escenario.

El párroco, sentado al otro lado de la señora Swift, le dijo a esta:

—Pensaba que era la señora Brewster quien hacía el papel de la reina Isabel. ¿Quién es ese que está en escena?

La peluca roja de Gloriana se estaba deslizando hacia un lado y, a falta de un disfraz propiamente dicho, se había envuelto en una capa de centurión romano. Tampoco el centurión en cuestión había cedido de buen grado dicha prenda. Bajo la capa eran visibles unas rodillas con una sorprendente capa de mugre, y del bolsillo asomaba lo que, a efectos prácticos, parecía ser un tirachinas.

—Lo estáis haciendo de maravilla, chicos —gritó la desmelenada Gloriana de un modo que distaba de ser regio—. Con lo de matar a esos *espaniels* y todo eso...

—Españoles —se oyó susurrar a la señora Garrett desde un lado del escenario.

Gloriana blandió el tridente y exclamó:

—¡Y ahora vayamos a matar al resto!

Una verdadera horda de pillastres apareció en escena soltando gritos y, en algunos casos, alaridos. Los perros empezaron a ladrar con excitación al verlos. Algunos de aquellos niños —no, muchos— habían mostrado antes muy buena conducta, pero ahora parecían haber caído bajo el hipnótico embrujo de Gloriana. Y, por lo visto, lo mismo les pasaba a muchos miembros del público, que la observaban boquiabiertos y horrorizados.

—¿No se supone que los niños son los españoles? —le preguntó el párroco a la señora Swift. Y, mirando el programa, añadió—: Aquí dice «hordas invasoras».

—Ya no estoy segura de saber quién se supone que es quién —repuso la señora Swift, distraída por la espantosa visión de la peluca deslizándose por la cara de su hijo.

—¿Son los mismos niños —continuó el párroco, perplejo— que han hecho de sajones, vikingos y normandos? Cuesta saberlo, ahora que están cubiertos de pintura verde... ¿Qué cree usted que representa? ¿La tierra verde y plácida de Inglaterra?

—Lo dudo —respondió la señora Swift, y soltó un gritito de alarma cuando el carro de Boadicea, que para empezar ya no era sólido, se desplomó, Gloriana perdió el equilibrio y se cayó al escenario de forma muy poco digna y llevándose consigo el resto del decorado. Un pequeño terrier de West Highland apareció corriendo en escena y, con un excelente sentido de la oportunidad, agarró la peluca roja con los dientes y salió disparado con ella, acompañado por una serie de gritos entre bambalinas.

—Sí que es Augustus —confirmó la señorita Slee.

—No había visto a ese niño en mi vida —dijo con firmeza el señor Swift.

—Yo tampoco —añadió la señora Swift.

En retrospectiva, diría con pesimismo el señor Swift, ya se veía que la cosa acabaría en desastre.

—Y eso que todo empezó bien —dijo la señora Swift.

—Siempre empieza bien —terció el señor Swift.

El pueblo entero había sido presa de una gran excitación. El señor Robinson, que dirigía la sociedad histórica de la zona, había descubierto que el pueblo era mucho más antiguo de lo que todos creían, como atestiguaban los restos de una villa romana que se habían excavado en un campo a las afueras.

—La villa no es otra cosa que una prueba de que la ocupación romana se remonta a los tiempos de Maricastaña —comentó el señor Robinson.

—Villanos —dijo Augustus, de regreso con su grupito de colegas, informando de lo que había oído.

Sus propias cohortes —Norman, George y Roderick— habían decidido poco antes ponerse un nombre. Tras haber considerado y rechazado los Piratas, los Bandidos y los Ladrones, y después de una larga discusión (interminable, dirían algunos), por fin se habían decidido por los Apaches, pues era un nombre que transmitía su intrépida temeridad. (O su mortífera sed de sangre, diría el señor Swift.)

—Y hablaban de una castaña romana —comentó también Augustus.

Hubo murmullos de interés entre los Apaches. Cada otoño, la zona de juegos y deportes de su colegio se convertía en el campo de batalla de la anual guerra de la castaña, una forma salvaje de lucha armada que acababa inevitablemente con varios heridos en la enfermería.

Los señores Swift habían invitado a cenar al señor Robinson, así como al párroco, que era de esos párrocos simpáticos y un poco confusos que tanto abundaban en la zona, y a la señorita Slee, una solterona muy directa y algo hombruna cuyo pasatiempo de los fines de semana era «vagar» por ahí. («¿Vagar? —preguntó un desdeñoso Augustus a sus padres—. ¿Cómo puede ser eso un pasatiempo? Si a mí siempre me estáis diciendo que deje de hacer el vago, y luego añadís —en ese punto se tironeó de las imaginarias solapas de una imaginaria toga de magistrado—: "¿Por qué no te buscas un pasatiempo sensato, Augustus?".»)

Bebiéndose a su vez el jerez de los Swift estaban los señores Brewster, recién llegados al pueblo, y el coronel Stewart, que era desagradable con todo el mundo en general y en especial antipático con los niños.

—Una *soirée* —exclamó la señora Brewster cuando la invitaron—. Qué idea tan encantadora.

La señora Brewster era una mujer de mucha presencia: alta y con una impresionante mata de rizos pelirrojos, se comportaba con bastante dramatismo. Por lo visto era una entusiasta del teatro de aficionados.

—Y no solo los romanos —decía el señor Brewster mientras echaba inquietos vistazos a la licorera del jerez, casi vacía—. Anglos, sajones, vikingos, normandos... Hemos sufrido una horda invasora tras otra.

Los Brewster eran «nuevos ricos» según la señorita Carlton, una solterona vieja y con cara de bruja que miraba de soslayo los vistazos que echaba el señor Brewster a la licorera. Ella era abstemia, algo que parecía volverla bastante irritable. Había convencido a Augustus y al resto de su pequeña tribu de hacer la promesa de que nunca probarían el alcohol a cambio de medio penique en polvos efervescentes de limón.

—Un intercambio justo —convinieron los Apaches.

«En la retaguardia» de la soirée se encontraba la vecina de al lado de los Swift, la señora Garrett.

—Con anterioridad —prosiguió con su perorata el señor Robinson—, solo habíamos sido capaces de remontar nuestra historia hasta Guillermo y el códice de Domesday.

—Guillermo —murmuró para sí un encantado Augustus—. No será Guillermo el Travieso...

Le apasionaban los personajes que entrañaban la promesa del caos más absoluto. De repente, tuvo que dejar de escuchar a escondidas, pues la cocinera le dio un golpetazo en la cabeza con el cucharón de sopa, su arma favorita, y lo echó con cajas destempladas. «Ese crío siempre anda fisgoneando —había oído decirle a la criada, Mavis—. Es como un pequeño espía.» Semejante cumplido dejó bastante satisfecho A Augustus.

Como es natural, de mayor sería un espía; además de piloto, maquinista de tren, explorador y «coleccionista de cosas».

—¿Qué clase de cosas? —le preguntó la señora Swift aquella mañana durante el desayuno, y lamentó de inmediato haberlo hecho, ya que Augustus se lanzó con entusiasmo a una enumeración que incluía esqueletos de ratón, cuartos de penique de oro, moluscos, cordeles, diamantes y ojos de cristal.

—Nunca he oído hablar de cuartos de penique de oro —intervino el señor Swift.

—Por eso voy a coleccionarlos. Valdrán un dineral.

—¿Y si no existen? —insistió el señor Swift.

—Entonces valdrán todavía más.

—¿Se te cayó al suelo de cabeza cuando era un bebé? —le preguntó el señor Swift a la madre de Augustus.

La señora Swift murmuró algo que sonó parecido a «Ojalá» y luego añadió en voz mucho más alta:

—Deja ya de toquetear el tarro de mermelada, Augustus.

—Largo de aquí —le dijo la cocinera.

Aún estaba indignada por la carlota con sirope de arce que había planeado hacer de postre (solo hacía esas cosas cuando tenían invitados, si no les servía un simple pudin). Augustus dijo que no era culpa suya que se hubiese comido los bizcochos de soletilla que la rodeaban. Tenía intención de coger solo uno y de pronto, al volver a mirar, ¡habían desaparecido todos! ¿Cómo habría ocurrido? (¿Cómo ocurriría tan a menudo?) Para disgusto de la cocinera, la carlota al sirope de arce se había convertido en una simple espuma de sirope de arce.

—¿Qué van a pensar? —gruñó.

—Pensarán que están de suerte —contestó Augustus.

Había incurrido en el comprensible error de creer que la espuma no era de «arce» sino de «alce», que parecía además un ingrediente mucho más emocionante que los que solían servirse en la mesa de los Swift. De hecho, el alce era la clase de presa que los Apaches podrían cazar con sus arcos y flechas para luego asarla sobre una hoguera. (El arco y las flechas del propio Augustus estaban confiscados en ese momento debido a un desafortunado incidente.)

—En este país no hay alces —puntualizó el señor Swift.

—¿Cómo lo sabes si nunca has visto ninguno? —quiso saber Augustus.

—Estás hecho un empirista en ciernes —le dijo su padre tras una discusión especialmente desafiante sobre pelotas de críquet y cristales de invernadero («Pero si no has visto quién ha arrojado la pelota, ¿cómo puedes saber que he sido yo?» «Porque siempre eres tú», respondió con cansancio el señor Swift.)

La señora Garrett dio una repentina palmada.

—¡Una representación histórica! —exclamó. (Augustus había vuelto a merodear por allí, pues un cucharón no era un elemento lo bastante disuasorio para un Apache)—. Deberíamos montar un espectáculo para celebrar la historia del pueblo.

Los allí reunidos dieron locuaces muestras de estar de acuerdo.

—Representará toda la historia de Gran Bretaña tal como se experimenta desde el punto de vista de un pueblo típicamente inglés —añadió con entusiasmo la señora Garrett.

—Por mi parte —intervino la señora Brewster—, yo he interpretado a varias reinas en producciones teatrales.

La señora Swift murmuró algo inaudible.

—Pero ninguno de esos horribles niños debe aparecer en ella —intervino el coronel Stewart.

—No, madre mía, estoy de acuerdo con usted —dijo la señorita Carlton, y entonces se apresuró a añadir, dirigiéndose a la señora Swift—: Ay, perdone, que uno de ellos es suyo, ¿no?

—Bueno... —objetó el señor Swift—, lo cierto es que nos lo encontramos en la puerta delantera.

Augustus frunció el entrecejo ante semejante traición paterna. Hubo murmullos de apoyo de todos los reunidos, y la señora Swift intervino de buen talante para decir:

—Por supuesto que no. Fue en la puerta de atrás.

Hubo muchas risas ante ese comentario, y Augustus puso aún más mala cara. ¿De verdad se lo habían encontrado en la puerta? Que fuera la delantera o la trasera parecía irrelevante. Era un huérfano abandonado. Semejante idea le gustó bastante. A lo mejor sus padres verdaderos eran muy ricos y lo buscaban desde que lo dejaron sin querer en la puerta de los señores Swift.

—Oh, estoy segura de que encontraremos algo que puedan hacer los niños —dijo la señora Garrett.

La señora Garrett era una figura algo problemática en el mundo de Augustus. Hasta hacía poco era tan solo la viuda corpulenta y simpática que vivía en la casa de al lado. Le gustaban los niños (un rasgo poco corriente en un adulto) y tenía un invernadero estupendo lleno de melocotones y uvas que los Apaches siempre intentaban asaltar, ante la ira de su jardinero. También era generosa con los caramelos y los pasteles, de nuevo un rasgo poco corriente en un adulto. Pero, por desgracia, era además la líder de la «sección» local de los Afor Arod. Eran palabras sajonas y, según la señora Garrett, significaban «feroces» y «valientes», algo que no era ninguno de sus miembros. Si pueden imaginar un grupo de scouts consistente tan solo en los marginados y los rechazados en la sociedad de chicos, los Afor Arod serían eso: los santurrones, los gordos, los pelotas, los empollones y las niñas.

Constituían una alternativa pacífica a los «más bien militaristas» scouts, según la señora Garrett, que era una incondicional de la Asociación del Compromiso por la Paz. «Cooperación y armonía», decía. La madre de Augustus pensó que sería «bueno» para él, puesto que eran rasgos de los que andaba «especialmente corto». ¡No es verdad!, protestó Augustus.

—Mira a los Apaches.

—Exacto —contestó la señora Swift, y lo llevó a rastras a una reunión.

Qué injusticia, pensó él con amargura mientras observaba a un grupo de niños bailando en un corro. ¡Bailando! Nadie había mencionado que bailaran.

—¡Oh, un nuevo amigo! —declaró la señora Garrett como si no lo hubiera visto nunca, cuando de hecho se encontraba a Augustus casi todos los días.

Y entonces Augustus se encontró con su némesis. Descubrió a una niñita en un rincón de la habitación, una niñita con los rizos más ensortijados y los hoyuelos más dulces posibles.

—Hola, soy Madge. —Estaba haciendo alguna clase de labor—. Es punto de cruz, una insignia. ¿Te gustaría que te hiciera una, Augustus?

Augustus asintió con la cabeza como un tonto, y eso hizo que pareciera más idiota incluso que de costumbre.

Y ahora vivía horrorizado, temiendo que los demás Apaches lo pillaran en uno de los horribles pasatiempos de los Afor Arod: el baile y la costura ya mencionados, los cantos y la escritura de poesía. O las expediciones a la naturaleza, que resultó que no significaban asaltar nidos de pájaros ni disparar de manera indiscriminada a las cosas con el tirachinas; nada de caos, de hecho.

Todo el asunto era odioso, pero Madge lo tenía totalmente subyugado. («Oh, gracias por ayudarme a ovillar la lana, Augustus.»)

—Una representación histórica —informó a los Apaches a su vuelta, y añadió—: Hordas invasoras. —Se pasó una gominola de un carrillo al otro, un gesto que solía indicar que se devanaba los sesos—. Tengo una idea —añadió como quien no quiere la cosa—. Si hacemos...

—Ay, basta ya —le dijo Teddy a Ursula.

—No se parece a ti en nada, de verdad —contestó su hermana riendo.

—Ya lo sé —dijo Teddy—. Pero para ya de leer, por favor.

Nota de la autora

Cuando decidí que quería escribir una novela ambientada en la Segunda Guerra Mundial, tenía la pretenciosa creencia de que lograría cubrir todo el conflicto en menos de la mitad de páginas de *Guerra y paz*. Tras comprender que era una empresa demasiado sobrecogedora —tanto para el lector como para la autora—, elegí los dos aspectos de la guerra que más me interesaban y que en mi opinión proporcionaban el material más jugoso: los bombardeos de Londres y la campaña de bombardeo estratégico contra Alemania. *Una y otra vez* trataba sobre Ursula Todd y sus vivencias durante los bombardeos de Londres, mientras que en *Un dios en ruinas* (me gusta pensar que, más que constituir una secuela, esta novela complementa de algún modo a la primera) el tema central es su hermano Teddy y su experiencia como piloto de un Halifax en el Mando de Bombardeo. Ninguna de las dos novelas trata exclusivamente de la guerra; de hecho, en ambas se invierte mucho tiempo en llegar al comienzo de las hostilidades y más o menos el mismo en las repercusiones. Aun así, lo que está más presente en las vidas de Ursula y Teddy son sus experiencias individuales y compartidas de la guerra.

En la novela anterior, Ursula vivía muchas versiones distintas de su vida, lo que me proporcionaba cierta libertad respecto a la existencia del propio Teddy, numerosos detalles de la cual son distintos en este libro. Me gusta considerar *Un dios en ruinas* una de las vidas de Ursula, una que no escribí. Sé que suena a truco narrativo, y quizá lo sea, pero no veo nada malo en hacer pequeños trucos.

Teddy es comandante de un Halifax, de modo que huelga decir que está emplazado en Yorkshire, donde se hallaban la mayoría de las bases aéreas de Halifax. (Los Lancaster se llevan todo el glamour y la gloria; les remito a las quejas de Teddy al respecto, más que a las mías.) El Halifax de Teddy forma parte del Grupo n.º 4 del Mando de Bombardeo, uno de los dos grupos con base en Yorkshire (el otro era el Grupo n.º 6, de la RCAF, la Fuerza Aérea Canadiense). No lo especifico en el libro ni he vinculado a Teddy con una base aérea o escuadrón concretos, con el fin de permitirme ciertas libertades de autora. Sin embargo, lo imaginaba formando parte del 76.º Escuadrón y utilicé los datos de las operaciones de dicho escuadrón (en los Archivos Nacionales) cuando estaba emplazado en Linton-on-Ouse o bien en Holme-on-Spalding Moor como guía para la guerra que libra mi protagonista.

En interés del lector, he añadido una breve bibliografía con algunas de las fuentes que utilicé para esta novela. Leí muchos vívidos relatos de primera mano de las experiencias individuales de los tripulantes, y estoy en deuda con ellos; historias e informes que se basan en experiencias personales, así como en las crónicas más oficiales. Todos los relatos de los hombres que sirvieron en el Mando de Bombardeo son extraordinarios, pues no solo dan fe de la preciada virtud del estoicismo, sino también de un heroísmo y una determinación (y una modestia) que en nuestros tiempos parecen casi ajenos, aunque por supuesto a nosotros no nos han puesto a prueba de la manera que los pusieron a ellos. La media de edad de esos hombres (muchachos, en realidad), todos voluntarios, era de veintidós años. Experimentaron algunas de las peores condiciones de combate imaginables y menos de la mitad de ellos sobrevivieron. (De los tripulantes que volaron al principio de la guerra, solo el diez por ciento vería el final.) Es imposible no emocionarse ante el sacrificio de sus vidas, y supongo que eso fue lo primero que me impulsó a escribir esta novela.

Todo lo que ocurre en los capítulos de *Un dios en ruinas* ambientados en la guerra está basado en cierta medida en algún incidente verídico que encontré durante el transcurso de mi investigación (incluso lo más espantoso, incluso lo más estrafalario), aunque casi siempre he hecho alguna modificación. A veces resulta difícil recordar que se está escribiendo ficción, no historia, y cuesta muy poco dejarse llevar por los tecnicismos más sutiles (o no tan sutiles), pero las necesidades de la novela deberían prevalecer siempre sobre las peculiares obsesiones de cada cual. Hice mío el motor Bristol Hercules, pero eso también acabé por cedérselo a Teddy.

Admito de buena gana haber tomado prestado material de todo el mundo, en particular del relato desgarrador de un amerizaje en *Raider*, de Geoffrey Jones, cuando en enero de 1944 la tripulación (anónima) del Halifax II JD165 (*S-Sugar*) del 102 Escuadrón (Ceilán) con base en Pocklington pasó tres días a la deriva en el mar del Norte a su regreso de una incursión en Berlín. También aprendí mucho de Keith Lowe y su *Inferno* sobre lo que suponía verse inmerso en una tormenta. He amañado varias cosas, para empezar la fecha de introducción de esos condenados motores Bristol, y en gran parte he pasado por alto los continuos avances tecnológicos y en asistencia para la navegación con el fin de que el lector no tropezara constantemente con torpes referencias a, pongamos por caso, el radar aerotransportado H2S y sus extensiones con nombres en clave como Fishpond o Mónica. Hay aspectos sobre los que no doy explicaciones por el mismo motivo, pero también porque no los he entendido (creo que es mejor ser honesta en este punto).

Lo fundamental es que se trata de una obra de ficción. Personalmente, creo que todas las novelas no son solo obras de ficción sino también obras sobre la ficción. (Y no creo que esto sea tan posmoderno ni tan autorreferencial como parece.) Estoy cansada de oír que una nueva novela es «experimental» o que «reinventa la forma», como si Laurence Sterne o Gertrude Stein, o de hecho el mismísimo James Joyce nunca hubiesen escrito una palabra. Cada vez que un autor se lanza a escribir la primera línea de una novela se embarca en un experimento. En una aventura. Creo en la riqueza textural (y textual) de la interacción de trama, personaje, narración, tema e imagen y todos los demás ingredientes que van a parar a la olla, pero no creo que eso me convierta necesariamente en una tradicionalista (como si no tuviéramos todos raíces en una tradición, la tradición de escribir novelas).

La gente suele preguntarte siempre de qué «trata» una novela. En la «Nota de la autora» que acompañaba a *Una y otra vez* decía, refunfuñando un poco, que trataba sobre sí misma y que no me había pasado dos años escribiéndola para tener que resumirla en unas frases. Pero, por supuesto, sí trata sobre algo. Si me hicieran esa pregunta sobre *Un dios en ruinas* diría que trata sobre la ficción (y sobre cómo debemos imaginar lo que no podemos saber) y sobre la Caída (la del hombre, en el pecado). Como probablemente advertirán, hay muchas referencias en el libro a la Utopía, al Edén, a un pasado arcadio, a *El paraíso perdido* y a *El progreso del peregrino*. Incluso el libro que la hija de Teddy, Viola, le tira a la cabeza en un momento determinado, *El país de la felicidad* de Enid Blyton, está basado en *El progreso del peregrino*. Mucho de todo esto es solo deliberado a medias, como si una parte del cerebro que escribe supiera qué se trae entre manos y la otra no tuviera la más mínima idea. Hasta ahora no había reparado en todos los ascensos y caídas que pueblan el texto. Todo y todos levantan el vuelo o se precipitan hacia la tierra. (¡Y las aves! ¡Una bandada tras otra de ellas!)

Para mí, la imaginería tiene una importancia fundamental en un texto, y no me refiero a imágenes complejas que den brincos de aquí para allá y exijan un apretón de manos, sino una red más sutil de ellas que vaya tejiéndose a lo largo del libro, a menudo de forma enigmática, hasta conseguir unirlo todo. El «hilo rojo» de la sangre que une a los Todd tiene un eco en la cinta roja en el mapa de la larga incursión hasta Nuremberg, que a su vez tiene un eco en los finos cordones rojos de la vivienda protegida de Teddy; se trata de una pauta en la que ni siquiera había reparado hasta que llevé a cabo la última revisión de la novela, y que sin embargo ahora tiene mucho sentido para mí. (No me pregunten por qué aparecen tantos gansos. No tengo ni idea.)

Y, por supuesto, en el seno de este libro se esconde una metáfora muy elaborada que tiene que ver con la ficción y la imaginación, y que se revela solo al final pero constituye de algún modo toda la *raison d'être* de la novela. Creo que solo se puede ser tan tercamente ficticio si de verdad te importa lo que escribes, pues de otro modo ocupa un espacio bidimensional en el que el texto deja de ser un punto de contacto entre el propio yo y el mundo más allá de él. Si esto supone una refutación del modernismo o del posmodernismo o de lo que sea que haya desbancado al posmodernismo, pues que así sea. Cualquier categoría que tenga por objeto constreñir debería descartarse. (La constricción y la contención, por cierto, son dos conceptos que aparecen continuamente en esta novela, así como su antónimo, la libertad; de nuevo se trata de algo en lo que solo reparé cuando ya la había terminado. Pensé en eliminar esas referencias, pero por fin decidí no hacerlo. Estaban ahí por una razón.)

La guerra constituye la gran Caída del hombre, su mayor pecado, por supuesto, en particular quizá cuando sentimos el imperativo moral de luchar en ella y nos encontramos enzarzados en verdaderos dilemas éticos. No podemos dudar (jamás) de la valentía de los hombres que volaban en los Halifax, los Stirling y los Lancaster, pero el combate aéreo fue sin duda alguna un asunto brutal, un método burdo que empleaba un arma contundente, constantemente obstaculizado por el tiempo atmosférico y la falta de tecnología (pese a los grandiosos avances que siempre precipita la guerra). La gran brecha entre los resultados que se atribuyeron a la campaña de bombardeo estratégico y lo que en realidad se consiguió nunca se entendió del todo en su momento, y sin duda no lo hicieron, sospecho, los hombres que volaban en los bombarderos.

La lógica tras el cambio deliberado del intento de llevar a cabo un bombardeo de precisión sobre objetivos legítimos (casi imposible durante la noche y con poca tecnología) a los ataques sobre la población civil era que matar a los trabajadores de las fábricas y destruir su entorno constituía en sí misma una forma de guerra económica. Fue una campaña que empezó con la mejor de las intenciones: la de evitar la guerra de desgaste en las trincheras de la Primera Guerra Mundial, y sin embargo llegó a convertirse a su vez en una guerra de desgaste, que se intensificaba cada vez más, como unas fauces siempre abiertas que nunca tuvieran suficiente —soldados, tecnología, materia prima—, y es muy posible que todo eso hubiese sido más provechoso de haberse utilizado en otra parte, en particular en aquellos últimos meses, casi apocalípticos para Europa, en los que la obsesión de Harris por pulverizar una Alemania moribunda hasta la aniquilación más parece un castigo bíblico que una estrategia militar (aunque yo no soy uno de los detractores de Harris). La visión en retrospectiva es algo maravilloso, pero por desgracia no está disponible en el fragor de la batalla.

Las dudas con respecto a la moralidad de la ofensiva de bombardeo estratégico nos han atormentado desde el final de la guerra (con la ayuda quizá de la diplomática marcha atrás de Churchill de cualquier responsabilidad de esa política), y sobre si nuestra guerra contra el salvajismo no acabó siendo salvaje a su vez cuando nos dedicamos a atacar a la población civil —ancianos, niños, mujeres— a la que supuestamente debe defender la civilización. Pero, en resumidas cuentas, la guerra es salvaje. Para todos. Inocentes o culpables.

Esto es una novela, no una polémica (y yo no soy historiadora), y por consiguiente he dejado que sean los personajes y el texto los que expresen las dudas y las ambigüedades.

Y, a modo de nota final, estoy segura de que la mayoría de los lectores reconocerán que el personaje de Augustus le debe mucho al de Guillermo el Travieso. Augustus es una burda imitación de Guillermo, que para mí sigue siendo uno de los mejores personajes de ficción que se han creado nunca. Richmal Crompton, ahí va mi reconocimiento.

Agradecimientos

Quisiera dar las gracias a las siguientes personas:

El teniente coronel M. Keech del Real Cuerpo de Señales, Medalla del Imperio Británico.

El jefe de escuadrón de la RAF Stephen Beddoes.

Suzanne Keyte, del archivo del Royal Albert Hall.

Anne Thomson, del archivo del Newnham College, Cambridge.

Ian Reed, director del Museo de la Aviación de Yorkshire, que respondió a mis preguntas (probablemente molestas) con todo detalle.

El Museo de la Aviación de Yorkshire (www.yorkshireairmuseum.org), con sede en Elvington en una de las muchas bases aéreas de tiempos de guerra, es un sitio magnífico para cualquiera que tenga interés en los Halifax, o de hecho en la guerra en general. El museo ha realizado una labor estupenda a la hora de recrear el viejo «Halipanzudo», y debo agradecer a Phil Kemp la visita encantadoramente informativa del interior del *Friday 13th*; por desgracia no se trataba del avión original, que se vendió como chatarra al igual que todos los Halifax que sobrevivieron a la guerra.

Y, por supuesto, gracias también a mi agente, Peter Straus, y a mi correctora, Marianne Velmans, y a todo el personal en Transworld, en particular a Larry Finlay, Alison Barrow y Martin Myers. Gracias también a Reagan Arthur de Little, Brown, Kim Witherspoon de Inkwell Management, a Kristin Cochrane de Doubleday Canadá y a Camilla Ferrier de la agencia Marsh.

Huelga decir que todos los errores, deliberados o no, son míos.

Fuentes

Chorley, W. R., *Bomber Command Losses of the Second World War, Vol. IV, 1943*, Midland Counties, 1996.

—, *Bomber Command Losses of the Second World War, Vol. V, 1943*, Midland Counties, 1997.

—, *Bomber Command Losses of the Second World War, Vol. IX, Roll of Honour*, Midland Publishing, 2007.

Middlebrook, Martin, y Chris Everitt, *The Bomber Command War Diaries: An Operational Reference Book 1939-1945*, Penguin, 1990.

Webster, sir Charles, y Noble Frankland, *The Strategic Air Offensive, Vols. I and II*, The Naval and Military Press, 2006.

Hastings, Max, *Bomber Command*, Pan Books, 2010.

Overy, Richard, *The Bombing War*, Allen Lane, 2013.

Ashcroft, Michael, *Heroes of the Skies*, Headline, 2012.

Bishop, Patrick, *Bomber Boys*, Harper Perennial, 2007.

Delve, Ken, *Bomber Command*, Pen and Sword Aviation, 2005.

Jones, Geoffrey, *Raider, the Halifax and Its Fliers*, William Kimber, 1978.

Lomas, Harry, *One Wing High, Halifax Bomber, the Navigator's Story*, Airlife, 1995.

Nichol, John, y Tony Rennell, *Tail-End Charlies: The Last Battles of the Bomber War 1944-45*, Penguin Books, 2005.

Riva, R. V., *Tail Gunner*, Sutton, 2003.

Rolfe, Mel, *Hell on Earth*, Grub Street, 1999.

Taylor, James, y Martin Davidson, *Bomber Crew*, Hodder and Stoughton, 2004.

Wilson, Kevin, *Bomber Boys*, Cassell Military Paperbacks, 2005.

—, *Men of Air: The Doomed Youth of Bomber Command, 1944*, Weidenfeld and Nicolson, 2007.

Lowe, Keith, *Inferno: The Destruction of Hamburg, 1943*, Viking, 2007.

Messenger, Charles, *Cologne: The First 1000 Bomber Raid*, Ian Allan, 1982.

Middlebrook, Martin, *The Battle of Hamburg*, Penguin, 1984.

—, *The Nuremberg Raid*, Pen and Sword Aviation, 2009.

Nichol, John, *The Red Line*, Harper Collins, 2013.

Ledig, Gert, *Payback*, Granta, 2003 (hay trad. cast.: *Represalia*, Minúscula, Barcelona, 2006).

Sebald, W. G., *On the Natural History of Destruction*, Notting Hill Editions, 2012 (hay trad. cast.: *Sobre la historia natural de la destrucción*, Anagrama, Barcelona, 2003).

Beck, Pip, *Keeping Watch*, Crecy Publishing, 2004.

Lee, Janet, *War Girls: The First Aid Nursing Yeomanry in the First World War*, Manchester University Press, 2012.

Pickering, Sylvia, *Bomber Command WAAF*, Woodfield, 2004.

Blanchett, Chris, *From Hull, Hell and Halifax: An Illustrated History of No. 6 Group, 1937-48*, Midland, 2006.

Chorley, W. R., *In Brave Company: 158 Squadron Operations*, W. R. Chorley, 1990.

—, *To See the Dawn Breaking: 76 Squadron Operations*, W. R. Chorley, 1981.

Jones, Geoffrey, *Night Flight: Halifax Squadrons at War*, William Kimber, 1981.

Lake, John, *Halifax Squadrons of World War Two*, Osprey, 1999.

Otter, Patrick, *Yorkshire Airfields in the Second World War*, Countryside Books, 2007.

Pilot's and Flight Engineer's Notes, Halifax III and IV, Air Ministry, 1944.

Rapier, Brian, *White Rose Base*, Aero Litho, 1972.

Robinson, Ian, *Home Is the Halifax*, Grub Street, 2010.

Wadsworth, Michael, *Heroes of Bomber Command, Yorkshire*, Countryside Books, 2007.

Wingham, Tom, *Halifax Down!*, Grub Street, 2009.

Baden-Powell, Robert, *Escultismo para muchachos*, Ediciones SM, Madrid, 2009.

Beer, Stewart, *An Exaltation of Skylarks*, SMH Books, 1995.

Cornell, Simon, *Hare*, Reaktion Books, 2007.

Danziger, Danny, *The Goldfish Club*, Sphere, 2012.

Hart-Davis, Duff, *Fauna Britannica*, Weidenfeld and Nicolson, 2002.

Mabey, Richard, *Flora Britannica*, Chatto and Windus, 1997.

McKay, Sinclair, *The Secret Life of Bletchley Park*, Aurum Press, 2011.

Wallen, Martin, *Fox*, Reaktion Books, 2006.

Williamson, Henry, *The Story of a Norfolk Farm*, Clive Holloway Books, 1941.

Documentación de los Archivos Nacionales

The Operations Record Books for 76 Squadron — AIR/27/650 (May '42 and December '42), AIR/27/651 (febrero de 1943 y diciembre de 1943), AIR/27/652 (marzo de 1944).

DVD

Forgotten Bombers of the Royal Air Force, Simply Home Entertainment, 2003.

Halifax at War, Simply Home Entertainment, 2010.

The History of Bomber Command, Delta Leisure Group, 2009.

Nightbombers, Oracle, 2003.

Now It Can Be Told, IWM, 2009.

The Royal Air Force at War, the unseen films vols. 1-3, IWM, 2004.

Target for Tonight, IWM, 2007.

Índice

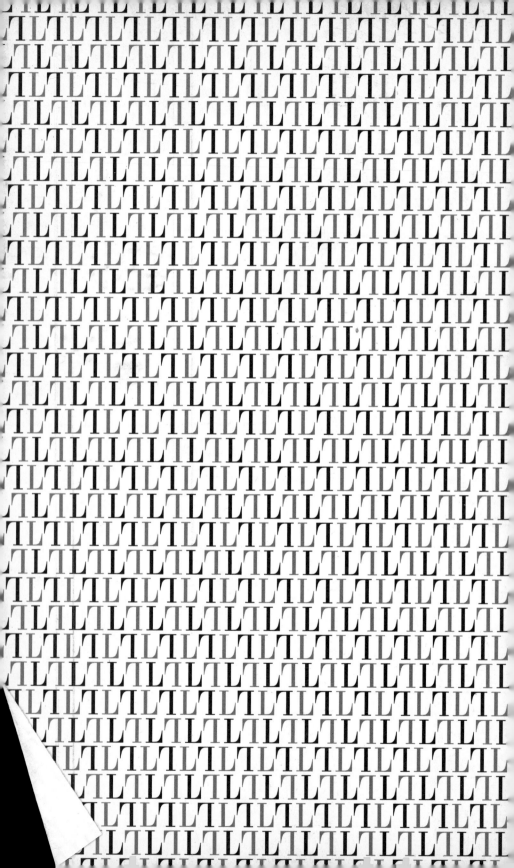